U0906044

Yilin Classics

Ф. М. ДОСТОЕВСКИЙ

经/典/译/林

Преступление и наказание

罪与罚

[俄罗斯] 陀思妥耶夫斯基 著

汝龙 译

译林出版社

图书在版编目（CIP）数据

罪与罚 /（俄罗斯）陀思妥耶夫斯基著；汝龙译
. —南京：译林出版社，2022.11（2024.1 重印）
（经典译林）
ISBN 978-7-5447-9398-8

Ⅰ.①罪… Ⅱ.①陀… ②汝… Ⅲ.①长篇小说－俄罗斯－近代 Ⅳ.①I512.44

中国版本图书馆 CIP 数据核字（2022）第 162838 号

罪与罚 ［俄罗斯］陀思妥耶夫斯基／著 汝 龙／译

责任编辑 冯一兵
装帧设计 黄 晨
校　　对 蒋 燕
责任印制 颜 亮

出版发行 译林出版社
地　　址 南京市湖南路 1 号 A 楼
邮　　箱 yilin@yilin.com
网　　址 www.yilin.com
市场热线 025-86633278
排　　版 南京展望文化发展有限公司
印　　刷 南京新世纪联盟印务有限公司
开　　本 880 毫米 × 1240 毫米 1/32
印　　张 21.5
插　　页 4
版　　次 2022 年 11 月第 1 版
印　　次 2024 年 1 月第 3 次印刷
书　　号 ISBN 978-7-5447-9398-8
定　　价 66.00 元

凝望深渊　凝视灵魂

从“穷人”到灵魂拷问

19世纪是俄罗斯文学的黄金时代。关于“黄金时代”的代表人物，曾有“三巨头”之说，指的是屠格涅夫、托尔斯泰和陀思妥耶夫斯基。从影响的深远来说，屠格涅夫是不能和其他两位相提并论的，我们也举不出堪与《战争与和平》《卡拉马佐夫兄弟》等相提并论的巨著。托尔斯泰与陀思妥耶夫斯基都是立于世界文学之巅的伟大作家，俄罗斯文学的双璧。他们的文学取径不同，一个展示了人类生活的广度，一个探测了人类灵魂的深度。托尔斯泰引领我们进入的是一个深邃复杂的世界，但这个世界与我们以常识理解的世界仍有很大程度的相似性；陀思妥耶夫斯基则引导我们进入一条幽深的隧道，这是我们通常足迹不能到达的地方，即使偶然进入也难以长时间驻足，因为难以承受那一份焦灼和紧张。

托尔斯泰的世界是正常人眼中的世界，陀思妥耶夫斯基呈现给读者的，往往像是重症患者眼中的世界。很多人都有的经验，病中的人有一种特别的敏感，意识到常态下我们不会意识到的东西——一种对于世界表象的奇异的穿透力。与托尔斯泰相比，陀思妥耶夫斯基更是一位走极端的作家，他的读者往往也是两极化的：或者是读不进去，对他的世界很是抵触；或者是对他五体投地，读他的小说像坠入巨大的旋涡一般，跟着人物卷入最深处。

陀思妥耶夫斯基的生涯充满戏剧性，这倒不是说他的经历怎样丰富多彩，而是说他经受了巨大的内心事件。有几点，对他成为那样一位作家是至关重要的，这里稍加罗列。其一，他孩童时代的生活。他的父亲是一名退休军医，工作的地点是莫斯科郊外的一所穷人医院，地处荒郊野岭，那里有犯人公墓、孤儿院、疯人院，他的天地除了家人，就是穷人、病人。他的父亲是个无可救药的酒鬼，对家人很粗暴——有个说法，《卡拉马佐夫兄弟》中那个暴虐的老卡拉马佐夫就是以他为原型的。也就是说，陀思妥耶夫斯基是在一种相当严酷、粗粝的环境中长大的。其二，他二十四岁就以《穷人》一书一举成名，涅克拉索夫和别林斯基这两位文坛上举足轻重的人物读了初稿都认定他是一个天才，并且认定，果戈理后继有人了。果戈理是当时俄罗斯文坛旗帜性的人物，这个评价因此非同小可。其三，陀思妥耶夫斯基并未就此走上名作家的坦途，他因对空想社会主义的兴趣，参加了彼得拉舍夫斯基小组，1849年因牵涉到反沙皇的活动被捕，并被判了死刑，只是在行刑的最后关头改判流放西伯利亚。他的生死，只在一线之间，经受的心理震荡，常人难以想象。流放长达十年，严酷的环境令他的身体和精神都遭受严重摧残。他早先就患有癫痫症，经此磨难，发作大为频繁。其四，1860年他终于回到彼得堡，继续写作生涯。这时他的思想已发生很大变化，早先的小说带有社会写实意味，此时则开始转向宗教与哲学的探讨。

陀思妥耶夫斯基最著名的作品《罪与罚》《白痴》《群魔》《卡拉马佐夫兄弟》，都是他转向之后的作品。他的成名作《穷人》以及较早的

《被侮辱与被损害的人》，从书名就可看出怜悯底层苦难的人道主义和社会批判色彩，他也因此被别林斯基视为果戈理的传人（虽然他后期的作品已经远不是“果戈理的道路”所能笼罩，他成了“人类灵魂的拷问者”）。

《罪与罚》很典型地显现了他转向后的特征。

犯罪小说与拉斯柯尔尼科夫的“问题”

《罪与罚》的主人公拉斯柯尔尼科夫是个法律系大学生，在彼得堡求学，离群索居，贫病交加，且长期患有忧郁症。像他这样贫寒出身、处境卑微的人并不鲜见，他的特别处在于他的狂想：他认为伟大的人可以不受道德的约束，为了更高的正义甚至有权利犯罪。开当铺的老太婆成为他这念头的牺牲品，此人为人贪吝刻薄，拉斯柯尔尼科夫杀她绝对具有正当性。一番谋划后他用斧子砍死老太婆，掳走珠宝钱财，且失手杀了其妹丽扎维达。

这只是小说的开头部分，接下去，拉斯柯尔尼科夫并未以他的观念逻辑让自己心安理得，相反，他被罪恶感苦苦纠缠。这期间他认识了一位为赡养家人而被迫卖淫，但信仰却极为虔诚的女子索尼雅。受到索尼雅和侦查官波尔菲利等影响，他最后向警方自首。经过审判，拉斯柯尔尼科夫被流放到西伯利亚服刑八年，索尼雅跟着他到西伯利亚，拉斯柯尔尼科夫对索尼雅一直不谅解，不敢正视她的存在。直到索尼雅大病一场的时候，他才终于发现自己是如此爱她，决心用尽一切来补偿她。在小说结尾拉斯柯尔尼科夫终于忏悔，皈依了东正教。

根据上面的梗概，我们可以说《罪与罚》写的是一桩杀人案，但这等于什么也没说。在现实中与在文学中，杀人事件太多了，用贴标签的办法，我们可以把《红与黑》也说成是杀人案，只不过是未遂。

陀思妥耶夫斯基喜欢利用通俗小说的一些元素，他不止一次让他的小说寄身在一个罪案小说的框架里，除了《罪与罚》之外，《卡拉马佐夫兄弟》也是，谁杀死了老卡拉马佐夫在小说的大部分时间里都是一个勾人的悬念。《罪与罚》中，拉斯柯尔尼科夫与侦查官的心理较量，以及他关于是否去自首的挣扎，制造了足够的紧张，可以看成另一型的悬念。但是显而易见，罪案对于陀思妥耶夫斯基而言只是一个外壳，“真相大白”的过程对于标准的罪案小说几乎就是全部，《罪与罚》则早早就把谜底摊出来了。不妨说，罪案小说的终点被陀思妥耶夫斯基处理成了起点，杀人不过是个引子，通向了作者心中的“问题”。

《罪与罚》与陀思妥耶夫斯基的其他小说一样，是最深刻意义上的“问题小说”，其“问题”贯通了社会、哲学与宗教，而后者才是他的重点所在。读他小说那种挥之不去的焦灼感、紧张感就来自他的“问题”，他的人物被“问题”苦苦纠缠，并且将作为读者的我们也卷入其中——陀思妥耶夫斯基不向读者提供置身事外的机会，他注定要把人物面对的问题变成我们的问题。

作为一个罪犯，拉斯柯尔尼科夫相当“业余”，他没有多少精心的策划，这才在慌乱之中杀死了老太婆无辜的妹妹丽扎维达，他相当长时间逍遥法外也不是因为他消除犯罪痕迹的手段有多么高明，只是一些阴差阳错的巧合。没错，这个罪案是地地道道的谋杀，因为拉斯柯尔尼科夫并非一时冲动，而是谋定而后动的；只是通常的蓄意杀人，罪犯“谋”的是行事的周密巧妙，拉斯柯尔尼科夫的“谋”却是理论上的，就是给自己一个杀人的正当理由。这也正是他的“问题”，甚至不妨说，是陀思妥耶夫斯基的“天问”。

任何社会，自说自话就杀人都是不赦之罪。《水浒传》中好汉杀人是“替天行道”，宋江得到九天玄女的授权，好汉们是得了上天的指令才“无法无天”的，在书里面，这样就“自圆其说”了。拉斯柯尔尼科夫没有得到任何外在权威的授权，他得通过个人的思考获得理由。其逻辑是：天底下，人可以分为平凡和不平凡两类，在人类历史上，每一次社会变革都是对旧的社会伦理秩序的亵渎和叛逆，而社会变革的领导者也必然是谋杀旧秩序的“罪犯”，这些罪犯同时也成为创造人类历史的“行动者”。拉斯柯尔尼科夫正如他自己所说，不是为了金钱、为了饥饿而杀人，若是那样，他就太看不起自己了。相反，他把自己归入不凡的人，可以不受社会法律规则的约束，老太婆放高利贷盘剥穷人，杀了她是为民除害。他动机崇高，法律意义上的犯罪在他那里实质上是一种正义的伸张：杀死她，拿走她的钱，然后借助她的钱好让自己为全人类和公众事业服务，你认为怎样？——几千桩好事不能抵消一件小小的罪行吗？用一条人命来换取几千个生命，使之免于腐烂和朽败，用一个人的死来换取一百个人的生——这是很简单的算术啊！

事实上，他的杀人动机是由他糟糕的处境而起：他念大学把贫寒的家拖入了贫困的深渊，母亲、妹妹生活难以为继，而他走投无路。这时候杀人对他反而变成了一个挑战自己的选择：现实中他是一个根本无力改变自身状况的弱者，通过杀人，他则可以证明自己是个强者，绕过面对的具体的烦难，他一下成了一个替天行道、造福社会的人。拉斯柯尔尼科夫显然是个极不平衡的人，从极度沮丧到极度的自我膨胀，似乎在瞬间完成了跳跃。

当然，这种摆脱困境的方式只能是一时的幻觉，他完成了自我的崇高化，但又马上就陷入罪恶感当中，尤其是，丧生在他斧下的，还有那个即使按照他的标准也完全无辜的丽扎维达。小说一开始就进入高度紧张的状态：下不下手杀人成了拉斯柯尔尼科夫给自己的考验。在这种状态下达到第一个高潮，即杀人的决定性时刻。既已杀人，他开始进入另一种煎熬——对于陀思妥耶夫斯基而言，好戏才刚刚开始。

接下去是漫长的搏斗：他和警方周旋，同时和自己的良心、道德感缠斗。有好几个回合，一波连着一波，高潮迭起，比如主人公受到盘问后，恐惧万分，几乎要去自首了，不料路上救了一个人，行善过后他的情感瞬间高昂，决定还要和法律再斗一斗。但是不久他的内心又饱受煎熬，充斥着恐惧与自责，被别人一吓唬，又想自首了，这时突然冒出一个人主动承认人是他杀的，主人公又心存侥幸地离开了警察局……陀思妥耶夫斯基不让他的主人公，也不让作为读者的我们有喘息之机，逼着我们去面对主人公的罪与罚。

罪与罚的大戏与灵魂的舞台

最刺激的不是主人公与外部世界（警方）的斗法，而是他内心的天人交战。于此我们领略到陀思妥耶夫斯基式的紧张和戏剧性。所谓戏剧性就是戏剧性的冲突，冲突是对立的两种力量之间的对决，陀思妥耶夫斯基的与众不同之处，是他让这种冲突在人物的内心展开，他的舞台上演的是灵魂的戏剧，穿过表层，他直接把我们引到这里。外部世界并没有消失，警察局、周围的那些人都对拉斯柯尔尼科夫构成刺激，对他的言行不无影响，但是陀思妥耶夫斯基镜头聚焦的，始终是主人公的内心，其他的一切都成了背景。

布罗茨基曾经说，有一种人，“他把自己或任何别人的生活视为一种测试某些人类特质的试管，这种特质在试管里极端禁锢状态下的保持力，对于证明无论是教会版还是人类学版的人类起源都是至关重要的。这种人一旦成为作家，就不会给你很多细节，而是会描述他的人物的状态和心灵的种种转折，其描述是如此彻底全面，以至于你为没有亲身见过此人而高兴。合上他的书就像醒来时换了一副面孔”。他举为典型的，正是陀思妥耶夫斯基。读《罪与罚》，我们会淡忘人物所处的环境，甚至人物的外貌举止也是模糊的，这一切被虚化之后，主人公的内心状态却异样清晰。它被放大，推到极限，占据了整个舞台。——全神贯注于人物的灵魂状态，陀思妥耶夫斯基的兴奋点因此是“形而上”的。而拉斯柯尔尼科夫内心的天人交战让他身处任何环境都“心不在焉”，他的“问题”撕扯着他，压得他喘不过气来。

如书名所示，他面对的“问题”就是罪与罚。他有罪吗？如果他是罪人，那他犯的是什么罪？他应该接受谁的审判？是什么样的罪就应该受到相应的惩罚，那么他该当何种惩罚？流放是法庭给他定的罪，但法律意义上的审判当然不是重点所在，拉斯柯尔尼科夫内心的挣扎来自道德、宗教的审判。不妨说，最严酷的审判乃是在他的内心展开，他同时充当了原告和被告，两个声音互不相让，如同最最激烈的法庭辩论。这场辩论使用的不是概念、逻辑、推理，每一种声音都伴随着强大的情感力量，也因此充满张力，读来惊心动魄。绝大部分的时间里，两种声音谁也压不倒对方，即使他已自首到西伯利亚服刑，他也没有真正服罪，主人公也就在一种濒临崩溃的边缘上受着煎熬。直到最后，他被索尼雅感化，才意识到唯有上帝才有资格审判人间的一切，因此选择皈依了宗教。

这样的结局是否有足够的说服力是有争议的。不管怎么说，《罪与罚》给读者留下的最深刻的印象，不是主人公皈依后获得的宁静，而是他经历的炼狱般的煎熬。鲁迅说：“他把小说中的男男女女，放在万难忍受的境遇里，来试炼它们，不但剥去了表面的洁白，拷问出藏在底下的罪恶，而且还要拷问出藏在那罪恶之下的真正的洁白来。而且还不肯爽利地处死，竭力要放它们活得长久。而这陀思妥耶夫斯基，则仿佛就在和罪人一同苦恼，和拷问官一同高兴着似的。这绝不是平常人做得到的事情，总而言之，就因为伟大的缘故。”这段话完全可以用于《罪与罚》。

陀思妥耶夫斯基被称为“残酷的天才”。他的“残酷”正在于对人之罪与罚的毫不容情的追问。没有多少人能够承受同时扮演罪人与拷问官这样近乎分裂的撕扯，甚至“时时解剖别人，然而更多的是更无情面地解剖我自己”的鲁迅也微露吃不消之意，可见陀思妥耶夫斯基将他的灵魂拷问推进到何等极致的程度。古往今来，没有其他哪位作家像他那样，引领读者经历这般灵魂的炼狱，凝视其痛苦的挣扎。

余　斌

CONTENTS · 目录

主要人物表

罗季昂·罗曼内奇·拉斯柯尔尼科夫（昵称罗佳，罗季卡） 大学生

普尔赫莉雅·亚历山大罗芙娜·拉斯柯尔尼科娃 拉斯柯尔尼科夫的母亲

阿芙朵嘉·罗曼诺芙娜（昵称杜尼雅，杜涅奇卡） 拉斯柯尔尼科夫的妹妹

德米特利·普罗科菲伊奇·符拉祖米欣（简称拉祖米欣） 大学生，拉斯柯尔尼科夫的同学

谢敏·扎哈洛维奇·玛尔美拉朵夫 退职九品文官

卡捷莉娜·伊凡诺芙娜 玛尔美拉朵夫的妻子

索菲雅·谢敏诺芙娜·玛尔美拉朵娃（昵称索尼雅，索涅奇卡） 玛尔美拉朵夫的女儿

波丽娜（昵称波莉卡，波连卡，波丽雅） 卡捷莉娜与前夫生的长女

阿辽娜·伊凡诺芙娜 放高利贷的老太婆

丽扎维达·伊凡诺芙娜 阿辽娜的妹妹

阿尔卡吉·伊凡诺维奇·斯维德利盖洛夫 地主

玛尔法·彼得罗芙娜·斯维德利盖洛娃 斯维德利盖洛夫的妻子

彼得·彼得罗维奇·卢仁 律师，杜尼雅的未婚夫

安德烈·谢敏诺维奇·列别齐亚特尼科夫 卢仁的朋友

普拉斯科维雅·巴甫洛芙娜（昵称巴宪卡） 拉斯柯尔尼科夫的女房东

娜斯达霞（昵称娜斯达西尤希卡） 女仆

阿玛丽雅·伊凡诺芙娜·里普威赫节尔 玛尔美拉朵夫家的女房东

左西莫夫 医生

扎麦托夫 警察分局办事员

尼科丁·佛米奇　区警察分局局长

伊里亚·彼得罗维奇　警察分局副局长，中尉

波尔菲利·彼得罗维奇　警察分局侦查科长

尼古拉·杰缅季耶夫（昵称米科莱，尼古拉什卡）　油漆工人

德米特利（昵称米季卡，米特莱）　油漆工人

第一部

第一章

7月初，在天气非常炎热的季节，将近傍晚，有个年轻人走出他在某巷二房东那儿租到的小屋，来到街上，慢腾腾往K桥走去，仿佛犹疑不决似的。

他总算躲开了在楼梯上跟女房东见面。他的小屋在一所很高的五层楼房里，与其说像个住人的房间，不如说像个立柜。他的女房东租给他那间小屋住，给他包伙食，为他打扫房间。她自己住在下边一层楼单独一套房子里，每次他上街，一定要经过女房东的厨房，厨房的门几乎总是朝楼梯敞开着。年轻人每次路过，心里总是生出一种不好受的胆怯感觉，而且他总是为此害臊，皱起眉头。他欠女房东不少债，怕跟她见面。

这倒不是因为他胆小怕事，事实甚至完全相反。最近一段时期，他很容易发脾气，心情紧张，近似患了疑心病。他专心想自己的心事，躲开大家，不但怕跟女房东见面，甚至怕遇见任何人。他一直穷得要命，可是近来就连这种窘况也不再惹得他烦恼。他完全不再做他那些绝对必要的事，也不愿意做了。实际上，不管哪个女房东，也不管她打算怎样跟他为难，他一概不怕。不过，要他在楼梯上停住脚，听女房东东家长西家短地说一堆跟他不相干的废话，逼着他还账，威胁他，向他发牢骚，同时他得设法抽身走掉，支吾搪塞，说些假话，那可万万不行，宁可想办法像猫似的蹿下楼梯，溜掉了事，免得让人看见。

然而这一回他走出来，到了街上，却不由得暗自吃惊：原来他是害怕跟他的女债主见面的。

“我正起意干一件那么大的事，不料连这样的小事我都害怕！”他暗自想道，古怪地微微一笑。“嗯……是啊……一个人本来可以把样样东西都捞到手，可是只因为胆小，就全放过去，什么也没抓到……这真是明显的道理……我倒很想弄清楚人们最怕的究竟是什么。他们最怕的就是采取新的做法，说出自己心里新的话语……不过呢，我唠叨得太多了。我什么事也没干，就是因为我老是唠叨。然而事情也许是这样：因为我什么事也不干，才唠唠叨叨。最近这一个月来，我学会了唠唠叨叨，一连几昼夜躺在屋角里，想啊想的……尽想些戈罗赫王[1]的事。咦，现在我去干什么？难道我干得出那种事吗？难道那种事是认真想干的？根本就不是认真想干。无非想入非非，藉以安慰自己，闹着玩罢了！对了，也许就是闹着玩的！”

街上热得可怕，而且很闷，行人拥挤，到处是石灰浆、脚手架、砖头、灰尘，弥漫着每个没有能力在城外租别墅的彼得堡人都很熟悉的那种特别的夏天臭气，这些东西加在一起，弄得年轻人本来已经不正常的神经越发难受了。从城里这一带为数众多的小酒馆里冒出来的恶臭，以及尽管这天是工作日却随时可以遇到的醉汉，给这幅画添上了可憎的忧郁色彩。那个年轻人清秀的面庞上倏地露出极其厌恶的表情。顺便说一句，他相貌分外好看，眼睛乌黑而美丽，头发深棕色，身材高于一般人，清秀而匀称。然而，他不久就落进苦思冥想的状态，说得确切点，甚至仿佛已经达到忘记一切的境界，只顾走路，不再留意周围的情形，而且也不愿意去留意了。只是有的时候，他拗不过刚

1. 童话中的王，意指荒唐的事。

才他表露过的独白习惯，低声自言自语。在这种时候，他自己也总感到思绪纷乱，身体很虚弱。他已经有两天几乎什么东西也没吃了。

他的衣着很差，就连那些习惯于穿得很差的人，也不好意思在白天穿着这样的破衣烂衫上街。不过这个地段倒有所不同，不管穿什么样的衣服也很难令人震惊。这儿靠近干草市场，布满了某类不名誉的场所，而且在彼得堡中心的大街小巷里人烟稠密，居民大多属于各行会，靠手艺谋生，有些奇形怪状的人不时在街头巷尾出现，因此遇到这种人就吃惊未免奇怪了。可是那个年轻人心里，这时候满是凶狠的轻蔑，所以尽管他年纪轻轻，很怕丢脸，却对穿着破衣烂衫上街毫不介意。如果遇见熟人或者以前的同学，事情就不同了，总之，他是不喜欢遇见他们的……可是这当儿有个醉汉不知什么缘故坐着一辆大板车，由一匹运货的大马拉着，路过这条街，不知要到哪儿去，那醉汉突然在车上高叫一声："喂！你这个日耳曼佬，做帽子的工人！"他扯开嗓门大喊一声，伸出一只手指着他，年轻人就一下子停住脚，慌忙抓住自己的帽子。他的帽子又高又圆，原是在齐美尔曼帽店买的，不过如今已经完全陈旧，通体退了色，满是窟窿和污斑，帽边也掉了，极不像样地歪戴在头上。然而他心头涌起的却不是羞臊，而是截然不同的另一种感情，甚至近似恐惧。

"我早就知道！"他慌张地嘟哝说，"我早就料到了！这糟透了！只要冷不防发生一件这样的蠢事，一件极琐碎的小事，就能破坏整个计划！是啊，这顶帽子太显眼……它的样子惹人发笑，所以就显眼……穿着这样的破衣服，就一定得戴制帽，哪怕是一顶旧的扁帽子也成，这顶难看的帽子却戴不得。谁也不会戴这种帽子，隔着一俄里远就会引人注意，让人记住……要紧的是人家事后会想起来，这就成了罪证。干这种事得尽量少显眼才行……别看是小事，这最关紧要！……正是这类小事才往往坏了大事……"

他用不着走多么远。他甚至知道从他家里出来，要走多少步：整整七百三十步。有一天，他满脑子都是幻想，顺便把步子数清了。当时他自己还不相信自己的幻想，只是心里感到兴奋，因为那些幻想虽然不成体统，却泼辣得迷人。如今，过了一个月后，他的看法开始改变了，尽管他老是暗自讥诮自己软弱无能，优柔寡断，可是那种“不成体统”的幻想，不知怎的，使他甚至已不由自主地常认为是一种切实可行的事，只是他自己还不相信自己真会去做罢了。现在，他就是要去给他的计划做一番“试验”，他每走一步路，他的激动就增长一分。

他带着好像停止跳动的心、神经质的战栗，走到一座大厦跟前。那座大厦有一边临着一条人工河，另一边临着一条大街。这所房子分成许多小住所，住满各式各样的手艺人，裁缝啦、小炉匠啦、厨娘啦、形形色色的日耳曼人啦、靠自己活着的姑娘啦、小官啦，等等。两个大门口和两个院子里经常有人进进出出。那儿有三四个管院子的人当差。这年轻人却一个也没碰见，不由得暗自高兴，马上神不知鬼不觉地溜进大门，登上右边的楼梯。那是后门的楼梯，又暗又窄，不过这些他早就知道，摸熟了。他很喜欢这种环境，因为在这种幽暗的地方，哪怕碰上一对爱好刺探的眼睛也不会有危险。“如果我现在就这么害怕，那么真要是到了动手干起**那件事**时，那会怎样呢？……”他走上四楼，不禁这样想道。在这儿，有几个退伍兵改当搬运夫，正从一个住所搬出家具来，挡住他的去路。他早先已经知道这套房里住着一个有家眷的日耳曼人，是做文官的。“这样看来，那个日耳曼人现在搬走了，那么这四楼、这道楼梯、这个楼面，暂时就只有老太婆一家居住了。这挺好……万无一失了……”他又暗想，拉了拉老太婆家的门铃。门铃轻轻地响起，仿佛是白铁做的，而不是铜做的。这类房屋几乎都装着这样的门铃。他已经忘了这种铃声是什么样子，如今这种特别的铃声似乎使他蓦地想起一件事，它清楚地出现在他的眼前……他不禁打了个冷战，这一回他的神经紧张得十分衰弱。没过多久的工夫，房门拉开一条小缝，女房主隔着小缝打量来客，露出明显的不信任神情，他光看见她那对小眼睛在黑地里闪闪发光。不过她瞧见楼梯平台上有很多人，才放大胆子，把门敞开。年轻人就迈过门槛走进前室，那儿有一道隔板，后边是间小厨房。老太婆站在他面前，没开口说话，瞧着他，现出疑问的神态。她是个干瘪的小老太婆，年纪六十上下，有一对敏锐而凶狠的小眼睛，鼻子又尖又小，没戴头巾。她头发浅黄，略带花白，搽了很多油。她脖子细长，类似鸡腿，缠着一条旧的法兰绒围巾。尽管天热，她两个肩膀上却披一件破旧而发黄的毛皮上衣。老太婆不住咳嗽喘息。大概因为年轻人瞧着她的目光有点特别，所以她的眼睛忽然又闪出原先那种不信任的神情。

“我姓拉斯柯尔尼科夫，是大学生，一个月前到您这儿来过。”年轻人赶紧嘟哝着说，想起他应当客气点，就略微点一下头。

“我记得，先生，您来过，我记得很清楚。”老太婆口齿清楚地说，她那对疑问的眼睛仍然盯紧他的脸。

“那么……我又来了，还是办那样的事……”拉斯柯尔尼科夫接着说，有点发窘，看到老太婆的不信任神情而暗暗吃惊。

“也许她素来就是这样，可是那一次我没看出来。”他暗想，心里很不愉快。

老太婆没说什么，仿佛在沉思，然后闪到一旁，指着通到正房的门，让客人先进一步，说：

“请进，先生。”

年轻人走进一个不大的房间，那儿糊着黄色壁纸，放着天竺葵，窗上挂着薄纱窗帘。这时候夕阳把房间照得通亮。

“那么，到**那时候**太阳也会照得这么亮吧！”拉斯柯尔尼科夫的头脑里仿佛偶然闪过这样的想法，然后他赶快**环顾**一下房间里的东西，好尽量看清和记住这儿的布置。可是房间里什么特别的东西也没有。家具都很旧，是用黄木做的，有一张长沙发，弓形的木靠背很大，长沙发前边放一张椭圆形的桌子，另外，在两个窗口之间有个带镜子的梳妆台，沿墙摆着几把椅子，墙上挂着的两三张不值钱的画片上画着些日耳曼小姐，手里捧着鸟，它们镶在黄色镜框里。全堂家具就只有这些。墙角有帧不大的圣像，前面点着长明灯。样样东西都很干净，无论是家具还是地板都擦得亮晃晃的，到处闪闪发光。

“这都是丽扎维达收拾的。”年轻人暗想。整个住所里找不出一丁点儿灰尘。

“只有这恶毒的老寡妇家里才收拾得这么干净。”拉斯柯尔尼科夫继续暗自想道，然后斜起眼睛，带着好奇的神情瞧一块印花布门帘，那儿通到另一个小房间，里面放着老太婆的床和五层式屉柜，他一次也没走进去看过。整个住所只有这两个房间。

“您有什么事？”老太婆走进房间，厉声问道，仍然在他面前站住，好直着眼睛瞧他。

“我拿来一样东西要当，喏，就是这个！”他说着，从衣袋里取出一块扁平的旧怀表。怀表的反面刻着个地球，表链是钢质的。

“不过您上次的抵押品已经到期了。前天就已经满一个月了。”

“我会给您送一个月的利息来。请您略为等一下。”

“不过，先生，究竟是等，还是现在就把您的东西卖出去，这得由我做主。”

“这块怀表能押很多钱吧，阿辽娜·伊凡诺芙娜？”

“您总带些不值钱的东西来，先生，这东西恐怕一个钱也不值。上回您拿戒指来，我给了您两张钞票[1]，其实到首饰商店去买只新的，花

1. 指两卢布。

一个半卢布就成了。”

“您给四个卢布吧，我以后会来赎，这是我父亲的。我不久就会拿到钱。”

“我给一个半卢布，而且不瞒您说，还得先收利息，先生。”

“一个半卢布！”年轻人大叫一声。

“那就随您的便。”说完，老太婆把怀表退还给他。年轻人接过来，气得不得了，一心想索性走掉了事，可是他马上又改变主意，因为他想起没别处可去，而且他到这儿来另有目的。

“就这样吧！”他粗鲁地说。

老太婆伸手到衣袋里摸出钥匙，掀开门帘，走进另一个房间。年轻人独自站在房间中央，注意地听着，暗自思忖。他听她打开五层式屉柜。

“大概是上边一层抽屉吧，”他暗想，“那么，她的钥匙总是放在右边衣袋里……所有的钥匙都放在一起，穿在一个小钢圈上……其中有把钥匙最大，比别的大两倍，有高高低低的锯齿，一定不是用来开五层式屉柜的……可见另外还有个首饰箱或者小箱子……这才该弄清楚。小箱子的钥匙都是这样的……不过，这种事多么卑鄙啊……”

老太婆走回来。

“那就这么办，先生：既然一个卢布每月的利息是十戈比，那么这一个半卢布，您先交一个月利息，就得付十五戈比。还有，您先前的两卢布，也照这个算法，得先付二十戈比。那么一共是三十五戈比。现在，您把怀表抵押给我，总共该得一卢布十五戈比。喏，您收下吧，先生。”

“怎么！这样说来，现在就只剩下一卢布十五戈比了！”

“对，先生。”

年轻人不想争吵，把钱收下。他瞧着老太婆，不急于走掉，仿佛另外还打算说什么话，或者做什么事，可是自己也不知道该说什么或者做什么似的。

“也许，过几天，我还会给您，阿辽娜·伊凡诺芙娜，拿一样东西来……是银的……挺好的……一个烟盒……喏，等我从朋友那儿拿回来……”他发窘了，停住嘴。

“好，到那时候再说吧，先生。”

“再见……怎么您老是一个人在家，您妹妹却不在？”他一边走进前室，一边问道，口气尽量随随便便。

“可是她跟您有什么相干，先生？”

“哦，我没有什么特别的意思。我是随便问问的。可是您马上就……再见吧，阿辽娜·伊凡诺芙娜！”

拉斯柯尔尼科夫慌里慌张地走出去。这种慌张越来越增长。他顺着楼梯走下去，甚至有好几次停住脚，仿佛突然想起什么，吃了一惊似的。最后他走到街上，不由得喊叫道：

“啊，上帝！这种事多么可憎！难道，难道我能……不，这是瞎想，这是荒唐！”他坚决地补充说。“难道我脑子里能想出这种骇人听闻的事来？不过，我的心居然受得了这种肮脏的事啊！主要的就是肮脏、下流、卑贱、卑劣！……我这整整一个月……”

可是，他说话也罢，喊叫也罢，都不足以表达他的激动。这种无限憎恶的心情，在他来找老太婆的时候，本来就已经压紧和折磨他的心，如今更是变本加厉，十分露骨，弄得他不知道该怎么样才能摆脱他的苦恼了。他在人行道上走着，像个醉汉，看不见过路的行人，常常撞在他们身上，一直走到第二条街上才清醒过来。他往四下里看一眼，发现旁边有家酒店，是个地下室，要从人行道上走下几层台阶，就可以走进门去。这时候正巧有两个醉汉走出店门，互相搀扶着，骂骂咧咧地来到街上。拉斯柯尔尼科夫没有多想，立刻顺着台阶走下去。

这以前他从没进过酒店，可是现在他头昏脑涨，而且渴得要命。他有心喝点凉啤酒，特别是因为他把突如其来的衰弱归因于肚子饿。他在阴暗肮脏的墙角边一张摸着黏糊糊的小桌旁边坐下，叫了啤酒，一口气喝下一大杯。立刻，他感到神清气爽，他的思路也清楚了。

“这都是胡闹，”他怀着希望说，“这没有什么可惊慌的！无非是自己出了点毛病罢了！喝上一杯啤酒，吃掉一块面包，马上就头脑健全、思路清楚、意志坚定了！呸，这一切是多么无聊啊！……”

可是，尽管他鄙夷地啐了一口，却显出快活的样子，似乎一下子摆脱了千斤重担，然后他友好地看一眼在座的人。不过就连在这时候，他也隐约地预感到他这种心情舒畅的转机也是病态的。

这当儿酒店里顾客稀少了。除了方才在台阶上碰到的两个醉汉以外，紧跟着又有一大群人走出去，约莫有五个男人，带着一个姑娘，还拿着一部手风琴。他们走后，这儿变得安静而宽敞了。剩下的人中间有一个带醉意的人，可是醉得不厉害，坐在那儿喝啤酒，论模样，是个小市民。他的伙伴又胖又高大，留着花白的胡子，穿一件带褶的短上衣。他喝得酩酊大醉，躺在长凳上睡着了，可是有的时候，仿佛半睡半醒，突然把手指弹得啪啪响，摊开两条胳膊，上半截身子耸上耸下，却没从长凳上坐起来，同时哼着一支莫名其妙的歌，极力地回想歌词，例如：

我疼爱妻子整整一年，
我疼爱妻子整整一年……

或者，蓦地醒过来，又唱道：

我顺着大街散步，

碰见了我旧日的情妇……

可是谁也没有跟他一起高兴。他那沉默的伙伴瞧着这种纵情歌唱，甚至露出反感和不信任的神情。另外，这儿还有一个人，从外貌看，有点像退休的文官。他独自坐着，面前放一小瓶酒，偶尔喝一口，往四下里瞧一眼。他似乎也有点激动不安。

第二章

拉斯柯尔尼科夫不习惯于夹在人群当中，上文已经说过，他总是避免一切交际，尤其在最近这段时间。不过现在他却忽然想跟别人交往了。似乎他内心起了一种新的变化，随即就生出一种渴望，想接近外人了。整整一个月以来他苦恼重重，心情郁闷而兴奋，已经感到很厌倦，一心想到另一个世界里去，哪怕休息一分钟也好，而且不管那是什么样的世界，所以现在在酒店里，尽管环境十分肮脏，他却流连忘返了。

店主人待在另一个房间里，可是常常到这个大房间里来，也就是从上边踏着台阶走下来，因此首先扑进人的眼帘的就是他那双考究和涂过焦油的皮靴，配着红色大翻口。他穿着紧腰细褶的长外衣，套一件污迹斑斑的黑缎背心，没扎领结，他整张脸仿佛搽了油，活像一把铁锁。柜台里边有个十四岁上下的学徒，另一个学徒年纪更小，遇到顾客要酒叫菜，就端过去。柜台上放着切碎的黄瓜、黑面包干、切好的小鱼块，这些东西都很难闻。房间里闷得很，坐久了简直受不了，而且到处都弥漫着浓重的酒气，似乎只要闻一闻这儿的空气，不出五分钟就能醉倒了。

有的时候，我们跟素不相识的人萍水相逢，只看上一眼，没等到开口讲话，就突然间不知怎么，出乎意外地对他发生兴趣了。那位坐得不算太远，貌似退休文官的顾客，恰好在拉斯柯尔尼科夫心里引起了这样的感想。事后年轻人有好几回想起这个最初的感想，甚至把它归结为一种预感。他不断瞧着文官，当然，这也是因为文官同样目不转睛地瞧着他，分明很想开口攀谈。至于酒店里其余的人，包括店主人在内，文官却一概随便地看看，甚至觉得乏味，同时还带点高傲的轻慢态度，就跟瞧着社会地位和文化水平低下的人，认为跟这人不值得交谈似的。这个人年纪已经五十多岁，中等身材，体格壮实，头发却已经花白，头顶秃了一大块。他因经常酗酒而面容浮肿，肤色姜黄，甚至发青。他眼皮臃肿，中间夹着两只细小得像缝隙的眼睛，它们虽然因充血而发红，却很有精神，闪闪发光。不过他有一种很奇怪的神情：虽然他的目光简直似乎闪着热烈昂扬的情绪，也许还含着思想和智慧，然而同时又好像露出疯狂的光芒。他穿着十分破烂的黑色旧燕尾服，纽扣几乎都掉光了，好歹总算有一颗没掉，他就把它扣上，看来他希望不致太不像样。他穿一件黄布背心，里边露出一块胸衬，全揉皱了，满是污斑和油迹。他按文官的样子刮过脸，然而那是老早以前刮过的，因为已经长出密密麻麻的硬胡子。再者他的风度也确实像文官那么稳重，可是他心神不安，把头发搔乱，有的时候苦恼得伸出双手抱住头，把两袖磨破的臂肘支撑在油污而发黏的桌子上。最后，他直勾勾地瞧着拉斯柯尔尼科夫，语气坚定地大声说道：

“我尊贵的先生，我可以冒昧跟您规规矩矩地谈一谈话吗？因为，虽然您外貌并不引人注目，然而我的经验却使我看出您是个受过教育的人，不习惯于喝酒。我是素来尊敬受过教育的人和他们那种真挚的感情的，再者我自己就是个九品文官。玛尔美拉朵夫就是我的姓[1]，我是九品文官。我冒昧问一句：您在衙门里任职吗？”

1. 这个姓可意译为“果冻”。

“不是，我在读书……”年轻人回答说，心里有点吃惊，因为那个人讲话用特别文绉绉的口气，而且居然直截了当地找他谈话。尽管年轻人刚才还希望无论跟什么人交往一下都行，可是面临第一次真有人对他这样讲话，他却忽然像往常那样感到不愉快而愠怒，厌恶任何生人来接近他或者仅仅打算跟他接近了。

“那么您是大学生，或者以前是大学生！”文官嚷道，“我早就料到了！我有经验，尊贵的先生，长期积累的经验！”说完，他伸出一根手指按住额头，表示自己很有头脑。“您做过大学生，或者搞过什么学问！不过，请您允许我……”他站起来，身子摇摇晃晃，拿起他的酒瓶和杯子，走到年轻人那儿坐下，略微斜对着他。他有了醉意，可是讲话流畅而有生气，只是偶尔讲到某些地方，头脑乱了，话就拖拉了。他甚至带点饿虎扑食的样子冲到拉斯柯尔尼科夫眼前，仿佛也有整整一个月找不到人谈话了。

“尊贵的先生，”他几乎庄严地开口说，“‘贫穷并不是罪过’，这是实话。我还知道酗酒也不是美德，这话更实在。不过一贫如洗，尊贵的先生，一贫如洗却成了罪过。光是贫穷，人还能保住天赋的高尚感情，可是落到一贫如洗的地步，那就谁也休想保住了。一贫如洗的人甚至不是被人用棍子赶出人类社会，而是用扫帚扫出去的，为的是让他更丢脸。而且这样做是对的，因为我一旦落到一贫如洗的地步，首先就准备侮辱我自己。所以才到酒馆里来！尊贵的先生，一个月前列别齐亚特尼科夫先生把我妻子痛打了一顿，可是我的妻子跟我是两回事！您明白我的意思吗？另外，请您允许我，就算是出于单纯的好奇心吧，再问您一句话：您在涅瓦河装运干草的驳船上度过夜吗？”

“没有，我没遇上过这种事，”拉斯柯尔尼科夫回答说，“这话是什么意思？”

“哦，我却正好从那儿来，我在那儿已经睡过五夜了……”

他斟上一杯酒，喝下去，沉思不语了。果然，看得出来他的衣服，以至头发上都有些地方粘着干草茎。很可能，他有五天没脱过衣服，没洗过脸了。他那双发红的胖手特别脏，指甲里是黑的。

他的话似乎引起了大家懒散的注意。柜台那边的学徒们嘿嘿地笑起来。店主人似乎特意从上边的房间里走下来，打算听这个“逗笑的家伙”讲话，在不远的地方坐下，带着懒散的神态而又大模大样地打呵欠。显然，玛尔美拉朵夫在这儿早就是个常客。再者，他讲话喜欢文绉绉，大概这是常在酒店里跟各式各样的生人谈天而养成的习气。这样的习气，在某些酒徒，主要是在家里受到严格管束而到处俯首帖耳的酒徒那里，就成了需要。也就是因为这个缘故，他们总是好像在喝酒的伙伴面前极力为自己辩白，而且如果可能的话，甚至想博得别人的尊重。

“逗笑的家伙！”店主人大声说，“你既然是文官，干吗不去办公，干吗不去做官？”

“我干吗不做官呢，尊贵的先生？”玛尔美拉朵夫接过话，却只对着拉斯柯尔尼科夫一个人讲话，好像问话的就是他似的。“我干吗不做官？难道我忍气吞声过日子却什么也没得着，我的心就不痛？一个月前列别齐亚特尼科夫先生，亲手把我的太太暴打一顿，我却喝醉了酒躺在那儿，难道我就不难过？请容许我问一句，年轻人：以往您……嗯……有没有向人借钱而又不抱希望？”

“有过……可是什么叫‘不抱希望’？”

“也就是根本没有希望，事先知道这会是一场空。比方说，您事先就知道得很清楚：那个人，那个最善良、且极其有益于国家的公民，说什么也不会借给您钱，这里我要问一声，他怎么会借呢？反正他知道我不会还钱。出于怜悯心借给您吗？可是，信奉新思想的列别齐亚特尼科夫先生，前些日子声明过，说是在我们这个时代连科学都禁止人发挥怜悯心，而且在英国那个盛行政治经济学的地方，已经照着办了。那么，我要问一句，他怎么会借给您钱呢？您呢，事先明明知道他不会借，却还是动身去找他，于是……”

“那又何必再去呢？”拉斯柯尔尼科夫插一句嘴。

“可是，既然没有别的人可求，既然没有别的地方可去，那又有什么办法！要知道，不管什么人，至少总得有个地方可去啊。因为有些时候，人好歹非到一个什么地方去不可！先前我那独生女儿头一次拿着黄色执照[1]上街，我当时就也出去了！……（因为我女儿靠黄色执照谋生，先生……）”他顺带补充一句，同时有点不安地瞧着年轻人。“没关系，尊贵的先生，没关系！”他看见柜台那边两个学徒扑哧一笑，店主人也微微一笑，就立刻匆忙地这样声明说，但显得很镇静。“没关系！我倒不会因为人家摇头而难为情，因为这些事大家都已经知道，所有的秘密全公开了。我对待这种情形并不采取轻蔑的态度，而是逆来顺受。随他们去！随他们去吧！你们看‘这个人’！[2]请允许我问一句，年轻人：您能不能……可是，不对，说得强烈点和传神点，不是**能不能**，而是您现在瞧着我的脸时，敢不敢肯定地说我不是一头猪？”

年轻人一句话也没回答。

“是啊，”那位演说家等到随之而来的又一次窃笑声在房间里平息之后，接着讲下去，神态庄重，甚至越发显得尊严了，“是啊，先生，就算我是一头猪，然而她是一位太太！我的形象是野兽，可是卡捷莉娜·伊凡诺芙娜，我的夫人，却是个受过教育的女人，在娘家原是校级军官的女儿。就算我是下流人，就算这样吧，可是她是心灵高尚的女人，充满受过培养的崇高情操。不过话说回来……啊！要是她

1. 指沙皇政府发给私娼的卖淫许可证。
2. 意思是“我不在乎”。这句话是彼拉多看见耶稣在受难时表现得刚强坚定而说的赞语，详见《新约·约翰福音》。——俄文本编者注

能怜悯我就好了！尊贵的先生，尊贵的先生啊，要知道，不管什么人，好歹总需要有那么一个地方可以去获得人家的怜悯呀！至于卡捷莉娜·伊凡诺芙娜，虽然是个宽厚的太太，可是对人却不公道……虽然我自己也明白，每逢她揪我的头发，那也无非是出于怜悯心，因为，我要毫不难为情地再说一遍，她确实常揪我的头发，年轻人，”他听见窃笑声又响起来，就强调说，神态显得加倍尊严了，“可是，话虽如此，上帝啊，要是她哪怕有一次……可是，不！不！谈这些是白费劲，用不着再谈！用不着再谈！……因为我不止一次如愿以偿，不止一次得到过怜悯，可是……我的行为就是这样，我是个天生的畜生！”

“就是嘛。”店主人打着呵欠说。

玛尔美拉朵夫举起拳头，使劲捶一下桌子。

“我的行为就是这样！您知道吗，您知道吗，我的先生？我甚至把她的袜子拿去换酒喝了！我说的不是鞋，因为把鞋拿去换酒喝，多少还有点近乎情理，我却把袜子拿去换酒喝了，她的袜子，先生！她还有一条羊毛围巾，原是从前人家送给她的，也让我拿去换酒喝了，那是她的东西，不是我的。如今我们住在冷屋子里，她去年冬天着了凉，不停地咳嗽，已经咳出血来。我们有三个小孩子，卡捷莉娜·伊凡诺芙娜从早忙到晚，又是擦器皿，又是洗衣服，又要给小孩全身洗干净，因为她从小就干净惯了。她肺部弱，迟早要得痨病，这一点我已经体会到了。我怎能体会不到？我越喝酒，就体会得越深。我之所以喝酒，就是为了在酒里寻找怜悯和感情……我喝酒是因为我有心要加倍地痛苦！”说完，他仿佛绝望了，把头垂到桌子上。

“年轻人，”他又抬起头来，接着说下去，“我在您脸上似乎看出您心境有点悲伤。刚才您走进来，我就看出这一点，所以才立刻跟您谈话。因为，我给您讲我的生活经历，并不是打算让这班好吃懒做的家伙羞辱我一场，反正我不讲，这些事他们也已经都知道，我是想找一个富于感情而又受过教育的人聊聊。您要知道，我的太太以前在高等的省立贵族女子中学读书，毕业的时候在省长和其他大人物面前跳过披巾舞，结果得到一枚金质奖章和一张奖状。那奖章……哦，奖章卖掉了……早就卖掉了……嗯……奖状却至今收藏在她箱子里，不久以前她还拿给女房东看过。虽然她跟女房东一直不断发生纠纷，可是她总想在人家面前夸耀自己，讲讲她过去幸福的日子。我说这话并不是责备她，我不是责备她，因为她过去岁月的回忆只留下这一点点东西，其余的全烟消云散了！是啊，是啊，她是个暴性子的太太，自尊心很强，决不低头。她固然擦地板，靠黑面包度日，可是谁要对她不尊重，她可不答应。也就是因为这个缘故，列别齐亚特尼科夫先生对她说的粗暴、无礼的话，她不肯轻易放过，后来列别齐亚特尼科夫先生为此痛打她一顿，使她卧病在床，可是这与其说是挨了打，还不如说是感情受了伤害。我是在她守寡的时候娶她的，那时候她带着三个孩子，一个比一个小。当初她是出于爱情才嫁给她第一个丈夫，一个步兵军官的，她离开她父母的家跟他一起私自逃跑了。她非常爱她丈夫，可是，他一味打牌赌钱，后来在法院受审，就此死了。他在最后那段时期常常打她，虽然她也没轻饶他，关于这一点我知道得很确切，而且有文件为凭，可是直到现在她提起他来，还总是眼泪汪汪，教训我要学他的榜样对她好。我呢，心里挺高兴，因为她至少在想象中还认为她以前有过幸福的日子。她丈夫死后，撇下她一个人带着三个年纪很小的孩子，住在一个偏僻而荒凉的县城里，当时我恰好也在那儿。那时她穷得不得了，我虽然见过许多各式各样的灾难，却简直没法形容她那种处境。她的亲戚一概不认她。再者她自尊心强，强极了。那时候，尊贵的先生，我的妻子也已经去世，给我留下一个十四岁的女儿，我就向她求婚，因为我不忍心看她那么受苦。她原是受过教育的女人，又出身于名门望族，却居然答应嫁给我，由此可见，她已经落魄到什么地步了！总之，她嫁给我了！她又是流泪，又是痛哭，又是绞她的手，但还是嫁给我了！因为，她没处可去呀。尊贵的先生，所谓走投无路究竟是什么味道，您明白吗，您明白吗？不！这种味道您还不能明白……有整整一年之久，我循规蹈矩，兢兢业业地尽我的责任，没碰过这个东西，”他用手指戳一下半俄升的酒瓶，“因为我有感情。不过就连这样我也没能博得她的欢心。后来我在那儿失了业，并不是我犯了过错，而是编制变更了，我这才喝上了酒！我们到处漂泊，经历过数不清的灾难，终于来到这个装点着众多纪念像的壮丽京城，到如今快满一年半了。我在这儿总算谋到一个差事……谋是谋到了，后来却又丢了。您明白吗？这一回我丢掉差事却是由于我的过错，因为我的弱点……目前我们住在女房东阿玛丽雅·费多罗芙娜·里普威赫节尔[1]的半间屋里，至于我们靠什么生活，拿什么付房钱，我也说不上了。在那儿，除了我们以外，还住着许多人……乱糟糟的，不像样极了……嗯……是啊……这当口我前妻所生的女儿却渐渐长大，至于她，我的女儿，成长的时候，在继母手下受过多少气，我就不想再说了。因为卡捷莉娜·伊凡诺芙娜虽然有满腔宽宏大量的感情，然而是个性子暴躁的女人，爱发脾气，大声骂人……是啊！不过现在用不着重提这些事了！您可以想象得到，我的女儿索尼雅没受过教育。四年前，我着手教她地理和世界史，可是我自己也不怎么精通，再者这方面的教科书也没有什么像样的，那都是些什么啊……哼！……喏，现在就连这些书也没有了，总之那次教课就这么结束了。我教到波斯的基尔[2]就打住了。后来，她到成熟的年龄，读了几本内容浪漫的书，不久以

1. 根据全书判断，这位女房东名叫阿玛丽雅，姓为里普威赫节尔，父称应是伊凡诺芙娜，而玛尔美拉朵夫称她父称为费多罗芙娜，可能因为喝醉酒了，头脑糊涂，才说错的。女房东还有一个德国式的父称，叫留德维果芙娜，因为她是德裔。
2. 即古代史的开端。基尔是古波斯王国的奠基人。——俄文本编者注

前还经列别齐亚特尼科夫先生的手弄到一本刘易斯的《生理学》[1]……您知道这本书？……她津津有味地读一遍，甚至给我们朗诵过某些章节。她所受的教育就是这一点点。那么，尊贵的先生，现在我要从我内心向您提出一个可私下谈谈的问题：依您看来，一个穷苦而正直的姑娘单凭诚实的劳动能挣到很多钱吗？……要是这个姑娘正直而又没有特殊的才能，每天就连十五戈比也挣不到，而且还得一刻也不停地工作！还有，五品文官克罗普什托克，也就是伊凡·伊凡诺维奇……您听说过这个人吗？他那半打荷兰麻布衬衫的工钱不但至今没付，他甚至藉口说衬衫领子的尺寸做得不对而且缝歪了，就跺着脚，骂出难听话，把她羞辱一场，赶出了门……可是那儿几个小娃娃正饿着肚子……这时卡捷莉娜·伊凡诺芙娜绞着手，在房间里走来走去，脸颊上现出两块红晕，凡是患这种病的人总是这样的，她说：'你这个吃闲饭的人，在我们这儿倒过得挺好，吃啊喝的，穿得暖暖和和。'其实有什么喝的，有什么吃的，那些小娃娃有三天没见面包皮了！那时候我躺着……唉，说出来又有什么关系！我喝醉酒躺在那儿，听见我的索尼雅说（她是个性情温顺的姑娘，嗓音那么柔和……生着淡黄色头发，小脸总是又白又瘦），她说：'怎么，卡捷莉娜·伊凡诺芙娜，难道我真得去干那种事？'真的，有个存心不良而且多次进过警察局的女人，叫达莉雅·福兰左芙娜，她已经有三次托请女房东，要来见索尼雅。'那又怎么样，'卡捷莉娜·伊凡诺芙娜讥诮地回答说，'有什么舍不得的呢？你是什么了不起的宝贝！'可是您别怪她，您别怪她，尊贵的先生，您别怪她说的不对！这话她不是在头脑正常的时候，而是在心绪激动的时候说出口的，再加上她在病中，孩子们又没有东西吃，哭哭啼啼，况且她说这话与其说是真有那种意思，不如说是为了

1. 指英国实证主义哲学家和达尔文主义生理学家乔治·刘易斯（1817—1878）的著作《普通生命的生理学》，此书于1861年被译成俄文，流传广泛。——俄文本编者注

羞辱她……因为卡捷莉娜·伊凡诺芙娜就是那一种脾气，只要孩子们哇哇地哭，哪怕是饿哭的，她也会立刻动手打他们。后来我看见，六点钟光景，索涅奇卡[1]站起来，戴上头巾，披上斗篷，从家里走出去，可是八点多钟就回来了。她一回来，就照直走到卡捷莉娜·伊凡诺芙娜跟前，默默地在她面前的桌子上放下三十个卢布。她这样做的时候一句话没说，连正眼也没看她一下，光是拿起我们那块绿色细呢大头巾（我们家里有这么一块大家公用的头巾，是细呢的），在床上躺下，脸对着墙，用头巾连头带脸一齐蒙严，只是她的小肩膀和身子不断发颤……我呢，像以前一样，仍然那么躺着……不过，后来，我看见，年轻人，我看见卡捷莉娜·伊凡诺芙娜也一句话没说，往索涅奇卡的床前走去，整个傍晚跪在她身边，不断吻她的脚，不肯站起来，后来她们俩索性互相抱着，一块儿睡着了……两个人……两个人……互相抱着……是啊……我却喝醉酒躺在那儿没动，先生。"

玛尔美拉朵夫停住嘴，仿佛他的嗓子哑了似的。后来，他忽然匆匆地斟上酒，喝下去，清一下喉咙。

"从那时候起，我的先生，"他沉默片刻，接着说下去，"从那时候起，由于出了一件不利的事，由于有些心肠狠毒的人告密，而达莉雅·福兰左芙娜认为自己没受到应有的敬重，特别促成了这件事……总之，从那时候起，我的女儿索菲雅·谢敏诺芙娜[2]就不得不领黄色执照[3]，同时也由于这个缘故而不能跟我们住在一起了。因为女房东阿玛丽雅·费多罗芙娜也不肯让她住下去（其实以前她自己就帮过达莉雅·福兰左芙娜的忙）。另外还有列别齐亚特尼科夫先生……嗯……他跟卡捷莉娜·伊凡诺芙娜之间就是为索尼雅才闹出一场风波来的。起

1. 索涅奇卡是索尼雅的昵称。
2. 指索涅奇卡，即索尼雅。
3. 指正式长期做妓女。

初他自己极力勾引索涅奇卡，不料这时候倒认为伤了他自尊心而大发脾气了，他说：'我这么一个有教养的人，怎么能跟那种娘们儿住在同一所房子里？'卡捷莉娜·伊凡诺芙娜可不肯饶过他，就出来打抱不平……于是就闹起来了……如今索涅奇卡大半要等到天黑才到我们家里来，让卡捷莉娜·伊凡诺芙娜宽一宽心，还送些钱来，能给多少就给多少……她住在裁缝师卡彼尔纳乌莫夫家，在他们那儿租了个住处。卡彼尔纳乌莫夫是个瘸子，说话口齿不清，他那一大家子人也都笨口拙舌的。他老婆说话也口齿不清……他们统统住在一个房间里，不过索尼雅单有一间，是用隔板隔成的……嗯，是啊……那些人穷极了，都笨口拙舌的……是啊……后来，那天早晨，我起来，穿上我的破衣服，向苍天举起双手[1]，然后就动身到伊凡·阿法纳谢维奇大人家里去。您认识伊凡·阿法纳谢维奇大人吗？不认识？嘿，那样的大好人您都不认识！他像是一块蜡……放在上帝面前的一块蜡，动不动就化了！……他听完我的话，甚至淌下了眼泪。他说：'唉，玛尔美拉朵夫，你上次已经辜负了我对你的期望。现在我再一次承担责任收留你，'他就是这么说的，他说，'你要记住。现在你走吧！'我心里默默地吻他脚上的尘土，因为真要这么干，他是不容许的，他是个大官，又是个有新的国家观念和开明思想的人。我走回家去，我刚一宣布说我又在衙门任职，要领薪水了，主啊，那份热闹可就别提了……"

玛尔美拉朵夫又停住嘴，神态十分激动。这时候，从街上走进来一大帮已经喝醉的酒客，门口响起租来的手摇风琴乐声和一个七岁孩子发颤的歌声，唱着《小村庄》[2]。酒店里热闹起来。店主人和堂倌们忙着招待新来的人。玛尔美拉朵夫却没理会新来的人，接着讲他的话。他似乎已经有气无力，不过他喝得越醉，他的话锋就越健。他追述不

1. 指祷告。
2. 一首俄国流行歌曲，由柯尔左夫作词。——俄文本编者注

久以前取得成功，又在衙门里任职了，他的精神就好像振作起来，甚至脸上也有点眉开眼笑的样子。拉斯柯尔尼科夫注意地听着。

“这件事，我的先生，发生在五个星期以前……她们俩，卡捷莉娜·伊凡诺芙娜和索涅奇卡，刚刚听明白这件事，主啊，就像我登上了天堂一样。以前，我总是躺在那儿，像畜生似的，耳朵里骂声不绝！现在呢，她们踮起脚尖走路，约束孩子们说：‘谢敏·扎哈雷奇[1]上班干得累了，现在要休息，别吵！’我上班前，她们总给我咖啡喝，而且把鲜奶油煮开！她们总是给我弄到真正的鲜奶油，您听明白了吗！至于她们从哪儿凑出钱来给我置备一全套体面的制服，花掉十一卢布五十戈比之多，我至今也不明白！皮靴啦，细棉布的胸衬啦，全是上好的。一全套文官制服，总共才花了十一个半卢布，样式却做得漂亮极了。我头一天清早下班回来，就瞧见卡捷莉娜·伊凡诺芙娜做出两道菜，一道是汤菜，一道是洋姜作配料的腌牛肉，像这样的菜以前是连想也不敢想的。她本来什么衣服也没有……也就是连一件像样的衣服也没有，不料现在打扮得挺好看，像是要出门做客，这倒不是因为她手里有了什么衣料，其实是什么也没有，她自有本事打扮自己罢了。她把头发梳一梳好，给上衣换上个干净的衣领，袖口添上个小套袖，人就完全换了一副模样，显得年轻俊俏了。我的小宝贝索涅奇卡光是接济我们钱，她说：‘我现在暂时只能这样，常到你们家里来不合适，也许只有等天黑了再来，免得让人家看见。’您听见没有，您听见没有？有一天我吃过午饭回来睡觉，您猜怎么着，原来卡捷莉娜·伊凡诺芙娜再也忍不住了！一个星期前她还跟女房东阿玛丽雅·费多罗芙娜吵得不可开交，现在却请她来喝咖啡了。她们坐了两个钟头，不断小声说话。我的妻子说：‘如今谢敏·扎哈雷奇上班，领薪水了。有

1. 扎哈雷奇是扎哈洛维奇的简称。

一回他去见大人，大人呢，亲自出来了，叫大家在一边等着，却拉着谢敏·扎哈雷奇的手，经过大家面前，走进办公室里去了。'您听见没有，您听见没有？她接着说：'他老人家开口讲道，当然，谢敏·扎哈雷奇，我是记得您的功绩的，虽然您有那种轻浮的嗜好，不过您已经答应改掉，再者我们这儿缺了您就办不好事。'您听听看，您听听看！她又说：'所以现在，他老人家说，我指望您高尚的诺言了。'我跟您说吧，这些话全是她一口气硬编出来的，这倒不是因为她为人轻浮，她不过是想夸耀一番罢了！是啊，她自己相信这些话，她用自己的幻想安慰自己，真的，先生！我并不是要指责她，我不是要指责她这么做！后来，六天前，我头一次领到薪水，二十三卢布四十戈比，全部带回去，交给她了，她高兴得直叫我小心肝，她说：'你可真是个小心肝！'这是只有我们两人在一起的时候说的，您明白吗？其实，我哪能算是个美男子？哪能算是个好丈夫？是啊，她还捏一下我的脸蛋。'你真是个小心肝！'她说。"

玛尔美拉朵夫停住嘴，本想笑一笑，可是他的下巴蓦地颤抖了。不过他极力按捺下去。这个酒店、他个人的堕落的外貌、他在干草船上度过的五夜、一俄升酒，再加上他对妻子和家人那种病态的热爱，把听他讲话的人闹糊涂了。拉斯柯尔尼科夫紧张地听着，可是心里很不好受。他懊恼不该到这儿来。

"尊贵的先生，尊贵的先生啊！"玛尔美拉朵夫振作起来，叫道，"啊，我的先生，您也许跟别人一样，会觉得这全是笑谈，我无非是讲些我家庭生活中琐屑的蠢事冒渎您的清听罢了，然而我并不觉得这是笑谈，因为这些事我都能感觉到……那是我一生中登上天堂的日子，那一整天和那整个傍晚我自己也是在一瞬间就会消逝的幻想中度过的，也就是我幻想该怎样安排生活，该怎样给娃娃们添置衣服，该怎样让她得到安宁，该怎样把我的独生女从不名誉的生活中救出来，重新拥入家庭的怀抱……我想了很多，很多……这没有什么不可以的，先生。可是，我的先生，”玛尔美拉朵夫好像猛然打了个冷战，抬起头，目不转睛地瞧着听他讲话的人，“喏，我的先生，经过那一天的幻想以后，到第二天（也就是整整五天以前），天近傍晚，我却耍了点狡猾的手段，像夜里的贼似的，偷来卡捷莉娜·伊凡诺芙娜箱子上的钥匙，把我带回的薪水所余下的钱一齐取出，究竟一共是多少钱，我已经记不清了。于是现在，您瞧瞧我，你们大家都瞧瞧我！我离家已经有五天了，她们正在找我，我的公职算是完了，我的文官制服放在埃及桥旁一家酒馆里，我押出了那套制服，就换上了这套衣服……现在是什么都完了！”

玛尔美拉朵夫举起拳头敲一下脑门，咬紧牙关，闭上眼睛，使劲把胳膊肘放在桌子上。可是过一会儿，他的面容忽然变了样，露出假装的狡猾，做出恬不知耻的样子，瞧一眼拉斯柯尔尼科夫，笑起来，说道：

“今天我到索尼雅那儿去了一趟，是去要钱买点酒喝，解一解醉后的头痛！嘿嘿嘿！”

“莫非她给你钱了？”从新来的人群那边，有人嚷道，他嚷完就放开喉咙哈哈大笑。

“瞧，这瓶酒就是用她的钱买来的，”玛尔美拉朵夫专对着拉斯柯尔尼科夫一个人说，“她给我三十戈比，是亲手交给我的，她手头只剩下这一点点钱了，这是我亲眼看见的……她什么话也没说，光是默默地瞧了我一阵……像这样的事人世间是没有的，只有天上才有……他们为别人难过、哭泣，却不责备别人，不责备别人！可是这更叫人难受，他们不责备，就更叫人难受！三十戈比，是啊，先生。不过要知道，这点钱她自己现在就要用，不是吗？您的看法怎么样，我亲爱的先生？是啊，她现在要打扮得漂亮点才成。这种漂亮，特殊的漂亮，是要费钱的，您明白吗？明白吗？喏，胭脂水粉也要买，非买不可，先生。浆硬的裙子也得有，还得买一双漂亮的鞋，走过水洼的时候好伸出脚来让人看。您明白吗？明白吗？先生，这种漂亮究竟是怎么回事，您明白吗？可是我呢？她的亲爹，这三十戈比却拿来买酒解醉！我买酒喝了！而且已经全喝光了，先生！……嗯，我这样的人有谁怜悯呢？不是吗？先生，您现在可不可怜我呢？说吧，先生，可不可怜？嘿嘿嘿嘿！”

他本想斟酒，可是一点酒也没有。酒瓶空了。

“你有什么可怜悯的？”店主人又在他们旁边出现，嚷道。

响起了笑声，甚至叫骂声。不管听他讲话，还是没听他讲话，光是瞧着离职文官的模样的人都笑起来，骂骂咧咧的。

“怜悯！为什么要怜悯我！”玛尔美拉朵夫忽然高声叫道，站起来，向前伸出手，精神大为振奋，仿佛正等着这句话似的。“你说：为什么要怜悯？是啊！我没有什么可叫人怜悯的！应当把我处死，钉上十字架才对，而不是怜悯我！钉上十字架吧，审判官，钉吧，钉完了再怜悯我！话说回来，我自己就会去让人钉上十字架，因为我盼望的不是快乐，而是悲伤和眼泪！……卖酒的，你认为你这瓶酒我喝着好受吗？悲伤，悲伤，这就是我在酒里所要找的，悲伤和眼泪。现在我找到了，也尝到了。可是‘他’会怜悯我们，因为他怜悯一切人，了解一切人和一切事情。他是独一无二的，他才是审判官。到那天，他自会来，问道：‘那个女儿为凶恶而患痨病的继母，为那些年纪很小的儿童，献出了自己，她在哪儿？那个女儿见到她人间的父亲，放荡的酒徒，并不为他的残暴而吃惊，反而怜悯他，那么她在哪儿？’而且他会说：‘你走过来！我已经宽恕你一次，宽恕你一次了……就是现在，你那许多罪过也得到宽恕，因为你有很多的爱心……’他会宽恕索尼雅，会宽恕的，我准知道他会宽恕她……刚才我到她那儿去，心里就感觉出来了……不管什么人，好心的和恶意的，聪明的和温顺的，他统统能判断，统统会宽恕……等他办完众人的事，也要来招呼我们，他会说：‘你们也站出来！酗酒的站出来，软弱的站出来，无耻的站出来！’我们大家就会站出来，不觉得害羞，立在他面前。他会说：‘你们都是猪！你们是按畜生的形象降生人世，带着畜生的烙印，不过你们也走到我跟前来吧！’于是绝顶聪明的人就会说话，通情达理的人就会说话：‘主啊！你为什么接待这些人？’他就会说：‘绝顶聪明的人啊，我之所以接待他们，通情达理的人啊，我之所以接待他们，就是因为他们没有一个人认为自己配受这样的接待。’随后他就会对我们伸出手，我们就会在他面前跪下……哭泣……我们就会完全明白过来！那时候我们全明白了！大家也都明白了，卡捷莉娜·伊凡诺芙娜也这样，她也明白了……主啊，愿你的天国来到人间吧！”

说完，他颓然在凳子上坐下，衰弱不堪，筋疲力尽，对谁也没看一眼，似乎忘却周围的人，然后深思不语了。他的话产生了一些影响，一时间，满房间寂静无声，可是不久又响起原先的笑声和骂声：

“他讲起大道理来了！”

“他胡说八道！”

“这个当官儿的！”

等等，等等。

“我们走吧，先生，”玛尔美拉朵夫抬起头，瞧着拉斯柯尔尼科夫，忽然说，“您送我回去吧……那是柯节尔的房子，外面有个院子。现在也应该……到卡捷莉娜·伊凡诺芙娜那儿去了……”

拉斯柯尔尼科夫早就打算走了，而且他自己也有心帮他的忙。玛尔美拉朵夫抬腿走路比他开口讲话显得无力多了，就使劲靠在年轻人身上。他们大约要走二三百步。那个醉汉离家越近，他心里的困窘和恐惧也就越厉害。

“现在我不是怕卡捷莉娜·伊凡诺芙娜，”他激动地嘟哝着说，“也不是怕她动手揪我的头发。头发算什么！头发无所谓！这就是我要说的！其实她真要动手揪头发，那倒更好，我对这种事并不害怕……我……怕的是她那双眼睛……对了……她那双眼睛……她脸上泛起的红晕我也害怕，另外，她那种呼吸我也害怕……你见过患这种病的人……在心情激动的时候，是怎样呼吸的吗？孩子的啼哭我也怕……因为，要是索尼雅没供养他们，那么……我都不知道他们怎么样了！我不知道！至于挨一顿打，我倒不怕……要知道，先生，我挨这么一顿打，非但不觉得痛，反而是一种快乐……因为不挨打，我自己都觉得不妥。挨打更好。让她打吧，也好出出气……这样更好……喏，到家了。这就是柯节尔的房子。他是个钳工，日耳曼人，很有钱……领我进去吧！”

他们穿过院子，走进那栋房子，往四楼爬去。楼梯越高，光线就越暗。这时候差不多已经十一点，虽然彼得堡在夏天没有真正的夜晚，可是楼梯的上面却很黑。

楼梯顶上，有扇熏黑的小房门，没关上。有个烛火照亮的极其简陋的房间，只有十步长。在前室就可以一眼看清那个房间。房间里东西放得很乱，没理好，特别是孩子们各式各样的旧衣服。远处墙角上挂着一块破成窟窿的床单。床单后面大概放着一张床吧。房间里一共只有两把椅子和一张很破的漆布面长沙发，长沙发跟前放一张供厨房用的松木旧桌子，没刷油漆，也没铺桌布。桌边上有根油烛插在铁烛台上，快要燃尽了。看来，玛尔美拉朵夫一家单住一个房间，而不是只占房间的一角，不过这个房间却是穿堂间。里边还有一些房间，或者称作小笼子，跟外间隔开，是阿玛丽雅·里普威赫节尔的住所，房门虚掩着。那儿人声喧哗，大呼小叫。有人扬声大笑。他们像是在打牌、喝茶。那儿偶尔传来极不礼貌的话。

拉斯柯尔尼科夫立刻认出了卡捷莉娜·伊凡诺芙娜。她是个很憔悴的女人，身材相当高，瘦而苗条，深棕色的头发仍然很好看，脸颊上也确实泛起了红晕。她在那个不大的房间里走来走去，两只手按紧胸口，嘴唇干裂，呼吸不均匀，断断续续。她像是在发烧，眼睛亮晶晶的，然而目光尖利、呆板。快要燃尽的烛火那种奄奄一息的亮光照在她脸上，使得那张患痨病者的而且神情激动不安的脸给人留下痛苦的印象。在拉斯柯尔尼科夫眼里，她似乎只有三十岁上下，玛尔美拉朵夫确实配不上她……有人走进房来，她却没有听见，也没有注意，仿佛陷入一种沉思的状态里，什么也听不见，什么也看不到。房间里闷得很，可是她没打开窗子。楼梯上飘来臭气，可是通往楼梯的房门没有关上。里边那个房间的房门没有关紧，送出一股股烟草的烟雾，她不停地咳嗽，可是没去关门。最小的女孩才六岁，坐在地板上睡觉，在那儿好歹蜷曲着身子，把头抵在长沙发上。有个男孩比她大一岁，在墙角上站着，浑身发抖，哭哭啼啼。他多半刚刚挨过打。大女孩约莫九岁，又高又瘦跟火柴棍似的，穿着一件瘦小的衬衫，到处都破了窟窿，裸露的肩膀上披着一件薄呢的小斗篷，大概是两年前给她做的，因为如今小斗篷已经盖不到膝部了。她在墙角上挨着小弟弟站定，伸出干瘦得像火柴棍般的长胳膊搂住她小弟弟的脖子。她似乎在哄他，对他小声说话，极力制止，让他好歹别再抽抽噎噎地哭了，同时战战兢兢地睁着很大很大的乌黑的眼睛注视着她母亲，那双眼睛在她那消瘦而惊恐的小脸上显得越发大了。玛尔美拉朵夫没走进房间里去，一到门口就屈膝跪下，把拉斯柯尔尼科夫推到前面去。那个女人看见一个陌生人走进来，漫不经心地在他面前站住，一时间清醒过来，仿佛在考虑：这个人来干什么呢？不过，她立刻以为他是到里边的那个房间里去的，因为她这个房间是穿堂间。她这样考虑过后，就不再理睬他，径自往前室走去，想要关门，可是一眼看见她丈夫跪在门口，就忽然惊叫一声。

“啊!”她气急败坏地嚷道，“你回来了！该死的囚犯！恶魔!……那些钱都在哪儿？你口袋里都装着什么？拿出来看！你穿的衣服也不是原来的那身！你的衣服上哪儿去了？钱上哪儿去了？你说呀!……”

她就扑过去搜他的口袋。玛尔美拉朵夫立刻百依百顺，往两旁摊开两只手，好让她搜衣袋。可是一个戈比也没搜出来。

“那么钱上哪儿去了?”她喊道。“啊，主啊，难道他都拿去买酒喝了！要知道，箱子里本来还有十二卢布哪!……”她气得发昏，就一把抓住他的头发，把他拖进房间里去。玛尔美拉朵夫自己想让她省点力，就乖乖地跟在她身后爬过去。

“这对我是一种快乐！我并不觉得痛，而是觉得快……乐，尊贵的……先生!”他大声叫道，由于给人揪住头发，身子就摇来晃去，甚至有一次额头撞在地板上。在地板上睡觉的娃娃醒了，哭起来。墙角上的男孩受不了，身子发抖，尖声叫着，吓得不得了，扑在姐姐身上，差点神经错乱。大女孩摆脱睡意后，颤抖得像一片树叶似的。

“他买酒喝掉了！全喝掉，全喝掉了!”可怜的女人绝望地嚷道。“衣服也不是原来的那身了！这些挨饿的孩子，挨饿的孩子啊!”她绞着手，指指那些孩子。“啊，该死的生活！还有您，您就不觉得羞耻，”她突然转过脸来对拉斯柯尔尼科夫骂道，“居然从酒馆跑到这儿来！你刚才是跟他一块儿喝酒的吧？您也跟他一块儿喝酒！滚出去!”

年轻人赶紧走出去，一句话也没有说。再者，里间的房门这时候敞开来，有几个好奇的人从那儿探头往外看。有几张不知羞耻的笑脸，吸着纸烟或者叼着烟斗，有的头上戴着小圆帽，一齐伸出来。他可以看见有些人穿着长袍，完全敞开着，里边穿着夏天那种不成体统的单薄衣服，有的人手里拿着纸牌。每逢玛尔美拉朵夫给人揪住头发，嚷着说他觉得这是快乐，他们就笑得特别开心。他们甚至索性走进这房间里来。最后，响起了一声凶恶的尖叫，原来阿玛丽雅·里普威赫节尔自己挤到前面来了，她要照自己的办法制止混乱，第一百次吓唬那个可怜的女人，骂着叫她明天搬家。拉斯柯尔尼科夫一面走，一面赶快把手伸进口袋里，把口袋里的铜钱统统掏出来，那是刚才在酒馆里破开一卢布而找回的零钱。然后他把钱悄悄地放在窗台上。可是后来他下楼，却改了主意，打算回去取那点钱了。

"唉，我干的真是荒唐事，"他暗想，"他们的事自有索尼雅管，那钱我自己还要用。"可是他考虑到要取回钱已经不可能，况且即使能取回，他也不愿意去取了，就挥一下手算是作罢，径自走回住所去了。

"是啊，索尼雅买胭脂水粉也要用钱呢。"

他在街上走着，继续想道，讥讽地冷冷一笑，这种体面是费钱的……哼！要知道，说不定今天索涅奇卡自己也会破产，因为她的行当本来就有风险，就跟猎熊、开金矿一样……那么明天，要不是有我那点钱，他们大家可就要饿肚子了……嘿，索尼雅，你真行！话说回来，他们可真挖了一口好矿井！他们享受不尽！是啊，他们享受不尽啊！而且他们已经习惯了。哭了一阵，随后也就习惯了。不管对什么事，卑鄙的人都会习惯的！

他沉思了。

"嗯，可是万一我想的不对呢？"他忽然不由自主地嚷道，"万一一个人，一般的人，也就是全人类，确实并不卑鄙呢？那就是说，其他的一切都是偏见，纯粹是因为恐惧，根本就没有什么障碍，那么事情就理应如此了！……"

第三章

他夜里睡得不稳，第二天很迟才醒来，可是睡眠并没给他提神。他醒过来就肝火旺，生闷气，愤愤不平，带着憎恨瞧他的斗室。这是个很小的小屋，大约六步长，外表看来已经破烂不堪，布满尘土的黄色壁纸到处脱落下来。房顶很低，身高稍稍高一点的人走进屋里就会提心吊胆，老是觉得他的头随时会撞在天花板上似的。家具倒跟这种住处相称：有三把摇摇晃晃的旧椅子，墙角摆一张上过漆的桌子，桌上放几本书和练习簿，单从那些书本上落满的灰尘来看，就可以断定已经很久没有人碰过它们了。最后，屋里还有一张笨重的大沙发，差不多整整占一面墙那么长，而且有半个房间那么宽，以前蒙着印花布，可是现在全破了。这张沙发拉斯柯尔尼科夫拿来当床用，却连床单也不铺。他常常连衣服也不脱，就这样躺在那上面，盖上他那件陈旧的大学生大衣，头底下放个小枕头，再把他的所有内衣，干净的和穿脏的，一齐塞在枕头底下，好垫得高些。沙发前面放一张小桌。

这种环境很难再低劣，再杂乱了，然而拉斯柯尔尼科夫处在他目前的精神状态下，甚至觉得在这里挺愉快。他断然避开外人，好比乌龟缩在壳里，就连必须服侍他的女仆，偶尔探进头来看一下他的房间，也会惹得他生气，浑身痉挛。有些偏执狂，过于专心注意某一件事，往往就会这样。他的女房东已经有两个星期停止供应他伙食，虽然他一直没有饭吃，却至今还没有考虑去跟她交涉。女房东的厨娘和唯一的女仆娜斯达霞，倒为房客的这种心境有点高兴，索性不再到他房间里来收拾打扫，至多每星期一次，随随便便，偶尔拿着扫帚来一趟。现在她把他叫醒了。

“起来，怎么还睡觉！”她凑近他叫道，“现在九点多了。我已经把茶给你端来了，要喝茶吗？多半饿瘦了吧？”

房客睁开眼睛，打个哆嗦，认出了娜斯达霞。

“是女房东叫你送茶来的还是怎么了？”他问道，带着病容，慢吞吞地在沙发上坐起来。

“哪会是女房东叫我送的！”

她把她自己那有裂纹的茶壶放在他面前，里边盛着泡淡了的茶，然后她又放下两小块黄色的糖。

“喏，娜斯达霞，请你把这钱拿去，”他说，摸了摸口袋（他就这么穿着衣服睡觉），取出一小撮铜钱，“你去一趟，给我买个小圆面包。再到香肠店去好歹买点香肠，要便宜点的。”

“小圆面包我马上去给你买来，可是你先别吃香肠，就喝白菜汤吧，要不要？挺好的白菜汤，昨天的。昨天我就给你留了一盆白菜汤，可是你回来迟了。挺好的白菜汤呢。”

等到白菜汤端上来，他就开始喝汤。娜斯达霞在他身旁沙发上坐下，开口聊天。她原是个乡下女人，很健谈。

“普拉斯科维雅·巴甫洛芙娜想到警察局去告你。”她说。

他皱紧眉头。

“到警察局去？她要怎么样？”

“房钱你不付，你又不从这屋里搬出去。她要怎么样，你还不明白？”

“哼！这简直糟透了，”他咬牙切齿地嘟哝说，“不行，目前对我来说，这种事……不是时候……她是个蠢娘们儿，”他大声补充一句，“我今天去找她一趟，跟她谈谈。”

“没错，她是个蠢娘们儿，跟我一样，不过，你这个聪明人，为什么就躺在这儿像一麻袋东西似的，什么事也没见你干出来？早先，你说你要去教孩子念书，可是现在你怎么什么也不干了？”

“我干……”拉斯柯尔尼科夫不乐意而又严厉地说。

“你干什么了？”

“干活。”

“干什么活？”

“我在考虑。”他沉默片刻，认真回答说。

娜斯达霞笑得前俯后仰。她是个爱笑的人，一听到逗笑的事，就不出声地笑，摇摇晃晃，周身颤动，直到自己都觉得不好受了才肯罢休。

“你想出弄很多钱的办法来了，还是怎么的？”她最后总算说话了。

“我没有皮靴穿，没法去教孩子。再者我也瞧不起这种工作。”

“你可不能往水井里吐唾沫。”[1]

“教孩子念书，能挣几个铜钱？拿那几个戈比能干什么呢？”他不乐意地接着说，仿佛在回答自己的想法。

“那么你想一下子就得到一大笔钱？”

他奇怪地瞧了瞧她。

“对，得到一大笔钱。”他沉默了一会儿，然后坚定地回答说。

“哎，你得慢慢来，要不然你可就要把人吓坏了。你这话吓得人身上起鸡皮疙瘩。那么，要我去买小圆面包吗？”

“随你的便吧。”

1. 意思是“你别太瞧不起这种工作”。

“哦！我忘了！要知道，昨天来了一封信，是寄给你的，当时你不在家。”

“信！寄给我的！是谁寄来的？”

“我可不知道是谁寄来的。我自己拿出三个戈比付给邮差了。你会还给我吧？”

“那你把信拿来，看在上帝面上，快去拿来！”拉斯柯尔尼科夫满腔兴奋，嚷道，“主啊！”

过一分钟，信拿来了。果然不错：那是他母亲寄来的。他接过那封信，甚至脸色煞白。他很久没收到信了。不过，这时另外还有一件事忽然捏紧了他的心。

“娜斯达霞，看在上帝面上，你走吧。喏，这三个戈比还给你，只是看在上帝面上，快点走吧！”

那封信在他手里发抖，他不愿意当她的面拆信：他想独自一人看这封信。等到娜斯达霞走出去，他就赶快把信送到唇边，吻了吻，然后久久地看信封上的笔迹，看他熟悉而又觉得亲切的斜体小字，那就是当初教他读书写字的母亲的笔迹。他迟迟不拆信，甚至好像害怕什么似的。最后，他拆开信封：那信又大又厚，有两洛特[1]重，两张大信纸上写满小而又小的字。

他母亲写道：

我亲爱的罗佳[2]，我已经快有两个多月没给你写信叙谈了，因此我很痛苦，甚至有时夜里睡不着，想心事。不过，你大概不会责怪我这种无可奈何的沉默吧。你知道我多么爱你，你是我们，我和杜

1. 俄国重量单位名，1洛特合12.8克。
2. 即指本书男主角拉斯柯尔尼科夫，他的另一昵称为罗季卡。

尼雅的唯一亲人，你就是我们的一切，我们的全部希望，我们的命根子。先前，我听说你离开大学已经有好几个月，因为无法维持生活，又听说你的家教和其他工作都停了，我心里是什么滋味啊！我一年只领到一百二十卢布的抚恤金，怎么能帮助你呢？上个月前我汇给你十五卢布，你自己也知道，那是我用抚恤金做担保，从我们本地商人阿法纳西·伊凡诺维奇·瓦赫鲁兴那儿借来的。他是个好人，以前还是你父亲的朋友。既然我给他权利，由他领我的抚恤金，那我就得等到债务还清才能领，这笔债直到现在才算刚刚还清，因此这段时期我一个钱也没法汇给你。不过现在，谢天谢地，我似乎又能给你汇钱了，再者大体说来，我们现在甚至可以夸耀我们交了好运，这一点我要赶紧告诉你。第一，你可猜得到，亲爱的罗佳，你妹妹已经跟我一起住了一个半月，我们今后再也不分开了。谢天谢地，她的苦难总算结束了，不过我要把事情的经过从头到尾讲给你听，好让你明白都发生了些什么事，这以前有些事我们瞒着你没讲。两个月前你来信说，你从某人口中听说杜尼雅在斯维德利盖洛夫先生家里似乎受到很多粗鲁的对待，要求我回信确切地说明一下，然而当时我能回信给你说些什么呢？要是我把真相统统写给你，你也许就会丢开一切，哪怕步行也要回到我们这儿来，因为我知道你的性格和你的感情，你不会容忍你的妹妹受人欺负。当时我自己也绝望了，可是有什么办法呢？而且事情全部的真相，我自己当时也不知道。不过，主要的困难在于杜涅奇卡[1]一年前到他们家当女家庭教师的时候，预支过一百卢布整，条件是按月扣除她的薪金抵债，因此，没还清债务就不能辞职不干。至于那笔钱（现在可以全对你说开了，珍贵的罗佳），她借来大半是为了汇给你六十卢布，

1. 即杜尼雅的昵称。

当时你急需这笔钱用，而且去年你已从我们这儿收到这笔钱了。那时候骗了你，在信上只说这是杜涅奇卡以前攒下的钱，其实事情不是这样的。现在我所以把这些真相统统告诉你，是因为按照上帝的旨意，现在我们的情况骤然在往好里转变，而且这也是为了要你知道杜尼雅多么爱你，她有一颗多么宝贵的心。的确，斯维德利盖洛夫先生起初待她粗鲁，在饭桌上对她说出种种不礼貌的话，冷嘲热讽……不过那些使人难堪的细节，我不想多说，免得惹你空激动一场，反正现在事情已经结束了。简而言之，尽管斯维德利盖洛夫先生的妻子玛尔法·彼得罗芙娜和他们家里其余的人都用和善而高尚的态度对待她，可是杜涅奇卡还是很难受，特别是斯维德利盖洛夫先生按军队中的老习惯，处于巴考士[1]影响下的时候。可是后来真相大白，你猜这是怎么回事？你再也想不到，原来这个狂徒早就对杜尼雅产生了爱慕之情，却把这掩藏在对她粗鲁和轻蔑的外衣底下。也许他看见自己这么大年纪，又是一家之长，却抱着那么轻浮的希望，连自己也感到羞愧，惊慌起来，所以才不由自主地对杜尼雅发脾气。也许他态度粗鲁，冷嘲热讽，无非是想藉此把真情瞒过别人罢了。可是，最后他忍不下去，竟然大起胆子公然对杜尼雅提出卑鄙的求婚，答应送给她种种礼物，而且答应丢开一切，跟她一起搬到另一个村子里去住，或者索性到国外去。你可以想象杜尼雅多么痛苦！马上辞职却不行，因为不但债没还清，还得顾全玛尔法·彼得罗芙娜，她会忽然起疑心，结果会惹出一场家庭纠纷。再者，那样做也会弄得杜涅奇卡大大地出丑，因为事情不会那么轻易过去的。此外还有各种各样的许多原因，所以杜尼雅在六个星期以前，就根本不能指望脱离那个可怕的人家。当然，你了解杜尼雅，你知道她

---

1. 希腊神话中的酒神。“处于巴考士影响下”指“喝多了酒”。

多么聪明，有多么坚强的性格。杜涅奇卡经得起很大的考验，甚至在极其不利的情况下，也能在自己身上找到恢宏的气度，藉以避免丧失自己的坚定。有许多事她甚至没写信告诉我，怕惹得我伤心，但我们却常常写信，互通消息的。可是结局却来得出人意料。玛尔法·彼得罗芙娜无意中在花园里偷听到她丈夫对杜涅奇卡不断央求，却会错了意，责怪杜尼雅兴风作浪，以为她才是罪魁祸首。于是在花园里大闹一场：玛尔法·彼得罗芙娜竟然动手打杜尼雅，什么解释也不肯听，她自己整整嚷了一个钟头，最后她吩咐人叫来一辆普通的农民板车，要立即把杜尼雅送进城，送回我家里，接着就把她所有的行李、内衣、连衣裙以及凡是该带走的东西，没有包好，也没叠好，一起乱扔在板车上。偏偏这当儿下起倾盆大雨，于是杜尼雅受尽欺负，丢尽脸面，不得不跟了个庄稼汉一起坐着没篷的板车走完整整十七俄里。你现在想一想吧：两个月前我收到你的信后，我在回信上能给你写些什么呢？我能写些什么呢？当时我自己也心乱如麻。我不敢把真相写出来告诉你，因为你会感到很不幸，会伤心，会愤慨，况且你又有什么办法呢？说不定你还会毁了自己，而且杜尼雅也不许我写。当时我心里那么愁苦，要我在信上尽写些无聊的琐事，我也办不到。整整有一个月之久，我们全城流传着关于这件事的谣言，闹得满城风雨，人们投来轻蔑的目光，有的窃窃私语，有的公然当着我们的面大发议论，害得我跟杜尼雅连教堂也不能去。我们所有的熟人都避开我们，大家甚至不再点头打招呼，而且我确切地知道，商人手下的店员和一些衙门办事员打算对我们横加侮辱，在我们家门上涂煤焦油，吓得女房东开口要求我们搬家。这种局面都是玛尔法·彼得罗芙娜酿成的，她竟然走遍各处人家，说杜尼雅的坏话，往她脸上抹黑。她跟我们这儿的人都认识，这个月接连不断地到城里来。她有点多嘴多舌，喜欢讲自己家里的事，特别是见着一个人都要抱怨她丈夫的事一次，这是很不好的，结果在很短的时期，这件事不仅传遍全城，而且传到县里。我生病了，可是杜涅奇卡比我坚强，但愿你看见她怎样顶住这种打击，怎样安慰我，鼓励我！她真称得上是个天使！不过，多亏上帝慈悲，我们的苦难不久就止住了。原来斯维德利盖洛夫先生醒悟过来，后悔了，大概觉得对不起杜尼雅，就拿出证据给玛尔法·彼得罗芙娜看，充分而又明显地证明杜尼雅完全清白。那是一封信，杜尼雅远在玛尔法·彼得罗芙娜走进花园，撞见他们以前就被迫写了这封信，交给他，为的是拒绝他一再要求跟她谈情说爱和幽会。这封信，在杜涅奇卡走后，一直保存在斯维德利盖洛夫先生手里。她在那封信里用极其激烈和十分愤慨的词语，责备他不该采取这种对玛尔法·彼得罗芙娜来说很不高尚的举动。她指出他已经做了父亲，是个有家眷的人，最后还指出他的行动多么卑劣，因为他折磨一个孤苦伶仃的姑娘，本来她就已经身世不幸，如今害得她更加不幸了。一言以蔽之，亲爱的罗佳，那封信写得那么高尚动人，我一边读一边哭，至今读起来还禁不住流泪。此外，最后，连他们家的仆人们也出头做证为杜尼雅辩护，他们所看见和知道的，远比斯维德利盖洛夫先生本人料想的要多，事情往往就是这样。玛尔法·彼得罗芙娜深受震动，像她自己承认的那样，“又一次吓坏了”。不过，另一方面，她已经充分相信杜尼雅无辜受累，于是第二天，星期日，直奔教堂，在那儿跪下，含着眼泪祈祷造物主赐给她力量，以便经受这种新的考验，履行她的责任。随后，她出了教堂，谁家也没去，直接来到我们家，对我们原原本本讲一遍经过，并且伤心地哭了，十分懊悔，拥抱杜尼雅，求她原谅她。当天早晨她离开我们家后，一刻也不拖延，立刻走遍全城和全县，拜访各处人家，说了许多称赞杜涅奇卡的话，流了不少眼泪，推翻前案，指出她的感情和行动多么纯洁高尚。不仅这样，她还把杜尼雅写给斯维德利盖洛夫先生的亲笔信拿给大家看，亲自高声朗诵一遍，甚至让别人各自抄下一份（依我看来，这未免多此一举）。这样，她一连几天坐着马车走遍全城各家，因为有些人看到她先到别人家去解释，不由得愤愤不平，结果各家排好次序，事先就等着她去。大家都知道某天玛尔法·彼得罗芙娜会到哪户人家去朗诵那封信，于是每次朗诵，总有许多人跑去听，就连那些按次序在自己家里和别人家里已经听过好几次的人也还是要去。照我的看法，这种做法有许多地方是多余的，然而玛尔法·彼得罗芙娜就是这样的性格。至少她总算完全恢复了杜涅奇卡的名誉，那件不名誉之事的责任统统落在她丈夫身上，成为不可磨灭的耻辱，因为他才是罪魁祸首，这就弄得我简直有点可怜他。这样对待那个狂徒，未免太严酷了。不过，立刻就有几个人家约请杜尼雅去给孩子教课，可是她谢绝了。大体说来，大家对杜尼雅忽然变得特别敬重。主要的是这种情形促成另一件出人意料的事，而且那件事，可以说，现在改变了我们的整个命运。你要知道，亲爱的罗佳，有人来向杜尼雅求婚，她终于同意了，现在我赶紧把这件事告诉你。虽然这件事没有跟你商量就办完了，可是你大概不会对我、对你妹妹不高兴吧，因为你自己也明白，我们不能为了等你的回信而拖延不决。再者你在外地也不可能判断准确。事情是这样的，他是七品文官彼得·彼得罗维奇·卢仁，又是玛尔法·彼得罗芙娜的远亲，她为成全这件事而出了很多力。起初他托玛尔法·彼得罗芙娜来说，他希望跟我们相识，于是他受到应有的接待，喝了咖啡。第二天他写来一封信，十分客气地提出求婚的事，要求我们赶快确切地回答。他是个精明强干的人，事务很忙，现在急于到彼得堡去，因此每分钟在他都是宝贵的。不用说，我们起初很吃惊，因为这件事来得过于仓促和意外。我们两人一起考虑了整整一天，想了又想。他是个老成持重、衣食饱暖的人，在两个地方任职，已经积下一笔钱财。不错，他已经四十五岁，不过他的相貌相当好看，还能惹女人喜欢，况且大体说来他是个异常稳重、文质彬彬的人，只是有点阴沉，仿佛高傲罢了。不过这也许只是初看起来似乎如此。再者，我要预先警告你，亲爱的罗佳，他在很短期间就要到彼得堡去，如果你在那儿跟他见面，而你乍一看觉得他有什么不顺眼的地方，那你不要照你的老脾气，过于性急而激烈地下断语。我说这话是以防万一，不过我相信他会给你留下愉快的印象。况且，不管什么人，你若想深入了解，就得逐步接近，慎重地对待他，免得看错了人，形成偏见，事后要想纠正，抹掉，那就非常困难了。至于彼得·彼得罗维奇，从许多迹象来看，至少也要算是个极其可敬的人。他头一次来访就对我们声明说，他是个讲究实际的人，不过他在许多方面，按他自己的话来说，却接受了“我们最新一代人的信念”，成为一切偏见的敌人。另外他还说过许多话，因为他好像有点自命不凡，很喜欢别人听他讲话，不过要知道，这几乎算不得坏习气。当然，我懂的很少，不过杜尼雅对我解释说，他虽然是个教育程度不高的人，却很聪明，似乎心肠也好。你知道你妹妹的性格，罗佳。这个姑娘性格坚强，头脑清醒，善于忍耐，宽宏大量，不过她又有一颗热烈的心，这一点我了解得很清楚。不用说，讲到订婚，他们双方都没有什么特别深的爱情，不过杜尼雅除了是个聪明的姑娘以外，同时又是个高尚的人，跟天使一样，认为自己有责任促使丈夫幸福。她丈夫也会关心她的幸福，虽然，我承认，事情办得有点仓促，可是，关于幸福这一点，我们目前却没有很多的理由加以怀疑。再说，他又是个精明的人，当然，他会明白：杜涅奇卡跟他在一起越是幸福，他自己的婚姻幸福也才越牢靠。讲到他性格上某些不稳定之处，他的某些旧习气，以及他们俩思想上的某些差异（这在最幸福的夫妇当中也是在所难免的），那么在这方面，杜涅奇卡自己对我说过，她希望她自己会处理得当，这没有什么可担心的，只要他们俩日后的关系是诚实相待，公平合理，那么她就经得起很多的磨难。例如，我一开始就觉得他的态度仿佛有点生硬，不过话说回来，这可能恰恰因为他是个直肠子的人，事情一定就是这样。例如，他得到杜尼雅同意的信息后，第二次来访，在谈话中讲起他远在认识杜尼雅以前，早已决定娶个为人诚实而又没有陪嫁的姑娘，她一定要经历过贫苦的生活，因为，按他的解说，做丈夫的不应该受妻子的恩惠，倒是妻子把丈夫看作恩人好得多。我要补充一句，他说的比我写的要略微温和点，亲切点，因为我已经忘记他的原话，只记得大意了。再者，他绝不是预先想好才说这话的，显然是正谈得起劲，说走了嘴，所以事后他极力弥补，冲淡，不过这话我仍然觉得似乎略微生硬，后来我就对杜尼雅实说了。然而杜尼雅甚至烦恼地回答我说，“说话毕竟不是行动”，这当然是对的。杜涅奇卡在做出决定以前，通宵没睡。她以为我已经睡熟了，就从床上起来，在房间里来来回回走了一夜，最后在圣像面前跪下，热烈祷告，时间很久，到了凌晨，她对我宣布说，她已经下定决心了。

我上文已经提到，现在彼得·彼得罗维奇要动身到彼得堡去。他在那儿有重要的工作要做，想在彼得堡开办一家公共律师事务所。他很久以来一直承办各种诉讼，前几天刚刚打赢一场大官司。他之所以非到彼得堡去不可，是因为他要到枢密院去为一个重大的案子进行辩护。这样看来，亲爱的罗佳，他对你也可能大有帮助，甚至各方面都会帮你的忙呢。我和杜尼雅已经断定，你简直可以从今天起就放心开创你未来的事业，认定你的命运明明白白地确定了。啊！只求这会实现才好！这真是很大的好处，我们不能认为这是别的，简直只能把它看成上帝的恩赐呢。杜尼雅一心巴望这一点。我们已经冒昧向彼得·彼得罗维奇在这方面露了点口风。他讲得很慎重，只说：当然，既然他不能不用秘书，那么不用说，与其把薪金支给外人，还不如支给自己亲戚的好，只要这个亲戚有能力担当这个职务就成（你哪会没有能力担当呢！）。可是他讲到这儿，表示怀疑说，你的大学课程也许使得你没有时间到他的事务所去工作。这一次，事情谈到这儿就结束了，可是现在杜尼雅脑子里，除了想这件事以外，再也没法想别的了。现在，她已经有好几天简直像发了热病，订出一整套计划，认为你将来可能在诉讼业务上成为彼得·彼得罗维奇的副手，甚至跟他合作主持事务所，特别是因为你自己就是法律系大学生。罗佳，我十分同意她的看法，对她那些计划和希望也抱有同感，认为完全可能实现。尽管彼得·彼得罗维奇抱着，在那时候来说是很可以理解的躲闪态度（因为他还不认识你），然而杜尼雅相信，凭她对未来丈夫的良好影响，她能达到目的。当然，关于我们这种遥远的渴望，我们小心翼翼，根本不提，主要的是我们绝口不谈你会跟他合伙主持事务所这码事。他是个讲求实际的人，也许会对这种渴望看得很淡漠，因为他会觉得这些不过是幻想而已。同样，关于我们殷切希望他帮助我们接济你继续读大学的事，我也罢，杜尼雅也罢，都对他只字不提。我们之所以不说，第一，是因为这种事日后会自然而然地实现，他一定不会多说废话，自己就要求这样做（他怎能在这件事上驳杜涅奇卡的面子呢），况且你日后可能在事务所里成为他的臂膀，不是以接受施舍的形式，而是以取得你该挣得的薪水的形式得到这种接济。杜涅奇卡打算就这样办，我完全同意她的想法。第二，还因为我希望我们最近见面的时候，你能跟他处在平等地位。杜尼雅对他热情地讲过你，他回答说，不管什么人他都得先考察一下，而且得考察仔细点，才能下断语，他自己想先跟你认识一下，再形成他对你的看法。你猜怎么样，我宝贵的罗佳，我觉得，根据某些考虑（然而这些考虑跟彼得·彼得罗维奇毫无关系，而只是某些我自己的、个人的、婆婆妈妈的，甚至可能是老年女人的想法），总之，我觉得，在他们婚后，我也许还是照我现在这样分居而过，不跟他们住在一起的好。我充分相信，他会极其高尚而体贴，他自己就会请我去住，叫我不要再跟我的女儿分开，如果他到现在还没讲起这话，那么，当然，这也只是因为不必多说，事情本来就要照这样办，不过，我却要拒绝。我在生活里不止一次发现，丈母娘和女婿之间往往不大投缘，我非但不肯拖累别人，哪怕一丝一毫也不愿意，况且我好歹有口饭吃，再加上有你和杜涅奇卡这样的孩子，而我自己也打算享有充分的自由。如果可能的话，我只想在你俩的近旁住下，因为，罗佳，我把一个最愉快的消息留到这封信的结尾才来讲。你要知道，我亲爱的孩子，我们分别了几乎三年之久，也许不久就要重新相聚，我们三人又要互相拥抱了！现在已经确切地决定：我和杜尼雅就要动身到彼得堡去了，至于预定什么时候动身，我不知道，不过无论如何总是很快很快，甚至或许过一个星期就走也未可知。一切要看彼得·彼得罗维奇怎样安排，他只要在彼得堡熟悉一下环境以后，就会立刻通知我们。他自有他的某些打算，一心想尽快举行婚礼，如果可能的话，甚至就在这次圣母升天节的斋期[1]举行，要是时间太仓促，来不及办，就在过节后立刻举行。啊！我会多么幸福地把你搂在我的怀里！杜尼雅想到就要跟你见面，高兴得不行，有一次她取笑说，单为这一点她就情愿嫁给彼得·彼得罗维奇。她真是天使！她现在不想给你写信，只叮嘱我在信上告诉你说，她有好多的话要跟你谈，多极了，弄得她现在没法伸出手去拿起笔来，因为短短的

1. 圣母升天节是基督教节日，在8月15日，其斋期在节前的两周内。

几行字写不尽她要说的话，反而搅得自己心神不宁。她叮嘱我转达说她紧紧地拥抱你，给你送上无数的吻。不过，尽管我们很快就要见面，可是我过几天仍然会去给你汇钱，而且要尽量多汇些。现在人家都知道杜涅奇卡要嫁给彼得·彼得罗维奇，我的信用也就突然增长了，我确切地知道，阿法纳西·伊凡诺维奇现在凭我所领的抚恤金做保，甚至肯借给我七十五卢布之多，因此我也许可以汇给你二十五卢布，或者三十卢布。我原想多汇些，却又担心我们路上的开支不小，虽然彼得·彼得罗维奇那么好心，愿意承担我们到京城的一部分费用，也就是由他出钱把我们的衣物和一只大箱子运走（他设法托他的熟人办理），可是我们仍然得估计我们到达彼得堡后的费用，在那儿总不能一个钱也没有，至少起初几天得用钱。不过我和杜涅奇卡已经仔仔细细算过一遍，发现我们的路费不会用很多。从我们家到火车站，一共只有九十俄里，我们怕临时张皇，就预先跟我们所认识的一个乡下赶大车的谈妥，讲好了价钱。到了火车站，我和杜涅奇卡就会十分舒服地搭乘三等车启程。因此我能设法汇给你的，也许不是二十五卢布，而是三十卢布。不过，够了，我已经写满足足两大张信纸，现在再也没有余下一点空处了。我们的事原原本本都说了，然而出过多少事啊！现在，我宝贵的罗佳，在我们即将会晤之前，我拥抱你，送上我做母亲的祝福。罗佳，要爱你的妹妹杜尼雅。要像她爱你那样爱她，要知道她无限地爱你，胜过爱她自己。她是天使，你呢，罗佳，是我们的一切，我们的全部希望，我们的命根子。只要你幸福，我们也就会幸福。罗佳，你还照以前那样祷告上帝，还相信我们创世主和救世主的慈悲吗？我心里担惊害怕：你也许沾染了最近流行的不信神思想？如果是这样，我就为你祷告。要记住，亲爱的，当初你小的时候，你父亲还在世，你怎样坐在我的膝上咿咿呀呀地念祷告词，当时我们都是多么幸福！再会，或者最好说，不久就相见！我紧紧地、紧紧地拥抱你，无数次地吻你。

到死都热爱你的

普尔赫莉雅·拉斯柯尔尼科娃

拉斯柯尔尼科夫读信的时间里，几乎从一开始起，他的脸就一直布满泪痕。可是等到他读完，那张脸却惨白，由于不断痉挛而变了样，唇边露出沉痛而气愤的冷笑。他把头靠在很旧的小枕头上，不断思索，这样过了很久。他的心怦怦地跳，他的思绪大起大落。最后，他觉得这个黄色的斗室又闷又窄，像是立柜或者箱子。他的目光和思想要求到广大的空间去。他就拿起帽子，走出去，这一次却不再担心在楼梯上遇见外人，干脆忘记这件事了。他动身顺着沃米大街往瓦西里岛走去，仿佛急着要到那儿去办事似的。不过，他仍然按照他的习惯，只顾往前走，不去看道路，嘴里喃喃自语，甚至跟自己大声讲话，惹得路人大为吃惊。有许多人把他看成醉汉了。

第四章

他母亲的信弄得他很难过。可是关于那个最重大的要点，他却一分钟也没有感到犹疑不定，哪怕在他刚才读信的时候也是如此。讲到那件事最重大的要点，他的头脑已经做出决定，而且是无可挽回的决定："只要我活着，这件婚事就休想办成，叫卢仁先生见鬼去吧！"

"因为这件事是清清楚楚的。"他喃喃地自言自语，得意地微笑，想到他的决定一定会成功，就预先感到恶意的高兴。"不，妈妈，不，杜尼雅，你们骗不了我！……她们居然道歉，说是这件事没有征得我的同意，趁我不在已经决定了！可不是！她们以为现在拆不散了吗？那我们就等着瞧吧，看办得成还是办不成！多么了不起的藉口啊，说什么彼得·彼得罗维奇是个讲求实际的人，是个大忙人，就连办婚事也非快得像坐邮车，或者简直像乘火车一样。不行啊，杜涅奇卡，我心里全明白，我知道你要跟我谈的话都是些什么话，我还知道你通宵在房间里走来走去都想了些什么，我也知道你在妈妈卧室里挂着的喀山圣母像跟前都祷告些什么。要登上各各他[1]是很不好受的。嗯！……这样看来，事情已经最后决定：阿芙朵嘉·罗曼诺芙娜，你居然要嫁给那个讲求实际、办事合理的人了，据说他攒下一笔钱财（他已经攒下

1. 地名，在耶路撒冷城外，耶稣在十字架上钉死处。全句意思是"牺牲自己是不容易的"。

钱财，这就越发堂皇，越发动人了），在两个地方任职，具有我们最新一代人的信念（这是妈妈在信上说的），而且据杜涅奇卡自己发觉，他‘似乎心肠也好’。这个‘似乎’真是妙极了！这位杜涅奇卡为了这个‘似乎’就要嫁给他！……妙得很！妙得很！……

“不过我倒想知道：妈妈为什么在信上给我讲什么‘最新一代人’呢？单单为了描写他的性格呢，还是别有用心，要讨我的好，叫我对卢仁先生产生好感？嘿，她们心眼可真多！另外还有一件事我也想弄明白：她们俩在那一天，那一晚上，以及后来的那些日子，彼此之间究竟开诚布公到什么程度，她们俩之间把什么话都直截了当地说出来了吗？莫非两人都明白彼此的感情和想法全一样，用不着都说出口，多说反而不好？大概，事情多多少少是这样，从信上就可以看出来：妈妈觉得那个人生硬，略微有那么**一点点**，于是天真的妈妈就把她的发现告诉杜尼雅。杜尼雅呢？不用说，很生气，‘烦恼地回答’了。可不是！既然事情已经明明白白，无需天真地多问，既然大局已定，再谈这些也没用处，那么谁能不一肚子的气呢。至于妈妈在信上对我写道，‘罗佳，你要爱杜尼雅，她爱你胜过爱她自己’[1]，这岂不是她问心有愧，悄悄感到痛苦？因为她同意成全儿子而牺牲女儿！你‘是我们的一切，我们的命根子’！啊，妈妈！……”

他心中的愤恨越来越沸腾，要是他现在遇见卢仁先生，多半会把他杀死！

“嗯，话是不错的，”他继续想道，追踪他头脑里像旋风般翻腾不已的想法，“话是不错的：对人应当逐步接近，慎重对待，才能深入了解。这是卢仁先生一清二楚的。主要的是，他是个讲求实际的人，心眼**似乎**也好：他居然自己承担运行李的事，连大箱子也由他花

1. 陀思妥耶夫斯基的作品中，转述前面人物说过的话时，直接引语往往与前面的原话在字词上并不一一对应，但仍用引号。类似情况后面恕不一一指出。

钱运走，这是闹着玩的？嘿，他怎么不算心眼好！可是她们两人，**未婚妻**和她母亲，却得雇个乡下人，坐一辆盖着席子的板车（要知道我自己就坐过这种板车）！这没关系！是啊，一共不过九十俄里的路程，‘然后就会十分舒服地搭乘三等车启程’，走一千俄里的路！这是理当如此：量入为出嘛。不过您，卢仁先生，觉得怎么样呢？要知道，她是您的未婚妻啊……您总不会不知道，我母亲凭抚恤金做保，预先借一笔钱做路费用吧？当然，这种事在您看来，无疑是一场商业上的普通交易，这桩买卖由双方同样出股金，同样收红利，因此开支也就平分，正像俗语说的：面包之类合着吃，烟草钱却各付各的。再者，在这件事上，那位讲求实际的人叫她们略微上了一点小当，因为运行李的费用比她们的车票钱便宜，而且他说不定一个钱也没花就运走了。她们俩怎么会没看出来呢？莫非她们是故意不看？是啊，她们还挺满意，挺满意呢！可是，想想看吧！这只不过是刚刚开头，真正的结果还在后头呢！因为，应该弄清楚这个问题的关键是什么！要紧的不是他的吝啬，也不是他的小气，而是他办事的**章法**。要知道，这就是他们婚后未来生活的章法，这就是预兆……还有，妈妈怎么会这样随便花钱？等她到达彼得堡，身边还会有几个钱？至多只有三卢布，或者‘两张钞票’罢了，就跟那个……老太婆说的一样……哼！那么，日后她在彼得堡指望靠什么生活？她已经凭某些理由终于料到，她在杜尼雅婚后，**不能**跟杜尼雅一起生活，哪怕在开头一段时期也不行，不是吗？关于这一点，那位可爱的先生一定已经**露了口风**，叫她心里明白了，她却撑着两只手，硬不承认，说什么‘我却要拒绝’。那她怎么办？她能指望谁？指望一百二十卢布的抚恤金，而且先要扣除欠阿法纳西·伊凡诺维奇的债款？她织冬天的头巾，绣女衣的套袖，把她的老眼都用坏了。可是话说回来，这样织头巾一年，总共也不过给那一百二十卢布添上二十卢布罢了，这我是知道的。可见她还是指望卢仁先生的高尚感情！说什么‘他会邀我去，会再三邀我去的’。别痴心妄想了！那些席勒式的优美灵魂总是这样：他们自始至终一直用美丽的孔雀羽毛把别人打扮起来，自始至终一直指望好事，不愿往坏的方面想，纵然预感到事情有坏的一面，也决不肯预先对自己说真话，而且只要一想到这儿，就浑身不自在，他们见着实情总是挥着两只手推开，一直要到他们亲手打扮起来的人叫他们上了当才算完事。而我倒很想知道卢仁先生有没有勋章。我敢打赌，他的纽扣眼上一定挂着一枚安娜勋章，他到包工头和商人家里去赴宴必然佩戴这枚勋章。也许，他在婚礼上也会戴！不过，叫他见鬼去吧！……”

他接着想道：

“唉，妈妈呢，就随她去吧，求上帝保佑她，她反正就是这个样子了，然而杜尼雅是怎么回事呢？杜涅奇卡，亲爱的，我可是了解您的！是啊，我们上次见面的时候，您已经快满二十岁了：您的性格我清楚得很。妈妈在信上写道：杜涅奇卡经得住很多的磨难。这我知道。这我在两年半前就已经知道，这两年半以来我一直在想这一点，也就是想杜涅奇卡经得住很多的磨难。既然她能顶住斯维德利盖洛夫先生以及那种种后果，这就说明她的确经得住很多的磨难。可是现在，喏，她和妈妈一起，竟然认为她也对付得了卢仁先生，而卢仁先生却宣扬过丈夫应该高过妻子一头的理论，说什么要在穷人当中选妻子，让妻子感谢丈夫的恩德等等，而且几乎是初次见面就发这样的议论。好，姑且假定他是‘说溜了嘴’吧……其实他是个头脑冷静的人，因此很可能根本不是说走了嘴，恰恰是有意要尽快把他的想法说清楚……不过杜尼雅呢？杜尼雅怎么样呢？要知道，她是看清楚那个人的，然而又要跟那个人一起生活。这是何苦！她宁可光吃黑面包，喝白开水，也不愿意出卖灵魂，拿自己的精神自由去换舒适的生活，你就是给她整个石勒斯维–霍斯丁区[1]，她也不换，更不要说换来个卢仁先生了。对，据我所知，杜尼雅不是那种人……可不是，就连现在也不会，当然了！……这还用说！！斯维德利盖洛夫夫妇真叫人受够了！为了每年挣二百卢布走遍全省当一辈子女家庭教师，也不好受！可是我仍然知道，我妹妹宁可到种植工场那儿去做黑奴[2]，或者到波罗的海东部沿海地区日耳曼人那儿去充当拉脱维亚人[3]，也决不会死心塌地，只为她个人的利益，而嫁给一个她不尊重的人，且和这个既无话可说也无事可做的人待在一起，从而玷污她的精神以及她的道德感！哪怕卢仁先生周身上下是纯金造的，或者是一块完整的钻石，她也不会同意做卢仁先生合法的姘妇！那么现在她怎么会同意了呢？问题在哪儿？谜底在哪儿呢？事情明明白白：为自己，为过舒服日子，哪怕为死里逃生，她也不会出卖自己的，那她就是为别人在出卖自己！她为亲爱的人，为她崇拜的人会出卖自己！我们整个问题的关键就在这儿了：她为哥哥，为母亲会出卖自己！她会出卖一切！啊，在这种情形下，我们索性扑灭我们的道德感情！自由也罢，安宁也罢，甚至良心也罢，一切的一切，我们统统送到市场上去。就是断送一生，也在所不惜！只要我们那些心爱的人能够幸福就成。不仅这样，我们自己还想出些似是而非的道理，学伪君子的假道学，一时之间我们或许倒也能宽慰自己，说服自己，认为应该这样做，为达到很好的目的而确实必须这样做。我们就是这样的人，这跟白昼一样明白。事情很清楚，在这方面起关键作用，占首要地位的不是别人，正是罗季昂·罗曼内奇·拉斯柯尔

1. 德国西部的地区。为占领该地区，1864年发生德国和丹麦的战争，1866年发生普奥战争。1867年该地区成为普鲁士的省。19世纪60年代俄国报纸连续报道了战争的经过。——俄文本编者注
2. 当时俄国报纸常报道有关美国黑奴的情况，以及有关美国南北各邦之间刚结束不久的内战(1861—1865)。——俄文本编者注
3. 俄国波罗的海东部沿海地区的拉脱维亚人，在19世纪60年代中期，不堪压榨的痛苦而纷纷逃亡，有关这类事例的报道当时各报屡有刊载。——俄文本编者注

尼科夫。嗯，就是嘛，这样可以促成他的幸福，让他可以读完大学，而且可以合伙经营事务所，保障他的整个前途，也许日后他会成为富翁，享有荣誉，受人尊重，甚至临死也许会成为名人呢！那么我的母亲呢？她当然会想：这是罗佳，宝贵的罗佳，我头一胎的孩子啊！嗯，为这么一个头一胎的孩子，即使牺牲那么一个女儿，又有什么不可以的！噢，这种可爱的偏心啊！有什么关系呢！在这种情形下，我们即使遭到索涅奇卡那样的厄运，大概也不会退缩！索涅奇卡，索涅奇卡·玛尔美拉朵娃，与世长存的索涅奇卡啊！这样的牺牲，这样的牺牲，你们俩都琢磨透了吗？这样做对吗？承担得起吗？有好处吗？合乎情理吗？杜涅奇卡，您可知道，跟卢仁先生一起生活一点也不比索涅奇卡的厄运好？他们双方不可能有爱情，妈妈写道。如果不只没有爱情，连尊重也不可能有，反而只有嫌恶、轻蔑、厌弃，那可怎么办，怎么办？结果是，您也得打扮得漂漂亮亮才成。难道不是这样吗？您明白所谓漂亮是什么意思？您明白吗？您可明白，做卢仁家的人所需要的漂亮跟索涅奇卡的漂亮完全一样，也许还更坏、更肮脏、更下流，因为您，杜涅奇卡，毕竟是贪图荣华富贵，索涅奇卡却简单得很，这只是个避免饿死的问题罢了！杜涅奇卡，这种漂亮可是代价很高，代价很高呀！是啊，要是以后您觉得受不了，懊悔了呢？那会惹出多少悲伤和忧愁，多少咒骂和眼泪，而且要瞒过众人的耳目，因为您总不是玛尔法·彼得罗芙娜那样的人吧！那么母亲到那时候会怎样？要知道，她就连现在也已经不放心，难过得很了，那么，将来真相大白了，她又会怎样呢？再者，我会怎样呢？……是啊，你们到底把我看成什么人？我不要你们为我牺牲，杜涅奇卡，我不要，妈妈！只要我活着，这种事就不容许发生，不容许，不容许！我不接受这种牺牲！”

他忽然清醒过来，停住脚。

“不容许发生？你怎么办才能使得这种事不发生呢？你不准她们

这样做？可是你有什么权力呢？你为了取得这种权力，能向她们应许些什么呢？你**等到大学毕业，谋到差事**，一定会把你的全部命运，全部前程献给她们吗？这种话我们早就听说过，其实不过是**空口说白话**罢了。再说，现在该怎么办呢？要知道，现在总得做点什么才成，你明白吗？然而你现在在做些什么呢？简直就是在搜刮她们的钱。要知道，那些钱，有的是凭一百二十卢布抚恤金做保借来的，有的是在斯维德利盖洛夫先生家里凭薪资做保借来的！你有什么办法把她们从斯维德利盖洛夫夫妇手下，从那位阿法纳西·伊凡诺维奇·瓦赫鲁兴手下解救出来呢？你这个未来的百万富翁，支配着她们命运的宙斯！再过十年吗？可是这十年当中，母亲忙于织头巾，恐怕已经把眼睛累瞎了，或者哭瞎了也未可知，而且她常年吃素，身体衰弱不堪。还有妹妹呢？嗯，你细细想一想：过上十年，或者就在这十年当中，你妹妹可能成为什么样子呢？你能推想出来吗？”

他照这样折磨自己，提出这些问题来揶揄自己，甚至感到点儿快意。不过，所有这些问题都不是新的，也不是突如其来的，而是些亟待解决的老问题，为期已经很久了。这些问题老早就折磨他，把他的心撕碎了。目前这许多苦恼，很早很早以前就在他心里滋生、成长、蓄积力量，最近已经成熟、结果，化为一个可怕的、离奇的、荒诞的问题，折磨他的心灵和头脑，不可抗拒地强逼他给出答案。现在他收到母亲的来信，好比突然当头打了个霹雳。事情很清楚，现在他万万不能再苦恼，再消极地难过，一心认为这些问题没法解决，而一定要有所作为，马上动手，越快越好。无论如何，问题非解决不可，不管怎么样解决，要不然……

“要不然就索性放弃生活！”他忽然发疯般地叫道，“乖乖地听从命运摆布，逆来顺受，死心塌地，扑灭心中的一切，放弃行动、生活、热爱的种种权利！”

“‘尊贵的先生，所谓走投无路究竟是什么味道，您明白吗，您明白吗？’”他蓦地想起昨天玛尔美拉朵夫提出的问题。“‘因为，不管什么人，至少总得有个地方可去啊’……”

他突然打个冷战：昨天的另一个思想又飞回他的头脑里来了。然而他所以打冷战，却不是因为那个思想飞回来了。他本来就知道，而且他已经**预感到**，它一定会“飞回来”，已经在等他了。再者，这个思想也根本不是昨天才产生的。可是区别在于一个月前，哪怕是昨天，它还仅仅是幻想，现在呢？……现在倏地不以幻想的形式出现，却带着一种他完全不熟悉且威风凛凛的新面貌出现，他自己忽然也领会到了……他觉得好像头上挨了一记闷棍，眼前发黑了。

他匆匆地往四下里看一眼，是在寻找什么？他想坐一会儿，便开始寻找长椅。当时他正走过克＊林荫路，瞧见前边有一张长椅，大约有一百步远。他尽量走得快些，可是路上他碰到一个小小的事故，它有好几分钟之久吸引了他的全部注意力。

他刚找到长椅，就发觉前边大约二十步远处有个女人在走动，可是起初他一点也没注意。她就跟前面闪过的人或东西一样，他一概没理会。例如，他已经有许多次走回家去，却记不得走的是哪条路，他已经这样走惯了。然而那个走路的女人，乍看上去却有一种很奇怪的样子扑进他的眼帘，弄得他的注意力渐渐盯住她，起初还很勉强，仿佛带点懊恼的心情，后来却越来越盯得紧了。他忽然想弄明白，这个女人究竟哪方面显得奇怪，第一，她多半是个很年轻的少女，天气这么热，却没戴帽子，也没撑阳伞，更没戴手套，有点急匆匆地晃动着胳膊。她穿一件绸衣衫，是薄薄的料子（丝织品）做的，不过穿得也有点七扭八歪，几乎没扣纽扣，后边腰上，裙子的上部扯破了，一大块料子挂下来，晃来晃去。她裸露的脖子上围着块小小的三角围巾，可是围得不端正，歪到一旁去了。第二，那个少女走路不稳，跌跌撞撞，甚至东摇西晃。这次相逢，终于引得拉斯柯尔尼科夫十分注意。他跟少女一起走到长椅跟前，可是她刚走到长椅那儿，就一下子倒在长椅的角上，把头靠在椅背上，闭上眼睛，看来异常疲劳。他仔细看了看她，立刻猜出她已经喝得大醉。这种现象看上去又奇怪又荒唐。他甚至认为他也许看错了。他面前是一张非常年轻的小脸，大概十六岁的样子，甚至也许只有十五岁。那张小脸配着浅黄色头发，挺好看，不过面色通红，而且仿佛有点浮肿。少女似乎不大明白她在干什么，她把一条腿架在另一条腿上，同时又把那条腿跷得老高，不像样，从种种迹象看来，她不大感觉到她是在街上。

拉斯柯尔尼科夫没坐下，也不想走开，却站在她面前，不知如何是好。这条林荫路素来空荡荡的，如今天热，又是下午一点多钟，几乎一个人也没有。不过，旁边，大约十五步开外，林荫路边上，却站着一个上流人，根据各种迹象可以看出，他抱着某种目的很想走到少女跟前来。刚才他大概也远远地看见她，追上来，可是拉斯柯尔尼科夫碍了他的事。他对拉斯柯尔尼科夫投以愤恨的眼光，不过又极力不让拉斯柯尔尼科夫发觉。他只着急地等着这既讨厌又衣衫褴褛的人走开，好让他走过来。事情是一目了然的。那个上流人年纪三十岁上下，身材矮短肥胖，面色白里透红，嘴唇粉红色，留着唇髭，衣着很讲究。拉斯柯尔尼科夫勃然大怒，突然打算设法侮辱这个肥胖的公子哥儿。他暂时离开少女，往上流人那边走去。

“喂，您这个斯维德利盖洛夫！站在那儿要干什么？”他喊道，捏紧拳头，笑起来，唇边却喷出唾沫星子。

“这话是什么意思？”上流人厉声问道，皱起眉头，露出傲慢的惊诧神情。

“滚开！就是这个意思！”

“你怎么敢说这话，流氓！……”

说完，他就扬起一根马鞭。拉斯柯尔尼科夫举起拳头，朝他冲过去，甚至没有考虑到那个肥胖的上流人能对付两个像他这样的人。可是这当儿，有人在他身后拽住他，有个警察站到他们当中来了。

“够了，两位先生，在公共场所不许打架。您要干什么？您是什么人？”他转过脸来瞧着拉斯柯尔尼科夫的破旧衣服，厉声说道。

拉斯柯尔尼科夫注意地瞧他。那是一个士兵雄赳赳的脸，留着白唇髭和白络腮胡子，目光显出通情达理的神情。

“我正好要找您，”他抓住警察的胳膊，喊道，“我以前是个大学生，姓拉斯柯尔尼科夫……这一点您也不妨知道一下，”他转过脸去对上流人说，“您过来吧，我要叫您明白明白……”

说完，他抓住警察的胳膊，把他拉到长椅子前。

“喏，您瞧，她完全喝醉了，刚才顺着林荫道一路走着。谁也不知道她是什么人，看样子不像是干那行的。她多半在什么地方让人灌醉了，受了骗……第一次受骗……您明白吗？随后，他们就这么把她赶到街上来了。您瞧，她的衣服撕破了，您瞧，必定是穿着的时候被撕破的，一定是别人给她穿上，不是她自己穿上的。而且她不会是这样穿衣服的人，也就是男人给她穿上的。这一眼就可以看明白。那么现在您再瞧那儿，瞧那个公子哥儿，虽然刚才我要跟他打架，其实我不认识他，我们这还是初次见面。不过，刚才他也在路上发现她，当时她喝醉了酒，昏头昏脑。现在他满心想走到她跟前去，抓住她，趁她醉成这个样子，把她带到别的什么地方去……事情肯定是这样，请您相信我没有弄错。我亲眼看见他盯住她，跟踪她，只是我碍了他的事，如今他一直在那儿等我走开呢。瞧，现在他退后几步站着，仿佛要卷一支烟吸似的……我们该怎么办才能不让他把她弄走？我们该怎样才能把她送回家去？您想想吧！”

警察一下子全明白了，开始考虑。那个胖胖的上流人居心何在，当然是容易了解的，剩下要考虑的就是少女了。警察低下头去凑近了她看一看，他眉宇之间顿时显出真诚的怜悯神情。

“唉，真是可怜啊！”他摇着头说，“还完全是个娃娃呢！她上了当，这一点也不错。您听我说，小姐，”他开始叫她，“请问您住在哪儿？”少女睁开疲倦而混浊的眼睛，呆呆地瞧了瞧问话的人，然后挥一下手。

“您听我说，”拉斯柯尔尼科夫对警察说着，把手伸进自己的口袋里摸索一阵，取出二十戈比，正好他口袋里有钱，“喏，您拿去，雇一辆出租马车，吩咐赶车的按地址把她送回去。只是我们得先问清楚地址才成！”

“小姐，小姐，”警察接过钱来，又开口说，“我马上给您雇辆马车，亲自送您回家去。请问，该送到什么地方？啊！请问，您住在哪儿？”

“去，去！……老缠住我不放！……”少女嘟哝说，又挥一下手。

“唉，唉，多么不好！唉，这可丢脸啊，小姐，这可丢脸啊！”他再一次摇着头说，又羞愧，又怜悯，又愤慨。“这才真是难题！”他转过脸来对拉斯柯尔尼科夫说，顺便匆匆地把他从头到脚又打量一下。大概警察觉得他也很古怪：自己穿得这么褴褛，却又拿出钱来给人！

“您是在离这儿很远的地方发现她的吗？”警察问他说。

“我跟您说：她原本在我前面走，就是在这条林荫路上，身子摇摇晃晃。她一走到长椅那儿，就倒在那上面了。”

“唉，如今世上出了这么丢脸的事，主啊！这么天真烂漫的小姑娘，却已经喝醉了酒！她受了骗，这话不假。瞧，她的衣服也撕破了……如今，放荡的事可真多呀！说不定她出身于贵族人家……如今这样的事多得很。从外表看，她像是娇生惯养的，说不定真是位小姐呢。”说完，他又弯下腰去看她。

或许他家里也有这样的女儿长大了，她“像是娇生惯养的”小姐，带着温文尔雅的气派，极力模仿别人那样装束入时……

“要紧的是，”拉斯柯尔尼科夫热心张罗道，“千万别让那个坏蛋把她弄走才好！他还会欺负她的！他存着什么心，那是一清二楚的。瞧瞧那个坏蛋，他就是不肯走开！”

拉斯柯尔尼科夫大声说着，伸出手来直截了当地指着他。那个人听见他的话，又想大发脾气，可是后来改了主意，光是用轻蔑的眼光瞪他一眼了事。随后他慢腾腾地走了十步光景，又站住了。

“不让他得手，这是办得到的，先生。”警察沉思着回答说。“喏，要是她能说出该把她送到哪儿去就好了，可是……小姐，小姐啊！”他又弯下腰凑近她。

少女忽然睁大眼睛，注意地瞧了一阵，仿佛有点明白似的，她离开长椅站起来，朝她来的那个方向走回去。

“呸，不要脸的东西，缠住人不放！”她说着，又挥一下手。她走得很快，身子跟先前一样大摇大晃。公子哥儿跟着她走去，然而是在另一条林荫道上，他的眼睛一刻也不放松她。

“您不用担心，我不会让他得手。”留着长唇髭的警察果断地说，跟着他们走去。

“唉，如今的坏事可真是多呀！”他重复一遍，大声叹气。

这会儿，仿佛有个什么东西螫了拉斯柯尔尼科夫一下。他的心绪一下子似乎彻底改变了。

“您听着，喂！”他对着留长唇髭的警察的背影嚷道。

那一个人转过身来。

“您别管他们了！这关您什么事呢？算了！随他去找乐子好了，”拉斯柯尔尼科夫指一指公子哥儿，“这关您什么事呢？”

警察不明白，睁大眼睛瞧着他。拉斯柯尔尼科夫笑了起来。

“哎!”警察挥一下手，跟着公子哥儿和少女走去，大概以为拉斯柯尔尼科夫是疯子，要不然就是比这更糟的人了。

“他把我那二十戈比拿去了。”剩下拉斯柯尔尼科夫一个人的时候，他愤愤不平地说。“好，就让他也从那个家伙手里拿到钱，随后听任那个家伙把少女带走，事情就此了结算了吧……我又何必夹在当中硬要帮助她！是啊，我也配帮忙？我有权利帮忙吗？随他们活活地互相吃掉，这关我什么事？我怎么居然给了二十戈比？难道那钱不是我的？”

尽管他说出这些奇怪的话，心头却很沉重。他在空下来的长椅上坐下。他的思路乱糟糟的……再者，整体说来，这时候不管他想什么，心里都不好受。他恨不得打个盹儿，把一切都忘掉，然后醒来，完全从头做起才好。

“可怜的少女!”他瞧着空荡荡的长椅角落说。“她会清醒过来，哭哭啼啼，后来她母亲会知道她的事……起初她母亲打她，后来用鞭子抽她，打得很痛，弄得她很丢脸，或许还要把她赶出家门……就算没把她赶走，那些达莉雅·福兰左芙娜之流也会闻出气味，那个少女就开始在街头，这儿那儿地溜达……随后就立刻进医院（有些姑娘在母亲家里过得很正派，可是瞒着母亲在外面胡搞，结果总会这样)，不过后来……后来又进医院……喝酒……上酒馆……然后又进医院……不出两三年就变得不成人样，从生到死一辈子也就活上十八九岁罢了……难道这样的姑娘我没见过吗？她们怎么变成这样的？喏，都是这样变成的!……呸！随她们去吧！据说，这是理所当然的。据说，每年必有百分之几这样的人不知跑到哪儿去了……去见鬼了，大概是为了让其余的人过得自在点，免得受到干扰。百分之几！他们这个词可真妙啊！听起来叫人心安，又显得这里头大有学问。一说百分之几，就用不着再发愁担忧了。是啊，要是换一个词，那可就……也许叫人心里有点不踏实了……可是，万一杜涅奇卡落到这个百分之几当中去了，那可怎么办？……即使不是这个百分之几，可要是落到别的百分之几当中去了呢？……”

“咦，我这是要往哪儿去？”他忽然暗想。“奇怪。我出来本来是有目的的。刚才我一看完信，就出来了……我是要到瓦西里岛去找拉祖米欣，对，就是那儿，现在……我想起来了。可是，我去干什么呢？这时候怎么会忽然心血来潮，要去找拉祖米欣呢？这真怪了。”

他暗暗吃惊。拉祖米欣原是他以前在大学的一个同学。值得注意的是，以前拉斯柯尔尼科夫在大学读书，几乎没有一个相好的同学。他跟大家都合不来，也从不找什么人，他在自己屋里也不喜欢接待同学，于是大家也很快就不理他了。不管是同学们的聚会也好，闲谈也好，玩乐也好，他一概不参加。他读书用功，从不顾惜自己，因而受到尊敬，可是谁也不喜欢他。他生活很穷，自尊心强得近乎傲慢，不爱多说话，仿佛心里藏着什么事似的。在有些同学看来，拉斯柯尔尼科夫似乎高高在上而把他们都当作小孩子看待，无论在修养上、知识上、信念上，好像都比他们高明似的，他把他们的信念和兴趣都看成是低级的东西。

不知什么缘故，他跟拉祖米欣倒还合得来，然而也不能算是合得来，而是跟他还能多谈几句，比较坦率罢了。可是，跟拉祖米欣相处，也不可能有别种的关系。拉祖米欣是个非常快活的小伙子，喜欢跟人谈心，心肠好得近乎朴实。不过，这种朴实的后面却隐藏着深刻和尊严。他那些最要好的同学都了解这一点，大家都喜欢他。他虽然有的时候确实傻头傻脑，其实他不很笨。他相貌动人，长得又高又瘦，头发乌黑，胡子总是没刮干净。他偶尔撒野胡闹，而且以大力士闻名。有一天晚上，跟同伴们在一起，他一拳就把个身高两俄尺十二俄寸[1]的

1. 约合两米。

警察打翻在地。他喝起酒来能够没完没了，可是又能够滴酒不沾。有时候，他调皮起来简直不成样子，可是也能够完全不调皮。拉祖米欣之所以引人注目，还因为任何挫折从来也不能使他气馁，似乎任何恶劣的际遇也不能打垮他。哪怕在房顶上他也能过夜，他还能忍受极度的饥饿和不同寻常的寒冷。他景况很差，却能独自支撑，做这样那样的工作挣点钱，自己养活自己。当然，他知道无数挣钱的路子。有一次，他的房间里整整一个冬天压根儿没生过火，他口口声声说，这倒更舒服，因为在冷的地方睡觉睡得更香。目前他也不得不退学，不过时间不会太长，他会用尽全力赶紧改善境况，以便继续在大学读书。拉斯柯尔尼科夫已经有四个月没到他那儿去过；拉祖米欣呢，根本不知道他的住处在哪儿。有一回，大约是在两个月前，他们在街上相遇，可是拉斯柯尔尼科夫转过身去，甚至走到街对面去了，免得让对方瞧见。拉祖米欣虽然瞧见他，可是仍然走他的路，不愿意打搅他的朋友。

第五章

"确实，我不久以前还打算到拉祖米欣家去，托他谋个差事，要他给我找份家教活儿，或者别的什么工作也成……"拉斯柯尔尼科夫想起来了，"可是现在他能帮我什么忙呢？就算他给我找到家教馆的差事，就算他身边还剩下几个小钱，分给我几个，甚至能让我买双皮靴，把衣服穿整齐点，好去家教馆……嗯……那又怎么样呢？我挣到区区几文钱，拿来管什么用？难道我现在就需要那一点钱？真的，现在我去找拉祖米欣，未免可笑……"

他一想到他现在为什么去找拉祖米欣，这个问题就弄得他心里七上八下，甚至比他自己设想的还要严重。尽管这个行动似乎极为普通，他却心神不宁，极力要在其中找出某种对他来说颇为险恶的意义。

"怎么，莫非我要专靠拉祖米欣一个人来收拾局面，在拉祖米欣身上找到一切问题的出路？"他惊讶地问自己。

他揉着自己的额头思考，随后，说来奇怪，在沉思了很长时间以后，不知怎么无意中，几乎是自然而然地，他头脑中忽然出现了一个非常奇怪的念头。

"嗯，到拉祖米欣家里去，"他忽然十分镇静地说，仿佛已经做出了最后决定似的，"我将来会到拉祖米欣家里去，这是理所当然的，可是现在不成。我要在……**那件事**发生以后第二天再去，那时候**那件事**

已经结束，一切都重新开始了……”

突然，他清醒了过来。

“‘在**那件事**发生以后’，”他离开长椅站起来，大叫一声，“难道**那件事**真会发生？莫非它一定会发生？”

他离开长椅，走了，几乎是在奔跑。他本想跑回租屋去，可是他蓦地觉得非常厌恶回到那里，因为一个多月以来，这个计划正是在那儿，在那个小屋里，在那个可怕的“立柜”里，成熟起来的。他就信步往前走去。

他那神经性的战栗过渡到热病般的战栗，他甚至觉得冷得要命。天气那么热，他却浑身发凉。他仿佛费了不小的劲，但出于内心的需要，自己几乎没觉得，就开始细看他遇到的一切东西，似乎极力要藉此岔开他的心思。可是这一点他做得不怎么成功，随时都陷入沉思。等到他打个寒战，再抬起头来，往四下里看，就立刻忘了他刚刚在想什么，甚至忘了刚刚走过什么地方。这样，他穿过整个瓦西里岛，来到小涅瓦河，走过桥，转弯向群岛走去。起初，碧绿的树木和新鲜的空气使他那对疲乏的眼睛感到舒适，他的眼睛一向看惯了城里的尘土，石灰以及密集的、压得人透不出气来的大房子。这儿既没有闷热，也没有臭气，更没有小酒店。然而不久，这种新颖而愉快的感觉也变得病态、恼人了。有的时候，他在一座周围林木苍翠的别墅前面停住脚，穿过篱墙往里看，远远瞧见楼上阳台和楼下露台上站着些打扮得很漂亮的女人，花园里有些孩子跑来跑去。特别引他注目的是各种花卉，这些他瞧得最久。一路上他还遇见华丽的四轮马车、男骑手和女骑手，他用好奇的目光瞧着他（它）们，不过他（它）们还没来得及在他眼前消失，他就已经把他（它）们忘掉了。有一次他站住，数他的钱，一共有三十戈比的样子。“我给过警察二十戈比，为那封信给过娜斯达霞三戈比……那么可见昨天我送给玛尔美拉朵夫家四十七戈比或者五十戈比。”他不知什么缘故计算了一阵，暗自想道，然而对于他究竟为什么把钱从衣袋里取出来，却不久就简直忘光了。他走过一家类似小饭铺的店，才想起来，原来他肚子饿了。他走进去，喝下一杯白酒，吃一个带馅的饼。他在路上才把它吃完。他很久没喝过白酒了，虽然现在总共只喝了一杯，那点酒却立刻上了头。他两条腿忽然变得沉重，他一心想睡觉。他想走回租屋去，可是到了彼得罗夫斯基岛却停住脚，浑身发软，就离开大路，走进灌木丛，在草地上躺下，一下子就睡熟了。

人在病态的情形下，所做的梦往往显得分外清晰、鲜明，非常逼真。有的时候，梦里的事情稀奇古怪，可是梦里的情景和全部过程却十分像是真事，种种细节也都十分细致、意外，跟整个梦景配合得天衣无缝，因此做梦的人哪怕是个像普希金，或者屠格涅夫那样的艺术家，醒着的时候也断然不能构思出这样的梦景来。这样的梦，病态的梦，总是久久地留在记忆里，对人的过分兴奋而又紊乱的神经系统产生强烈的影响。

拉斯柯尔尼科夫做了个噩梦。他梦见了他小时候的情景，当时他还住在他们的小城里。他只有七岁上下，那天正逢节日，黄昏时分他跟父亲一起在城外散步。天色昏暗，天气闷热，地点跟他记得的一模一样，甚至他记忆中的那块地方也远不及梦中的情景那样清楚。小城地势开阔，就跟摆在掌心上一样清楚，四下里没有一棵柳树。很远很远的地方，快到天边了，有一带乌黑的森林。小城尽头有个菜园，几步路外开着一家酒店，是个很大的酒店，素来给他留下极不愉快的印象。他跟父亲散步，路过那儿，竟然觉得心惊胆战。那儿老是有成群的人，大嚷大叫，放声大笑，骂骂咧咧，唱起歌来怪声怪气，嗓音沙哑，他们还常常打架。酒店附近总有些醉汉和可怕的嘴脸……他遇见他们，就紧紧地依偎着父亲，浑身发抖。酒店旁边有一条路，一条乡间土路，老是尘土飞扬，路上的尘土总是那么黑。它迤逦而去，延续得很远，到将近三百步的地方向右拐，绕过本城的墓园。墓园中央有座砖砌的教堂，漆着绿色拱顶，他每年总有两次随着父母到那儿去做弥撒，到这种时候教士们就为他早已死去且从没见过的祖母做安魂祭。他们每次去，总是带着蜜饭，盛在白盘子里，外面用餐巾包好。蜜饭是用米煮成的，加了糖，饭上嵌着葡萄干，排成十字架形状。他喜欢那座教堂和那里面古老的圣像，圣像身上大都没有金银的衣饰。他也喜欢那个脑袋颤抖的老司祭。祖母的坟上有块石板，旁边还有座小坟，埋着生下来才六个月就死去的小弟弟。这个弟弟他也根本不认识，更记不起来，不过人家对他说，他有过一个小弟弟。他每次到墓园来，总是虔诚而恭敬地面对小坟在自己胸前画十字，鞠躬，吻那座小坟。现在他梦见他跟父亲一起沿着那条路到墓园去，路过那家酒店。他拉着父亲的手，战战兢兢在回头看酒店。有一种特别的情景引起他的注意：这一回那儿似乎有个寻欢作乐的聚会，穿得花花绿绿的小市民、村妇、她们的丈夫和各种不三不四的人合成一大群。人人都喝醉了，人人都在唱歌，酒店的门廊旁边停着 辆板车，然而是一辆奇怪的板车。这是那种大号的板车，用来运输货物和酒桶的，常常由拉货的大马拉着。他素来喜欢看那些拉货的高头大马，它们鬃毛很长，腿很粗，走起来步子从容而平稳，尽管所拉的货物像大山那么高，却毫不吃力，仿佛拉货倒比不拉货轻松。可是现在，说来奇怪，板车那么大，拉车的却是乡下那种又瘦又小、黑鬃黄毛的驽马。这样的马他常看见，有的时候拉着一车堆得高高的木柴或者干草，总是疲惫不堪、拼命使劲，特别是如果车轮陷进泥泞或者车辙里，庄稼人就老是扬起鞭子狠狠地抽它，狠极了，甚至间或抽它的脸，抽它的眼睛，他瞧着这种情景非常难过，难过极了，差点哭出来，妈妈总是走到窗口，把他拉走。可是这时候，突然人声喧哗，原来从酒店里走出一伙高大的、醉得很厉害的庄稼人，又是嚷，又是唱，手里拿着三弦琴，身上穿着红色和蓝色的衬衫，肩上披着厚呢上衣。

“上车，都上车！”有一个人喊道，年纪还轻，脖子很粗，一脸横肉，脸红得跟胡萝卜一样，“我把大家都拉走，上车吧！”

可是立刻传来笑声和惊叫声：

“这样的驽马要拉这么多人！”

“米科尔卡，你疯了还是怎么的，这么一匹小母马要拉这么大的板车？”

“是啊，这匹黑鬃黄毛小马一定能活足二十岁，哥儿们！”

“上车吧，我把大家都拉走！”米科尔卡又喊道，他头一个跑上马车，拿起马缰，在马车前部站得直直的。“前几天玛特威把枣红马牵走了，”他在马车上喊道，“这匹小母马呢，哥儿们，简直弄得我伤心透了，我恨不得把它打死，它白吃粮食嘛。我说，上车呀！我能叫它快跑！它会快跑的！”说完，他手里拿起鞭子，兴致勃勃地准备抽那匹黑鬃黄毛小马。

“上车就上车！”大伙哈哈大笑。“你听听，它还会快跑呢！”

“它恐怕有十年没快跑过了。”

“它跳起来了！”

“别心软，哥儿们，大家都拿起鞭子，准备好！”

“行啊！抽它！”

大家纷纷爬上米科尔卡的板车，一边扬声大笑，一边说俏皮话。爬上车的大约有六个人，车上还容得下别的乘客。他们又把一个身体很胖，脸色红扑扑的村妇拖上车来。她穿着大红布衣服，戴一顶缀着玻璃珠的帽子，脚上穿着棉鞋，嘴里咬着核桃，呵呵地笑着。板车周围的人群里也有人笑，而且说真的，怎么能不笑呢：这种不成样子的小母马居然会拉着这么重的车快跑！车上两个小伙子立刻各自拿起鞭子，要帮米科尔卡的忙。有人喊一声："驾！"小马就使出全身力气把车往前拉，然而甭说是快跑，就连一步步地走也未必办得到，它光是挪动四条腿就呼呼地喘气。三根鞭子雨点似的打下来，它却光是弯了弯膝盖，车子还是没动。车上和人群里的笑声越发热闹，可是米科尔卡生气了，拼命加紧抽打小母马，仿佛真以为它会快跑似的。

"让我也上车，哥儿们！"人群里有个小伙子叫道，他也想试试身手了。

"上车！大家都上车！"米科尔卡嚷道，"马能把所有的人统统拉走。我要把它活活抽死！"说完，他一个劲儿地抽，没完没了，气得发疯，简直不知道该拿什么来抽它了。

"爸爸，爸爸！"拉斯柯尔尼科夫对父亲叫道，"爸爸，他们在干什么呀！爸爸，他们在抽打可怜的小马！"

"我们走吧，我们走吧！"父亲说，"他们喝醉了，瞎胡闹，这些蠢货。我们走吧，别看了！"说完，他想带他走开，可是孩子挣脱他的手，不管三七二十一，往小马跟前跑去。可是那匹可怜的小马已经不妙了。它喘个不停，停住脚，又往前拉，差点跌倒。

"把它抽死！"米科尔卡叫道，"豁出去了，我要把它活活抽死！"

"莫非你天良丧尽了，还是怎么的，该死的！"人群当中有个老人说。

"谁见过这种事：这么弱的小马居然拉这么重的车。"另一个人补充说。

"你会把它折腾死的。"第三个人说。

"用不着管我！这是我的牲口！我想怎么干就怎么干。再上来几个人！大伙都上车！我非要叫它快跑不可！"

突然，大家一齐哈哈大笑，声音盖过了一切，原来小母马受不了雨点般的鞭子，开始有气无力地尥蹶子。就连老人也忍不住笑了笑。

真是的：这么一匹不成样子的小母马，却还要尥蹶子！

人群当中有两个小伙子，也各自拿一根鞭子，跑到小马这儿来，抽它的两边。他们是从不同的方向跑来的。

"抽它的脸，抽它的眼睛，抽它的眼睛！"米科尔卡叫道。

"唱歌啊！哥儿们！"有人在板车上叫道，车上的人纷纷响应。大家就纵情欢唱，铃鼓响起来，唱到叠句改吹口哨。那个村妇把核桃咬得咔咔响，不停地笑。

拉斯柯尔尼科夫跑到小马近旁，他跑到前边，他看见人家抽它的眼睛，恰恰抽中它的眼睛！他哭了。他心里堵得慌，眼泪不停地流下来。有一鞭子抽在他脸上了，他却没感觉出来。他绞自己的手，喊叫，扑到须发皆白的老人跟前，老人正在摇头，对当前这种事很不满意。有个女人拉住他的手，想把他领走，可是他挣脱手，又往小马跟前跑去。小马已经声嘶力竭地嘶鸣，可是又开始尥蹶子。

"叫你这个鬼东西再尥蹶子！"米科尔卡狂怒地大叫起来。他丢下鞭子，弯下腰，从板车底部抽出一根又长又粗的车辕，双手握住它的一端，使劲把它抡起来，往那匹黑鬃黄毛马身上砸下去。

"他要把它打死了！"周围的人喊道。

"他会砸死它的！"

"我的牲口！"米科尔卡叫道，把车辕抡得高高的，砸下来。立刻响起了沉重的闷棍声。

"抽它，抽它呀！你们干吗停住手？"人群当中有人喊道。

米科尔卡又一次抡起车辕，等到抡得很高，就又一次砸下去，落在不幸的驽马的背上。它整个后半身坐下去，可是又跳起来，往前拉，用尽最后一点力气往每个方向拉，想把车子拉走，可是六根鞭子从四面八方打下来；车辕又举起来，第三次砸下去，随后是第四次，抡得又稳又高。米科尔卡因为没能一下子打死小马而气得发疯。

“它真能活！”四周的人纷纷喊道。

“它准定马上倒下去，哥儿们，现在它就要完了！”人群当中有个“欣赏家”嚷道。

“给它一斧头不就完了！一下子就送掉它的命！”另一个人叫道。

“喂，我要叫你们看看！让开！”米科尔卡大嚷大叫，扔下车辕，又朝板车弯下腰去，拿起一根铁棍。“小心！”他喊道，使出全身力气抡起铁棍，朝可怜的小马打去，只听咚的一声，小母马摇摇晃晃，坐下去，本来还想再把车拉动，可是铁棍又抡起来，落在马背上，马就倒在地下，仿佛四条腿一下子给人砍断了似的。

“打死它！”米科尔卡嚷道，仿佛气昏了头，从板车上跳下来。有几个小伙子，也喝醉了，红着脸，这时候拿起随手拿到的东西，例如鞭子、棍棒、车辕等，跑到气息奄奄的小母马跟前。米科尔卡在马的一旁站住，举起铁棍，朝着马背乱打一通。那匹驽马伸出头，呼呼地喘气，就要死了。

“你送了它的命！”人们纷纷嚷道。

“那么，它为什么不撒腿快跑？”

“我的牲口！”米科尔卡叫道，手里拿着铁棍，眼睛里布满血丝。他站在那儿，因为再也没有东西可打，好像觉得遗憾似的。

“哼，说真的，看来，你丧尽了天良！”人群里许多人喊道。

然而，可怜的男孩拉斯柯尔尼科夫再也按捺不住自己。他发一声喊，穿过人群，扑到黑鬃黄毛的小马跟前，抱住它那血肉模糊、已经死亡的头，吻它的眼睛，吻它的嘴……后来，他忽然跳起来，捏紧小拳头，往米科尔卡那边冲过去。他父亲已经追了他很长距离，这当儿终于抓住他，从人群中把他拉出来。

“我们走吧，我们走吧，”父亲对他说，“我们回家去！”

“爸爸！他们为什么……折磨可怜的小马？他们把它打死啦！”他

抽抽噎噎地哭着说，可是喘得上气不接下气，他的话从窒息的胸膛里冲出来，变成尖叫了。

“他们喝醉了，瞎胡闹，这不关我们的事，我们走吧！”父亲说。他伸出双手抱住父亲，可是他胸口憋闷，憋闷极了。他想喘一口气，想大叫一声，不料醒过来了。

他醒过来的时候，气喘吁吁，周身是汗，连头发都湿了。他心惊胆战地抬起身子来。

“谢天谢地，原来这不过是一场梦！”他说着，在一棵树下坐好，深深地喘气。“不过，这是怎么回事？莫非我又发烧了，才做出这么一场噩梦？”

他全身仿佛散了架似的，眼前昏沉而阴暗。他把两个臂肘支在膝盖上，用双手抱住头。

“上帝啊！”他叫道，“难道，难道我真的要拿起斧头，朝她的头砍下去，砸碎她的天灵盖？我真会踩着热乎乎的、黏稠的血，脚下发滑，同时撬开铁锁，偷走财物，不停地颤抖，周身是血，然后隐藏起来，带着斧头？主啊，难道真会这样？”

他说着这话，身子抖得像树叶似的。

“不过，我这是怎么了！”他继续说着，又坐直身子，仿佛感到深深诧异似的，“我本来就知道我干不了这种事，那么何必直到现在还折磨自己？是啊，就说昨天吧，昨天我刚刚去做过那么一次……**试验**，是啊，昨天我已经十分明白我受不了。为什么现在我又打算干呢？为什么我直到现在还举棋不定？要知道，我昨天一边下楼，我自己就说过，这种事下流、卑劣、低贱……要知道，我醒着的时候，一想到这种事，就觉得恶心，吓得心惊肉跳……

“是啊，”他继续说，“这种事我受不了，受不了！好，就算这许多打算丝毫没有疑义吧！就算这个月我做出的决定像白昼那么明白，像数学那么正确吧。主啊！反正我还是下不了决心！要知道，我受不了，受不了！那为什么，为什么我到现在还……”

他站起来，惊讶地往四下里看了一下，好像奇怪自己怎么会走到这儿来似的，然后他往T桥上走去。他脸色苍白，眼睛火红，四肢无力，可是，骤然间，他的呼吸似乎畅快多了。他觉得本来身上承担着可怕的重担，把他压得那么久，如今总算从身上卸下来。他心头倏地轻松，安宁了。

“主啊！”他祷告道，“给我指引一条路吧，我抛弃这种该死的……梦想了！”

他一面穿过桥，一面从容不迫、心平气和地看着涅瓦河，看着明亮而赤红的夕阳落下去，金光闪闪。他尽管体力衰弱，心里却没感到疲乏。似乎他的心本来长了个疮，已经化脓一个月之久，现在却一下子破大了。自由了，自由了！他现在总算摆脱那种如醉如痴，那种邪魔歪道，那种心醉神迷了！

后来，每逢他回想这段时期，回想这些日子发生的种种事情，一桩桩、一件件，这分钟按着那一分钟的时候，总有一件事给他留下类似迷信的印象，其实那件事并不算太稀奇，然而事后，他老觉得那像是命中注定，在劫难逃似的。也就是说，那件事他怎么也不能理解，或者解释清楚：当时他又累又乏，本来应该走一条近便的直路回家最为有利，结果反而绕远道穿过干草市场回去，这对他却是根本不必要的。他绕的弯路固然不算多，可是显然完全是多此一举。当然，以前他在回家的路上，也记不得走过哪条街，这已经不下几十次了。不过，他老是问自己：在干草市场的巧遇（他本来甚至无须到那儿去），是那么重要，对他产生那么决定性的作用，同时又那么凑巧，为什么偏偏发生在这时候，在他一生中最紧要的关头，恰恰在他带着这样的心境，处在那种情况下？这种巧遇只可能对他今后的命运产生极其重大的关键作用。倒像这是故意安排出来特地在等他似的！

他走过干草市场的时候，将近晚上九点钟。所有那些摆着货桌和货摊、开着小铺和货棚的商贩正在关门上板，收拾货物，捆扎起来，然后分头走散，各自回家，就跟他们的买主一样。许多形形色色的生意人和衣衫褴褛的人，聚集在干草市场上开设在房屋底层的小饭铺附近，和那些房屋的肮脏发臭的院子里，特别是在小酒店旁边。拉斯柯尔尼科夫每逢出门上街漫步，最喜欢这种地方以及邻近那些小巷。在这一带，他的破旧衣服不会招来别人轻蔑的注意，不管外貌怎样都可以走来走去，不致使任何人感到难堪。这时候某小巷拐角上，有个小市民和他的妻子摆着两桌子货物做生意，有棉线、缎带、花布、头巾等。他们也在忙着要回家，可是正好走来一个熟人，彼此交谈，耽搁下来了。这个熟人是丽扎维达·伊凡诺芙娜，或者简单点，照大家对她的称呼，就是丽扎维达。她就是从前当过十四品文官太太，而现在放高利贷的老太婆阿辽娜·伊凡诺芙娜的妹妹，拉斯柯尔尼科夫昨天还到老太婆家里去当过怀表，做过试验呢。关于这个丽扎维达的事，他早就全都知道，她也有点认识他。她身量高，举止笨拙，胆小，温顺，是个“老处女”，且几乎是个呆子，三十五岁，对姐姐百依百顺，昼夜为她工作，一见到她就浑身战栗，甚至怕挨她的打。这时候她站在小市民和那个女人跟前，手里拿着一个包袱，沉思不语，注意地听他们讲话。那夫妇俩正特别热心地跟她讲话。拉斯柯尔尼科夫一认出她，心里就猛地生出一种奇怪的感情，类似大吃一惊，其实这样的相逢并没有什么值得大惊小怪的。

“丽扎维达·伊凡诺芙娜，您应该自己做主才对，”小市民大声说，“明天您六点多钟[1]来吧！他们也来。”

---

1. 这里指傍晚六点多钟。

“明天？”丽扎维达拖长声音，沉思地说，仿佛拿不定主意似的。

“是啊，阿辽娜·伊凡诺芙娜吓破了您的胆！”商贩的妻子爆豆似的说，她是个活泼的小女人。“我瞧您啊，简直像个小娃娃哟！她算不得您的亲姐姐，又不是同一个娘生的，所以她才处处把你压住。”

“不过这回您什么话也不要对阿辽娜·伊凡诺芙娜说，”丈夫插嘴说，“这是我要劝您的。往后您到我们这儿来，用不着请她答应。这么办，有利得多。事后您姐姐自己也能明白的。”

“那么明天来？”

“明天六点多钟。他们也来。你可以亲自做出决定。”

“我们会烧个小茶炊，大家喝点茶。”商贩的妻子补充说。

“好，我来。”丽扎维达说，仍旧拿不定主意，慢腾腾地走开了。

这时候拉斯柯尔尼科夫正好走过去，没再听见他们说话。他慢慢地走，不引起他们注意，极力不漏掉一个字。他最初的惊讶渐渐变成恐惧，像是一股冷气顺着他的脊背流下去。他听到了这个消息，而且是一下子，突如其来，十分意外地听到的：明天傍晚七点钟整，老太婆的妹妹丽扎维达，唯一跟老太婆合住那个寓所的人不在家，因此明天傍晚七点钟整，只有老太婆一个人在家。

离他的住处只有几步远了。他往家里走去，就跟判决了死刑一样：他什么也没想，而且也根本没法想，可是他忽然全身心地感到他再也没有思考的自由，没有了意志，事情已经突然定局，无可挽回了。

当然，他抱着这样的意图，可能要熬过好几年才等得上有利的机会，而且还不一定比现在突然出现的这机会更为有利，更能促成那种意图的实现。不管怎么说，谁都很难事先确切地打听到自己准备谋杀的某老太婆，在明天某点钟孤零零一个人在家，而且是极其准确地打听到的，没有冒什么风险，也没有经过什么危险的询问和调查。

第六章

事后，拉斯柯尔尼科夫有一次凑巧听到究竟是什么缘故，促使小市民和他的老婆约请丽扎维达到他们家去。事情极其平常，并没有什么了不得的地方。原来有一家人来到彼得堡，穷愁潦倒，要出售什物和衣服等等，都是女人的用品。拿到市场上去出售是划不来的，因此他们想找个人替他们出售。丽扎维达专干这种工作，她接受委托，串街走巷，有很多熟主顾，因为她很诚实，总是说出最低的价钱，而且一旦讲明价钱，就再也不改口。大体说来，她讲话很少，上文已经说过，她那么温顺，怵怵怛怛。

可是拉斯柯尔尼科夫近来变得迷信了。后来，迷信的痕迹还在他头脑里保留了很久，几乎抹不掉。他总想把这件事看得似乎有点奇怪，有点神秘，仿佛其中有某种特殊的影响力和巧合似的。去年冬天他认识的一个大学生波科烈夫动身到哈尔科夫城去，临行前在一次谈话中把老太婆阿辽娜·伊凡诺芙娜的地址告诉他，以备他要典当东西的时候用。他很久都没到她那儿去，因为他有家教可教，日子好歹还能过得去。一个半月以前，他想起那个地址。他有两件物品能够典当：一件是父亲的旧银怀表，一件是小金戒指，后者镶着三颗红色小宝石，是他跟妹妹告别的时候，妹妹送给他留作纪念的。他决定把戒指拿去当。他找到老太婆后，刚看她一眼，还丝毫不知道她有什么特别的地方，就顿时生出一种压抑不住的憎恶心情。他拿到她的两张“钞票”，路上走进一家很差的小饭铺。他叫了茶，坐下来，陷入沉思。一个奇怪的想法在他的头脑里钻出来，就跟小鸡从蛋壳里钻出来一样，使他非常非常感兴趣。

差不多跟他并排，另有一张小桌，坐着一个他完全不认识、也不记得见过面的大学生和一名青年军官。他们刚打完台球，正在喝茶。突然，他听见大学生对军官讲起原先做过十四品文官太太而现在放高利贷的老太婆阿辽娜·伊凡诺芙娜，把她的地址告诉他。单是这一点，拉斯柯尔尼科夫就觉得有点奇怪：他刚从她那儿来，这儿就正好有人讲起她。当然，这不过是机缘凑巧，然而他还是不能摆脱一种异常奇特的印象，似乎这时候有人要讨他的好，故意把事情都告诉他似的：大学生突然对他的同伴讲起有关阿辽娜·伊凡诺芙娜的各种细节来了。

“她真了不起，”大学生说，“在她那儿永远可以把钱拿到手。她跟犹太人一样富足，能一下子拿出五千卢布，不过你当一卢布的东西，她也不嫌弃。我们有很多人到她那儿去过。不过，她是个大坏蛋……”

他就讲起她多么狠毒、专横，当掉的东西只要不去取，过期一天就由她卖掉。你当一件物品，她就压价四分之三，可是所收的利息每月却是五厘至七厘不等。大学生讲得滔滔不绝，除此以外还说到老太婆有个妹妹叫丽扎维达，可是老太婆，这个可恶的小女人，随时动手打她，把她管得服服帖帖，像对小娃娃一样，其实丽扎维达身高至少也有两俄尺八俄寸[1]呢。

“嘿，这也要算是今古奇观！”大学生嚷道，哈哈大笑。

他们开始议论丽扎维达。大学生讲起她来特别津津有味，不停地笑。军官听得很有兴趣，还要求大学生打发这个丽扎维达到他家去缝

1. 约合1.7米。

补衣服。拉斯柯尔尼科夫一个字也不肯漏掉，一下子全听到了：丽扎维达不是老太婆的嫡亲妹妹（她们是异母所生），她已经三十五岁。她为姐姐干活，昼夜不停，在姐姐家里又当厨娘又洗衣服，此外还要做针线活来卖出去，甚至给人家雇去擦地板，凡是挣来的钱一概交给姐姐。不经老太婆许可，她什么订货也不敢接，什么活也不敢揽。老太婆已经立下遗嘱，这连丽扎维达也知道，遗嘱上写明丽扎维达一文钱也得不到！只得到些动产、椅子等等，至于钱，一概捐给某省一个修道院，目的是永远为她的灵魂祈祷安息。丽扎维达是小市民，不是文官太太，没结过婚，体形很不匀称，身材非常高，长着两只很长、好像往外撇的大脚，老是穿一双小羊皮鞋，鞋跟已经踩歪了，她周身收拾得干干净净。不过，使得大学生惊讶和发笑的是丽扎维达不断怀孕……

“咦，你不是说她生得丑吗？”军官讲了一句。

“不错，她肤色发黑，像个乔装改扮的大兵，不过你要知道，她长得根本不丑。她的脸和眼睛那么善良，甚至善良得很。许多人都喜欢她，这就是明证。她那么文静、温和、柔顺，对别人的要求总是同意，事事都同意。她的笑容挺好看的呢。”

“那么莫非你也喜欢她？”军官说着，笑起来。

“我喜欢她是因为她古怪。不谈这个了，我要跟你谈的是另一个想法。我真想把那个该诅咒的老太婆杀死，把她的钱财抢走，而且我向你保证，这样做，我不会感到于心有愧。”大学生热烈地补充说。

军官又哈哈大笑，可是拉斯柯尔尼科夫打了个冷战。这话多么奇怪啊！

“对不起，我想对你提出一个严肃的问题，”大学生激昂地说，“当然，刚才的话我是说着玩的，不过你要注意：一方面，这个有病的老婆子愚蠢、没用、渺小、恶毒，谁也不需要，而且刚好相反，对人人都有害，她自己也不知道她是为什么活着，而且不久她自己也会死掉。你明白吗？明白吗？”

“嗯，明白。”军官回答说，注意地瞧着激昂起来的伙伴。

“你再听下去。另一方面，一些年轻而有朝气的力量，只因为缺乏支援，就白白地灭亡了，这种人成千上万，到处都是！老太婆那些钱本可以用来办理和改进成千成百件好事和创举，如今却统统要拨给修道院了！本来也许可以使成千成百的人走上正路，可以使千百户人家从贫困中得救，摆脱没落、摆脱灭亡、摆脱堕落、摆脱花柳病，所有这些事只要有她的钱就都能办到。杀了她，拿走她的钱，然后藉助于那些钱，献身于全人类的工作和公共的事业。你认为怎么样，难道做出成万件好事来还抵不过一宗小小的罪行吗？用一个人的生命，却可以救出成千人的生命，使他们免于沦亡和消灭。一个人的死换来一百人的生存，这是简简单单的算术！再者，这个害肺痨病的、愚蠢的、恶毒的老婆子的生命放在天平上一衡量，算得了什么呢？无非是一只虱子或者一只蟑螂的生命，而且连这也比不上，因为老婆子是个有害的人。她咬死别人的生命；前几天她就恶狠狠地咬过丽扎维达的手指头，丽扎维达差点去动截指手术呢！”

“当然，她不配活下去，”军官说，“不过要知道，大自然就是这样安排的。”

“哎，老兄，要知道，我们得纠正和指导大自然。不这么办，我们就要淹死在偏见的海洋里。不这么办，就根本没有一个伟人了。人家说什么责任啦，良心啦……我一点也不想说什么反对良心和责任的话，不过，话说回来，我们该怎样了解这些东西呢？该怎样了解呢？等一等，我还要给你提出一个问题。你听我说！”

“不，你等一等，我来给你提一个问题。你听我说！”

“好！”

“喏，你刚才滔滔不绝，高谈阔论，那么你告诉我：你会不会亲手把那个老太婆杀死？”

“当然不会！我说这些是主持公道……你说的那种事跟我不相干……”

“依我看来，如果你自己没有决心这样干，那就谈不到什么公道！我们再去打一盘台球吧！”

拉斯柯尔尼科夫非常激动。当然，这其实是青年当中极普通、极常见的谈话和思想，他已经听到过不止一次，只是形式不同，题材不同罢了。可是为什么正好是现在，正当他自己的头脑里刚生出……**这样的思想**的时候，偏偏他就碰巧听到这样的谈话和思想呢？而且为什么正好是现在，他从老太婆那儿出来，刚产生这样的思想的时候，正好碰到有人讲起老太婆呢？他总觉得这种巧合很奇怪。这次在小饭铺里听到的一场平淡无奇的谈话，对他日后进一步的行动起了非同小可的作用，仿佛这里面真有什么定数和天意似的……

他从干草市场回来，往长沙发上一靠，整整坐了一个钟头，一动不动。这中间，天黑了，他没有蜡烛，再者他脑子里也没想到要点蜡烛。他无论如何也记不起来他在这段时间是不是思考过什么事。最后，他感到身上又像先前那样发烧，然后发冷，就愉快地想到他可以在长沙发上躺下来。不久，酣畅的、铅一般沉的睡眠降到他身上，仿佛把他压紧似的。

他睡得分外长久，没有做梦。第二天早晨十点钟娜斯达霞走进他屋里来，使劲推醒他。她给他送来茶和面包。茶水又是冲淡了的，又装在她自己的茶壶里。

“嗨，真能睡！”她气愤地嚷道，“他老是睡觉！”

他费力地坐起来。他头痛，站起来，在他的小屋里转了个身，又倒在长沙发上了。

“又睡了!”娜斯达霞嚷道，“你是生病了，还是怎么的?”

他一句话也没回答。

“要喝茶?”

“待一会儿再说。”他吃力地说着，又合上眼，翻过身去脸朝着墙。娜斯达霞站在他身旁，弯下腰看他。

“他也许真病了。”她说着，回转身，走掉了。

下午两点钟，她又走进来，端着菜汤。他仍然跟先前那样躺着。

茶放在那儿没有动过。娜斯达霞甚至生气了，恶狠狠地动手推他。

“你干吗这么睡懒觉!”她叫道，带着厌恶的神情瞧他。他爬起来，坐好，可是什么话也没对她说，光是呆望着地下。

“你至少也该到街上去遛遛，”她沉默片刻，说道，“你至少也该去吹一吹风。你要不要吃点东西?”

“待一会儿再说，”他有气无力地说，“你走开吧!”说完，他挥了一下手。

她略为再站一会儿，怜悯地瞧着他，然后走出去。

过了好几分钟，他才抬起眼睛，久久地瞧着茶水和菜汤。随后他一手拿面包，一手拿汤匙，吃起来。

他吃得很少，胃口不佳，只舀了三四匙汤，仿佛敷衍了事似的。他的头痛好一点了。他吃完饭，又倒在长沙发上，可是再也睡不着，他一动也不动地趴着，脸朝下，把脸埋在枕头里。他浮想联翩，而且那些幻想都那么奇怪：在他思想中最常浮现出来的是他到了非洲，到了埃及，到了沙漠中的一个绿洲。骆驼驮运队在休息，那些骆驼温顺地伏在地上。四周一大圈全是棕榈树，大家在吃饭。可是他一直凑着小溪喝水，小溪就在这儿从身旁潺潺流过。溪水那么清凉，美妙绝伦，那么蓝蓝的，却又冷冰冰，在五颜六色的石子和闪着金光的纯净砂土上奔流过去……忽然，他清楚地听见打钟报时的声音。他打个哆嗦，醒过来，抬起头，瞧着窗外，想起时间很晚了，突然跳起来，完全清醒了，好像有谁把他从长沙发上拉起来似的。他踮起脚尖走到房门口，把房门轻轻推开一点，开始听楼下的动静。他的心跳得厉害。可是楼梯上下一片安静，似乎大家都睡着了似的。

他觉得离奇古怪，因为他居然从昨天起一直睡得这么酣畅，什么事也没做，什么准备也没有。不过话说回来，刚才也许是敲下午六点钟。他的睡意和昏迷状态消失了，接着突然来了一种不平常的忙乱，仿佛发了热病，心神不宁。不过，准备工作并不多。他集中全部精力，把样样事情都考虑一遍，一样也不忘记。他的心怦怦地跳，跳得真厉害，气都透不过来了。第一，他必须做个绳套，缝在他的大衣里面，这件事不出一分钟就能做到。他把手伸到枕头底下，从塞在底下的内衣当中找出一件没洗过的旧衬衫，已经十分破烂了。他从这件破衣服上撕下一个布条，有一俄寸[1]宽，八俄寸长。他把布条叠成双层，脱下他身上那件肥大、结实、用某种厚布料做成的夏大衣（这是他穿在衣服外面的唯一的大衣），着手把绳套的两端缝在大衣里边左腋下——他一面缝，一面两手发抖，然而他极力保持镇静——结果等到他再穿上大衣，从外边一点也看不出什么可疑之处。针和线是他早已准备好的，夹在一张纸里，放在小桌抽屉中。至于绳套，那是他自己想出来的很巧妙的办法：缝上绳套是用来挂斧头的。总不能手提斧头上街啊。如果把斧头藏在大衣里，那就仍然要用手抓住，人家就会看破，可是现在有了绳套，只要把斧刃朝上，斧柄插进绳套，一路上，斧头就会平稳地挂在大衣里边他的腋下。他只要把一只手伸进大衣的侧面口袋，就可以抓住斧柄，免得它在大衣里晃动。由于大衣很肥大，十足像个麻袋，从大衣外边谁也看不出他的手隔着衣袋抓住一个东西。这个绳

1. 等于4.4厘米。

套，是他早在两星期前就筹划好的。

他做完这件事，就把手指伸进“土耳其”式长沙发和地板之间的小缝里，在左角附近摸索一阵，取出一件**典当的物品**，那是他早就准备好，藏在那儿的。不过，这个典当的物品根本算不得什么典当物品，只不过是一个刨平的小木块，大小和厚度都跟银烛盒差不多。这个小木块是他在一次散步时偶尔在一个院子里找到的，那个院子里有一所厢房，开着一家作坊。后来他在那个小木块上加一块又平又薄的铁片，大概是从某种物品上拆下来的，那也是他那时候在街上找到的。他把铁片放在木块上，可是那铁片比木块小一点，他就用线把它们紧紧地缠在一起，横竖都缠紧。然后他整齐而讲究地用一张干净的白纸包好，再捆上，捆得很结实，为的是难以解开。这是为了暂时岔开老太婆的注意力，叫她忙于解开结子，因而让他赢得时间。不过，添那块铁片是为了增加分量，让老太婆头一眼看上去，想不到那是木头的“货品”。这以前，这些东西都保存在他的长沙发底下。他刚刚取出这个“典当的物品”，不料院子里忽然有人喊道：

“六点钟早就过了！”

“早就过了！我的上帝！”

他往门口跑去，仔细听了一下，然后抓住帽子，走下十三级楼梯，小心翼翼地，不出响声，跟猫一样。现在还有一件最要紧的事要做，就是把厨房里的斧头偷出来。讲到办这件事，必得用斧头，这是他早已做出的决定，他另外还有一把修剪花枝用的折刀，可是对那把折刀，特别是对自己的体力，他一概不抱希望，所以最后才决定用斧头。我们要顺便提到，他为这件事做出的一切决定具有一种特点。它们有一种奇怪的性质：所做的决定越是彻底，在他的心目中也就变得越是丑恶和荒谬。尽管在他的内心发生种种痛苦的斗争，可是这段时期他从来没有一刻相信他的计划能够实现。

即使事有凑巧，全部计划直到最后一点，统统经他研究清楚，做出最后决定，一点疑问也没有留下，可是到那时候他似乎也会放弃全盘计划，认为它荒谬，怪诞，不可能实现。然而现在，那些未曾解决的要点和可疑之处还有一大堆。至于应该如何取得斧头，这件小事却丝毫也没使他担心，因为再也没有比这更容易的事了。事情是这样：娜斯达霞经常不在家，特别是在黄昏时分，可能跑到邻居家去，也可能跑到小铺去了，厨房门总是大敞着。女房东一再为此跟她争吵。所以，只要等时机一到，悄悄走进厨房，拿走斧头，然后过一个钟头(那时候事情已经办完)，再走进厨房，把斧头放回去就成了。不过还是有疑点。假定他过一个钟头回来，要把斧头放回去，可是说不定娜斯达霞正好在那儿，她已经回来了。当然，那就不要走进厨房，自顾走过去，等她出来以后再放回去。万一那时候她发觉斧头不在，开始寻找，哇哇地嚷起来，那可怎么好？那就要引起怀疑，至少也会成为怀疑的根据。

不过这都是小事，他还没开始考虑，再者也没有时间考虑。他主要考虑的是，等到他自己**完全相信**他要干了，再去考虑细节。不过，要完全相信，似乎根本不可能。至少他自己觉得是这样。比方说，他怎么也不能想象他终有一天考虑完毕，站起来，直接到那儿去。甚至不久以前的那次**试验**（也就是到老太婆家去，有意彻底考察一下那个地点），他也只是**试着**做一回，根本不是真要动手，无非是说："好吧，我就去试一下，何必总是幻想这种事呢！"他做完，立刻忍不住，啐口吐沫，跑掉了，恼恨他自己。同时，他的分析，就解决道德问题来说，似乎已经全部结束；他那种破除疑团的方法像剃刀那么锋利，他在自己心里再也找不到有力的反驳了。然而在这方面，他简直不能相信自己，却顽强地死命寻找各种反驳的理论，不停地摸索，仿佛有谁强逼他，硬拖着他这么干似的。不过，这最后的一天却来得这么突兀，而且把问题一下子全部解决了，这几乎对他起着十分强大的作用，仿佛有人拉住他的手，不用说，就是一种超乎自然的力量要他盲目地跟着走，他也没有反驳似的。似乎机器的轮子卷住他衣服的一角，他不由自主地给拖进机器里去似的。

起初（不过那是很久以前的事了），有个问题引起他的注意：为什么几乎所有的罪行都那么容易败露，被人识破？为什么几乎所有的罪犯都留下那么明显的罪迹？他逐渐得出许多奇异的结论。按他的想法，最重大的原因与其说是实际上不可能掩盖罪行，不如说在于罪犯本身。罪犯本身，几乎无一例外，在犯罪的时候，恰恰在最需要理智和慎重的时候，意志力和理智往往减退，代之而来的反而是幼稚而罕见的轻率。他得出一种信念，认为这种理智衰退和意志力减弱，往往像疾病一样降到人的身上，然后逐步发展，直到动手犯罪之前不久达到高峰，照这样延续到犯罪的时刻，而且在犯罪后的一段时间仍然会如此，至于时间的长短，却因人而异，随后这种状态就消失了，犹如任何疾病都会过去一样。那么，究竟是这种病终于酿成犯罪，还是犯罪本身由于它特殊的性质，总是造成一种近似生病的状态呢？这个问题他却至今还觉得没有力量解答。

他得出这样的结论后，断定以他的情形来说，却不会发生这种近似生病的变化，他的理智和意志力，在他实现他的意图时，会始终旺盛不衰，其唯一的原因就是他所想做的事“并不是犯罪”……至于他得出这个最后结论的全部过程，我们就略而不提了；即使不谈这些，我们也已经扯得太远了。我们只想补充一句，在他心目中，这件事所包含的实际上和纯粹物质上的困难，一般说来，占有极其次要的地位。“只要有充分的毅力和充分的理智应付它们，那么等到日后极为精确地了解事情的各种细节时，就迟早会把它们统统战胜的。”可是事情并没有开始。他仍然根本不信他的最后决定会做出，然而等到时钟敲响，局面却顿时大变，好像这是偶然发生的，甚至几乎出人意料。

他还没下楼出门，就有一件极琐碎的小事弄得他进退两难。女房东的厨房平素总是敞开房门的，这回他走到那儿，斜起眼睛小心地往门里瞥一下，想事先看清楚如果娜斯达霞不在那儿，那么女房东在不在，要是女房东也不在，那么女房东的房门是不是关得很严，为的是当他走进厨房去取斧头，女房东不会听见响声而跑出来看。然而他大吃一惊，原来他忽然瞧见这一回娜斯达霞不但在家，在厨房里，而且正忙着干活：从筐子里取出洗过的内衣，一件件晾在绳子上！她看见他，就不再晾衣服，回转身来，一直瞧着他一步步走过去。他移开目光，自顾走路，仿佛什么也没看见似的。可是事情糟了：他没拿到斧头！他遭到致命的一击。

“我凭什么断定，”他在大门的门道走着，想道，“我凭什么断定她这当儿一定不在家呢？为什么我这么有把握地断定呢？这是为什么，为什么呢？”他心灰意冷，甚至像是受了气。他一心想狠狠地嘲笑自己……一种久久不散的、凶狠的愤懑在心里沸腾着。

他在门道里停下来，踌躇不前。就这样走上街去，装出一副散步的样子，使他感到厌恶。至于要他走回家去，他就更厌恶了。

“一个多么好的机会就此丧失了啊！”他嘟哝道，毫无目的地站在门道里，正好面对着扫院人的幽暗小屋，那房门也敞开着。他忽然打了个冷战。扫院人的小屋离他只有两步远，屋里右边一张凳子底下有个东西闪闪发亮，扑进他的眼帘……他往四下里看一眼，一个人也没有。他踮起脚尖走到小屋房门前，走下两级台阶进了小屋，轻声喊扫院人。“一点不错，他不在家！不过他一定就在院子里附近的什么地方，因为房门敞开着嘛！”他赶紧跑过去拿斧头（那正是一把斧头）。它夹在两块劈柴中间，他从凳子底下把它取出来。此时此地，没等走出去，他赶紧就把斧头插在绳套里，两只手放进衣袋，再从扫院人小屋里走出去。谁也没发现他！“理智没帮上忙，也自有魔鬼来帮忙！”他暗想，奇怪地笑了一笑。这件事对他起了很大的鼓舞作用。

他在路上**庄重地**走着，从容不迫，免得使人产生任何怀疑。他很少看行人，甚至极力完全不瞧他们的脸，他自己也尽量不惹人注意。这时候他不由得想起他戴的帽子。“我的上帝啊！前天我手里有钱，却没换一顶帽子戴！”一句咒骂的话从他内心深处吐出来。

他偶尔往一家小铺里瞟一眼，瞧见那儿墙上的挂钟已经指着七点十分了。他得加紧步子，同时要绕点弯路，兜个圈子从另一个方向走到那所房子跟前。

以前他在想象中设想这件事，有的时候认为他会很害怕。可是现在他倒不大害怕，甚至丝毫不害怕。这当儿反而有些不相干的思想引起他的兴趣，只是时间都不久。他路过尤苏波夫花园，甚至很专心地思考应该建造一些高大的喷泉，那些喷泉如何使得所有广场上的空气清新。他渐渐得出一种看法，认为如果把夏园扩展到整个玛尔司地段，甚至跟米海洛夫斯基花园连成一片，那倒是件好事，对全城都极其有益。这时候突然有个问题引起他的关切．正是在这样的大城里，为什么人们不单单是出于不得已，而是有点特别喜欢定居在那些既没有花园，也没有喷泉的城区，生活在有泥泞、臭气和种种污秽的东西堆里呢？这当儿他不禁想起他自己也常在干草市场散步，一时间他清醒过来了。

“我都在胡想些什么呀，”他暗想，“不，最好是根本什么也别想！”

“那些被押赴刑场处死的人，大概都是这样让自己的思想抓住一路上遇到的种种东西吧。”他头脑掠过这样的想法，然而只是一闪而过，犹如天上的闪电，他自己赶快把这个想法扑灭了。不过现在他已经走近目的地，那边就是房子，那边就是大门。不知什么地方，有个时钟忽然敲响了一下。

“这是怎么回事？莫非已经七点半了？不可能，一定是钟走快了！”

说来也是他走运，在大门口又是事事顺利。不但这样，甚至好像有谁故意安排好了似的，正巧这当口，有一辆装满干草的大货车刚刚在他前边驶进大门，他跟在后面穿过门道，那辆车始终遮挡着他。货车刚刚从门道进到院子里，他就一下子溜到右边去了。左边，货车的另一边，传来好几个人嚷叫和吵架的声音，可是谁也没发现他，而且他迎面也没碰见什么人。有许多窗子对着这个四方的大院子，这时候窗子都开着，可是他没有抬头去看，因为他没有这种勇气。通到老太婆家里的楼梯就在近处，从大门口进去，往右一拐就是。他已经登上楼梯了……

他歇一口气，伸手按住怦怦跳动的心，同时再摸一下斧头，把它摆好，然后开始小心谨慎，轻轻地走上楼梯，随时倾听周围的动静。可是这时候楼梯上完全没人，所有的房门都关着，一个人也没遇见。不错，二楼倒有个空的住所，房门大开着，里面有油漆工人在干活，不过他们也没看他。他站了会儿，想一想，又往前走去。

“当然，要是他们根本不在这儿，那就好多了，不过……他们离那儿还有两层楼呢。”

可是后来他走到了四楼，房门就在眼前了。对面还有一个住所，那里面没住人。至于下面三楼，正好在老太婆底下的那个住所，从种种迹象来看，也是空的：那儿原有一张名片，用小钉子钉在房门上，如今却已经拿掉，可见住户搬走了！……他开始上气不接下气。一时间有个想法在他头脑里飞过：“要不走掉算了？”可是他没回答，而是开始倾听老太婆住所里的动静：那里却是死一般的沉寂。随后他再一次倾听楼下的动静，听了很久，很专心。然后他最后一次往四下里看一眼，把衣服整理好，打起精神，再摸一次插在绳套里的斧头。“我的脸色……惨白吗？”他暗想，“我显得特别激动吗？她可是多疑的……要不要再等一下……等到心跳得不厉害了再进去？……”

可是他的心没有停止怦怦的跳动。正好相反，仿佛故意捣乱似的，它越跳越厉害，越跳越厉害了……他受不了，慢慢地伸出手去够到门铃，拉响了。过了半分钟，他又拉一下，声音更响些。

没有人应声。用不着白拉门铃了，再者他这样的人也不宜老这么拉。当然，老太婆一定在家，不过她疑心重，又独自一人。他多少知道一点她的脾气……于是把耳朵凑到房门上，贴紧。或是他的感官特别敏锐（他很难这样推断），或者里边的声音确实很响，总之，他似乎忽然听见有人小心地转动门柄，而且靠近房门有窸窸窣窣的衣服声。必是有人悄悄地站在门柄旁边——就跟他在门外一样——躲在里边细细倾听，好像也把耳朵贴在门上了。

他故意动弹一阵，嘴里嘟嘟哝哝，免得显出他躲在门外鬼鬼祟祟的样子。然后他第三次拉铃，然而拉得轻，稳重，没有急躁的意味。事后他回想这件事，这个时刻总是一清二楚地印在他的脑子里。他没法理解他怎么会忽然这样狡诈，甚至他的头脑有好几次昏昏沉沉，他几乎感觉不到自己的身子在哪儿了……过了一会儿，听见门锁开了。

第七章

跟往常一样，房门只开了一条小缝，又有两道尖刻而多疑的目光在黑地里盯住他。这时候拉斯柯尔尼科夫心慌意乱，几乎闹出了大错。

他担心老太婆害怕只有他俩在一块儿，也没法希望他的外貌会消除她的怀疑，就索性抓住房门，使劲往外拉，免得老太婆又想把门关上。她看见他这样做，却没把门拉回去，然而也没放松手里的门柄，结果，他连同门，差点也把她拉到楼梯口上来。他瞧见她堵住门口站在那儿，不让他进去，就径直走到她跟前，她心里害怕，赶紧闪开，本想说句话，可是似乎张不开嘴，光是瞪大眼睛瞧着他。

“您好，阿辽娜·伊凡诺芙娜，”他尽量用随随便便的口气开口说，可是他的声音不听他的指挥，断断续续而且发颤，“我给您……带来一件东西……不过我们最好到这边来……到亮光里来……”说完，他就丢下她，没经邀请就走进房间。老太婆跟着跑进来，她的舌头松动，能说话了。

“主啊！您要干什么？您是什么人？您有什么事啊？”

“求上帝怜恤吧，阿辽娜·伊凡诺芙娜……我是您的熟人……拉斯柯尔尼科夫……喏，我把典当的东西带来了，这是我前几天应许过您的……”说完，他就拿出典当的东西递给她。

老太婆本想看一下典当的东西，可是马上直着眼睛盯住不熟识的客人。她的目光专注、恶毒、多疑。过了一分钟，他甚至觉得她的眼睛里有一种类似讥笑的神情，仿佛她已经什么都猜到了似的。他感到手足无措，几乎暗暗害怕，而且害怕极了，仿佛她再照这样看他半分钟，什么话也不说，他就会从她身边逃跑似的。

“您干吗这么瞧着我，好像不认识我似的？”他突然也恶狠狠地说。“您要，就拿去，不要，我就到别人那儿去。我没有闲工夫。”

他本来没想说这些话，不料一张口，那些话忽然自己就说出来了。

老太婆镇静下来，客人的果断语气分明鼓舞了她。

“先生，你[1]怎么这么突然……这是什么东西？”她瞧着典当的东西问道。

“银烟盒。要知道，上一次我已经跟您说过了。”

她伸出手来。

“可是您的脸色怎么这样苍白？瞧，您的手也在发抖！您刚洗过澡还是怎么的，先生？”

“我发疟子。”他断断续续地回答道。“那么脸就不能不白……要是没有东西吃的话。”他补充道，几乎说不成话了。他又失去了力量。不过他的回答倒显得像是真话，老太婆就把典当的东西接过去。

“这是什么东西？”她问，又定睛打量拉斯柯尔尼科夫一番，随后用手掂掂那东西的分量。

“是一样东西……烟盒……银的……您看一下。”

“可是看样子不像是银的……瞧瞧，把它捆得多么紧。”

她极力解开细绳，转身对着窗子，对着亮光（虽然屋里很闷，她的窗子却都关着），有好几秒钟撇下他，背对着他。他解开大衣的纽扣，从绳套里拿斧头，可是没有完全取出来，光是用右手握住斧头，

1. 老太婆前面称拉斯柯尔尼科夫为“您”，这里又称他为“你”，这在陀思妥耶夫斯基的作品里很常见，有时对同一人在同一段话里称“您”与“你”都不统一。原文如此，后面恕不一一指出。

藏在大衣里。他的两只手一点力气也没有，他自己觉得那双手随着时光的流逝越来越麻木，越来越僵硬。他生怕一松手，斧头就掉下地……忽然，他的头似乎昏眩了。

“他干吗把它捆得这么严实！”老太婆懊恼地嚷道，向他那边走过去。

现在，一分钟也不能再拖了。他完全取出斧头，几乎自己也没觉得就双手把它抡起来，然后几乎没有用力，差不多随手把斧背朝她的头砸下去。这时他似乎没有力气了。可是他刚把斧头砸下去，他的力气就又回到他身上来了。

老太婆跟往常一样没戴头巾。她那稀疏的浅色头发已经有点花白，照例抹了很多油，编成一条老鼠尾巴般的小辫，用一把残缺的角质梳子托住，在脑后翘起来。她个子生得矮小，因而斧背正好砸在她的天灵盖上。她喊了一声，可是声音很轻。她虽然还来得及举起双手护住头，然而全身已经像一摊泥似的坐落在地板上。她一只手里仍然拿着“典当的物品”。这时候他用尽全身气力再击一次，接着又击一次，都是用斧背砸在天灵盖上。鲜血涌出来，就跟从翻倒的玻璃杯里洒出来一样，她的身体就仰面朝天倒下去。他往右退，好让她倒下，然后立刻弯下腰，凑近她的脸看一下，她已经死了。她的眼睛瞪大，就跟要跳出来似的。她的额头和整张脸由于痉挛而皱起来，变了样子。

他把斧头放在死人旁边的地板上，立刻把手伸进她的衣袋，极力不让她流出来的血染污自己。他伸手去摸的右边衣袋，也就是她上次取出钥匙的那个衣袋。他头脑十分清楚，混乱和昏眩已经不存在，可是他的手仍然颤抖。事后他回忆，当时他简直很专心、谨慎，一直极力不让血染污自己。他立刻取出那些钥匙来了，它们像先前一样是穿成一串的，穿在一个小钢圈上。他拿着钥匙立刻跑进她的卧室。那个房间很小，却有个大神龛，里面供着圣像。另一边，沿墙放着一张大床，非常干净，铺着一条棉被，被面是用零碎绸子拼成的。第三面墙下边放着五层式屉柜。说来奇怪，他刚用钥匙去开五层式屉柜，刚听见丁当一响，就似乎浑身起了一阵痉挛。他忽然又想丢下一切，走掉了事。不过，这只是刹那间的事，现在要走已经太迟了。他正暗暗讥笑自己，不料突然间，另有一个忐忑不安的思想闯进他的脑子里。他蓦地觉得老太婆说不定还活着，可能又醒来了。他丢下钥匙和五层式屉柜跑回去，来到尸体旁边，捞起斧头，又朝老太婆抡起斧头，可是没砸下去。毫无疑义，她已经死了。他弯下腰，又凑近了细看一下，清楚地看出她的颅骨已经被砸碎，甚至有点打歪了。他本想伸出手指去摸一下，可是又连忙缩回手，再者，不摸也可以看清楚。这当儿，血已经流成一大摊。忽然，他发现她脖子上挂着一根细带，就揪一下，可是细带结实，没有揪断，再者它浸在血里。他试着把它从她怀里拽出来，然而不知什么东西钩住它，它卡在那儿动不得。他心里急躁，又抡起斧头，想在尸体上砍断带子，然而他不敢。他费了不少力气，弄得手和斧头上都沾满血，忙乱了两分钟，才把带子割断，没让斧头碰到尸体，然后把细带取下来，他没弄错，那上面拴着个钱包。细带上有两个十字架，一个是柏木的，一个是铜的，另外还有个小的珐琅圣像，除此以外细带上还拴着那个不大的麂皮钱包，挺脏的，用钢圈和小环扣紧。钱包装得很饱满。拉斯柯尔尼科夫没有翻看钱包就把它塞进自己的衣袋里，把十字架丢在老太婆胸脯上，这一回又拿着斧头，跑回卧室。

他跑得很快，拿着钥匙，又忙于用钥匙开锁。可是不知怎的，他总也不顺利，钥匙插不进锁眼。这倒不是因为他的手抖得厉害，而是因为他总是出错，比方说，他明明看见钥匙不对、不合适，却还是硬要用来开锁，空忙一阵。倏地，他回想一下，考虑到这是一把大钥匙，带着凸凹的锯齿，跟别的小钥匙拴在一块儿，一定根本不是用来开五层式屉柜的（上一次他就这样想过），而是用来开一种小箱子的，也许所有的东西都藏在那只小箱子里。他丢下五层式屉柜，立刻爬到床底下，知道老太婆照例总把小箱子放在床底下。果然不差：那儿摆着一只相当大的箱子，有一俄尺多长，箱盖隆起，蒙着红色山羊皮，钉着小钢钉。那把带齿的钥匙刚好塞进锁眼，把锁打开了。箱子里，上边盖一层白床单，床单下边放一件红绸面的兔皮袄，那下面是一件绸子连衣裙，再下面是披肩，从这儿往深处翻，似乎全是妇女衣服。首先，他开始在红绸面上擦掉手上的血迹。“这东西是红的，那么血在红东西上不大看得出来，”他暗自想道，可是他忽然清醒过来，“主啊！莫非我发疯了？”他惊恐地想道。

可是他刚翻动那些妇女衣服，忽然有块金表从皮袄里滑下来。他赶紧把所有的衣服都依次翻一遍。果然，那些衣服中间都藏着金器，大概都是典当品，有的是等着赎回的，有的是过期未赎的，例如金镯、金链、金耳环、金别针等。有的装在匣子里，有的简单地用报纸包好，可是包得整整齐齐，小心在意，而且用双层纸包着，四周扎着带子。他一刻也不犹豫，马上把它们塞在裤袋里和大衣袋里，既没挑选，也没拆开来看看。不过，他没有来得及塞进很多东西。

突然间，老太婆所在的房间里响起了脚步声。他停住手，屏住气息，就跟死了一样。可是一切都那么安静，可见那是他的幻觉。他蓦地又清楚地听见轻微的喊叫声，或者像是又轻微又短促的呻吟声，接着就沉寂了。这以后又是死气沉沉的寂静，有一两分钟之久。他在小箱子旁边蹲着，大气也不敢出地等待着，可是他忽然跳起来，抓起斧头，从卧室里跑出去。

那边房间中央站着丽扎维达，双手捧着个大包，呆呆地瞧着被人打死的姐姐，满脸煞白像是一块麻布，仿佛没有力量喊出声来。她瞧见他跑出来，她的身子就颤抖得像是一片树叶，那是一种细微的战栗。

她整张脸上不停地痉挛。她举起一只手，张开嘴，可是仍然喊不出声来，却慢慢地往后退，从他面前退到墙角去，同时定睛瞧着他，却还是喊不出来，仿佛她没吸足气，因而没法喊叫似的。他举着斧头冲到她跟前，而她的嘴唇那么痛苦地撇着，就像一个很小的孩子给一个什么东西吓坏了，就定睛瞧着吓唬她的东西，打算大叫起来似的。这个不幸的丽扎维达十分憨厚，受尽欺压，老是担惊受怕，这时候，甚至没有举起手来护住她的脸，其实这在当时是最有必要而又自然的姿势，因为斧头已经举起来，直对着她的脸。她光是微微举起她那松开包袱的左手，并不是举到脸上，而是慢慢地向前伸出去，就像要把他推开似的。斧刃照直朝着她的颅骨砍下来，一下子劈开她额头的整个上部，几乎劈到头顶。她扑通一声倒在地上。拉斯柯尔尼科夫完全惊慌失措，拿起她的包袱，又丢开，然后往前室跑去。

恐怖把他的心抓得越来越紧，尤其是在他第二次完全出乎意料的杀人之后。他一心想快点从这儿跑掉。要是这当儿他能比较正确地把事情看明白，想清楚，只要他能考虑到他处境的种种困难、种种绝望、种种丑恶、种种荒谬，同时又能了解前面还有多少障碍要他克服，甚至可能有多少暴行要他去干，然后才能离开此地，回到家里，那么他就很可能丢开一切，立刻跑去自首，而这样做甚至不是出于为自己害怕，却只是对自己的所作所为感到心惊胆战和厌恶罢了。特别是他的厌恶心情，随时都在增长。现在，不论拿世上的什么东西给他，他也决不肯再回到箱子那儿去，甚至回到房间里去了。

可是，他渐渐地有点心神恍惚，似乎简直陷入沉思了。有时他像是忘了一切，或者不如说，忘了大事而只注意小节了。不过，他往厨房里看一眼，瞧见凳子上有只木桶，里面装了半桶水，就想起应该洗洗手和斧头。他两只手都沾满了血，黏糊糊的。他把斧头的斧刃笔直地放进水里，随手拿过窗台上破碟子里的一小块肥皂，开始在水桶里洗手。他洗完手，就拿过斧头，洗斧头上的铁，再洗木柄，时间很久，有三分钟光景，凡有血迹的地方统统洗净，甚至用肥皂洗掉血印。这儿厨房里挂着一根绳子，上面晾着内衣，他就用衣服擦干斧头和双手，然后走到窗子跟前，专心检查斧头，看了很久。血迹倒没有留下，只是斧柄还是湿的。他把斧头小心地插在大衣里面的绳套当中。随后，他凑着昏暗的厨房里那一点点亮光，尽力检查他的大衣、长裤、皮靴。他的外观乍看上去似乎没有什么问题，只是皮靴上有斑斑血痕。他把抹布浸湿，擦净皮靴。不过，他知道他检查得不算仔细，也许还留着什么惹人注目的地方，他自己却没看出来。他站在房间中央，陷入沉思。痛苦的阴暗思想在他头脑中起伏不已，他想到他发了疯，想到这当儿他既没有力量考虑问题，也没有力量保护自己，想到他现在做的也许完全不是他该做的。

“我的上帝啊！应该跑出去，跑出去！”他嘟哝说，往前室跑去。可是那儿却有一件事吓得他心惊胆寒，当然，这种可怕的事他以前一次也没经历过。

他站在那儿，抬头一看，不相信自己的眼睛了：原来房门，也就是从前室通到楼梯口的外面房门，他刚才拉过铃而走进来的那道房门，一直没关紧，甚至拉开一只手掌宽的门缝，既没锁上，也没扣上门扣，一直开着，始终没关！刚才他进屋后，老太婆也许出于戒心而没关门。可是，上帝啊！他后来不是看见丽扎维达进来了吗！他怎么能没想到她一定是从门里进来的，他怎么能没想到呢？她总不能穿过墙闯进来啊！

他赶紧跑到房门跟前，扣上门。

“可是不，这又做得不对！应当走掉，走掉才成……”

他打开门扣，推开门，开始倾听楼梯上的动静。

他听了很久。下面远处，不知什么地方，多半在大门的门道里，有两个人在嚷叫、吵架、谩骂，声音又响又尖。“他们怎么了？”他耐住性子等着。最后，那两个说话声一下子停息，就跟给人打断了似的。两人分头走散了。他正打算走出去，可是楼下一扇通往楼梯的门忽然哗啷一响推开，有人走下楼去，嘴里哼着一支曲子。“他们怎么老是这样闹个没完！”他的头脑里掠过这个想法。他又关上身后的门，等着，最后，一切静下来，一个人也没有了。他正举步往楼梯走去，不料突然又响起另一个人的脚步声。

那脚步声听起来很远，还在楼梯的尽处，然而他十分清楚明白地记得：从头一个响声起，他就不知什么缘故开始怀疑，这一定是到**这儿**来，到四楼来找老太婆的。这是为什么？莫非那些声音那么蹊跷，含有深意？脚步声沉重、平稳、不慌不忙。这时候**他**已经走过第一层楼，还在往上走，声音越来越清楚！连上楼人沉重的呼吸声也可以听见。这时候**他**已经开始走上三楼，要到这儿来了！骤然间，他觉得他似乎全身僵直，就像在睡梦中梦见人家追他，逼近了，想打死他，而他自己似乎在地里生了根一动不动，两条胳膊也动不得了。

最后，客人就要登上四楼了，他才蓦地全身一震，总算很快地溜回去，利落地退进住所里，关上身后的门。然后他拿住门钩，悄悄地、不出声地把它扣在小圈里。本能帮了他的忙。他做完这些，就藏起来，大气也不出，身子紧挨着门。那位不速之客也已经到了门口。现在他俩由房门隔开，面对面站着，就跟刚才他跟老太婆的情形一样。他仔细听着。

客人沉重地喘息了好几次。“他一定长得又胖又高大。”拉斯柯尔尼科夫暗自想道，手里握紧斧头。这真像是做梦。这时候客人抓住门铃，用劲拉响。

铁铃的声音刚刚一响，他倏地感到房间里好像有什么东西在活动。他甚至认真地听了好几秒钟。那个陌生人又拉一次铃，然后等一阵，忽然不耐烦了，用尽全力开始拉房门的把手。拉斯柯尔尼科夫惊恐地瞧着门钩在小环里跳动，带着麻木的恐惧心情等那门钩马上跳出来。的确，这种事似乎可能发生，因为外面的人拉得那么用力。他本想伸手按住门钩，可是**那个人**可能会因此猜到门里有人。他的头好像又晕起来。

“我眼看就要昏倒在地了！”他头脑里闪过这个想法，可是那个陌生人开口讲话了，他立刻清醒过来。

“她们在那儿干什么？是睡着了还是让人掐死了？该死的东西！”他哇哇地嚷道，声音像是从空桶里发出来的。“喂，阿辽娜·伊凡诺芙娜，老巫婆！丽扎维达·伊凡诺芙娜，我的绝色佳人！开门呀！哎，该死的，她们是睡着了还是怎么的？”

说完，他又大发脾气，一连十次用尽气力拉门铃。不用说，这个人必是有权势的，而且跟那两个女人很熟。

正在这当口，楼梯上不远处忽然响起细碎而匆忙的脚步声。又有人来了。拉斯柯尔尼科夫起初没有听清楚。

“莫非屋里没有人？”来人响亮而快活地嚷道，他这话是直接对第一个客人说的，那个客人仍然在拉门铃。“您好，柯赫！”

“从说话声来听，这个人一定很年轻。”拉斯柯尔尼科夫蓦地暗想。

“鬼才知道她们是怎么回事，我差点都把门锁撞开了。”柯赫回答说。“可是，请问，您怎么会认识我的？”

“咦，前天在‘甘卜里纳司饭馆’打台球，我一口气赢了您三盘呢。”

“哦，哦……”

“那么她们不在家？奇怪。不过这可荒唐极了。老太婆会到哪儿去呢？我正有事要找她呢。”

“我也有事，先生！”

“哦，那怎么办？看来只好打退堂鼓了。唉！我本来还想弄几个钱呢！”年轻人嚷道。

“当然，只好打退堂鼓了，可是她为什么约定这个时间呢？是她自己约定这个时间叫我来的，这个老巫婆。要知道，我走了不少路才到这儿。再说，我不懂，她逛荡到哪儿去了？这个老巫婆，一年到头在家里坐着，精神不振，两条腿痛，不料现在忽然出去溜达了！”

“要不要去问一下扫院子的人？”

“问什么呢？”

“问她上哪儿去了，什么时候回来。”

“嗯，见鬼，是该问一下。真的，她从来也没出过门……”说完，他又拉一下门的把手。“见鬼，没办法，走吧！”

“慢着！”年轻人忽然嚷道，“您瞧！一拉门，门就有点晃动，瞧见没有？”

“哦？”

“这就是说，房门不是锁上了，而是从里边扣上了，也就是把门钩扣上了！您听见门钩的响声吗？”

“怎么样？”

“可是您怎么就不明白？这是说，她俩必定有一个在家。要是她俩都出去了，那她们就在外面把门锁上，不会在里面把门扣上。可是现在呢，您听，不是门钩在响吗？总得有人在家，才能在里面扣上门钩，您明白吗？可见她们在家，却不开门！”

“啊！可不是！”柯赫吃一惊，叫道。“那么她们在里头干什么呢！”说完，他又发疯般地动手拉门。

“慢着！”年轻人又开口说。“您别拉门了！她们那儿一定出了什么问题。您本来就一直拉铃，拉门，可是她们没开门。可见，她俩要么就是昏厥了，要么就是……”

“怎么样？”

“听我说，我们去找一趟扫院子的人，让他自己来叫醒她们。”

“行！”

两个人走下楼去。

“站住！您就留在这儿吧，我跑下去找扫院子的人来。”

“干吗要我留下？”

“总还是留下一个人好。”

“也行。”

“要知道，我正准备做法院侦查官呢！这儿的事分明不对头，分明不对头！”年轻人激昂地嚷着，然后就一路跑着，下楼去了。

柯赫留下来，又轻轻地拉一下铃，铃儿当的一响。然后他似乎在沉思什么，仔细察看，开始轻轻地动一下房门的门把，先是往外拉，然后放开来，好让自己再一次相信房门只扣着门钩。后来他气喘吁吁，弯下腰去，往钥匙眼里看，可是房门里边插着一把钥匙，因此什么也看不见。

拉斯柯尔尼科夫站在那儿，紧紧握住斧头。他就像是在做梦。他甚至准备等他们走进来，就跟他们打一架。刚才他们在外边拉门，商量，他已经有好几次忽然起意想干脆一下子了结这件事，在房门里面对他们嚷叫一番。他不时想趁他们开不了门，开口骂他们，挖苦他们。“快点了结才好！”这个想法掠过他的头脑。

“可是他，这个魔鬼，怎么还不来……”这时柯赫嘟哝道。

时间在过去，一分钟过去了，又一分钟，却一个人也没有来。柯赫走动起来。

“见鬼！”他忽然嚷道，沉不住气，丢下他的守卫任务，也动身走下楼去，急急忙忙，他的皮靴在楼梯上踩出一片响声。脚步声渐渐听不见了。

“主啊，怎么办？”

拉斯柯尔尼科夫拉开门钩，稍稍推开门，却一点声音也没听见，然后他索性什么也不想，忽然走出去，尽量把身后的房门关紧，走下楼去。

他已经走下三段楼梯，却忽然听见下面吵吵闹闹，那么他躲到哪儿去呢？他没有地方可躲。他本来想往回跑，再退回那个住所去。

“嘿，妖精，魔鬼！抓住他！”

随着这声喊叫，下边一个住所里蹿出一个人，与其说是跑下楼去，不如说是一路摔下去，那人同时扯开嗓门大叫：

“米特卡！米特卡！米特卡！米特卡！米特卡！该死的！”

喊叫声后来成了尖叫，最后这大呼小喊已经转到院子里，随后一切又都归于寂静。可是正在这当口，有几个人脚步很响地走上楼来，高声说话，七嘴八舌。他们一共三个或者四个人。他听清了那个年轻人响亮的说话声。“就是他们！”他心里一惊。

他满腔绝望，想干脆迎着他们走过去：要有什么事，就随它去发生！如果他们挡住他，那是完了，如果他们放他过去呢，也还是全完了，他们会记住他的相貌。他们正走上来，这时他们之间相隔只有一段楼梯了。不料，忽然得救了！离他几步远，右边正好有个空住所门敞开着。那就是二层楼那个住所，里面原有工人在油漆，现在仿佛故意这么安排似的，都走掉了。刚才一边奔跑一边大声嚷叫的，一定就是他们。地板刚刚漆过，房间中央放着只装油漆的小桶和装刷子的破罐子。他一刹那间溜进开着的门，掩藏在墙边。这正好是时候：他们已经要登上楼梯口了。然后他们转弯往上，过了这儿，到四层楼去了，一路上大声谈话。他等他们走过去，自己就踮起脚尖走出来，跑下楼去。

楼梯上一个人也没有！大门那儿也没有人。他赶快穿过门道，向左拐弯，沿着街道走去。

他很清楚地知道，非常清楚地知道，他们这时候已经走进那个住所。他们大吃一惊，因为看见房门刚才虽然关着，现在却开了。他们已经看见死尸，不出一分钟就猜到，而且完全揣度出来：凶手刚才就在此地，却藏在一个什么地方，溜过他们身旁，跑掉了。他们或许还猜到，刚才他们往上边走的时候，他正待在那个空住所里。

这时候，拉斯柯尔尼科夫离开一个街角虽然还有一百步光景，却无论如何也不敢走得太快。

“要不要溜进人家大门的门道，在陌生人的楼梯上等一下？不，那反而会出乱子！那么要不要把斧头随意丢在什么地方？要不要雇辆马车坐？要出乱子！要出乱子的！”

最后，小巷到了。他拐弯走进去，自己已经半死不活了。在这儿，他总算有一半得救了，这他心里明白：这儿不大会引人起疑，再者这儿人们来来往往，他消失在人群里跟一粒沙子似的。可是种种痛苦把他折磨得四肢无力，他几乎走不动了。他冒出大颗汗珠，脖子全湿了。

“瞧他那副烂醉的样儿！”有人见他往人工河那边走去，对他喊道。

这时候他已经不太知道自己在干什么。他走得越远，就越心神恍惚。不过他记得，等他走到人工河，却忽然心里害怕起来，因为这儿的人很少，因而比较容易惹人注意，他想回到小巷去。虽然他几乎要倒下了，却还是绕一段弯路，从完全相反的方向回到家里。

他糊里糊涂走进他那院子的大门。至少，等到他已经登上楼梯，这才想起那把斧头。然而这却是个很重大的任务：他得把斧头放回去，而且要尽量不引人注意。当然，他已经没有力气考虑到，他也许最好不要把斧头放回原地，不如以后随便把它丢在别人院子里的好。

可是一切倒很顺利。扫院人的小屋房门虚掩着，并没锁上，可见扫院人多半在家。不过他已经完全丧失思考的能力，竟然径直走到扫院人的小屋跟前，推开门。要是扫院人问他说："你有什么事?"他也许会干脆拿出斧头来交给他。然而扫院人又不在家，他顺利地把斧头放在凳子底下原来的地方，甚至照旧拿一块劈柴把它盖上。后来，他一路走回自己的房间，却一个人也没碰见，连个人影也没有。女房东的门关着。他回到自己屋里，像往常一样，倒在长沙发上。他没睡着，可是处在昏迷状态。要是当时有人走进房间里来，他就会立刻跳起来，大嚷大叫。一些零碎和片断的思想不停地在他头脑里蠕动，可是不管他怎样用力，却一个思想也抓不住，一个思想也留不住……

第二部

第一章

他照这样躺了很久。有的时候他似乎醒了，在这种时候他总是发现时间早已是深夜。他丝毫没有起床的意思。最后，他发现天亮了，仿佛白昼来了一样。他仰面朝天躺在长沙发上，由于刚才的昏睡，他仍然呆头呆脑的。街上有些可怕的、绝望的喊叫声刺耳地传到他这儿来，不过他每天夜里两点多钟总会听见窗外有这种声音。现在惊醒他的也就是这种声音。

“啊！现在那些酒鬼已经从小酒店里出来了，”他暗想，“两点多了，”随后他忽然跳起来，仿佛有人把他从长沙发上揪下来似的，“怎么！已经两点多了！”他在长沙发上坐好，这才想起了一切！骤然间，他一下子全想起来了！

起初，他认为他要发疯了。他身上感到一阵奇寒，不过这种寒冷来自热病，他睡觉的时候早已开始发病了。现在他忽然那么猛烈地打起寒战，连牙齿几乎也在打战，浑身不停发抖。他推开门，开始倾听，房子里的人都睡熟了。他暗暗吃惊地看他自己，看他周围的房间，心里不懂：昨天他走进房来，怎么能没扣门钩，就往长沙发上一躺，非但没脱衣服，甚至还戴着帽子，如今帽子已经滑下去，掉在枕头旁边的地板上。

“要是有个人走进来，他会怎么想呢？他会以为我喝醉了，可是……”

他赶紧跑到小窗口。那儿光线充足。他赶快检查自己，全身上下，从头到脚，把所有的衣服都看一遍：有什么痕迹吗？可是这样不行，他冷得发抖，却动手脱掉身上的衣服，又彻底检查一遍。他处处都翻看，连一根细线和一块碎布也没漏掉。他还不相信自己，又检查了三次。可是似乎什么也没有，一点痕迹也没留下，只有裤子下边磨破、垂下碎边的地方除外，碎片上凝着一层浓浓的血迹。他拿起一把大折刀，把碎边割下来。此外，似乎再也没有什么别的痕迹了。他蓦地想起钱包和他从老太婆箱子里取出的东西，直到现在还放在他的衣袋里！直到现在他始终没有想起把它们取出来，藏好！就连现在他检查衣服的时候也没想到这些东西！这可怎么办？他不敢怠慢，一下子把这些东西都取出来，丢在桌子上。他统统取出来后，甚至把衣袋翻转过来，好让自己相信里面再也没留下什么东西。然后他把这堆东西送到墙角去。那边墙角，下边的糊墙纸已经脱落，垂在那儿。他立刻动手把东西一齐塞进由糊墙纸挡住的那个洞里，心里说：“都放进去了！样样东西都看不见了，钱包也一样！”他高兴地暗想，站起来，呆呆地瞧着墙角，如今那个洞越发鼓起来了。突然间，他吓得周身打了个寒噤：“我的上帝啊，”他绝望地小声说，“我怎么了？难道这算是藏好了？难道能这样藏吗？”

确实，他原本没有料到有东西要藏。他以为统统都是钱，所以事先根本就没准备好藏东西的地方。

“可是现在，我现在有什么可高兴的？”他暗想。“难道能这样藏东西吗？我的头脑真糊涂了！”

他在长沙发上坐下，筋疲力尽。立刻就有一股难以忍受的寒战又在震撼他。他做大学生时穿的一件旧的冬大衣，挺暖和的，可是几乎已经破了，现在正好放在旁边一把椅子上，他随手拉过来，盖在身上。

睡眠和迷梦又一下子控制住他。他昏睡了过去。

至多不过五分钟，他又跳起来，立刻发疯般地扑到他的衣服上。

“我什么事都还没做，怎么能又睡着了？可不是，我腋下的绳套至今还没摘掉呢！我忘了，这样的事我居然忘了！这可是罪证呀！”

他就扯下绳套，赶快动手把它撕扯成几截，塞在枕头底下内衣当中。

“几截破麻布无论如何也不会让人起疑。我看不会，我看不会！”他反复说道，站在房间中央，又带着紧张得难受的注意力仔细地观察四周，看地板，看各处；是不是还有什么东西忘掉了？他相信他已经失去一切本能，丧失了记忆力，甚至丧失了简单的思考力，这个想法简直把他折磨得受不了。

“怎么，难道已经开始了？难道惩罚已经来了？对，对，果然不差！”

确实，他割下来的长裤碎边就扔在房间中央的地板上，谁一进来都能看见！

“我这是怎么了？”他又叫道，就跟心神错乱了一样。

这当儿，他脑子里忽然生出奇怪的想法：也许他全身的衣服都溅满了血，也许到处都是血迹斑斑，只是他没看见，没发觉，因为他的思考力衰弱，分散了……他的头脑昏迷了……蓦地，他想起钱包上也有血！“哎呀，那么可见口袋里一定也有血，因为那时候钱包还湿着，我就塞进口袋里去了！”

他顿时把口袋翻转过来，果然不差，口袋的里子上真有血迹，有斑点！

“既然我自己醒悟过来，想到了这一点，那么可见我的理智还没完全丧失，可见我还有思考力和记忆力！”他暗自想道，得意洋洋，从整个胸腔里深长而高兴地吐出一口气。“这纯粹是热病引起的衰弱，暂时的昏迷罢了。”说完，他把裤子左面口袋的里子统统扯下来了。

这时候，阳光照着他左脚的皮靴。皮靴里露出一截袜子，似乎有血迹！他脱掉皮靴，想道："果然有血迹！袜子的尖头浸透了血！”那时他一定不小心，踩在那摊血里了……

“可是现在拿这些东西怎么办？袜子啦，裤边啦，口袋里子啦，都该放到哪儿去呢？”

他把那些东西都搂在一起拿在手里，站在房间中央。“丢进火炉里去？可是人家头一个要搜查的就是火炉。那么烧掉？可是用什么烧呢？连一根火柴都没有。不，最好是出去一趟，把这些东西一齐扔掉。对！还是扔掉的好！”他反复说着，又在长沙发上坐下，“马上，这会儿就出去，一刻也不耽搁！”

可是他不但没有走出去，他的头反而又靠到枕头上去了。那种难以忍受的寒战又把他冻僵，他又拉过大衣来盖在身上。

很久很久，一连好几个钟头，他仍然不时隐约想起："喏，得马上出去，一刻也不耽搁，到一个什么地方去把这些东西全扔掉，免得让人看见。快点，快点吧！”

他有好几次在长沙发上挣扎着想站起来，可是总也没做到。最后，使劲的敲门声把他惊醒了。

“开门呀，你是活着还是死了？他老是睡懒觉！”娜斯达霞喊道，用拳头砸门，“一连睡好几天了，像条狗一样！简直就是狗！开门啊，听见没有？十点多了。”

“可是他也许不在家吧！”一个男人的声音说。

“哎呀！这是扫院人的说话声……他来干什么？”拉斯柯尔尼科夫暗想。

他爬起来，在长沙发上坐好。他的心跳得厉害，简直觉得痛了。

“那谁能扣上里边的门钩？”娜斯达霞反驳说，“瞧瞧，他把门关得紧紧的！莫非会有人来偷他？开门呀，你这蠢货，快点醒过来吧！”

“他们有什么事？扫院人来干什么？必是事情败露了。该抵抗呢，还是该开门？唉，豁出去了！”

他起身往前弯一下腰，把门钩打开。

他整个房间就这么小，他不必下床就可以把门钩打开。

果然不差：门外站着扫院人和娜斯达霞。

娜斯达霞瞧着他，神情有点古怪。他呢，瞧着扫院人，露出不甘示弱而又绝望的神情。扫院人默默地递给他一份叠成两折的灰色纸张，上面盖着瓶状的火漆印。

“通知书，办事处发来的。”他把那张纸递给拉斯柯尔尼科夫，说。

“什么办事处……”

“警察局呀！他们叫你到办事处去。你知道那是什么办事处。”

“到警察局去！……干什么？……”

“我怎么知道……人家叫你去，你去就是了。”

扫院人注意地看着他，向四下里打量了一下，然后转身要走了。

“你好像完全病倒了？”娜斯达霞说，眼睛盯着他。扫院人也回过头来看了一会儿。“你从昨天起就发烧。”娜斯达霞补充一句。

他没回答，手里仍然拿着那张纸，没有打开来看一下。

“那你就别起来了，”娜斯达霞看见他从长沙发上放下两条腿，心软了，就接着说，“你病了，那就别去了。不用着急。你手里拿着什么东西？”

他看一下：他右手拿着割下来的一截截裤边、袜子和从口袋里扯下来的碎布。他睡觉的时候，手里一直拿着这些东西。事后他想到这件事，才记起在发烧当中朦朦胧胧醒过来，把这些东西紧紧地握在手里，就这样又睡着了。

“瞧瞧，他捡来这些破布，拿着它们就睡着了，把它们当宝贝似的……”说完，娜斯达霞发出一连串不正常的、神经质的笑声。他一下子把那些东西都塞在大衣底下，定睛盯着她。虽然这当儿他不大能够十分有条理地思考，不过他还是感觉到，如果人们是来捉拿他的，那是不会这样对待他的。“不过……警察局是怎么回事呢？”他想。

“你想喝茶吗？要不要喝？我给你送来，还有点剩茶呢……”

“不……我要出去，我马上就出去。”他嘟哝着说，站起来。

“算了吧，你连楼梯都下不去！”

“我要出去……”

“随你吧……”

她就跟在扫院人身后走掉了。他立刻跑到有亮光的地方，细看袜子和裤边，心里说：“斑点是有的，不过看不大出来，已经全弄脏，揉搓过，显不出红色了。不管是谁，只要事先不知道，就瞧不出来。可见娜斯达霞站在远处，什么也没瞧出来，谢天谢地！”

然后他心惊胆战地打开通知书看起来。他看了很久，最后才算看懂。那是一份普通的通知书，是本区的警察分局发来的，要他今天九点半钟到本区警察分局局长办公室去一趟。

“可是怎么会有这样的事？我自己从来也没跟警察局打过交道！而且为什么偏巧要在今天呢？”他暗想，困惑得很不好受。“主啊，快一点了结吧！”

他正要跪下去祷告，可是他自己甚至笑起来了，倒不是笑祷告，而是笑他自己。

他匆匆地着手穿衣服。“要完蛋就完蛋吧，没关系！这袜子我穿上就是！”他忽然暗想，“这样，就会多粘些尘土，血迹就不见了。”可是，他刚刚穿上，又立刻脱掉，心里厌恶而害怕。他脱掉后，转念一想，没有别的袜子可换，就又拿起来穿上了，而且又笑起来。

“一切都是有条件的，一切都是相对的，一切只是形式问题而已，”

他在仓促中暗想，略略擦到一点思想的边，同时他全身发抖，“反正我穿上了！我到底总算穿上了！”

不过，他的笑声立刻变成了绝望。

“不，我受不了啦……”他暗想。他的腿发抖。“这是因为害怕。”他暗自嘟哝说。他在发烧，头晕而且痛。“这是耍花招！他们想用这种花招引我上钩，然后突然给我个下马威，弄得我全说出来。”他走出门，到楼梯上，继续暗想。“糟糕的是我几乎在胡言乱语……我可能会信口说出些蠢话……”

在楼梯上他想起，他把那些东西就这么丢在那儿，丢在壁纸的洞里了。“在这儿，说不定故意等我走了，就动手搜查呢！”他想起来，停住脚。可是他心里充满绝望，而且，如果可以这么说的话，濒临灭亡时刻的玩世不恭态度忽然制服了他，因此他挥一下手，又向前走去。

“只求快点了结才好！……”

街上又热得叫人受不了，这些天一滴雨也没下。又是尘土、砖块、石灰，又是从小铺和酒店里冒出来的臭气，又是随时可以见到的醉汉、芬兰籍小贩、破破烂烂的出租马车。阳光明亮地照着他的眼睛，弄得他看东西的时候，眼睛刺痛，头昏得厉害，患热病的人在阳光灿烂的白昼突然走到街上照例都会有这样的感觉。

他走到**昨天**那条街的拐角上，带着痛苦而惶恐不安的心情瞧它一眼，瞧**那所**房子一眼……然后立刻把目光移开。

他快到办事处[1]时心里暗想：“要是人家问我，我也许会都说出来。”

办事处离他这儿有四分之一俄里远。它刚搬到一栋新房四楼的一套新房间里。以前的旧址他匆匆去过一趟，不过那是很久以前的事了。如今他从大门走进去，看见右边有一道楼梯，有个庄稼汉正走下楼来，

1. 这里指警察分局的办事处。

双手捧着个小本子。他想："他大概是个扫院人，那么办事处就在这儿。"他就碰碰运气，姑且走上楼去。他不愿意向任何人问任何事情。

"我走进去，就索性跪下，把事情一起说出来……"他往四楼走去，暗想。

楼梯又窄又陡，到处都是污水。所有四层楼里，各个寓所的厨房都对着楼梯敞开房门，几乎一整天都是这样。因此这儿十分闷热。顺着楼梯上上下下的，都是些腋下夹着小本子的扫院人、跑腿的公差、形形色色来访的男女。办事处的房门也大敞着。他走进去，在前室停住脚。有些农民一直站在这儿等着。这儿也格外闷热，再者房间又重漆过，新漆的气味还很浓，干性油臭烘烘的，刺激人的鼻子，惹得人要呕吐。

他等了一会儿，决定再往前走，到里边的房间去。那儿的房间都又小又矮。强烈的急躁心情推动他不断往前走。谁也没有注意他。第二个房间里，有些文书坐在那儿写公文，论装束，也许比他好不了多少，而且乍看上去，都像是些古怪的人。他走到其中一个面前。

"您有什么事？"

他拿出办事处的通知书给文书看。

"您是大学生吗？"文书看一下通知书，问道。

"是的，以前是大学生。"

文书上下打量他，可是对他一点也不感兴趣。这个人披头散发，样子有点特别，目光带着成见。

"从这个人嘴里是什么也打听不出来的，因为什么事都不在他心上。"拉斯柯尔尼科夫暗想。

"您到那边去，找办事员。"文书说着，把手指往前伸去，指着里边的一个房间。

他走进那个房间（一路排下来，它算是第四间）。那是个窄小的房间，挤满了人，他们穿得比其余房间里的人略为整齐点。来访者当中有两个太太。一个装束贫寒，穿着丧服，坐在办事员对面的桌旁，把他嘴里念的字一个个照抄下来。另一个太太体态很丰满，面色红得发紫，长着面疱。她是个身材高大的女人，装束极为华丽，胸前的饰针有茶碟那么大。她站在一旁，不知在等什么。拉斯柯尔尼科夫把通知书塞到办事员眼前。那一位匆匆看一眼，说："请等一下。"然后继续给那个穿丧服的太太口述着什么话。

拉斯柯尔尼科夫呼吸得比较畅快了。他想："一定不是那件事！"

他渐渐鼓起勇气。他促使自己用尽全力鼓起勇气，清醒过来。

"只要出一点蠢事，只要有一点小小的疏忽，我就可能完全露出马脚！嗯……可惜，这儿空气太少，"他又想道，"闷热……我的头越发晕……脑子也越发不清楚了……"

他觉得心里乱糟糟的，担心自己管不住自己。他极力想抓住一件什么事，想一件什么事，想一件完全不相干的事，可是这根本没法做到。不过，他对办事员倒很感兴趣，老想凭他的脸容猜出他的心思，老想弄明白他在想什么。这是个很年轻的人，年纪在二十二岁上下，面色黝黑，神态机警，相貌显老，装束入时而考究，头发在后脑勺从中间分开，梳得整齐，涂了发蜡，白皙的手指用刷子刷净，戴着镶宝石的和一般的戒指，有好几个，背心上挂着金表链。屋子里刚才有个外国人，办事员甚至对他说了两句法国话，谈得挺不错。

"拉维扎·伊凡诺芙娜，您坐下好了。"他顺便对那个脸色紫红、穿得漂亮的太太说。她一直站在那儿，虽然近处就有椅子，却像是不敢坐下。

"Ich danke.[1]"她说，然后弄得绸衣衫沙沙地响，轻轻在椅子上坐

1. 德语：谢谢。

下。她那件浅蓝色连衣裙镶着白色花边，在椅子四周摊开，像个气球似的几乎占了半个房间。她身上冒出香水气味。不过这位太太，看来有点发窘，因为她的衣服占了半个房间，还因为她身上一直冒出香水气味。她虽然胆怯而又厚颜无耻地笑着，却又露出明显的不安神情。

穿丧服的太太终于写完，开始站起来。忽然，有个军官声音很响地走进来，样子雄赳赳，每跨出一步，肩膀就特别扭动一下，他把有帽徽的军帽丢在桌子上，在一把圈椅上坐下。衣服华丽的太太看见他来了，赶紧跳起来，带着一种特别欣喜的神情行了屈膝礼，可是军官理都不理她。她在他面前却再也不敢坐下了。他是个中尉，是本区警察分局的副局长，两撇棕色的小胡子往两边一字排开，脸上的五官都很小，不过，什么特别的表情也没有，只显得有点蛮横。他斜起眼睛，多少有点愤懑地瞧着拉斯柯尔尼科夫，因为他穿的衣服太差，然而他尽管地位很低，他的气派却跟装束一点也不相称。拉斯柯尔尼科夫一时大意，过于直率地瞧着他，而且瞧了很久，这就惹得军官不高兴了。

“你有什么事？”他嚷道。他多半暗自奇怪，这么一个破衣烂衫的家伙，见到他那闪电般的目光，居然敢于不悄悄溜掉。

“我是这儿叫来的，有通知书……”拉斯柯尔尼科夫随随便便地回答说。

“这是个要他还钱的案子，他是个**大学生**。”办事员放下公文，连忙说道。“喏！”他把一个本子丢给拉斯柯尔尼科夫，指出里面的一个地方。“您自己看吧！”

“钱？什么钱？”拉斯柯尔尼科夫暗想。“不过……可见一定不是那件事！”他高兴得打了个哆嗦。他骤然觉得轻松极了，简直是没法形容的轻松。他肩上的重担全卸下来了。

“通知书上写着要您几点钟来，先生？”中尉嚷道，不知什么缘故火气越来越大，“写着要您九点[1]来，可现在已经十一点多了！”

“通知书是一刻钟以前送到我那儿的。”拉斯柯尔尼科夫回过头去大声回答说，出乎自己意外，忽然也勃然大怒，甚至觉得不无快意。“我再指出一点就足够了：我是患着热病到这儿来的。”

“请不要嚷叫！”

“我根本没有嚷叫，我讲得非常平和。这是您在对我嚷叫，我可是大学生，不允许人家对我嚷叫。”

副局长气得要命，一开头简直什么话也说不出来，只有从嘴里飞出唾沫星子的份儿了。他从坐着的地方跳起来。

“请少……少说废话！您这是在衙门里。不许撒……撒野，先生！”

“可是您也在衙门里，”拉斯柯尔尼科夫叫道，“您除了嚷叫以外还吸烟，可见您没把我们大家放在眼里。”说完这话，拉斯柯尔尼科夫觉得说不出的解恨。

办事员笑吟吟地瞧着他们俩。暴性子的中尉显然招架不住了。

“这用不着您管！”他终于大叫道，声音响得有点不自然，“请您回答别人对您的要求。您拿给他看，亚历山大·格利果利耶维奇。人家把您告下了！您不还钱！瞧瞧这只漂亮的雄鹰，居然还飞出来呢！”

可是拉斯柯尔尼科夫不再听他说话，一把抓住公文，想赶快揭开谜底。他看了一遍，两遍，却没看懂。

“这是怎么回事？”他问办事员说。

“这是根据借据向您要钱，也就是追还欠款。您应当还钱，并且要付清各种费用和赔偿等，或者提出书面回答，说明什么时候才能还钱，同时保证在还钱以前不离开这个京城，而且既不出售也不隐匿您的财物。债主却有权利出售您的财物，依法对您起诉。”

---

1. 前文讲到通知书上通知拉斯柯尔尼科夫九点半到，这里中尉却说通知书上要求九点到。

“可是我……没欠谁的钱！”

“这不关我们的事。喏，人家拿着依法证明有效的，然而过期的一百五十卢布借据要求追还欠款，借据是九个月前您写给八品文官的遗孀扎尔尼齐娜的，后来那位遗孀扎尔尼齐娜又转付给七品文官切巴罗夫，我们就是为此请您来做出回答的。”

“她不就是我的女房东吗？”

“她是您的女房东又怎么样？”

办事员宽厚地露出怜悯的笑容瞧着他，同时又显出有点得意，就跟瞧着新兵初次射击一样，仿佛在说：“你现在觉得如何？”可是现在他哪有心思顾到借据，顾到偿还欠款！现在这种事值得他去操一点心，注意一下吗！他站在那儿，看公文，听人家讲话，答话，自己甚至也提出疑问，然而这都是漫不经心地做出来的。他想到自己幸而保全下来，不由得感到得意，他明白自己已经摆脱灭顶之灾而得救，这种得意和得救感才是目前充满他全身心的情绪，他已经顾不得思考未来的事，顾不得分析现状，不去推测和猜想将来的情形，不抱怀疑，也没有什么疑问。这个时刻充满了自然的、十足的、纯粹动物本能的欢乐。可是这当儿办公室里却发生了一件类似雷鸣电闪的事情。中尉仍然为他的不恭顺所震动，满腔怒火，显然想维护受到损伤的尊严，就对倒霉的“盛装太太”大发雷霆。她呢，从他走进来的时候，一直瞧着他，露出极其愚蠢的笑容。

“还有你，真是个无耻的娘们儿，”他忽然扯开嗓门大叫（穿丧服的太太已经走了），“你那儿昨天晚上出了什么事？啊？又是有伤风化，闹得一条街的人都不得安宁。又是厮打和酗酒。你是存心要进拘留所吗？我早就跟你说过，我已经警告过你十次，到第十一次我就再也不能放过你不管了！可是你又犯了，又犯了，你真是个可耻的娘们儿！”

拉斯柯尔尼科夫手里的公文甚至都掉地上了，他感到奇怪地瞧着衣着华丽的太太遭到那么无礼的斥责。可是不久他就明白这是怎么回事，反而立刻觉得这件事挺有意思了。他听得挺高兴，甚至想哈哈大笑，哈哈大笑，哈哈大笑……他所有的神经都兴奋起来了。

“伊里亚·彼得罗维奇！”办事员刚刚担心地开口说话，却又停住嘴，等过一会儿再说，因为中尉一旦大发脾气，就谁也劝不住，除非动武，办事员是凭自己的经验知道这一点的。

讲到衣服华丽的太太，起初她经不起电闪雷鸣，不断发抖，可是说来奇怪，中尉越骂得多，越骂得凶，她的神态倒越显殷勤，她对威风凛凛的中尉做出的笑容也越发迷人。她站在那儿，两只脚却踩着碎步活动，不断行屈膝礼，急切地等着容许她插话的机会。最后她总算等到这种机会了。

“我家里没闹过什么乱子，也没打过什么架，上尉[1]先生，”她突然唠唠叨叨地说，就像把豆子撒出来似的，虽然她俄国话讲得很流利，却带着浓重的德国口音，“也没出过什么丢脸的事，真的，一点也没出过。他们来的时候就喝醉了酒，我跟您说的全是实话，上尉先生，这可不能怪我……我那儿是上流人家，上尉先生，待人处世都很规矩，上尉先生，我自己素来不愿意出什么丢脸的事，素来不愿意。可是他们来的时候就已经喝得大醉，后来又要了三瓶酒，之后有一个人抬起一只脚，用脚弹钢琴了，这在上流人家十分不像样，他差点把钢琴完全踢破，这简直不成体统，我就这么说了。他呢，操起酒瓶子，拿它打大家的脊梁。我就赶快把扫院人叫来，卡尔来了，不料他抓住卡尔，一拳打在他眼睛上，亨利特的眼睛也给打了，我挨了五记耳光。这在上流人家太不客气了，上尉先生，我就嚷起来。他推开临河的窗子，站在窗口，尖声怪叫，像小猪似的，这真是丢脸。怎么能站在窗口，

1. 这位太太称中尉为“上尉”，原文如此。下同。

对着大街，像小猪似的尖声怪叫呢？呸，呸！卡尔在他身后拉他的燕尾服，要他离开窗口，不料把他燕尾服的后襟扯破了，这是事实，上尉先生，于是他大嚷大叫，说是这得赔给他十五卢布。我呢，上尉先生，给了他五卢布，算是赔他的后襟钱。这个客人可不体面，上尉先生，什么丢脸的事都干得出来！他还说，‘我要写篇厉害的讽刺文攻击你们，因为我能在各报发表文章骂你们。’”

“那么他是个文人？”

“是啊，上尉先生。他在上流人家成了个多么不体面的客人啊，上尉先生……”

“行了，行了！别说了！我早就跟你说过，早就跟你说过，是啊，我早就跟你说过了……”

“伊里亚·彼得罗维奇！”办事员又意味深长地说。中尉很快地看他一眼，办事员微微向他点点头。

“……那么，你听着，最可敬的拉维扎·伊凡诺芙娜，这是我最后一次下命令，这可是最后一次了，”中尉继续说，“要是在你这个上流人家再闹丑事，哪怕再闹一次，那么我也要按上等人的说法，拿你惩办。听见了吗？这样说来，那个写文章的人，文人，在‘上流人家’为了撕破的衣服后襟拿走了五个卢布？他们都是这样，这些文人！”他说着，用轻蔑的眼光瞟了拉斯柯尔尼科夫一眼。“前天，小饭铺里也出过这么一件事，有个文人吃了饭却不愿意付账，说什么‘我要为此写篇讽刺文描写你们’。上星期，在轮船上，也有这么个家伙，用极下流的话骂可敬的五品文官一家人，骂他的太太和女儿。前几天，糖果点心店把这么个家伙推出门去了。这些什么文人啦，耍笔杆的啦，大学生啦，宣读公文的官啦，他们都是这号人……呸！好，你走吧！将来我要自己到你那儿去瞧瞧，你给我小心着点儿！听见了吗？”

拉维扎·伊凡诺芙娜露出匆忙的殷勤态度，向四面八方行屈膝礼，一边行礼一边往门口退。可是在门口她的后背却撞上了个相貌堂堂的军官，这个军官面容开朗，神采焕发，留一把极浓密的浅黄色络腮胡子，很漂亮。他就是本区警察分局的局长，尼科丁·佛米奇。拉维扎·伊凡诺芙娜赶紧行屈膝礼，几乎一蹲到地，然后跳起来，迈动急促的小步，跑出了办公室的门。

“又是哇啦哇啦，又是电闪雷鸣，又是刮起龙卷风、十二级台风来了！”尼科丁·佛米奇带着亲切的好意对伊里亚·彼得罗维奇说，“又冒火了，又大发雷霆了！刚才我走上楼梯就已经听见了。”

“那又怎么样！”伊里亚·彼得罗维奇说，露出上流人那种满不在乎的神态（他说的甚至不是“那又怎么样”，而有点像是“那又咋样”）。他手里拿着一些公文，往另一张桌子走去，他每走一步就漂亮地扭动一下肩膀，腿往哪边迈，肩膀就往哪边扭，“喏，请您费心看看吧，这位文人，哦，不对，这位大学生，也就是从前做过大学生……他开了借据，可是不还钱，租住的房间也不肯让出来，人家不停地告他的状。他呢，很不满意，说什么我当着他老人家的面吸烟！他自己的行为下流卑鄙……可是请您费心瞧瞧：喏，这就是他，瞧他现在这副讨人喜欢的模样！”

“贫穷不是罪过嘛，朋友。不过说这些有什么用呢！谁都知道他是炮筒子脾气，受不得一点委屈。您呢？大概有点气不过他，自己也忍不住了，”尼科丁·佛米奇回过头来对拉斯柯尔尼科夫亲切地继续说，“可是这就是您的不对了：我要跟您说，他是个极其高尚的人，然而又是炮筒子！肝火旺，脾气大，吹胡子瞪眼，谁也拦不住他！不过，事情一过也就没事了。说到底，他那颗心是金子的！早先在部队里，人家送他一个绰号：炮筒子中尉……”

“那个部队可真好啊！”伊里亚·彼得罗维奇叫道，听到人家那么抬举他，觉得十分满意，不过余怒未息，还有点气呼呼的。

拉斯柯尔尼科夫忽然有意要对他们大家说点异常中听的话。

“求上帝怜恤吧，上尉，”他蓦地对尼科丁·佛米奇极其随便地开口说，“您替我设身处地地想想……要是我有什么地方怠慢了人，我甚至情愿赔罪。我是个贫病交加的大学生，受尽贫穷的折磨。”他就是这么说的：受尽贫穷的折磨。“我以前是大学生，现在不是，因为我现在没法维持生活，不过我会收到钱的……我有母亲和妹妹，住在外省……她们会汇钱给我，我……我会还钱的。我的女房东是个好心肠的女人，可是她生气得很，因为我失去了家教馆的工作，有三个多月没付给她钱了，结果她现在连伙食也不供我了……而且我根本不明白这是一张什么借据！现在她凭这张借据要我还钱，可是我怎么还呢，您自己想一想看！……”

“不过话说回来，这不关我们的事……”办事员又开口说。

“请容我说，请容我说，我完全同意您的话，可是请容许我把事情说清楚，”拉斯柯尔尼科夫又接下去说，脸不是对着办事员，而是一直对着尼科丁·佛米奇，不过也极力对着伊里亚·彼得罗维奇，只是伊里亚·彼得罗维奇一个劲地装出翻看公文的样子，轻蔑地不理睬他，“请容许我解释一下：我从外省一来到此地，就在她那儿住下，已经将近三年了。以前……以前……其实我何必把事情瞒住你们呢?……一开头，我就答应娶她的女儿为妻。我口头上答应过，完全是随便说说的……她是个年轻姑娘……我虽然没爱上她……不过我真的很喜欢她……一句话，这无非是青年时期常发生的事。也就是说，我想说明，那时候女房东借给我很多钱，我多多少少过着……那么一种生活……我当时很欠考虑……”

“我们根本没要求您谈这样的私事，先生，再者我们也没有时间听。”伊里亚·彼得罗维奇粗鲁而得意地打断他的话，可是拉斯柯尔尼科夫，虽然倏地感到很难再讲下去，却仍然激动地拦住他的话。

“不过，对不起，请容许我，多多少少，把事情的经过……讲一下……这是我该做的……不过我也同意您的意见，讲这些事是不必要的……喏，那个姑娘一年前患伤寒病，死了，我呢，仍旧跟先前一样做房客。女房东搬到现在的住处后，对我说，友好地对我说，她完全信得过我，不过她又说，我最好给她开一张借据，写明我欠她一百五十卢布，她认为我总共欠她这些钱。请容我说下去，她当时就是这么说的：等我写给她这张字据，她就又会借钱给我，想借多少就借多少，她呢，永远也不会……这是她自己说的话……永远也不会使用这张借据，这笔债随我什么时候还都可以……瞧，现在我既失去了家教的工作，又没有东西吃，她却告我的状，要追还欠款了……这叫我怎么说好呢？”

“所有这些动人心弦的细节，先生，都跟我们不相干，”伊里亚·彼得罗维奇粗暴无礼地打断他的话，“您应当做出回答，承担责任。至于您爱上了谁，以及那些悲惨的事，都跟我们毫不相干。”

“哎，你未免说得……太狠了……”尼科丁·佛米奇嘟哝道，挨着桌子坐下，也动手签署文件。他觉得有点难为情。

“您写吧。”办事员对拉斯柯尔尼科夫说道。

“写什么？”拉斯柯尔尼科夫有点特别粗鲁地问。

“您照着我念的写吧。”

拉斯柯尔尼科夫觉得，从他讲出心事以后，办事员对他却更加随便，更加看不起了。可是说来奇怪，不管别人对他抱什么样的看法，他忽然觉得完全无所谓了。这种转变是在一刹那间，一分钟当中发生的。要是他有心略略细想一下，刚才他对他们居然说出那么一番话，甚至硬要他们了解自己的感情，那么他当然就会暗暗吃惊。而且这些感情是从哪儿来的呢？现在，即使这个房间里没有警察分局的人，而是突然装满了他最相好的朋友，他觉得，那他反而找不出一句合乎人情的话可说，他的心一下子变得空荡荡了。一种令人痛苦而又无穷无尽的孤独和隔膜，化成一种阴暗的情绪，骤然在他心头清楚地露出头来。使他的心情突然这样转变的，并不是他感到他在伊里亚·彼得罗维奇面前吐露衷曲是卑鄙的事，也不是他感到让中尉对他得意洋洋是卑鄙的事。唉，如今他哪里还有什么心思顾到自己的卑鄙，顾到各式各样的虚荣心，顾到中尉、日耳曼女人、追还债款、办事处等等！哪怕他现在遭到判决，要马上把他烧死，他也不会动弹一下，甚至未必会把判决注意地听完呢！他起了一种他全然不熟悉的、新的、突如其来的、从未有过的变化。他并没有充分理解这一点，而只是带着全部感觉的力量，清楚地感觉到他对警察分局办事处里的这些人非但不能再像刚才那样感情冲动，甚至已经不能再对他们申诉什么了。就算他们不是警察分局的中尉之流，而都是他的亲兄弟和亲姊妹，即使在生活的任何情况下，他也完全没有必要向他们申诉。像这样奇怪而又可怕的感觉，在这以前他还从来没有经历过。最使他痛苦的是，这与其说是意识或者概念，不如说是一种感觉，一种直觉，在他有生以来至今所经历过的种种感觉当中，这要算是使他最痛苦的一种感觉了。

他按办事员的口述写下在这种情况下照例要写的文件，说明他目前不能还钱，应许将来（随便哪个时间）要还，本人决不离开本城，也决不出售财物，或赠与外人等。

“可是您没法写字，您手里的笔总是掉下来。”办事员好奇地瞧着拉斯柯尔尼科夫说。“您有病吗？”

“是的……我头晕……请您接着往下念！”

“我念完了，您签名吧。”

办事员等他签完字把这份文件拿过去，又着手忙别的事去了。

拉斯柯尔尼科夫把笔还给他，可是没有站起来走掉，却把两个胳膊肘撑在桌子上，双手紧紧抱住头，仿佛有根钉子钉进了他的天灵盖似的。他忽然生出一种奇怪的想法，打算索性现在站起来，走到尼科丁·佛米奇跟前，把昨天的事一五一十讲给他听，一丝不漏，然后带他到自己的住所去，指给他看墙角洞口里藏着的那些东西。他这种心意很强烈，使得他在原地站起来，要着手照办了。

“要不要再考虑一会儿呢？”他脑子里掠过这个想法。“不，还是不多想的好，把肩上的重担卸掉吧！”

可是他忽然停住脚，就像在地里生了根似的。尼科丁·佛米奇正热烈地对伊里亚·彼得罗维奇讲话，那些话飞进他的耳朵里：

“那不可能，他们俩都会释放的。第一，这在情理上说不通。请您想想看，如果这件事是他们干的，他们又何必去叫扫院人呢？他们要自己揭发自己还是怎么的？或者这是要花招？不，这样的花招也要得太邪了！还有，大学生彼斯特里亚科夫走进大门口的时候，大门口就有两个扫院人和一个小市民看见过他：当时他跟三个朋友一块儿走来，到大门口才分手，而且他当着三个朋友的面向扫院人打听过她的住处。喏，如果他是抱着那种意图来的，还会这样问住处吗？至于柯赫，他在到老太婆家去以前，先在楼下一个银匠家里待了半个钟头，直到七点三刻才从他家里出来，上楼去找老太婆。现在您来想想看吧……”

“可是，请容我说一句，他们的话怎么会这样自相矛盾？他们先是口口声声说他们不断敲门，房门是扣着的，可是过了三分钟，他们跟扫院人一起回来，不料房门是开着的。”

“问题就在这儿：凶手本来一定就在屋里待着，把房门扣上了，要不是柯赫一时糊涂，自己也跑去找扫院人，他们就会把凶手捉住了。凶手必是趁他走掉的工夫，连忙走下楼去，设法避开他们，溜掉了。后来，柯赫用双手在胸前画十字，说：‘要是当时我留在那儿没走，他就会跳出来，一斧头把我砍死了。’他要到教堂去做一次谢恩式祷告呢，嘿嘿！……”

“那么谁也没瞧见凶手？”

“怎么会瞧见呢？那所房子真是艘挪亚方舟[1]。”办事员坐在原地听他们讲话，插嘴说。

“事情很清楚，事情很清楚！”尼科丁·佛米奇激昂地重复说。

“不，事情很不清楚。”伊里亚·彼得罗维奇坚持已见地说。

拉斯柯尔尼科夫拿起帽子，往门口走去，可是他没走到门口就……

事后他醒过来，才看到自己坐在一把椅子上，右边有个人扶住他，另一个人站在左边，手里拿着一只黄色的玻璃杯，其中盛着黄色的水，尼科丁·佛米奇站在他面前，凝神瞧着他。他离开椅子站起来。

“这是怎么了，您有病？”尼科丁·佛米奇相当尖刻地问。

“他刚才签名的时候，几乎连笔也拿不住了。”办事员说着，在他原来的地方坐下，又动手处理公文。

“那么您得病很久了？”伊里亚·彼得罗维奇嚷道。他已经回到原地，也在翻看公文。当然，刚才病人昏倒的时候，他也过来照看病人，不过等到病人清醒过来，他就马上走开了。

“从昨天起病……”拉斯柯尔尼科夫嘟哝着回答说。

“那么昨天你出过门吗？”

“出过门。”

“带着病出去的？”

“带着病出去的。”

“几点钟？”

“傍晚七点多钟。”

“请容许我问一句：到哪儿去了？”

1.《旧约》神话中所说的大洪水时挪亚为了救他的一家和许多动物而造的大木船。这儿指住户多而杂的房子。

“到街上去了。”

“简单而又清楚。”

拉斯柯尔尼科夫回答得干脆，简短，脸白得像手帕，他那对发炎的黑眼睛在伊里亚·彼得罗维奇的目光凝视下，并没有垂下来。

“他几乎站不稳了，可是你还……”尼科丁·佛米奇说。

“没——关系！”伊里亚·彼得罗维奇有点特别地说。尼科丁·佛米奇本来想再补充几句，可是瞟一眼办事员，只见办事员也很注意地瞧着他，就没再开口。大家忽然都沉默了。这局面有点奇怪。

“嗯，好吧，先生，”伊里亚·彼得罗维奇最后说，“我们不想再耽搁您的时间了。”

拉斯柯尔尼科夫走出去。他还能听见，他走后，房间里立刻开始了活跃的谈话，其中以尼科丁·佛米奇的问话声最响亮……他走到街上，完全清醒过来了。

“搜查，搜查，他们马上就会来搜查！”他暗自反复说着，急忙赶回家去。“这些强盗！他们起疑心了。”

不久以前的恐惧，又把他从头到脚完全控制住了。

第二章

“要是他们已经搜查过了，那可怎么办？要是我一到家正好遇上他们在我屋里，那可怎么办？”

可是，这就是他的房间。一个人也没有，什么事也没发生。谁也没来过。就连娜斯达霞也没动过屋里的东西。可是，主啊！刚才他怎么能把那些东西都留在那个洞里呢？

他往墙那边跑过去，把手伸进壁纸里，陆续把东西取出来，统统塞进他的衣袋。原来一共只有八件东西。有两只小盒子，里面装着耳环之类的东西，他也没有仔细看一看。其次是四个不太的山羊皮套子。有一根细小的表链简单地用报纸包着。另外，还有个东西用报纸包着，好像是枚勋章……

他把东西分别放在衣袋里，也就是大衣口袋里和没扯破的右边裤袋里，极力不让外人看得出来。钱包也和东西放在一起。然后他从房间里走出去，这一回甚至让房门完全敞开。

他走得又快又稳。虽然他觉得浑身散了架似的，可是神志还清楚。他怕有人追来，怕半小时或者一刻钟后，也许就会发出命令追捕他。因此他无论如何也得抢先把罪证销毁。趁现在他还有一点点力气，一点点思考能力，得把事情赶紧办完……可是他该到哪儿去呢？

他其实早已做出决定：“把一切都丢到河里，等到罪证一沉进水里，事情就算了结了。”昨天晚上他就已经做出这个决定了，他记得当时，在昏睡中，有好几次挣扎着要起来，走出去，暗自想道：“赶快！赶快，把东西全丢掉。”可是，没想到，要丢掉这些东西却很困难。

他在叶卡捷琳斯基运河的堤岸街上已经徘徊了半个小时，也许还不止这点时间，好几次遇到下坡的台阶，他都仔细考察过。可是要实现他的打算，连想都不能想，因为有的地方，坡底下正好停着木排，有些洗衣女工在木排上洗衣服，有的地方停靠着小船，到处都有人走动，况且堤岸街上，四面八方都有人，大家都会看见他，注意他。一个人特意走下坡去，站着把东西扔进水里，总会引人起疑。还有，万一皮套子不沉到水底，却浮在水面上呢？而且也势必会这样。人人都会看见。大家遇见他，本来就已经在瞧他，打量他，仿佛一心要监视他似的。“怎么会这样呢？或者，也许只是我自己觉得是这样吧。”他暗想。

最后，他猛然想起：到涅瓦河边去岂不更好？那边人少些，比较不引人注目，不管怎么说，总要方便些，要紧的是离这边远些。他忽然暗自吃惊：他怎么会跑到这个危险地点来，满心苦恼和不安，徘徊了整整半个钟头，却没早点想出这个主意来？他为一个毫无道理的办法足足耗费了半个钟头，无非是因为昨天晚上他在睡梦里，在昏迷中，决定了这个办法！他已经变得异常心神恍惚，记性很差，这一点他也已经领会到了。那就一定得赶紧办事才行！

他顺着符*大街往涅瓦河走去，可是在路上他猛然想起：“何必到涅瓦河去呢？何必扔在水里呢？索性走到很远的什么地方去，比方说再到群岛上去，在那儿找个地方，找个偏僻的地点，在树林里，灌木丛下，埋好那些东西，再记住旁边的一棵树，岂不更好？”虽然他感到在当前这个时候，他不能清楚而有条理地深思熟虑，不过他还是觉得这个想法大体没有什么错处。

然而，就连到群岛上去这个主意，他也注定实现不了，因为事情顺着另一条路子发展了：他正从符*大街往广场走去，忽然看见左边有个门口，通进一个院子，两旁是完全没有门窗的墙。一走进门口，右边就是一堵墙，伸进院里很深，没有门窗，也没刷过白浆，是邻近一座四层楼房的后壁。左边，也是从门口起，紧接着就是一道木围墙，跟对面那堵没有门窗的墙平行，伸进院子大约二十步远，然后有个拐角，往左转弯。那儿是一块荒凉的与外面隔绝的地方，存放着各种材料。再往前走，在院子深处，有一道围墙，从那后面露出一个石头棚子的一角，看来原是工场的一部分，棚子低矮，让煤烟熏黑了。这儿大概原是造马车工匠或者木匠的作坊，反正是这一类的地方。从门口走进去，几乎到处布满煤烟，一片乌黑。

“瞧，就该把东西扔在这儿，然后走人完事！”他忽然想出这个主意。

他没发现院里有人，就溜进门口，立刻看见门口附近院墙旁边有个水槽（在工人师傅、杂工、出租马车的车夫等人住的人数众多的房子里常有这样的设备）。在那个水槽上边的院墙上，用粉笔写着这类地方常有的俏皮话：“此处严经（禁）站立”[1]。那么这倒更好，因为他走进来，站在这儿，就不致引起什么怀疑。“赶紧把这一小堆东西丢在这儿什么地方，然后走掉完事！”

他再往四下里瞧一眼，正把手塞进衣袋里，却忽然发现在门口和水槽中间，墙根底下，有个一俄尺宽的空间，那儿放着一块未加过工的大石头，约莫有一普特半[2]重，紧挨临街的砖墙。墙外就是大街和人行道，可以听见行人匆匆来去的脚步声，那地方行人素来不少。不过，门口外边的人看不见他在里边，除非从街上走进个人来，那就会看见

1. 指禁止小便。
2. 每普特合16.38千克。

他了，而这样的事很可能发生，因此他得赶紧办完才成。

他向石头弯下腰，伸出双手抱紧石头上端，用尽全身力气把石头翻转过来。石头下边有个不大的浅坑，他立刻把衣袋里的东西统统取出来，扔进去。钱包放在最上边，浅坑里仍旧留着些空地。然后他又抱住石头，用力一翻，朝原来的方位转过去。石头正好压住原先那块地方，不过似乎略略高了些。他扒了点土掩住，用脚顺着石头边把土踩实。现在一点破绽也看不出来了。

于是他走出门口，向广场走去。一时间，又有一股强烈得几乎叫人受不了的高兴情绪控制了他，就跟刚才在办事处一样。

“罪证埋掉了！谁会心血来潮，到这块石头底下来找呢？谁会这样呢？这块石头也许从盖房那天起就放在这儿，说不定以后还要放那么多年。就算有人找到了那些东西，可是谁能想到这是我干的？事情就此了结！罪证没有了！”

想完，他笑起来。是的，事后他记得，当时他发出一串神经质的、低微的、长久的、听不见的笑声，而且他老在笑，穿过广场的时候一直在笑。可是等他走到克*林荫道，也就是前天遇到那个姑娘的地方，他的笑声突然止住了。别的思想钻进了他的头脑。前面就是那个姑娘坐过的长椅，她走后，他也坐在那儿思考过，可是现在他走过那儿，却立刻觉得十分厌恶，如果现在再遇见那个大胡子警察，也就是他当时给过二十戈比的人，他也会觉得非常不好受。“叫他见鬼去吧！”

他一面走，一面心不在焉地往四下里瞧，一肚子的闷气。现在他的一切思想似乎绕着一个主要点盘旋。他自己也觉得确实有这么一个主要点，现在，恰好是现在，他正面对这个主要点，而这在近两个月当中甚至可以说是第一次。

“叫这些都见鬼去吧！”他忽然暗想，胸中冒出无穷无尽的愤恨。“哼，既然已经开始，那就开始吧！让它跟新生活一块儿见鬼去吧！主啊，这是多么愚蠢！……今天我说了多少谎话，做了多少下流的事情！刚才我多么恶劣地巴结那个坏透了的伊里亚·彼得罗维奇，向他献媚！不过，这都是废话！我看不起他们那些人，也看不起我自己巴结人，谄媚人！根本不对头！根本不对头！……”

他突然停住脚。一个新的、完全出人意料的、异常简单的问题一下子把他闹糊涂了，使他惊讶而痛苦。

“如果这整件事确实是存心做的，不是一时糊涂干出来的，如果你真有明确坚定的目标，那你怎么会到现在为止甚至都没打开钱包看一眼，了解一下你都得着些什么了？你不就是为它受过种种苦，存心干出这种下流、恶劣、低贱的事吗？可是，话说回来，你刚才却一心想把钱包连同那些你也没看清楚的东西一齐扔进水里去呢……这究竟是怎么回事？”

对，就是这样，完全是这样。不过，他早就知道，这根本算不得新问题了。昨天晚上他决定把财物扔进水里，那个决定是毫不动摇，毫不犹豫地做出来的，倒像本来就该那么做，不能不那么做似的……是的，这他全知道，也全记得，甚至昨天他凑近箱子蹲下去，从中取出皮套子的时候，大约就已经做了那个决定了……当真是这样！

“这是因为我病得很厉害，”他终于闷闷不乐地暗自断定，“我一直折磨自己，害得自己痛苦极了，我自己也不知道自己在干些什么……昨天也罢，前天也罢，整个这段时期也罢，我一直在折磨自己……我会痊愈的，那……我就不会再折磨自己了……可是，万一我根本不会痊愈呢？主啊！这些事惹得我多么厌烦！”

他不停地往前走。他一心想散散心，可是不知道该怎么办，该着手做些什么。他心里生出一种新的、没法克制的情绪，而且它几乎每分钟都在增长。那是他对遇到的一切和周围的一切生出的一种无休无止的，几乎可以说是生理上的厌恶，一种顽强的、恶毒的、仇恨的情绪。所有他遇到的人都惹他讨厌，他讨厌他们的脸容、步态、动作。如果有人对他开口讲话，他似乎简直会吐他一脸的唾沫，会咬他一口……

他走到小涅瓦河的堤岸街上，靠近桥旁，正要往瓦西里岛走去，却忽然停住脚。

“喏，他就住在这儿，住在那所房子里。”他暗想。“这是怎么搞的，我自己根本没打算到拉祖米欣家里来啊！那一套又来了，就跟那一回一样……不过，我倒很想弄弄明白：究竟是我自己要来的呢，还是走啊走的，碰巧走到这儿来的？反正没关系，我说过……我前天说过，在**那件事**发生后的第二天，我就来找他，那也好，我就去吧！现在我好像已经不能不去找他了……”

他登上楼梯，往五层楼上拉祖米欣的家里走去。

拉祖米欣正巧在家，待在他那小屋里，这当儿正忙着写东西。他来给拉斯柯尔尼科夫开门。他们有四个月左右没见面了。拉祖米欣穿一件破破烂烂的长袍坐在家里，光着脚穿一双拖鞋，头发蓬乱，没刮胡子，也没洗脸。他脸上露出吃惊的神情。

“你怎么了？”他叫道，从头到脚打量着走进屋来的同学，然后他沉默了一会儿，吹了声口哨。

“难道你的情况就这么糟？你，老兄，一向都比我们穿得好哟。”他瞧着衣衫褴褛的拉斯柯尔尼科夫，补充说。“不过你坐下，恐怕很累了吧！”

拉祖米欣家里有一张漆布面的土耳其式长沙发，比拉斯柯尔尼科夫的那张还要糟。拉斯柯尔尼科夫往那上面一靠，拉祖米欣这才忽然看清他的客人有病。

“你病得不轻呀，你知道吗？”他动手摸拉斯柯尔尼科夫的脉搏。拉斯柯尔尼科夫抽回他的手。

“算了吧，”拉斯柯尔尼科夫说，“我来……喏，是为了这个：我家教的工作已经没有了……我原打算……不过，我根本不想再教家教了……”

“你知道吗？你简直在胡说了！”拉祖米欣凝神观察他说。

“不，我没胡说……”拉斯柯尔尼科夫离开长沙发，站起来。刚才他上楼来找拉祖米欣，没想到结果会跟拉祖米欣面对面地坐在一起谈话。现在，一刹那间，他凭经验已经体会到，当前他最不愿意做的就是跟世界上任何人对坐谈话。他心里冒火了。他刚刚跨过拉祖米欣的门槛，就不停地恼恨自己，连气都喘不过来了。

“再见！”他忽然说，然后往房外走去。

“你等一下，等一下，怪人！”

“算了！……”拉斯柯尔尼科夫重复说。

“既是这样，那你究竟是干什么来的！莫非你疯了？是啊，这……几乎是叫人难堪嘛！我可不能就这么放你走。”

“好，你听着：我来你这儿是因为我知道，除你以外，谁也不会帮我……开始……是因为你比他们大家都好心，也就是说比他们大家都聪明，明白事理……不过，现在我看出来我什么也不需要，你听见了吗？根本什么也不需要……不需要别人出力和同情……我自己……一个人……哎，也说得够了！请让我稍停一下吧！”

“你再等一会儿，扫烟囱的人！十足一个疯子！要知道，你想干什么都随你，与我无关。你知道吗？我自己也没有家教的工作了，再者我也看不上它。不过，旧货市场有个卖书的商人赫鲁维莫夫，从某一点上来看，他那儿的工作也是教课。现在要我拿五份在商人家里教家教的工作去换他那儿的工作，我也不换。他办一个小小的出版社，出版一些自然科学的小册子，销路可好了！光是书名就值不少钱！喏，你一向口口声声说我愚蠢，可是说真的，老兄，有些人比我还要愚蠢！眼下他也起劲地赶进步的潮流，其实他一点也不懂，不过我呢，当然鼓励他。喏，这儿有篇德语稿子，有两个多印张，它的内容依我看是极其荒唐的招摇撞骗。一句话，他研究这么个问题：女人究竟是不是人？不过，当然了，他得意洋洋地证明：女人是人。赫鲁维莫夫准备出这本有关妇女问题的著作，我在翻译。他想把两张半扩大成六张，拟出个极其堂皇的书名，占据半页，然后卖出去，每本定价半卢布。这行得通！给我的翻译报酬是每张六卢布，也就是全部报酬有十五卢布，先预支了我六卢布。我们做完这个工作，就着手翻译有关鲸鱼的文章，然后再从《忏悔录》[1]第二部里摘出些极乏味的诽谤文字，翻译出来。有人对赫鲁维莫夫说，卢梭从某一点上看像拉季谢夫[2]。我呢，当然，决不反对，叫他见鬼去吧！好，你愿意把《女人是人吗？》的第二张拿去翻译一下吗？要是你愿意，现在就把稿子拿去，笔也拿去，还有纸，这些都由书店供应。你还可以拿三个卢布去。因为我从第一张和第二张的全部翻译报酬当中预领过钱，那么这三卢布理当直接归你所有。你译完这一张，还有三卢布可拿。还有，请你千万不要认为这是我帮你的忙；正好相反，刚才你一走进来，我心里就盘算，你会为我出力的。第一，我对德语的拼写法了解得很差；第二，我的德语知识有的时候简直不行；因此我大半不是翻译，而是自己在写，只能安慰自己说，我写的比他强多了。不过，谁知道呢？也许写出来的东西不是强多了，而是差多了……你要不要拿去？”

拉斯柯尔尼科夫默默地接过德语文稿，接过三卢布，一句话也没说，走了出去。拉祖米欣惊讶地瞧着他的背影。然而，拉斯柯尔尼科

1. 法国著名作家卢梭（1712—1778）的自传性作品，写于18世纪70年代，直到他去世以后才陆续出版（1782，1789）。——俄文本编者注
2. 拉季谢夫（1749—1802），俄国著名作家，反对专制制度和农奴制度，主要著作是《从彼得堡到莫斯科旅行记》。

夫走到第一条大街，忽然转身走回去，又上楼走到拉祖米欣家里，把德语文稿和三卢布一起放在桌上，又一句话也没说，走出去。

“莫非你犯了酒狂病！”拉祖米欣终于气得发狂，大声嚷道。“你演的是什么滑稽戏！你把我也弄糊涂了。既是这样，那你到这儿来干什么？真见鬼！”

“我不需要……翻译……”拉斯柯尔尼科夫嘟哝说，已经举步下楼了。

“那么你究竟要干什么？”拉祖米欣在上边喊道。拉斯柯尔尼科夫却一声不吭，继续走下楼去。

“喂！你！你住在什么地方？”

没有答语。

“那你就见鬼去吧！”

可是拉斯柯尔尼科夫已经走到街上了。在尼古拉耶夫斯基桥上，他总算又完全清醒过来，因为他碰上一件非常不愉快的事。他背上挨了一辆四轮马车车夫结结实实的一鞭子，因为马车夫已经对他吆喝过三四次，可是他没听见，差点摔在马蹄底下。那一鞭子打得他满腔怒火，他纵身往栏杆旁边跳过去（不知什么缘故，他一直在桥当中走，那是行车而不是走路的地方）。他气愤地把牙咬紧，磨得咯咯响。不用说，四周响起了笑声。

“活该！”

“一定是个骗子。”

“当然，装成喝醉酒的样子，故意钻到车轮底下去，那你就只得负责赔偿他的损失了。”

“他们就是干这种事营生的，可敬的先生，就是干这种事营生的[1]……”

1. 当时报纸上常报道说，穷人故意倒在马车底下，为的是受伤之后要求赔偿。——俄文本编者注可是，当他正站在栏杆旁边，仍旧茫然而且愤愤不平地瞧着逐渐走远的马车，揉着后背，忽然，他觉得有人往他手里塞了些钱。他扭头一看，原来有个上了年纪的商人太太走来，戴着头巾，穿着羊皮鞋，身边有个姑娘，大概是她的女儿，戴着女帽，打着绿色阳伞。

“看在基督分上，收下吧，小老弟。”太太说。

他收下钱，她们就从他身旁走过去了。那是一枚二十戈比的硬币。她们凭他的大衣和外貌很可能把他看作乞丐，看作真是在街上讨钱的人了。他得到的馈赠竟有二十戈比之多，大约是因为她们看见他挨了一鞭子而怜悯他了。

他把那枚硬币握在手心里，走了十来步，然后转过脸去对着涅瓦河，往皇宫那边望去。天上一丝云也没有，河水几乎是蔚蓝色的，这在涅瓦河是十分罕见的。大教堂的拱顶，从别的地方看，都不及从这儿，从桥上，离小礼拜堂二十步左右的地方看，显得那么漂亮，这时候它正光芒四射，人透过明净的空气甚至可以把拱顶上的种种饰物看得清清楚楚。拉斯柯尔尼科夫挨鞭子感到的疼痛已经平息，他忘掉挨鞭子的事了。现在他的脑海里，除了盘踞着一种忐忑不安而又不大明晰的思想以外，别的一无所有。他站在那儿，凝神望着远方，看了很久，这个地方他特别熟悉。当初他步行上大学，尤其是放学回家的时候，照例恰恰停在这个地方，站一会儿，前后也许有百来次了。他总是凝望这一带确实壮丽的风景，几乎每次都得到一种不明确的神秘印象并为此暗暗吃惊。这种壮丽的风景老是使他生出一种无法解释的寒意，对他来说这种华美的画面充满死气沉沉的意味……他每一次都为这种阴沉的、谜一样的印象吃惊，而又不相信自己，就把这疑团推迟到将来再解答。现在，他忽然生动地记起他以前那些疑问和困惑，而且觉得这当儿他并不是无意中记起的。使他感到稀奇而且古怪的是，他竟然跟以前那样，在同一个地方停住脚，伫立观赏，倒好像确实以为自己现在还能照以前那样思考事情，对以前，不久以前感兴趣的问题和风景也同样能感兴趣似的。他甚至觉得这几乎是可笑的，同时心里又气闷得发痛。现在依他看来，他的整个过去，他以前的思想、以前的任务、以前的目的、以前的印象，以及当前的全部美景，连同他自己，总之，一切的一切，似乎都埋在地底下的深处，埋在他脚底下一个看不见的地方了……仿佛他正往上飞去，一切都在他眼睛里消失了……他的手无意中动了一下，他突然感觉到拳头里捏着那枚二十戈比硬币。他松开手，定睛瞧着那枚硬币，然后抡起胳膊，把它扔进河水里，随后他转身走回家去，他觉得这当儿他好像用剪刀把他自己和外界的一切人以及一切东西的联系一下子剪断了。

他直到傍晚才走到家，可见他一共走了大约六小时的路。至于他从哪儿走回来的，怎样走回来的，却一点也不记得了。他脱掉外衣，全身抖得像一匹筋疲力尽的马似的，在长沙发上躺下，把厚大衣拉过来盖在身上，立刻沉入睡乡了……

他是在夜色很黑而又听到吓人的喊叫声时才醒过来的。上帝啊！那是多么可怕的喊叫声！这种反常的声音，这种嗥叫、咒号、咬牙切齿、哭泣、殴打和辱骂，都是他从来也没听到过，没经历过的。这样的残暴，这样的猖狂，他简直不能想象。他吓得爬起来，在沙发床上坐定，每时每刻都屏声敛气，心里难受。可是这场厮打、呼号、辱骂却越来越厉害。后来，使他大大吃惊的是，他忽然听见女房东的声音。她哀号，尖叫，哭诉，匆匆忙忙讲得很快，因此谁也听不清她在讲什么，当然，她必是要求不要再打她，因为她正在楼梯上遭到无情的殴打。打她的那个人又气又恨，说话声可怕得很，简直变得沙哑了。不过打她的人也还在说话，也说得急，叫人分辨不清，匆匆忙忙，透不过气来。突然，拉斯柯尔尼科夫颤抖起来，像一片树叶一样，他听出那是谁的声音了。原来他就是伊里亚·彼得罗维奇！伊里亚·彼得罗维奇正在这儿打女房东！他用脚踢她，揪住她的头往阶梯上碰，这是清清楚楚的，可以从响声，从呼号声，从殴打声听出来！这是怎么回事？莫非世界翻了过来？他听见人们从各层楼、从各处楼梯上，聚到那儿去，响起了说话声、惊叫声、登楼声、咚咚响的脚步声、砰砰的关门声，大家都跑到那儿去了。

“然而这是什么缘故，什么缘故？……怎么会有这样的事！”他反复说道，以为自己完全疯了。可是，不对，他听得十分清楚！……那么，既然是这样，他们一定马上就会到他这儿来，“因为……这一定全是为了那件事……为了昨天的事……主啊！”

他本想扣上房门，可是他的胳膊却抬不起来，况且这也没有用处！恐惧像冰那样包围住他的心灵，使它痛苦，把它冻僵……可是，这场吵闹，前后足足有十分钟之久，最后总算渐渐平息了。女房东不断呻吟、哀叫。伊里亚·彼得罗维奇仍然在恫吓和辱骂。可是最后，连他也似乎安静下来，不再听见他的说话声了。“莫非他走了？主啊！”

是的，后来女房东也走开，仍然发出呻吟声和哭泣声……后来她的房门也砰的一声关上……后来人群也走散，顺着楼梯回到各自的住处去，不断惊叫、争吵、互相招呼，时而把说话声提高成喊叫，时而又压低成喁喁私语。他们人数一定很多，几乎整幢房子里的人都跑到一处来了。

“可是，上帝啊，难道可能有这种事吗！他为什么到这儿来，为什么！”

拉斯柯尔尼科夫无力地倒在长沙发上，可是再也闭不上眼睛。他躺了半个小时，痛苦得很，广漠无垠的恐惧形成难忍难熬的感觉，这些都是他从没经历过的。蓦地，明亮的光线照亮他的房间，原来娜斯达霞一手举着蜡烛，一手端着汤盆，走进来了。她注意地瞧瞧他，看清他没睡着，就把蜡烛放在桌上，动手把拿来的东西都放好：面包、盐瓶、汤盆、汤匙。

“大概你从昨天起就没吃过东西了。在外头逛荡整整一天，可能你在发疟子呢。”

“娜斯达霞……女房东为什么挨打？”

她定睛瞧着他。

“刚才……半个钟头以前，伊里亚·彼得罗维奇，警察分局副局长，在楼梯上打她来着……他为什么那么毒打她？而且……他来干什么？”

娜斯达霞一言不发，皱起眉头，仔细看他，而且照这样瞧了很久。经她这样一看，他觉得很不自在，甚至心里害怕。

“娜斯达霞，你怎么不说话？”他终于胆怯地说，声音很微弱。

“这是血在作怪。”她最后回答说，声音很轻，仿佛自言自语。

“血！……什么血？……”他嘟哝着说，脸色苍白，身子退缩到墙根去。娜斯达霞继续默默地瞧着他。

“谁也没打女房东。”她又厉声说道，声音果断。他瞧着她，几乎透不出气来。

“我自己听见的……我没睡着……我坐起来了，”他越发胆怯地说，“我听了很久……警察分局的副局长来了……大家从住处出来，都跑到楼梯上来了……”

“谁也没来过。这是你的血在身子里叫唤。它找不到出路，都在你的肝脏里凝结了，于是你才有了幻觉……你要不要吃点东西？”

他没答话。娜斯达霞一直站在他身旁，定睛瞧着他，没有走掉。

“给我喝点水吧……娜斯达西尤希卡[1]。”

她走下楼去，大约过了两分钟，端着一只陶土做的大白杯子，盛着水，回来了。可是这以后的事，他都想不起来了，只记得他吞了口凉水，杯子里有些水洒到他胸前。这以后他就人事不知了。

---

1. 娜斯达霞的昵称。

第三章

可是他在整个生病期间，并不是完全昏迷不醒。这是发高烧，时而昏迷，时而半睡半醒。事后他想起很多事。他一会儿觉得身旁好像聚集了很多人，打算逮捕他，把他送到一个什么地方去，为此发生很大的争论，吵起架来；一会儿又发现房间里只有他孤身一人，大家都走了，都怕他，只是偶尔略微拉开门，瞧着他，威吓他，然后彼此商量一件什么事，笑起来，讥诮他。他想起娜斯达霞倒常常守在他身旁，他还认出另外一个人，好像他认识，然而究竟是谁，却怎么也想不起来，为此他感到苦恼，甚至落泪。有一回他觉得似乎已经躺了一个月，有一回又觉得似乎都是一天发生的事。可是**那件事**，有关**那件事**的种种情形，他却忘光了，不过他随时都记得他忘了件不该忘记的事，因而揪心，难过，回想，呻吟，急得发狂，或者提心吊胆，害怕得受不了。在那种时候，他总是想挣扎着下床，想跑掉，然而老是有人硬把他拦住，他就又无力地倒下去，不省人事了。最后，他总算全然恢复知觉了。

这发生在上午十点钟。上午这个钟点，正是明亮的白昼，阳光在他右边墙上移动，像是一条长带，照亮门旁的墙角，娜斯达霞在他床边站着。另外还有个人带着极其好奇的神情在端详他，他却根本不认得那个人，那是个年轻小伙子，穿着长上衣，留一把胡子，从外貌看，像个办事员。女房东正从半开着的房门往里看。拉斯柯尔尼科夫爬起来。

“这个人是谁，娜斯达霞？”他指着小伙子问。

“瞧，他清醒了！”她说。

“清醒了。”办事员应声说。

女房东本来在门外偷窥，这时候看出他已经清醒，就立刻掩上门，躲开了。她素来为人腼腆，跟外人谈话和解释问题总觉得不好意思。她四十岁上下，壮实、发胖、黑眉毛、黑眼睛，由于胖，也由于懒而变得软心肠。她相貌不很难看。可是她羞答答的羞得过了头。

“您是……什么人？”拉斯柯尔尼科夫对办事员问道。

可是这当儿房门又敞开了，拉祖米欣微微弯下腰走进来，因为他身材高。

“这儿简直像海船的舱房，”他叫着，走进来，“脑门子老是撞在门框上。这居然也叫作房间！老兄，你醒过来了？刚才我听巴宪卡[1]说了。”

“刚醒过来。”娜斯达霞说。

“刚醒过来。”办事员又附和道，同时微微地笑着。

“请问，您是什么人？”拉祖米欣忽然对办事员问道。“我呢，不瞒您说，拉祖米欣，不是人们常叫的拉祖米欣，而是符拉祖米欣。我是大学生，贵族出身，他是我的朋友。那么您是什么人？”

“我是我们营业所的办事员，就是商人谢洛巴耶夫的营业所。我是到这儿来办一件事的，先生。”

“请坐，那边有椅子。”拉祖米欣说，他自己在小桌对面的另一把椅子上坐下来。“你挺好，老兄，总算醒过来了，”他转过脸去接着对

1. 即拉斯柯尔尼科夫的女房东的昵称，她原名普拉斯科维雅·巴甫洛芙娜。

拉斯柯尔尼科夫说，“这已经是第四天了，你几乎没吃东西，没喝水。不错，我们拿调羹喂你喝了点茶。我带左西莫夫来看过你两次。你记得左西莫夫吗？他仔细地给你检查了，看完就立刻说这病没什么关系，无非是头脑受了点刺激，神经方面出了点小问题，饮食太差，啤酒和辣根都吃得太少，所以才得病了，不过这无所谓，不久就会过去，病就好了。左西莫夫是好样的！他治病已经有点名气了。好，那我也不耽搁您的时间了，”他又对办事员说，“您愿意说说您要办的事吗？你要注意，罗佳，这已经是他们营业所第二次来人了，只是上次来的不是这一位，而是另一位，我跟他谈过话。上次你们那儿是派谁来的？”

“大概是前天吧，对了，先生，那个人是阿列克塞·谢敏诺维奇，也在我们营业所任职，先生。”

“不过他较您精明点，您觉得是这样吗？”

“是，先生，他确实老练点，先生。”

“这话说得好。嗯，您继续说下去吧，先生。”

“阿法纳西·伊凡诺维奇·瓦赫鲁兴这个人，想来，您听说过不止一次，如今他经您妈妈请求，托我们营业所交给您一笔汇款，”办事员直对着拉斯柯尔尼科夫开口说，“如果您处在头脑清楚的情形下，我就把三十五卢布交给您，因为谢敏·谢敏诺维奇得到阿法纳西·伊凡诺维奇的通知，说他受您妈妈的请托照以前那样把这笔款项汇给您。请问，您认得他吗？先生？”

“是的……我记得……瓦赫鲁兴……”拉斯柯尔尼科夫沉思地说。

“你听见了，他认得商人瓦赫鲁兴！”拉祖米欣叫道。“他怎么能说是头脑不清楚？不过，我现在才发现，您也是个精明的人。好啊！聪明话听起来总是愉快的。”

“就是他，阿法纳西·伊凡诺维奇·瓦赫鲁兴。以前有一次，在您妈妈请求下，他照这样汇给您一笔钱，因此这一次他也没有拒绝前几天从当地通知谢敏·谢敏诺维奇，要他转交您三十五卢布，先生希望于您不无小补。”

“您这句‘希望于您不无小补’说得再好不过了，‘您妈妈’也说得不坏。嗯，那么依您看来，怎么样，他的神志是不是十分正常呢，啊？”

“依我看来，还有什么可说的呢。喏，只是他得签上名才成，先生。”

“他大笔一挥就签完了！你是不是带着簿子呢？”

“有簿子，就在这儿，先生。”

“您拿过来。好，罗佳，你起来。我扶着你。你给他签上个拉斯柯尔尼科夫，拿着笔，因为，老兄，现在钱对我们比糖浆还甜呢。”

“我不要！”拉斯柯尔尼科夫说，推开那管笔。

“什么叫‘不要’？”

“我不签名。”

“咦，见鬼，不签名怎么行？”

“我不要……钱……”

“钱都不要！哼，老兄，你这是胡说，我敢做证！您别担心，劳驾，他这是随便说说……又天南海北地瞎聊了。不过，他醒着也常说胡话……您是个明白事理的人，我们来管住他，也就是干脆拉住他的手，那他就会签名了。您动手吧……”

“不过，我可以下一回再来，先生。”

“不用，不用，何必多惊动您呢。您是个明白事理的人……喏，罗佳，别耽误客人的时间了……你瞧，他等着哪。”说完，他认真准备拉着拉斯柯尔尼科夫的手。

“放开我，我自己来……”拉斯柯尔尼科夫拿起笔，在簿子上签了名。

办事员取出钱来，放下，走了。

“好得很！那么现在，老兄，要吃点东西吗？”

“要。”拉斯柯尔尼科夫回答说。

“你们有菜汤吗？”

“有昨天剩下的。”娜斯达霞回答，她一直站在那儿没走。

“菜汤里有土豆和米饭吗？”

“有土豆和米饭。”

“我知道准有。那你把菜汤拿来，再把茶也拿来。”

“我去拿。”

拉斯柯尔尼科夫瞧着这一切，暗自感到深深的惊讶，和茫然的、毫无理性的恐惧。他决定不说话，等着看以后会怎么样。“我似乎没有神志不清，”他想，“这好像是真事……”

过了两分钟，娜斯达霞端着菜汤回来，申明说茶也马上送来。除菜汤外，还有两把汤匙、两只汤盆和全副调料瓶：盐瓶、胡椒瓶、抹牛肉用的芥末酱的酱瓶等等，这以前，像这样的排场，已经很久都没有过了。桌布是干净的。

“娜斯达霞，要是普拉斯科维雅·巴甫洛芙娜吩咐送两瓶啤酒来，那倒不坏呢。我们会喝掉的。”

“哼，你啊，机灵鬼！”娜斯达霞嘟哝说，然后就照他的命令去办事。

拉斯柯尔尼科夫仍然惊奇而紧张地冷眼旁观。这时候拉祖米欣笨手笨脚像只熊似的在长沙发上挨着他坐下，尽管拉斯柯尔尼科夫自己能坐起来，拉祖米欣却伸出左胳膊托起他的头，右手把盛着菜汤的汤匙送到他嘴边，事先还对菜汤吹了几口气，免得它烫嘴。可是菜汤只有点温热罢了。拉斯柯尔尼科夫贪馋地吞下一匙汤，然后又吞下一匙，再吞下一匙。可是拉祖米欣喂完几匙菜汤后，忽然停下来，申明说，能不能再喝，先得跟左西莫夫商量一下。

这时娜斯达霞拿着两瓶啤酒走进来。

“你要喝茶吗？”拉祖米欣问拉斯柯尔尼科夫道。

“要。”

“娜斯达霞，快点送茶来吧！因为能不能喝茶的问题，似乎可以不必先问医生了。不过，啤酒来了！”他靠着桌子坐好，把菜汤和牛肉移到跟前，狼吞虎咽地吃起来，就跟三天没吃东西了似的。

“我，罗佳老兄，如今在你们这儿天天这么吃饭，”他嘟哝着说，嘴里塞满牛肉，讲话不那么清楚了，“这都是你那可爱的女房东巴宪卡料理的，她热诚而殷勤地招待我。不用说，我没有硬要求她这么办，不过她这么办了，我也没有抗议。瞧，娜斯达霞端着茶来了。她可真利落！娜斯达西尤希卡，你要喝啤酒吗？”

“去，瞧你说的！”

“那么喝杯茶吧？”

“喝茶倒行。”

“你斟茶吧。慢着，我自己来给你斟茶。你靠着桌子坐下。”

他立刻动手斟茶，然后又另外斟上一杯，丢下饭食，又移过去坐到沙发上。他照先前那样用左胳膊托起病人的头，略为扶起他的身子，开始用茶匙喂他喝茶，又不断地且特别热心地往茶匙上吹气，似乎病人要想痊愈，最主要的解救办法就是吹气这件事。拉斯柯尔尼科夫不作声，不反抗，其实他觉得自己有十足的力量爬起来，在长沙发上坐好，无需别人帮忙，不但能用手拿起调羹或者茶杯，甚至也许能抬腿走路。然而他出于一种奇怪和几乎可以说是兽性的狡黠，却忽然心生一计，暂时把自己的力量掩盖起来，藏而不露，而且，如果必要的话，索性装得头脑还不大清醒，同时从旁瞧着，看下一步还会发生什么事。不过他又按捺不住心头的厌恶，他喝了十来匙茶，忽然把头挣脱出来，使小性子推开茶匙，倒下去，头又落在枕头上。这时候，他头底下确实放着真正的枕头，里面填满羽绒，外面加了干净的枕套，这一点他也察觉到，而且加以注意了。

“应当让巴宪卡今天给我们送点马林果酱来，好给他冲点茶喝。”拉祖米欣说着，回到原来的位子上坐下，又着手喝啤酒，吃菜汤。

“可是她到哪儿去给你弄马林果来？”娜斯达霞问，揸开五根手指头托起茶碟，啃着糖块，小口地喝茶。

“她在小铺里买得到马林果，我的朋友。罗佳，你要知道，这儿出了不少事呢，你病倒了，全不知道。几天前，你用那种骗人的办法从我家里跑掉，连你的住处也不肯说，我忽然冒火了，决定非找到你，给你点苦头吃不可。我当天就开始找。我东奔西走，左打听，右打听！你现在这个住处，我忘了在哪儿，其实呢，我根本没记它在哪儿，因为我压根儿不知道。至于你先前的住处，我只记得在五角巷哈尔拉莫夫的房子里。我一个劲儿找这个哈尔拉莫夫的房子，不料后来才弄清楚，原来不是哈尔拉莫夫的房子，而是布赫的房子。瞧，有的时候把名字全记错了！好，我气得要命。我一生气不要紧，干脆一不做二不休，第二天跑到居民住址查询处去。你猜怎么着，不出两分钟，那儿的人就把你的住处给我找出来了。那儿已经把你登记上了！”

“登记上了？！”

“可不是！不过，我在那儿倒瞧见有个人查柯别列夫将军的住址，怎么也查不着呢。哦，话说得太长了。总之，我一来到这儿，你那些事我就全知道了。所有的事，老兄，所有的事，我统统知道了。喏，娜斯达霞都看见的。我认识了尼科丁·佛米奇，伊里亚·彼得罗维奇也经人引见了，至于扫院人啦、本地警察分局的办事员亚历山大·格利果利耶维奇·扎麦托夫先生啦，我也都认识了。另外我还认识了女房东巴宪卡，这可是最大的成功。喏，娜斯达霞都知道。”

“你为了讨她喜欢，给她灌了不少糖水。”娜斯达霞嘟哝着说，调皮地笑笑。

"您顶好还是把糖放在茶里喝了，娜斯达霞·尼基佛罗芙娜。"

"嗨，你这个鬼东西！"娜斯达霞忽然叫道，扑哧一笑。"可是我叫彼得罗芙娜，不是叫尼基佛罗芙娜。"她笑完了，突然补充说。

"以后我注意点就是……嗯，是啊，老兄，我不说废话了，干脆讲吧：起初我恨不得把这儿样样东西都通上电流，好把这地方的偏见一下子烧光才好，可是女房东巴宪卡弄得我打消了这个念头。老兄，我再也没料到她是那么……avenante[1]……啊？你认为如何？"

拉斯柯尔尼科夫虽然用不安的眼光盯住他，一刻也不放松，可是没作声。这时候他仍然固执地瞧着他。

"而且简直迷人得很呢，"拉祖米欣接着说，虽然对方保持沉默，他也毫不发窘，倒好像已经得到回答，而且随声附和似的，"简直各方面都完美无缺呢。"

"嘿，坏坯子！"娜斯达霞又叫道，这场谈话显然使她感到说不出的高兴。

"糟糕的是，老兄，你从一开头就没能把事办好。你应付她的办法不对头。要知道，她具有可以说是极其出人意料的性格！哦，关于性格问题，不妨以后再谈……不过，比方说，你怎么会把局面闹得那么僵，她竟然不给你送饭来吃了呢？或者，比方说，那张借据是怎么回事？你居然立了那么个借据，莫非你疯了！或者，比方说，当初女房东的女儿娜达丽雅·叶果罗芙娜在世的时候，你原打算跟她成亲的事……我全知道！不过，我明白，这是件不便多谈的事，我却蠢得跟驴一样，希望你原谅我才好。可是，我要顺便谈一下愚蠢。你认为怎样，其实普拉斯科维雅·巴甫洛芙娜丝毫不像乍看上去得到的印象那样愚蠢，啊？"

---

1. 法语：迷人。

“是的……”拉斯柯尔尼科夫慢吞吞又含糊地说，眼睛看着一旁。不过他明白，还是把这场对话谈下去为好。

“不是这样吗？”拉祖米欣叫道，听到回答显然很高兴，“不过她也不能算是聪明，啊？完全预料不到的性格，完全预料不到啊！请你相信，老兄，我有时都不知怎么好了……她一定足有四十岁了。她却说她三十六岁，而且她有充分的权利这么说。不过，我向你发誓，我对她的评判大半具有抽象思维的性质，纯粹出于玄学的观点，老兄，我们之间的关系有点象征主义色彩，就跟你那个代数一样！我一点也弄不懂！哦，这都是些废话。反正她看出你不再是大学生，家教的工作也丢了，衣服也没得穿了，她那位小姐去世后，她也不用再把你看成亲戚，她就忽然发怵了；又因为你躲在自己屋里不出来，旧有的关系没保持下来，她就起意把你从住处赶走。她早就打定这个主意了，可又舍不得丢掉那张借据。况且你自己向她保证，你妈妈会还钱的……”

“我品性恶劣才说了这话……我母亲本人也差点沿街讨饭……我说谎是为了要人家仍旧供我住处……供我吃喝。”拉斯柯尔尼科夫清楚地大声说。

“你这么做很有道理。只是问题在于这当儿偏偏跳出个切巴罗夫先生，他原是七品文官，又是个很会办事的人。缺了他，巴宪卡什么主意也想不出来，她为人很腼腆。可是办事的人却不腼腆，当然，他头一件事就是提出问题：凭那张借据要债有没有希望？回答是‘有’，因为他有那么个妈妈，她会从一百二十卢布年金里拿出钱来挽救罗佳，哪怕她自己挨饿也在所不惜，另外他还有那么个妹妹，她为了哥哥甘愿卖身为奴呢。他听了这话，就有了根据……咦，你怎么动弹起来了？老兄，你那些私密的事现在我全知道了，当初你把巴宪卡当作亲戚，推心置腹讲给她听的那些话，都没有白说，不过我现在是因为爱惜你才讲出来的……问题就在这儿：一个感情丰富的老实人推心置腹地讲话，可是实事求是的人却一边听一边咬你，后来干脆吞下肚去完事。喏，她就把借据让给那个切巴罗夫，算是付给他的钱，切巴罗夫呢？毫不客气，报到官府去逼你还债。我一听明白这件事，为了不受良心责备，本想也给他通上电流，烧死他完事，可是那当儿我跟巴宪卡已经很熟，我就叫她撤销这件事，也就是从根本上打消它，而且担保你一定会还钱。我替你做了保，老兄，听明白了吗？我们就把切巴罗夫叫来，塞给他一张十卢布钞票，把借据收回来了。现在呢，我荣幸地把它献给您。现在他们相信您[1]的话了。好，请您收下，不过已经让我狠狠地撕破了。”

拉祖米欣把那张借钱的字据放在桌上。拉斯柯尔尼科夫瞧了他一眼，一句话也没说，翻过身去，脸对着墙。拉祖米欣简直浑身不自在了。

“老兄，”过了一分钟，他说，“我看，我又干出蠢事来了。我本想叫你散散心，讲些话来给你解闷，不过，似乎我反而把你惹恼了。”

“先前我在昏迷当中没认出来的，就是你吗？”拉斯柯尔尼科夫也沉默一会儿，然后问道，却没有回过头来。

“是我，特别是有一次我把扎麦托夫带来，简直把你气得发疯。”

“扎麦托夫？……警察分局的办事员？……带他来干什么？”拉斯柯尔尼科夫很快地转过身来，定睛瞧着拉祖米欣。

“你这是怎么了？……干吗着急？他打算跟你交个朋友，这是他自己的心意，因为我们谈了许多关于你的事……要不然我从谁那儿知道那么多你的事呢？老兄，他为人挺好，挺可爱，出色极了……当然，这只是从某一点来说罢了。现在我们成了朋友，几乎天天见面。要知道，我已经搬到这个地区来住了。你还不知道吧？我刚刚搬来。我跟

1. 书中人物对话，常有“你”与“您”前后不统一的情况出现，原文如此，恕不一一指出。

他一块儿到拉维扎那儿去过一两次。拉维扎你记得吧，拉维扎·伊凡诺芙娜？”

“我在昏迷当中说出过什么胡言乱语吗？”

“可不是！鬼话连篇哟，先生。”

“我都胡说些什么了？”

“嘿！胡说些什么？大家都知道人们胡说起来嘴就没个遮拦了……好，老兄，现在我不能再耗费时间，要去干正事了。”

他离开椅子站起来，拿起帽子。

“我都胡说些什么了？”

“哎，他问个没完了！莫非你害怕泄露什么秘密？不要担心：你一个字也没提到伯爵小姐。喏，你讲起什么哈巴狗，讲起戒指，还有什么表链啦，克烈斯托夫斯基岛啦，某某扫院人啦，还提到尼科丁·佛米奇，提到副局长伊里亚·彼得罗维奇，说得可多了。是啊，除此以外，不瞒你说，你甚至对你自己那双袜子也很感兴趣，很感兴趣呢！您哀叫，口口声声说：把袜子拿给我。扎麦托夫亲自搜遍各处，找你的袜子，伸出他那双洒满香水、戴着戒指的手把那双破袜子拿给你。你这才放了心，而且就此双手抓住那双破袜子不放，整整拿了一昼夜，别人要夺也夺不走。大概眼下也还在你被子底下什么地方藏着呢。另外你还要什么裤子的碎边，而且眼泪汪汪地求个没完！我们就紧紧追问：究竟是什么样的碎边？可是怎么也问不清楚……好，那么谈正事吧！喏，这儿是三十五卢布：我从中拿去十卢布，至于拿去干什么用，我过一两个钟头再来报账。同时我要通知左西莫夫，叫他来一趟，其实不通知，他也早该到这儿来了，因为现在已经十一点多了。您呢，娜斯达霞，我不在，您常来看看他，问他要喝点什么茶或者别的东西……至于巴宪卡那边，我自己马上去告诉她需要些什么。再见！”

“他叫她巴宪卡呢。嘿，你这个机灵鬼！”娜斯达霞在他走后说，然后推开门，开始倾听，可是又忍耐不住，索性自己跑下楼去了。她很想弄明白他在那儿跟女房东都谈些什么，再者，大体上可以看出来，她已经完全迷上拉祖米欣了。

她刚刚随手带上身后的房门，病人就掀开身上的被子，像个疯子似的，从床上跳下来。他一直心急火燎地巴望他们快点走掉，好趁他们不在，立刻跑去办他的事。可是，办什么事，究竟办什么事呢？他的记性却好像捉弄他似的：他偏偏忘掉了。

“主啊！只求你告诉我一点：那件事他们都知道了呢，还是仍然不知道？万一他们已经知道，只是趁我卧病在床，装作不知道，要逗弄我，等到将来，却突然一下子走进来，说他们早已什么都知道，只是装得这样罢了，那可怎么好？……那么现在该做什么呢？我偏偏忘了，这记性就跟故意捣乱似的。我忽然忘了，可是刚才还记得呢！……”

他在房间中央站住，带着痛苦的困惑心情看一下四周，然后走到房门跟前，推开门，侧耳倾听，可是他该做的不是这些。突然，他似乎记起来了，就往壁纸里有窟窿的墙角跑去，把手伸进窟窿，摸索一阵，可是这也不是该做的事。他走到火炉跟前，揭开炉门，开始摸炉灰，不料裤脚的碎块和扯破的衣袋碎片仍然留在那儿没动，跟先前丢在那儿的时候一样，那么可见谁也没查看！这当儿他想起拉祖米欣刚才说过的那双袜子。果然，袜子就放在长沙发上棉被底下，不过已经揉破，很脏，当然扎麦托夫什么也看不出来了。

“哎呀，扎麦托夫！……办事处！……他们为什么把我叫到办事处去？通知书在哪儿？哎呀！……我弄混了，这是那一次他们叫我去的，那一次我也检查过袜子，可是现在……现在我生了一场病。不过扎麦托夫到这儿干什么？拉祖米欣把他带到这儿来干什么？”他衰弱无力地喃喃道，又在长沙发上坐下。“这究竟是怎么回事呢？我是仍然在胡说呢，还是真有其事？似乎是真有其事……啊，我想起来了，必须跑掉！快点跑掉，一定得跑掉，非跑掉不可！可是……可是，跑到哪儿去呢？我的大衣在哪儿？皮靴没有了！人家拿走了！藏起来了！我明白！哦，大衣在这儿，这是他们没瞧见！钱也在桌子上，谢天谢地！借据也在这儿……我现在拿着钱，走掉，另租一个寓所，他们就找不着了！……是的，可是居民住址查询处呢？他们会找到我！拉祖米欣也会找到的。不如干脆逃之夭夭……逃得远远的……逃到美国去，看他们有什么办法！借据也带上……它在那儿用得着。另外还要带点什么？他们当我生病了！他们却不知道我走得动路，嘿嘿嘿！……我从他们的眼神猜得出他们已经全知道了！我只要跑下楼梯去就成！万一他们派了人，派了警察在楼下守着可怎么办？这是什么，茶吗？瞧，还剩有啤酒，半瓶，是凉的！”

他拿起还剩有啤酒的瓶子，倒了满满一杯，很享受地一口气喝干，像在浇灭胸中的烈火。可是不出一分钟，酒就上了头，一股轻松以至愉快的凉意顺着脊背流下去。他躺下，拉过被子来盖在身上。他的思路本来就显得病态，不连贯，这时候就越来越乱了，不久就有一种轻松愉快的睡意来到他身上。他带着舒适的快感把头在枕头上放稳，把暖和的棉被在身上盖盖紧，现在他已经不用原先那件破大衣，而是盖上棉被了。他轻轻吐口气，睡着了，而且睡得那么踏实、酣畅，有益于病体。

他听见有人向他屋里走来，就醒了，睁开眼睛，看到拉祖米欣将房门敞开，在门口站住，举棋不定，不知该不该进来。拉斯柯尔尼科夫在长沙发上很快地欠起身来，看着他，仿佛极力回想什么事似的。

“啊，你没睡着。喏，我来了！娜斯达霞，把那包东西拿来！”拉祖米欣对楼下喊了一声。“现在你听我报账吧……”

“现在几点钟？”拉斯柯尔尼科夫问道，不安地往四处看。

“是啊，老兄，你睡得很香：眼下已经傍晚，快六点了。你睡了六个多小时呢……”

“主啊！我这是怎么了！……”

“这有什么关系？这对你身体有好处嘛！你急着要到哪儿去？跟女人有约会还是怎么的？现在时间全由我们支配。我已经等了你三个钟头。我来过两次，你都睡着了。我去看过两次左西莫夫，他老是不在家！不过也没关系，他会来的！……我还去办了我自己的事。要知道，我今天才搬完，跟舅舅一起搬过来。现在我舅舅就住在我家里……哦，不说废话了，言归正传吧！……你把那包东西拿过来，娜斯达霞。喏，我们马上就把它解开……老兄，你觉得身体怎样？”

“我身体挺好。我没病……拉祖米欣，你在这儿待了很久吗？”

“我说过，我一直等了三个钟头。”

“不，先前呢？”

“什么，‘先前’？”

“你是什么时候到这儿来的？”

“可是刚才我不是已经跟你讲过，莫非你不记得了？”

拉斯柯尔尼科夫沉思不语。刚才的事在他心目中像是个梦。他自己怎么也想不起来，于是就瞧着拉祖米欣，露出疑问的神情。

“哼！”拉祖米欣说，“你忘了！上午我就觉得你不大正常……现在你睡了一觉，好多了……确实，看上去你太好了。你真行，好，现在来谈正事！那些事你马上就会想起来。你瞧瞧这儿！亲爱的人。”

他动手解开那包东西，显然他对那包东西非常感兴趣。

“信不信由你，老兄，我对这件事特别关心。因为总得叫你像个样子嘛。我们就从上边的东西看起吧。你瞧见这顶便帽吗？”他开口说，从包袱里取出一顶帽子，它相当好，同时又很普通，价钱也便宜。“我来给你戴着试一试看！”

“过一会儿再试，以后再说吧。”拉斯柯尔尼科夫说，带着怨气挥一下手。

“不，罗佳老兄，不要闹别扭，以后再试就迟了，再者我也会一夜都睡不着觉，因为我事先没量尺寸，凭感觉买的。刚刚正好！”他给拉斯柯尔尼科夫试了试帽子，得意地叫道，“尺寸刚刚合适！人的装束当中，老兄，最要紧的就是头上戴的东西，在某种程度上说它无异于自我介绍。我的朋友托尔斯恰科夫每次走进什么公共场所，虽然别人都戴着形形色色的帽子站在那儿，他却不得不脱掉他的帽子。大家以为这是奴性的表现，其实这只是因为他为自己的‘鸟巢’而感到害羞：他就是这么个容易害羞的人！好，娜斯达霞，你看看这两种头上戴的东西：这种‘帕默斯顿’[1]（他从大衣架上拿来拉斯柯尔尼科夫原来那顶变了形的圆帽，不知什么缘故把它叫作帕默斯顿），和这顶精致的工艺品你看哪一顶好？你估价看看，罗佳。娜斯达西尤希卡，你看这是花多少钱买的？”他看见拉斯柯尔尼科夫不开口，就对她说。

“我看也就是二十戈比。”娜斯达霞回答说。

“二十戈比？蠢货！”他叫道，生气了，“如今就是买你，花二十戈比也买不来呀。这要八十戈比！而且这还因为它是旧货。不错，买的时候讲好了条件：这一顶戴坏了，明年可以白换一顶，真的！好，现在我们来看看‘美利坚合众国’[2]，这是我们的中学生们的说法。我要先说一句，这条裤子我买得很得意！”说完，他在拉斯柯尔尼科夫面前摊开一条灰色长裤，是夏季的薄毛料做的。“既没有窟窿，也没有污渍！虽然是旧货，可是挺不错。还有这么件背心，同一个颜色，如今流行这样。虽然说经别人穿过，老实说，那倒更好：料子反而软些、柔和些了。你要知道，罗佳，人要在世上闯荡，按我的看法，就得老是注重季节，要是一月间你不吃发须菜，你钱包里就能存下好几个卢

1. 原指一种大衣，因英国著名外交家帕默斯顿穿过而得名，在这儿指过时的东西。
2. 指长裤，英文the States（美国）中的States和俄文 штаны（裤子）发音相近。

布，我买这些东西也是这样。如今是夏天，我就买夏天的穿戴，因为到秋天反正得穿厚点的衣服，夏天的就只好丢掉……特别是到那时候这些衣服就自然而然作废了，因为你也许有了钱，比以前讲究了，再不然就是衣服本身不合体了。好，你估一估价吧！依你看来，要花多少钱？只要两卢布二十五戈比罢了！而且你要记住，还有刚才说的那种条件：你穿坏了，第二年就白换一身！费佳耶夫的铺子素来这样做生意：你付过一次钱，就够一辈子穿的，因为你自己也不会去第二趟了。好，现在来看看皮靴。怎么样？是啊，这看得出是旧货，不过总还能顶两个月，因为这是外国的货色，外国的做工，英国大使馆秘书上星期送到旧货市场去的，一共只穿过六天，可是他急着等钱用。价钱是一卢布五十戈比。上算吧！”

“可是也许不合脚！”娜斯达霞说。

“不合脚！这可是什么？”说完，他从盒子里取出拉斯柯尔尼科夫的一只旧皮靴，皮子粗硬，粘满干了的泥，破了窟窿，“我是带着这个东西去的，他们按这只怪物认真量过尺寸。整个这件事我是真心诚意做的。至于内衣，我也跟女房东商量妥了。喏！第一，头三件衬衫，粗麻布的，然而前胸要按时兴的款式做……好，咱们算一算账：帽子一顶是八十戈比，衣服之类是两卢布二十五戈比，总共三卢布五戈比，还有皮靴一双……因为货色很好……是一卢布五十戈比，加起来是四卢布五十五戈比。另外，内衣总共五卢布，是一揽子成交的。一共是九卢布五十五戈比。这是找回来的四十五戈比，都是五戈比的铜钱，请收下。这样，罗佳，你现在的衣服算是周全了，因为照我看来，你的大衣不但还可以用，甚而还有点特别体面的气派，不愧是在夏美尔服装店定做的！至于袜子和其他的东西，我统统交给你自己去置办，反正还剩有二十五卢布。讲到巴宪卡和房钱问题，你自管放心。我跟你说，她答应你欠的债可以无限期地拖下去。那么，现在，老兄，让我给你换一换内衣，因为说不定病魔现在还藏在你的衬衫里呢……”

“走开！我不要换！”拉斯柯尔尼科夫挥着手说。他一直带着厌恶的心情听拉祖米欣用紧张而诙谐的口吻报告他购买衣服的经过。

“老兄，这可不行，我东奔西跑，磨破我的靴子，都是为了什么呢！”拉祖米欣坚持说。“娜斯达霞！别害臊！帮帮我的忙。好！这就行了！”他不顾拉斯柯尔尼科夫的抗拒，仍然给他换了内衣。拉斯柯尔尼科夫把头倒在枕头上，有两分钟光景什么话也没说。

“他还会纠缠很久呢！”他暗想。

“买这些东西的钱都是打哪儿来的？”他瞧着墙终于问道。

“钱？瞧你说的！用的是你自己的钱嘛。不久前瓦赫鲁兴那儿派了个办事员来，你妈妈拿钱来了。莫非你忘了？”

“现在我想起来了……”拉斯柯尔尼科夫经过长久而郁闷的沉思后说道。拉祖米欣皱起眉头，不安地看着他。

这时候房门开了，走进一个高大而壮实的男人，看外表，拉斯柯尔尼科夫似乎也有点认识。

“左西莫夫！总算来了！”拉祖米欣叫道，高兴起来。

第四章

左西莫夫是个又高又胖的人，脸虚胖，脸色很白，没血色，胡子刮光，浅黄色头发硬直，戴着眼镜，胖得滚圆的手指上戴着大金戒指。他大约二十七岁。外面穿着肥大而讲究的薄大衣，下身穿一条夏季的浅色长裤。一般说来，他周身上下的衣服都肥大而讲究，而且簇新。他的内衣整齐得无懈可击，表链又粗又重。他举止缓慢，仿佛无精打采，同时又极力显得随随便便。他自视很高，虽然极力掩盖，却随时流露出来。所有认识他的人都觉得他难以相处，可是大家都说他精通医道。

“我，老兄，到你家里去过两趟……你瞧，他清醒过来了！”拉祖米欣叫道。

“我看见了，我看见了。哦！那么你现在觉得身子怎么样，啊？”左西莫夫对拉斯柯尔尼科夫说，定睛瞧着他，随后在长沙发上挨着他脚旁坐下，立刻手脚伸开，尽量坐得舒服点。

“可是他一直心情忧郁。”拉祖米欣接着说。“刚才我们给他换内衣，他差点哭出来呢。”

“这是可以理解的。既然他不愿意，本来可以过一阵再换衣服……他的脉搏挺好。你仍旧有点头痛吧，啊？”

“我好了，我完全好了！”拉斯柯尔尼科夫再三申明，气愤地说，忽然在长沙发上抬起身子，两眼闪闪发光，可是又立刻倒在枕头上，翻转身去，脸对着墙。左西莫夫凝神观察他。

“很好……一切都正常。”左西莫夫懒洋洋地说。“他吃过什么东西吗？”

他们就对他讲了讲，然后问他病人可以吃些什么。

“什么都可以给他吃……菜汤啦，茶啦，都可以……当然，香菇和黄瓜不能吃，还有牛肉也不行，还有……哎，何必多说呢！……”他跟拉祖米欣互相看了一眼。“药水不用再吃，什么药水都不要了。明天我再来看一下……今天再来看一下也行……嗯，是啊……”

“明天傍晚我带他出去散散步，”拉祖米欣决定说，“先到尤苏波夫花园走走，然后再到‘水晶宫’走走。”

“换了是我，明天就不会叫他动，不过……略为走动一下也未尝不可……好，到那时候再看吧。”

“唉，真糟，今天我家里正巧要贺乔迁之喜，我的新居离这儿只有几步远。他要能去才好，哪怕躺在长沙发上跟我们一起热闹热闹也好。你总会来吧？”拉祖米欣忽然对左西莫夫说。“留神，别忘了来，你答应过的。”

“也行，或许去得迟点。你准备了什么？”

“没有什么，无非是茶啦，白酒啦，鲱鱼啦，还有馅饼。聚会的都是我们自己人。”

“到底是谁呢？”

“都是住在这一带的人，几乎都是新朋友。不错，我的老舅舅也许应当除外，不过就连他也是新人。他昨天才到彼得堡，来办点事。我们五年才见一次面。”

“他是干什么的？”

“他在县里混了一辈子邮政局长……如今在领养老金，六十五岁了，没什么值得一提的……不过，我倒喜欢他。波尔菲利・彼得罗维奇也会来：他是本地警察分局管侦讯工作的科长……学法律的。是啊，你认识他……”

“他也算是你的一个亲戚吧？”

“很远很远的亲戚。可是你干吗皱眉头？就因为你们吵过一次架，也许你就不想来了吧？”

“我才没把他放在眼里呢……”

“那顶好了……哦，另外还有几个大学生、一个教授、一个文官、一个乐师、一个军官和扎麦托夫……”

“告诉我，老兄，你也罢，他也罢，”左西莫夫往拉斯柯尔尼科夫那边点一下头，“跟扎麦托夫之流有什么共同点呢？”

“哎，你们这些爱挑刺的家伙！老是讲原则！……是啊，你简直离不开原则，就跟要由弹簧推着才能活动似的，你连按自己的心意转动一下身子都不敢。照我的看法，人好，这就是原则，别的我一概不想过问。扎麦托夫就是个极好的人。”

“但就是手不干净。”

“哼，他的手干净不干净，我才不去管呢！就算他接受贿赂，那又怎么样！”拉祖米欣忽然嚷起来，有点做作地发火了，“难道我对你称赞过他接受贿赂吗？我只是说从某一点来看他是个好人罢了。要是不管三七二十一，非从各方面看人不可，那么世上还能剩下几个好人呢？是啊，那样一来，我相信我总共也就值一个烤葱头的价钱了，而且还得把你也搭上！……”

“这太少了，我倒肯出两个烤葱头的价钱买下你呢……”

“可是要我买你，就只出一个烤葱头的价钱！居然还有心思开玩笑呢！扎麦托夫还是个孩子，我甚至可以揪住他的头发揍他一顿；所以应该把他拉过来，而不是把他推出去。把人推出去就没法把人改好，尤其是孩子。对待孩子得加倍小心。唉，你们这些进步的蠢材，什么也不懂！不尊重别人就等于损害自己……可是，不瞒你说，我和扎麦托夫之间倒真有一件共同关心的事在办呢。”

“我很想知道是什么事。”

“就是一件有关油漆匠的事，也就是有关一个油漆工人的事……我们一定会把他救出来！反正现在已经没有什么问题了！现在事情十分清楚，十分清楚了！我们只要加把劲就行。”

“还有什么油漆工人？”

“怎么，难道我没讲过？真的没讲过？哦，想起来了，我只对你讲了个开头……喏，就是放高利贷的老太婆，那个文官太太被杀害的案子……是啊，如今把一个油漆工人也牵连进去了……”

“这起凶杀案我早在你讲起以前就听说了，我甚至对这起案子发生了兴趣……多多少少……是由于一种缘故……而且我在报上也读到过……喏……”

“丽扎维达也给杀死了！”娜斯达霞突然对拉斯柯尔尼科夫冒出这么一句。她一直待在房间里没走，靠紧门旁，听着。

“丽扎维达？”拉斯柯尔尼科夫几乎不出声地嘟哝说。

“就是那个女小贩，丽扎维达，难道你不认识吗？她常到这楼下来。”

拉斯柯尔尼科夫转过身去，脸对着墙，肮脏的黄色壁纸上画着些小白花，他选中一朵难看的、勾画着些棕色纹路的小白花，开始观察它有多少片花瓣，花瓣上有几个小缺口，一共勾画了多少纹路。他觉得胳膊和腿麻木，就跟瘫痪了一样，然而他并不想动弹，一味瞧着那朵小花。

“哦，那油漆工人又怎么样呢？”左西莫夫打断娜斯达霞的闲扯，流露出特别不满意的神情。娜斯达霞叹口气，不作声了。

"把他也当成杀人犯了!"拉祖米欣激动地接着说。

"莫非有什么罪证?"

"哪里有什么罪证!不过,倒真是凭罪证把他抓去的,只是那种罪证不成其为罪证,还需要加以证明才行呢!这简直就像起初他们怀疑而且抓走了那两个人一样……他们叫什么来着?……哦,柯赫和彼斯特里亚科夫。呸!这些事干得多么蠢,甚至从旁看着都觉得恶心!彼斯特里亚科夫今天也许要到我家里来……顺便说一句,罗佳,这件事你已经知道了,它发生在你得病之前,正好发生在警察分局里的人谈起这件事,而你晕倒在办事处里的前一天……"

左西莫夫好奇地瞧着拉斯柯尔尼科夫。拉斯柯尔尼科夫没有动弹。

"你知道吗,拉祖米欣,在我看来你可真是个大忙人。"左西莫夫说。

"就算是这样吧,可是反正我们要把他救出来!"拉祖米欣叫道,一拳头捶在桌子上。"是啊,最使人气愤的是什么?并不是他们胡说。胡说总可以原谅,胡说是好事,因为到头来,胡说倒往往能启发人了解真情。这无所谓,使人气愤的是他们不但胡说,而且还崇拜自己的鬼话。我尊敬波尔菲利,可是……话说回来,例如,最初是什么东西把他们弄昏了头的?房门本来关着,可是临到把扫院人带来,房门却又开了,那么可见柯赫和彼斯特里亚科夫杀了人!瞧,这就是他们的逻辑。"

"你别冒火,他们不过是遭到暂时扣留罢了。不这么办也不行……顺便说一句,这个柯赫我倒见过,他本来就常在老太婆那儿买过期不赎的物品吧,啊?"

"对,他是个骗子手!就连过期没还的借据他也买。他做这种买卖。不过,滚他的!说到底,我是为什么生气,你明白吗?我生气的是他们那套办事章法老掉了牙,俗不可耐,粗枝大叶……其实,单是办这起案子，就可以开辟一条十足的新道路。人们只凭心理学就可以指出应该怎样做才能发现真的线索。可他们说：‘我们有事实！’可是光有事实还不够，至少问题有一半在于你会不会运用那些事实！”

“那么你会运用事实？”

“当你感到，分明感到，你能对这起案子有所帮助时，你总不能不说话，要是……啊！……你知道案子的详细情形吗？”

“我正等着听有关油漆工人的事呢。”

“啊，行！好，你听听这件事吧。凶杀案发生后的第三天上午，他们本来正忙着要柯赫和彼斯特里亚科夫招供……其实那两个人已经说出他们的一切行动，事情是再明显也没有了！……不料这时候出了一件极其意外的事。有个本来是农民的杜希金，在那所房子对面开着一家小酒铺，这时候到警察分局来，带着一只首饰盒，里面装着一副金耳环。他一五一十地讲起来：‘前天傍晚，约莫刚过八点钟，’那日子和钟点！你注意到没有？‘有一个干油漆行当的工人跑到我这儿来，名叫米科莱，他白天就已经到我酒馆里来过。这次他给我拿来只小盒，里头装着一副金耳环和一些小宝石，要当给我，讨价两卢布。我问他：你是从哪儿弄来的？他口口声声说，是在人行道上捡来的。我就没再问他，’这话是杜希金说的，‘我给了他一张票子，’也就是一卢布，‘因为我想，他不当给我也会当给别人，当来的钱反正买酒喝了完事，那还不如当给我的好。俗语说得好：越放得远，越容易找。万一出了什么事，有什么风声，我就把它上缴到警察局来。’嗯，当然，这都是睁着眼说梦话，满嘴胡扯，因为我认识这个杜希金，他自己就干典当的买卖，窝藏贼赃。他从米科莱手里骗来三十卢布的物品绝不是为了‘上缴’。他不过是胆小怕事罢了。可是，去他的吧！你听我说，杜希金继续讲道：‘我从小就认识这个乡下人米科莱·杰缅季耶夫，我们同在一个省，而且都是扎拉依斯基县的，我们都是梁赞人。米科莱虽说不是酒鬼，可是也少不了喝几杯，我知道眼下他正跟米特莱一块儿，就在那所房子里干活，油漆房间，他跟米特莱也是同乡。他一拿到那张票子，马上就破开，一连喝下两大杯，收下找回的零钱，走了。当时他是一个人来的，我没瞧见米特利[1]。第二天我听说阿辽娜·伊凡诺芙娜和她妹妹丽扎维达·伊凡诺芙娜让人拿斧头砍死了。我认识她们。于是我想到耳环就起了疑心，因为我知道那死去的女人是凭人家来当物品才借给人钱的。我就到那所房子去找他们，小心地摸一下底，悄悄地走过去，头一句就问：米科莱在吗？米特利就说，米科莱昨天喝了不少酒，天亮才回来，醉醺醺的，在屋里约莫待了十分钟，又出去了，这以后米特利再也没瞧见他，就一个人把活干完了。他们在二楼干活，那道楼梯正好通到死者的住处。当时，我听完他的话，一句也没跟外人说，'这是杜希金讲的，'不过凶杀案的事我尽力打听了一下，随后就回家去了，心里还是怀疑。今天早晨八点钟，'这指的是第三天了，明白吗？'我看见米科莱到我这儿来了。他已经喝过酒，不过还不能说是大醉，别人讲的话还能听明白。他在长凳上坐下，不吭声。当时酒店里，除了他以外，只有一个外人，还有我的一个熟人躺在长凳上睡觉，另外还有我们的两个学徒。我就问："你看见米特莱了吗？"他说："没有，没看见。"我问："你一直没回来？"他说："从前天起就没回来。"我问："那你昨天晚上在哪儿过的夜？"他说："在彼斯吉，跟柯罗缅斯基那伙人一块儿。"我问："那么耳环，你当初是从哪儿弄来的。"他说："在人行道上捡到的。"可是他说这话，神色好像不对，眼睛也没瞧着我。我说："就在那天傍晚，那个时辰，那道楼梯上，出了那么一件事，你听说了吗？"他说："没有，没听说。"他一面听我说话，一面瞪大眼睛，脸色忽然变得煞白，像白粉一样。我正对他说那

1. 即米特莱。

件事，一瞧，他拿起帽子，站起来要走。这当儿我想留住他，就说：“慢着，米科莱，你不想喝两杯？”我就对学徒使个眼色，要他守住大门，我自己从柜台后面往外走，不料他赶紧躲开我，往外一蹿，到了街上，拔腿就跑，拐进一条巷子里去了，从此我就再也没看见他。这当儿我的疑团才算解开，因为这明明就是他干的……’”

“可不是! ……”左西莫夫说。

“别忙！你先把事情听完！警察局的人，当然，赶快出动捉拿米科莱。他们拘留了杜希金，到他酒馆里搜查一番，把米特利也拘留起来，柯罗缅斯基那边也搜得翻了天。一直到前天才有人把米科莱押回来：他们是在某某城市一家客栈里抓住他的。先是他到那儿去，摘下脖子上的银十字架，用来换一大杯酒喝。人家就把酒拿给他。过了几分钟，一个娘们儿到牛棚去，从板墙的缝隙看见他在隔壁堆房里把他的宽腰带挂在房梁上，拴成一个圈套，在脚下垫上一截木头，他打算把脖子伸进套子里去。娘们儿就扯开嗓门大叫，大家纷纷跑来，说：‘原来你是这样的人！’他就说：‘你们把我送到某区警察分局去，我对一切都认罪。’他们就风光十足地把他押送到某区警察分局去，也就是押送到这儿来了。好，审问开始：这个啦！那个啦！谁啦！怎么样啦！‘你多大岁数?’‘我二十二岁，’等等，等等。人家问：‘某天某钟点，你跟米特利一块儿干活的时候，看见有人走过楼梯吗？’他回答说：‘当然，也许有些人上下楼梯，可是我没注意。’人家又问：‘你听见什么响声和别的声音吗？’他说：‘没听见什么特别的声音。’人家问：‘那你知道不知道，米科莱，某寡妇和她妹妹当天某点钟遭人杀害和打劫了吗?’他说：‘我压根儿不知道，也没理会。我前天第一次在小酒铺里听阿法纳西·巴甫洛维奇说起。’人家问：‘那么你是在哪儿弄到的耳环？’他说：‘在人行道上捡着的。’人家问：‘为什么第二天你没跟米特利一块儿去干活？’他说：‘因为我喝酒找乐子去了。’人家问：‘你上哪儿去喝酒的？’他说：‘在某处和某处。’人家问：‘为什么你从杜希金那儿逃跑？’他说：‘因为当时我吓得没了魂。’人家问：‘你怕什么？’他说：‘怕吃官司。’人家问：‘既然你觉得没犯什么罪，怎么会害怕？……’好，左西莫夫，信不信由你，这些个问题就是这么提的，字字都是原话，我确切知道人家是一字不差地报告我的！你觉得如何？如何？”

“哦，不过罪证还是有的。”

“然而我现在谈的不是罪证，而是那个问题，是他们怎样理解他们的行业！哼，见鬼！……好，他们就这么逼问不停，逼来逼去，最后他总算招认了，说：‘我不是在人行道上捡着的，而是在我跟米特利一块儿干活的房间里捡着的。’人家问：‘究竟是怎么捡着的呢？’他说：‘是这么捡着的，我跟米特利在房间里整整油漆了一天，到八点钟为止，我们正准备下工，米特利却拿起刷子来，往我脸上抹油漆，他抹了我一脸的油漆就跑了，我追着他跑出去。我一边追他，一边扯开嗓门大叫。我们跑下楼梯到了门口，一头撞上扫院人和几位先生，至于一共有几位先生，我记不清了。扫院人为这事生了气，骂我们，另一个扫院人也骂起来，扫院人的老婆走出来，也骂我们。有位先生带着太太，走进院门来，也骂我们，因为我跟米特利横躺在那个地方：我抓住米特利的头发，把他摔倒，揍他，米特利在我身子底下也抓住我的头发，揍我。我们打架不是因为仇恨，而是十分相好，闹着玩的。后来米特利挣脱身子，跑到街上，我又追他，可是没追上，就一个人回到房间里去，因为我得收拾我的东西。我一面动手收拾，一面等米特利，心想或许他会回来。不料在门道里，房门旁边，靠墙的角落里，我一脚踩到一只盒子。我一瞧，盒子在地上放着，包着一层纸。我解开纸包，看见盒子上有些小钩，摘掉钩子一看，没想到盒子里是一副耳环……’”

“房门后边？在房门后边放着？房门后边？”拉斯柯尔尼科夫忽然

叫起来，用混浊而惊恐的目光瞧着拉祖米欣，用手撑着长沙发，慢腾腾地坐起来。

"哦……怎么了？你怎么回事？你这是干什么？"拉祖米欣也从座位上抬起点身子来。

"没什么！……"拉斯柯尔尼科夫回答说，声音轻得几乎听不见，然后又倒在枕头上，又翻过身去，脸对着墙。大家沉默了一会儿。

"他大概是有点睡着了。"拉祖米欣终于说，带着疑问的神情看着左西莫夫。左西莫夫轻轻地摇一下头。

"好，你接着说吧，"左西莫夫说，"后来怎么样了呢？"

"后来怎么样？他一看见耳环，就马上忘了那个房间，忘了米特利，拿起帽子就跑到杜希金那儿去了。这以后，你知道，他从杜希金那儿拿到一个卢布，对他撒了个谎，说耳环是在人行道上捡来的。他立刻喝起酒来。至于凶杀案，他还是咬定以前说过的话：'我压根儿就不知道，也没理会。直到前天才听说。''那你为什么一直没露面？'他说：'我害怕。'人家问：'那你为什么想上吊？'他说：'因为我有个想法。'人家问：'什么想法？'他说：'我怕吃官司。'喏，事情经过就是这样。现在你想想看，他们由此得出了什么结论？"

"这有什么可想的呢？线索有了，好歹总算有了。这是事实。总不能把你那个油漆工人放掉吧？"

"可是要知道，他们现在干脆把他算作凶手！他们已经毫不怀疑了……"

"你胡说，你在发脾气。不过，耳环问题呢？你也会同意，既然耳环在那天，那个钟点，从老太婆的箱子里落到尼古拉[1]的手里……那么你也会同意，那些耳环必是通过某种方式才落到他手里的吧？为查清

1. 即米科莱。

这个案子，这可不算小事呢。”

“怎么落到他手里的！怎么落到他手里的？”拉祖米欣叫起来，“你身为医师，首先就得研究人，你比任何人都有更多的机会研究人的本性，那么你根据这种种资料难道就没看出这个尼古拉的本性是怎么回事？难道你没有从一开头就看出在审问的时候他的供词统统是神圣不可侵犯的真话？他的供词准确地说明了耳环怎样落到他的手里。他脚下踩到盒子，就把它捡起来了！”

“神圣不可侵犯的真话！不过他自己也承认他头一回撒过谎吧？”

“你听我说，要听得仔细点：讲到证人，那么扫院人也罢，柯赫也罢，彼斯特里亚科夫也罢，另一个扫院人也罢，头一个扫院人的老婆也罢，一个当时在扫院人屋里坐着的女性小市民也罢，恰巧那时候从出租马车上下来、胳膊上挽着一位太太的七品文官克留科夫也罢，证人总共有八个到十个之多，他们异口同声地供认说，尼古拉把米特利打翻在地，扑在他身上揍他，米特利揪住尼古拉的头发，也不停地揍他。他们横躺在路上，堵住来往的行人，招得大家纷纷骂他们。可是他们，用证人的原话来说，‘像小孩子似的’，你压住我，我压住你，尖声怪叫，打个不停，哈哈大笑。两个人争先恐后地扬声大笑，脸上也给抹得极其可笑，相互追来追去，像孩子似的，跑到街上去了。你听见了吗？现在你要密切注意：楼上的两具尸体还有热气，你要明白，他们发现尸体的时候，尸体还有热气呢！如果他们杀了人，或者只是尼古拉一个人干的，同时还撬开锁，打劫箱子里的东西，或者仅仅参与过抢劫，那么请容许我只向你提出一个问题：这种精神状态，也就是尖叫啦，大笑啦，孩子般地在门口打打闹闹啦，能够跟斧头，跟鲜血，跟凶恶的奸诈、谨慎、抢劫同时并存吗？他们刚刚杀过人总共只过去五分钟或者十分钟，因为事实正是这样，尸体还有热气呢，不料他们忽然丢下尸体，明知马上会有人到这儿来，却让房门敞开着，丢开贼赃不要，径自像小孩似的在通道上打滚，哈哈大笑，引得人人注目，而且居然有十名证人众口一词！”

“当然，这很奇怪，不用说，这是不可能的，然而……”

“不，老兄，这儿用不着‘**然而**’。那副耳环，那天和那个钟点在尼古拉的手里出现了，就算这确实成了证明他作案的重大事实根据吧，可是他的供词已经把这一点解释得明明白白，因此这仍然是一种**有争议的根据**，况且，此外我们还得考虑那些证明他无罪的事实，特别因为那些事实是**无法否定的**。不过你认为怎样呢，按照我们法学的特征来看，他们仅仅根据心理学方面的不可能，仅仅根据精神状态，他们是否会接受，或者能不能接受这样的事实，把它看作无法否定的事实，认为其足以推翻一切构成有罪的，不管什么样的物证？不，他们不会接受，说什么也不会接受，因为他们找到了小盒，而且那个人又有心上吊，‘要不是他觉得自己有罪，就不会这样干’！这就是关键的问题，我为此才发脾气的！你要明白！”

“我本来就看出你在发脾气。等一等，我忘了问一句：怎么能证明装耳环的小盒确实是从老太婆的箱子里拿出来的？”

“这已经得到证明了，”拉祖米欣回答说，皱起眉头，仿佛不乐意讲似的，“柯赫认得这件物品，说出了典当人的姓名，典当人一口供认那件物品的确是他的。”

“这可糟糕。现在还有一个问题：柯赫和彼斯特里亚科夫走上楼去以后，有人看见尼古拉了吗？这一点能够设法得到证明吗？”

“问题就在这儿，谁也没看见，”拉祖米欣烦恼地回答说，“糟就糟在柯赫和彼斯特里亚科夫走上楼去的时候，自己也没注意那两个工人，不过，话说回来，他们的证词现在已经没有多大价值了。他们说，他们看见那个住所开着门，一定有人在里面干活，可是走过那儿的时候没有留意，记不清那当儿屋里有没有工人。”

“嗯，这样看来，证明他们无罪的唯一根据就是互相打闹和哈哈大笑。就算这是有力的证明吧，不过……现在请容许我问一句：这个事实你怎么解释呢？照尼古拉的说法，他确实是那样捡到耳环的，可是对找到耳环这件事，你做何解释呢？”

“做何解释？这有什么可解释的：事情很清楚嘛！至少，该如何办案的路子已经清楚，指出来了，而且正是那只小盒指出来的。耳环原是真正的凶手掉在地上的。凶手在柯赫和彼斯特里亚科夫敲门的时候，正在屋里待着，扣上了门。后来柯赫一时糊涂，下楼去了，这当儿凶手就跑出来，也跑下楼去，因为他另外没有逃跑的路。他下楼的时候，为了躲开柯赫、彼斯特里亚科夫和扫院人，就走进那个空寓所，恰好这当儿德米特利和尼古拉已经跑出房外去了。扫院人和另外两人一路上楼，他却一直站在门背后，等到脚步声听不见，才十分镇静地走下楼去，正好这时候德米特利和尼古拉已经跑到大街上去，大家分头走散，大门口一个人也没留下。也许有人见过他，可是没在意：进出的人还会少吗？他在门后站着的时候，把衣袋里的小盒掉在地上，却没注意掉了东西，因为他没有心思顾及这些。不过小盒清楚地证明他当时就是站在那儿。这就是事情的原委！”

“这可说得神了！是啊，老兄，这太神了。简直是神乎其神！”

“可是怎么见得就神了？怎么见得？”

“因为那一件件事配合得……而且拼凑得太巧了……就像在舞台上一样。”

“嗨！”拉祖米欣叫起来，可是这当儿房门开了，走进一个新的人来，在场的人一个也不认识他。

第五章

这个上流人年纪已经不轻，举止拘谨，气度庄严，脸上露出慎重和挑剔的神色。他起初在门口站住，环顾四周，显出一种伤人的、毫不掩饰的惊奇神情，仿佛用目光问道："我这是跑到什么地方来了？"他怀疑地看着拉斯柯尔尼科夫的狭小低矮的"船舱"，甚至装得有点惊吓，简直几乎像是受了侮辱。他带着同样惊奇的神情把目光移到拉斯柯尔尼科夫身上，然后盯住他，当时拉斯柯尔尼科夫脱了衣服，蓬头散发，没有洗脸，躺在他那小得可怜的、肮脏的长沙发上，也目不转睛地瞧着来人。随后，来人同样慢腾腾地看着拉祖米欣衣服破烂、没有刮脸、没有梳头的外貌，同时拉祖米欣也带着不甘示弱的疑问神情直起眼睛瞧着来人，坐在原地没动。紧张的沉默持续了一分钟，终于像人们可以预料的那样，发生了小的"换景"。那个来访的上流人，根据某些异常鲜明的迹象，已经体会到在这儿，在这个"船舱"里，摆出过于严正的架子简直会一无所获，不由得稍稍和缓下来，对左西莫夫开口说话，态度虽然仍旧不免严正，可是到底客气多了，他咬清字音问道：

"哪一位是罗季昂·罗曼内奇·拉斯柯尔尼科夫先生？他是大学生，或者应该说，以前是大学生。"

左西莫夫慢腾腾地挪动了一下，也许本来想开口答话，没想到拉祖米欣明知道话根本不是对自己说的，却抢先立刻回答他说：

“喏，他正躺在长沙发上！不过，您有什么事？”

拉祖米欣讲话的那种随随便便的口吻弄得那个一本正经的先生简直茫然失措。他甚至几乎想转过脸去跟拉祖米欣讲话，可是总算连忙止住自己，赶紧又回过脸去找左西莫夫讲话了。

“他就是拉斯柯尔尼科夫！”左西莫夫无精打采地说，对病人那边点一下头，然后打个呵欠，同时把嘴张得非常大，而且把这种姿态保持得特别久。随后他慢腾腾地把手伸进背心口袋里，取出一个极大的、鼓起的金怀表，表盖关得很严。他打开表盖，看一眼，仍然那么慢腾腾、懒洋洋地把表再放回去。

拉斯柯尔尼科夫本人一直仰面躺着没说话，眼睛死命盯住来人，其实脑子里什么想法也没有。他的脸现在已经从壁纸上奇特的小花那边转过来，脸色分外苍白，露出非常痛苦的神情，仿佛刚刚经历过一次难受的手术，或者刚受完拷打后被放出来似的。可是那个忽然光临的先生渐渐引得他越来越注意，随后又使他感到困惑，然后又引得他怀疑，甚至好像还有点恐惧。等到左西莫夫指着他说“他就是拉斯柯尔尼科夫”时，他好像猛地一跳，忽然很快地爬起来，在床上坐好，用一种几乎可以说是挑战的，然而又断断续续的微弱声音说道：

“对，我就是拉斯柯尔尼科夫！您有什么事？”

客人注意地看着他，郑重其事地说：“我是彼得·彼得罗维奇·卢仁。我十分希望我的名字对您已经不是完全陌生的了。”

可是拉斯柯尔尼科夫本来料着会听到另一样的答话，这时候呆住了，沉思不语地瞧着他，什么话也没回答，好像彼得·彼得罗维奇这个姓名是他第一次听见似的。

“怎么？请问，莫非您直到现在还没得到什么消息？”彼得·彼得罗维奇问，有点不自在了。

拉斯柯尔尼科夫没有答话，却慢腾腾地朝着枕头躺下去，把两只手垫在脑后，眼睛瞧着天花板。卢仁的脸上露出苦恼的神色，左西莫夫和拉祖米欣越发好奇地不断打量他，他分明发窘了。

“我本来揣测，”他含糊不清地说，“我本来指望那封信既然已经发出十多天，甚至差不多有两个星期了……”

“您听我说，为什么您老是站在门口不进来？”拉祖米欣忽然插嘴说，“要是您有事想说清楚，那就请坐下说，您和娜斯达霞两人站在那儿挤得慌。娜斯达霞，闪开点，让他走过来！请您走过来，这儿有椅子，到这儿来！你挤过来呀！”

拉祖米欣把自己的椅子从桌旁往后移，在桌子和他膝头之间留出一点点空当，略为紧张地保持着这种姿势，好让客人从那条缝里“挤过去”。他选的时机那么要紧，弄得客人无论如何也没法推辞，只好跌跌绊绊急忙顺着窄小的空当往里挤。他挤到椅子那儿，坐下，怀疑地瞧着拉祖米欣。

“不过，您别发窘，”拉祖米欣愣头愣脑地说，“罗佳已经病了五天，有三天不停地胡言乱语，不过现在已经清醒过来，甚至吃东西也有胃口了。喏，这位是他的医生，刚刚给他看完病。我呢，是罗佳的同学，以前也是大学生，眼下正在照料他。所以您别管我们，也别拘束，有什么话要说就自管接着说。”

“谢谢您。不过我在这儿待着，不停地讲话，会打搅病人吗？”彼得·彼得罗维奇对左西莫夫说。

“不会的，”左西莫夫无精打采地说，“您甚至可以给他解解闷呢。”说完，他又打个呵欠。

“啊，从清晨起，他早就神志清醒了！”拉祖米欣接着说，他那种随随便便的态度很像真诚的憨厚，因此彼得·彼得罗维奇想了想，倒抖擞起精神来，或许这多多少少也因为那个衣衫褴褛、不顾礼节的人说出了身份，原来也是个大学生。

“您的妈妈……”卢仁开口说。

“哼！——”拉祖米欣大声嗽了嗽喉咙。卢仁瞧着他，露出疑问的神情。

“没什么，我随便咳一声。您尽管说您的……”

卢仁耸耸肩膀。

“您的妈妈选在我还没离开她们的时候，就已经开始给您写信了。我来到此地后，故意推迟几天来看您，是想等到我充分相信您已经得到消息后再来。可是现在，使我吃惊的是……”

“我知道，我知道！”拉斯柯尔尼科夫忽然说，露出极不耐烦的懊恼神情。“原来是您？未婚夫。好，我知道！……不用说了！”

彼得·彼得罗维奇这回真的生气了，可是没开口说话。他赶紧使劲考虑：这都是什么意思？大家沉默了一分钟。

拉斯柯尔尼科夫答话的时候本来已经略为从他那边转过脸来，这时忽然又重新定睛瞧着他，带着一种特别好奇的神情，好像刚才没来得及看仔细，或者好像也有什么新的特点惹得拉斯柯尔尼科夫震惊似的。为此拉斯柯尔尼科夫甚至特意从枕头上稍微抬起点头来。

确实，彼得·彼得罗维奇的整个外貌似乎有一种特别的东西使人感到惊讶，刚才拉斯柯尔尼科夫毫不客气地称他为未婚夫，他也似乎真有一种配得上“未婚夫”称号的东西。第一[1]，事情很清楚，甚至过于明显了：彼得·彼得罗维奇极力加紧利用他在京城的这几天，已经把自己打扮得衣冠齐整，漂漂亮亮，静等未婚妻光临，不过这倒是无伤大雅，可以允许的。他也许过于志得意满地感到他的仪表起了愉快的变化，越来越体面了，不过就连这一点，在那样的情况下，也是可

1. 下文没有“第二”，原文如此。类似情况恕不一一指出。

以原谅的，因为彼得·彼得罗维奇快要做新郎了。他周身的衣服都是刚从裁缝师傅手里取来，都很好，也许只有一点除外，那就是衣服过于新潮，过于露骨地表现出他所抱持的那种目的。甚至他那讲究的圆顶新帽子也证明了这种目的：彼得·彼得罗维奇对那顶帽子不知怎么过于看重，也过分小心地拿在手里。就连他那副漂亮的真正茹温牌淡紫色手套也证明了这一点，特别是因为他并不戴上，而是拿在手里摆摆排场。彼得·彼得罗维奇的全身装束大半是年轻人喜欢穿的浅颜色。他穿一件好看的浅棕色夏季上装和一条薄的浅色长裤，背心也是那种花色，细布的内衣是新买来的，极薄的麻纱领结带粉红色的条纹。最好的是这身衣服彼得·彼得罗维奇穿着简直很相称。

他的脸异常细嫩，甚至英俊，而且即使不这样打扮他也已经显得比他那四十五岁的年纪小多了。好看的黑络腮胡子遮住他脸的两侧，形状近似两块肉排，在剃光胡子而发亮的下巴两旁生得很密，分外漂亮。就连他的头发，虽然略略有点花白，却在理发店里修剪过，烫成鬈发，只是这并没有使他显出一点可笑的或者愚蠢的样子，而拳曲的头发是照例会弄得人的外貌不像样子的，因为这总难免弄得人的脸像是举行婚礼的日耳曼人。如果这种相当漂亮而又庄重的相貌确实有什么不招人喜欢、惹人讨厌的地方，那却另有原因。

拉斯柯尔尼科夫不客气地把卢仁先生看清楚之后恶毒地笑笑，又倒在枕头上，照先前那样只管瞧着天花板。

然而卢仁先生横下了心，似乎决定暂时不去理睬那些古怪行为。

“我发现您处在这样的状况，觉得非常抱歉，非常抱歉。”他又开口说，极力要打破沉默。“要是我知道您生病，我早就来了。不过您知道，我忙得很! ……另外，在法律业务方面，我在枢密院有一个极其重大的案子要办。至于其他要奔忙的事，您都能猜到，我就不再多提了。我一直在等您家里的人来临，也就是您的妈妈和妹妹……”

拉斯柯尔尼科夫动了动，好像要开口说话，他脸上显出略为激动的样子。彼得·彼得罗维奇停住嘴，等着，可是没听到拉斯柯尔尼科夫说话，就接着讲下去：

“……我时时刻刻都在等她们来。我已经给她们找了个寓所，供她们一到此地就可以住……”

“在哪儿?”拉斯柯尔尼科夫声音微弱地问。

“离这儿非常近，就是巴卡列耶夫的房子……”

“那是在沃兹涅先斯基，”拉祖米欣插嘴说，“那儿有两层楼的房间租给外人住。出租人是商人龙兴。我到那儿去过。”

“是的，那儿有房间出租……”

“那儿可糟糕透了。又脏又臭，而且是个名声可疑的地方，出过不少事，再者鬼才知道那儿住着的都是些什么人物! ……我自己就因为打听一件不体面的事而到那儿去过。不过房租倒是便宜的。”

“当然，我没法搜集到这许多消息，因为我自己也是新来此地，”彼得·彼得罗维奇想保住面子，反驳说，“不过我租的那两个房间非常干净，非常干净，反正她们只住一个极短的时期……而且我已经找到真正的寓所，也就是将来的寓所了，”他转过脸去对拉斯柯尔尼科夫说，“现在那儿正在修缮粉刷，我自己也在离这儿几步远的彼维芦尔太太的出租房间里，寄住在我的一个年轻朋友安德烈·谢敏内奇[1]·列别齐亚特尼科夫的寓所里，暂时挤一挤。巴卡列耶夫的房子就是他指点我去的……”

“列别齐亚特尼科夫?”拉斯柯尔尼科夫慢腾腾地说，仿佛想起了什么事。

“对，就是安德烈·谢敏内奇·列别齐亚特尼科夫，在部里任职。

1. 谢敏内奇是谢敏诺维奇的简称。

请问，您认识他吗?”

“是的……哦，不认识……”拉斯柯尔尼科夫回答说。

“对不起，刚才您问起，我还以为您认识他呢。我以前做过他的监护人……他是个很可爱的年轻人……思想跟得上潮流……我喜欢遇见年轻人，从他们那儿可以学到新的东西。”彼得·彼得罗维奇怀着希望对那些在座的人扫了一眼。

“新东西指的是哪一方面?”拉祖米欣问。

“指的是最严肃的方面，所谓事物的本质方面。”彼得·彼得罗维奇接着对方的话说，好像听到那句问话很高兴似的。“您要知道，我已经有十年没来过彼得堡了。所有那些新事物啦、改革啦、思想啦，我们在内地也听说过，可是要看得清楚点，要全面了解，就得住在彼得堡。喏，我的想法是这样：人只要留心观察我们的年轻一代，就可以注意到而且学到很多很多东西……而且我要承认，我很高兴……”

“使您高兴的究竟是什么?”

“您这个问题范围真广。我或许说错也未可知，总之，我觉得我发现年轻一代有更明确的见解，有更多的所谓批评精神，有更多的实干态度……”

“这话是对的。”左西莫夫含含糊糊地说。

“你胡说，根本谈不上实干态度。”拉祖米欣抓住他的话不放。“实干态度是很难做到的，不会平白无故从天上掉下来。我们几乎有二百年没干过什么实际的事情了……也许，只有些模糊思想出现，”拉祖米欣对彼得·彼得罗维奇说，“做好事的心愿是有的，不过很幼稚。正直的行为甚至也有，别看骗子多得数不清。反正实干态度没有！实干态度是难能可贵的。”

“我不同意您的看法，”彼得·彼得罗维奇分明带着快意反驳说，“当然，着迷和差错都是有的，不过应当宽容才是，着迷表明对事业的热心，也表明事业所处的外部环境如何不正常。如果说至今做成的事情还很少，那么时间本来就不算长嘛。至于方式，我就不想多谈了。依我个人的看法，不瞒您说，事情多少还是做了一点：新的有益的思想在传播，新的有益的著作也在流传，代替了原有那些富于幻想和浪漫情调的著作，文学添上了比较成熟的色彩，许多有害的偏见根除了，遭到人们嘲笑了……一句话，我们已经跟过去一刀两断，照我看来这就是成绩啊……”

“他把这一套背熟了！他要显显本事。”拉斯柯尔尼科夫忽然说。

“什么，先生？”彼得·彼得罗维奇没听清，问道，可是他没听到回答。

“这都对。”左西莫夫匆匆地插嘴说。

“不是这样吗？”彼得·彼得罗维奇愉快地瞧一眼左西莫夫，接着说，“您也会同意，”他继续对拉祖米欣说，可是这时候已经带点得意和高高在上的口气，差点称呼他一声“年轻人”了，“成就是有的，或者用现在的话来说，进步是有的，哪怕这是为了追求科学和经济学的真理……”

“老生常谈！”

“不，这不是老生常谈，先生！比方说，如果人们一直对我说，‘要爱你的邻人’，而且我也照办，那么结果会怎样呢？”彼得·彼得罗维奇接着说，也许说得过于急了，“结果就会这样：我把我的长上衣撕成两半，跟我的邻人平分，于是我们俩都半身赤裸。这正好应了俄国谚语所说的：‘同时追几只兔子，到时候一只也捉不到。’可是科学告诉我们说：首先要一心爱你自己，因为世界上一切事情都以个人利益为基础。[1]如果你只爱自己，把自己的事办得挺好，你的长上衣就会保全下来。经

1. 陀思妥耶夫斯基让生意人和私有主卢仁说出这种具有庸俗经济学味道的论点，意在打击车尔尼雪夫斯基的“合理的个人主义”理论。——俄文本编者注

济学的真理补充说：在一个社会里，私人的事业办得越多，也就是所谓完整的长上衣越多，那么这个社会的基础就越稳固，这个社会所办的公共事业也就越多。可见，我专为我一个人谋福利，顺带也就无异于为大家谋福利，其结果就会使得我的邻人得到的要比一件破长上衣多一点，这却不是出于个人独自的慷慨，而是由于共同努力的结果。这个思想很简单，然而不幸，很久没有为人们所接受，它被热情和空想挡住了。其实，这似乎用不了多少聪明才智就能领会呢……”

“对不起，我就没有这种聪明才智，”拉祖米欣尖刻地插嘴说，“所以我们不必再谈了，要知道，我刚才那些话原是针对有所为而谈的，可是近三年来这些自我安慰的闲扯，无休无止、滔滔不绝的老生常谈，翻来覆去的老一套，听得我厌烦极了，真的，即使不是我说而是别人在我面前说这些，我也会脸红呢。当然，您急于表现一下您的知识，这是很可原谅的，我并不想指责您。可是现在我只想弄明白，您究竟是个什么样的人，因为，您要明白，近来有那么多各式各样的生意人凑到公众的事业上来，不管碰到什么，一概根据自己的利益加以歪曲，简直把整个事业弄得一塌糊涂。好，就谈到这儿吧！”

“尊贵的先生，”卢仁先生开口说，他动气了，却又露出格外尊严的神态，“您这么不客气，莫非想说明我也是……”

“哦！得了，得了吧……我哪能呀！……好，话也说得够了！”拉祖米欣打断话头，猛地转过身去跟左西莫夫把刚才中断的话继续谈下去。

彼得·彼得罗维奇总算很乖觉，立刻就相信这种解释了。不过，他还是决定过两分钟再告辞。

“我希望我们现在已经开始结交，”他转过脸去对拉斯柯尔尼科夫说，“而且等您病好以后，再加上您所知道的那种原因，我们的交情会更加牢固……我特别巴望您恢复健康……”

拉斯柯尔尼科夫甚至没把头转过来。彼得·彼得罗维奇开始离开椅子站起来。

“杀人的一定是个典当人！”左西莫夫一口咬定说。

“一定是个典当人！”拉祖米欣附和说。“波尔菲利没说出他的看法，不过他一直在审问那些典当人……”

“审问典当人？”拉斯柯尔尼科夫大声问道。

“是啊，怎么了？”

“没什么。”

“他是从哪儿把他们找来的？”左西莫夫问。

“有的是柯赫供出来的，还有些人在典当物品的包装纸上留下了姓名，还有些人听说出了事，自己就来了……”

“哼，一定是个狡猾而有经验的坏蛋干的！多么大胆！多么果断！”

“问题就在于他不是那种人！”拉祖米欣打断他的话说。“正是这一点把你们都引入歧途了。我要说：这个人不狡猾，没经验，多半是第一次作案！如果推断这个案子是经过周密规划干下的，这人是个狡猾的坏蛋，那就不可思议了。可是如果推断这个人没有经验，那就可以得出结论：只是由于偶然的机会他才侥幸逃脱灾难的，而有偶然的机会是什么事都能办成的呀！是啊，他也许根本就没料到会有障碍呢！他是怎样作案的？他不过拿走一二十卢布的典当物品，塞满衣袋，把老太婆箱子里的破旧衣服翻了翻罢了，可是他们在那个五层式屉柜最上一层的抽屉里却找到一只小匣子，内中除了几张单据以外，光是现钱就有一千五百卢布之多！他不会抢劫而只会杀人！我告诉你说吧，他是第一次作案，第一次，心慌意乱！反正他是侥幸脱身，不是经过什么周密规划！”

“这谈的似乎是不久以前一个老文官太太的谋杀案吧！”彼得·彼得罗维奇插嘴，对左西莫夫说。这时他已经站起来，把帽子和手套拿在手里，可是临走之前有心讲几句聪明话，看来，他急于给人留下有利的印象，他的虚荣心战胜了慎重。

“是的。您听说了？”

“说的就是，先生。她正好跟我同住在一幢楼房里……”

“您知道详细情形吗？”

“我不能这么说。不过讲到这个案子，使我发生兴趣的却另有原因，也就是所谓的整个这类问题。我不想多谈近五年来犯罪率在下层社会已经增长，至于各地不断发生抢劫案和纵火案，我也不想多谈。对我来说最奇怪的是，就连在上层社会，犯罪率也同样增长了，可以说是齐头并进。在一个地方听说一个原是大学生的人在大道上抢劫邮车，在另一个地方有些社会地位很高的人造假钞，最近在莫斯科逮捕了一大帮人，他们伪造最新发行的有奖债券，为首的罪犯有一个竟是教授世界史的大学讲师，还有，国外一位驻外使馆的秘书遇害，原因暧昧，跟图财有关……现在那个放高利贷的老太婆又被一个社会地位较高的人杀死了，因为庄稼汉是不典当金器的，既然如此，那么应该怎样解释我们社会当中有文化的那部分人的堕落呢？”

“很多人发生了经济状况的变化……”左西莫夫回答说。

“该怎样解释？”拉祖米欣抓住话头说。“这倒正好可以用我的观点来解释：人们缺乏实干态度，而且积习难改。”

“这话怎么讲？”

“在莫斯科您说的那个讲师，受审的时候，人家问他为什么假造有奖债券，他是怎样回答的？他说：‘大家都用各种方法发财，所以我也想赶快发财。’原话我记不得了，可是我记得大意：他想白得一笔钱，不用劳动，而且要快点！大家已经习惯于靠各种现成的东西过活，由别人搀着走路，吃人家已经嚼烂的东西。好，等伟大的钟声敲响，每个人都将原形毕露……”

“可是，另一方面！道德呢？而且，所谓的准则呢……”

“可是您操什么心？”拉斯柯尔尼科夫出人意料地插嘴说。“这正好符合您的理论嘛！”

“这怎么符合我的理论呢？”

“只要把您刚才宣传的那一套推论下去，就会得出人可以杀人的结论……”

“得了吧！”卢仁叫道。

“不，这话不对。”左西莫夫发表意见说。此时拉斯柯尔尼科夫躺在那儿脸色苍白，上嘴唇发抖，呼吸吃力。

“什么事都有个限度，”卢仁高傲地继续说，“经济思想绝不会怂恿杀人，如果只是假设……”

“这恐怕是事实吧？”拉斯柯尔尼科夫忽然又插嘴说，气愤得嗓音发颤，听得出他高兴有这个机会侮辱卢仁一下，“这恐怕是事实吧？您对您的未婚妻说过……而且是在您听到她同意婚事的时候……您说，最使您高兴的是，她是个穷叫花子……因为娶个穷叫花子做老婆很划算，往后可以骑在她脖子上，藉口她受过您的恩典而责骂她！……”

“尊贵的先生！”卢仁凶狠而气愤地叫道，满脸通红，心慌意乱，“尊贵的先生……居然这样歪曲我的思想！请原谅我，总之，我得向您说明，传到您这儿来的谣言，或者不如说，人家转告您的这些谣言，简直没有丝毫有理的根据，我怀疑是谁……一句话……这支冷箭……一句话，您的妈妈……她本来就已经使我感到她尽管有种种优秀的品质，可是她的思想却有点感情用事的浪漫色彩……不过我仍然万万没有料到她会用这种胡思乱想的方式去理解和阐明事情……还有……还有……”

“您要知道，”拉斯柯尔尼科夫叫道，在枕头上抬起身子，死命盯住卢仁，两眼炯炯有光，目光犀利，“您要知道！”

“知道什么，先生？”卢仁站住，等着，露出气恼和不甘示弱的神情。大家沉默了几秒钟。

“您要知道，如果您再……胆敢提到我母亲……哪怕只提一个字……我就要叫您从楼梯上一个跟头滚下去！”

“您怎么了？”拉祖米欣喊道。

“啊，原来是这样！”卢仁脸色发白，咬着嘴唇。“您听我说，先生，”他从容不迫地开口说，极力按捺住性子，可是仍然透不过气来，“刚才我一进来就已经看出您抱着反感，可是我故意留下来，想多了解一下。我对病人和亲戚原可以多多原谅，可是现在……对您……永远不能……”

“我没生病！”拉斯柯尔尼科夫叫道。

“那就更不应该了，先生……”

“滚蛋！”

不过卢仁自己已经在往外走了，他没把话说完，就又从桌子和椅子的夹缝当中挤出去。这一回拉祖米欣站起来，给他让路。左西莫夫早已向他点头示意不要惊扰病人，可是卢仁临走，竟然没对左西莫夫点头告别，也没瞧任何人一眼，只顾往外走，临到低下头，走出门口时，小心地把帽子举到肩膀那么高，怕碰坏。这时候就连他拱起背的样子也好像流露出他是受了奇耻大辱似的。

“怎么可以这样，怎么可以这样呢？”拉祖米欣一面困惑不解地说，一面摇头。

“走开，你们统统走开！”拉斯柯尔尼科夫发疯似的嚷道。“你们这些磨人精，就不能走开吗！我不怕你们！现在我谁也不怕，谁也不怕了！你们离我远远的！我要一个人待着，一个人，一个人！”

“我们走吧。”左西莫夫说，对拉祖米欣点一下头。

“得了吧，怎么可以照这样丢下他走掉呢？”

“我们走吧！”左西莫夫坚持已见，又说一遍，走出房外。拉祖米欣想一想，也跑出房外，追他去了。

“要是我们不听他的话，情形可能更糟呢，”左西莫夫一面下楼梯一面说，“不能惹他生气……”

“他怎么了？”

“要是能给他一点好的刺激就好了！他需要的就是这个！刚才，他原已经复原了……你要知道，他有一桩心事！一桩丢不开，且使他苦恼的心事……我很担心：他一定有心事！”

“也许就是彼得·彼得罗维奇这位先生闹出来的！从刚才的谈话可以听出他要跟罗佳的妹妹结婚，而且罗佳在生病以前就已经得到家信，知道这件事了……”

“是啊，必是魔鬼在这时候把他支使来的。说不定他会把这事情弄得乱七八糟呢。不过，你注意到没有？他对一切事情都漠不关心，对一切事情都不理睬，只有一件事使他控制不住自己，那就是凶杀案……”

“对，对！”拉祖米欣附和道，“我也完全注意到了！他对这件事很关心，而且害怕。在他刚生病的那天，他在警察局的办事处里被这案子吓坏，当场晕倒了。”

“请你今天傍晚把这件事详细对我讲一讲，然后我再告诉你一些事情。他使我很感兴趣，很感兴趣呢！过半个小时我再来一趟看他……不过，他不会患炎症……”

“谢谢你！同时我到巴宪卡那儿去等着，我会通过娜斯达霞来观察他……”

拉斯柯尔尼科夫剩下自己一个人，就瞧着娜斯达霞，露出焦急而苦恼的神情。可是娜斯达霞一时还不想走。

“现在你要喝点什么？”她问。

“等一会儿再说！我想睡觉！你躲开我……”

他猛地翻转身去，脸对着墙。娜斯达霞就走出去了。

第六章

可是她刚刚走出去，他就起床，扣上门钩解开衣服包，开始穿衣服，那包衣服就是方才拉祖米欣拿来，又由他包好的。说来奇怪，他似乎忽然变得十分平静，一点也不像刚才那样疯狂地胡言乱语，也一点没有最近这段时期的失魂落魄的恐惧了。这是一种奇怪而又出人意料的平静的开始。他的举动准确而清楚，透露出坚定的意图。“就在今天解决，就在今天解决! ……”他暗自嘟囔道。不过他明白他身体还虚弱，然而极其强烈的精神紧张反而使他镇静下来，使他形成一种固定的想法，这给他增添了力量和自信，只是他希望不要在街上跌倒才好。他周身上下穿戴得一色新，然后看一眼桌上放着的钱，沉吟一下，然后把钱放进衣袋里。那笔钱一共有二十五卢布。拉祖米欣花十卢布买衣服，找下的零钱都是五戈比铜币，他也拿走了。随后他轻轻地摘下门钩，走出房外，举步下楼，瞧一下房门敞开的厨房，娜斯达霞正好背对着他，站在那儿低下腰，往女房东的茶炊里吹气。她什么也没有听见。再者，谁能料到他会出去呢？过一分钟，他已经到街上了。

那时候是八点钟光景，太阳正落下去。炎热跟先前一样，然而他贪婪地吸进那种臭烘烘的、尘土飞扬的、为城市所污染的空气。他的头开始微微发晕，他那患着热病的眼睛和消瘦苍白的脸上现出旺盛的精力。他不知道该往哪儿去，而且也不去想。他只知道“**这件事**今天得了结，一劳永逸，马上动手，要不然就不回家，因为他**不想这样生活下去**了”。该怎么了结呢？用什么办法了结呢？关于这一点，他一无所知，而且也不愿意去细想。他把思想推开，因为思想折磨他。他只感到也只知道，他好歹得把局势转变过来，“不管怎么也得做到”，他暗自反复说道，带着激烈和坚定不移的自信和决心。

他拗不过旧习惯，照着以前散步的老路，照直往干草市场走去。他没走到干草市场就看见一个黑发年轻的流浪乐师站在路旁一家小杂货铺前面，用手摇风琴奏出一支非常动人的抒情歌曲。他在给前面人行道上站着的一个少女伴奏，她十五岁左右，打扮得像小姐一样，穿着钟式裙，披着短斗篷，手上戴着手套，头上戴着草帽，帽子上插着一根火红色羽毛，这些穿戴都陈旧破烂了。她那街头卖唱的歌声虽然颤抖刺耳，却相当好听、有力，她唱着抒情歌曲，等小铺里的人施舍给他们一枚两戈比硬币。拉斯柯尔尼科夫在两三个听唱的人身旁停住脚，听了一会儿，取出一枚五戈比硬币，放在少女手里。少女本来正唱一句富于感情的高腔，却猛地停住口，就跟一刀切断似的，然后对手摇风琴乐师刺耳地喊道：“够了！”两个人就慢腾腾地往前走，到另一个小铺去。

“您喜欢街头的歌唱吗？”拉斯柯尔尼科夫突然对一个年纪已经不轻的路人说，那个人原本跟他一起在手摇风琴乐师旁边站着，样子像是一个没有工作的闲人。那个人莫名其妙地看看他，吃了一惊。

“我喜欢，”拉斯柯尔尼科夫继续说，可是他那样子看上去却根本不像是谈街头的歌唱，“我喜欢在秋天寒冷潮湿而又阴暗的黄昏时分听他们在手摇风琴伴奏下歌唱，一定要天气潮湿才好，那时候过路人的脸都带着苍白的病容，或者索性在天下着潮湿的雪，又没有风，雪花直直飘下来的时候，那就更好，您明白吗？隔着雪花望去，烧煤气的路灯闪闪发光呢……”

“我不明白，先生……对不起……”那位先生嘟囔说。拉斯柯尔尼科夫问的话和他那奇怪的神态把他吓坏了，他就走到街道对面去了。

拉斯柯尔尼科夫照直往前走，来到干草市场的角落上，当初那个小市民和他的老婆就是在那儿跟丽扎维达谈话的，可是现在他们不在那儿了。他认出这个地点就站住，往四下里看一眼，转过身去对一个身穿红衬衫、站在一家面粉店门前打呵欠的年轻小伙子讲话。

“本来有个小市民和他妻子在这个角落做生意的吧，啊？”

“做生意的人，什么样的人都有。”小伙子回答说，傲慢地打量着拉斯柯尔尼科夫。

“他叫什么名字？”

“他受洗的时候取什么名字，就叫什么名字。”

“你也是札莱斯克人吧？哪一省的？”

小伙子又瞧了瞧拉斯柯尔尼科夫。

“我们那儿不是省，老爷，是个县。哥哥出外去了，我留在家里，所以我不知道……请您大度包涵吧，老爷。”

“这儿楼上是小酒馆吧？”

“那儿是一家小饭铺，有间台球房，还有些公爵小姐呢……好极了！”

拉斯柯尔尼科夫举步穿过广场。那边拐角上，站着密密层层的一群人，都是庄稼汉。他钻进人群最挤的地方，看人们的脸。不知什么缘故，他一心想跟大家攀谈。可是那些庄稼汉根本不理睬他，他们分成好几伙人，正互相嚷叫。他站了一阵子，想了想，往右边顺着人行道向沃*街走去。他走完广场，就拐进一条巷子……

他以前也常走这条短巷。这条小巷急转弯，从广场通到萨多瓦亚街。近来，每逢他心里难过，便到这一带来溜达，“为的是让心里更难过些”。现在，他走进巷子，却什么也没想。这儿有一所大房子，全租出去做小酒店和其他饮食店铺了。随时有些女人从这些店铺里跑出来。论装束像是“到邻居家串门”，头巾也不戴，身上只穿着家常衣服。人行道上，有两三个地方，她们成群地聚在那儿不散，多半靠近地下室门前的坡道，在那儿只要走下两级台阶，就可以走进各种分外热闹的娱乐场所。这当儿，有一处地下室里响起喧哗声和敲击声，弄得整条街上都能听见，吉他叮咚乱弹，歌曲唱起来，很是热闹。入口处附近聚着一大群女人，有的坐在台阶上，有的坐在人行道上，有的站在那儿谈天。旁边马路上，有个喝醉酒的兵走过，嘴里叼着根烟，大声骂街，似乎要到一个什么地方去，却又忘了该到哪儿去。有个乞丐跟另一个乞丐相骂起来。一个醉得人事不知的人横躺在街道上。拉斯柯尔尼科夫在一大群女人身旁站住。她们正用沙哑的声调说话，都穿着花布连衣裙，头上没戴头巾，脚上穿着羊皮鞋。有的已经四十多岁了，不过也有十七岁光景的，她们的眼睛却几乎都挨过打。

不知什么缘故，他被地下室那边的歌声以及嘈杂的叫嚷声和敲击声吸引住了……人们可以听见那边的哄笑和尖叫声，听见尖细的假嗓唱着 支雄赳赳的歌，听见吉他在弹奏，有个人在这种闹声中发疯地跳舞，用靴跟打拍子。拉斯柯尔尼科夫在入口处弯下腰，从人行道上好奇地往里瞧，专心、阴郁、沉思地听着。

我漂亮的大兵啊，
你不要平白无故把我打！……

歌手的尖细歌喉婉转地唱着。拉斯柯尔尼科夫一心想听清她唱的歌词，仿佛这是很要紧的大事似的。

“我进不进去呢？”他暗想。“他们在哄笑！这是喝醉了。那么，怎么办，我要不要去喝他一醉呢？”

“您进去吗？可爱的老爷？”一个女人问道，声音相当清脆，还没完全嘶哑。她年轻，甚至不惹人讨厌，这在那群女人当中要算是独一无二的了。

“瞧，好漂亮啊！”他直起腰来，看了看她，回答说。

她嫣然一笑：听了他的称赞很受用。

“您自己也挺漂亮呢！”她说。

“太瘦了！”另一个女人粗声粗气地说，“莫非刚从医院里养好病出来？”

“看样子，她们像是将军家中的小姐，不过都长着翘鼻子！”一个庄稼汉走过来，忽然插嘴说，他带着几分醉意，穿一件粗呢的农民上衣，敞开怀，丑脸上露出狡猾的笑容。“瞧她们真快活！”

“你既然来了，就进去吧！”

“我进去！宝贝儿！”

庄稼汉就跌跌撞撞地走下坡去。

拉斯柯尔尼科夫没跟着下去，却照直往前走了。

“您听我说，老爷！！”少女在他身后叫道。

“什么事？”

她不好意思了。

“可爱的老爷，跟您这样的人，我永远乐意一块儿玩上一个钟头，可是现在，不知怎么，我在您面前却觉着臊得慌。那么讨人喜欢的男伴，请您送给我六戈比买杯酒喝吧。”

拉斯柯尔尼科夫把手伸进衣袋里，把随手摸到的钱取出来给了她。那是三枚五戈比硬币。

“啊，多么好心肠的老爷！”

“您叫什么名字？”

“您要是打听杜克廖尼娅，那就是我。”

“不行啊！怎么能这样呢？”人群里有个女人忽然说，朝杜克廖尼娅摇头。“我说什么也弄不懂，怎么能这样要钱呢！换了是我，大概会羞得钻进地里去了……”

拉斯柯尔尼科夫好奇地瞧了瞧说话的女人。她是个麻脸的姑娘，年纪三十上下，满脸瘀青，上嘴唇浮肿。她说话和责备的口气是平静而严肃的。

“不知在一本什么书上，我读到过这一段描写，”拉斯柯尔尼科夫向前走去，暗自想着，“不知在一本什么书上，我读到过一段描写，说是有个被判死刑的人在临死前一个小时想道，或者说道：假如我有机会活下去，哪怕是在一块高高的峭壁上，而且那块空地狭小得很，只放得下两只脚，四下里都是深渊、海洋、永恒的黑暗、永恒的孤寂、永恒的风暴，只要让我照这样在一块小小的地方站住不动，站一辈子，站一千年，站千秋万代……那我也宁可这样活着而不马上去死！只要活着，活着，活着就好！不管怎么活着，只要能活着就成！……这是多么真实！主啊，多么真实！人真卑鄙啊！不过，谁说这个人卑鄙，谁也就是卑鄙的人。”他过了一会儿补充说。

他走到另一条街上。

“嘿，‘水晶宫’！刚才拉祖米欣还谈到‘水晶宫’。只是，我本来打算干什么来着？对了，看报！……左西莫夫说，他在报上看到过……”

“有报纸吗？”他问道，这时候已经走进一家异常宽敞而且甚至洁净的饭馆，那儿有几个房间，不过位子相当空。有两三个顾客在喝茶，远处一个房间里坐着一群人，大约是四名，在喝香槟酒。拉斯柯尔尼科夫恍惚看见扎麦托夫就在那些人当中。不过离得太远，他看不清楚。

“随他去吧！”他暗想。

“您要喝点酒吗，老爷？”伙计问。

“拿茶来吧。另外给我送些报纸来，要旧的，最近这五天的就行。

我会给你小费的。”

“是，老爷。这是今天的报。那么您也要喝点酒吗？”

旧报和茶都送来了。拉斯柯尔尼科夫坐好，开始在报纸上寻找：“伊兹列尔[1]……伊兹列尔……阿西德克人[2]……伊兹列尔……巴尔托拉……马西莫[3]……阿西德克人……伊兹列尔……呸，见鬼！好，这儿是当地新闻：有个女人从楼梯上摔下来……有个小市民酒醉丧命……彼斯吉发生火灾……彼得堡区的火灾……又是彼得堡区火灾……再一个彼得堡区火灾[4]……伊兹列尔……伊兹列尔……伊兹列尔……伊兹列尔……马西莫……啊，有了！”

他终于找到了他要找的新闻，读起来。一行行字在他眼前跳动，不过他还是把整条“消息”看完，然后贪得无厌地在随后几天的报纸上寻找最新的补充。他心里急得很，翻着报纸，两手都发抖了。突然，有个人在他桌旁挨着他坐下。他看一眼，原来是扎麦托夫，就是他认得的扎麦托夫，还是先前那副样子，手上戴着戒指，胸前挂着表链，乌黑的鬈发擦过油，从中分开，背心极考究，上衣却有点旧，衬衫也不新了。他高高兴兴的，至少很高兴很温和地微笑着。他喝了香槟酒，他那肤色发黑的脸有点泛红。

“怎么，您到这儿来了？”他疑惑不解地开口说，那种口气仿佛跟拉斯柯尔尼科夫相识了一辈子似的，“可是拉祖米欣昨天还对我说，您一直昏迷不醒。这真奇怪！要知道，我到您家里去过……”

拉斯柯尔尼科夫早已料到他会走到跟前来。他放下报纸，转过脸

1. 伊凡·伊凡诺维奇·伊兹列尔，彼得堡郊区“矿泉花园”的园主。——俄文本编者注
2. 墨西哥原有的民族。自西班牙征服美洲后，阿西德克民族渐渐灭绝。——俄文本编者注
3. 1865年夏季彼得堡举办侏儒展览会，被展览的是男青年马西莫和女青年巴尔托拉，据报纸广告上说，他们是以前颇为强大的阿西德克种族的最后代表。当时彼得堡的报纸上充斥着有关阿西德克人的报道。——俄文本编者注
4. 1865年彼得堡市内火灾频仍。《呼声报》1865年第166号上说：“各报充斥着或长或短的火灾报道。”——俄文本编者注

来对着扎麦托夫。他唇边漾出笑意，不过这种笑容却透露出一种气恼而不耐烦的意味。

“我知道您去过，”他回答说，“我听说了。您还找过我的袜子……您要知道，拉祖米欣非常喜欢您，说是他跟您一块儿到拉维扎·伊凡诺芙娜那儿去过，喏，那一次您就是为保护她才极力向大炮中尉使眼色，中尉却总是不明白，您记得吗？他怎么会不明白呢，事情挺清楚嘛！……”

“可他闹得真厉害！”

“您说的是大炮中尉吗？”

“不，我说的是您的朋友拉祖米欣……”

“您的日子过得好舒服，扎麦托夫先生，到那种最快活的地方去也不用花钱！现在是谁在供您喝香槟？”

“我们这是……一块儿喝……怎么叫供我喝？”

“这是人家的报答嘛！您处处都有油水捞！”拉斯柯尔尼科夫笑着说。“没关系，好小子，没关系！”他拍一下扎麦托夫的肩膀，补充说，“要知道，我不是跟您闹别扭，而是‘好心好意，闹着玩’的，就像老太婆案子里您那个工人讲起他如何打米季卡的时候所说的一样。”

“您怎么知道他说过这话？”

“我知道的也许比您还多呢。”

“您这人可真有点怪……一定是病得不轻。您不该出来……”

“您觉得我怪吗？”

“是的。怎么，您在看报？”

“对。”

“火灾的消息多得很。”

“不，我不是看火灾的消息。”说完，他故弄玄虚地瞧着扎麦托夫，嘴角又露出讥诮的笑意。“不，我不是看火灾的消息，”他继续说，对扎麦托夫挤挤眼睛，“您会承认，亲爱的年轻人，您非常想知道我在看什么消息吗？”

“我根本不想知道，我只是随便问一句罢了。难道不能问吗？为什么您老是……”

“您听我说，您是个受过教育的文人吧，啊？”

“我读到中学六年级。”扎麦托夫带着点尊严神态回答说。

“六年级！嘿，我的小麻雀！梳着分头，戴着戒指，活生生一个阔人！啊，多么可爱的孩子！”说完，拉斯柯尔尼科夫直对着扎麦托夫的脸发出一连串神经质的笑声。扎麦托夫往后倒退，倒不是因为心里有气，而是不由得大吃一惊。

“啊，你这人真怪！”扎麦托夫又说一遍，态度很严肃。“我觉得您还在胡说。”

“我在胡说？您撒谎，小麻雀！……这样说来，我这人挺怪的？那么您对我很感兴趣吧，啊？很感兴趣？”

“很感兴趣。”

“也可以说，对我所读的东西，对我所找的消息很感兴趣？瞧，我叫茶房拿来多少份报纸！这很可疑吧，啊？”

“好，您就自管说您的吧。”

“您把耳朵都竖起来了吧？”

“竖起耳朵干什么？”

“竖起耳朵干什么，留着以后再谈。现在，我最亲爱的，我向您声明……不，应该说‘我承认’……不，这也不对，应该说‘我招供，您照记不误’……这就对了！那么我就招供：我看报，我发生兴趣……我寻找消息……我找来找去……”拉斯柯尔尼科夫眯细眼睛，顿了一下，“我找来找去……而且为此跑到这儿来……就是要了解老文官太太遇害一案的情形。”他终于说出口，声音很低，几乎像是耳语，把脸凑到扎麦托夫脸跟前，凑得非常近。扎麦托夫直直地盯着他，没有动弹！也没有移开脸。事后扎麦托夫感到最奇怪的是，他们整整沉默了一分钟，他们就那样互相瞧着对方不动，整整有一分钟之久。

“哦，您看那个消息又怎么样？”他忽然叫道，感到莫名其妙，而且很不耐烦。“这跟我有什么相干！这究竟是怎么回事？”

“我说的就是那个老太婆，”拉斯柯尔尼科夫继续说，声音仍然很低，虽然这时扎麦托夫大叫起来，他也纹丝不动，“您记得，当初你们在办事处里讲起那个老太婆，我就当场晕倒了。好，现在您明白了吗？”

“这到底是怎么回事？要我‘明白’……什么？”扎麦托夫几乎惊慌地说。

拉斯柯尔尼科夫那呆板而严肃的脸顷刻间神色大变。他忽然跟刚才一样又发出一连串神经质的大笑声，仿佛他自己也全然没有力量控制自己了。一刹那间，他分外清楚地想起不久以前经历的一种感觉，当时他站在房门里边，手拿斧头，门钩跳动不已，而他们在门外骂街，硬要闯进来，于是他忽然打算对他们大嚷大叫，跟他们互骂，对他们吐舌头，讥诮他们，发出笑声，放开喉咙哈哈大笑，哈哈大笑，哈哈大笑！

“您要么就是发疯了，要么就是……”扎麦托夫说，可是说到一半停住嘴，好像脑子里忽然闪过一个想法，顿时大吃一惊。

“要么就是？‘要么就是’什么？嗯，什么？哎，你倒是说呀！”

“没什么！”扎麦托夫说，一肚子的气。“全是胡说！”

两个人沉默了。拉斯柯尔尼科夫发出一阵突如其来的笑声以后，忽然陷入沉思，神态忧郁。他把胳膊肘支在桌子上，一只手托住头。看样子，他似乎完全忘了扎麦托夫。他们沉默了相当久。

“您怎么不喝茶呀？茶都凉了。”扎麦托夫说。

“喔？什么？喝茶？……好吧……”拉斯柯尔尼科夫喝了一口玻璃杯里的茶，把一小块面包放进嘴里。他瞧了瞧扎麦托夫，忽然像是全想起来了，就振作精神，这当儿他的脸又露出先前那种讥诮的神情。他继续喝茶。

“如今这类诈骗案多得很，”扎麦托夫说，“喏，不久以前我就在《莫斯科新闻》上看到莫斯科抓住一大帮造假钱的。整整一伙人呢。他们造假钞票。”

“哦，这是很早的事！一个月前我就在报上看到了。”拉斯柯尔尼科夫平静地回答说。“那么，依您看来，他们都是诈骗犯？”他笑着补充说。

“怎么不算诈骗犯呢？”

“他们？他们是些孩子，blanc-bec[1]，不是诈骗犯！为达到这个目的，他们足足纠合了五十个人之多！难道能这么办事！办这种事，三个人都嫌多，而且这三个人还得互相信任，胜过相信自己！要不然，只要有一个人喝醉了酒，把话说漏，事情就全吹了！blanc-bec！他们雇了些不可靠的人到银行去兑换钞票，这样的事能随便遇到一个什么人就交给他去干吗？好，就算那些娃娃一帆风顺，就算他们每个人都得到一百万吧！可是以后呢？一辈子都这么过吗？他们每个人的命运终生终世都是取决于同伙里其他的人！还不如上吊的好！再者他们也不会兑换钱。有个人到银行去兑换，收到五千卢布，手就发抖。他把四千点清了数，另一千却数也不数，就照收不误，为的是赶紧放进口袋，跑掉了事，这就引起了怀疑。只要有这么一个笨蛋就会坏事！难道能这样吗？”

“您是说手发抖？”扎麦托夫接着说，“是啊，这是可能的。对，

1. 法语：娃娃。

我完全相信这是可能的。有的时候人会支持不住的。”

“支持不住吗？”

“大概您能沉住气。不，换了是我，就沉不住气！只为赚一百卢布的报酬，竟然去干这么可怕的事！手里拿着假钞票，要到哪儿去？……不料是到银行的办事处去，银行里的人可是专门识别假钞票的啊……是的，我会心惊肉跳。莫非您就不会心惊肉跳？”

拉斯柯尔尼科夫忽然又很想“吐一下舌头”。他感到后背上一阵阵地发冷。

“换成是我，就不会那样做，”他绕着弯讲起来，“我会照这样去兑换钱：我先拿过一千点数，仔仔细细，数这么三四次，每张钞票都瞧清楚，然后再拿过一千多。我开始点数，可是点到一半，却抽出一张五十卢布的钞票，朝着阳光照一照，随后把它翻过来，再朝着阳光照一照，看是不是假票子。我会说，‘我担心，前不久我有个女亲戚就这样损失了二十五卢布’，于是我把事情的经过说一遍。直到我数完两千，再数一千，我就会说，‘不，对不起，刚才我数那一千卢布，数到七百的地方没数对，我有点起疑’，于是我丢下这一千，又数刚才那一千，如此这般一直到数完五千。数完以后，我又从第二沓和第五沓当中各抽出一张钞票，又迎着阳光照，又觉得可疑，说声‘劳驾一下，换一换吧！’，弄得银行办事员满头大汗，不知道该怎么把我赶走才好！最后总算全办完，我走人，可是到了推开房门，不行，对不起，又折回来，再问句什么话，要得到解释才算了事。换了是我，就会这么办！”

“嘿，您说得多么可怕呀！”扎麦托夫笑着说。“不过这都是嘴上说说罢了，到时候真做起来，恐怕就会出毛病呢。讲到这儿，我要跟您说，依我看来，别说是您和我，就连不顾性命的老手也没法担保自己不出错。其实何必往远里说呢，就近举例，就拿我们区警察分局里办的老太婆遇害一案来说吧。要知道，那凶手大约就是个不顾死活的家伙，公然在光天化日之下，不顾一切风险硬干，只是靠了奇迹才脱了险，可是他的手到底还是发抖了。他没放手偷那些财物，他沉不住气了。这从案情可以看得很清楚……”

拉斯柯尔尼科夫仿佛生气了。

“看得很清楚!！那您现在去抓住他呀!”他叫道，幸灾乐祸地将扎麦托夫一军。

“嗯，早晚总会抓住的。”

“谁去抓？您吗？您抓得住？累死也白搭哟！要知道，你们心目中只有一件事要紧：有人乱花钱没有？以前手边没有钱，现在忽然乱花起钱来了，好，不是他还是谁！所以，在这件事上，哪怕是个孩子，只要有心，也能把你们骗过去!”

“问题正好就在于他们都是这么干的，”扎麦托夫回答说，“他们杀人的手段固然狡诈，而且连命都不要了，可是一旦杀完人，都马上跑进酒馆里去了。他们往往就在挥霍钱财的时候被捕。他们并不是都像您那么狡猾。不用说，换了是您，就不会进酒馆吧?”

拉斯柯尔尼科夫皱起眉头，目不转睛地看着扎麦托夫。

“您似乎胃口变得更大了，一心想知道换了是我，会怎么干吗?”他不满意地问。

“我是想知道。”扎麦托夫坚定而严肃地回答说。他讲话的口气和看人的目光都有点过于严肃。

“很想知道?”

“很想知道。”

“好吧。喏，换了是我，就会这么办，”拉斯柯尔尼科夫开口说，又忽然把脸逼近扎麦托夫的脸，又定眼瞧着他，又压低喉咙说话，弄得扎麦托夫这一次不由得打了个冷战，“喏，换了是我，就会这么干：

我拿着钱财和物品，从那儿走出来，哪儿也不去闲逛，马上到一个荒僻的地点去，那儿光有围墙，几乎一个人也没有，是个菜园或者诸如此类的地方。我要事先就到那儿去，在那个院子里物色那么一块石头，有一普特或者一普特半重，在角落里，靠着围墙，也许从当初盖房子的时候就扔在那儿了。我就把石头掀起来，底下一定有个坑，我把物品和钱财统统放在那个小坑里。等我放好，就把石头压在上面，要摆得跟原先一模一样，再用脚把四周的松土踩结实，然后一走了事。过了一年，我不去取，过了两年也不去取，过了三年还是不去取。好，您就找吧！白费劲儿哟！”

“您发疯了！”扎麦托夫不知什么缘故，也几乎压低喉咙说，而且不知什么缘故忽然躲开拉斯柯尔尼科夫的脸。拉斯柯尔尼科夫的眼睛炯炯有神，脸色煞白，上嘴唇颤抖了一下，而且哆嗦起来。他弯下腰尽量凑近扎麦托夫，嚅动嘴唇要低声说话，可是什么也没说出来。这样僵持了半分钟。他知道自己在干什么，可是管不住自己了。一句可怕的话不停地在他嘴唇上跳动，就跟以前房门上的门钩一样，眼看就要冒出来，眼看就要脱口而出，眼看就要一下子讲出口了！

“如果老太婆和丽扎维达就是我杀死的，那怎么样？”他突然说出口，随后他就醒悟过来了。

扎麦托夫非常惊讶地看着他，脸色顿时白得跟桌布一样。他皱起脸，勉强做出一副笑容。

“可是这怎么可能？”他说道，声音低得几乎听不见。

拉斯柯尔尼科夫恶狠狠地瞧了他一下。

“您会承认您相信我的话吧？对吧？不是这样吗？”

“根本不对！我现在比任何时候都不相信！”扎麦托夫匆匆地说。

“到底露出马脚了！小麻雀让人抓住了。既然您现在‘比任何时候都不相信’，可见您先前是相信的！”

“根本不对！”扎麦托夫叫道，分明发窘了。“您吓唬我就是故意要得出这个结论？”

“那么您不相信？可是那一次我从办事处出来以后，您趁我不在场都说了些什么？炮筒子中尉见我从昏厥中醒过来，为什么还要审问我？喂！您！”他对堂倌嚷道，站起来，拿起帽子，“我该付多少钱？”

“一共三十戈比，先生。”堂倌跑过来，回答说。

“喏，另外再给你二十戈比小费。瞧瞧，钱好多呀！”拉斯柯尔尼科夫说着，伸出发抖的手，手里拿着钞票，给扎麦托夫看，“有红色的，有蓝色的。二十五卢布哪。这是从哪儿来的？而且我这身新衣服又是从哪儿来的？是啊！您明明知道我本来一个小钱也没有！您大概审问过我的女房东吧……好，到此为止吧！ Assez causé![1]下次再见！……”

他走出去，周身发抖，心里满是一种疯魔般的歇斯底里情绪，同时其中又夹杂着一些难忍难熬的快意。然而他心情阴沉，身体分外疲乏。他的脸容变了样子，就跟刚刚发作过一种病似的。他的疲劳在很快地增长。如今，他一受到震动，一遭到刺激，精力就勃然兴起，汹涌而来，然而随着情绪的减弱，他的精力也就同样快地低落了。

扎麦托夫剩下自己一个人，在原地坐了很久，不断沉思。拉斯柯尔尼科夫无意中把他有关某一点的思想整个颠倒过来，彻底确定了他对拉斯柯尔尼科夫的看法。

“伊里亚·彼得罗维奇是蠢货！”他最后暗自断定道。

拉斯柯尔尼科夫刚刚推开饭铺临街的门，不料就在门廊上，跟走进门来的拉祖米欣撞了个满怀。两个人走得很近了，却还是没有看见对方，因此两个人的头险些碰在一起。两个人停住脚，都抬起眼睛把

1. 法语：闲扯得够了！

对方打量一阵。拉祖米欣吃惊不小，然而他眼睛里蓦地冒出怒火，真正的怒火，咄咄逼人。

“原来你在这儿！”他放开喉咙叫道。“你从床上跑掉了！可是我在你屋里还趴到长沙发底下去找过你！是啊，我们还到阁楼上去找你！我为你着急，差点把娜斯达霞揍一顿……可是瞧瞧，他跑到这儿来了！！罗季卡！这都是什么意思？你给我说真话！一五一十地说吧！听见了吗？”

“这意思是说，你们这些人惹得我腻烦死了，我要一个人独来独往。”拉斯柯尔尼科夫从容地回答说。

“一个人独来独往？你连路都还走不动，你那张丑脸还跟麻布一样惨白，你还喘不过气来！浑小子！……你在‘水晶宫’干什么来着？马上说实话！”

“放我走！”拉斯柯尔尼科夫说着，打算扬长而去。这简直惹得拉祖米欣忍无可忍，他一把抓紧拉斯柯尔尼科夫的肩膀。

“放你走？你居然敢说‘放你走’？你知道我马上要怎样对付你？我要把你抱过来，捆绑起来，夹在胳肢窝底下，送回家去，锁上房门，把你关起来！”

“你听我说，拉祖米欣，”拉斯柯尔尼科夫开口说，声音很轻，口气十分镇静，“莫非你就没看出来我不需要你的善心？既然人家……朝你的善心吐唾沫，甚至于觉得难以忍受，那你又何苦对他发善心呢？唉，当初我刚刚病倒的时候，你何必那么寻找我？也许我倒很乐于死掉呢？是啊，难道今天我没对你讲清楚，说你在折磨我，说你惹得我……腻烦了？说真的，你存心要折磨人！我敢肯定地对你说，这种做法严重地妨碍我恢复健康，因为这不断地刺激我。要知道，左西莫夫刚才走掉，就是要避免刺激我。看在上帝分上，你也躲开我吧！归根结底，你有什么权力硬缠住我不放？莫非你没看出我现在说话的时候，我的头脑十分清醒？说到头来，请你教导我，我该怎样央求你，怎样央求你，你才能不再纠缠我，不再对我发善心呢？就算我忘恩负义，就算我卑鄙吧！总之，请你们大家看在上帝分上别管我的事！别管我的事！别管我的事！”

他开头讲得从容不迫，预先为他就要说出口的刻薄话暗暗高兴，最后却讲得情急，透不过气来了，就像方才跟卢仁说话一样。

拉祖米欣站了一会儿，沉吟片刻，然后松开他的手。

“滚你的蛋！”他轻声说，几乎带着沉思的样子。“站住！”他看见拉斯柯尔尼科夫离开原地，又猛地喝住他，“你听我说。我要对你讲清楚：你们这班人，一个个都是空谈家和吹牛大王！你们有了一点点痛苦，就跟母鸡下了蛋似的咯哒咯哒叫个没完，就连这种做法也是从别人写的东西里偷学来的。你们的生活里丝毫没有独立做人的气息！你们的躯体不是血肉造的，而是鲸蜡油造的，你们血管里流的不是血，而是血清！你们这些人，我一个也不相信！你们不管在什么情况下，头一件大事就是不要像个普通人！站住！”他发现拉斯柯尔尼科夫又要举步走开，就加倍气愤地嚷道，“你听我说完！你知道，今天我家里会有些人来庆贺乔迁之喜，眼下也许已经来了，我留下舅舅在家招待来客……我刚才跑回去过了。如果你不是傻瓜，不是个俗里俗气的傻瓜，不是个十足的傻瓜，不是由外文翻译过来的虚构的苍白形象……你要知道，罗佳，我承认你是个小聪明，不过你仍然是个傻瓜！……反正，如果你不是傻瓜，那你今天最好到我家里去，坐一个傍晚，免得在街上闲逛，白白把鞋底磨坏！既然你已经出来，那就一定要去！我会给你找一把挺软和的圈椅来坐，我的女房东家里就有……你喝喝茶，又有大家陪着你……哦，不，你干脆就在我的睡榻上躺着好了，反正是跟我们在一起……左西莫夫也要来的。那么你来吧？”

“不来。”

“胡——扯！”拉祖米欣急得嚷起来，“你怎么知道你不来？你做不了你的主！再者，这种事你一点也不懂……我总有一千次跟人家吵翻了脸，事后却又跑回去……我自己觉得难为情，就又回到人家那儿去了！那么你要记住，我的住处是波青科夫的房子，三楼……”

“说真的，您为了获得发善心的乐趣，也许甘愿让什么人打一顿吧，拉祖米欣先生？”

“打谁？打我？谁敢这么胡想，我就拧掉谁的鼻子！要记住波青科夫的房子，四十七号，文官巴布希金的寓所……”

“我不去，拉祖米欣！”拉斯柯尔尼科夫说着，扭转身，走掉了。

“我敢打赌，你会来的！”拉祖米欣追着他嚷道。“要不然你……要不然我就跟你绝交！站住，喂！扎麦托夫在饭铺里吗？”

“在。”

“你跟他见过面吗？”

“见过面。”

“谈过话吗？”

“谈过。”

“谈了些什么？哼，去你的！你不说就算了。波青科夫的房子，四十七号，巴布希金的寓所，要记住！”

拉斯柯尔尼科夫一直走到萨多瓦亚街，转过弯去。拉祖米欣瞧着他的背影，沉思不语。最后，他挥一下手，走进旁边的房子，可是走到楼梯一半，却站住了。

“见他的鬼！”他继续想道，几乎发出声来，“他说话有条有理，可是好像……我也成了傻瓜？难道疯子就不能把话说得有条有理？我觉得，左西莫夫所怕的就是这一点！”他举起手指敲敲额头。“哎呀，万一……那可怎么好？哎呀，刚才我怎么能放他一个人走掉？说不定他会掉进河里淹死的……哎，我失算了！不行！”

他就跑回去追拉斯柯尔尼科夫，可是那个人已经影踪全无了。他啐一口唾沫，快步回到“水晶宫”，赶紧向扎麦托夫打听情况。

这当儿拉斯柯尔尼科夫已经照直走到某桥，在桥中间栏杆旁边站住，把两个胳膊肘支在栏杆上，举目眺望远方。他跟拉祖米欣分手后，觉得身体十分衰弱，好不容易才走到这儿。他一心想在街上找个地方坐一坐，或者躺一躺。他朝着水面弯下身子，心不在焉地看着太阳西落而射出玫瑰色的余晖，看着成排的房屋在苍茫的暮色中渐渐发黑，看着左面堤岸街上远处顶楼一面小窗在夕阳照射下一刹那间闪闪发亮，就跟起了火似的，看着运河的水渐渐变得乌黑，于是河水似乎吸引了他的注意力。最后他眼前有些红色的圆圈转动，房屋开始摇晃，行人啦、堤岸街啦、马车啦，都纷纷旋转，绕着他跳动不已。忽然他打个寒噤，看见一幅古怪而丑恶的幻景，也许这才使得他免于重新昏厥。他感到他右面有个人，挨近他站住，就瞥了一眼，原来那是个女人，高身材，扎着头巾，长圆脸，干瘦，面色发黄，眼睛陷下去还有点红。她直起眼睛瞧着他，可是显然什么也没看见，什么人也没认出来。她突然用右手支在栏杆上，抬起右腿，跨过栏杆，随后把左腿也跨过去，跳进运河里去了。混浊的河水分开，一下子吞吃了这个祭物，可是过了一会儿，投河的女人又浮上来，随着水流缓缓漂去，头和腿都沉在水里，脊背朝上，裙子露出水面，鼓起来，像个枕头似的。

“有个女人跳水了！有个女人跳水了！”几十条喉咙一齐嚷起来。人们都跑拢来，两边堤岸上顿时挤满了观众。桥上，拉斯柯尔尼科夫的周围，也有人跑过来，在他后面推他，挤他。

“哎呀，我的老天爷，这不是我们的阿弗西纽希卡吗！”有个女人的喊叫声带着哭音，在不远的地方响起来。“哎呀，救救她吧！好心的人们，把她打捞上来吧！”

“小船！找条小船来！”人群嚷道。

然而已经用不着小船了：有个警察顺着下坡的台阶跑到运河边上，脱掉身上的大衣和脚上的皮靴，跳进水里。这个工作不算费力！投河的女人已经顺水漂到离这儿几步远的地方，警察伸出右手抓住女人的衣服，左手拉住同事递过来的一根杆子，投水的女人就立刻被打捞上来了。她被安放在斜坡的花岗岩石板上。她不久就清醒了，爬起来，坐好，开始打喷嚏，擤鼻涕，糊里糊涂地伸出双手来擦她的湿衣服。她一句话也没说。

“她醉得昏了头，老天爷啊，醉得昏了头哟。”刚才那个女人的声音哀叫道，这时候她已经站在阿弗西纽希卡身旁。“前几天她就打算上吊，后来让人从绳套上解下来了。方才我到小铺去，留下个小姑娘照顾她，可是，你瞧，就出事了！她是个小市民，老大爷，我们那儿的小市民，就住在我们家附近，从头数起第二所房子，喏，就在那儿……”

人们分头走散，警察们还在为投河的女人忙碌，有人嚷着提到警察局……拉斯柯尔尼科夫瞧着这种种情形却露出漠不关心和无动于衷的奇怪神情，他心里觉得厌恶。“是啊，糟透了……跳河……犯不上。”他暗自嘟囔道。“这不会有什么结果，”他补充道，“用不着耽搁时间了。他们嚷什么，警察局？……扎麦托夫为什么不待在警察局？警察局一直到九点钟还开着门办公呢……”

他转过身来，背对着栏杆，往四下里看一眼。

“嗯，何不就去呢！这样也行！”他果断地说，离开那座桥，往警察局所在的方向走去。他心里空荡荡，毫无生气。他不愿意多想一下。甚至他的苦恼也过去了。方才他走出家门，想“把事情了结一下”，感到精力充沛，现在那种精力却连影子也没有了。接踵而来的却是十足的冷漠。

“是啊，这也算是一条出路！”他暗想，顺着运河边上的堤岸无精打采地缓缓走着。“这样总算把事情了结了，因为我要了结嘛……不过，这算是出路吗？反正无所谓！总会给我一块一俄尺的空地吧，嘿嘿！然而那算是什么结局呀！莫非事情就这么了结？我要不要对他们说出来呢？唉……见鬼去吧！！再者我也累了，赶快找个地方躺一躺，坐一坐才好！最使我害臊的是，这样做未免太愚蠢。可是，我也不在乎。呸！我的头脑生出些多么愚蠢的想法呀……”

要到警察局去就得照直往前走，在第二个路口往右转弯，再走几步路就到了。可是他走到第一个路口却停住脚，沉吟一下，拐到一条巷子里，绕来绕去地走，穿过两条街。他这样走，也许没有什么目的，也许是要再拖延一下时间。他走个不停，眼睛瞧着地。突然间，似乎有人凑着他的耳朵低声说话。他抬起头，看见自己正好站在那所房子的大门跟前。从那天傍晚起，他一直没到这儿来过，也没路过这个地方。

一种强大无比而且无法解释的欲望吸引着他。他走进那所房子，穿过整个门道，然后走进右边的入口，顺着熟悉的楼梯往上走！到四楼去。狭小而高陡的楼梯上光线幽暗。他在每个楼梯口上都停下来，好奇地往四下里看。一楼的楼梯口上，窗上的双层窗扇已经完全卸掉。“那时候可不是这样。”他暗想，然后来到了二楼，当初尼古拉和米特利干过活的那个寓所。“门锁着，房门也重新油漆过，可见要出租了。”后来他登上三楼……四楼……“就是这儿！”他大惑不解，怎么这个寓所的房门敞开着，里面还有些人？可以听见有说话声，这却是他绝没料到的。他迟疑片刻，随后就登上最后几级阶梯，走进寓所去了。

这个寓所也在重新装修，里面有些工人。这似乎使他大吃一惊。不知什么缘故，他原以为他在这儿见到的情形会跟以前一样，也许连死尸也横陈在地板上没有移动。可是现在只剩下光秃秃的四壁，家具却一件也没有了，这可有点奇怪！他走到窗跟前，在窗台上坐下。

那儿一共只有两个工人，都是年轻小伙子，一个年纪稍大一点，另一个年轻得多。他们正往墙上糊新的壁纸，是白底小紫花的，替换了原来的那些颜色发黄、又旧又脏的壁纸。不知什么缘故，这惹得他很不高兴，他瞧着那些新壁纸，觉得反感，仿佛惋惜旧壁纸都这么换掉了似的。

那两个工人显然延误了下班的时间，现在正赶紧卷起他们的壁纸，准备回家。拉斯柯尔尼科夫来到这儿，几乎没有引起他们的注意。他们在谈话。拉斯柯尔尼科夫把胳膊交叉在一起，听着。

"她，那个女人，是早上到我这儿来的，"年纪大的对年轻的说，"一大清早就来了，打扮得挺漂亮。我就说：'你干吗在我眼前献殷勤，你干吗在我跟前卖俏？'她说：'契特·瓦西里耶维奇，从今以后，我对您百依百顺了。'原来是这么回事！而且她打扮得花枝招展，像时装杂志上一样，活像时装杂志上的模样！"

"什么叫时装杂志，大叔？"年轻的问。他分明想向那位"大叔"学点东西。

"时装杂志嘛，我的小老弟，也就是些画，带彩色的。这些画本每到星期六就从外国寄到此地的裁缝师傅手里，叫他们看看，不管男的也好，女的也好，应该怎么穿戴。喏，都是些画。男的大半都画成穿着大衣，讲到女的，老弟，穿的可真体面，买那样的衣裳，你就是把家当掉，把钱都拿出去还嫌不够！"

"这个彼得堡真是什么都有啊！"年轻的工人着迷地叫道，"除了亲爹亲娘，样样都有！"

"除了他们，我的小老弟，要什么有什么。"年纪大的用教训的口气下结论说。

拉斯柯尔尼科夫站起来，走到另一个房间去，以前那儿摆着小箱子、床铺和五层式屉柜，如今这个没有家具的房间在他眼里却显得非常小。这里壁纸还没有换掉，墙角上以前放着供圣像的神龛的地方，现在那儿的壁纸特别干净显眼。他看了看，又回到原先的窗口去。年纪大一点的工人斜起眼睛瞧着他。

“您要干什么？”他忽然对着他问道。

拉斯柯尔尼科夫没有回答，却从窗台那儿站起来，走到门道上，抓住门铃，拉一下。还是那个门铃，还是白铁的声音！他又拉第二下，第三下，他一面听一面回想。他不由得越来越清楚地，越来越痛切地想起他以前那种感觉多么不好受，可怕而又痛苦。他每听到铃声一响，就不禁打个寒噤，不过他接着倒越来越感到愉快了。

“你到底有什么事？你究竟是干什么的？”工人往他那边走去，叫道。

拉斯柯尔尼科夫又走进门来。

“我想租个寓所，”他说，“我来仔细看看。”

“没有晚上出来租房子的。再说，您应当跟扫院人一块儿来。”

“地板都擦干净了，要上漆吧？”拉斯柯尔尼科夫接着说。“血没有了？”

“什么血？”

“喏，老太婆和她妹妹就是在这儿让人打死的。这儿有过一大摊血。”

“你可是个什么人？”工人心神不定地嚷叫道。

“我？”

“对。”

“你想知道吗？……我们到警察局去，我到那儿就说出来。”

两个工人大惑不解地瞧着他。

“咱们现在该走了，已经过了下班的时间。咱们走吧，阿辽希卡。得锁上门。”年纪大的工人说。

“好，我们走吧！”拉斯柯尔尼科夫淡漠地回答说，先走出去，慢吞吞地走下楼梯。“喂，扫院人！”他走到通往大门的门道上，喊了一声。

有几个人正站在临街的大门口观看来往的行人。他们是两个扫院人、一个女人、一个穿长袍的小市民，另外还有一两个人。拉斯柯尔尼科夫照直走到他们跟前。

“您有什么事？”一个扫院人问。

“你刚才去过警察局吗？”

“刚才去过。您有什么事？”

“那儿还有人办公吗？”

“有人办公。”

“副局长在吗？”

“有一阵在。您有什么事？”

拉斯柯尔尼科夫没有回答，跟他站在一起，沉思不语。

“他是来看房子的。”年纪大一点的工人走过来说。

“哪一间房子？”

“就是我们干活的那间。他说：‘为什么把血都擦掉了？这儿出过杀人案，’他说，‘我是来租房的。’后来他拉门铃，差点拉断。他又说：‘我们到警察局去吧，到那儿我就都说出来。’他缠住人不放。”

扫院人不明白是怎么回事，皱起眉头打量拉斯柯尔尼科夫。

“您到底是什么人？”他比较威严地嚷着说。

“我是罗季昂·罗曼内奇·拉斯柯尔尼科夫，以前是大学生，住在希尔的房子里，离这儿不远，在附近一条巷子里，我的寓所是十四号。你去问那儿的扫院人……他认识我。”拉斯柯尔尼科夫懒洋洋地说着这些话，心不在焉，脸也没转过来，凝神望着渐渐黑下来的街道。

“那您到那个房间去干什么！”

“看看。”

“有什么可看的？”

“干脆把他带到警察局去，怎么样？”小市民忽然插嘴说，随后又沉默了。

拉斯柯尔尼科夫侧过脸来，斜起眼睛从肩膀上瞧着他，盯住他看了一阵，随后仍然不慌不忙，懒洋洋地说：

“我们走吧！”

“那就真的把他带去！”小市民壮起胆子，接上去说。“他干吗提到**那件事**？他安的什么心？”

“说他喝醉，他又没喝醉。上帝才知道他是怎么回事。”工人嘟哝说。

“您到底要干什么？”扫院人又叫道，开始认真生气了，“你干吗缠个没完？”

“你不敢到警察局去？”拉斯柯尔尼科夫讥诮地对他说。

“有什么不敢的？你干吗缠个没完？”

“骗子！”女人叫道。

“干吗跟他废话？”另一个扫院人叫道，他是个身材魁梧的乡下人，穿一件农民的厚呢上衣，敞着怀，腰带上挂着钥匙。“走开！……准是个骗子……走开！”

他就一把抓住拉斯柯尔尼科夫的肩膀，把他往街上一推。拉斯柯尔尼科夫踉踉跄跄奔出去，可是没有跌倒。他挺直身子，默默地瞧一下那些看客，自顾走了。

“这个人可真怪。”工人说。

“如今的人都变得怪怪的。”女人说。

“还是应该把他带到警察局去才对。”小市民补充说。

“用不着跟他纠缠，”身材高大的扫院人断定道，“一定是个骗子！

当然，他是故意捣蛋，你让他一缠上，可就没个完了……咱们可知道这号人!”

“那么，到底去不去呢?”拉斯柯尔尼科夫在十字路口的马路当中站住，暗自想道。他往四下里扫一眼，仿佛等别人说出一句该怎么办的话似的。可是四处一点声音也没有。一切都闷声不响，死气沉沉，就跟他踩着的石头一样，依他看来，依他一个人看来，这些都死了……

忽然，他看见远处，离他二百步开外，在街道的尽头，浓重的黑暗中，有一群人。他听到那儿有说话声和嚷叫声……人群当中停着一辆轻便马车……有灯亮在街道当中，时隐时现。“这是怎么回事?”拉斯柯尔尼科夫转过身去往右走，往人群那边走去。他似乎抓住了救星，想到这儿不由得冷冷一笑，因为他已经断然决定到警察局去，确切地知道事情马上就要了结了。

第七章

街道中央停着一辆上等人家的华丽马车，由两匹烈性的灰色马拉着。马车上没有乘客，马车夫也从赶车座位上下来，站在一旁，拉住缰绳不让马动。四周拥上来许多人，挤到最前面的是警察。其中有一位警察，手里举着点燃的提灯，弯下腰，照亮马路上车轮旁一个什么东西。大家纷纷说话，嚷叫，长吁短叹。马车夫似乎弄不明白是怎么回事，偶尔反复地说：

“真是倒霉！主啊，多么倒霉呀！”

拉斯柯尔尼科夫尽力挤进去，终于看见这场纷乱和人们好奇的对象是什么东西了。原来有个人刚刚被马车轧过躺在地上，满身是血，看来已经失去知觉。他穿得很差，然而装束是“上流人”。他脸上和头上不停地流血。那张脸已经完全被轧坏，皮开肉绽，不成形了。看得出来，他的伤势不轻。

“老天爷啊！”马车夫哀叫道，“这怎么能怪我没把马照看好！要是我赶车太快，或者没对他嚷叫，倒也罢了，可是我赶车不算急，慢慢腾腾的。人人都看见了，大家不会说谎，我也不会，大家都知道，喝醉酒的人昏头昏脑，走不好路！……我瞧见他穿过街道，摇摇晃晃，差点摔倒，我就对他喊一声，又喊一声，再喊一声，而且勒住马，他却照直往马蹄底下扑过来！他要就是故意这么干，要就是醉得糊涂了……这两匹马岁数小，容易受惊。它们猛然往前一蹿，他叫起来，马就越发往前蹿……得，这就出了事。”

“他说的一点不差！”人群里有人发出证明的声音。

“他是叫过，这话不假。他对他喊过三声。”另一个声音应道。

“整整喊过三声，大家都听见的！”又一个声音嚷道。

不过，马车夫倒不太泄气，也不惊慌。看得出来，这辆轻便马车的主人有钱有势，正在别处等马车去接他。警察们当然没少操心，正在考虑怎样处理好刚发生的情况。现在得把轧伤的人送到警察分局，然后再送到医院去。谁也不知道他的姓名。

这当儿拉斯柯尔尼科夫已经挤进去，弯下腰凑近他，忽然，提灯的光清楚地照亮那个不幸者的脸，拉斯柯尔尼科夫认出他了。

“我认得他，认得他！”他挤到最前面，叫道，“他是个官员，退职的九品文官玛尔美拉朵夫！他住在这一带，就在附近，柯节尔的房子里……赶快去请大夫！我出钱就是，瞧！”他说着，从衣袋里取出钱来，给警察看。他神情十分激动。

警察们很满意，因为知道轧伤的是什么人了，拉斯柯尔尼科夫说出自己的姓名，也报出自己的住址，竭力劝说警察们赶快把失去知觉的玛尔美拉朵夫抬到他的住处去，好像那是他亲爹似的。

“就在那儿，隔三所房子就是，”他张罗说，“就是柯节尔的房子，柯节尔是个有钱的日耳曼人……他（伤者）现在一定是喝醉了酒，正在吃力地往家走，我认得他……他是个酒鬼……那边就是他的家，有妻子，有孩子，还有一个大女儿。要把他送到医院，还得费不少事，可是这儿，那所房子里，一定有大夫！我来出钱，我来出钱！……反正他家里的人能照料他，立刻给他治伤，要不然他还没送到医院就会死掉……”

他甚至趁外人没看见，设法把几个钱塞在警察手里，不过，这件事很清楚，这么做是合情合理的，无论如何，在这儿就近可以得到救护。他们把受伤的人抬起来，送走，有几个人来帮忙。柯节尔的房子离这儿大约有三十步远。拉斯柯尔尼科夫跟在后面走，小心地托住伤者的头，同时指点道路。

“就在这儿，就在这儿！上楼，要让他的头朝上，你们转个弯吧……这就行了！我会出钱，我会向你们表一表谢意的。”他嘟哝着说。

卡捷莉娜·伊凡诺芙娜像往常一样，一有闲工夫，就立刻开始在她那小房间里走来走去，从窗口走到火炉那儿，再折回去，两条胳膊紧紧地交叉在胸前，自言自语，常常咳嗽。近来，她跟自己的大女孩，十岁的波连卡，越来越常谈天，而且话也越来越多。波连卡虽然还有许多话听不懂，不过另一方面，她又很清楚地理解母亲需要她，因此总是抬起聪明的大眼睛看着母亲，千方百计装出全听懂了的样子。这一回，波连卡正在给她的小弟弟脱衣服，服侍他睡下，他已经害了一整天的病。小男孩的衬衣必须夜里洗出来，他就坐在椅子上，一句话也不说，等姐姐给他换衬衣，脸色严肃，身子挺直，一动也不动，把两条小腿往前伸直，紧紧地并在一起，脚后跟对着人，脚趾张开。

他在听妈妈和姐姐讲话，努起小嘴唇，瞪大小眼睛，坐着不动，凡是聪明的男孩，临睡前由别人脱衣服的时候，都照例必定这样安坐着；另外一个比他还小的女孩，穿得破破烂烂的，正站在屏风旁边，也等着换衣服。

通往楼梯口的房门敞开着，这样至少使得从其他房间里飘来的烟草的烟雾有个去处，免得随时害得可怜的痨病女人痛苦地咳嗽很久。卡捷莉娜·伊凡诺芙娜这个星期似乎越发消瘦，两颊的红晕比以前越发鲜艳了。

“你不会相信，波连卡，”她在房间里边走来走去边说，“你再也想不出来，当初在我爸爸家里我们过得多么快活、阔绰，如今这个酒鬼怎样毁了我，而且也会毁了你们这些孩子！我爸爸是文职的上校，几乎当上省长了。他只差一步就当上了，弄得大家纷纷坐车到他这儿来，说：‘我们可已经把你看成我们的省长了，伊凡·米海雷奇。’那时候我……咳！那时候我……咳咳咳……唉，该诅咒的生活呀！”她嚷着，咳出痰来，两手抓住胸口，“那时候我……哎，去参加最后一次舞会……是在首席贵族家里……别芦美尔纳雅公爵夫人瞧见我了……喏，后来我跟你爸爸结婚的时候，就是她给我祝福的，波连卡……当初在舞会上，她一瞧见我，就马上问道：‘这个可爱的姑娘岂不就是在华丽典礼上戴着披巾跳舞的那个少女？’……喏，那件衬衣上的破洞该缝一下才行，对，你该拿根针来，照我教的那样，立刻把它补好，要不然明天……咳！明天……咳咳咳！就破得更厉害了！”她费力地嚷道。“那一回有个宫中侍从谢果尔斯科依公爵刚从彼得堡来……跟我一块儿跳玛祖卡舞，而且打算第二天到我家来向我求婚，可是我自己讲了些不伤他面子的话，谢绝了他的要求，说是我的心早已属于另一个人了。这另一个人就是你的父亲，波连卡。我爸爸知道了，就大发脾气……那么你把水准备好了吗？好，把那件衬衣拿过来，还有袜子呢？……廖尼娅，”她扭过脸去对更小的女孩说，“你只好不穿衫衣睡一夜，凑合一下吧……把袜子也放在旁边……我一块儿洗出来……那个破衣烂衫的家伙怎么还不回来，酒鬼！他把衬衫穿得像抹布，全破了……应当让我一块儿洗出来才好，免得我一连两个晚上受这种罪。主啊！咳咳咳！又来了！这是怎么回事？”她嚷起来，一眼看见门道里满是人，还有些人抬着个什么东西挤进她房间里来。

“这是怎么回事？他们抬的是什么？主啊！”

“到底该放在哪儿啊？”警察往四下里看一眼，问道，这时候他们已经把身上布满血迹和不省人事的玛尔美拉朵夫抬进房间里来了。

“放在长沙发上！直接放在长沙发上，头搁在这儿。”拉斯柯尔尼科夫指点说。

“他在街上给马车轧伤了！他喝醉了！”有人在门道里叫道。

卡捷莉娜·伊凡诺芙娜站在那儿，满脸煞白，呼吸费力。孩子们都吓坏了。小廖尼娅尖叫一声，往波连卡身上扑过去，抱住她，周身发抖。

拉斯柯尔尼科夫把玛尔美拉朵夫安顿好，跑到卡捷莉娜·伊凡诺芙娜跟前。

“看在上帝面上，请定一定心，别害怕！”他很快地说，“他本来在穿过街道，却给一辆四轮马车轧伤了。您别着急，他会醒过来的，是我吩咐他们把他送到这儿来的……以前我上您这儿来过一趟，您记得吧……他会醒过来，我出钱就是！”

“他如了愿！”卡捷莉娜·伊凡诺芙娜绝望地叫道，扑到丈夫跟前去。

拉斯柯尔尼科夫很快就发现她不是那种动不动就昏厥不醒的女人。转眼间，她已经在不幸者的脑袋底下垫上个枕头，这件事却还没有一个人想到去做。卡捷莉娜·伊凡诺芙娜动手给他脱衣服，观察他，忙这忙那，却又并不慌乱，并未不知所措。她咬住颤抖的嘴唇，压下要从胸膛里发出的喊叫声。

同时，拉斯柯尔尼科夫在劝一个人跑去请医师。原来，正好有个医师住得不远，跟这儿只隔着一所房子。

“我已经打发人去请大夫了，”他对卡捷莉娜·伊凡诺芙娜着重说道，“您不用操心，我会出钱。有水吗？……您给我一块餐巾，一块毛巾，什么都成，快一点，还不知道他伤势怎样……他是受伤了，可是没死，请您相信我的话……看看大夫来了会怎么说！”

卡捷莉娜·伊凡诺芙娜往窗子那边跑过去。那儿，墙角上一把破椅子上，放着一只大瓦盆，里面装着水，原是准备夜间洗孩子和丈夫的内衣用的。夜间洗衣的工作总是由卡捷莉娜·伊凡诺芙娜本人来做，她亲手洗那些衣服，每星期至少洗两次，有的时候还要勤些，因为事情已经闹到山穷水尽的地步：他们几乎根本没有多余的内衣可以更换，这个家庭的成员每人都只剩下一套内衣了。可是卡捷莉娜·伊凡诺芙娜不能容忍肮脏，宁可夜间趁大家睡熟后折磨自己，累得筋疲力尽，再把湿衣服挂在拉直的绳子上晾干，第二天早晨好让大家有干净的内衣可穿，也决不愿意看见家里有肮脏的东西。这时候，她听从拉斯柯尔尼科夫的要求，本想把水盆端起来，送到他那边去，然而水盆太重，她差点一跤跌倒。

不过拉斯柯尔尼科夫倒已经设法找到一块毛巾，沾上水，着手揩拭玛尔美拉朵夫那张淌满了血的脸。卡捷莉娜·伊凡诺芙娜站在他身旁，痛苦地喘着气，两只手按住胸口，她自己就需要别人照应。拉斯柯尔尼科夫渐渐明白过来，当初他请大家把轧伤的人抬到这儿来，也许做得不对。警察也站在那儿发愣。

“波连卡！”卡捷莉娜·伊凡诺芙娜叫道，“你跑一趟，到索尼雅那儿去，快一点。要是你赶上她不在家，那也没关系，你对别人讲一声，就说她父亲给马车轧伤了，要她一回到家，就立刻赶到这儿来……快点，波连卡！喏，戴上头巾！”

“赶快跑！”小男孩忽然在椅子上嚷道。嚷完，他又在椅子上坐好，像先前那么挺直身子，呆呆不动，瞪着小眼睛，脚后跟朝前，足趾张开。

这时候房间里已经挤满了人，就算掉下个苹果，也落不到地上了。警察们几乎都走了，只剩下一个暂时留在这儿。闲人们从楼梯上聚到这儿来，那名警察极力又把他们赶回楼梯去。可是里边的房间里住着里普威赫节尔太太的房客，他们几乎都跑出来了，先是只在门口拥挤，后来却潮水般拥到房间当中来了，卡捷莉娜·伊凡诺芙娜气愤极了。

“至少也该让人安静地死掉才对！”她对人群大声喊道，“有什么热闹可看的！嘴上还叼着纸烟！咳咳咳！只差戴着帽子了！……果然，有一个就戴着帽子呢……出去！对死人至少也该存一分敬意才是！”

咳嗽害得她透不过气来，不过她的威吓奏效了。显然，他们都有点怕卡捷莉娜·伊凡诺芙娜。那些房客一个个挤回门口去了，心里却怀着一种奇怪的满足感，像那样的感觉常出现在当某人突然遭到不幸的时候，那些甚至跟他最亲近的人身上，他们虽然极其真诚地怜悯他，同情他，却也毫无例外，没有一个能够幸免不产生这样的感觉。

不过，房门外边响起了议论声，讲到医院，讲到不应当在这儿白白地惊扰别人。

“死也不应当吗！”卡捷莉娜·伊凡诺芙娜嚷道，跑过去，打开房门正要对他们大发雷霆，不料在门口撞上里普威赫节尔太太，这个女房东刚刚听说发生了不幸，就赶紧跑来稳住场面。她是个非常喜欢争吵而又不讲理的日耳曼女人。

“啊！我的上帝！”她说，把两只手一拍，“您丈夫喝醉酒让马踩坏了！送他上医院去！我是房东！”

“阿玛丽雅·留德维果芙娜！请您想想您说的这些话，”卡捷莉娜·伊凡诺芙娜高傲地开口说（她素来用高傲的口气对女房东讲话，好让女房东“记住自己的地位”，就连现在也不肯放弃这种乐趣），“阿玛丽雅·留德维果芙娜……”

“我以前就跟您说过一次，不准您叫我阿玛丽雅·留德维果芙娜。我叫阿玛丽雅·伊凡诺芙娜！”

“您不叫阿玛丽雅·伊凡诺芙娜，而是叫阿玛丽雅·留德维果芙娜。我可不是拍您马屁的下流人，列别齐亚特尼科夫先生才是那种人，眼下他就在房门的那一边笑呢（房门的那一边果然传来了笑声和叫声："她们干起来了！"），所以，虽然我完全不明白您为什么不喜欢这个称呼，可是我仍然要永远叫您阿玛丽雅·留德维果芙娜。您自己也看得明白，谢敏·扎哈雷奇[1]出了什么事，他快要死了。请您现在关上这房门，不许外人进来。至少也该让他安安静静地死掉！不然的话，我敢向您保证，您这种行径，总督本人明天就会知道。远在我做姑娘的年月，那位公爵就认识我，他也很清楚地记得谢敏·扎哈雷奇，而且多次对他施过恩。大家都知道，谢敏·扎哈雷奇有很多朋友和保护人，可是他知道自己那种不幸的弱点，就出于一种高尚的自尊心而离开他们了。不过现在（她指一指拉斯柯尔尼科夫），有个慷慨解囊的年轻人来帮助我们了，他有钱有势，谢敏·扎哈雷奇从小就认识他。请您放心，阿玛丽雅·留德维果芙娜……"

这些话说得非常快，而且越说越快，可是咳嗽一下子打断了卡捷莉娜·伊凡诺芙娜滔滔不绝的话语。这时候垂危的人清醒过来了，不停地呻吟，她就跑到他跟前去。受伤的人睁开眼睛，凝神看着对他弯下腰来的拉斯柯尔尼科夫，既没认出他来，也不明白这是怎么回事。他呼吸困难，出气很长，次数也少。他唇边泛出血来，额头上冒出汗水。他没认出拉斯柯尔尼科夫，就开始不安地把眼珠转来转去。卡捷莉娜·伊凡诺芙娜用忧郁而严峻的目光瞧着他，她的眼睛里淌下了泪水。

"我的上帝！他整个胸脯都给轧坏了！血啊，血！"她绝望地说，"应当把他外边的衣服都脱下来才成！谢敏·扎哈雷奇，要是你办得到的话，就略为转动一下身子。"她对他嚷道。

玛尔美拉朵夫认出她来了。

"请神父来！"他用沙哑的声音说。

---

1. 扎哈雷奇是扎哈洛维奇的简称。

卡捷莉娜·伊凡诺芙娜离开他，走到窗子跟前，额头抵住窗框，绝望地高声叫道：

“啊，该诅咒的生活呀！”

“请神父来！”垂危的人沉默片刻后，又说。

“已经打发人去请了！”卡捷莉娜·伊凡诺芙娜对他高声叫道。他听见大声的吆喝，就不说话了。他用胆怯而苦恼的目光寻找她的眼睛。她又回到他跟前，在他枕头旁边站定。他略为放了心，可是时间不长。他的眼光不久就停在小廖尼娅（他宠爱的女孩）身上，她正站在墙角里，瑟瑟地发抖，像突然发了病似的，用她那稚气的凝神的目光惊讶地瞧着他。

“啊……啊……”他不安地向她那边示意道。他有话想说。

“还有什么事？”卡捷莉娜·伊凡诺芙娜喊道。

“她光着脚！光着脚！”他嘟囔地说着，用昏花的目光向女孩的赤脚示意。

“别说了！”卡捷莉娜·伊凡诺芙娜愤懑地嚷道，“她为什么光着脚，你自己心里明白！”

“谢天谢地！大夫来了！”拉斯柯尔尼科夫高兴起来，叫道。

医师走进来。他是个日耳曼人，细心的小老头，带着怀疑的神情环顾四周，走到病人跟前，按他的脉搏，仔细摸他的头，由卡捷莉娜·伊凡诺芙娜帮着解开病人那件浸透鲜血的衬衫，使他的胸膛袒露出来。整个胸膛都血肉模糊，伤痕累累，皮开肉绽了。右胸的几根肋骨已经折断。左胸的心口上，经马蹄用力踩过，留下一大块凶险的黑黄色伤斑。医师皱起眉头。警察告诉他说，这个轧伤的人给车轮挂住，随着车轮转动，在马路上给拖到三十步远的地方。

“奇怪的是他怎么还会醒过来。”医师小声对拉斯柯尔尼科夫说。

“您以为他会怎样？”拉斯柯尔尼科夫问。

“马上就会死。”

“真的毫无希望了？”

“毫无希望！他已经奄奄一息了……再者他头上的伤势也很重……嗯。也许可以放一放血……不过……这也没用。不出五分钟或十分钟，他一定会死掉。”

“那么最好还是放放血！”

“也行……我要预先对您声明，这是完全没有用处的。”

这时候又传来脚步声，门道里的人群闪出一条路来，一个神父带着备用的圣餐在门口出现，他是个白发的小老头。一个警察跟着他走进来，刚才街上一出事，他就去找神父了。医师立刻把位子让给神父，跟他交换了一下含有深意的目光。拉斯柯尔尼科夫要求医师至少略为再等一下。他就耸一耸肩，留下了。

众人都往后退。忏悔礼没持续很久。垂危的人已经不省人事，只能发出些断断续续的含混语声了。卡捷莉娜·伊凡诺芙娜拉住小廖尼娅，再把小男孩从椅子上抱下来，走到墙角火炉旁，跪下来，叫两个孩子跪在她前头。小女孩一味打战，可是小男孩光着小膝头跪在那儿，却从容地举起一只小手，在胸前规规矩矩画个十字，然后叩头，他的额头一直碰到地上，这样做似乎使他感到特别满意。卡捷莉娜·伊凡诺芙娜咬着嘴唇，忍住眼泪。她也祈祷，偶尔整理一下男孩身上的小衬衣，并且，尽管自己在跪着祈祷，也设法从五层式屉柜里抽出一条三角头巾，披在小女孩的过分裸露的肩膀上，这当儿，里边房间的门又给那些要看热闹的人推开。至于外边门道上，看客们也越来越拥挤，都是顺着各处楼梯跑来的房客，不过他们都没跨过房间的门槛。只有一个蜡烛头照亮这个场面。

这当儿，门道里，跑去找姐姐的波连卡从人群中很快地挤过来。波连卡走进来，由于刚才急忙奔跑，这时候几乎透不过气来，她摘掉头巾，用眼睛寻找母亲，走到她跟前说：

“她来了！我在街上遇见她的！”

母亲就叫波连卡跪下，挨在自己身边。

一个姑娘从人群中悄无声息地挤进来，怯生生的。她突然在这个房间里，在穷苦、破烂衣服、死亡和绝望当中出现，不由得使人觉得奇怪。她也穿得差，她的盛装其实不值钱，而是街头女人的打扮，符合她那独特的世界中所形成的口味和规矩，露出了明显而可耻的目的性。索尼雅在门道里的门槛外边站住，没有跨步走进来，张皇失措地呆望着，似乎失去了知觉，忘记了她那一身转了几道手买下的旧绸缎衣服跟此地全不相称，忘记了她那件花花绿绿的连衣裙拖着个极长而又可笑的下摆，忘记了她那条肥大无比的钟式裙堵住整个门口，忘记了她脚上穿着一双浅色的皮鞋，忘记了她随身带着一把夜间用不着的Ombrelle[1]，忘记了她那顶惹人发笑的圆草帽上插着根火红的羽毛，颜色鲜艳。那顶帽子歪戴在她头上，像是学男孩的样子，帽子底下露出一张苍白消瘦的小脸，神色惊恐，张开了嘴，眼睛呆呆不动，吓坏了。索尼雅身材矮小，年纪十八岁光景，虽然清瘦，却是个相当漂亮的金发女子，两只浅蓝色眼睛分外好看。她凝神瞧着床铺，瞧着神父。她也因为一路快跑上气不接下气。最后人群中泛起窃窃私语声，有些话多半传到她的耳朵里了。她低下眼睛，迈出一步，跨过门槛，在房间里站住，可是仍靠近门口。

忏悔礼和圣餐礼结束了。卡捷莉娜·伊凡诺芙娜又走到丈夫的床跟前。神父退下来，转过来，临行前想跟卡捷莉娜·伊凡诺芙娜说几句话，安慰她一下。

“可是，叫我拿这些孩子怎么办？”她尖刻而气愤地打断对方的

---

1. 法语：阳伞。

话，指一指那些小娃娃。

“上帝是慈悲的，您指望至高无上的神帮助您吧。”神父开口说。

“哼！他慈悲，可是他不管我们！”

“这是罪过，罪过呀，太太。”神父摇着头说。

“那么，这就不是罪过吗？”卡捷莉娜·伊凡诺芙娜指着垂危的人嚷道。

“也许无意中闯下这个祸的人，会答应赔偿您的损失，至少因为他的收入没有了……”

“您没听懂我的意思！”卡捷莉娜·伊凡诺芙娜气愤地叫道，挥一下手。“而且人家为什么要赔偿我的损失！要知道，这是他自己喝醉了酒，钻到马蹄底下去的！哪有什么收入？他根本没带回什么收入，只带回苦恼。要知道他，这个酒徒，把样样东西都换酒喝了。他偷光我们的东西，都带到小酒馆去，把他的一生和我的一生统统断送在小酒馆里！谢天谢地，现在他总算要死了！总算可以少点亏空了！”

“在他临死的时候，应当宽恕他。这是罪过啊，太太，这样的感情是大罪过！”

卡捷莉娜·伊凡诺芙娜又在病人身旁忙碌。她拿水给他喝，替他擦掉头上的汗水和污血，把他的枕头放一放好，只是偶尔抽出空来，向神父那边转过身去，跟他谈几句话，可是，这时候，她忽然对神父发起脾气，几乎愤怒得发疯了。

“哎，神父！这是空话，纯粹是空话！宽恕！喏，要不是他被轧伤了，那么今天他就会喝醉酒回来，身上只穿一件衬衫，脏得要命，破破烂烂，就这么倒头睡大觉，我呢，得打水来洗衣服，把他的和孩子的破烂衣服统统洗干净，挂在窗外晾干，就这么一直忙到天亮，然后，等到天真亮了，我还得坐下来，缝缝补补，瞧，我就是这么过夜的！……何必再谈什么宽恕呢！我已经算是宽恕他了！”

深沉而剧烈的咳嗽打断了她的话，她往手帕里咳一口痰，然后把手帕给神父看，另一只手痛苦地按住胸口。那块手帕上满是鲜血……

神父低下头，什么话也没说。

玛尔美拉朵夫已经奄奄一息，他的目光始终没离开俯身看着他的卡捷莉娜·伊凡诺芙娜。他一直有话想对她说，已经张开口，费力地活动着舌尖，含混地吐出几个字来，可是卡捷莉娜·伊凡诺芙娜明白他是想请求她原谅，就立刻像是命令似的对他嚷道：

“闭嘴！不用了！……我知道你想说什么！……”

病人沉默了，可是这当儿他的目光移来移去，停在门口，他看见索尼雅了……

这以前他一直没发觉她，她一直站在墙角里、阴影里。

“这是谁？这是谁？”他忽然用喘息的沙哑声说道，心神不定，带着惊恐用眼睛“指”一下门旁他女儿站着的地方，极力想爬起来。

“躺下！躺——下！”卡捷莉娜·伊凡诺芙娜嚷道。

可是他使出超乎寻常的力气，竟然用两个胳膊肘硬撑着，爬起来了。他疯狂地、呆呆地瞧了他女儿一阵，仿佛认不得她了。再者，这以前他一次也没看见过他女儿穿这样的衣服。忽然，他认出她来了，认出这个受尽屈辱，心如刀绞，虽然打扮得花枝招展，却又含羞带愧的女儿，她在温顺地等候轮到她去跟垂危的父亲，作最后的诀别。这当儿，他的脸上，现出了无限痛苦的神情。

“索尼雅！我的女儿！宽恕我！”

他大声嚷道，本来打算向女儿伸出手去，却失去身子的重心，摔下去，从长沙发上咕咚一声掉在地上，脸朝下，大家赶紧跑过去，把他搀起来，放在长沙发上，可是他已经要咽气了。索尼雅轻轻尖叫一声，跑过去，抱住他，就此紧紧搂住，一动也不动。他在她的怀抱里就此死了。

“他如愿了！”卡捷莉娜·伊凡诺芙娜瞧见丈夫死了，大声叫道。“喏，现在可怎么办？我上哪儿去找钱来给他殡葬？而且明天我拿什么养活他们，养活这些孩子？”

拉斯柯尔尼科夫走到卡捷莉娜·伊凡诺芙娜跟前。

“卡捷莉娜·伊凡诺芙娜，”他对她开口说，“您去世的丈夫上个星期给我讲了他的一生和种种情况……请您相信，他是带着热烈的敬意谈到您的。那天傍晚，我了解到他虽然有那种不幸的弱点，可是对你们大家却一腔热诚，特别是对您，卡捷莉娜·伊凡诺芙娜，他又尊敬又热爱，因此从那天傍晚起，我们就成了朋友……那么现在，请您容许我……出一点力……对去世的朋友尽一点义务。喏……这儿大概有二十卢布……如果这能帮上您的忙的话，那么……我……一句话，我会再来……一定会再来……也许我明天就会来……再见！”

他很快地走出房间，赶紧从人群里挤出去，走到楼梯。可是他在人群里忽然撞见警察分局的尼科丁·佛米奇，后者听到发生事故后，特意亲自来料理这件事。自从他们在办事处相遇后，再也没见过面，可是尼科丁·佛米奇一眼就认出了他。

“哦，是您啊？”尼科丁·佛米奇向他说。

“他已经死了，”拉斯柯尔尼科夫回答说，“大夫来过，神父也来过，事情办得有条有理。您不要太惊动那个可怜的女人，她本来就害痨病。要是做得到的话，就请您鼓励她一下……要知道，您是个好心肠的人，我知道……”拉斯柯尔尼科夫照直瞧着他的脸，笑着补充说。

“不过，您衣服上沾了血啊。”尼科丁·佛米奇就着灯光看出拉斯柯尔尼科夫背心上有几块新血迹，便这样说。

“对，沾了血……我浑身都沾了血！”拉斯柯尔尼科夫说，露出一种特别的神态，然后微微一笑，点一下头，径自下楼去了。

他缓缓地往楼下走，不慌不忙，已经发热病了，却没觉得，心中充满一种新颖而广阔的情绪，觉得充实而强大的生命力，突然涌上他的心头。这种情绪可以比之于一个人被判死刑后，突然出人意料地得到了赦免而产生的那种情绪。

在楼梯半中腰，神父在回家的路上追上了他。拉斯柯尔尼科夫默默地给他让路，跟他无言地点一下头。可是等他刚走下楼梯，却忽然听见身后传来了急促的脚步声。有人在追他。原来波连卡来了，她一面追他，一面招呼道：

"您听我说！您听我说！"

他朝她那边回转身去。她跑到最后一级阶梯，站住，正好立在他面前，只是比他高一级楼梯罢了。昏暗的亮光从院子里射进来。拉斯柯尔尼科夫看清了女孩那张消瘦而可爱的小脸，女孩正对他微笑，而且带着稚气，快活地瞧着他。她是负着使命跑来的，看来她很喜欢这个使命。

"您听我说！您叫什么名字？……另外还有：您住在哪儿？"她匆匆地问道，声音里带着喘息。

他把两只手放在她的肩上，带着一种幸福的神情瞧着她。他瞧着她感到那么愉快，他自己也不知道是什么缘故。

"是谁打发你来的？"

"索尼雅姐姐打发我来的。"女孩回答说，笑得越发欢乐了。

"我早就知道索尼雅姐姐会打发你来。"

"妈妈也打发我来的。索尼雅姐姐正叫我来一趟，妈妈就也走过来，说：'你要快点跑，波连卡！'"

"你喜欢索尼雅姐姐吗？"

"我爱她比爱谁都深！"波连卡带着一种特别坚定的口气说，就连她的笑容也忽然变得严肃了。

"那么你会喜欢我吗？"

他没听到回答，却看见女孩那张近在眼前的小脸和厚厚的嘴唇天真地凑到他跟前来吻他。蓦地，她那两条细得像火柴棍似的胳膊紧紧地搂住他，她的头靠在他的肩上，那个女孩轻声哭了起来，把脸依偎得越来越紧了。

“我为爸爸难过！”她过了一会儿说道，抬起泪痕斑斑的小脸，用手擦掉泪水，“眼下各式各样的困难都来了。”她出人意料地补充了这样一句，显出特别庄重的神态，凡是小孩，打算学大人那样说话的时候，总会极力装出这种神态的。

“那么爸爸喜欢你吗？”

“在我们这些孩子当中，他最喜欢的是廖尼娅，”她继续很严肃地说，脸上不带笑容，已经完全像大人那样说话了，“他喜欢她，是因为她小，还因为她有病，他老是带点糖果回来给她吃。至于我们，他教我们读书，教我们语法和神学，”她庄重地补充说，“妈妈没说什么，不过我们知道她看着喜欢，爸爸心里也明白。妈妈还打算教我学法语，因为我到了受教育的年纪。”

“那么你会祈祷吗？”

“哦，当然，我们会的，早就会了。我已经是大孩子，就自己默默地祷告。柯里亚和廖尼娅呢，跟着妈妈一句句念，先念祷文《圣母》，再念一句祷词，‘上帝啊，宽恕和祝福索尼雅姐姐吧’，过后再念一句，‘上帝啊，宽恕和祝福我们的第二个爸爸吧’，因为我们原先的爸爸已经死了，这本来就是我们的第二个爸爸，我们也为那个爸爸祷告。”

“波连卡，我叫罗季昂，往后你祷告，有的时候也提一下我，就说，‘还有上帝的奴仆罗季昂’，别的话都不用说。”

“我将来会一辈子为您祷告。”女孩热烈地说着，忽然又笑起来，扑到他身上，又紧紧地抱住他。

拉斯柯尔尼科夫就把自己的姓名和住址都告诉她，答应明天一定再来。女孩十分高兴地走了。

这时候已经是十点多钟，他走到街上。过了五分钟，他在桥上站住，正好站在刚才女人投河的地方。

“够了！”他果断而庄重地说，“不要再想入非非，不要硬造出恐怖心理，不要疑神疑鬼！……真正的生活是有的！我刚才不是在生活吗？我的生活并没有随着那个老太婆一齐毁灭！祝她升天堂吧！够了，老大娘，你也该安息了！现在该是理智和光明的王国……意志和力量的王国了……现在我们看看再说吧！现在我们来较量较量吧！”他傲慢地补充说，仿佛面对着某种黑暗的势力，向它挑战似的。

“可是，要知道，我已经同意在一俄尺见方的地方生活了！

“……目前，我很衰弱，不过……似乎，我的病全好了。刚才出来的时候，我本来就知道我的病会好的。对了，波青科夫的房子就在近处。就算不在近处，我也非去找拉祖米欣不可……让他打赢赌好了！……让他也开开心好了！没关系，让他开心好了！……我需要的是力量，力量。缺了力量就一事无成。而且力量也要用力量才能取得，他们就是不知道这点。”他自豪而又自信地补充道，离开大桥往前走去，可是两只脚几乎走不动路了。他那自豪和自信的心情每一分钟都在增长，他马上就要变成一个跟原先不同的人了。可是，究竟出了什么了不得的事，使得他起了这么大的变化？他自己也不知道，他像个抓住一根稻草的人一样，忽然觉得他也“可以活下去，真正的生活还是有的，他的生活没有随着老太婆一起灭亡”。也许他过于匆忙地得出这种结论了，不过他没有考虑这一点。

“然而我要求过那个女孩为上帝的奴仆罗季昂祷告，”这个想法突然在他的头脑里闪过，“哦，那……就算是以防万一吧！”他继续想道，自己也嘲笑自己这种孩子气的幼稚举动。他的心绪好极了。

他很容易就找到了拉祖米欣。波青科夫房子里的人已经知道这个新房客，扫院人立刻给拉斯柯尔尼科夫指明道路。他刚走到楼梯半中腰，就可以听见一大伙人闹闹吵吵，谈笑风生。对着楼梯口的房门敞开着，从那儿传来嚷叫声和争论声。拉祖米欣的房间相当大，聚会的人大约有十五个。拉斯柯尔尼科夫在前室站住。这儿有女房东的两个女仆在一道隔板后面忙着摆弄两个茶炊、许多酒瓶、菜碟及从女房东厨房里取来的一盘盘馅饼和冷荤菜。拉斯柯尔尼科夫打发人去把拉祖米欣找来。拉祖米欣就欢天喜地地跑来了。头一眼就可以看出来拉祖米欣今天喝酒特别多，虽然他从来不会喝得醺醺大醉，可是这一回却能看出他已经有几分醉意了。

“你听我说，”拉斯柯尔尼科夫赶紧说，“我上这儿来，只是要告诉你：我们打的赌你赢了，确实谁也不知道自己身上可能发生什么样的事。我不能进屋去了：我身体太虚弱，马上就会摔倒。所以，祝你晚安，再见，明天你要到我家里来……”

“你真是的，我把你送回家去就是啰！既然你自己都说你身体虚弱，那么……”

“可是那些客人怎么办？那个鬈发的人刚才往这儿看了一眼，他是谁？”

“那个人吗？鬼才知道他是谁！多半是舅舅的熟人吧，可也说不定是他自己来的……他们这些人，我交给舅舅去周旋好了。我舅舅是个极其宝贵的人，可惜你现在不能跟他认识一下。不过，叫他们统统见鬼去吧！他们现在哪有心思顾到我，再说我也需要透透新鲜空气，所以，老兄，你来得正是时候，再过两分钟我就会跟他们打起架来了，真的，他们净说些毫无道理的荒唐话……你再也想象不到，一个人胡说八道，最后竟能荒唐到什么地步！不过，怎么会想象不到呢？我们自己不也常常胡扯吗？再者，现在就让他们去胡说好了，只有这样，以后他们才会不胡说……你等一下，我去把左西莫夫找来。”

左西莫夫马上就扑到拉斯柯尔尼科夫这边来，简直有点像是饿虎扑食。看得出来，他怀着一种特别的好奇心。他脸上的神情不久就显得高兴了。

“得马上睡觉才成，”他尽可能检查一下病人，做出决断说，“要服一点药粉过夜。您愿意服吗？我刚才就已经准备好……一包药粉了。”

“服两包都成。”拉斯柯尔尼科夫回答说。

药粉当场服下了。

“你亲自把他送回家，这很好，”左西莫夫对拉祖米欣说，“至于明天他会怎样，那我们再看一看吧，不过今天甚至很不坏呢，比以前大有起色了。真是所谓，‘人生有限，学无止境’呀……”

“你可知道方才我们走出来的时候，左西莫夫凑着我的耳朵说了些什么？”拉祖米欣刚走到街上，就不假思索地说，“老兄，我把所有的话都直率地告诉你，因为他们都是蠢货。左西莫夫叮嘱我一路上要跟你聊天，也逼着你聊天，然后再把这些讲给他听，因为他有个想法……认为你……发疯了，或者可以说差不多发疯了。你自己想想看！第一，你比他聪明两倍；第二，要是你没疯，那么他脑子里有那种荒唐的想法，你也不必介意；第三，这个肉墩子，本行是外科医师，现在却又迷上了精神病，今天你跟扎麦托夫的一场谈话，弄得左西莫夫对你的看法彻底改变了，他确信你是疯了。”

“扎麦托夫全告诉你了？”

“全说了，而且这样做挺好。我现在才算把事情全弄清楚，扎麦托夫也明白了……嗯，是啊，一句话，罗佳……问题在于……我眼下有几分醉意了……不过这也没关系……问题在于……你明白吗？他们脑子里确实生出那么个想法……明白吗？也就是说，他们从来也不敢大声讲出来，因为那种想法太荒谬，特别是在那个油漆工人被捕后，那种想法就垮台，从此消失了。然而他们怎么会这样蠢呢？当时我把扎麦托夫略为揍了几下，这话可是背地里说说的，老兄，拜托一下，千万别漏出风声去，说是你知道这件事。我发现他很爱面子，这事是出在拉维扎家里。不过今天，今天什么都清楚了。主要的是警察局的那个伊里亚·彼得罗维奇作怪！他那时候利用你在警察局晕倒做文章，不过后来他觉得惭愧了，是啊，这我知道……”

拉斯柯尔尼科夫贪婪地听着。拉祖米欣带着醉意，只顾说下去，管不住自己的嘴了。

“我那时候晕倒在地，是因为房间里很闷，又有油漆气味。”拉斯柯尔尼科夫说。

“这还用你解释！再者，也不单是油漆的缘故，你的热病已经足足闹了一个月，左西莫夫可以做证嘛！如今警察局那小孩子怎样垂头丧气，你再也想象不到！他说：‘我连那个人的小手指头也比不上哟！’有的时候，老兄，他也有善良的感情。不过，今天在‘水晶宫’你给他上了一课，真的上了一课，这妙极了！要知道，起初你把他吓坏了，害得他全身直痉挛！是啊，你几乎使他再一次相信那一套不成体统的胡扯，后来，忽然间，你又对他吐舌头，意思是说：‘如何？这回够你受的！’妙！现在他算是败下阵来，泄了气！真的，你很了不起，就该这么对付他们。唉，可惜我当时不在场！眼下，他急于跟你见一见面。波尔菲利也想跟你结交呢……”

“啊……连他也……可是他们为什么把我看成疯子呢？”

“其实，不是看成疯子。我，老兄，对你好像说过头了……你要知道，以前使他暗暗吃惊的是，你感兴趣的只有那一件事，现在才弄清楚为什么那件事使你发生兴趣。考虑到种种情况……考虑到那时候这件事怎样惹你生气，怎样跟你的病交织在一起……我，老兄，有点醉了，只有鬼才知道他是怎么回事，他自有他那一套想法……我要对你说，他迷上精神病了。不过你也别放在心上……”

两个人沉默了半分钟。

“你听我说，拉祖米欣，”拉斯柯尔尼科夫开口说，“我想直截了当地告诉你：我刚才守着一个死人，有个文官死了……在那儿，我把我的钱全交出去了……此外，刚才有个人吻过我，即使我杀过人，那个人也还是会……一句话，我在那儿看见了另外一个人……帽子上插着火红的羽毛，不过，我在胡说八道了。我很虚弱，你扶住我吧……我们马上就要走到楼梯了……”

“你怎么了？你怎么了？”拉祖米欣心里不安，问道。

“我的头有点晕，不过问题不在这儿，而在于我心情忧郁，非常忧郁！像个女人似的……真的！你瞧，这是怎么回事？你瞧，你瞧啊！”

“你指的是什么？”

“难道你没看见？我的房间里有灯火，看见了吗？光线从板缝里射出来了……”

他们已经走到最后一道楼梯跟前，在女房东的房门旁边。他们确实可以从下面看见拉斯柯尔尼科夫的小屋里有亮光。

“奇怪！说不定是娜斯达霞在那儿吧。”拉祖米欣说。

“这么晚的时候她从来也不到我屋里去，再说她早就安睡了，不过……我也不在乎！再见吧！”

“你说什么呀？我要送你到家，我们一块儿进去！”

“我知道你会和我一块儿进去。可是现在我打算在这儿跟你握手，在这儿跟你告别。好，你伸出手来，别了！”

“你这是怎么了，罗佳？”

“没什么。那我们一块儿去。你可以做个见证……”

他们就举步登楼。拉祖米欣的脑子里忽的有个想法一闪而过：左西莫夫的话也许倒是对的。“唉，我唠唠叨叨，把他的神经搅乱了！”他暗自嘟哝说。他们正在往门口走去，忽然听见屋里有说话声。

“这是怎么回事?”拉祖米欣嚷道。

拉斯柯尔尼科夫先抓住门柄，一下子把房门开得很大。这一开门不要紧，他在门口站住，呆若木鸡了。

原来他的母亲和妹妹双双坐在长沙发上，等了他一个半钟头了。虽然他早就知道她们要来，而且今天又得到消息说她们已经动身上路了，马上就要到达此地，可是为什么他就一直没盼望她们，一直没想到过她们呢?这一个半钟头，她们争先恐后地向娜斯达霞问这问那，至今娜斯达霞还站在她们面前，已经把种种情形都讲给她们听了。她们听得魂飞天外，因为她们听说他“今天跑掉了”，而且他生着病，从娜斯达霞的话里可以听出，他简直神志不清!

“上帝啊，他出了什么事?”

两个人哭泣不已，这一个半钟头两个人一面等他回来，一面受着煎熬。

拉斯柯尔尼科夫的出现，招来了快活而热烈的喊叫声。两个人一齐朝他跑过去。可是他站在那儿却跟死人一样，心里生出一种突如其来而且没法忍受的感触，就跟遭到雷劈似的。而且他没有抬起胳膊来拥抱她们，他抬不起来了。他母亲和妹妹把他抱得紧紧的，不断地吻他，又是笑又是哭……他往前跨出一步，身子一晃，咕咚一声倒在地上，昏迷不醒了。

随后是慌乱、惊恐的喊声、哀叫声……拉祖米欣本来站在门口，这时候急忙跑进屋里，伸出两条强有力的胳膊，把病人抱起来。病人在长沙发上一躺下，顿时就醒过来了。

“没什么，没什么!”拉祖米欣对拉斯柯尔尼科夫的母亲和妹妹叫道，“这是头晕，这是小事!刚才大夫说过，他的病好多了，他完全恢复健康了!拿水来!喏，他已经缓过来了，喏，他又神志清醒了!……”

他一把抓住杜尼雅的胳膊，差点把那条胳膊拧得脱了臼，然后叫她弯下腰去看一看现在“他又神志清醒了”。母亲也罢，妹妹也罢，都把拉祖米欣看成天神下界，又动情又感激。她们已经从娜斯达霞口中听说，在她们的罗佳生病期间，这个“能干的年轻人”都为他出过什么力，这天傍晚母亲普尔赫莉雅·亚历山大罗芙娜·拉斯柯尔尼科娃跟她女儿杜尼雅私下交谈的时候，已经给拉祖米欣取了个这样的称号。

第三部

第一章

拉斯柯尔尼科夫爬起来，在长沙发上坐好。

他衰弱无力地向拉祖米欣摆一下手，要他止住他向母亲和妹妹诉说的那一大套热烈而不连贯的安慰言辞，然后有一两分钟光景，抓住她们两个人的手，一句话也不说，时而瞧着母亲，时而瞧着妹妹。他的目光把他母亲吓坏了。那种目光透露出一种强烈到痛苦程度的感情，可是同时又呆呆不动，他简直像是疯癫了。普尔赫莉雅·亚历山大罗芙娜哭了起来。

阿芙朵嘉[1]·罗曼诺芙娜脸色苍白，她的手在哥哥的掌心里发抖。

“你们回去吧……跟他一块儿走，”他指指拉祖米欣说，语声断断续续，“明天见，明天一切……你们早就到这儿了？”

“傍晚到的，罗佳，”普尔赫莉雅·亚历山大罗芙娜回答说，“火车误点很多。可是，罗佳，我现在说什么也不离开你了！我就在这儿过夜，守着你……”

“别折磨我！”他说着，生气地把手一挥。

“我留下来陪他！”拉祖米欣叫道，“我一分钟也不会离开他。至于我家里那些人，叫他们见鬼去，随他们去气得要命吧！那儿有我的

1. 上文的杜尼雅是这个名字的昵称。

舅舅管事。”

“我该怎样来报答您，报答您啊！”普尔赫莉雅·亚历山大罗芙娜开口说，又握紧拉祖米欣的手。

可是拉斯柯尔尼科夫再一次打断她的话说：“我受不了，受不了，”他生气地反复说着，“别折磨我！够了，你们走吧……我受不了！……”

“我们走吧，妈妈，哪怕离开房间一会儿也好，”杜尼雅惊慌地小声说，“我们惹得他难受极了，这是明明白白的。”

“可是我们分别了三年，难道我就不能多看他几眼！”普尔赫莉雅·亚历山大罗芙娜说着，哭了。

“等等！”他又止住她们说，“你们老是打岔，我的思路都给打乱了……你们见过卢仁了吗？”

“没有，罗佳，可是他已经知道我们到达此地了。罗佳，我们听说，彼得·彼得罗维奇好心好意，今天来看望你。”普尔赫莉雅·亚历山大罗芙娜有点胆怯地补充说。

“是的……好心好意……杜尼雅，我当时对卢仁说，我要叫他滚下楼去，我要打发他去见魔鬼　　”

“罗佳，你说的是什么呀！你，大概……你说那些话不是出于本心。”普尔赫莉雅·亚历山大罗芙娜吓坏了，开口说道，可是又停住口，眼睛瞧着杜尼雅。

阿芙朵嘉·罗曼诺芙娜凝神瞧着她的哥哥，等他说下去。她俩已经听娜斯达霞讲起过那场争吵，后者尽力按她的理解和表达能力讲过一遍了。她俩不明白是怎么回事，这又加倍让他感到痛苦了。

“杜尼雅，”拉斯柯尔尼科夫吃力地继续说，“我不愿意有这样的婚事，所以你明天见着卢仁，头一句话就得回绝这门婚事，叫他滚开。”

“我的上帝呀！”普尔赫莉雅·亚历山大罗芙娜叫道。

“哥哥，你想想你说的是什么话！”阿芙朵嘉·罗曼诺芙娜愠怒地开口说，然而立刻又忍住气。“也许你现在不适合谈这些，你累了。”她温和地说。

“我神志不清吗？不对……你是为了我才嫁给卢仁的。可是我不想接受这种牺牲。所以今天晚上你要写一封信……回绝他……明天早晨你把信拿给我看一下，就此把这件事了结一下！”

“我不能这样做！”姑娘怄气了，叫道。“你有什么权力……”

“杜涅奇卡，你也别动不动就生气。别说了，明天……难道你就没看出来……”母亲吓坏了，跑到杜尼雅跟前说。“哎呀，我们还是走掉的好！”

“他在胡说！”有几分醉意的拉祖米欣嚷道，“要不然他怎么敢说这种话！明天他这种浑劲就会过去……今天上午他确实把那人赶走了。事情真是这样。喏，那个人也生气了……他本来在这儿高谈阔论，炫耀他的学问，后来可就夹着尾巴走掉了……”

“莫非这都是真事？”普尔赫莉雅·亚历山大罗芙娜叫道。

“明天见，哥哥。”杜尼雅动了怜悯心，说道。“我们走吧，妈妈……再见，罗佳！”

“你听我说，妹妹，”拉斯柯尔尼科夫勉强打起精神，对她们的背影说，“我不是在胡说。这婚事简直是下贱事。就算我是坏人，你可千万别……有一个坏人也就够了……就算我是坏人，我也不会把这样嫁人的妹妹认作妹妹。有我就没有卢仁，有卢仁就没有我！你们走吧……”

“你发疯了！霸王！”拉祖米欣大叫一声，可是拉斯柯尔尼科夫没再回答，或许已经没有力气回答了。他躺在长沙发上，翻身向里，脸对着墙，十分疲乏。阿芙朵嘉·罗曼诺芙娜好奇地瞧了瞧拉祖米欣，她的黑眼睛闪闪发光；拉祖米欣见到这种目光，甚至打了个哆嗦。普尔赫莉雅·亚历山大罗芙娜站在那儿，愣住了。

“我说什么也不能走！”她差不多气急败坏地对拉祖米欣小声说，“我就在这儿……找个地方住下……您把杜尼雅送回去吧……”

“这样您会把事情搞砸的！”拉祖米欣心头火起，也小声说，“我们至少到楼梯上去说吧。娜斯达霞，你照个亮！我对您发誓，”他接着低声说，不过这时候已经走到楼梯上了，“先前我们，我和大夫，差点挨顿打！您要明白这一点！他连大夫也要打！大夫只好退让，免得刺激他，就走掉了。我呢，在下面房间里守着，不料他在屋里换好衣服了。现在，到了晚上，要是您刺激他，他也会溜掉，而且会做出什么对他自己不利的傻事……”

“哎呀，您说的是什么话！”

“再者，阿芙朵嘉·罗曼诺芙娜也不能没有您陪着，一个人住在那边房间里！想想看，你们住的那是什么地方呀！是啊，彼得·彼得罗维奇这个混蛋，怎么就不能给你们找个好点的住处……不过，您要知道，我有点喝醉了，所以才……骂人，您别介意……”

“不过我现在可以到这儿的女房东那儿去，”普尔赫莉雅·亚历山大罗芙娜坚持说，“我求她给我和杜尼雅找个角落过夜。我不能就这样丢下他走掉了事，我不能呀！”

她是站在楼梯口平台上说这些话的，正好脸对着女房东的房间。娜斯达霞站在下面一级阶梯上给他们照着亮。拉祖米欣分外激动。半小时前他送拉斯柯尔尼科夫回家，虽然说的话太多，他自己却是感觉到这一点的，而且精神十分饱满，尽管这天傍晚饮酒过量，头脑倒几乎可以说是清醒的。现在，他的精神状态却简直近似神醉心迷，同时他喝过的酒似乎一下子带着加倍的力量冲进他的头脑。他跟两个女人站在那边，抓住她俩的手，劝告她们，向她们陈述种种理由，口气坦率得惊人。他每讲一句话，大概为了加强说服力，总是紧紧地握一下她们的手，像用钳子夹住似的，捏得很重。他睁大眼睛盯着看阿芙朵嘉·罗曼诺芙娜，丝毫没有顾忌。她们有的时候痛得要把她们的手从那双露出骨节的大手里抽出来，可是他非但没发觉出了问题，反而更使劲地把她们的手往自己身边拉。如果她们现在要他为她们效劳，吩咐他头朝下，滚下楼梯去，那他也会不假思索，毫不犹豫地立刻照办。普尔赫莉雅·亚历山大罗芙娜一想到她的罗佳，就全身发抖，虽然觉得她面前的这个年轻人很古怪，把她的手捏得太痛，可是在当前这个时候他在她心目中无异于天神下凡，因此也就不肯去注意那些古怪的细节了；阿芙朵嘉·罗曼诺芙娜尽管也忧虑不安，而且不是胆小怕事的人，然而见到她哥哥的朋友那种亮闪闪火一般的目光，却也不免吃惊，甚至几乎可以说是害怕。多亏娜斯达霞那些话已经使她无限信任他，她这才按捺住自己的性子，没有从他身边逃跑，顺带也把母亲拉走。她也明白，现在她们要想躲开他，逃跑，或许已经不可能了。不过，大约十分钟后，她就大大地放心了，因为拉祖米欣有个特点，不管心境怎样，总是一下子就把真心话全说出来，大家很快就明白是在跟什么样的人打交道了。

“到女房东那儿去可不成，这简直是馊主意！”他嚷着劝阻普尔赫莉雅·亚历山大罗芙娜说。“虽然您是母亲，若要留下不走，就会害得他发疯病，到那时候鬼才知道会闹成什么样！您听我说，我来这么办：现在让娜斯达霞去陪他，我呢，把你们两位送回去，因为光是你们两人在街上走可不行，我们彼得堡在这方面……唉，不提也罢！……然后，我立刻从你们那儿跑回这边来，而且，凭人格担保，不出一刻钟就再回到你们那边去，报告消息：他身体怎样，他睡了没有，等等。然后您听着！……然后，我立刻从你们的住处回到我的家里……我那儿还有许多客人呢，都喝醉了……我把左西莫夫带来，他就是给罗佳看病的大夫。如今他正在我家里坐着，没有喝醉。这个人喝不醉，这个人从来也没醉过！我把他拉到罗佳这儿来，然后马上再到你们住处去。这样，你们一个钟头就会得到两次消息，而且这一回是大夫讲的，您要明白，是大夫亲口讲的，这跟我讲的可大不相同！要是他的病情不妙，那我发誓，我自己就会把你们送到这儿来，要是挺好，你们就上床安睡。我呢，通宵就在这儿过夜，在门道里守着，以免让他听见。我叫左西莫夫在女房东家里过夜，有事可以就近找他。好，眼下对他来说，怎么办才更好：是你们留下呢，还是大夫留下？要知道，大夫有用得多，有用得多嘛！好，你们干脆回去吧！到女房东家里去住可不行。我去住还行，你们去就不行。她容不下你们，因为……因为她是个蠢女人。不瞒您说，她看见我跟阿芙朵嘉·罗曼诺芙娜在一起，就会吃醋，而且看见我跟您在一起，也会吃醋……反正一定会为阿芙朵嘉·罗曼诺芙娜吃醋。她有一种完全出人意料的性格，完全出人意料！不过，我也是蠢人……去他的！我们走吧！你们相信我吗？嗯，你们相信我还是不相信？”

“我们走吧，妈妈，”阿芙朵嘉·罗曼诺芙娜说，“他答应的事一定会做到。他已经挽救过哥哥，要是大夫果然答应在这儿过夜，那还有什么能比这更好的呢？”

“瞧，您……您……您就了解我的心意，因为您是个天使啊！”拉祖米欣分外高兴地嚷道。“我们走！娜斯达霞！赶快到楼上去，坐在那儿守着他，点上蜡烛。过一刻钟我就回来……”

普尔赫莉雅·亚历山大罗芙娜虽然没有完全信服，不过也没再反抗。拉祖米欣就让她俩各自挽住他一条胳膊，把她们带下楼去。可是，她对他还是不大放心：“虽然他精明强干，心眼儿也好，不过他能够按他答应的去做吗？瞧他这种醉醺醺的样子！”

“不过我明白，您一定在暗想：我这种醉醺醺的样子！”拉祖米欣猜出她的想法，打断她的思路说道，在人行道上跨着极大的步子，弄得两个女人几乎跟不上他，不过他并没发觉。“这是胡说！那就是说……我醉得一塌糊涂，然而问题不在这儿，我醉却不是因为喝多了酒。这是因为我一看见你们，我的头就晕晕乎乎了……不过，别谈我自己！你们别介意：我在胡说八道了，我配不上你们……我压根儿配不上!……等我把你们送到住处，就马上跑到这附近的运河边上，打起两桶水，把我的头洗一洗，那就行了……但愿你们知道我多么喜欢你们两位!……你们别笑，也别生气!……你们生谁的气都行，就是别生我的气！我是他的朋友，所以也就是你们的朋友。我希望这样……我早就预感到了……那是去年，有过那么一刹那……不过，根本说不上什么预感，因为你们简直好比从天上掉下来的。说不定今天晚上，我会通宵睡不着觉……刚才那个左西莫夫担心他是疯癫了……这也就是为什么不能惹他生气的缘故……”

“您在说什么呀!”母亲叫道。

“难道大夫自己这么说过吗?”阿芙朵嘉·罗曼诺芙娜吓一跳，问道。

“他说过，然而不是这么说的，根本不是这么说的。他给罗佳吃了点药，是药粉，我看见的，这当儿你们就来了……哎!……你们明天来就好了！现在我们走掉，这对他挺好。过一个钟头后，左西莫夫就会亲自去向你们报告种种情形。这个人一直没喝醉！我也不会醉……为什么我会喝得这么颠三倒四地说话?这都是因为他们把我引到他们的争吵中去了，这些该死的！我发过誓，说我再也不跟人争吵了!……可是他们说的话真荒唐！我差点跟他们打起来！我把舅舅留在那儿管事……是啊，你们相信吗?他们居然要求彻底消灭个性，觉得这才有味道！一个人似乎就该极力抹掉自己的真面目，极力不像自己才好！他们认为这才算是最大的进步。如果他们是本着自己的想法在胡说，倒还罢了，可是事实上……”

“您听我说。”普尔赫莉雅·亚历山大罗芙娜胆怯地打断他的话，可是这反而成了火上浇油。

“可是您怎么想呢？”拉祖米欣叫道，嗓音提得越发高了，“您以为我怪他们胡说八道吗？不对！我喜欢他们胡说！胡说是世上一切生灵所没有而唯独人类才有的特权。胡说来，胡说去，早晚总会找到真理的！我之所以是人，就因为我胡说。要是事先没有胡说十四次，或者也许一百一十四次，那就一点真理也得不到，因此从某一点来讲，胡说倒是件可敬的事呢！可是，唉，我们就连凭自己的头脑胡说一通也不会。你胡说，然而说的是你自己的见解，那我就会吻你。要知道凭自己的想法胡说一通，几乎可以说，总比转述别人的真理强。说自己的话，才是人，学说别人的话，不过是只鹦哥儿罢了。真理是不会逃跑的，可是生命却可能窒息而死，这样的例子是有的。唉，我们现在却怎样呢？在科学、发展、思考、发明、理想、志愿、自由、主义、理智、经验等方面，总之一切，一切，一切的一切，一切方面，所有我们这些人，无一例外，都还在读中学一年级预备班呢！我们喜欢靠别人的智慧过日子，养成习惯了！对吗？我说的对吗？”拉祖米欣叫道，捏紧两个女人的手，不停摇撼，“对吗？”

“啊，我的上帝呀，我不知道。”可怜的普尔赫莉雅·亚历山大罗芙娜说。

“对，对……不过您的见解我也不能全部同意。”阿芙朵嘉·罗曼诺芙娜严肃地补充说，可是马上尖叫起来，因为这一次他把她的手捏得太痛了。

“对？您说对？哦，既然这样，那么您……您……”他非常高兴地说，“您好比一股清泉，不断流出善良、纯洁、理性和……完美！您把您的手拿给我，拿给我……您也把手拿给我，我要马上在这儿跪下来，吻你们的手！”

他真就在人行道中央跪下，幸好这时候四下无人。

“请您别这样，您这是干什么呀?”普尔赫莉雅·亚历山大罗芙娜嚷叫道，心里惊慌极了。

“您起来！您起来！”杜尼雅也惊慌不安地笑着说。

“你们不把手伸给我，我决不起来！这就对了！行了！我站起来，我们走吧！我是个不幸的愚人，我配不上你们，我醉了，我羞愧……我不配爱你们，可是每个人，只要不是十足的畜生，都有责任崇拜你们!……我就崇拜……喏，这就是你们的住处，单是这一点就说明先前罗季昂把你们的彼得·彼得罗维奇赶走，是做对了！他怎么敢把你们安顿在这么一个住处！这真荒唐！你们可知道，这儿的房间都租给什么样的人住吗？要知道，您是他的未婚妻！您是未婚妻，对不？嗯，我要对您直说：您的未婚夫既然干出这种事，他就是个混蛋！”

“您听我说，拉祖米欣先生，您忘了……”普尔赫莉雅·亚历山大罗芙娜开口说。

“对，对，您说的对，我把话说过头了，我该害臊！”拉祖米欣说，醒悟过来了。“不过……不过……您不能听见我说这话就生我的气！因为我是真心诚意说这种话的，这倒不是因为……嗯！那就未免卑鄙了，一句话，这并不是因为我对你们有……嗯!……好，就这样吧，别说了，我不想说这是为什么，我不敢说!……不过，先前他一走进来，我们大家就都明白他跟我们不是一路人。这倒不是因为他是先在理发店里卷过头发才到这儿来的，也不是因为他急急忙忙抖搂他的聪明才智，而是因为他是暗探和投机分子，因为他是吝啬鬼和小丑，这是一目了然的。你们以为他聪明吗？不，他是蠢货，蠢货！嗯，他怎么配得上您呢？啊，我的上帝！你们要明白，太太和小姐，”他说，本来已经上楼往她们的住处走去，这时候却忽然停住脚，“虽然我家里那些人都醉了，然而另一方面，他们却都是老实人。纵然我们都胡说八道，因为连我自己也胡说，可是最后，总有一天会找到真理的，因为我们走的是正路，彼得·彼得罗维奇……走的却不是正路。刚才我固然把他们大骂一通，其实我对他们都很尊敬。我对扎麦托夫即使不算尊敬，却也喜欢他，因为他像条小狗！就连左西莫夫那个畜生，我也喜欢，因为他为人正直，懂得本行……可是够了，话已经说完，也已经得到原谅了。你们原谅我了吧？对吗？好，我们走吧。我熟悉这段走廊，我常来。喏，就是这儿，在三号寓所里，出过丑事……哦，你们住在哪间屋？第几号？八号？嗯，那么夜里，把门锁上，可别让外人进来啊。我过一刻钟就带着消息回来，再过半个钟头又会带着左西莫夫一块儿来，你们瞧着吧！再见，我跑了！”

“我的上帝，杜涅奇卡，事情会怎样呢？”普尔赫莉雅·亚历山大罗芙娜惊恐而忧虑地对女儿说。

“您放心，妈妈，”杜尼雅说着，脱掉自己的帽子和披肩，“这位先生必是上帝亲自打发到我们这儿来的，虽然他直接从一个狂欢的酒会上来，那也没关系。我向您担保，这个人靠得住，而且他已经为哥哥出过那么多的力了……”

“哎呀，杜涅奇卡，上帝才知道他会不会回来！刚才我怎么会决定丢下罗佳走掉呢！……我原以为他见着我们根本不会那样，根本不会那样！他多么冷淡呀，倒好像见着我们并不高兴似的……”

泪水涌上了她的眼眶。

“不，这话不对，妈妈。您没细看他，您一直在哭。他生了一场大病，身体很虚弱，他会有那些表现，原因就在这儿。”

“唉，这场病！以后会怎样，会怎样呢？而且，刚才他是怎样跟你说话呀，杜尼雅！”母亲说，胆怯地瞟一眼女儿的眼睛，想弄明白她的想法，不过这时母亲已经有一半放了心，因为杜尼雅说的话袒护她哥哥，那么可见她原谅他了。“我相信他明天会回心转意的。”她补充一句，想再往深里试探一下。

“可是我相信，他明天……谈起那件事，还会那么说。”阿芙朵嘉·罗曼诺芙娜斩钉截铁地说。当然，一提到那件事，话就谈不下去，因为普尔赫莉雅·亚历山大罗芙娜现在格外害怕谈起那个问题。杜尼雅走过去吻一吻母亲。母亲一句话也没说，紧紧地拥抱了她。

然后母亲坐下，忧虑不安地等候拉祖米欣回来，开始胆怯地瞧着女儿的一举一动。这时候女儿也在等待，正在房间里走来走去，暗自反复考虑，把两条胳膊交叉在胸前。像这样从这个墙角走到那个墙角，不停思忖，原是阿芙朵嘉·罗曼诺芙娜平时养成的习惯，她母亲遇到这样的时候总是不敢搅扰她的沉思。

不用说，拉祖米欣酒醉后对阿芙朵嘉·罗曼诺芙娜突然生出那么一种炽热的情意，是可笑的，不过，要是看看阿芙朵嘉·罗曼诺芙娜，特别是目前当她在胸前交叉着胳膊，在房间里走来走去，神态忧郁、心事重重的时候，那么很多人都会原谅他，更不要说他那种古怪的精神状态了。阿芙朵嘉·罗曼诺芙娜相貌非常好看，高高的个子，身材异常匀称，身体强壮，充满自信心，这是她的每一个姿态都流露出来的，然而丝毫没有使她的动作失去柔和以及优雅的意味。论面容，她很像哥哥，可是对她甚至可以称为美人呢。她头发深棕色，比哥哥头发的颜色略为淡点。她的眼睛几乎可以说是黑色的，炯炯有神，显出很强的自尊心，同时又常常露出分外善良的神情。她肤色白皙，然而不是那种病态的苍白，整张脸焕发出朝气和健康。她的嘴有点小，可是下嘴唇娇嫩而鲜红，随着下巴一起略略向前努出，这在那张美丽的脸上也许算是唯一的缺陷，不过倒也使得那张脸显得与众不同，而且顺带给它添上点似乎傲慢的神情。她脸上的神情总是严肃多于欢乐，她总是沉思不语，可是另一方面，只要她微微一笑，她的脸就变得多么好看，年轻人那种无拘无束的欢笑多么适合她啊！拉祖米欣感情热烈，心胸坦荡，为人质朴正直，像勇士那么强壮，又喝醉了酒，而且从没见过这样的女人，无怪乎一看到她就神魂颠倒了。再者，时机凑巧，他头一回见到杜尼雅，正好是她高高兴兴、充满热爱地跟她哥哥相会的美妙时刻。后来，她听到哥哥用忘恩负义的残酷口气发出鲁莽无礼的命令而愤懑地答话的时候，拉祖米欣瞧见她的下嘴唇在发抖，他就再也支持不住，对她越发倾倒了。

不过，刚才他在楼梯上带着醉意说走嘴的那些话，倒也是真话：他讲到的拉斯柯尔尼科夫的那个古怪的女房东普拉斯科维雅·巴甫洛芙娜，不但看见拉祖米欣跟阿芙朵嘉·罗曼诺芙娜在一起会吃醋，而且就连看见他跟普尔赫莉雅·亚历山大罗芙娜在一起，或许也难免会吃醋。普尔赫莉雅·亚历山大罗芙娜尽管已经四十三岁，她的面容却还保留着以前美丽的风韵，而且她也比实际年龄看上去年轻得多，大凡女人，一直保持着开朗的胸襟，对外界的印象一直感觉敏锐，心里一直保持着正直而纯洁的热情，到老年体衰，却总能保持这样的年轻。我们还要顺带说明，保持上述那样的精神状态才是保证美丽的丰采直到老年也不减损的不二法门。她的头发已经开始花白，稀疏，她的眼睛四周也早已出现细小的鱼尾纹，经历过忧患和悲伤，因而面颊干瘪，可是那张脸仍然是美丽的。她的脸跟杜涅奇卡一模一样，只是老二十岁罢了；而且下嘴唇也没有向前努出的神态。普尔赫莉雅·亚历山大罗芙娜感情丰富，然而并没发展至叫人肉麻的程度。她胆怯、谦让，然而到一定界线为止；她对很多事情都能让步，对很多事情都能同意，就连违背她信念的事也不例外，然而正直、原则、极深刻的信念却形成一道界线，那却是任何事情也不能促使她越过的。

拉祖米欣走后，整整过了二十分钟，响起了两下敲门声，声音不响，可是急促。他回来了。

“我不进屋了，没有工夫啊！”他等房门开了，就匆匆地说。“他睡得鼾声如雷，香极了，平平稳稳。但愿上帝保佑他能一连睡他十个钟头。娜斯达霞守在他那儿，我已经吩咐她在我回去之前不要离开那儿。我马上去把左西莫夫拉来，他会向你们报告的。然后你们就可以上床安歇，我看得出来，你们已经疲乏得不行了。”

然后他离开她们，顺着走廊走了。

“多么精明强干，而且……忠心耿耿的青年人啊！”普尔赫莉雅·亚历山大罗芙娜叫道，高兴极了。

“看来，他是个很好的人！”阿芙朵嘉·罗曼诺芙娜有点热烈地回答说，然后又开始在房间里走来走去。

差不多过了一个钟头，走廊上响起脚步声，又有人来敲门了。两个女人一直在等待，这一回完全相信拉祖米欣的诺言了。果然，他已经把左西莫夫拉来了。本来，左西莫夫倒立刻同意丢下酒宴，到拉斯柯尔尼科夫家去看一看，可是听说还要到两个女人这边来，就不怎么情愿，心里抱着很大的怀疑，不信任喝多了酒的拉祖米欣。不过，他那爱面子的心理立刻就安定下来，甚至得到了满足，因为他明白她们果然在等他，像等上帝的使者似的。他坐了整整十分钟，完全顺利地说得普尔赫莉雅·亚历山大罗芙娜信服而且放心了。他带着寻常关切的口气讲话，可是讲得拘谨而有点严肃，完全像一个二十七岁的医师在参加重要会诊似的。他一句话也没离开本题，而且对那两个女人丝毫无意于保持较为密切的私人关系。他一走进房间，就发觉阿芙朵嘉·罗曼诺芙娜那耀眼的美貌，立刻极力在访问期间完全不注意她，专对普尔赫莉雅·亚历山大罗芙娜一个人讲话。这一切使她的心感到极大的愉快。他讲到病人本身，发表意见说，他认为目前病人的状况令人非常满意。据他观察，病人的病因，除了近几个月生活环境和物质条件很差以外，还另有某些精神方面的波折，“可以说是许多复杂的精神上和物质上影响的产物，例如忧虑、担惊、操心、某些想法等等”。左西莫夫偷偷瞥见阿芙朵嘉·罗曼诺芙娜听得特别注意，就在这个题目上略为多谈几句。普尔赫莉雅·亚历山大罗芙娜不安而且胆怯地问起“似乎有人怀疑病人精神错乱”的问题，他却带着平静而坦率的笑容回答说，他的话被人过分夸大了，当然，谁都可以看出病人头脑里有某种固定不变的思想，而这是显示偏执狂的征象……因为他，左西莫夫，现在正特别热心地研究医学当中，这个分外有趣的学科……不过，话说回来，应当记住，病人几乎一直到今天还神志不清，而且……而且，当然，亲人的到来会使他振作，解除他的烦恼，对他起有益的作用，“只要能避免新的特别震动就好”，他意味深长地补充说。随后他站起来，庄重而又亲切地告辞，紧接着两个女人都向他说出祝福、热烈感激和恳求的话，阿芙朵嘉·罗曼诺芙娜甚至主动向他伸出手去跟他握手。左西莫夫往外走的时候，感觉对这次访问极其满意，而对他自己就更加满意了。

“我们明天再谈，现在你们两位一定得马上躺下安歇才成！”拉祖米欣最后说，跟左西莫夫一起走出去。“明天我会尽可能早点来向你们报告。”

“这位阿芙朵嘉·罗曼诺芙娜可真是个迷人的姑娘啊！”左西莫夫等走到街上后说，几乎垂涎欲滴。

“迷人？你是说迷人吗？”拉祖米欣大吼一声，忽然向左西莫夫扑过去，掐住他的喉咙。“要是你敢……你明白吗？你明白吗？”他一边叫一边抓住左西莫夫的衣领摇撼他，把他按在墙上。“你听见吗？”

“你松开我，醉鬼！”左西莫夫说着，极力挣脱身子，然后，等到拉祖米欣放开他，他就定睛瞧着他，忽然捧腹大笑。拉祖米欣在他面前站定，垂下双手，阴沉而严肃地沉思起来。

“当然，我是蠢驴，”他说，脸色阴沉得像是乌云，“不过，要知道……你也是一样。”

“哼，不，老兄，根本不一样。我可没梦想什么蠢事。”

他们默默地走去。等他们快要走到拉斯柯尔尼科夫的寓所，拉祖米欣就变得十分心神不安，于是打破了沉默。

“你听着，”他对左西莫夫说，“你是个挺好的小伙子，不过你除了有种种恶劣的品质以外，还是个色迷，这我知道，而且你还是个卑鄙龌龊的色迷，你是个神经质的软骨头，你胡闹，你长得太肥了，不管见着什么都不撒手，我以为这就是卑鄙龌龊，因为这直接造成卑鄙龌龊。你那么懒散，老实说，我简直不明白，像你这个样子，你怎么还会是个好医生，甚至是个富于自我牺牲精神的医生。你这么个医生，睡在羽毛褥子上，而夜里得起床，外出去给病人看病！不出三年，你就再也不会起床去给病人看病了。嗯，是啊，见鬼，问题不在这儿。事情是这样，你今天在女房东家里过夜（我死说活说，才劝得她答应的），我呢，睡在厨房里。这倒是个机会，你可以跟她熟识一下！事情可不是你想的那样！那种事，老兄，连影子也没有……”

“可是我根本什么也没想。”

“那么，老兄，这是羞怯、沉默、腼腆、冷若冰霜的贞洁，同时却又唉声叹气，像蜡那样熔化，一个劲儿熔化！看在人世间一切魔鬼的分上，你救救我，让我摆脱她吧！她是最可爱的女人了！……我会报答你，我把头砍下来报答你都成！”

左西莫夫笑得比刚才更厉害了。

“瞧你醉成什么样子了！可是我跟她有什么相干的呀？”

“我向你担保，这费不了多大的事。你自管聊天，爱聊什么就聊什么，只要在她旁边坐下，谈这谈那都成。况且你是大夫，那就不妨给她治点什么病。我敢发誓，你不会懊悔的。她那儿有一架小的古钢琴，你知道，我本来就略为会弹点钢琴，在那儿总是弹一首歌，一首真正的俄国歌，名叫《我热泪纵横……》。她喜欢真正的歌……好，我们总是从这首歌开始。要知道，你在钢琴方面是个能手，Maître[1]，鲁宾斯坦[2]……我向你担保，你不会懊悔的！”

“莫非你已经对她许下过什么话？立下过正式字据吗？也许你答应过跟她成亲吧……”

“没有，没有，根本没有这种事！再者她也根本不是那种人。切巴罗夫就在她那儿试过……”

“哦，那你丢开她就是啰！”

“可是一下子又丢不开！”

“为什么丢不开？”

“嗯，是啊，反正就是丢不开！那儿，老兄，有一种吸引人的力量。”

“那你为什么引诱她？”

“我根本没有引诱她，也许，倒是我自己，糊里糊涂受了她的引诱。你也罢，我也罢，她完全无所谓，只要有个人在旁边坐着，叹气就行。这种事，老兄……我跟你说不清楚……喏，我知道你精通数学，眼下也还在研究……好，你就着手教她积分学吧。真的，我不是讲笑话，我是认真说的，反正她也无所谓，她会瞧着你，叹气，就这样整整折腾一年。顺便说一下，我就给她讲过普鲁士贵族院（因为，不然的话，给她讲什么呢？），我讲了很久，一连两天，她呢，听得不断叹气，冒汗！至于爱情的话，你万万不要讲，她脸皮嫩得要命，不过你又得装出舍不得离开她的样子，好，这就行了。她那儿舒服极了，你会觉得完全跟在家里一样，自管读书，坐着，躺着，写字好了……甚至也不妨吻她一下，只是要小心点……”

“可是我干吗要这样跟她周旋？”

“唉，我怎么也没法给你说清楚！你要明白：你们俩正好是天生

1. 法语：大师。
2. 安东·鲁宾斯坦（1829—1894），俄国钢琴家和作曲家。

的一对！我早就想到过你……是啊，你最后逃不掉这一关！既然如此，或迟或早，在你岂不都是一样？这儿，老兄，睡那样的羽毛褥子……哎！还不止是羽毛褥子呢！那儿吸引你，那儿是世界的尽头，是抛锚停船的所在，是安静的避风港，是人间的中心，是世界以之为基础的三条鱼，是煎饼的精华，是刚出油的大馅饼，是傍晚的茶炊，是轻微的叹息，是暖和的短上衣，是烧热的火炕……是啊，你就像是死了，同时却又活着，一举两得，哎，老兄，见鬼，我胡说得过火，现在该睡觉了！你听着，夜里有的时候我会醒来，好，那我就去看他一趟。不过，不会出什么事，去也白去，一切挺好。你也不必特别担心，不过要是你乐意的话，也不妨去那么一趟。然而，要是你一发现什么问题，例如他胡说，或者发烧，或者别的什么，你就立刻把我叫醒。不过，这种事不可能发生……”

第二章

拉祖米欣第二天七点钟醒来，心里忧虑不安，一脸严肃。这天早晨他忽然觉得碰上许多意料不到而让他困惑不解的新问题。他以前怎么也没有料到有一天他会这样醒来。昨天的事他都记得，一丝不漏，他明白他遇上了一件不同寻常的事，他头脑里有一种新的印象，以前完全没有经历过，跟以往的各种印象大不相同。同时他又清楚地领会到，他头脑里燃起的幻想完全不可能实现，荒唐之至，甚至使他感到羞愧，于是他赶快转换思路，去考虑“该受三次诅咒的昨天”遗留下来的其他比较迫切的烦恼和让他困惑的问题。

他回想起来觉得最可怕的事就是昨天他表现得那么“卑鄙龌龊”，这倒不单单是因为他喝醉了酒，而是因为他出于愚蠢而冒失的嫉妒心，利用姑娘的处境，当着她的面辱骂她的未婚夫，其实他非但不知道他们相互间的关系和义务，甚至对那个人本身也不大了解。再者，他有什么权利这么匆忙而莽撞地评断他呢？而且有谁来请他评断的呢！莫非阿芙朵嘉·罗曼诺芙娜那样的人会因图财而嫁给一个配不上她的人吗？可见他一定有他的长处。寓所吗？可是说真的，卢仁怎么能知道这是什么样的寓所呢？他不过是准备个寓所罢了……呸！这一切是多么低贱！是的，他喝醉了酒，然而这算是什么理由？简直是愚蠢的藉口，越发显出他卑鄙！俗语说，酒后吐真言，他也果然露了真相，“也就是说，他那充满嫉妒而又粗暴的心露出了种种丑态！”他，拉祖米欣，难道可以存一点这样的梦想？他是个什么人，怎么配得上那样的姑娘？他昨天成了个酒后的狂徒、吹牛大王！“难道可以做这样无耻而可笑的对比吗？”想到这儿，拉祖米欣绝望地脸红了。忽然，这当儿，像故意捣乱似的，他清楚地想起昨天他站在楼梯上，讲起女房东看见他跟阿芙朵嘉·罗曼诺芙娜在一起，会吃醋……这可真要命。他抡起胳膊，一拳头朝厨房的炉灶打去，碰伤了他的手，打掉了一块砖。

“当然，”他过了一会儿，带着一种自暴自弃的心情，暗自喃喃地说，“当然，这些糟透了的事现在再也没法去遮盖，没法洗刷了……那么，没有什么可想的了。所以，我到了那儿，不要开口说话……只顾尽我的责任……一言不发，而且……而且也不请求原谅，什么话也不说……反正，当然，现在是一切全完了！”

不过，他一边穿衣服，一边却细看他的衣服，比平时看得仔细多了。他只有这一身衣服，如果另外还有一身，也许他也不会换：“我就这样，偏不换衣服。”然而，不管怎样，他总不能玩世不恭，衣冠不整，他没有权利伤害别人的感情，特别是在那两个女人需要他帮忙，约他去见她们的时候。他就拿起刷子，仔细刷干净他的外衣。他穿的衬衫总是像样的，在这方面他特别干净。

这天早晨他洗脸很卖力，正巧娜斯达霞那儿有肥皂，他就洗头发和脖子，特别是他的手。临到要解决该不该刮胡子的问题（普拉斯科维雅·巴甫洛芙娜家里有出色的刮胡刀，那是在她已故的丈夫扎尔尼岑先生死后一直保存下来的），他甚至硬着心肠把这个问题否决了：“就这么去，不刮了！要不然，她们也许会以为我刮胡子是为了……她们一定会这么想！那我无论如何也不刮！”

而且……最糟的是他那么粗鲁、肮脏，带着小饭铺里常见的那种俗气……他知道他多多少少要算是个正派人，好，就算是这样吧……

然而，是个正派人又有什么可骄傲的呢？人人都应该是正派人，而且要极力做到清白无瑕……可是……可是，他记得，他却做过一些琐事……倒不能说是做得不正派，但也不能说是做得正派！……而且，有的时候，他心里有那么一些念头！嗯……诸如此类，怎么配得上阿芙朵嘉·罗曼诺芙娜！“嗯，是啊，见鬼！随他去！哼，那我偏要就这么肮脏、淫猥、粗野！我满不在乎！以后我还要更糟一点！”

他正这样自言自语，在普拉斯科维雅·巴甫洛芙娜的客厅里过夜的左西莫夫却来找他了。

左西莫夫要回家去，临行之前急急忙忙去看了一下病人。他对拉祖米欣报告说，病人睡得很踏实。左西莫夫叮嘱不要叫醒他，让他自己睡醒。他自己答应十点多钟再来看他。

“只要他在家待着就好。”他补充说。“呸，见鬼！连自己的病人都管不住，还怎么给他治病呢！你可知道，是他去找她们呢，还是她们到这儿来？”

“我想，她们会到这儿来，”拉祖米欣明白他问这句话的目的，回答说，“当然，他们会谈他们的家务事，那我就走掉。你是大夫，不消说，有更多的权利留下来。”

“我又不是听取忏悔的神父。我来看一下就走。没有她们，我的事也已经够多的了。”

“有一件事搅得我心里不安，”拉祖米欣皱起眉头，插嘴说，“昨天我喝醉了酒，在路上走着，对他说走了嘴，讲了各式各样的蠢话……各式各样……顺带提到你担心他像是……要得精神病……”

“昨天你对那两个女人也讲了这一点吧？”

“我知道这是蠢事！你打我一顿好了！不过，怎么样呢，你真有这么一种坚定的想法吗？”

“这是随便说说的，我告诉你，哪里会有什么坚定的想法！你把我带到他这儿来的时候，你自己就把他形容成一个偏执狂……是啊，我们昨天又火上浇油，其实这是你干的，讲了……油漆工人的事。那些话讲得可真好，因为他也许就是为这件事发了疯！要是我确切知道那一次在警察局出了什么事，一个可恶的家伙怎样怀疑他而……伤了他的心，就好了！嗯……那我昨天就不会容许你讲起那样的话。要知道，这些偏执狂患者往往把水滴化为海洋，把没影的事当作真有其事……我记得，昨天，正是扎麦托夫的那些话，才解开我心头的一半疑团。就是这样！我知道一个病例，有个疑心病患者，年纪四十岁，每天在饭桌上受一个八岁男孩的嘲弄，忍无可忍，就把那个男孩杀死了！现在呢，我们这个朋友穿得破破烂烂，碰上个蛮横无理的警察分局局长[1]，而且刚开始发病，偏偏遭到那样的怀疑！这个气得发狂的疑心病患者怎么受得了！他可是非常爱面子的！也许，这就是他发病的起因！嗯，是啊，见鬼！……顺便提一下，这个扎麦托夫确实是个可爱的小伙子，只是，嗯……昨天他不该讲那些话。真是个多嘴多舌的人！”

“不过他是对谁讲的？对我和你吧？”

“还有波尔菲利。”

“有波尔菲利又怎么样？”

“顺便说一下，你对那两个人，对他的母亲和妹妹，能进一句忠告吗？今天她们对他要小心点才成……”

“他们谈得拢的！”拉祖米欣不大热心地回答说。

“为什么他跟那个卢仁过不去？那是个有钱的人，她似乎并不讨厌他……再者她们不是一个钱都没有吗？啊？”

“你干吗追究这些事？”拉祖米欣生气地叫道，“她们有没有钱，我怎么知道！要问，你自己去问，也许你能打听出来……”

1. 应是副局长。

“呸，有的时候你多么蠢！你昨天的醉意至今没消……再见，替我向你那位普拉斯科维雅·巴甫洛芙娜道谢，多谢她留我过夜。她一直坐在她屋里，锁上了门。我向她问安，她也没有隔着房间回答一声。她七点钟就起床了，茶是人家从厨房里，穿过走廊，送到她那儿去的……我甚至没有福分见到她的面呢……”

九点钟整，拉祖米欣走到巴卡列耶夫的房子，在那两个女人的住所里出现。她们老早老早就在等他，急得心里七上八下的。她们大约七点钟就起床了，或者还要早些也未可知。他走进去，脸色阴沉得像黑夜似的，别别扭扭地点头行礼，为此他立刻生气了……当然是生自己的气。他原以为会遭到冷遇，不料普尔赫莉雅·亚历山大罗芙娜一下子扑到他跟前，抓住他的两只手，差点要吻那双手。他胆怯地瞟一眼阿芙朵嘉·罗曼诺芙娜，可是就连那张高傲的脸上这时候也现出那么一种感激和友好的表情，流露出他万万没想到的十足的敬意（却丝毫没有嘲笑的目光，或者不由自主的、难以掩盖的轻蔑！）。真的，如果他遭到一场辱骂，他倒会好受些，照现在这样，他反而难为情得很。幸好，谈话的题目早已准备好，他就赶紧抓住它，谈起来。

普尔赫莉雅·亚历山大罗芙娜听说罗佳“还没睡醒”，不过“一切都顺遂”，就申明说，这样倒更好，“因为她非常非常需要预先交谈几句”。紧跟着，她们问他喝过早茶没有，约他一道喝，因为她们一直在等拉祖米欣，至今还没想到喝早茶。阿芙朵嘉·罗曼诺芙娜拉铃唤来了一个破衣烂衫和肮里肮脏的人。她吩咐他准备茶，最后茶具送上来，又龌龊又不像样，弄得两个女人很不好意思。拉祖米欣本想把这处寓所破口大骂一番，可是想起了卢仁，就没有开口，心里发窘，多亏普尔赫莉雅·亚历山大罗芙娜后来一口气提出种种问题，接连不停，他才暗暗十分高兴。

他就回答那些问题，一连讲了三刻钟，这中间她们屡次打岔，不断地问问题。他总算把他所知道的近一年来罗季昂·罗曼内奇生活中各种极重要的大事统统讲完，最后详细说了说他的病。不过，有许多应该不提的事他也确实绝口不提，其中就有在警察局的风波及其种种后果。她们如饥似渴地听他讲话，可是等到他自以为已经讲完，满足了两位听者的要求时，不料她们却觉得他还没开始讲呢。

“您说一说，请您对我说一说，您是怎样想的……唉，对不起，我直到现在还不知道您叫什么名字。”普尔赫莉雅·亚历山大罗芙娜急匆匆地说。

“我叫德米特利·普罗科菲伊奇。”

“那么，德米特利·普罗科菲伊奇，我非常非常想弄清楚……整体说来……他现在怎样对待各种事情，也就是说您得明白我的意思，我该怎么跟您说好呢……也就是，不如说：他喜欢什么，不喜欢什么呢？他素来这么爱发脾气吗？他都有些什么愿望呢，或者，如果可以这么说的话，有些什么梦想呢？现在究竟是什么事情对他有特殊的影响呢？一句话，我很想……”

“唉，妈妈，这些问题怎么能一下子就答上来呢？”杜尼雅说。

“哎呀，我的上帝，我万万没有料到我这次见到他，他竟变成这个样子了，德米特利·普罗科菲伊奇。”

“这是很自然的，”德米特利·普罗科菲伊奇回答说，“我没有母亲了，不过我舅舅每年都到这儿来看我，几乎每次都认不出我来，连外貌都看着眼生了，其实他是个聪明人。是啊，你们离别三年，变化是很大的。不过我该怎么跟您说好呢？我认识罗季昂有一年半了，他总是拉长了脸，闷闷不乐，为人高傲，自尊心强。最近（也许老早就这样了），他变得多疑，像是患了忧郁症。他本性慷慨，心地善良。他不喜欢感情外露，宁可做出蛮不讲理的事，也不肯说出心里话。不过，有的时候他根本不犯疑心病，光是冷淡，漠不关心，到了不近人情的地步。真的，他身上仿佛有两种相反的性格交替出现。有的时候他非常不愿意开口讲话！他总觉得他太忙，样样事情都妨碍他，其实他总是闲躺着，什么事也不干。他从不讪笑什么人，这倒不是因为他不会说俏皮话，而是似乎没有工夫干这种无聊的事。别人说话，他总是不肯听完。某个时候大家都对某种事情发生兴趣，唯独他不感兴趣。他也是自视很高的，不过，他似乎也不是没有某种权利这样做。哦，另外还有什么要讲呢？……我觉得，你们这次光临，对他似乎会起一种挽救的作用。”

“唉，但愿如此！”普尔赫莉雅·亚历山大罗芙娜听了拉祖米欣关于她的罗佳的评语，痛苦得很，不由得嚷道。

最后，拉祖米欣大起胆子对阿芙朵嘉·罗曼诺芙娜瞧了一眼。他刚才讲话的时候，常常看她一下，然而是匆匆忙忙，只看那么一下，就立刻把眼睛移开了。阿芙朵嘉·罗曼诺芙娜时而靠着桌子坐定，注意地听着，时而又站起来，按她的习惯，开始走来走去，把两条胳膊交叉在胸前，抿紧嘴唇，从这个墙角走到那个墙角，偶尔问一句话，脚步却不停下，而且仍然在沉思。她也有别人说话而她不听完的习惯。她身上穿一件深色的薄料子连衣裙；脖子上围一条薄得透明的白围巾。拉祖米欣根据许多迹象看出这两个女人的景况极其贫寒。假定阿芙朵嘉·罗曼诺芙娜装束得像皇后那么华丽，他倒似乎根本不会怕她，可是现在，也许正因为她衣着寒酸，而且他发现她的景况极其困苦，他的心里才充满恐惧，他不由得为自己的每一句话，为自己的每一个姿态担忧，而这对一个本来就不信任自己的人来说，当然就更加拘束了。

“关于我哥哥的性格，您说了许多有趣的话，而且……说得很公正。这挺好。我以为您是敬重他的。”阿芙朵嘉·罗曼诺芙娜含笑说道。“有一句话您说得也对！他身旁应该有个女人才对。”她沉思地补充说。

“我没说过这话，不过，也许您这话也说得对，只是……”

“什么？”

“要知道，他什么人也不爱，也许他永远不会爱谁。”拉祖米欣干脆说。

“这是说他不能爱吗？”

“您要知道，您自己就非常像您的哥哥，甚至处处都像！”他忽然冒冒失失说出口，连自己也没料到，可是他立刻想起他在对她讲她的哥哥，就脸红得像大虾一样，非常难为情。阿芙朵嘉·罗曼诺芙娜瞧着他，忍不住笑起来。

“关于罗佳，你们两个人可能都说错了，”普尔赫莉雅·亚历山大罗芙娜有点不痛快，接上去说，“我指的不是现在，杜涅奇卡。彼得·彼得罗维奇在最近这封信里所说的话……我和你的那些推测，也许都不对，不过您，德米特利·普罗科菲伊奇，再也想象不出罗佳多么不切实际，而且，让人怎么说好呢，他多么任性。我素来摸不透他的脾气，哪怕他刚十五岁的时候也是这样。我相信他就连现在也会突然做出一件任何人在任何时候都不会想着要做的事……而且也不必往远里说，您知道吗，一年半以前，他心血来潮，竟要娶那个，她叫什么名字来着，他女房东扎尔尼齐娜的女儿，那一回他使得我惊讶，震动，差点送了我的命！”

“您知道这件事的详细情形吗？”阿芙朵嘉·罗曼诺芙娜问。

“您以为，”普尔赫莉雅·亚历山大罗芙娜激动地接着说，“那时候我的眼泪、我的恳求、我的疾病、我也许会痛苦得死掉的可能、我们的穷困，会阻止他吗？他能心平气和地迈步越过一切阻挡他结婚的障碍呢。那么难道他，难道他就不爱我们？”

“他本人从来也没有跟我谈过这件事，”拉祖米欣慎重地回答说，“不过我从扎尔尼齐娜太太本人口中听到过一点，其实她倒也并不是一个喜欢多话的人。我听来的那些话，看来，简直有点奇怪……”

“您都听到些什么呢?”两个女人齐声问道。

“不过，也没听到什么十分蹊跷的话，我只听说，这门亲事，固然已经完全说定，只因为后来未婚妻死了才没实现，可是扎尔尼齐娜太太原是很不满意的……此外，据说，未婚妻相貌甚至并不好看，也就是说，简直很丑……而且又有病……另外……脾气也古怪……不过，似乎也有某些优点。一定有些什么优点，要不然这件事就没法理解了……陪嫁钱也一点都没有，而且他也没有指望得到陪嫁钱……一般说来，对这种事是很难下断语的。”

“我相信她是个好姑娘!”阿芙朵嘉·罗曼诺芙娜简短地说。

“求上帝饶恕我吧，反正我听到她去世，心里很高兴，其实我也不知道他们谁会毁了谁：是他会毁了她呢，还是她会毁了他?”普尔赫莉雅·亚历山大罗芙娜最后说。

然后她又问起昨天罗佳和卢仁之间的那场风波，问得小心、迟疑，不断偷看杜尼雅，这分明惹得杜尼雅不痛快。这件事，看得出来，比任何事情都严重地搅扰这位母亲的心境，弄得她担惊受怕。拉祖米欣就对她详详细细地从头到尾重讲一遍，不过这一回他讲完，却补充了他自己的结论：他直截了当地责难拉斯柯尔尼科夫故意侮辱彼得·彼得罗维奇。这一回他不大愿意用病来为他开脱了。

“他在害病以前就已经打定主意了。”他补充说。

“我也这么想。”普尔赫莉雅·亚历山大罗芙娜说，神情沮丧。不过她感到很震惊，因为拉祖米欣这一回讲起彼得·彼得罗维奇，措辞慎重，甚至似乎还带着敬意。这也使得阿芙朵嘉·罗曼诺芙娜暗暗吃惊。

“那么，这就是您对彼得·彼得罗维奇的看法吗?”普尔赫莉雅·亚历山大罗芙娜忍不住问道。

“关于您女儿未来的丈夫，我也不可能有别的看法，”拉祖米欣坚定而热烈地回答说，“我说这些，不单单是出于世俗的礼貌，而是因为……因为……只是因为这个人是阿芙朵嘉·罗曼诺芙娜本人出于自愿而选中的。如果说我昨天骂过他，那也只是因为昨天我烂醉如泥，而且……糊涂了。对，我糊涂了，晕头转向，神志不清，完全神志不清了……为此我今天感到羞愧！……”

他脸红了，停住口。阿芙朵嘉·罗曼诺芙娜蓦地脸色绯红，可是没有打破沉默。自从他们讲起卢仁，她就一句话也没说过。

可是这当儿，普尔赫莉雅·亚历山大罗芙娜得不到她女儿的支持，分明拿不定主意了。最后，她不断地看她的女儿，结结巴巴地申明说，现在有一件事使她分外操心。

“您要知道，德米特利·普罗科菲伊奇……”她开口说。“我对德米特利·普罗科菲伊奇索性开诚布公地说了吧，杜涅奇卡？”

“当然可以，妈妈。”阿芙朵嘉·罗曼诺芙娜庄重地说。

“问题是这样的，”母亲听到她女儿许可她讲出那件恼人的事，像是从肩头卸掉了一座大山，匆匆地说，“今天一清早，我们收到彼得·彼得罗维奇的一封短信。我们昨天通知他说我们已经到达此地，今天他就给我们一封回信。您要知道，昨天他本来应当按照他的诺言，到火车站去接我们才对。他没有去，却打发一个听差去迎接我们，让他带着这个寓所的地址，并且给我们引路。彼得·彼得罗维奇叫他转告我们，说他本人今天早晨到我们这儿来。喏，今天早晨他没有来，却送来了他的这封短信……您最好亲自把信看一遍，这里面提到一个问题，使我心里很不安……您自己马上就会看到那个问题是怎么回事，希望……您把您的想法坦率地告诉我，德米特利·普罗科菲伊奇！您比谁都了解罗佳的性格，也比谁都能出个好主意。我要预先告诉您，杜涅奇卡已经一下子做出了决定。我呢，我还不知道该怎么办才是，因此我一直……一直等着您来。”

拉祖米欣打开那封标明昨天日期的短信，读到内容如下：

仁慈的普尔赫莉雅·亚历山大罗芙娜夫人，我谨向您汇报：我遇到猝然发生的障碍，未能到车站月台上去迎接你们二位，为此我业已派遣一名颇为能干的人前往。同样，明日早晨我也无缘同你们二位相会，因为枢密院的事务不能耽搁，同时我也藉此避免打搅您与您的儿子，以及阿芙朵嘉·罗曼诺芙娜同她哥哥的合家团聚。不过，明天傍晚八点钟整，我定当赴尊驾寓所荣幸地奉访，并向你们二位问安，同时我冒昧附带提出一项恳切请求，并顺便指出该项请求务希照办，即我们相会时，罗季昂·罗曼内奇千万不可在场，因为昨天我在他病中前往探望，不料他对我不顾礼节，横加侮辱。再者，我有一事相商，必须你们自己作出必要的详细解释，我深盼听到你们本人的意见。同时，我荣幸地预先提出警告，倘若你们违背我的请求，硬要我和罗季昂·罗曼内奇相遇，我就不得不立时告退，到那时候你们只好责怪自己了。我之所以写这些，是因为罗季昂·罗曼内奇在我访问时虽然似乎病得很重，不料过了两小时就霍然痊愈，因此我推测，他既然能走出门外，也就可能到你们那儿去。我敢于肯定这一点，是因为昨天我亲眼看见有处寓所里的一个酒徒因在外被马车轧伤而死在家中，他的女儿是个行为不端、声名狼藉的女人，您的儿子却藉口供殡葬用而送给她二十五卢布，这使我异常惊讶，因为我知道您费了多少心血才凑足这笔钱。在此，我向尊贵的阿芙朵嘉·罗曼诺芙娜谨致特殊的敬意，并请您接受我的敬重和忠诚。

您的恭顺的仆人

彼得·卢仁

“我现在怎么办呢，德米特利·普罗科菲伊奇？”普尔赫莉雅·亚历山大罗芙娜开口说，差点哭了，“是啊，我怎么能叫罗佳不要来呢？

他昨天那么坚决地要求我们回绝彼得·彼得罗维奇，现在人家却吩咐我们不准接待他！而且他一旦听说这种话，肯定就偏要来。那……那可怎么办？”

“那就照阿芙朵嘉·罗曼诺芙娜决定的去办。”拉祖米欣立刻平静地回答说。

“哎呀，我的上帝！她说……上帝才知道她说了些什么，而且她也没对我说明她抱着什么目的！她说，最好……其实不是说最好，而是说，为了某种目的，一定要叫罗佳偏偏也在今天八点钟到此地来，让他们务必相遇……我呢，根本不打算把信拿给他看，只打算想个什么巧法，由您帮忙，让他来不了此地……因为他那么容易动怒……再者，我一点也不明白，究竟是个什么酒徒死了，那个女儿又是怎么回事，他怎么会把剩下的钱统统送给那个女儿了……那些钱……”

“那些钱是您付出很大的代价才弄到手的，妈妈。”阿芙朵嘉·罗曼诺芙娜补充说。

“他昨天头脑不清楚。”拉祖米欣深思地说。“要是你们知道昨天他在饭铺闹出一场什么样的纠纷就好了……不过他那样做也不无道理……嗯！至于什么死人，什么女儿，昨天我们走回家去的时候，他倒确实对我谈起过，可是我一句也没听明白……不过呢，昨天我自己也……”

“最好，妈妈，我们自己到他那儿去一趟。到了那儿，我向您担保，我们一下子就会明白该怎么办了。再者，也是时候了……主啊，十点多钟了！”她看一眼她那漂亮的金怀表，嚷道。表的壳上嵌着珐琅，用一根威尼斯式细表链挂在脖子上，跟她其余的衣饰极不协调。

“一定是未婚夫的赠品。”拉祖米欣暗自想起。

“哎呀，是时候了！……该走了，杜涅奇卡，该走了！”普尔赫莉雅·亚历山大罗芙娜着急地说，忙乱起来，“他会以为我们因为昨天的事生他的气了，所以这么久还没去，哎呀，我的上帝。”

她一面说，一面急忙把披肩披在身上，戴好帽子。杜涅奇卡也穿好衣服。她手上的手套不但陈旧，甚至有的地方已经磨破，这一点拉祖米欣看出来了，不过另一方面，这种明明寒酸的装束反而给那两个女人添上一种特殊的尊严气派，大凡善于调理寒酸穿戴的女人，总是这样的。拉祖米欣带着崇敬的心情瞧着杜涅奇卡，想到自己在给她带路，不由得感到自豪。

“一个在监狱里补袜子的女王，”他暗自想道，“在那样的时候，看上去一定更像真正的女王，甚至比她参加豪华的盛典和召见群臣的时候更像个女王呢。”

“我的上帝啊！”普尔赫莉雅·亚历山大罗芙娜叫道，“我哪里想得到，我会像现在这样怕跟我那儿子，我那心肝宝贝罗佳见面啊！……我害怕，德米特利·普罗科菲伊奇！”她胆怯地看他一眼，补充说。

“您别害怕，妈妈，”杜尼雅吻她，说，“您还是相信他的好。我就相信他。”

“哎呀，我的上帝！我也相信他，可是我一夜都没睡着觉！”可怜的女人叫道。

他们走出去，到了街上。

“你要知道，杜涅奇卡，今天一清早，我刚刚有点迷糊，要睡熟，却忽然梦见去世的玛尔法·彼得罗芙娜……穿一身白衣服……走到我跟前，拉住我的手，瞧着我，不断地摇头，那么严厉，就像在斥责我似的……这是好兆头吗？唉，我的上帝啊，德米特利·普罗科菲伊奇，您还不知道，玛尔法·彼得罗芙娜已经死了！”

“是的，我不知道。哪一个玛尔法·彼得罗芙娜？”

“她是暴亡的！您再也想象不到……”

“以后再谈吧，妈妈，”杜尼雅插嘴说，“要知道，他还不晓得玛尔法·彼得罗芙娜是谁呢。”

“哦，您不知道？我还以为我们的事您都知道呢。您要原谅我，德米特利·普罗科菲伊奇，这些日子我简直给弄得昏头昏脑了。不，我把您看得像是天神下凡来救我们，所以我才一心相信样样事情您都知道。我把您看成亲人了……您听我这样说，可别生气。哎呀，我的上帝，您的右手怎么了？是碰伤过吗？”

“对，碰伤过。”拉祖米欣感到满心幸福，喃喃地说。

“有的时候我太爱说心里话，弄得杜尼雅总是插嘴纠正我的话……可是，我的上帝啊！罗佳住的那间小屋像个什么样子！不知他睡醒了没有。那个女人，他的女房东，以为那地方也算是房间？您听着，您说他不喜欢让感情外露，那么也许我的……弱点会惹得他不痛快吧？……您能教一教我吗，德米特利·普罗科菲伊奇，我该怎样对待他呢？您要知道，我完全像丢了魂似的。”

“当你们谈起一件什么事，要是您看见他皱起了眉尖，您就不要再多问。特别是他的健康情况，您不要问得太多；他不喜欢。”

“唉，德米特利·普罗科菲伊奇，做母亲多么难呀！可是又来到这道楼梯了……多么可怕的楼梯！”

“妈妈，您简直脸色灰白，您放心吧！我的亲人，”杜尼雅对她亲热地说，“他看见您，一定会感到幸福，可是您却这样折磨自己。”她眼睛闪着光，补充说。

“等一等，我要先走一步，看看他醒了没有。”拉祖米欣忽然对她们说。

两个女人看见拉祖米欣顺着楼梯先走上去，就放慢脚步跟着往上走。临到她们走上四楼，经过女房东的房门，她们就发觉女房东的房门拉开了一条小缝，有两只敏锐的黑眼睛藏在暗处，盯紧她们两个人。等到她们的目光相遇，房门就突然砰的一声关上了，声音那么响，使得普尔赫莉雅·亚历山大罗芙娜吓得差点叫起来。

第三章

"他的病好了，好了！"左西莫夫迎着走进屋来的两个女人快活地喊道。

左西莫夫已经早来了大约十分钟，坐在长沙发上他昨天坐过的一头。拉斯柯尔尼科夫坐在另一头，完全穿好衣服，甚至仔细梳洗过，他很久以来没有这样做过了。房间里顿时挤满了人，可是娜斯达霞仍然设法随着客人们走进来，听他们讲话。

果然，拉斯柯尔尼科夫差不多已经痊愈，特别是如果同昨天相比的话。只是他脸色很苍白，心神恍惚，神情郁闷。从外表看来，他像是个受伤的人，或者正在忍住某种剧烈的肉体上的痛苦的人：他的眉毛皱到一起，嘴唇抿紧，眼睛发红。他说话很少，不愿开口，仿佛用尽力量勉强地在尽义务，不得不谈几句似的。他的动作偶尔流露出一种坐立不安的情绪。

他只差在胳膊上捆条绷带，或者在手指上套只塔夫绸护套，就可以完全类似一个例如手指化脓而很痛，或者胳膊受伤，或者有其他诸如此类问题的人了。

然而，临到他的母亲和妹妹走进屋来，他那苍白而阴郁的脸一时间竟也大放光彩。可是这样一来，固然消除了原先那种忧伤的心神恍惚，却只给他脸上的表情增添一种似乎更加集中的苦难神情。那点光彩很快就消失，可是苦难深重的表情留下来了。左西莫夫带着刚刚开始行医的青年医师的充沛热情，观察而且研究他的病人，暗自吃惊地发现拉斯柯尔尼科夫见到亲人光临，没有露出欢喜的神色，却好像暗自下了沉痛的决心，尽力熬过这一两个钟头，挨过这场无法避免的苦难。后来，他看出，在随之而来的那场谈话中，几乎每句话都像是触到他病人的伤口，碰痛它，可是他同时又多少有点吃惊，因为今天这个病人已经能够控制自己，遮盖他昨天那种偏执狂的心情，昨天他听不得一句半言就几乎气得发疯。

“是的，现在我自己也看得出我的身体几乎好了。”拉斯柯尔尼科夫说着，亲切地吻他的母亲和妹妹，普尔赫莉雅·亚历山大罗芙娜顿时因此眉开眼笑。“而且我不是像昨天那样说这句话。”他补充说，向拉祖米欣转过脸去，跟他友好地握手。

“我简直对今天的情形十分吃惊呢。”左西莫夫开口说，看到有客人来而暗暗高兴，因为刚才他不出十分钟就找不到话来跟他的病人谈下去了。“要是照这样下去，大约过个三四天，他就会完全跟以前一样，也就是说，跟一个月前，或者两个月前……以至三个月前一样了。要知道，这种病老早就已经开始酝酿了……啊，您现在会承认，这也许要怪您自己吧?”他补充说，露出慎重的笑容，仿佛仍然害怕有什么话会惹他生气似的。

“很可能。”拉斯柯尔尼科夫冷冷地回答说。

“我想说的是，”左西莫夫热衷地继续说，“现在您要完全恢复健康，纯粹要靠您自己。现在已经可以跟您随意谈话了，那我就不得不忠告您，您的病态之所以形成，是有所谓原始的根本原因的，必须消除这些原因，您的病才会好。不然的话，这病甚至会更严重。

“至于那些原始的原因是什么，我不知道，可是您一定知道。您是明白人，当然观察过自己。我觉得，您开始得病的时候多多少少跟您离开大学的时候相合。您闲待着而没有事做是不行的，因此，工作，给自己规定一个坚定的目标，我觉得很可能对您有帮助。”

“是的，是的，您说的全对……现在我要赶紧回到大学去，那样一来，一切就都会……顺顺当当了……”

左西莫夫提出这样一套有道理的忠告，多多少少也是要在两个女人面前卖弄一下，可是等到他讲完话，看一看那个听他讲话的人，发觉对方的脸上有一种露骨的嘲笑神情，当然就有点发窘了。不过，幸好时间不长。普尔赫莉雅·亚历山大罗芙娜立刻开口向左西莫夫道谢，特别感激他昨天夜里到她们寓所去拜访她们。

“怎么，他夜里也到你们那儿去了？”拉斯柯尔尼科夫问道，似乎感到惊慌。“那么，你们旅途劳顿以后，也没睡觉？”

“唉，罗佳，其实这都是夜里两点钟以前的事。我和杜尼雅就是在家里，也决不会在两点钟以前上床睡觉呢。”

“至于我该怎么感谢他！我也不知道，”拉斯柯尔尼科夫接着说，皱起眉头，低下眼睛，“姑且不谈钱的问题……请您原谅我提到钱，”他对左西莫夫说，“……我真不知道我怎么配承受您这种特殊的照顾。我简直不明白，而且……而且我甚至觉得不好受，因为这种事无法理解，我索性开诚布公对您全说出来吧。”

“可是您别生气，”左西莫夫勉强笑着说，“您就认为您是我的第一个病人好了。是啊，我们这班刚刚开始行医的人，总是喜欢头一批病人，把他们看成自己的孩子，有的人几乎爱上他们呢。要知道，我的病人本来就不是很多。”

“我还没谈起他，”拉斯柯尔尼科夫指指拉祖米欣说，“他在我这儿，也是除了侮辱和操劳以外，什么也没得到。”

“他也真能胡说！莫非你今天多愁善感起来了？”拉祖米欣嚷道。要是他目光比较敏锐的话，他就会看出这儿根本谈不上什么多愁善感，情形甚至完全相反。不过阿芙朵嘉·罗曼诺芙娜却看出来了。她定睛瞧着她哥哥，心里感到不安。

“关于您，妈妈，我什么话也不敢说，”他继续说，仿佛在背一课今天早晨背熟的功课，“我直到今天才略为体会到，您昨天在这儿等我回来，一定等得多么心焦。”

说完这话，他忽然停住口，露出笑容，向他妹妹伸出一只手。不过这一回，他的笑容闪着毫不做假的真正感情。杜尼雅立刻抓住向她伸过来的手，热烈地握一握，又高兴又感激。自从昨天发生过小争执以后，他这是第一次向她打招呼。母亲见到兄妹俩终于这样无言地和解了，她脸上不由得放出喜悦和幸福的光彩。

“我就是因为他这样才喜欢他！”拉祖米欣把这件事的意义夸大了，喃喃地说着，在椅子上猛地转一下身。“他就是能动真感情!……”

“这种事他做得多么好啊，”母亲暗自想道，“他有多么崇高的情感，他多么单纯而又细腻地了结了昨天他跟他妹妹的那场误会，光是在这适当的时候伸出一只手，亲切地与她对看一下就成了……而且他的眼睛多么美，整个人多么美啊!……他甚至长得比杜涅奇卡还要好看呢……可是，我的上帝，他穿着什么样的衣服，这一身打扮多么糟糕啊！就连阿法纳西·伊凡诺维奇小铺里那个跑腿的伙计瓦夏，也比他穿得强!……我呢，恨不得跑到他跟前去，拥抱他，而且……哭一场才好，可是我害怕，害怕呀……他这个人多么怪，主啊!……其实他说话倒挺和气，可是我害怕！唉，我害怕什么呢？……”

“啊，罗佳，你再也不会相信，”她忽然接上去说，匆匆回答他的话，“昨天我和杜涅奇卡……多么不好受！现在总算一切都过去，都已经结束，我们大家又高高兴兴了，那我就不妨说出来。你想想看，我们一下火车，几乎就照直跑到这儿来，想拥抱你，可是那个女人……啊，她就在这儿！你好，娜斯达霞……她一下子对我们说，你一直躺着发高烧，可是刚才你瞒过大夫，神志昏迷地跑出去，上街了，大家正跑去找你。你不会相信我们心里是什么滋味！我不由得想起你父亲的朋友，我们的熟人，波唐契科夫中尉，是怎样惨死的……你不会记得他了，罗佳……他也是发着高烧，也是这样跑出去，不料在院子里，失足掉进井里了，直到第二天才把他打捞上来。当然，我们有点把事情夸大了。我们本来打算跑去找彼得·彼得罗维奇，想至少找他帮帮忙……因为我们孤孤单单，一点办法也没有啊。”她用凄凉的口气拖长声音说道，可是忽然完全停住嘴，说不下去了，因为她想起，尽管“大家已经又高高兴兴”，然而这时候提到彼得·彼得罗维奇，却还是相当危险的。

“是的，是的……这种事，当然，惹人烦恼……”拉斯柯尔尼科夫嘟囔着回答说，然而露出心神恍惚和几乎漠不关心的神情，弄得杜涅奇卡瞧着他，不禁暗暗吃惊。

“我刚才想说什么来着？”他接着说，极力回想，“对了！妈妈，还有你，杜涅奇卡，请你们不要以为今天我不愿意先去看你们，却等着你们先来。”

“你这说的是什么呀，罗佳？”普尔赫莉雅·亚历山大罗芙娜叫道，也暗暗吃惊。

“莫非他是尽义务才这样回答我们吗？”杜涅奇卡暗想。“讲和也罢，请求原谅也罢，都像是办公事，或者背课文。”

“我刚才醒来，本想去找你们，可是我的衣服碍了事，昨天我忘记叫她……叫娜斯达霞……洗净我衣服上的血迹了……我现在刚刚把衣服穿好。”

“血迹！什么血迹啊？”普尔赫莉雅·亚历山大罗芙娜惊恐地问。

“没什么……您别操心。血迹是这么来的：昨天我神志有点不清，便出去散一散步，却碰上一个被马车轧死的人……是一个文官……”

“神志不清？可是，样样事情你都记得嘛。”拉祖米欣插上来说。

“这是实话，”拉斯柯尔尼科夫有点特别留神地回答那句话，“我全记得，甚至一丝不漏。可是说来也怪：为什么我那样做，为什么到那儿去，为什么讲了那些话，我可能没法解释清楚了。”

“这是十分常见的现象，”左西莫夫插嘴说，“有的时候，某一件事做得很精明，极其巧妙，可是行动的控制，行动的起因，却是混乱的，为各种病态的印象所左右。这像是在做梦一样。”

“是啊，他几乎把我看成疯子了，不过，这倒也好。”拉斯柯尔尼科夫想道。

“可是，话说回来，健康的人大概也会有这种情形。”杜涅奇卡说道，不安地瞧着左西莫夫。

“这是颇为正确的见解，”左西莫夫回答说，“在这个意义上说，我们大家常常几乎都像疯子，只是有个小小的区别，那就是‘患者’略为比我们更疯癫些，因此这儿必须画一条界线。十足正常的人几乎根本不存在，这是实在的。‘患者’那样的人，在几十个人，也许好几十万人当中，才能遇到一个，况且他是一个十分体弱的怪人……”

大家听到左西莫夫对他爱好的题目只顾高谈阔论，一不小心贸然说起“疯子”二字，就都皱起了眉头。拉斯柯尔尼科夫却坐在那儿好像没理会，沉思不语，苍白的嘴唇上露出奇怪的笑意。他正在继续思考一件什么事。

“喂，那个被马车轧死的人怎么样了呢？刚才我打断了你的话！”拉祖米欣赶快嚷道。

“什么？”拉斯柯尔尼科夫说，似乎清醒过来了，“是啊……喏，我帮着把他送回寓所的时候，衣服上就沾了鲜血……顺便说一句，妈妈，昨天我做了一件不可原谅的事，当时我确实昏头昏脑。您汇给我的钱，我昨天统统送给……那个人的妻子……做殡葬费了。现在，那个寡妇，那个可怜的女人，害着痨病……身边只有三个小孤儿，挨着饿……家里一无所有……另外还有个女儿……如果您看见了，或许您也会把钱送给他们……不过，我承认，我丝毫没有权利这样做，尤其因为我知道您凑出这笔钱来多么不容易。要帮助人，先得有这样的权利才成，要不然，就只能说：‘Crevez, si vous n’êtes pas contents!’[1]”他说着，笑了。“对吧，杜尼雅？”

“不，不对。”杜尼雅坚定地回答说。

“嘿！原来你也……一片好心！……”他嘟哝着说，几乎带着憎恨看了看她，讥诮地微微一笑。“我原应该考虑到这一点才对……嗯，这是值得赞美的；这样你会觉得好受些……只是你会走到一条界线，不能越过去，于是你会感到不幸，要是越过去呢，也许会感到更加不幸……不过，这都是废话！”他气愤地补充说，想到自己竟讲得入了迷，不禁懊悔。“我本来只想说，妈妈，我请求您原谅。”他一下子生硬地结束了他的话。

“算了，罗佳，你做的每一件事，我相信都是好的。”母亲欢欢喜喜地回答说。

“将来您就不会相信了。”他回答说，撇着嘴微微一笑。

随后是沉默。这场谈话、这种沉默、这种和解、这种原谅，都有点紧张的意味。这一点，大家都体会到了。

“真的，她们似乎怕我。”拉斯柯尔尼科夫暗自想道，皱起眉头瞧着他的母亲和妹妹。确实，普尔赫莉雅·亚历山大罗芙娜越是沉默，就越发胆怯。

“要知道她们不在我眼前的时候，我觉得十分喜爱她们。”这个想法掠过他的头脑。

---

1. 法语：去死吧，要是你们不痛快！

“你要知道，罗佳，玛尔法·彼得罗芙娜死了！”普尔赫莉雅·亚历山大罗芙娜忽然插嘴说。

“哪个玛尔法·彼得罗芙娜？”

“唉，我的上帝，就是斯维德利盖洛夫家的玛尔法·彼得罗芙娜！我在写给你的信上已经讲过许多她的事了。”

“啊啊，对，我想起来了！……这么说，她死了？哦，真的吗？”他忽然打个冷战说，仿佛刚睡醒似的。“她真的死了？怎么死的？”

“你再也想不到，是暴亡！”普尔赫莉雅·亚历山大罗芙娜看到他这么关心，就胆壮起来，匆匆地说，“而且恰好在我把信寄给你的那天死的，简直就在当天！你想想看，那个可怕的人似乎就是她的死因。据说，他把她痛打了一顿！”

“难道他们一直这样生活？”他转过脸去，对妹妹问道。

“不，甚至正好相反。他待她一向很有耐性，简直很和气。他婚后整整七年中间，在许多情况下，甚至过于迁就她的性格了……不知怎的，他忽然失去耐性了。”

“既然他七年中间一直克制自己，那么怎么能说他很可怕呢？你，杜涅奇卡，似乎在替他辩护吧？”

“不，不，他是个可怕的人！我都不能想象还有比他更可怕的人了。”杜尼雅几乎打个寒噤回答说，皱起眉头，沉思不语了。

“这件事是那天早晨在他们家里发生的，”普尔赫莉雅·亚历山大罗芙娜继续急匆匆地说，“发生以后，她立刻吩咐套好马车，准备饭后马上坐车进城，因为在那样的情况下她总是坐车进城的。据说吃午饭的时候她胃口很好……”

“挨过打以后吗？”

“不过，她一向有这种……贪吃的习惯。她怕耽误进城，刚吃完饭就立刻到浴棚去了……你要知道，她到那儿去洗澡是为了治一种病。

她们那边有一道很凉的泉水，她每天照例到那儿去洗澡。这一回她刚泡进泉水里，马上就中风了！”

“那是当然了！”左西莫夫说。

“他把她打得很厉害吗？”

“厉害不厉害还不是一样。”杜尼雅插一句嘴。

“嗯，不过，妈妈，您怎么有兴致谈这种无聊的事？”拉斯柯尔尼科夫忽然说，口气愤懑，却又似乎出于无意。

“哎呀，我的孩子，我也不知道我该说什么好。”普尔赫莉雅·亚历山大罗芙娜也没想一想就说出来了。

“莫非你们都怕我？”他说着，露出一脸的苦笑。

“这的确是实情，”杜尼雅说，直着眼睛严峻地看着她的哥哥，“刚才妈妈走上楼来的时候，甚至害怕得在胸前画十字。”

他的脸好像痉挛得变了样。

“唉，你说什么呀，杜尼雅！请你不要生气，罗佳……你这是何苦，杜尼雅！”普尔赫莉雅·亚历山大罗芙娜惶恐不安地开口说。“真的，先前我坐着火车到这儿来，一路上老在幻想：我们会怎样见面，怎么彼此讲种种事情……我感到满心幸福，都没觉得是在旅途中！可是我在说什么呀！我现在也仍旧幸福……你不该那么说，杜尼雅！我只要见到你就幸福了，罗佳……”

“别说了，妈妈，”他困窘地嘟哝着说，眼睛没有看他母亲，只握紧她的手，“我们有的是工夫畅谈一番！”

说完这话，他突然心里发慌，脸色变白。先前那种可怕的感觉，又带着死气沉沉的冷气掠过他的内心。突然，他再一次十分清楚明白地体会到，他现在说了句可怕的谎话，从今以后他不但再也没有可能畅谈心事，而且再也不会对任何人谈任何事了。这种痛苦的念头对他生出极其强烈的影响，使得他一时间几乎忘记身外的一切，在原地站起来，对谁也没看一眼，径自向房外走去。

“你要干什么？”拉祖米欣一把抓住他的胳膊，嚷道。

他又坐下，默默地往四下里看。大家纳闷地瞧着他。

“你们干吗都这么沉闷！”他忽然叫道，完全出人意料。“你们说话呀！真的，这么呆坐着有什么意思！喂，你们倒是说话呀！我们来谈一谈……我们聚在一起，却闷声不响……喂，说点什么吧！”

“谢天谢地！我还以为他要重演昨天那种情形呢。”普尔赫莉雅·亚历山大罗芙娜说着，在胸前画个十字。

“你怎么了，罗佳？”阿芙朵嘉·罗曼诺芙娜怀疑地问。

“哦，没什么，刚才我想起了一件事。”他回答说，蓦地笑起来。

“哦，如果是想起了什么事，那就好了！要不然，我还以为……”左西莫夫嘟哝道，离开长沙发站起来。“不过，我该走了。也许我还会来一趟……要是正赶上……”

他向大家点点头，走掉了。

“多么好的人啊！”普尔赫莉雅·亚历山大罗芙娜说。

“对，他挺好，出色，有教养，有学问……”拉斯柯尔尼科夫忽然开口说，讲得很快，有点出人意料，而且一反常态，特别活跃，“我已经记不得从前，生病以前，在哪儿跟他见过面……好像以前在什么地方见过面……喏，他也是好人！”他对拉祖米欣那边点一下头说，“你喜欢他吗？杜尼雅？”他问她，然后，不知什么缘故，忽然笑起来。

“很喜欢。”杜尼雅回答说。

“呸！你简直是……个没有情义的人。”拉祖米欣说，非常困窘，涨红了脸，离开椅子站起来。普尔赫莉雅·亚历山大罗芙娜微微一笑，拉斯柯尔尼科夫扬声大笑。

“可是你要到哪儿去？”拉斯柯尔尼科夫说。

“我也……我得走了。”

“你根本用不着走，你留下！左西莫夫走了，所以你才要走。你别走。现在几点钟了？十二点了吧？你的怀表多好看啊！杜尼雅！可是你们干吗又都闭着嘴不说话？只有我一个人说话!……”

“这怀表是玛尔法·彼得罗芙娜送的礼物。”杜尼雅回答说。

“价钱很贵呢。”普尔赫莉雅·亚历山大罗芙娜补充说。

“啊啊，好大呀，几乎不像女人用的表了。”

“我喜欢这样的。”杜尼雅说。

“这样看来，不是她未婚夫送的礼物。”拉祖米欣暗想，不知什么缘故高兴起来。

“我还当是卢仁送给你的礼物呢。”拉斯柯尔尼科夫说。

“不，他至今还没送过杜涅奇卡什么东西。”

“啊啊！那么，妈妈，您可记得，那一次我也恋爱过，打算结婚来着。”他忽然瞧着母亲说。母亲听到他话锋一转，听到他用这样的口气讲这件事，不禁暗暗吃惊。

“哦，我的孩子，记得的！”普尔赫莉雅·亚历山大罗芙娜说着，跟杜尼雅和拉祖米欣互相看了一眼。

“嗯！是啊！我该怎么跟您说呢？我简直记不太清了。她是那么一个有病的姑娘，”他接着说，好像一下子陷入沉思，垂下了眼睛，“她是个十足的病人，喜欢向穷人施舍，老是想进修道院，有一回对我讲到这一点，眼泪哗哗地流下来。对……我想起来了……很清楚地想起来了，她长得……那么难看。真的，我不知道那时候我是看中她哪一点才恋上她的，似乎就因为她老是生病……如果她此外还瘸腿或者驼背，我好像会更加爱她……”他沉思地微微一笑。“是啊……那像是春天的一场梦……”

“不，这不只是春天的一场梦！”杜涅奇卡兴奋地说。

他注意而紧张地瞧着他的妹妹，可是并没听见她的话，或者简直不明白她的话是什么意思。后来，他在深深的沉思当中站起来，走到他母亲跟前，吻她，然后回到原来的地方，坐下。

“你就连现在也还爱她！”普尔赫莉雅·亚历山大罗芙娜感动地说。

“爱她？现在？哦，对了……您说的是她！不，现在看来，这件事就像是在另一个世界发生的……而且是在很久很久以前了。再者，样样事情都好像根本不是在这儿发生的……”

他注意地瞧着他们。

“你们也一样……我仿佛在一千俄里以外看着你们……可是，鬼才知道我们为什么要谈起这件事！何必再问呢？”他烦恼地补充说，然后停住嘴，咬着手指甲，又沉思不语了。

“你这个住处多么糟，罗佳，就跟一口棺材似的。”普尔赫莉雅·亚历山大罗芙娜忽然打破令人难堪的沉默说。“我相信，你变得这么忧郁，一半就是因为住着这样的寓所。”

“寓所？……”他心不在焉地应声说，“对了，这个寓所起了不少作用……我也这么想……不过，要是您知道，您刚才说了一种多么奇怪的想法就好了，妈妈。”他忽然补充说，怪模怪样地笑笑。

尽管有这些人给他做伴，尽管他的母亲和妹妹在跟他分手三年以后又跟他重逢，尽管这场谈话带着亲人团聚的调子，可是这当儿他们已经什么事都谈不下去，再过一会儿，他就会终于感到简直熬不下去了。然而，有一件事却不能拖延，好歹一定要在今天解决，这是他刚才从睡乡中醒来，暗自决定的。现在，他想起那件事就不由得高兴，总算有条出路了。

“你听我说，杜尼雅，”他认真地说，声调干巴巴的，“当然，我要为昨天的事情求你原谅，可是我认为我有责任再一次提醒你：碰到主要的事情，我是决不会退让的。有我就没有卢仁，有卢仁就没有我。

就让我做坏人好了，你不应当做。有一个就够了。要是你嫁给卢仁，我就立刻不再认你是我妹妹。”

“罗佳，罗佳！要知道，这还是跟昨天一样。”普尔赫莉雅·亚历山大罗芙娜伤心地叫道。“为什么你总是把自己说成坏人呢？我听了受不了！昨天你也这么说……”

“哥哥，”杜尼雅坚定地说，声调也是干巴巴的，“你这么说，其实是你想错了。我考虑了一夜才发现你这个错误。问题在于你似乎认为我在为某人打算而为某人牺牲自己。事情完全不是这样，首先，我嫁人仅为自己，因为我觉得日子难过。其次，如果我能使亲人得到好处，当然，我会高兴，不过，这并不是我做出决定的最主要的动机……”

“她说谎！”他暗自想道，愤愤地咬手指甲，“高傲的姑娘！她不肯承认她这是打算对我行善！啊，卑鄙的性格！她们爱一个人简直跟恨一个人一样……啊，我多么……恨她们这种人呀！”

“一句话，”杜涅奇卡接着说，“我之所以要嫁给彼得·彼得罗维奇，是因为两害相权取其轻。凡是他期望我做的，我都打算老老实实地照着做，因此我不是在欺骗他……你现在为什么这样微笑呢？”

她也脸红了，眼睛里闪过怒火。

“你都会照着做？”他问道，恶意地笑笑。

“做到一定限度为止。彼得·彼得罗维奇求婚的态度和方式，都是一下子向我表明他需要什么。当然，他自视很高，也许过于高了，不过我希望他也会看重我……你怎么又笑了？”

“那你怎么又脸红了呢？你在撒谎，妹妹。你是故意撒谎，这纯粹是出于女性的固执，想在我面前硬坚持你的主张……你不可能尊重卢仁，我见过他，跟他谈过话。因此，你这是图财卖身，因此无论从哪方面说，你都做得卑鄙。不过，我还是高兴，因为你至少还能脸红！”

“不对，我不是撒谎！……”杜涅奇卡喊道，失去了原有的冷静，

“我要不是相信他看重我，珍视我，我就不会嫁给他。我要不是坚定地相信我能尊重他，也不会嫁给他。幸好，我对这一点有十足的把握，就连今天也这样。这样的婚事，不像你说的那样是卑鄙行为！然而，要是你说的对，要是我确实决意干卑鄙的事，那么你对我讲这样的话，难道就不觉得残酷无情？你自己也不见得有什么英雄气概，那为什么一定要求我有呢？这是霸道，这是强暴！如果说我会毁掉什么人的话，那也只是会毁掉我自己一个人罢了……我还没有杀死过什么人吧！……你干吗这么瞧着我？为什么你脸色这样苍白？罗佳，你怎么了？罗佳，亲爱的！……”

“主啊！你弄得他昏厥啦！”普尔赫莉雅·亚历山大罗芙娜喊道。

“不是，不是……胡说……没什么！……我有点头晕。根本不是昏厥……您老惦记着昏厥！……嗯！是啊……我想说什么来着？对了，你怎么到今天还相信你能尊敬他，而且他……像你说的那样看重你？你好像说过是今天吧？或者我听错了？”

“妈妈，您把彼得·彼得罗维奇写来的信拿给哥哥看。”杜涅奇卡说。

普尔赫莉雅·亚历山大罗芙娜伸出颤抖的双手，把信交给她儿子，他带着强烈的好奇心把信接过来。可是他在打开信以前，忽然瞧着杜涅奇卡，似乎感到惊讶。

“奇怪，”他慢吞吞地说，好像一种新的想法突然使他大吃一惊，“我何必这么操心呢？何必这么吵吵嚷嚷呢？你愿意嫁给谁就嫁给谁好了！”

他似乎在自言自语，只是把心里的话说出口了。他朝妹妹那边看了一会儿，仿佛不明白这是怎么回事似的。

他终于打开那封信，脸上仍然保留着那种奇特的惊讶神情。然后他开始看信，读得很慢，很专心，反复读了两遍。普尔赫莉雅·亚历山大罗芙娜特别担心，并且大家也都料着会出什么特别的事。

“这倒使我觉得奇怪了，”他把信交还母亲，略为沉吟一下，开口说，然而他的话不是单独对哪个人说的，“要知道，他是个办诉讼案件的人，是个律师，讲起话来甚至有他那套气派，可是写出来的东西却文理不通。”

大家都很惊讶，根本没料到他会说出这样的话。

“可是他们本来就用这样的文笔写东西。”拉祖米欣突然插嘴说。

“莫非你看过信了？”

“是的。”

“我们拿给他看的。罗佳，刚才我们……商量了一下。”普尔赫莉雅·亚历山大罗芙娜发窘了，开口说。

“这其实是法院公文的格调，”拉祖米欣打断她的话说，“法院公文至今都是这样写的。”

“法院？对，正是法院的格调，办公事的格调……不能说是文理不通，可是也不能说很有文采，无非是办公事的那一套罢了。”

“彼得·彼得罗维奇并不隐瞒为读书只花过很少的钱，甚至夸口说他的路是他自己闯出来的。”阿芙朵嘉·罗曼诺芙娜听到哥哥讲话的新口吻，有点不痛快，说道。

“哦，既然他夸口，总有他的道理，我也不打算反驳。你，妹妹，似乎不痛快了，因为我看了这封信，却只发表了这样几句异常轻浮的意见。你以为我是故意说这些无聊的话，为的是怀恨地挖苦你？正好相反，我由这封信的格调想起一种意见，而这种意见在当前情况下绝不是无关紧要的。信上有一句话，‘你们只好责怪自己’，这话的含意可是极其重大而又清楚的，此外他还提出威胁，说是如果我去，他就立刻走掉。这种威胁着要走掉的话，无异于威胁说，如果你们不听他的话，他就要抛弃你们两人，而且哪怕现在已经把你们叫到彼得堡来了，也还是要丢开不管。喏，你怎么想呢？如果这话是他写的，”他指着拉祖米欣说，“或者是左西莫夫写的，或者是我们随便谁写的，就会惹人生气，那么现在出于卢仁笔下，会不会也惹人生气呢？”

“不……不会，”杜尼雅回答说，活跃起来，“我很明白，这话说得太朴实，他也许偏偏不善于写信……这一点你考虑得很好，哥哥。我简直没料到你会这样……”

“这话是按法院公文的格调写的，而按那种格调就不能不这样写，于是结果也许就比他的原意粗鲁了。不过，我不得不使你有点失望。这封信里还有一句话，那纯粹是对我的诽谤，而且相当卑鄙。我昨天是把钱交给那位患痨病的、困苦不堪的寡妇，况且也不是‘藉口供殡葬用’，而是直截了当做殡葬费的。我确实把钱给了那位寡妇，而不是像他写的那样，交给他女儿，交给‘行为不端、声名狼藉’的姑娘了，其实昨天是我生平第一次跟她见面。我从这种种迹象看，他是过于性急地打算把我抹黑，挑拨你们跟我吵架。他那句话又是按法院格调写的，也就是说目标格外明显露骨，情急的神态暴露无遗。他是个聪明人，可是要把事办得聪明，光有头脑还不够。所有这些，都勾画出一个人的真面目，而且……我以为，他不见得十分看重你。我跟你讲这些话，纯粹是为了提醒你，因为我真心诚意巴望你好……”

杜涅奇卡没有答话。她早已做出决定，现在只等着傍晚来临了。

“那么你决定怎么办呢，罗佳？”普尔赫莉雅·亚历山大罗芙娜问。她听到他这种新的、突如其来的、办公事般的口吻，越发比刚才不安了。

“‘决定’什么？”

“喏，彼得·彼得罗维奇信上要你今天傍晚不到我们那儿去，又说……如果你去，他就走掉。那么你……预备怎么样呢？”

“这，当然，不该由我来决定。第一，要由您决定，如果彼得·彼得罗维奇的要求不惹您生气的话；第二，要由杜尼雅决定，如果她也不怄气的话。你们觉得怎么好，我就怎么办。”他干巴巴地回答说。

“杜涅奇卡已经做出决定，我完全同意她的主张。”普尔赫莉雅·亚历山大罗芙娜赶紧插嘴说。

“我决定要求你，罗佳，坚决要求你在这次会晤当中务必在场，”杜尼雅说，“你去吗？”

“去。”

“我还请您今晚八点钟也到我们那儿去！”杜尼雅转过脸去对拉祖米欣说。“妈妈，我也邀请他去。”

“挺好，杜涅奇卡，嗯，你们怎么决定就怎么办吧，”普尔赫莉雅·亚历山大罗芙娜补充说，“我呢，反而轻松些：我可不喜欢装样子，说假话。还是都说真话的好……至于彼得·彼得罗维奇，他生气也罢，不生气也罢，现在都由他了！”

第四章

这时候房门轻轻地开了，一个大姑娘走进房来，胆怯地往四下里看。大家都转过脸去瞧她，不由得暗暗吃惊、纳闷。拉斯柯尔尼科夫第一眼没认出她来。原来她就是索菲雅·谢敏诺芙娜·玛尔美拉朵娃。昨天是他头一回跟她见面，然而是在那样的时刻，在那样的环境下，她又穿着那样的衣服，因此在他的记忆里，她那张脸就显得完全是另一种模样了。现在这个姑娘装束得很朴素，甚至寒酸，而且还年轻得很，几乎像个小女孩，举止谦虚而正派，面容开朗而又好像有点惊恐。她穿着很平常的家常衣服，头上戴着老式的旧帽子，只是手里跟昨天那样拿着一把伞。她意外地发现满房间都是人，她与其说是怕难为情，不如说是十分慌张、心虚，像个小娃娃似的，甚至做出往后倒退的动作了。

"啊……是您？……"拉斯柯尔尼科夫说，大吃一惊，忽然自己也慌了。

他立刻想起他母亲和妹妹已经从卢仁的来信中顺带知道某个姑娘"行为不端、声名狼藉"了。他刚才还抗议卢仁的中伤，讲到他是头一次见到那个姑娘，不料她自己突然来了。他还想起他丝毫没有抗议"行为不端、声名狼藉"这种说法。所有这些念头都是一时间模模糊糊在他头脑里掠过的。不过他定睛瞧一眼，却看出这个受尽委屈的人露出一副忍气吞声的样子，他忽然觉得可怜她了。临到她做出吓得要逃跑的动作，他就心如刀绞了。

“我万没料到您会来……”他匆匆说，用目光留住她不要走。“劳驾，请坐。您一定是从卡捷莉娜·伊凡诺芙娜那儿来的吧。对不起，不是坐在那儿，喏，坐这儿……”

拉祖米欣本来坐着三把椅子当中靠近房门的那把，临到索尼雅走进门，就站起来，好让她走进屋。起初，拉斯柯尔尼科夫本想让她在左西莫夫坐过的长沙发一角上坐下，可是他想起他一向把长沙发当床铺用，让她在那儿坐太不礼貌了，就赶紧指一下拉祖米欣的椅子请她坐下。

“那么你坐这儿。”他对拉祖米欣说，让他在左西莫夫坐过的长沙发一角上坐下。

索尼雅坐下，心儿害怕得几乎发抖，胆怯地瞧一眼那两个女人。看得出来，连她自己也不明白她怎么能跟她们并排坐在一起。她考虑到这儿，不由得心惊胆战，忽然又站起来，慌慌张张地对拉斯柯尔尼科夫开口讲话：

“我……我……待一会儿就走，请原谅我打搅您。”她结结巴巴讲道。“我是卡捷莉娜·伊凡诺芙娜打发来的，她没有另外的人可派……卡捷莉娜·伊凡诺芙娜叮嘱我请您明天早上务必去参加安魂祈祷，做弥撒……在米特罗法尼耶夫斯基教堂……然后请您到我们家去……到她家去……吃饭……请您赏光……她叮嘱我恳求您。”

索尼雅结结巴巴说完，不出声了。

“我一定尽力想法去……一定……”拉斯柯尔尼科夫回答说，也欠身站起来，也结结巴巴说着，而且没把话讲完。“劳驾，请坐，”他忽然说，“我要跟您谈一谈。您也许很忙……不过，请您费心在我这儿坐两分钟……”

说完，他把椅子挪到她那边去。索尼雅就又坐下，又胆怯而惊慌地瞧一下两个女人，蓦地垂下眼帘。

拉斯柯尔尼科夫苍白的脸涨红了，他好像全身抽搐了一下，他的眼睛却闪闪发光。

“妈妈，”他用沉稳而执着的口气说，“她是索菲雅·谢敏诺芙娜·玛尔美拉朵娃，也就是那位不幸的玛尔美拉朵夫先生的女儿，昨天我亲眼看见他被马车轧死，而且我已经跟你们讲过了……”

普尔赫莉雅·亚历山大罗芙娜瞧一下索尼雅，微微眯起眼睛。尽管罗佳用固执而挑衅的目光瞧着她，弄得她心里发慌，可是她无论如何也不能放弃这种愉快。杜涅奇卡却严肃地定睛瞧着可怜的姑娘的脸，纳闷地打量着她。索尼雅听见他的介绍，又极力抬起眼睛，可是比刚才更加慌张。

“我原想问您一声，”拉斯柯尔尼科夫赶紧对她说，“今天你们那边事情怎么安排的？有人来打搅你们吗？……比方说，警察局的人。”

“没有，那件事算是过去了……要知道，事情十分清楚，谁都知道他是怎么死的。没有人来打搅我们，只是房客们在生气。”

“为什么？”

“因为尸首放得过久了……总之，现在天气热，有气味……所以今天晚祷时就找人抬到墓园去，放在小教堂里，明天下葬。卡捷莉娜·伊凡诺芙娜起初不愿意这样做，不过现在也看出来，不能不这么办了……”

“那么今天就送走？”

“她求您赏光，明天到教堂去参加安魂祈祷，随后再到她家去参加丧宴。”

“她办了丧宴？”

“是的，一点小吃。她叮嘱我向您多多道谢，说您昨天帮了我们忙……没有您帮忙，就根本没有下葬的钱。”

说完，她的嘴唇和下巴忽然颤抖起来，不过她按捺住自己的情绪，定一下神，赶紧又低下眼睛看着地下。

拉斯柯尔尼科夫在谈话当中凝神打量着她。她那张苍白的脸消瘦，而且瘦极了，脸庞不很端正，有点发尖，生着又小又尖的鼻子和下巴。她甚至不能说是相貌好看，不过另一方面，她的蔚蓝色眼睛却那么清亮，每逢那双眼睛放出光彩，她脸上的表情就变得那么和善纯朴，引得人不由自主地喜欢她。除此以外，她的脸，以至她的全身，都有一种与众不同的特色：她虽然已经十八岁，却几乎像是个小女孩，比真正的年龄小得多，差不多十足是个娃娃。有的时候，这种稚气在她的某些动作里表现出来，显得挺可笑。

“可是卡捷莉娜·伊凡诺芙娜用这么一点点钱怎么能应付呢？甚至还打算弄小吃？……”拉斯柯尔尼科夫问道。他硬要把这场谈话延续下去。

“要知道，我们会给他买一口普通的棺材……而且一切从简，所以不会用很多钱……刚才我跟卡捷莉娜·伊凡诺芙娜通盘核计了一下，为的是留下点钱办丧宴……而且卡捷莉娜·伊凡诺芙娜很希望照这么办。是啊，不这样不行，先生……这在她才算了却一桩心事……您要知道，她就是这样子的人……”

“我明白，我明白……当然……您为什么这样打量我的房间？喏，我的妈妈也说，这个房间像口棺材。”

“您昨天却把钱全给我们了！”索涅奇卡忽然回答说，压低声音，说得又有力又快，蓦地又使劲低下头去。她的嘴唇和下巴又颤抖起来。她早已为拉斯柯尔尼科夫住所的贫寒环境暗暗吃惊，现在这句话就不自觉地从她嘴里吐出去了。接着是一阵沉默。杜涅奇卡的目光显得和悦可亲，普尔赫莉雅·亚历山大罗芙娜甚至亲切地看了看索尼雅。

“罗佳，”她站起来说，“当然，过一会儿我们一块儿吃饭。杜涅奇卡，我们走吧……你呢，罗佳，先出去散散步，然后躺着歇一会儿，再赶紧来吃饭……现在我担心，我们已经把你弄得很累了……”

“对，对，我会去的，”他站起来回答说，神色匆匆，“不过，我有事要办呢……”

“那么莫非你们不在一起吃饭了？”拉祖米欣嚷道，惊讶地瞧着拉斯柯尔尼科夫，“你这话是什么意思？”

“不，不，我会去的，当然，当然……不过你留下来，待一会儿再走。反正您现在不需要他了吧，妈妈？或者，也许我不该把他留在我这儿？”

“哦，不，不！您，德米特利·普罗科菲伊奇，请您过后赏光来我们家里吃饭，好吗？”

“请务必来吧。”杜尼雅恳求道。

拉祖米欣鞠个躬，满脸放光。一时间，不知怎的，大家忽然古怪地发窘了。

“别了，罗佳，也就是说，再见。我不喜欢说‘别了’。别了，娜斯达霞……啊呀，我又说‘别了’！……”

普尔赫莉雅·亚历山大罗芙娜本想对索涅奇卡也招呼一声，可是不知怎的，没有做到，匆匆忙忙走出房外去了。

可是阿芙朵嘉·罗曼诺芙娜好像在等着轮到她告别。她跟在母亲身后，走过索涅奇卡面前的时候，对她深深一鞠躬，露出既关切又有礼貌的神情。索涅奇卡惶恐不安，有点匆忙和惊慌地还了礼，脸上甚至现出一种不自在的表情，仿佛阿芙朵嘉·罗曼诺芙娜的客气和关切使她感到难堪和痛苦似的。

“杜尼雅，再见！”拉斯柯尔尼科夫对着过道嚷着说，“你把手伸过来！”

“可是我不是跟你握过手了吗？你忘了！”杜尼雅亲切而又不好意思地回转身来，回答他说。

“没关系，再握一回手！”

他就用力握紧她的手指。杜涅奇卡向他微微一笑，脸红了，赶紧挣脱手，跟着母亲走去，不知什么缘故也感到十分幸福。

“啊，这就好了！”他回到房里，对索尼雅说，还用亮晶晶的眼睛瞧着她，“求主保佑死者安息，可是活人还得活下去！是这样吗？是这样吗？不对吗？”

索尼雅简直吃惊地瞧着他那突然神采焕发的脸。他沉默了一会儿，定睛瞧了她一阵，这时候她已故的父亲讲过的关于她的种种事情猛地涌上他的心头……

“主啊，杜涅奇卡！”普尔赫莉雅·亚历山大罗芙娜走到街上，立刻开口说，“喏，现在我们离开那儿，我反倒似乎高兴了，像是轻松多了。唉，昨天我在火车上哪能想到我会为这样的事高兴！”

“我再对您说一遍，妈妈，他还病得很厉害。莫非您没看出来？也许他因为思念我们而感到痛苦，于是心神错乱了。应当体谅他，如此那就有许多许多事情都可以原谅他了。”

“可是你就没有体谅他！”普尔赫莉雅·亚历山大罗芙娜立刻激烈而嫉妒地打断她的话语。“你要知道，杜尼雅，我瞧着你们俩，觉得你跟他一模一样，倒不是相貌近似，而是心灵相像。你们俩都性格忧郁，你们俩都阴沉，动不动就发脾气。你们俩都高傲，你们都宽宏大量……话说回来，他不可能是自私自利的人，对吧，杜尼雅？啊？……我一想到今天傍晚我们家里的聚会，我的心就麻木了！”

“您别操心了，妈妈，该来的事就随它来吧！”

“杜涅奇卡！可是你仔细想想看，我们现在的处境是什么样！喏，要是彼得·彼得罗维奇回绝这门亲事，那可怎么办呀！”可怜的普尔赫莉雅·亚历山大罗芙娜一不小心，忽然把这话说出来了。

“他要是这样的话，那还值几个钱！”杜涅奇卡尖刻而轻蔑地回答说。

“现在我们从你哥哥那儿走出来，算是做对了，”普尔赫莉雅·亚历山大罗芙娜赶紧打断杜尼雅的话，“他还急着要到什么地方去办事呢。让他出去走一走，至少吸点新鲜空气吧……他屋里可真闷……不过，这儿又有什么新鲜空气可呼吸呢？……就连这儿的街道，也像是没有通风小窗的房间。主啊，这是什么样的城市！……慢着，让开路，人家抬着东西来了，小心压着你！瞧，人家抬着大钢琴呢，真的……横冲直撞……那个姑娘我也很害怕……”

“什么姑娘，妈妈？”

“喏，就是那个索菲雅·谢敏诺芙娜，刚才来的……”

“她怎么了？”

“我有这么一种预感，杜尼雅。嗯，信不信由你，她一走进屋来，我马上就想到：从中作怪的，主要就是她……”

“这跟她全不相干！”杜尼雅懊恼地叫道。“您也真是的，怎么会有那样的预感呢，妈妈！他昨天刚刚认识她，方才她一走进屋，他都没认出她来。”

“好，你瞧着就是！……她搅得我心烦，你瞧着就是，瞧着就是！我简直吓坏了！她瞧着我，一个劲儿瞧着我，她生着那么一双眼睛。你记得吗？他还介绍她呢，他一介绍，我几乎在椅子上就坐不住了。我心里真的发闷：彼得·彼得罗维奇在信上说了她那样一些话，你哥哥他居然还给我介绍她，而且还要给你介绍！可见他把她看得很重！”

“管他写什么呢！也有人议论过我们，在信上骂我们，莫非您忘了？我却相信她是个……好人，那些话全是胡扯！”

“但愿如此！”

“彼得·彼得罗维奇是个卑鄙又会搬弄是非的人。”杜尼雅忽然斩钉截铁地说。

普尔赫莉雅·亚历山大罗芙娜一下子泄了气。谈话就此中断了。

“你听我说，我有件事要找你商量……”拉斯柯尔尼科夫一面把拉祖米欣拉到小窗跟前，一面说。

“那么我就告诉卡捷莉娜·伊凡诺芙娜，说您会去的……”索尼雅说着，行个礼，要走了。

“等一下，索菲雅·谢敏诺芙娜，我们没有什么秘密，您在这儿不碍事……我还有几句话想跟您说……”他没讲完，仿佛说不下去似的，忽然转过身对拉祖米欣说，“是这么回事：你不是认得那个……他叫什么名字来着……波尔菲利·彼得罗维奇吗？”

“当然了！他是我的亲戚。有什么事？”拉祖米欣补充一句说，心里涌上一种好奇的感觉。

“要知道，现在他正在办……那件案子吧？喏，就是那件杀人案……就是昨天你们讲过的。”

“是的……怎么样呢？”拉祖米欣忽然瞪大了眼睛。

“他在审问那些典当的人。那儿也有我典当的东西，无非是些小玩意儿，有我妹妹的一枚戒指，是我离家到这儿来的时候，她送给我留作纪念的，另外还有我父亲的银怀表。这些东西一共也就值五六个卢布，不过在我心目中却是宝贵的，都是纪念品。那么我现在该怎么办呢？我可不愿意那些东西失落，特别是那块怀表。刚才我就提心吊胆，大家讲起杜涅奇卡的怀表的时候，我生怕母亲要看一下父亲的怀表。父亲死后，留下来的只有这件东西了。万一它没有了，她就会难过！女人都是这样！那么该怎么办好，你教教我！我知道这得报警察局。可是，找波尔菲利本人岂不更好？你觉得该怎么办？这件事要快点办妥才好。你瞧着吧，妈妈在吃饭前就会问起！”

“根本不用报警察局，一定要去找波尔菲利！”拉祖米欣嚷道，心情异常激动。“啊，我真高兴！这有什么大不了的，我们现在就去，走不了几步就到了，我们准能在他家里找着他！”

“也好……我们去吧……”

“他跟你相识，会很高兴，很高兴，很高兴呢！以前我有好几次对他谈起你，谈过很多……昨天还谈过呢。我们走吧！……那么你认识那个老太婆？原来是这样！……这一切会很好地应付过去！……哦，是啊……索菲雅·伊凡诺芙娜……”

“是索菲雅·谢敏诺芙娜。”拉斯柯尔尼科夫纠正道。“索菲雅·谢敏诺芙娜，他是我的朋友拉祖米欣，他是个好人……”

“如果你们现在要走……”索尼雅开口讲起来，眼睛完全没看拉祖米欣，因此更加发窘了。

“那我们走吧！”拉斯柯尔尼科夫决定道，“我今天还要到您那儿去，索菲雅·谢敏诺芙娜。只是请您告诉我，您住在哪儿？”

他倒没有慌张，而是似乎急着要去办事，他避开了她的目光。索尼雅说出她的地址，同时脸红了。他们一齐走出去。

“莫非不锁门了？”拉祖米欣一面跟随他们走下楼梯，一面问道。

“从来也不锁！……不过，有两年了，我一直想买把锁。”他漫不经心地补充说。“用不着锁门的人，不是很幸福吗？”他转过身，笑着对索尼雅说。

他们走到街上，在大门外站住。

“您该往右走吧，索菲雅·谢敏诺芙娜？顺便说一句，您怎么会找到我的？”他说，仿佛想找点完全不同的话跟她说似的。他一直有心瞧瞧她那对平静而明亮的眼睛，不知怎的却总也做不到……

“您昨天已经把地址告诉波丽雅了。”

“波丽雅？哦，对了……波丽雅！她就是……那个小姑娘……她是您的妹妹吧？那么我对她说过我的地址？”

“莫非您忘了？”

“不……我记得的……”

“关于您，我早先就从我已故的父亲口中听说过……只是那时候我还不知道您姓什么，况且他自己也不知道……可是现在我来了……昨天我一听说您的姓，今天我就打听：拉斯柯尔尼科夫先生住在这儿什么地方？……我不知道原来您也在房东那儿租住一个房间……再见，先生……我要去告诉卡捷莉娜·伊凡诺芙娜一声……”

她想到终于能走掉，高兴极了。她就低下眼睛，匆匆走去，想赶快走出他们的视线以外，想赶快走完二十步路，好在街角上向右拐弯。最后，总算只剩下她一个人了，她就急忙走去，眼睛不看着任何人，四周的东西一概不去注意，只顾思索，回忆，掂量说过的每句话，见到的每件事。她还从来没有过这样的心情，从来也没有过。整个全新的世界神秘而朦胧地闯进了她的灵魂。她忽然想起，拉斯柯尔尼科大本人今天要到她家里来，说不定就在这个上午，说不定马上就来！

“只是，不要今天来才好，劳驾，不要今天来吧！”她喃喃地说着，心里发慌，就跟一个吓坏的娃娃在恳求什么人似的。“主啊！他到我这儿来……到这个房间里来，会看见……啊，主！”

因此，当然，这时候，她不可能发觉有个她不认得的上流人士正紧紧地盯着她，跟踪她。从她刚走出大门的时候起，他就已经跟上她了。当时他们三个人，拉斯柯尔尼科夫、拉祖米欣和她，正站在人行道上讲话，那个过路人从他们身旁绕过去，忽然打个冷战，因为他无意中匆匆听见索尼雅说的话：“我就打听，拉斯柯尔尼科夫住在什么地方。”他很快就又注意地瞧一下他们三个人，特别是索尼雅面对的拉斯柯尔尼科夫，然后扭过脸去看那所房子，记在心中。这都是在走过时一刹那间进行的，过路人极力不动声色，往前走去，放慢脚步，似乎在等着。他是在等索尼雅。他看见他们彼此告别，看见索尼雅立刻走了，不知回到哪儿的自己家里去。

“那么她回家是回到哪儿？我好像在什么地方见过这张脸，”他暗自想道，回想索尼雅的脸，“我得弄明白她住在哪儿。”

他走到转弯处，就往街道对面走去，回转头看见她已经跟在后面，顺着同一条路走着，同时她对四周的一切一概不看。他走到拐弯的地方，她正巧也转弯，跟他走同一条街。他于是落在她的后面，眼睛没放松对面人行道上她的身影。他大约走了五十步，穿过街心，也跟着索尼雅在这边人行道上走，追上她，尾随不舍，跟她相距五步远。

他是个五十岁光景的男人，比中等身材略高一些，身子壮实，两肩很宽而耸起，这给他添上一种稍稍伛偻的样子。他装束讲究而大方，看上去像是个颇有地位的老爷。他手里拿着一根漂亮的手杖，每走一步就在人行道上敲一下。他两只手都戴着新手套。他那张高颧骨的大脸相当讨人喜欢，皮肤细嫩，不像是彼得堡人的肤色。他的头发还很密，完全是淡黄色，只是略微有点白发。他那又大又密的胡子像铲子似的垂下来，比头发的颜色还要淡。他的眼睛是蔚蓝色的，目光冷峻、专注、深沉。他嘴唇鲜红。大体说来，这个人保养得很好，面相显得比真正的岁数年轻得多。

等到索尼雅走到运河边上，人行道上就只有他们两个人走着了。他冷眼旁观，看出她心事重重，精神恍惚。索尼雅走到她那所房子，就转身走进大门，他跟着走进去，好像有点惊讶。她走进院子，往右边的一角走去，那儿有一道楼梯通到她的住处。“嘿！”那个不相识的老爷嘟哝一声，跟在她身后，开始登上楼梯。直到这时候，她才发现他。她登上三楼，拐个弯走到游廊上，在第九号房间门前拉了拉铃，房门上有粉笔写的一行字："卡彼尔纳乌莫夫，裁缝"。"嘿！"陌生人又嘟哝一声，想到这样奇怪的巧事不免暗暗吃惊，他在旁边第八号房间门前也拉了拉铃。两个房门大约相距六步远。

"您住在卡彼尔纳乌莫夫家呀！"他说，瞧着索尼雅，笑了。"他昨天给我翻改过一件背心呢。我呢，就住在这儿，在您的隔壁，在瑞丝里赫太太家，她名叫盖尔特鲁达·卡尔洛芙娜。这可真巧！"

索尼雅注意地瞧着他。

"我们是邻居。"他接着说，有点特别高兴。"我来到这个城市一共才三天。好，现在，再见。"

索尼雅没有答话。房门开了，她就急忙走进自己房间去了。不知什么缘故，她有点害臊，而且好像有点害怕……

拉祖米欣在去波尔菲利家的路上，心里特别兴奋。

"老兄，这才好，"他反复说了好几遍，"而且我挺高兴！我挺高兴！"

"他有什么可高兴的？"拉斯柯尔尼科夫暗想。

"我本来不知道你也在老太婆那儿当过东西。这……这……是很早的事吗？也就是说，你是很久以前到她那儿去过？"

"他简直是个天真的傻瓜！"拉斯柯尔尼科夫暗想。

"你问什么时候？……"他说着，停住脚，回想，"好像是她死的前三天我到她那儿去过……不过，现在我并不是去赎当，"他接着说，显得心中焦急，特别操心那些东西，"要知道，昨天我在那种该死的神志昏迷中干出那样的事以后……现在我口袋里又只剩一枚银卢布了！"

他讲到神志昏迷，口气特别加重。

"嗯，是啊！是啊！是啊！"拉祖米欣匆匆地附和说，然而他究竟在肯定什么，却不得而知，"这就是那时候你多少有点……心乱的缘故……你要知道，你在昏睡当中也老是提到戒指和表链什么的！……

嗯，是啊，是啊……这就清楚了，现在一切都清楚了。”

“原来如此！”拉斯柯尔尼科夫暗想，“他们脑子里一定都装满过那种想法！是啊，这个人是乐于替我去上十字架的。是啊，他一弄明白我为什么在昏睡中提到戒指，就高兴得很！是啊，那种想法在他们这些人脑子里扎根那么深呀！……”

“我们会碰上他在家吗？”他开口问道。

“会碰上的，会碰上的。”拉祖米欣急匆匆地说。“老兄，他是个挺好的小伙子，你会看出来的！他有点拙，其实他倒是个上流社会的人，我是在另一种意义上说他拙。他是个聪明人，挺聪明，至少很不笨，只是他那种思维方式有点特别……他遇事多疑，是个怀疑论者，玩世不恭……他喜欢骗人，其实倒也不是骗人，而是捉弄人……喏，无非是追根究底的老一套方法……不过，他对他的工作是精通的，精通得很……去年，有件案子，也是件杀人案，一点线索也没有，却让他破了！他非常非常想跟你认识！”

“为什么非常呢？”

“其实倒也不是非常……你要知道，最近这段时期，喏，就是你得病的这段时期，我常常跟他谈起你，谈过很多……好，他就听我说……他一听说你是学法律的，却又为环境所迫不能学到毕业，就说道：‘多么可惜！’所以我才得出这个结论……其实倒也不是单单因为这一点，而是有好些原因。昨天扎麦托夫……你要知道，罗佳，昨天我喝醉了酒，对你唠叨了不少话，也就是在我送你回家的时候……喏，老兄，我怕你会夸大我的话，你要知道……”

“你指的是什么话？是说人家认为我有疯病吗？对，这也可能是真的。”

他勉强苦笑了一下。

“是啊……是啊……其实，呸，不对！……总之，我说了种种话

(另外我还说过些别的)，那都是胡扯，而且是酒后说的。”

“你干吗道歉！我真讨厌这一套！”拉斯柯尔尼科夫嚷道，气得不得了。不过，他多多少少是假装这样的。

“我知道，我知道，我明白。请你相信，我明白。我本来甚至不好意思说出口……”

“既然不好意思，就别说了！”

两人都不出声了。拉祖米欣高兴得心花怒放的样子，拉斯柯尔尼科夫看在眼里，感到厌恶。刚才拉祖米欣讲到波尔菲利的那些话，也使他不安。

“我在这个人面前也得装得愁眉苦脸才成，”他想，面色苍白，心怦怦地跳，“而且要装得自然点。最自然的是干脆不装假。极力不装假！不，极力就又不自然了……哎，事情究竟会怎么样……我们瞧着好了……马上就会瞧见的……我上他那儿去，到底好不好呢？飞蛾自己找到烛火上去。我的心直跳，这可不妙！……”

“就在这所灰色房子里。”拉祖米欣说。

“最要紧的是，”拉斯柯尔尼科夫暗想，“波尔菲利是否知道我昨天到老妖婆的住处去过……并且问过血迹的事。我一上来就得弄清楚：我一脚跳进门，就得根据他的脸色看清楚。要不然……我就是死也得弄清楚！”

“你猜怎么着？”他忽然对拉祖米欣说，露出有点狡猾的笑容，“老兄，我今天看出，从早晨起你就心情非常激动，对吧？”

“什么激动？我压根儿就没激动。”拉祖米欣说，哆嗦了一下。

“不，老兄，真的，一眼就看得出来。方才你坐在椅子上的那副样子可跟往常大不相同，不知怎么，总是挨着椅子边坐，而且不停地抽搐着。你往往无缘无故地从椅子那儿跳起来。你一会儿生气，一会儿不知怎么，你那张脸又忽然变得像是最甜的水果糖了。你甚至脸红，尤其是她们约你去吃饭的时候，你脸红得要命哟。”

“我根本没这样，你瞎说！……你说这些干什么？”

“可是你干吗这么躲躲闪闪的像个小学生似的！呸，见鬼，他又脸红了！”

“你简直是头猪！”

“可是你干吗难为情啊？罗密欧！你等着吧，我今天还要到别处去讲这些话呢，哈哈哈！喏，我会讲给妈妈听，逗她笑一笑……另外我还要讲给另一个人听……”

“你听我说，你听我说，你听我说，这可就太严重了，这可就……你说了这个还了得，魔鬼！”拉祖米欣茫然失措，吓得周身发凉。“你要跟她们说什么？我，老兄……呸，你简直是头猪！”

“你脸红得活像春天的玫瑰！这在你倒正合适呢，但愿你知道才好。两俄尺十俄寸高的罗密欧！你今天把脸洗得那么干净，指甲也一定剔干净了吧，啊？以前哪有过这种事？真是的，你头发上都抹了油呢！低下头让我闻闻！”

“猪！！”

拉斯柯尔尼科夫笑得不得了，似乎再也控制不住，就这么笑着走进了波尔菲利·彼得罗维奇的住所。拉斯柯尔尼科夫正需要这样：让屋里的人可以听见他们笑着走进来，在前室还哈哈大笑呢。

“在这儿，一句也不准说，要不然我就把你……捣成肉酱！”拉祖米欣攥住拉斯柯尔尼科夫的肩膀，愤愤地低声说。

第五章

拉斯柯尔尼科夫已经走进屋里。他走进去的那副样子就像竭尽全力按捺自己，免得放声笑出来似的。身材细高的拉祖米欣跟着他走进去，含羞带愧，笨手笨脚，神色十分狼狈而又怒气冲冲，脸红得像芍药一样。这当儿，他的脸和整个外貌确实滑稽，这倒证明拉斯柯尔尼科夫笑得有道理。拉斯柯尔尼科夫还没容人介绍，就对站在房间中央带着疑问瞧他的主人点个头，伸出手去，跟他握一下，一直明显地使出极大的力量压下他的笑声，以便说出几句介绍自己的话。可是他好不容易做出严肃的样子，刚开口嘟哝着说话，不料，仿佛不由自主似的，又看一眼拉祖米欣，就再也管不住自己，那隐忍着的笑声越是一直受到很强的压制，现在也就越是势不可当地冲出口来了。拉祖米欣一听到这种“发自内心”的笑声，就勃然大怒，这反而使这个场面显得真正可笑，而且主要是十分自然。拉祖米欣仿佛故意似的，这时候又来火上浇油。

“呸，见鬼！”他大吼一声，挥动胳膊，正好一拳头砸在一张小圆桌上，桌上本来放着一只喝干了茶的玻璃杯，这时候就连桌子带茶杯一齐倒在地，丁当乱响。

“诸位先生，为什么捣毁椅子？[1]这可是让公家遭到损失啊！”波尔

1. 前面明明说一拳头砸在小圆桌上，这里却说捣毁椅子，因为这句话引自果戈理的《钦差大臣》里第一幕第一场中市长的一句话，所以此处故意用了“椅子”。

菲利·彼得罗维奇快活地叫道。

于是这个场面变成这样：拉斯柯尔尼科夫笑个不停，听任主人握着他的手，可是他知道事情要有分寸，就等个机会好赶快比较自然地结束这个场面。拉祖米欣瞧见小桌翻倒，茶杯砸碎，十分局促不安，忧郁地瞧了瞧碎片，啐口吐沫，猛地转过身子走到窗前，在那儿站住，背对着大家，脸上皱紧眉头，瞧着窗外，却又什么都没看见。波尔菲利·彼得罗维奇笑声不断，而且也乐于笑，可是显然，他希望他们解释一下这是怎么回事。墙角一把椅子上，坐着扎麦托夫，他看见客人走进屋就站起来，而且就此站在那儿等着，张开嘴做出笑容，然后瞧着这种场面却不由得纳闷，甚至好像起了疑心。他简直有点慌张地看着拉斯柯尔尼科夫。拉斯柯尔尼科夫没有料到扎麦托夫也在座，这使他大吃一惊，感到很不愉快。

“这倒要好好考虑才行！”他暗想。

“对不起，请包涵，”他开口说，极力装得很窘，“我是拉斯柯尔尼科夫……”

“哪儿的话，幸会幸会，而且您也那么愉快地走进屋来……咦，他都不愿意打个招呼吗？”波尔菲利·彼得罗维奇朝拉祖米欣那边点一下头。

“说真的，我也不知道他为什么对我生那么大的气。我只不过在路上对他说，他很像罗密欧，而且……证明了一下，此外似乎就没有什么了。”

“你是猪！”拉祖米欣没有转过身来，只是回敬了一句。

“既然为一句话大发脾气，那么总是有很严重的缘故吧？”波尔菲利笑着说。

“哼，你啊！侦查官！……哼，叫你们统统见鬼去吧！”拉祖米欣顶撞说，忽然自己也笑起来，而且带着高高兴兴的脸色走到波尔菲利·彼得罗维奇跟前，就跟没出什么事似的。

“算了！我们全是傻瓜。现在谈正事。这是我的朋友罗季昂·罗曼内奇·拉斯柯尔尼科夫。第一，他久仰大名，很想跟你认识；第二，他有件小事要找你商量。啊！扎麦托夫！你怎么到这儿来了？莫非你们认识？你们来往很久了吗？”

“这里头必有文章！”拉斯柯尔尼科夫不安地暗想。

扎麦托夫似乎不好意思，然而不算厉害。

“昨天在你家认识的。”他随随便便说了一句。

“那么，上帝倒叫我省了事：上个星期他死说活说，硬要我设法让他跟你，波尔菲利·彼得罗维奇，见面认识一下，现在用不着我，你们自己就凑到一堆儿去了……你的烟草在哪儿？”

波尔菲利·彼得罗维奇是家常打扮，穿着长袍，内衣却分外洁净，脚上是一双穿歪了的旧便鞋。他是个大约三十五岁的男子，比中等身材矮一点，生得丰满，甚至肚子都大了。他把胡子刮光，没有唇髭，没有络腮胡子。他的头发剃得精光，脑袋又大又圆，后脑勺圆得特别突出。他的圆脸胖乎乎，鼻子有点翘。他的肤色深黄，像是有病，然而他的面容虎虎有生气，甚至带点讥诮的神情。这张脸本来简直可以说很忠厚，只是他的眼神碍了事，那双眼睛射出稀薄的、淡淡的亮光，而且由几乎发白的、不停眨动的睫毛覆盖着，像在对人挤眼睛。他周身甚至有点女人气，相形之下，那双眼睛的目光就有点奇怪地不相称，给他添上了一种比乍看起来所能料到的远为严肃的神态。

波尔菲利·彼得罗维奇一听到客人有“小事”要找他商量，就立刻请他在长沙发上坐下，他自己也在长沙发另一头坐下，定睛瞧着客人，立刻等着他叙述事情，可是这种全神贯注的神情过于严肃，甚至使人难以忍受，心慌意乱，特别是如果这是生人第一次见面，而且按您自己的看法您要讲的事，跟这种向您表示的异常关注的态度根本不相称的话。然而拉斯柯尔尼科夫用短短几句中肯的话明白而准确地陈述了他的事情，他对自己感到很满意，因为他甚至来得及十分仔细地打量了一下波尔菲利。波尔菲利·彼得罗维奇的眼睛也始终一刻都不放松他。拉祖米欣坐在同一张桌子的对面，热烈而焦急地听他陈述事情，眼睛时而瞧瞧这一个，时而瞧瞧那一个，这已经有点超出常态了。

“蠢货！”拉斯柯尔尼科夫暗自骂道。

“您应当给警察局写个呈文，”波尔菲利回答说，露出极其认真办事的神态，“您写明您获悉某某事故，也就是那件凶杀案后，兹特请求通知承办该案的侦查官，某某物品归您所有，您希望赎回……或者……不过他们会写信告诉您的。”

“问题就在这儿，”拉斯柯尔尼科夫千方百计，极力设法装得困窘些，“眼下我身边一个钱也没有……就连这样的小东西也没法赎……喏，您要知道，我现在只想声明那些东西是我的，等到我有了钱……”

“这也还是一样，”波尔菲利·彼得罗维奇回答说，对钱财方面的说明全不在意，“不过，如果您愿意的话，也不妨直接写一封信给我，大致说明您获悉某某案件，兹特声明某些物品属于我所有，请求……”

“是用普通的纸写吗？”拉斯柯尔尼科夫赶紧打断他的话，又热衷于钱财方面的问题了。

“哦，用最普通的纸就行，先生！”说完，波尔菲利·彼得罗维奇带着明显的有点讥诮的神情瞧着他，眯细眼睛，好像对他挤了挤眼。不过，这也许只是拉斯柯尔尼科夫觉得如此，因为前后只是一刹那间的事。拉斯柯尔尼科夫敢发誓，他真的向他挤了一下眼睛，鬼才知道是什么缘故。

“他知道了！”这个想法在拉斯柯尔尼科大的脑子里像闪电般掠过。

“对不起，我拿这种小事来麻烦您，”他继续说，有点慌乱，“我的东西一共不过值五卢布，可是那些东西在我却是宝贵的，因为都是人家送给我当作纪念的，而且，说真的，我一听说出了这个案子，就大吃一惊……”

“怪不得昨天我跟左西莫夫讲起波尔菲利在查问典当人，你就那么激动不安！”拉祖米欣带着明显的意图插嘴说。

这简直叫人受不了。拉斯柯尔尼科夫再也忍不住，他那双黑眼睛闪着愤怒的光，恶狠狠地瞧着他。不过他立刻又醒悟过来。

“你，老兄，似乎在嘲笑我吧？”拉斯柯尔尼科夫对他说，巧妙地做出气愤的样子。“我同意，在你看来，我为这样的破烂东西也许过于操心了，可是谁也不能因此就认为我是个自私自利的人，或者是吝啬的人。在我眼里，这两样不值钱的东西根本不能算是破烂。我刚才已经跟你说过，那块银怀表虽不值钱，却是我父亲死后留下的唯一的物品。你自管笑我，可是我母亲到我这儿来了，”他忽然转过身去对波尔菲利说，“如果我母亲知道，”他又赶快回过来对拉祖米欣说，极力让自己的嗓音发颤，“怀表没有了，那么我敢发誓，她会伤心透了的！女人都是这样！”

“根本不对！我根本不是这个意思！我的意思完全相反！”痛心的拉祖米欣嚷道。

“这样做好吗？自然吗？没有做得过分吗？”拉斯柯尔尼科夫提心吊胆地暗想。“何必说，女人都是这样呢？”

“您母亲到您这儿来了？”波尔菲利·彼得罗维奇不知为什么，追问道。

“对。”

“什么时候来的？”

“昨天傍晚。”

波尔菲利沉默了，好像在考虑似的。

“您的东西无论如何也不会失落，”他平静而冷冷地说下去，“要知道，我早就在这儿等您来了。”

然后仿佛没出什么事似的，他关切地动手，把烟灰缸送到拉祖米欣那边去，因为拉祖米欣正毫不留情地把烟灰抖在地毯上。拉斯柯尔尼科夫打个哆嗦，可是波尔菲利似乎没瞧他，仍然为拉祖米欣的烟灰操心。

“什么？等他来？难道你知道他也在那儿当过东西？”拉祖米欣嚷道。

波尔菲利·彼得罗维奇扭过脸去，直接对拉斯柯尔尼科夫讲话：

“您的两样东西，戒指和怀表，在她家里用一张纸包着，纸上用铅笔清楚地写着您的名字，以及她收到这些东西的日子……”

“您看得怎么这样仔细？……”拉斯柯尔尼科夫说着，别扭地笑一笑，特别是尽力直直地瞧着他的眼睛，可是他忍不住忽然补充说：“我说这话是因为您那儿一定有很多的典当人……因此要把他们全记住是很难的。可是您正好相反，倒把他们全都清楚地记住了，而且……而且……”

“愚蠢！软弱！”拉斯柯尔尼科夫暗想。“我何必补充这些话！”

“到现在为止，几乎所有的典当人我们都知道了，只剩下您一个人没来。”波尔菲利说，带点几乎听不出的讥诮口吻。

“我本来身体不大好。”

“关于这一点，我也听说了。我甚至听说您心绪也很不好。现在您的脸色似乎仍然很苍白。”

“根本不苍白……正好相反，我现在太好了！”拉斯柯尔尼科夫粗鲁而气愤地顶嘴说，忽然改变了口气。他心里满腔愤怒，他压不下去了。

“我心里有气，就会说走了嘴！”这个想法又在他头脑里闪过。“可是他们干吗折磨我！……”

“他身子没完全好！”拉祖米欣接着说。“他净是胡说八道！到昨天为止几乎一直昏迷，不省人事。嗯，你相信吗，波尔菲利，那时候他两条腿都站不稳，可是昨天我们，我和左西莫夫，刚刚转身走掉，他就穿好衣服，悄悄溜掉，不知到什么地方去胡闹，差不多直到半夜才回来，而且我对你说，这是在十足的迷糊状态中，你再也想不到！这事可真奇了！”

“难道是在十足的迷糊状态中？瞧你说的！”波尔菲利带着女人的神态摇了摇头。

“哎，胡扯！您别相信！不过，您本来就不会相信！”拉斯柯尔尼科夫十分生气，一下子说出口。可是波尔菲利·彼得罗维奇似乎没听见这些奇怪的话。

“要不是神志昏迷，那你怎么会走出去？”拉祖米欣忽然发脾气说。“你为什么跑出去？有什么目的？……为什么一定要悄悄溜掉？是啊，那时候你头脑正常吗？现在，既然一切危险都已经过去，那我就对你直说了！”

“昨天他们把我惹得厌烦了，”拉斯柯尔尼科夫忽然对波尔菲利说，露出涎着脸皮决不服输的讥诮笑容，“我躲开他们，跑出去，是要租房子另外住，叫他们找不着我，我身上带着一大笔钱。喏，扎麦托夫先生就见过我的钱。怎么样，扎麦托夫先生，昨天我是清醒着还是迷糊了？您来解决这场争论吧。”

他似乎恨不得这当儿把扎麦托夫活活掐死才好。扎麦托夫那种目光和沉默弄得他十分不痛快。

“依我看来，昨天您讲得非常有条理，甚至很有心眼儿，只是您的火气太大了。”扎麦托夫干巴巴地说。

“今天尼科丁·佛米奇对我说，”波尔菲利·彼得罗维奇插嘴道，“昨天他很晚遇见您，在一个给马车轧死的文官的住处……”

“是啊，就拿这个文官来说吧，”拉祖米欣接上去说，“喏，你在文官家里不是发了疯吗？你把身上的钱一股脑儿全送给寡妇，做殡葬费用了！是啊，你打算接济她，那就给她十五卢布，给她二十卢布都成，自己身边至少总该留下三卢布才是，不料二十五卢布一下子统统送人了！”

“可能我在一个什么地方已经找到一大宗财宝，你却不知道呢？所以我昨天才那么大方呀……喏，扎麦托夫先生知道我找到了财宝！……请您原谅，”他对波尔菲利说，嘴唇发抖，“我们用这些琐碎的小事打搅您半个钟头了。一定惹得您厌烦了吧，啊？”

“哪儿的话，相反，正好相反！但愿您知道我对您多么感兴趣！我瞧着，听着，很有意思呢……老实说，多承蒙您的光临，我很高兴……”

“可是你至少拿点茶来喝吧！我的喉咙干透了！”拉祖米欣叫道。

“好主意！也许大家都可以陪你喝一杯。你喝茶前不想……喝点厉害的吗？”

“你快去吧！”

波尔菲利·彼得罗维奇就走出去，吩咐人送茶来。

在拉斯柯尔尼科夫的头脑里，种种想法像旋风那么转动。他非常生气。

“要紧的是，他们简直不加掩饰，也不想顾全礼貌！既然你根本不认识我，那你怎么会跟尼科丁·佛米奇讲到我呢？可见他们并不想掩饰：他们正像一群狗似的跟踪我！他们这是公然朝我的脸吐口水！”他气得发抖。“是啊，要打我就尽管动手打，可是不要戏弄我，像猫戏弄耗子似的。要知道，这不礼貌，波尔菲利·彼得罗维奇，话说回来，我也许还不允许这样呢！……我会站起来，干干脆脆，朝着你们的脸把实话全讲出来，你们会看见我多么藐视你们！……”他费力地换一口气。“不过，万一这只是我自己这么觉得呢？万一这都是捕风捉影，我全弄错了，由于缺乏经验而生气，演不成我那卑鄙的角色了呢？也许，这些都是无意中做出来的？他们的话都很平常，可是其中似乎有点文章……那些话什么时候都可以说，不过其中似乎有点文章。为什么他直截了当地说'在她那儿'？为什么扎麦托夫补充一句，说我讲话'很有心眼儿'？为什么他们用那样的口气讲话？是啊……那样的口气……拉祖米欣也坐在这儿，他怎么就什么都没察觉？这个天真的蠢货素来什么也察觉不出！我又发烧了吧？……刚才波尔菲利对我挤过眼没有？大概是我胡想，他干吗要挤眼呢？莫非他要刺激我的神经，或者讥诮我？这些要么就是我捕风捉影，要么就是他们全知道了！……连扎麦托夫都那么放肆……扎麦托夫放肆吗？扎麦托夫过了一夜就改变了看法。我早就料到他会改变看法！他在这儿跟待在家里一样，其实他这是头一次到这儿来。波尔菲利并不把他当客人看待，背对他坐着。他们臭味相投！一定是因为我才臭味相投！在我们来这儿以前，他们一定在议论我！……关于那个住处他们知道不知道呢！快一点才好！……刚才我说，昨天我跑出去是要另租个住处，他听完就算了，没接着往下谈……我插进另租住处的话倒不错，以后会有用的！他们说什么'昏迷状态'！……哈哈哈！昨天晚上的事他全知道！他不知道我母亲来了！……那个老妖婆用铅笔把日子都写上了！……您胡说，我才不上当呢！还要知道，这还不算是事实，这不过是疑团罢了！不行啊，您拿不出事实来！住处也不是事实而是胡说，我知道该对他们怎么说……他们知道住处的事吗？我不弄明白就不走。我为什么上这儿来？刚才我生气，这也许要算是一个事实！呸，我怎么这样爱生气！或许这倒也好，把病人的角色演出来了……他在摸我的底。他要引我上钩。我干吗上这儿来？"

这种种想法在他头脑里像闪电般飞过去。

波尔菲利·彼得罗维奇一转眼间就回来了。他忽然有点高兴的样子。

“老兄，昨天晚上从你家里出来，我的头就一直不好受……而且我全身都像是散了骨架子。”他笑着开口对拉祖米欣说，口气变得完全不同了。

“怎么样，有趣吗？要知道，昨天你们正谈到最有趣的地方，我却撒手走了。是谁占了上风？”

“当然谁也没占上风。他们扯到那些老也吵不完的问题上，飞到半空中去了。”

“罗佳，你猜我们昨天议论什么问题，就是到底有没有所谓的罪行。我跟你说过，我们东拉西扯，简直没完没了！”

“这有什么可奇怪的？一个普通的社会问题罢了。”拉斯柯尔尼科夫心不在焉地回答说。

“问题却不是这么提的。”波尔菲利说。

“这话说得对，他们根本不是这样提的。”拉祖米欣立刻同意道，照例讲得很急，而且激昂起来。“是啊，罗佳，你听一听，也说说你的见解。我想知道你的看法。昨天我跟他们争得不可开交，而且等着你来。我对他们讲，说你会来……争论是从社会观点开始的。谁都知道那种观点：罪行乃是对社会制度反常现象的抗议，如此而已，此外再也没有别的，也不允许有别的理由，一点也不允许有！……”

“你这是胡说！”波尔菲利·彼得罗维奇叫道。他显然活跃起来，一刻不停地瞧着拉祖米欣笑，惹得拉祖米欣越发冒火了。

“别的理由一概不承认！”拉祖米欣激烈地打断他的话，“我不是胡说！……我可以拿他们的一些小册子给你看：他们的道理无非是‘环境所迫’，别的就什么也没有了！这就是他们爱说的话！由此就直接得出结论：如果把社会加以正常的安排，所有的罪行就会一下子消灭，因为那时候就没有什么可抗议的，大家转眼间都变得安分守己了。人的本性根本不考虑，人的本性被排除了，人的本性不应该有！他们不承认人类沿着活生生的历史道路发展到底，最终自然变成正常的社会。正好相反，他们认为，只要有个数学般精密的头脑想出一套社会体系，就会立刻把全人类组织起来，一刹那间使得他们安分守己，永不犯罪，无需什么活生生的过程，用不着什么活生生的历史道路！正因为这个缘故，他们才那么本能地不喜欢历史，说‘其中只有丑恶和愚蠢’，而且把一切都解释为愚蠢！也正因为这个缘故，他们才那么不喜欢生活的活生生的进程；根本不需要什么活的灵魂！活的灵魂要求生活，活的灵魂不听机械师的摆布，活的灵魂使人生疑，活的灵魂反对进步！他们心目中的灵魂虽然有僵尸的味道，虽然可能是用橡胶造成的，可是毕竟不是活的，毕竟没有意志，毕竟奴隶般地驯服，不会造反呀！其结果就是他们把所有的问题归结为只要砌砖铺瓦，布置走廊和房间，把法郎吉斯特[1]办起来就成！法郎吉斯特倒已经准备好了，可是你们的本性却还没有做好住进法郎吉斯特的准备，它要求生活，它还没走完生活的进程，要它进墓园未免太早了！单靠理论可没法越过人的本性！理论的逻辑只能预先料到三种情况，可是情况有千千万万啊！现在居然把千千万万种情况一笔抹杀，把一切情况仅仅归结为生活舒适的问题！这倒是解决问题最方便的办法！这种理论固然清楚得迷人，连想都不用想！要紧的是连想都不用想！生活的全部秘密居然用两个印张就讲完了！”

“瞧，他大发脾气，金鼓齐鸣了！应当挡住他才是。”波尔菲利笑着说。“您想想看，”他转过脸来对拉斯柯尔尼科夫说，“喏，昨天晚上也是这个样子，一个房间里有六个嗓音哇哇地喊，而且事先灌了一桶甜酒，那种情形您能想象吗？不对，老兄，”他又转向拉祖米欣，“你

1. 法国空想社会主义者傅立叶（1772—1837）用“法郎吉”命名他的理想社会中的基本生产消费单位，它由一千五百人至两千人组成。法郎吉成员的宽大的宿舍定名为“法郎吉斯特”。

胡说：讲到罪行，‘环境’确实要起很大的作用，这我敢向你保证。”

“我也知道它起很大的作用，可是有一种现象你来说说看：一个四十岁的男子凌辱一个十岁的幼女，莫非这也是环境硬逼着他干出来的？”

“那又怎么样呢，从严格的意义上说，这也未尝不是环境的作用，”波尔菲利说，气度庄严得令人吃惊，“凌辱幼女的罪行简直完全可以用‘环境’来解释。”

拉祖米欣差点气得发疯。

“好，要是你高兴，”他吼道，“我现在就来给你推论出来：你之所以生着白睫毛，纯粹是因为伊凡大帝教堂有三十五俄丈高。我能推论得清楚，准确，有进步意义，甚至还有自由主义的色彩！我来做给你看！好，要是你乐意的话，就来打个赌！”

“行，打赌就打赌！请吧，我们倒要听听他怎样来推论！”

“他老是装腔作势，见鬼！”拉祖米欣叫道，跳起来，挥一下手。“哼，犯不上跟他讲话！要知道，他是故意这么干的，你还不了解他，罗季昂！昨天他跟他们站在一边，目的就是要耍弄他们。昨天他都说了些什么呀，主！他们听了他的话，心花怒放！……是啊，他能照这样一连说上两个星期。去年，他不知为什么，口口声声对我们说，他要去做修士了，他一连说了两个月没改口！前不久他又心血来潮，口口声声说要结婚，都准备好举行婚礼了。他甚至做了新衣服。我们已经开始给他道喜。其实根本没有未婚妻，什么也没有，全是海市蜃楼！”

“你这是胡扯！衣服，我是以前做好的。我正是因为穿了新衣服，才想着诓哄你们大家的。”

“您真的是这么个虚伪的人吗？”拉斯柯尔尼科夫随随便便问了一句。

“您认为不是吗？那您等着，我也会骗您呢，哈哈哈！不，您听我说，我要对您实话实说。大家谈起这些问题，什么罪行啦，环境啦，幼女啦，我现在倒不由得想起您的一篇论文……其实我对这篇文章一直很感兴趣。那是《论犯罪》……或者诸如此类，我忘记题名，记不清了。我是两个月前愉快地在《定期言论》上读到的。”

“我的论文？在《定期言论》上？”拉斯柯尔尼科夫惊讶地问道。“我确实写过一篇论文，那是半年前我离开大学后针对一本书写的，然而当时我把它寄给《每周言论》刊物了，没有寄给《定期言论》。”

“可是它在《定期言论》上发表了。”

“要知道，《每周言论》停刊了，所以我的论文才没发表……”

“这话不错，先生，可是《每周言论》停刊的时候跟《定期言论》合并了，因此两个月前您的论文才刊登在《定期言论》上，您不知道？”

拉斯柯尔尼科夫确实毫不知情。

“求上帝怜恤吧，你还可以向他们要您论文的稿费呢！然而您的性格也真少有！您生活得那么闭塞，这种跟您直接有关的事您都不知道。这可是事实。”

“好哇，罗季卡！我也不知道！”拉祖米欣叫道。“今天我就到阅览室去，借那本杂志看看！两个月前？什么日子？不过，我反正会找到！这可真是件大事！他却不告诉我！”

“然而您怎么知道那篇论文是我写的呢？论文的署名是个字母。”

“我是偶然知道的，而且是前几天的事。我是从一位编辑口中知道的，我认识他……我对那篇论文非常感兴趣。”

“我记得，我在论文里分析的是罪犯在犯罪的全部过程里的心理状态。”

“是的，而且您认定，犯罪的行动总是伴随着疾病。这很有见地，

很有见地，不过……使我特别感兴趣的并不是您论文的这一部分，而是论文结尾写到的某些想法，不过，可惜，那些想法您只是隐约提了提，不怎么清楚……一句话，如果您记得的话，论文里提出某种暗示，认为世界上似乎有些人可以……其实还不是可以，而是有充分的权利干出任何暴行和罪行，对他们似乎连法律也管不了。”

拉斯柯尔尼科夫听到波尔菲利夸大和故意歪曲他的思想，只是冷冷一笑。

“什么？到底是怎么回事？有权犯罪？莫非犯罪不是因为‘环境所迫’？”拉祖米欣问道，不免有点惊恐。

“是的，是的，不完全是那个原因，”波尔菲利回答说，“问题在于他的论文不知怎的，把全人类分成‘平常人’和‘不平常人’。平常人必须俯首听命地活着，没有权利犯法，因为您要知道，他们是平常人。可是不平常的人却有权利干出各种罪行，用各种方式犯法，只因为他们是不平常的人。如果我没有弄错的话，您的看法似乎就是这样的吧？”

“可是怎么会这样呢？不可能是这样！”拉祖米欣纳闷地嘟嘴说。

拉斯柯尔尼科夫又冷冷一笑。他一下子明白问题在哪儿，人家要把他推到哪儿去。他记得他的论文。他决定接受挑战。

“我的看法不完全是这样，”他简单而谦虚地开口说，“不过，我承认，您讲到的关于那篇论文的话几乎可以说是准确的，甚至十分准确……”他像是乐于承认波尔菲利讲得十分准确。“唯一的区别在于，我根本没主张不平常的人一定得像您说的那样老是放手胡作非为。我甚至认为那样的论文不会得到许可在刊物上发表。我只不过是暗示说，‘不平常’的人有权利……其实也不是真有合法的权利，而是自己觉得自己有权利，按自己良心的要求，越过……某些障碍，并且也仅仅是在某种情形下才可以这样做的，也就是如果要实现他的思想，非这样做不可的话（他这种思想对全人类来说，有的时候可能是有拯救作用的）。您刚才说我的论文写得不清楚，那我准备给您尽量解释清楚。我认为您似乎也有这种要求，在这方面也许我没有弄错吧。那我就遵命照办，先生。依我看来，假如开普勒[1]和牛顿的发现，由于某些阴谋，无论如何也不能为人们所知晓，只有牺牲一个人、十个人、一百个人以至更多人的生命才行，因为他们妨碍这些发现，或者在发现的路上成为障碍，那么牛顿就会有权利，甚至有义务……消灭这十个人或者一百个人，以便让全人类知道他的发现。不过，根据这一点却完全不应该得出结论说，牛顿有权利想杀谁就杀谁，逢人便杀，或者每天到市场上去偷东西。下面，据我所知，我在论文里还阐明，所有的人……喏，比方说，人类的立法者和创办人，从远古起，直到李库尔赫[2]、梭伦[3]、拿破仑等人，无一例外，都是罪犯，这纯粹是因为他们定出新法律，从而推翻了古老的法律，而旧法律却是祖祖辈辈传下来，被社会上的人视为神圣的。而且，当然，如果只有流血对他们才有帮助，他们是不会望而却步，停止流血的（有的时候他们屠杀的全然是无辜的人，后者为保卫古老的法律而英勇牺牲了）。甚至值得注意的是，人类的这些恩人和立法者大部分都是特别令人胆寒的屠杀者。一句话，我推论说，所有那些人，不仅指伟人，而且指稍稍越出常规的人，也就是甚至只稍稍能够说出几句新的见解的人，按他们的本性，势必都是罪犯，只是，当然，程度上有轻有重罢了。否则他们就很难越出常规，可是，要他们留在常规中，当然，他们是不会同意的，这又是他们的本性使他们如此，而且，依我看来，他们甚至也不应当同意。一句话，您看得明白，那篇论文到此为止并没有说出什么特别新

1. 开普勒（1571—1630），德国杰出的天文学家。
2. 传说为古希腊斯巴达的立法者，制定了确定斯巴达人政治和经济制度的法律。
3. 梭伦（约公元前638—约前559），古希腊雅典的政治活动家。

颖的话。这些话已经发表过一千次，人们也已经读过一千次了。讲到我把人分成平常的和不平常的，那么我同意，这种分法略略有点武断，不过要知道，我认为这也不可能有精确的数字。我只是相信我的主要思想。这个思想无非是按照自然规律，人大体上分成两种：一种是低等的（平等的），也就是所谓仅仅为繁殖同类而出力的材料；另一种是本来意义上的人，也就是有天赋或者有才华的人，能够在四周的人当中发表新的言论。当然，要分类的话，这里还可以无休无止地再分下去，不过这两种人藉以互相区别的特征却已经相当突出了：头一种人，也就是上面讲过的材料，大体说来，从本性上看，都是保守的人，规规矩矩，俯首听命，而且也喜欢俯首听命。依我看来，他们也应当俯首听命，因为这就是他们的使命，这对他们来说丝毫也没有什么不体面的。第二种人都犯法，都是破坏者，或者有这种倾向，这要依他们的才干而定。这些人的罪行，不用说，是相对的，而且多种多样。他们大部分在彼此极不相同的宣言当中，要求破坏现在，以便建立较好的未来。可是，如果他们为实现他们的思想而必须跨过尸体，不惜流血，那么依我看来，他们就可能顺应内心的要求，本着良心允许自己采取不惜流血的手段，不过这要依他们的思想以及那种思想的规模如何而定，这一点要请您注意。我在那篇论文里也只是在这个意义上谈到他们犯罪的权利。（您记得，我那篇论文是从法律问题讲起的。）不过，这方面您无须过多地不安，因为群众几乎素来不承认他们有这种权利，总是把他们处以死刑和绞刑（或多或少是这样），因而十分公正地执行了自己的保守使命，只是后来的情形变了：这些群众的后代子孙又把那些被处死的人捧上英雄的台座，对他们膜拜了（或多或少是这样）。第一种人永远是现在的主人，第二种人则是未来的主人。第一种人捍卫当前的世界，为它繁殖人口；第二种人推动世界前进，把它带到终极的目标。这两种人都同样有生存的权利，一句话，在我的论文里，人人都有同等的权利，而且……vive la guerre éternelle[1]……直到出现新的耶路撒冷为止，这是不用说的！”

“那么您仍然相信新的耶路撒冷？”

“相信。”拉斯柯尔尼科夫坚定地回答道。他讲这句话以及刚才的长篇大论的时候，一直眼望着地上，盯着地毯上的一个点。

“那么您也相信上帝吗？请原谅我的好奇心这样重。”

“相信。”拉斯柯尔尼科夫又说一遍，抬起眼睛看着波尔菲利。

“您也相信拉撒路[2]复活吗？”

“相信。您为什么问这些？”

“真正相信？”

“真正相信。”

“原来是这样……我出于好奇才这么问长问短的，请原谅。可是，对不起，我要回到原先的问题上去：要知道，他们并不总是被处死刑，正好相反，有些人……”

“生前就得胜了？啊，对，有些人生前就达到目的了，于是……”

“他们自己又开始把别人处死？”

“如果必要的话。您要知道，甚至大部分都是这样。大体说来，您这句话讲得很精辟。”

“谢谢。不过我要说的是这个问题：怎样才能从那些平常的人当中鉴别不平常的人呢？他们一生下来就有什么记号吗？我的意思是说这儿需要较大的准确性，较大的所谓外部的明确性。请您原谅我这个讲究实际的本分人生出这种自然而然的不安感。比方说，能不能给他们做一种服装，叫他们穿上某种衣服，戴上某种标记什么的？……因为，您会同意，如果出了什么乱子，而第一种人当中却有人自以为属于另

1. 法语：永恒的战争万岁。
2. 基督教经书中的一个穷人，患病而死，后经耶稣救活，详见《约翰福音》。

一种人，于是，像您刚才那种极其巧妙的说法一样，他就会开始‘消灭一切障碍’了，那么，这可就要……”

“啊，这种事是常常发生的！您这些话甚至比刚才那句话还要精辟……”

“谢谢，先生……”

“不值得一谢。不过要请您考虑一下：这种错误实际上只可能出在头一种人，也就是‘平常人’身上（也许我给他们取的这个名字很不恰当）。

“尽管他们生性喜欢俯首听命，可是毕竟有点活跃的本性，这是连母牛也在所难免的，因而他们中有很多人喜欢以进步人士和‘破坏者’自居，极力发表‘新的言论’，而且这样做完全是诚恳的。同时他们往往不注意真正的新人，甚至藐视他们，认为他们都是落后的人，脑子里尽是不体面的想法。可是，依我看来，这不会有多大的危险，真的，您用不着担心，因为他们决不会走得很远。既然他们昏了头，那么，当然，也不妨用鞭子抽一顿，好让他们安分守己，可是此外也不必再多事。甚至也不必另找人来执行这种惩罚，他们自己会抽打自己，因为他们很守本分，有些人会互相抽一顿，有的人索性亲手把自己抽一顿……同时他们还会主动用各种方式悔过，干得又漂亮又有教益。一句话，您用不着担心……这是一条规律。”

“好，您至少在这方面使得我稍稍放心了。不过，要知道，另一种麻烦可就又来了。拜托！请您说一说，那种有权利杀死别人的人，那些所谓‘不平常的人’，数目很多吗？当然，我是准备向他们膜拜的，不过，话说回来，您会同意，如果他们人数很多，那就会叫人不寒而栗，对吧？”

“哦，这也不必担心，”拉斯柯尔尼科夫用原来的口吻接着说，“大体说来，有新思想的人，甚至只会发表几句新言论的人，也是极少出世的，而且少得出奇。只有一件事是清楚的：各种各样的人究竟出生多少，这一定是由某种自然规律极其准确严密地规定的。不用说，目前这种规律还没有人知道，不过我相信，它确实存在，因而以后总会被人知道。广大的群众都是材料，其所以在世上生存，无非是为了凭藉某种努力，经由某种至今无人知晓的过程，通过种族和血统的杂交，辛辛苦苦，终于在世上生产一个多少有点独立精神的人，哪怕一千个人中只有一个也成。至于有较多的独立精神的人，也许一万个人中才产生一个（我这只是举例，大致说说的）。讲到有更多独立精神的人，就要十万个人才能产生一个。拥有天才的人，也许几百万人当中只能有一个，而伟大的天才，人类的魁首，也许要在几千百万人在世上出生以后才会出现。一句话，我没有研究过曲颈瓶里发生的这种种变化，然而确切的规律是一定有，也必然有的。这不可能是出于偶然。”

“然而你们俩是怎么回事，闹着玩还是怎么的？”拉祖米欣终于嚷道。“你们是不是在互相捉弄？两个人坐在那儿，你开我的玩笑，我开你的玩笑！你是在认真讲话吗，罗佳？”

拉斯柯尔尼科夫默默地抬起苍白而且几乎忧伤的脸来瞧着他，什么话也没回答。拉祖米欣觉得奇怪，因为他在这张平静而忧伤的脸旁边，却看见波尔菲利露出毫不客气的恶毒神态，不加掩盖，纠缠不已，而且怒气冲冲。拉祖米欣说：

“好，老兄，如果你确实是认真说的，那么……你说这不是新的，就跟我们读到过和听到过一千次的见解一样，这话当然说得对。不过这些话里确实有独特的地方，而且吓我一跳的是这样一个确实是你独自想出来的想法，那就是你竟然准许人问心无愧地杀人，而且请恕我直说，你甚至表现了那么狂热的情绪……可见这正是你那篇论文的主要思想。要知道，准许问心无愧地杀人，这……这，依我看来，比正式批准流血，合法地批准流血，要可怕得多……”

“完全正确，可怕得多。”波尔菲利附和道。

“不，你有点头脑发热！这儿出了错。我要把论文读一遍……你头脑发热了！你不可能这么想……我要把论文读一遍……”

“论文里并没有这些东西，那儿只有点暗示。”拉斯柯尔尼科夫说。

“是啊，是啊，”波尔菲利坐不住了，“我现在才差不多弄清楚您对犯罪有什么看法，不过……请您务必原谅我纠缠不休（我已经十分打搅您了，我自己都觉得难为情）！……您要明白，刚才，关于混淆两种人的错误的事例，您已经使我大大放心了，不过……这儿还有各种实际事例搅得我心神不宁！喏，比方说，有个成年男子或者青年，自以为是李库尔赫或者……当然，是未来的这类伟人……于是不管三七二十一，动手消灭一切障碍……他心里说，他的事业不亚于一次长征，而长征是要用钱的……好，他就着手为长征筹钱……您明白吗？”

扎麦托夫在墙角那儿扑哧一笑。拉斯柯尔尼科夫甚至没抬起眼睛来看他。

“我不得不同意，”他平静地回答说，“这样的事倒确实一定有。有点愚蠢而且虚荣心重的人，尤其是青年人，特别容易上这个钩。”

“那您明白了。好，那该怎么办呢？”

“这又怎么样呢，”拉斯柯尔尼科夫笑笑说，“这又不能怪我。这种事现在有，将来也永远会有。喏，他，”他对拉祖米欣那边点一下头说，“他刚才说我准许流血。那又怎么样呢？要知道，社会利用流放、监狱、法院、侦查官、苦刑等把自己保护得十分周全。有什么可担心的呢？你们自管去捉拿那个偷钱的贼好了！……”

“哦，可是如果我们捉到了呢？”

“那也是他活该。”

“您讲得很有道理。那么，关于他的良心又该怎么说呢？”

“可是这关您什么事？”

“我随便问问，出于人道主义的心情罢了。”

“一个有良心的人，如果认识到自己的错误，就一定会痛苦。对他来说，这也就是苦刑之外的惩罚。”

“哦，”拉祖米欣皱起眉头问道，“那么，真正有天才的人，也就是有权利杀人的那些人，即使流了血也根本不应当痛苦吗？”

“何必说什么‘应当’呢？这儿既谈不上许可，也谈不上禁止。如果他怜惜受害者，就让他痛苦吧……对宽广的理解力和深刻的心灵来说，痛苦和煎熬总是在所难免的。我认为，真正伟大的人一定体验到世上最大的悲伤。”他忽然沉思地补充一句，甚至不是用谈话的口气了。

他沉思地抬起眼睛来看着那些人，微微一笑，拿起了帽子。跟刚才走进屋来的那种神情相比，他显得十分平静，他自己也感觉到了。大家都站了起来。

“喏，您骂我也罢，生我的气也罢，反正我不能忍住话不说了，”波尔菲利·彼得罗维奇又说，“请容许我再提出一个小问题（我已经很打搅您了！），我只想说出一个小小的想法，纯粹是免得我过一阵就忘记了……”

“好，您说出您的小小的想法吧。”拉斯柯尔尼科夫说，脸色严肃而苍白，站在他面前等着。

“喏，是这样……说真的，我都不知道该怎样表达才恰当了……我这个想法有点过于轻浮……是属于心理方面的……喏，是这样，您写那篇论文的时候，一定也不能，嘿嘿！……哪怕是一丁点……不认为您自己也是个‘不平常的人’，在发表新的言论……也就是您所指的那种意思……不是这样吗，先生？”

“很可能会认为。”拉斯柯尔尼科夫鄙夷地回答说。

拉祖米欣的身子移动了一下。

“既然是这样，那么您，由于受到生活上的某些挫折和困苦，或者不管怎样为了全人类的进步，岂不是会下定决心跨过障碍吗？……喏，比方说，去杀人和抢劫？……”波尔菲利说。

说完，他好像又向拉斯柯尔尼科夫挤了一下左眼，不出声地笑起来，跟刚才一模一样。

“即使我跨过障碍了，那么，当然，我也不会告诉您。”拉斯柯尔尼科夫回答说，露出不甘示弱而且傲慢的鄙夷神态。

“不是的，我只不过是发生兴趣罢了，说实在的，我是为了弄明白您的论文，纯粹是关于学术方面的……”

“哼，这是多么露骨，多么狂妄！”拉斯柯尔尼科夫憎恶地暗想。

“请容许我向您说明，”他干巴巴地回答说，“我并不认为我是拿破仑……或者是诸如此类的其他任何人物。因此，既然我不是那种人，我也就不可能对您给出满意的答复，说明我会怎么做了。”

“哎，得了吧，如今在我们俄国，还有谁不认为他自己是拿破仑呢？”波尔菲利忽然用极其亲热的口气说。这一回就连他说话的声调也露出某种特别明显的含义了。

“莫非上星期用斧头砍死阿辽娜·伊凡诺芙娜的，就是一个未来的拿破仑？”扎麦托夫忽然从墙角那儿冒出这么一句。

拉斯柯尔尼科夫没开口，沉稳地定睛看着波尔菲利。拉祖米欣阴沉地皱起眉头。他似乎早已有所察觉了。他愤愤地瞧一下四周围。在阴郁的沉默中过去了一分钟。拉斯柯尔尼科夫转过身要走了。

“您真要走了！”波尔菲利亲切地说着，分外殷勤地伸出手，跟他握手。“我为这次相识而感到很高兴，很高兴。关于您的要求，您自管放心。您就照我说的那样原原本本地写一下。不过，最好是您自己到我那儿去一趟……过个两三天……哪怕明天也成。我十一点钟准时在那儿，没错儿。我们会把事情都料理好……会谈一谈天……您已经属于到那儿去的最后一批人了，也许能给我们讲点什么……”他带着极其温厚的神情补充道。

“您打算按照规定审问我？”拉斯柯尔尼科夫尖刻地问道。

“哪儿的话，先生！目前这根本不必要。您理解得不对。您要知道，我不肯放过机会，我已经跟那些典当人都谈过话……把有些人的供词记录下来了……您呢，作为最后一个人……对了，我正好想起一件事！”他嚷道，突然不知什么缘故高兴起来。“我顺带想起来了。我这都是在说些什么啊！……”他转过脸去对拉祖米欣说，“喏，先前你一个劲儿跟我谈那个尼古拉，听得我耳朵都起茧子了……是啊，我自己也知道，”他回过身对拉斯柯尔尼科夫说，“我自己也知道那个小伙子没有罪，可是话说回来，有什么办法呢，我们连米季卡也不得不惊动一下……喏，问题在这儿，主要点在这儿：您那时候登上楼梯……请容许我问一句：那是七点多钟，不是吗？”

“七点多钟。”拉斯柯尔尼科夫回答说，同时却又不愉快地感到这话他本来可以不说。

“那么就在七点多钟，您登上那道楼梯，可曾看见第二层楼上一个开着门的住所里……您记得吗……有两名工人，或者至少有一名？他们在刷油漆，您注意到吗？这对他们来说很重要，很重要！……”

“油漆工人吗？不，没有看见……”拉斯柯尔尼科夫慢腾腾地回答说，仿佛在仔细回想似的，同时全身心紧张起来，痛苦得气都透不出来，想赶快猜出对方究竟设下什么圈套，告诫自己千万不能有什么闪失。“不，没有看见，再者，那样的住所，没锁上门的，好像没有看见……不过，当时在四楼上，”这时候他已经完全识破圈套，心里得意了，“我至今记得，有个文官从本来的住所搬走……正好是在阿辽娜·伊凡诺芙娜家对面……我至今都记得……这我记得很清楚……有几个兵搬着一张长沙发出来，把我挤得背贴住墙……至于油漆工人，不，我不记得有油漆工人了……再者，没锁上门的住所，似乎到处都没有。对了，没有……”

“你在说些什么呀！”拉祖米欣突然嚷道，好像考虑一下后明白过来了似的，“油漆工人是在杀人案那天去油漆的，而他是三天前去的，不是吗？你问这话干什么？”

“哎呀！我给记混了！”波尔菲利拍一下额头说。“见鬼，我的脑子让这件案子闹糊涂了！”他转过脸对拉斯柯尔尼科夫说，甚至像是在道歉，“是啊，对我们来说，极其重要的是必须弄明白有没有人七点多钟看见他们在那个住所里，因此我刚才还以为您兴许也能告诉我们点什么呢……我完全记混了！”

“那么应当小心点。”拉祖米欣阴沉地说了一句。

最后这句话已经是在前室里说的了。波尔菲利·彼得罗维奇分外殷勤地把他们一直送到大门口。两个人走到街上，阴沉而郁闷，走了好几步路却一句话也没说。拉斯柯尔尼科夫深深地喘了一口气……

第六章

“……我不信！我没法相信！”大惑不解的拉祖米欣反复说，用尽全力反驳拉斯柯尔尼科夫的论调。

他们正往巴卡列耶夫的房子走去，普尔赫莉雅·亚历山大罗芙娜和杜尼雅已经在那儿等候他们多时了。

拉祖米欣谈得很起劲，随时在路上停住脚，他困窘而激动，因为这是他们头一次公开谈到那件事。

“那你就不用相信好了！”拉斯柯尔尼科夫带着冷冷的和轻慢的笑脸回答说。“你还是那个老脾气，什么也没看出来，我呢，却是每个字都要掂量一下的。”

“你秉性多疑，所以你才掂量……嗯……的确，我同意，波尔菲利的口气相当奇怪，特别是扎麦托夫那个混蛋！……你说的对，他话里有话……可这是什么缘故？什么缘故呢？”

“他过了一夜，想法就改变了。”

“可是相反，正好相反！如果他们真有这种荒谬的想法，那就会竭尽全力掩盖它，把自己的牌藏起来，好以后抓住你……现在呢，这简直是蛮横和冒失！”

“要是他们有事实，也就是真正的事实，或者哪怕是多少有点根据的怀疑，那他们确实会极力掩盖这一局牌，希望多赢一点（而且早就会来搜查我的家了！）。可是他们没有事实，一点也没有，一切都是海市蜃楼，一切都是无法肯定的疑团，只有捕风捉影的想法，于是他们才设法用蛮横来打乱我的阵脚。或许他自己也因为找不到事实而生气，心里一烦就乱说话了。不过，说不定他有什么打算也未可知……他似乎是个聪明人……也许，他想用他知道的事吓唬我……这方面，老兄，他自有他的心思……不过，解释这些东西，实在太无聊了。不谈也罢！”

“然而，这是欺人太甚，欺人太甚！我了解你！不过……既然我们现在已经说穿……终于把事说穿倒好，我高兴！……那么我现在要直截了当地向你承认，这些日子我早已注意到他们这一套，注意到那种想法了。当然，那种想法还很小很小，无非是疑神疑鬼罢了，可是他们凭什么疑神疑鬼！他们怎么敢这样！他们的根据在哪儿，在哪儿？你简直不知道我多么气愤！你想想看，一个穷大学生，本来就受着贫困和忧郁症的煎熬，处在昏迷不醒的重病的前夜（要注意：那病也许已经在他身上开始了！），再加上他生性多疑，爱面子，看重自己，有六个月之久躲在自己的小屋里没见过外人，穿着破衣服，脚上的皮靴掉了靴掌，却要在几个臭警官面前站住，受他们的凌辱；还有那天外飞来的债务、七品文官切巴罗夫拿出来的过期的借据、臭烘烘的油漆味、高达三十摄氏度的气温、不新鲜的空气、一大群的人，后来他又听说他最近去访问过的人被人害死了，而且这一切都是发生在他饿着肚子的时候！这样一来，他怎么能不当场昏厥！可是他们居然抓住这件事，抓住这么一点事做文章！真见鬼！我明白这惹人不痛快，不过，换了我是你，罗季卡，我就会对着他们哈哈大笑，或者更妙点，朝着他们的丑脸啐吐沫而且多啐点，还往他们脸上左右打二十来个嘴巴，干得漂亮点。对他们本来就该这样，而且就此了结这种场面。别理他们！打起精神来！真可耻！”

“他倒讲得挺不错呢。”拉斯柯尔尼科夫暗想。

“别理他们？可是他们明天又要审问我！”他沉痛地说。“难道我要去对他们费那种唇舌？眼前我已经在懊恼，昨天不该在饭铺里低三下四，跟扎麦托夫那种人讲话……”

“真见鬼！那我自己去找波尔菲利！我要像个亲戚那样揪住他不放，叫他非把话说清楚不可。至于扎麦托夫，我也要……”

“他终于明白过来了！”拉斯柯尔尼科夫暗想。

“慢着！”拉祖米欣叫道，忽然抓住他的肩膀，“慢着！你错了！我想明白了！你错了！是啊，那怎么能算是圈套！你说他问到那两个工人的话是圈套？你要明白：如果你干了那件事，你会说出你见过有人油漆那个住所……见过那两个工人吗？正好相反，你就是见过，也会说没见过！谁会承认这点，弄得自己倒霉呢？”

“假如我干了那件事，我就一定会说出我既见过那两个工人，也去过那个住所。”拉斯柯尔尼科夫继续回答说，只是口气有点勉强，显然觉得很厌烦。

“你为什么要说不利于自己的话？”

“因为只有乡下佬或者最没有经验的新手，在被审问时才会直截了当地对各种事情矢口抵赖。只要稍稍有文化程度而且老练的人，就一定尽量承认各种外部的和无法推脱的事实，只是另外给它们找出理由，添上特殊的而且出人意料的特点，结果就弄得它们具有完全不同的意义，给它们换上另外的面貌了。波尔菲利可能本来指望我一定会那样回答，我会为了装得真一点就承认我见过，同时又在解释当中来点移花接木的说明……”

“不过要知道，那他就会立刻对你说，两天前那两个工人不可能在那儿，因此你恰恰是在发生凶案那天七点多钟去的。他会在这件小事上引你上钩！”

“他指望的本来就是这样：我希望来得及细想，只为装得真一点就赶紧答话，而且忘了两天前那两个工人不可能在那儿。”

“可是这怎么会忘记？”

“容易极了！精明人最容易在这类极其琐碎的小事上出差错，人越精明，也就越想不到自己会在小事上叫人蒙住。对待最精明的人，就得在最琐碎的小事上才能叫他栽跟斗。波尔菲利可完全不像你想的那么愚蠢呢……”

“他既然是这样，那就是卑鄙的家伙！”

拉斯柯尔尼科夫不由得笑起来，可是同时他又觉得奇怪：自己在说出最后的解释时，这么精神抖擞，兴致勃勃。可是在谈话的前半部分他一直带着阴沉的厌恶心情，这显然自有他的用意，迫不得已才这样。

“我对某些问题居然发生兴趣了！”他暗自想道。

可是，几乎就在这当儿，不知怎么，他忽然觉得心神不宁，就像有个突如其来的恼人想法惊动了他似的。他的不安不断地增长。他们已经走到巴卡列耶夫房子的门口了。

“你一个人进去吧，”拉斯柯尔尼科夫忽然说，“我马上就回来。”

“你上哪儿去？我们已经到了！”

“我得回去，我得回去。有事……过半个钟头就来……你对她们说一声。”

“随你怎么说，反正我跟着你去！”

“怎么，你也要折磨我！”他那么沉痛又气愤地大叫一声，带着那么绝望的神情，拉祖米欣只好不跟他去了。拉祖米欣在门外停了一会儿，阴郁地瞧着拉斯柯尔尼科夫快步往他要经过的巷子走去，最后，他咬着牙，捏紧拳头，一边发誓今天一定要像挤柠檬似的逼着波尔菲利把话都说出来，一边走上楼去安慰普尔赫莉雅·亚历山大罗芙娜，她已经在提心吊胆了，因为他们这么久还没来。

当拉斯柯尔尼科夫走近家门，两鬓已经汗湿，气喘吁吁。他赶紧上楼，走进他那没上锁的房间，立刻关好门，扣上门锁。随后，他心惊肉跳，昏头昏脑，跑到墙角上，凑近壁纸后面的那个窟窿，也就是先前藏过财物的地方，把手伸进去，有好几分钟一直仔细摸索窟窿里面，摸遍壁纸所有的缝隙和褶皱。他什么也没找到，就站起来，深深地喘了口气。刚才，他走到巴卡列耶夫的房子门前，忽然恍惚觉得那时候可能有一件财物，例如一根表链、一枚袖扣，或者甚至是一小张用来包财物的纸，上面有老太婆亲笔写的字，无意中丢在那儿，卷在壁纸的一条缝隙里，那么以后它就可能会突然在他面前出现，成为出乎意料的铁证了。

他站在那儿似乎在沉思，唇边隐约浮出一种古怪的、屈辱的、有点惘然的笑意。他终于拿起帽子，悄悄走出房外。他的思想乱糟糟的。他心事重重地走到大门口。

“喏，他自己来了！”一个响亮的声音喊道。

他抬起头。

原来扫院人站在自己小屋门口，用手直指着他，让另一个人看，那人身材不高，论外貌像个小市民，穿一件像是长袍的衣服和一件背心，远远看去很像乡下女人。他头上戴一顶油污的制帽，脑袋向下低着，而且他整个身子也好像向前弓着。他的脸布满皱纹，皮肉发松，这表明他的年纪已经五十开外。他的小眼睛嵌在肥脸上，神色阴沉，严厉，带着不满的情绪。

“什么事？”拉斯柯尔尼科夫走到扫院人跟前，问道。

小市民皱起眉头，斜起眼睛看他，不慌不忙、仔仔细细把他认真打量一番，然后慢腾腾地回转身去，一句话也没说，走出院门口，到街上去了。

“到底是怎么回事？”拉斯柯尔尼科夫叫起来。

“喏，这个人不知是干什么的，问起这儿有没有一个大学生，还提起您的名字，问您住在谁家的房子里。刚才您走到这儿来，我就指给他看，可是他又走了。真是莫名其妙。”

扫院人也有点纳闷，然而不大在意，略略沉吟一下，就回转身，走进他的小屋去了。

拉斯柯尔尼科夫便跑去追那个小市民，立刻看见他在街道对面走着，跟刚才一样步子匀称，不慌不忙，低着头瞧着地下，仿佛在思考什么。拉斯柯尔尼科夫不久就追上他，可是跟在他身后走了一阵，最后跟他并排走路，从旁看一眼他的脸。那个人立刻发现他了，就很快地打量他一下，可是又垂下眼睛，他们就这样并排走了一会儿，一句话也没说。

“您刚才……在扫院人那儿问起我？”拉斯柯尔尼科夫终于说话了，然而不知怎的，声音很低。

小市民一句话也不回答，甚至也没看他一眼。两个人又沉默了。

“那么您为什么……到这儿来打听我……却又不说什么话……这到底是怎么回事？……”拉斯柯尔尼科夫的声音中断了，不知怎么的，他不愿意把话清楚地说完。

小市民这回抬起眼睛，用险恶而阴沉的目光瞪着拉斯柯尔尼科夫。

“杀人犯！”他忽然说，声音很低，可是很清楚，咬字也清晰。

拉斯柯尔尼科夫在他身旁走着。他的两条腿忽然非常软，背上冒凉气，一时间心脏好像停止跳动了，后来忽然又怦怦跳动，仿佛从钩子上掉下来了似的。他们就这样并排走了百把步，又一句话也没说。

小市民没有看他。

“您说什么……什么……谁是杀人犯？”拉斯柯尔尼科夫嘟哝着说，声音低得几乎听不清。

“你是杀人犯。”小市民说，声音越发清楚而有力，脸上似乎露出一种又憎恶又得意的笑容。他又直直地瞧了一下拉斯柯尔尼科夫苍白的脸以及呆滞的眼睛。那时候两个人已经走到十字路口。小市民往左拐弯，沿另一条街去，头也不回。拉斯柯尔尼科夫却在路口停住脚，久久地瞧着他的背影。他看见小市民走出五十步光景，回转身来瞧着他，当时他仍然站在原地没有动过。要看清楚对方，是不可能的，然而拉斯柯尔尼科夫却觉得小市民这时候脸上又露出原来那种又憎恨又得意的冷笑。

拉斯柯尔尼科夫走回去，迈着缓慢而无力的步子，两膝发抖，仿佛冷极了似的，登楼走回他的小屋。他脱掉帽子，放在桌子上，在桌旁站了十分钟光景，纹丝不动。随后他衰弱地在长沙发上躺下，微弱地呻吟着，病恹恹地在长沙发上伸开腿，闭上眼睛。他照这样躺了半个钟头。

他什么也没想。只是有些想象或者想象的片段，有些没有头绪和互不相干的概念，在他脑子里浮动，有的时候出现一些人的脸，他远在小的时候见过，或者不知在什么地方只遇到过一次，以后再也没有想起过，后来又出现了某地教堂的钟楼，再后是一家饭铺里的台球桌，有个军官在打台球，过后是地下室的烟店里升起的雪茄烟雾，小酒店，再就是后门楼梯，很黑，洒满了泔水，到处都是空蛋壳，过后不知从什么地方飘来了星期日的教堂钟声……各种东西互相更替，转来转去，像旋风一样。有些东西他简直很喜欢，想抓住它们，可是它们消失了。他胸中老是有个什么东西在压挤他，可是不很厉害。有的时候还挺舒服。轻微的寒意没有过去，这也几乎可以说是挺舒服的。

他听见拉祖米欣匆忙的脚步声和说话声，就闭上眼睛，假装睡熟了。拉祖米欣拉开房门，在门口站了一会儿，似乎拿不定主意。后来他轻轻地走进屋来，小心地来到长沙发跟前。这时候响起了娜斯达霞的低语声：

“别碰他，让他睡够吧。过一会儿再吃东西好了。”

“说得对。”拉祖米欣回答说。

两个人就小心地走出去，带上门。又过去了半个钟头。拉斯柯尔尼科夫睁开眼睛，又仰面朝天躺着，把两只手垫在脑后……

“他是什么人？这个从地底下钻出来的人，是谁？当时他在哪儿？他看见什么了？他全看见了，这是无疑的。那时候他站在哪儿？从什么地方瞧着我？为什么他直到现在才从地底下钻出来？他怎么能看见的？这难道可能吗？……嗯……”拉斯柯尔尼科夫接着想下去，身体发冷，不停地战栗，“还有，尼古拉在门背后找到一只小盒子，难道这也可能？这是罪证吗？你只要一星半点没注意到，就会造成埃及金字塔那么高大的罪证！一只苍蝇飞来飞去，它却瞧见了！难道这是可能的吗？”

他忽然厌恶地感到他多么虚弱，体力多么衰弱。

“这一点我本来应该知道，”他暗想，露出沉痛的笑容，“既然我知道自己是个什么人，事先就感到自己会怎样对待这种事，那我怎么敢拿起斧头来杀人呢！我应该预先知道……唉！我不是早就知道吗！……”他无可奈何地嘟囔道。

有的时候他转到某种思想，就停住不动了：

“对！那种人生来就不是这样。任何事都可以放手干的真正主宰者，攻破土伦，在巴黎进行屠杀，把军队丢在埃及弃之不顾，在莫斯科长征中消耗了五十万人的生命，在维尔那讲了一句意义双关的俏皮话。[1]于是他死后就成为偶像，受人崇拜，可见这种人是什么都可以放

1. 指法国拿破仑一世（波拿巴）：1793年12月17日波拿巴上尉率领革命部队攻占了公认无法占领的土伦，1795年12月波拿巴残酷镇压了巴黎保皇派暴动，1799年波拿巴将军率部队远征埃及，不顾部队处境艰苦，自己赶回法国，以政变方式夺取了国家政权。1812年拿破仑军队在侵俄战争中溃败后，据法国将军科林库尔证明说，拿破仑曾讲道：“从高超到可笑，只有一步之差，让后代子孙去评断吧。”后来，这句话流传很广。——俄文本编者注

手干的。是啊，这种人分明不是血肉之躯，而是铜铸的！”

忽然，一个突如其来的、不相干的思想出现了，几乎惹他发笑：

“拿破仑啦，金字塔啦，滑铁卢啦，这和一个瘦小难看的老婆子，十四品文官太太，床底下放着一只小红箱子的女高利贷者之间的关系，即使是波尔菲利·彼得罗维奇，如何能体会到呢！……他们哪能体会得了！……他们的美学弄得他们糊里糊涂，他们说：‘堂堂拿破仑怎么会钻到“老婆子”床底下去了！唉，糟透了！……’”

他有时候觉得自己似乎在说胡话，已经处在发高烧的兴奋状态了。

“老婆子无关紧要！”他激昂地断断续续地想道，“老太婆也许是个错误，问题不在她身上！老太婆只是一种病罢了……我原本想赶快跨过去……我杀死的不是人，我是杀死原则！原则，我倒杀死了，然而我却没有跨过去，仍然留在这一边……我光会杀人。再者，事实证明我杀人的本事也不行……原则？刚才傻瓜拉祖米欣为什么骂社会主义者？他们是勤恳的人，做买卖的人，致力于‘普遍的幸福’……不行，我只能活一回，以后不能再活一世，我不愿意等待‘普遍的幸福’到来。我要自己生活，否则宁可不活着。是啊！我反正不愿意丢下我挨饿的母亲不管，口袋里揣着一个卢布，坐等‘普遍的幸福’！有人说：‘我在为普遍的幸福添一块砖，因而感到心里平静踏实了。’[1]哈哈！你们为什么把我漏掉了？要知道，我只活一辈子，我也要活着……唉，我不过是只有美学观点的虱子而已。”他补充道，忽然像疯子似的哈哈大笑。

“对，我的确是虱子，”他接着想，幸灾乐祸地抓住这个想法，挖掘它，戏弄它，藉以取乐，“因为，第一，现在我就认为我是虱子；因

1. 这里套用法国19世纪30年代进步团体普遍采用的一个公式：“apporter sa pierre á l'édifice nouveau（为建立新世界而献上自己的石块）”。法国空想社会主义者傅立叶的信徒维克托尔·康西德朗（1808—1893）在他的著作《社会的命运》中强调说：“各种极不相同的作者，从致力于先验哲学的人们起，到为孩子写童话的人们止，都是用这句话表达他们的任务的。”——俄文本编者注

此，第二，足足有一个月了，我一直惊动仁慈的上帝，请他做证：我干那件事不是贪图个人享受，而是有辉煌美妙的目标……哈哈！因此，第三，我决定要干得尽量公道，要权衡轻重，掂量分寸，精打细算，于是我从所有的虱子当中选出一个最没用处的干掉，而且决定在干掉她以后，只从她那儿拿来我走第一步所需要的那点财物，不多也不少（那么其余的财物，按她的遗嘱，就一股脑儿送到修道院去……哈哈！）……所以，所以，我归根结底是只虱子，”他咬着牙继续想，“因为我自己也许就比我干掉的虱子还要恶劣，还要低下，我事先就已经预料到，我干掉她以后会对自己说这种话！难道还有比这更可怕的吗？啊，庸俗！啊，卑鄙！……啊，我多么了解骑着马、拿着军刀的‘先知’：他下命令，‘颤抖的’众生唯命是从！‘先知’干脆派一个精锐的炮兵连截断街道，炮轰无辜的和有罪的，连解释的话也不屑于说一句，他干得对，干得对！服从吧！颤抖的众生，而且……不许生出愿望，因为有愿望不是你的本分！……啊，我说什么也不能饶恕那个老婆子，说什么也不行！”

他的头发给汗水浸得湿湿的，颤抖的嘴唇干裂，呆怔怔的目光停在天花板上。

“母亲啊，妹妹啊，我一直多么爱她们！可是现在为什么我恨她们了？对了，我恨她们，确确实实恨她们。她们坐在我身旁，我就受不了……不久前我走到母亲跟前，吻她，这我记得……我拥抱她，心里想，要是她知道了，那么……难道当时就告诉她？我会这样做的。嗯！她一定跟我一样想。”他继续想，然而很费力，仿佛在跟袭击他的昏迷搏斗似的。“啊，我现在多么痛恨那个老婆子！似乎，她要是活过来，我还会再干掉她！可怜的丽扎维达！为什么她偏巧那时候闯进来！……不过，奇怪，为什么几乎一直没想起她，就跟没杀死她似的？……丽扎维达！索尼雅！这两个可怜的、温和的女人，都生着温顺的眼睛……可爱的人啊！……为什么她们不哭泣呢？为什么她们不哀叫呢？……她们把一切都献出去了……眼神温顺而文静……索尼雅，索尼雅！文静的索尼雅！……”

他神志不清了。使他感到奇怪的是，他记不得他是怎样走到街上去的。那时候暮色已经很深。天黑下来，一轮明月越照越亮，然而，不知怎么，空气倒变得特别发闷。行人在街上川流不息。手艺人和各种干完活的人分头走散，回家去了，另一些人却在闲遛。空气中有石灰、尘埃、死水的气味。拉斯柯尔尼科夫走着，神色忧郁，心事重重：他很清楚地记得，他原是抱着某种意图走出家门的，本来想赶到一个什么地方去办一件什么事，然而究竟是什么事，他却忘掉了。

忽然，他停住脚，看见街对面人行道上站着个人，向他招手。他就穿过街道，走上前去，可是那个人猛然转过身走去，就跟什么事也没发生似的，低着头，再也不扭转身，倒好像根本没招呼过他。

“别忙，他招呼我没有？”拉斯柯尔尼科夫暗想，可又举步追上去。他还没走出十来步远，突然认出他来，吓了一跳：原来那人就是先前那个小市民，仍然穿着长袍，仍然弓起背。拉斯柯尔尼科夫远远地跟着，他的心怦怦地跳。他们先后拐弯，走进一条巷子，可是那个人仍然没有回转身来。

“他知道我跟在他后面吗？”拉斯柯尔尼科夫暗想。

小市民已经走进一所大房子的门口。拉斯柯尔尼科夫赶紧往门口走去，想看一看小市民是不是回头来招呼他。确实，那个人直到走完门道，进了院子，才回转身来，又像是在招呼他。拉斯柯尔尼科夫立刻穿过门道，可是小市民已经不在院子里了。可见他已经从院子里马上走到头一道楼梯那边去了。拉斯柯尔尼科夫连忙追上去。果然，高处，在两段楼梯上边，他可以听见某人匀称的脚步声，不慌不忙。

奇怪的是这道楼梯他以前仿佛来过！那就是一楼的窗子，月光正忧郁而神秘地透过窗玻璃射进来，过后他又走到二楼。哎呀！这就是当初两个工人刷油漆的那个住所啊！……可是他怎么就没有一眼认出来呢？

在前边走着的那个人的脚步声却消失了。“那么他是站住了，或者藏到什么地方去了。”现在他登上三楼。还要往上走吗？这儿多么寂静啊，简直吓人……可是他仍然往上走。他自己脚步的响声惹得他心惊胆战，忐忑不安。上帝啊，这儿多么黑！小市民必定就在这儿一个什么地方藏着。啊！有个住所的门对着楼梯，敞开着。他沉吟一下，走进去。前室很黑，空荡荡，人影也没有，仿佛全搬空了似的。他踮起脚尖，悄悄走进客室：这房间整个浸沉在月光里。这儿一切都跟以前一样：椅子啦、镜子啦、黄色长沙发啦、镶着镜框的画啦。月亮又大又圆，红铜色，月光照直射往窗子里来。

“这样的寂静是月亮造成的，”拉斯柯尔尼科夫暗想，“现在月亮大概在出谜语叫大家猜呢。”

他站在那儿等着，等了很久。月亮越是安静，他的心也就跳得越厉害，甚至疼痛了。四下里一片寂静。忽然传来一声干裂的爆响，像是有块小木片折断了，然后又万籁俱寂。有只苍蝇醒过来，骤然飞着撞在窗玻璃上，嗡嗡地哀鸣。这当儿，他看清小立柜和窗子中间的墙壁上像是挂着一件女大衣。

“这儿怎么挂着女大衣呢？”他暗想，“是啊，这儿本来没有女大衣……”

他悄悄走过去，猜着女大衣里好像藏着个人。他小心地伸出手去撩开女大衣，看见那儿墙角上放着一把椅子，上面坐着那个老婆子，佝偻着身子，低下头，弄得他怎么也看不清她的脸，不过那就是她。他居高临下地站在她面前。“她害怕了！”他暗想，就悄悄从绳套上摘下那把斧头，照准老太婆头顶砸下去，砸了一下又砸一下。可是奇怪：斧头砸下去，她简直一动也不动，仿佛是木头做的。他吓一跳，俯下身凑近她，想看清她。然而她越发低下头去。于是他索性趴在地上，仰起头瞧她的脸。这一瞧不要紧，他顿时脸如死灰，原来老婆子坐在那儿发笑呢，她一味不出声地轻轻笑着，却竭力控制自己，免得让他听见。忽然，他觉得卧室的门好像微微推开，那儿也好像有人发笑，低声交谈。他气得发疯，就开始用尽全力砸老太婆的头，可是斧头越砸得勤，卧室里的低语声就越用力，越响，老婆子简直笑得浑身颤摇了。他拔脚就跑，可是整个门道上挤满了人，那些朝着楼梯的房门都敞开了，楼梯拐角上的平台也罢，楼梯也罢，楼梯下边也罢，都站满了人，这个人的脑袋挨着那个人的脑袋，大家冷眼旁观，然而大家又不愿意让他看见，光是等着看下文，一言不发! ……他的心缩紧，他的腿动不得，像是在地下生了根……他想大叫一声，不料……醒过来了。

他困难地喘口气。可是说来奇怪，梦景似乎仍然在继续发展：原来他的房门大开了，门口站着个他完全不认得的人，定睛瞧着他。

拉斯柯尔尼科夫还没来得及完全睁开眼睛，就又一下子闭上了，他仰面朝天躺在那儿，一动也不动。

“我是不是仍然在做梦？”他暗想，几乎让人看不出地略略张开睫毛瞧一下。不料陌生人依旧站在原地，继续不转眼地看着他。突然，他小心地跨进门，仔细地关好身后的房门，走到桌子跟前，等了一会儿，眼睛始终也没放松他，然后轻轻地，在长沙发旁边的椅子上不出声地坐下。他把他的帽子从一旁放到衣服的前襟上，双手撑着手杖，把下巴放手背上。看得出来，他准备久等。拉斯柯尔尼科夫隔着眨动的睫毛望出去，只能看出这个人年纪已经不轻，身体壮实，淡色的胡子很密，可是几乎发白了……

大约十分钟过去了。天仍然亮着，可是暮色渐渐降临。房间里十分寂静。就连楼梯那边也没传来一点点响声。只有一只大苍蝇飞着撞在窗玻璃上，不停地挣扎，嗡嗡地响。最后，这种情景实在叫人受不住，拉斯柯尔尼科夫就猛地爬起来，在长沙发上坐好。

“喂，说吧，您有什么事?”

“是啊，我本就知道您没睡熟，只是装装样子罢了。”陌生人奇怪地回答说，平静地笑了。

“请容许我介绍自己！我是阿尔卡吉·伊凡诺维奇·斯维德利盖洛夫……”

第四部

第一章

“难道这是继续在做梦？”拉斯柯尔尼科夫又一次暗想。他小心而且不信任地瞧着这个意外的客人。

“斯维德利盖洛夫？简直胡闹！这不可能！”他终于说出口，心里不停纳闷。

客人听到这种喊叫，似乎丝毫也没感到惊讶。

“我来找您，有两个原因。第一，我有心跟您亲自认识一下，因为我早就听到别人带着非常有趣而且对您有利的观点讲起过您；第二，我私下巴望您在一件直接涉及您妹妹阿芙朵嘉·罗曼诺芙娜利益的事情上也许不会拒绝帮我的忙。现在，要是没有您的劝告，那么，光我一个人，她也许就不准我走近她，因为她对我抱着成见了。不过，有您帮忙，那就相反，我倒可以指望……”

“您指望错了。”拉斯柯尔尼科夫插嘴说了一句。

“请问，她们昨天刚到此地，不是吗？”客人问道。拉斯柯尔尼科夫没答话。

“是昨天，我知道。是啊，我自己也才来了两天。好，关于那件事，我有几句话要跟您说，罗季昂·罗曼内奇。我以为我无须替自己辩白！不过，请容许我问您一下：说真的，就那件事来看，我这方面究竟有什么特别有罪的地方呢，也就是不抱偏见，按常理来评判的话？”

拉斯柯尔尼科夫仍然沉默地看着他。

“莫非怪我不该在自己家里追求一个无法保护自己的姑娘，‘用我卑劣的求婚侮辱她’……是这样吗？（我自己抢先说了！）可是话说回来，您只要想一想，我是人，et nihil humanum...[1]一句话，我也会入迷，也会钟情（当然，这都是我们做不了主的），那么这件事就可以用极其自然的方式来加以解释了。这儿问题的关键是：我是恶棍呢，还是我自己是受害者？那么，如果我是受害者又怎么样？要知道，我向我的意中人提议一同私奔到美国或者瑞士去的时候，我也许怀着极其可敬的感情，而且打算建立双方的幸福！……要知道，理智是为激情服务的。说不定，在这件事上，我坑害自己比坑害谁都厉害，求上帝怜恤吧！……”

“可是问题根本不在这儿，”拉斯柯尔尼科夫厌恶地打断他的话，“干脆说吧，您的话有理也罢，没理也罢，反正您惹人讨厌，所以她们不愿意跟您来往，要把您赶走。您出去！……”

斯维德利盖洛夫忽然扬声大笑。

“可是您……您到底不容易上当！”他说着，用极坦率的方式发笑，“我本来想要花招，可是不行，您讲话真是一针见血呀！”

“您就连眼下也还是在要花招。”

“那又怎么样？那又怎么样？”斯维德利盖洛夫反复说着，畅快地笑着，“要知道，这是人们常说的bonne guerre[2]，是无伤大雅的花招！……不过您还是把我的话打断了。不管怎样，我还是要再强调一下：要是不算花园里发生的那件事，那就丝毫也没有发生过什么不愉

1. 全句是：“Homo sum，et nihil humanum a me alienum puto.”拉丁语，意思是：“我是人，人的种种特性我一样也不缺。”这句话引自罗马作家泰伦斯（约公元前195—前159年）的喜剧《惩罚自己的人》。——俄文本编者注
2. 法语：好的战争。

快的事。玛尔法·彼得罗芙娜……”

“据说，您把玛尔法·彼得罗芙娜也害死了？”拉斯柯尔尼科夫粗鲁地插嘴说。

“您连这也听说了？不过，怎么会没听说呢……嗯，关于您问的这件事，说真的，我不知道该对您怎么说才好，然而我的良心在这方面却是极其无愧的。也就是说，您不要以为我在这个问题上提心吊胆。这件事发生得十分正常，极其自然。验尸结果，表明那是在吃过一顿饱饭，还差不多喝了一瓶葡萄酒后，马上洗澡而造成的中风，再者也不可能发现有其他的原因……是啊，近来，喏，特别是在旅途中，坐在火车上，我常暗自考虑一个问题：我对这种……不幸是不是起了什么促进的作用，例如给她加了点精神上的刺激之类的？不过，我最后断定，根本就不可能有这种情形。”

拉斯柯尔尼科夫笑起来，说：“何必这么担心呢！”

“可是您笑什么？您想想看：我总共不过用小鞭子抽过她两次，甚至什么伤痕也没留下……劳驾，请您不要认为我是犬儒主义者，真的，我清楚地知道，我干这种事和诸如此类的事，是多么下流，不过话说回来，我也确切地知道，玛尔法·彼得罗芙娜对我这种所谓的热情很可能是高兴的。有关您妹妹的那件事已经闹得无可再闹了。玛尔法·彼得罗芙娜不得不一连三天守在家里，没有什么可以拿到城里去夸谈的了，再者她也已经用那封信惹得人人厌烦了（读信的事您听说了吧？）。忽然这两鞭子好像从天而降！她头一件事就是吩咐把马车套好！……我不想多说了：女人确实有这样的情形，她们受了侮辱虽然表面上生气，却又觉得很愉快，很愉快。人人都有这样的情形，一般说来人都很喜欢受侮辱，您注意到了吗？不过，女人特别喜欢就是了。甚至不妨说，她们只有在这方面才找到了乐趣。”

一时之间，拉斯柯尔尼科夫打算站起来走人，就此结束这次会晤。

然而他有点好奇，甚至好像出于深谋远虑，就暂时留下了。

“您喜欢打架？”他漫不经心地问道。

“不，不大喜欢。”斯维德利盖洛夫平静地回答说。“我几乎从没跟玛尔法·彼得罗芙娜打过架。我们过得极其和睦，她对我素来很满意。我们相处七年，我总共只用过两次鞭子（如果不算还有一次的话，可是那一次的性质非常含混）。头一次发生在我们结婚两个月后，刚到乡下的时候，第二次就是最近这次，也是最后一次。您怎能认为我是个恶棍、顽固派、农奴主呢？嘿嘿……顺便说一句，您记得吗，罗季昂·罗曼内奇，好几年前，那还是颇有良好影响的言论自由时期，有个贵族，我忘记他的姓名了，在火车上用鞭子抽一个日耳曼女人，于是招来各界人士和各地报刊的辱骂，[1]您还记得吗？而且那时候，似乎也就是在那一年，发生了《世纪报》的不体面行动，（喏，《埃及之夜》，当众的朗诵，您记得吗？黑黑的眼睛！啊，我们青春的黄金时代，你在哪儿啊？[2]）喏，我的看法是这样：我并不深深同情那位抽打日耳曼女人的先生，因为，说真的……这有什么可同情的！然而，同时，我又不能不声明，我觉得有时候也确实有些日耳曼女人惹人生气，弄得任何一个进步的人也不能完全为自己的行动负责。那时候，谁也不用这样的观点看问题，其实这才是真正的人道主义观点，真是这样的！”

说完这些话，斯维德利盖洛夫忽然又大笑起来。拉斯柯尔尼科夫

---

1. 1860年底，俄国许多报纸刊了一则令人愤慨的新闻：地主柯兹梁诺夫毒打里加市的一名女公民。陀思妥耶夫斯基主办的杂志《时代》1861年第一期上载文怒斥这种行为，指责《北方蜜蜂报》袒护柯兹梁诺夫。——俄文本编者注
2. 1861年俄国《世纪报》第八号上刊登了卡姆尼-维诺戈罗夫（维因堡的笔名）的一篇文章，作者在文章中愤慨地叙述在彼尔姆城一次音乐与文学晚会上，某五品文官夫人不顾“羞耻心和上流社会礼仪”，以“挑衅的姿态”公开朗诵普希金的《埃及之夜》。这篇文章提出的指责和侮慢口吻激起进步报刊的愤怒。陀思妥耶夫斯基的《时代》杂志在同年第三期上也发表专文，抨击《世纪报》的不体面的行动。——俄文本编者注

看得清楚：这个人已经下定决心要做一件什么事，他是有所图而来的。

“您想必一连好几天没有跟人谈过话了吧？”拉斯柯尔尼科夫问。

“差不多。怎么，您看到我是这么一个和气的人，大概觉得奇怪吧？”

“不，使我觉得奇怪的是，您这个人过于随和了。”

“就因为您的话唐突，而我却没有怄气吗？是这样吗？可是……有什么好怄气的呢？既然您问话，我照实回答就是了。”他补充说，露出惊人的朴实神态。“要知道，我几乎对任何事都不特别感兴趣，真的，”他接着带点沉思的神情说，“特别是现在，我什么也不做，闲得很……不过，您有权利认为我是抱着什么目的来向您讨好的，尤其是因为我有事想找您的妹妹，想解释一下。不过，我要对您说实话：我寂寞得很！特别是这几天，所以我见到您，简直挺高兴……您别生气，罗季昂·罗曼内奇，我想说一句：依我看来，您自己不知什么缘故，也显得奇怪极了。不管您怎么说，反正您心里有什么事，而且就是在现在，这当然不是专指眼下，而是笼统说的……得了，得了，我不说了，我不说了，您别皱眉头。要知道，我并不像您所想的那样是一头笨熊。”

拉斯柯尔尼科夫阴沉地瞧着他。

“说不定您甚至根本不能算是一头熊。”他说。“我甚至觉得您出身于上流社会，或者至少在必要的时候能够装成个上流人。”

“话说回来，我对任何人的看法都不特别感兴趣，”斯维德利盖洛夫干巴巴地回答说，甚至仿佛带点高傲的口吻，“所以，这也就是我没有成为一个鄙俗人的缘故。其实在我们这儿的气候下穿这样的‘衣服’倒是挺合适的……尤其是如果自己本来就有这种自然趋势的话。”他补充说，又笑起来。

“不过，我听说，您在此地有许多熟人。您本来就是个所谓‘交游颇广’的人。既然是这样，那么您要不是抱着什么目的的话，何必来找我呢？"

"这话是您说得对，我确实有熟人，"斯维德利盖洛夫接过话来说，却没回答主要点，"我也已经遇到过。我闲逛两三天了。我认出了他们，他们似乎也认出了我。当然了，我穿得挺不错，不能算是穷人。农奴制改革也没影响到我们，我们还有树林和浸水的草地，收入也没减少。不过……我不想到他们那儿去，我早已讨厌他们了。我已经来了三天，却没去拜访过任何人……而且这座城成了什么样子！也就是说，它怎么会成了这样呢，您说说看！城里尽是些办事员和各式各样的学生！说真的，如今有许多东西，从前，我八年前在这儿逛荡的时候，却没见过……如今我全指望解剖学了，真的！"

"什么解剖学？"

"那些俱乐部啦，你们那些Dussot[1]啦，pointe[2]啦，或者也许还得加上进步……好，让它们不顾我们，尽管去发展吧。"他接着说，又没理会对方问解剖学的话。"可是乐意做赌棍吗？"

"那么您做过赌棍？"

"怎么没做过？八年前，我们有一大群呢，都是些极其体面的人，日子过得可痛快了。您要知道，大家都是有风度的人，有的写诗，有的是财主。再者，一般说来，在俄国社会，风度最好的往往就是挨过打的，您注意到了吗？是啊，我是到了乡下才不讲风度的……当初，我欠下债而差点坐牢，债主是涅仁城的一个希腊佬。不料，玛尔法·彼得罗芙娜跑来了，讲了讲价钱，花三万银卢布了清我的债（我总共欠七万呢）。我就跟她堂堂正正成了亲，她立刻把我当一宗宝贝似的带回乡下去了。要知道，她比我大五岁。她很爱我。我一连七年没离开过乡下。您要注意，她手里，一辈子都捏着一张借据，写明我欠

1. 杜索，法国人，彼得堡一著名饭店老板。在此泛指大饭店。——俄文本编者注
2. 法语：时髦的游艺场。

着某人（不是她而是另一个姓名）一笔三万卢布的债，所以，我想在什么事情上稍有违抗，马上就会倒霉！她干得出来的！是啊，女人可是好事坏事都做得出来的。”

“那么，要不是因为那张借据的话，您就溜掉了吧？”

“我不知道该怎么对您说才好。那张借据几乎可以说拦不住我。其实，我哪儿也不想去，至于出国，倒是玛尔法·彼得罗芙娜自己，看出我烦闷无聊，两次约我到国外走走！可是有什么去处呢！我以前到国外去过，老是感到厌恶。倒不是有什么特别的原因……朝霞似火啦，那不勒斯湾啦，海洋啦，你一瞧，心里就郁闷。最糟的是，心里真正觉得忧郁。不行，还是住在祖国好！在这儿至少可以把错处统统推到别人身上去，替自己辩白。现在我也许应该长途跋涉到北极去，因为j'ai le vin mauvais[1]，而且我讨厌喝酒，可是这儿除了酒，再也没有什么别的了。我试过……听说，别尔格[2]星期日要在尤苏波夫花园驾着大气球飞上天，而且邀顾客一块儿飞上去，只要交一点费用就成，这是真的吗？”

“怎么，您要飞上去？”

“我？不……我不过随便问问的……”斯维德利盖洛夫嘟哝着说，真像是在沉思。

“他怎么了？他是认真说的吗？”拉斯柯尔尼科夫暗想。

“是啊，那张借据束缚不了我，”斯维德利盖洛夫深思似的接着说，“是我自己不肯离开乡下。再者，差不多一年前，在我的命名日那天，玛尔法·彼得罗芙娜已经把那张借据还给我，另外还送给我一大笔钱。她本来就很有钱。‘您看，我多么相信您，阿尔卡吉·伊凡诺维奇’，真的，她就是这么说的。您不相信她这么说过？可是您要知道，我在

1. 法语：我的醉态不佳。
2. 别尔格是彼得堡游艺场的场主，在广告中宣称拥有芭蕾舞剧导演和航空师。——俄文本编者注

乡下把产业经营得很不错，附近的人都知道我。我还订购了一些书籍。玛尔法·彼得罗芙娜先是鼓励我读书，可是后来老是担心，怕我看得累坏了身子。”

“看样子，您似乎很想念玛尔法·彼得罗芙娜？”

“我？也许吧。真的，也许是这样。顺便说一句，您相信鬼魂吗？”

“什么鬼魂？”

“什么鬼魂？普通的鬼魂呗！”

“那么您相信吗？”

“哦，也许不相信，pour vous plaire[1]……其实倒也并不是完全不信……”

“莫非鬼魂常出现吗？”

斯维德利盖洛夫有点奇怪地盯着他。

“玛尔法·彼得罗芙娜乐意来看我。”他说着，咧开嘴做出一种奇怪的笑容。

“‘她乐意来’是什么意思？”

“她已经来过三次了。我头一回瞧见她，是在下葬的当天，我从墓园回来一个钟头以后。那是我动身到这儿来的前一天。第二回是前天，在旅途中，在小维谢拉车站上，天刚刚亮。第三回是两个钟头以前，在我的住所发生的，当时我正在房间里站着，那儿只有我一个人。”

“您是醒着吗？”

“完全醒着。三回都是醒着。她来了，说一会儿话，又走出门外，而且总是走出门外。甚至好像听得见呢。”

“不知什么缘故，我一直认为您一定出了这类事！”拉斯柯尔尼科夫忽然说出口，同时又暗暗吃惊，不明白怎么说出这句话来。他心情

1. 法语：（这是）为了凑您的趣。

十分激动。

“是吗？您这么想？”斯维德利盖洛夫惊讶地问道，“真的吗？喏，我不是说过我们之间有某种共同点吗，啊？”

“您根本没说过这话！”拉斯柯尔尼科夫尖刻又激动地回答说。

“我没说过？”

“没有！”

“我觉得我说过。刚才我走进屋来，看见您躺在那儿，闭着眼睛，装睡觉，我心里立刻就说：‘这就是那个人！’”

“‘就是那个人’是什么意思？您是指什么说的？”拉斯柯尔尼科夫嚷道。

“指什么说的？说真的，我也不知道指什么说的……”斯维德利盖洛夫心地坦然地嘟哝说，仿佛自己也闹糊涂了。

两个人沉默了一分钟。他俩睁大眼睛瞪着对方。

“这都是胡说！”拉斯柯尔尼科夫懊恼地叫道。“那么，她来了以后，都跟您说了些什么？”

“她吗？您再也想不到，尽讲些琐琐碎碎的小事。您会觉得人是奇怪的，因为我居然为此生气了。头一回她走进屋来……您要知道，当时我很累：做下葬的祈祷啦，唱安息歌啦，然后还有安灵的祈祷、丧宴等，最后我总算独自坐在书房里，吸雪茄烟，沉思了……她走进门来，说道：‘您，阿尔卡吉·伊凡诺维奇，今天真够忙的，忘记给饭厅里的座钟上弦了。’确实，这个座钟，七年来，每星期都由我上弦，每逢我忘记，她总要提醒我。第二天，我正动身上路，要到此地来，天刚亮，我走进火车站……夜里，我只打了个盹，身子像散了架，睡眼惺忪……我要了一杯咖啡。我一瞧，不料玛尔法·彼得罗芙娜就在我身旁坐着，手里拿一副纸牌，说：‘您上路，阿尔卡吉·伊凡诺维奇，要不要我给您算个卦，卜一卜吉凶？’她正是算卦的能手。唉！我竟然没有让她算卦，简直不能原谅自己！我大吃一惊，逃之夭夭，而且这当儿确实响铃，火车快开了。今天呢，我在一家小饭馆里吃了一顿糟透了的饭，肠胃很不好受，我回到屋里，坐下吸烟，不料玛尔法·彼得罗芙娜又走进门来，打扮得很漂亮，穿一件新的绿绸子连衣裙，拖着极长的后襟，她说：'您好，阿尔卡吉·伊凡诺维奇！您觉得我这件衣服怎么样？阿尼斯卡可是做不出来的。'（阿尼斯卡是我们乡下的一个女裁缝师，原是农奴，在莫斯科学过手艺，是个好看的姑娘。）她站在我面前，转来转去。我把衣服打量了一下，然后注意地瞧着她的脸，说：'您，玛尔法·彼得罗芙娜，倒有兴致为这种小事到我这儿来，费这么多的心思呢。'她却说：'哎呀，我的上帝，我的爷，就连打搅您一下都不行！'我呢，为了逗她，就对她说：'玛尔法·彼得罗芙娜，我要结婚了。'她说：'这种事您干得出来的，阿尔卡吉·伊凡诺维奇。您刚埋葬了妻子，就立刻跑来结婚，这可不会给您添多少光彩。而且，至少也该好好挑选一下。照眼下这样，我知道，对她也罢，对您也罢，都不会有什么好处，只是给好心人留下个笑柄罢了。'她说完就走了，长裙的下摆仿佛窸窸窣窣地响。这不是荒唐吗？啊？"

"不过，您也许一直在说假话吧？"拉斯柯尔尼科夫评判说。

"我很少说假话。"斯维德利盖洛夫沉思地说，好像根本没理会问话的粗鲁口气似的。

"从前，您从来也没有见过鬼魂吗？"

"不……见过。我这一辈子只有过一次，那是六年前的事了。我原有个家奴，叫菲尔卡，刚刚下葬，我却忘了，叫了声：'菲尔卡，拿烟袋来！'他就走进屋来，照直走到放我的烟袋的食器柜那儿去。我坐在那儿，心想：'他这是要向我报复。'因为他死以前，我们大吵过一顿。我说：'你怎么敢穿着胳膊肘破了的衣服跑到我这儿来？出去，混蛋！'他就扭转身，走出去，从此再也没来。当时我没告诉玛尔法·彼得罗芙娜。我本想去参加他的安灵祭，可又不好意思去。”

“您该去找一找医生。”

“就是您不说，我也明白我身体不好，不过，说真的，我也不知道我哪儿出了毛病。依我看来，恐怕我要比您壮实五倍呢。刚才我不是问您是否相信鬼魂会出现，我问的是：您相信有鬼魂吗？”

“不，我说什么也不相信！”拉斯柯尔尼科夫甚至带着一种恶狠狠的口气嚷道。

“可是一般人怎么说呢？”斯维德利盖洛夫喃喃地说，仿佛自言自语，眼睛看着一旁，头微微低着。“他们说：‘你病了，所以你看见的无非是不存在的幻象。’不过，这话缺乏严格的逻辑。我同意，鬼魂只在病人面前出现，不过话说回来，这仅仅证明鬼魂只能在病人面前出现罢了，而不是证明鬼魂根本不存在。”

“当然不存在！”拉斯柯尔尼科夫激愤地坚持说。

“不存在？您认为这样？”斯维德利盖洛夫慢腾腾地瞧了他一阵，接着说。“好，万一人家另有看法，那怎么办？您来帮我解决吧。人家这样考虑：‘鬼魂，可以说就是其他世界的小碎块和小片段，就是其他世界的基础。健康的人，不用说，没有必要看见鬼魂，因为健康的人就是完全属于当前这个世界的人，因此，为了力求完整和井井有条，就只能过纯粹的现世生活。可是，一旦他生病，违反现世结构的正常秩序，就立刻开始体会到可能有另一个世界存在，他病得越重，就跟另一个世界接触得越密切，因此，人一旦死亡，就照直走到另一个世界里去了。’我早就在这样想了。要是您相信未来的生活，那也就可能相信这套道理。”

“我不相信未来的生活。”拉斯柯尔尼科夫说。

斯维德利盖洛夫坐着沉思不语。

“可是，万一那儿只有蜘蛛或者诸如此类的东西，那可怎么办？”

他突然说。

“他是一个疯子。”拉斯柯尔尼科夫暗想。

“喏，我们总是把永恒看成一种没法理解的概念，一种广大的东西，广大无边！可是何以见得一定广大呢？说不定根本不是这么回事，您不妨设想一下，有那么一个小房间，就跟乡下的浴室似的，给烟子熏得挺黑，各处墙角上爬满了蜘蛛，这就是永恒。有的时候我就觉得是这样。”

“难道您就不能想出点比这更舒心些，更合理些的东西吗？”拉斯柯尔尼科夫带着难过的心情嚷道。

“合理些？谁知道呢，也许这就是合理的。您要知道，我一定要把它变得合理！”斯维德利盖洛夫回答说，意义暧昧地不断微笑。

听到这种不成体统的回答，倏地有一股冷气穿透拉斯柯尔尼科夫的全身。斯维德利盖洛夫抬起头，定睛瞧着他，忽然扬声大笑。

“是啊，您想一想这多奇怪吧，”他叫道，“半个钟头以前我们还没见过面，互相认为是仇敌，我们之间有一件事还没解决，现在呢，我们却丢下正事，谈起抽象的问题来了！喏，我说过我们是一条藤上的瓜，这不是实话吗？”

“拜托，”拉斯柯尔尼科夫气愤地说，“请允许我要求您尽快说明来意，告诉我为什么您赐给我这种荣幸，特意来拜访我……我……我很忙，没有空闲，我正打算出门……”

“遵命，遵命。您的妹妹阿芙朵嘉·罗曼诺芙娜就要嫁给卢仁先生，嫁给彼得·彼得罗维奇了吧？”

“您能不能避开一切有关我妹妹的问题，不提她的名字呢？我甚至不明白：如果您真是斯维德利盖洛夫，那怎么敢当着我的面说到她的名字？”

“可是话说回来，我就是为谈她的事才来的，怎么能不提呢？”

“好，您说吧，不过请快点！”

“我相信，关于这位卢仁先生，我妻子的亲戚，哪怕您只跟他见过半小时面，或者哪怕只听到过有关他的确切的事迹，那您就一定有您的看法了。他配不上阿芙朵嘉·罗曼诺芙娜。依我看来，阿芙朵嘉·罗曼诺芙娜在这件事上非常慷慨而且不顾后果地牺牲了自己，以便……以便保全她家里的人。以前，我已经听到过种种关于您的传言，现在从中体会到，如果这门亲事能够拆散而又不损害你们的利益，您这方面就会很满意。现在我亲自认识您，对这一点就简直深信不疑了。”

“从您这方面来说，这些话都很天真，而且，原谅我，我还要说：这很无耻。”拉斯柯尔尼科夫说。

“其实您讲这话，是想说明我到这儿来是图我的好处。请您不用担心，罗季昂·罗曼内奇，如果我只是为我的利益打算，就不会这么直爽地说出口了，因为我到底不是个十足的傻瓜呀。在这方面，我倒要向您透露一种心理方面的怪现象。刚才，我为我对阿芙朵嘉·罗曼诺芙娜的爱情辩白，说我自己是受害者，好，我就是要您明白，我现在心理上丝毫也没有那种男女私情，丝毫也没有，结果却连我自己都觉得奇怪，因为我确实动过心……”

“这是因为您闲得没事做，而且道德败坏。”拉斯柯尔尼科夫插嘴说。

“的确，我是个闲散而又道德败坏的人。不过，您妹妹有那么多优点，我不能不受到一些影响。然而，这都是胡闹，现在连我自己也明白了。”

“您明白很久了吗？”

“我以前就有所察觉，不过直到前天，几乎就在我到达彼得堡的同时，我才深信不疑。先前，在莫斯科的时候，我还认为我是来向阿芙朵嘉·罗曼诺芙娜求婚，来跟卢仁先生较量一番的。”

“原谅我打断您的话，不过要请您费心，能不能把话说短点，直接转到您这次拜访的目的上来。我很忙，我要出门……”

“遵命遵命。我来到此地，而且决定现在要进行一种……长途旅行以后，就得事先做好一些必不可少的安排。我把孩子们留在姑母家里，他们很有钱，不需要我这个人了。再者，我算个什么父亲呢！我带走的只是一年前玛尔法·彼得罗芙娜送给我的那笔钱。这对我来说就足够了。请原谅，现在要转到正题上来了。我这次旅行很可能实现，那么在旅行之前，我要把卢仁先生的事也了结一下。这倒不是说我很讨厌他这个人，然而我就是因为他而跟玛尔法·彼得罗芙娜吵了一架的，当时我听说她已经撮合了这门亲事。我现在很想跟阿芙朵嘉·罗曼诺芙娜见一次面，这要靠您帮忙，而且见面的时候或许您也得在场。我想向她解释一下：首先，跟卢仁先生成亲，对她不但不会有一丝一毫的好处，甚至一定会有明显的害处；其次，我要恳求她为不久以前发生的一切不愉快的事原谅我，然后我再请她允许我送给她一万卢布，藉此减轻她跟卢仁先生决裂而遇到的困难，我相信，这样的决裂只要有可能实现，她自己是决不会反对的。”

“然而，您的的确确是个疯子！”拉斯柯尔尼科夫嚷道，与其说是生气，甚至不如说是吃惊。“您怎么敢说出这种话来！”

“我早就知道您会大嚷大叫，可是，第一，我虽然不富，我这一万卢布却闲放着，也就是说，我完全不需要，完全不需要。万一阿芙朵嘉·罗曼诺芙娜不肯收下，也许我会用更愚蠢的方式把它花掉，这是第一点。第二，我十分问心无愧，我送出这笔钱不是带着什么个人的打算。信不信由您，不过以后，您也罢，阿芙朵嘉·罗曼诺芙娜也罢，都会弄明白的。问题在于我确实给您那极其可敬的妹妹带来了一些麻烦和不愉快，因此，我一面感到真心的懊悔，一面热诚地希望……不是赎罪，也不是为不愉快的往事付出赔偿，而是希望简简单单为她办一件有益的事，藉以表示我毕竟没有特权专干坏事。如果我这种馈赠哪怕带着百万分之一的私心，我也就不会总共只送一万，因为五个星期以前我打算送给她的比这还多。此外，也许，我很快很快就会跟一个姑娘结婚，于是，认为我对阿芙朵嘉·罗曼诺芙娜居心不良的种种怀疑，也就势必不击自溃了。最后我还想说，阿芙朵嘉·罗曼诺芙娜嫁给卢仁先生，也一样是拿钱，只是从另一方面拿罢了……不过您别生气，罗季昂·罗曼内奇，您要心平气和，冷静地考虑一下。"

斯维德利盖洛夫说这些话的时候，自己就非常冷静，而且心平气和。

"我请求您结束您的话。"拉斯柯尔尼科夫说。"不管怎样，这种话简直放肆得叫人不能原谅。"

"根本不是这样。要照您这么说，在这个世界上，人对人就只能专干坏事，反而没有权利越过世俗无聊的陈规旧套，做一丁点好事了。这是荒谬的。是啊，比方说，要是我死了，在遗嘱里写明把这笔钱留给您妹妹，难道那时候她也会拒绝接受？"

"非常可能。"

"这可未必，先生。不过呢，不要就不要，那也随她便吧。只是一万卢布在必要时是极好的东西呢。不管怎样，我请您把我的话向阿芙朵嘉·罗曼诺芙娜转达一下。"

"不行，我不转达。"

"既然这样，罗季昂·罗曼内奇，我就不得不设法亲自跟她会面，因而也不得不打搅她了。"

"那么，要是我转达的话，您就不会设法亲自跟她会面了？"

"说真的，我也不知道该怎么对您说好。我很希望跟她再见一次面……"

“您别希望了。”

“可惜。不过您不了解我。喏，我们也许会非常要好的。”

“您认为我们会非常要好吗？”

“为什么不会呢？”斯维德利盖洛夫含笑说道，站起来，拿起帽子，“我本来不想太打搅您，我来这儿的时候，甚至没抱太大指望，不过，您的脸容今天早上就使我大吃一惊……”

“今天早上您在哪儿见着我的？”拉斯柯尔尼科夫不安地问。

“偶然见着的……我总觉得您跟我有相似之处……不过您别担心，我不会惹人讨厌的。我以前跟赌棍们处得不错，我没惹得我的远亲、大官斯维尔贝依公爵厌烦过，我在普利鲁科娃夫人的纪念册上写过评论拉斐尔的圣母像的话，跟玛尔法·彼得罗芙娜一起生活过七年而没有外出过，从前还经常在干草市场维亚泽姆斯基的房子[1]里过夜，以后也许还要跟别尔格一起搭乘气球飞上天呢。”

“嗯，很好。请容许我问一句：您不久就要去旅行吗？”

“什么旅行？”

“嗯，是啊，就是那个‘长途旅行’……刚才您自己说过。”

“长途旅行？哦，对了！……真的，我确实跟您说过长途旅行……嗯，这可是个大问题……不过，要是您知道您问的是什么就好了！”他补充一句，忽然响亮而短促地笑了。“也许我要结婚，不去旅行了。人家在给我提亲呢。”

“在此地吗？”

“是的。”

“您怎么办得这么快？”

“不过我非常想跟阿芙朵嘉·罗曼诺芙娜见一次面。我郑重地请求

1. 指夜店。——俄文本编者注

您。好，再见……哎呀，是啊！有一件事我倒给忘了！请您转告您的妹妹，罗季昂·罗曼内奇，玛尔法·彼得罗芙娜在遗嘱里写明，送给您妹妹三千卢布。这是千真万确的。玛尔法·彼得罗芙娜在去世的前一个星期就办好了，而且有我在场。过两三个星期阿芙朵嘉·罗曼诺芙娜就可以收到钱了。”

“您说的是实话?”

“实话。请转告她。好，鄙人告辞了。其实我住得离您很近。”斯维德利盖洛夫走出去，在门口撞见拉祖米欣。

第二章

这时候差不多八点钟了。拉斯柯尔尼科夫和拉祖米欣两个人连忙动身到巴卡列耶夫的房子那边去，想抢在卢仁前头赶到那儿。

“喂，刚才究竟来的是谁?”拉祖米欣问道，这时候他们刚刚走到街上。

“他是斯维德利盖洛夫，地主，我妹妹就是在他家里做女家庭教师而受到欺侮的。他不断向她求爱，纠缠不已，她就遭到他的妻子玛尔法·彼得罗芙娜的驱逐，从他们家里出来了。后来这个玛尔法·彼得罗芙娜又向杜尼雅赔礼，现在却忽然死了。刚才我们谈的就是她。不知什么缘故，我很怕这个人。他把妻子下葬后，就立刻到此地来了。他很怪，而且暗自决定要做一件什么事……他似乎知道点什么事……得保护杜尼雅不受他的害才成……这也就是我想对你说的，你听见了吗?”

“得保护她！他究竟能怎么伤害阿芙朵嘉·罗曼诺芙娜呢?哦，罗佳，谢谢您对我说这样的话……我们会把她保护好，会的!……他住在哪儿?”

“我不知道。”

“怎么不问一声呢?唉，真可惜！不过，我会打听出来的!”

“你看见他了吗?”拉斯柯尔尼科夫略微沉吟了一下，问道。

“嗯，对，我瞧见了，瞧清楚了。”

“你认得出吗？看得清楚吗？”拉斯柯尔尼科夫追问道。

“嗯，是的，我记得很清楚。我能从一千个人当中认出他来。人的脸，我一看见就记得住。”

他们又沉默了一会儿。

“嗯……这样才好……”拉斯柯尔尼科夫嘟哝着说。“不过你要知道……我认为……我老是觉得……这可能都是幻觉。”

“你这是什么意思？你的话我听不大明白。”

“喏，你们都说，”拉斯柯尔尼科夫接着说，咧开嘴做出笑容，“都说我是疯子，现在我也觉得我可能真是疯子，我看见的无非是幻影罢了！”

“你这话是什么意思？”

“可是谁知道呢？也许，我真就是疯子。凡是这几天发生过的事情，一切事情，也许并无其事，只是在想象中存在罢了……”

“哎，罗佳！他们又弄得你心烦意乱了！……不过他都说了些什么？他来干什么？”

拉斯柯尔尼科夫没回答，拉祖米欣自己想了一会儿。

“好，那你听我讲一讲，”拉祖米欣开口说，“我先是到你这儿来过一趟，你睡熟了。后来我们吃午饭，过后我就去找波尔菲利。扎麦托夫仍然在他家里。我本想开口讲一通，可是一无结果。我总是不能讲得很恰当。他们似乎不懂也懂不了，而且完全不害臊。我就把波尔菲利拉到窗子跟前，对他讲起来，可是不知怎么，又是没有结果，他眼睛瞧着一旁，我眼睛也瞧着一旁。最后我举起拳头，送到他那张丑脸跟前，说我要像亲戚那样打碎他的脑袋。他光是瞧了瞧我。我啐口吐沫，掉头就走，就是这么回事。事情办得很愚蠢。我跟扎麦托夫一句话也没交谈。只是你要明白，我心想，我把事情搞糟了，我正走下楼梯，心里就灵机一动，有了个想法：你我何必操这种心呢？本来，要是你真有危险或者别的什么的，那么自然又当别论。可是现在你管他干什么！在这件事上你一点关系也没有，那就甭理他们好了。我们以后再拿他们取笑一番，现在呢，换了我是你，还要故弄玄虚愚弄他们。看他们以后会多么害臊！管他们呢，以后我们再来揍他们一顿，眼下先拿他们要笑一番！”

“当然，行啊！”拉斯柯尔尼科夫回答说。

“可是你以后会怎么说呢？”拉斯柯尔尼科夫暗想。说来奇怪，他脑子里至今一次也没想过：“拉祖米欣知道了会怎样想呢？”拉斯柯尔尼科夫这样想着，目不转睛地瞧着他。至于拉祖米欣现在所讲的拜访波尔菲利的经过，他却不大感兴趣：从那时候起，又发生了种种变化！……

在走廊上，他们碰见了卢仁。恰恰八点钟整，卢仁就来了，正在找住所的号数，因此他们三个一齐走进去，可是没有互相看一眼，也没打招呼。两个年轻人走在前面，彼得·彼得罗维奇顾及礼貌，在前室稍稍耽搁一会儿，脱大衣。普尔赫莉雅·亚历山大罗芙娜立刻走出来，在门口迎接他。杜尼雅跟她哥哥打了个招呼。

彼得·彼得罗维奇走进门来，相当殷勤却又加倍庄重地向两个女人行礼。不过，看样子，他好像有点茫然失措，还没有定下心来。普尔赫莉雅·亚历山大罗芙娜也好像发窘，立刻匆匆地请大家围着一张圆桌坐下，桌上有个茶炊已经把水烧开了。杜尼雅和卢仁面对面坐在桌子两头。拉祖米欣和拉斯柯尔尼科夫坐在普尔赫莉雅·亚历山大罗芙娜对面，拉祖米欣挨近卢仁，拉斯柯尔尼科夫靠近他妹妹一边。

大家沉默了一会儿。彼得·彼得罗维奇不慌不忙地取出一块麻纱手帕，手帕上冒出一股香水味。他用手帕擤擤鼻涕，他的神态虽说道貌岸然，可是他毕竟有点尊严受到损害的样子，同时又下定决心，一定要求别人解释。刚才他在前室，脑筋一动，打算干脆不脱大衣，走出门去，藉此严厉而沉重地惩罚那两个女人，叫她们一下子感觉到局势的严重。可是他没能下决心。同时，这个人不喜欢让问题不明不白地拖下去，他需要解释：既然他的命令受到明目张胆的违抗，可见其中必有文章，那就还是先弄清楚的好。讲到惩罚，将来总有时间，而且这是掌握在他手里的。

“我希望，你们大概一路平安吧？”他郑重其事地对着普尔赫莉雅·亚历山大罗芙娜说。

“多谢上帝保佑，彼得·彼得罗维奇。”

“我听了非常愉快。那么阿芙朵嘉·罗曼诺芙娜也没累着吧？”

“我年轻力壮，不会累着，不过妈妈倒很难受。”杜尼雅回答说。

“有什么办法呢。我们国家的铁路线非常长，所谓‘俄罗斯母亲’是大得很的……可是我，尽管很愿意去车站，昨天却无论如何也没法赶去接你们。不过，我希望一切都顺利，没有什么特别的麻烦吧？”

“哎呀，不，彼得·彼得罗维奇，我们狼狈得很，”普尔赫莉雅·亚历山大罗芙娜用特别的口气赶紧申明说，“昨天要不是上帝发慈悲，似乎亲自打发德米特利·普罗科菲伊奇到我们这儿来，那我们简直就完了。就是这一位，德米特利·普罗科菲伊奇·拉祖米欣。”她补充一句，向卢仁介绍拉祖米欣。

“是啊，我已经有幸……昨天见过了。”卢仁嘟哝道，斜起眼睛，带着敌意看一下拉祖米欣，然后皱起眉头，沉默了。

再者，一般说来，彼得·彼得罗维奇是这样一种人，表面上在社交场合异常和善，而且特别以和善自负，可是一旦不顺心，就立刻改变常态，由潇洒自如而且使满座人谈笑风生的上流男人变得像一口袋面粉似的了。

大家又都沉默下来。拉斯柯尔尼科夫死不开口，阿芙朵嘉·罗曼诺芙娜暂时还不想打破沉默，拉祖米欣没有话可说，于是普尔赫莉雅·亚历山大罗芙娜又感到不安了。

“玛尔法·彼得罗芙娜死了，您听说了吧？”她开口向卢仁说，只好求助于她认为很重大的话题。

“当然，听说了。我很快就得到消息了。我现在来，甚至要告诉你们一个消息：阿尔卡吉·伊凡诺维奇·斯维德利盖洛夫在妻子下葬以后，马上就动身赶到彼得堡来了。至少根据我得到的极准确的消息，他是到这儿来了。”

“他到彼得堡来了？到这儿来了？”杜尼雅不安地问道，跟她母亲面面相觑。

“就是这样的，而且，不用说，他不会没有目的，只要考虑一下他行色匆匆和这以前发生过的种种事情就明白了。”卢仁说。

“主啊！难道他在这儿也不肯让杜尼雅安生吗？”普尔赫莉雅·亚历山大罗芙娜大声叫道。

“我觉得，您也罢，阿芙朵嘉·罗曼诺芙娜也罢，都无须特别惊慌，当然，这是说如果你们无意跟他发生任何关系的话。至于我，我自会留心，我马上就去打听明白他住在什么地方……”

“哎呀，彼得·彼得罗维奇，您再也不会相信您的消息现在弄得我多么恐慌！”普尔赫莉雅·亚历山大罗芙娜接着说。“我一共只见过他两次，可是我觉得他真可怕，真可怕！我相信已故的玛尔法·彼得罗芙娜就是死在他手里的。”

“关于这一点，很难断定。我有可靠的消息。我不想争论，他也许运用所谓欺侮的精神影响加快了事情的进程。可是关于这个人的品行以及一般的道德特性，我同意您的看法。我不知道他现在是不是很有钱，玛尔法·彼得罗芙娜究竟给他留下多少钱，关于这些，我会在很短期间查清。不过，当然，他在这儿，在彼得堡，哪怕手里只有一点点钱财，也会立刻故态复萌。他在他那一类人当中是最堕落、沾染恶习最深的一个人！我有重大的根据可以推断，玛尔法·彼得罗芙娜不仅八年前不幸这样爱上他，替他还清债务，而且在另一方面也为他出过力。他犯过刑事案，这是一桩所谓凶残而又离奇的凶杀案，全靠玛尔法·彼得罗芙娜奔走和牺牲，那个案子才从一开头就勾销了，要不然，他是非常可能发配到西伯利亚去的。不瞒您说，他就是这样一个人！”

“哎呀，主啊！”普尔赫莉雅·亚历山大罗芙娜嚷起来。拉斯柯尔尼科夫注意地听他讲话。

“您说您在这方面有可靠的根据，这话是真的吗？”杜尼雅严峻而着重地问道。

“我所说的全是我私下听已故的玛尔法·彼得罗芙娜讲的。必须说明，从法律观点来看，这件案子是非常模糊不清的。此地以前似乎住着一个姓瑞丝里赫的外国女人，现在仍然住在此地，而且是个放高利贷的，钱数很少，另外还干别的营生。斯维德利盖洛夫先生很久以来就跟那个瑞丝里赫保持一种分外亲近的暧昧关系。她家里住着个远亲，似乎是远房侄女，是个聋哑的姑娘，年纪十五岁，甚至只有十四岁，那个瑞丝里赫非常痛恨这个姑娘，给她吃每一块面包都要数落她，甚至惨无人道地拷打她。有一天，有人发现，姑娘在阁楼上悬梁自尽了。经官府判定，这是自杀案。这件案子经历过普通的种种程序以后，就此了结，可是后来有人揭发，说那个女孩……受过斯维德利盖洛夫的残酷侮辱。不错，这种话真假难分，揭发的是另外一个日耳曼女人，声名狼藉，不可信任，最后，多亏玛尔法·彼得罗芙娜奔走和出钱，这种揭发才没有报官究办，只限于议论纷纷了事。可是这种议论是很值得注意的。您，阿芙朵嘉·罗曼诺芙娜，当然也听说过仆人菲利浦[1]

1. 前文斯维德利盖洛夫所说的菲尔卡是菲利浦的昵称。

的事，他是六年前，还在农奴制时代，受虐待而死的。”

“我听到的正好相反，说这个菲利浦是自己上吊死掉的。”

“的确是这样。然而，强逼他走上横死道路的，或者更确切些说，促使他这样做的，就是斯维德利盖洛夫先生无休无止的蓄意迫害和处罚。”

“这我不知道，”杜尼雅干巴巴地说，“我只听到一种很奇怪的议论，说这个菲利浦多少是个疑病患者，自学成才的哲学家，仆人们说他‘看书太多，把脑子看糊涂了’，说他上吊多少是因为斯维德利盖洛夫先生讥诮他，而不是殴打他。而且我在那儿的时候，斯维德利盖洛夫先生对待仆人们很好，仆人们甚至喜欢他，不过确实也认为菲利浦的死，他有责任。”

“我看出您，阿芙朵嘉·罗曼诺芙娜，不知怎么忽然有意替他辩白了。”卢仁说，嘴一撇做出意义不明的笑容。“的确，他是个精明人，而且容易使女人迷上，死得那么奇怪的玛尔法·彼得罗芙娜就是一个可悲的例证。我劝告你们只是鉴于他有新的意图，而且无疑地近在眼前，因而我想为您和您母亲出点力。讲到我，我是坚定地相信这个人无疑会再一次被关进债户拘留所的。玛尔法·彼得罗芙娜为孩子着想，决不会有心给他留点什么的，即使留给他一点点，或许也只是供他急需的时候用，没有几个钱，一花就完，这个人既然有他那种习气，用不了一年就挥霍个精光。”

“彼得·彼得罗维奇，”杜尼雅说，“我请求您不要再谈斯维德利盖洛夫先生的事了，这惹得我厌烦了。”

“他刚才到我家里去过。”拉斯柯尔尼科夫忽然说，这是他头一次打破沉默。

四周响起了惊叫声，大家纷纷转过身来瞧着他。就连彼得·彼得罗维奇也激动起来。

“半个钟头以前，我正睡觉，他走进屋来，叫醒我，说出他的姓名。”拉斯柯尔尼科夫接着说。“他相当随便，快活，十分希望我会跟他要好。顺便说一句，他很殷切地请求有个机会跟你见面，杜尼雅，而且请求见面的时候有我在场做个中间人。他对你有个建议，他把那个建议告诉我了。此外，他还认真地通知我说，玛尔法·彼得罗芙娜在去世前一个星期，已经安排好，在遗嘱里写明留给你，杜尼雅，三千卢布，这笔钱现在你会在极短期间收到。”

“多谢上帝！”普尔赫莉雅·亚历山大罗芙娜叫道，在胸前画十字。“为她祷告吧，杜尼雅，祷告吧！”

“这的确是实情。”卢仁嘴里冒出这么一句。

“喂喂，后来他还说些什么？”杜尼雅催促哥哥说下去。

“后来他说，他自己没有很多钱，全部地产都留给孩子们了，如今他们住在姑母家里。后来他说，他现在住的地方离我那儿不远，至于究竟在什么地方，我不知道，也没问他……”

“不过，他想对杜尼雅提出的，到底是什么建议呢？”普尔赫莉雅·亚历山大罗芙娜惊慌失措，问道。“他对你说了吗？”

“对，说了。”

“到底说什么了？”

“以后再谈吧。”

拉斯柯尔尼科夫闭上嘴，转过脸去凑近他的茶杯喝茶。

彼得·彼得罗维奇取出他的怀表，看了一下。

“我得出去办一件事，而且这样一来，也不至于妨碍你们了。”他带点受委屈的样子补充一句，离开椅子站起来。

“请留步，彼得·彼得罗维奇，”杜尼雅说，“您本来是打算在这儿坐一个傍晚的。再者，您自己在信上说过，您有事要跟我妈妈谈清楚。”

“确实是这样，阿芙朵嘉·罗曼诺芙娜，”彼得·彼得罗维奇庄重地说着，又在椅子上坐下，可是仍然把帽子拿在手里，“我的确想跟您，跟您十分可敬的妈妈，谈一谈，所要谈的甚至是异常重大的问题。可是，既然有我在场，您哥哥就不便谈斯维德利盖洛夫的某些建议，那么，我也不愿意，而且不能够……当着别人的面……谈某些非常非常重大的问题。况且，我先前提出的那个至关重要的而且极其恳切的要求也没有照着办……”

卢仁做出痛心的样子，庄严地沉默了。

“您要求在我们会晤的时候不要有我哥哥在场，这个要求没有照办纯粹是出于我的主张。”杜尼雅说。“您在信上写道，您曾遭到我哥哥的侮辱。我认为这件事应当立刻说开，你们应当和解才对。如果罗佳确实侮辱过您，他应当而且会向您道歉。”

彼得·彼得罗维奇立刻神气起来。

“有某些侮辱，阿芙朵嘉·罗曼诺芙娜，是使人尽管抱着善意却总也忘不了的。样样事情都有个限度，越过这个限度就发生危险，因为一旦越过它，就是要退也退不回去了。”

“认真说来，我对您讲的不是这个意思，彼得·彼得罗维奇，”杜尼雅有点不耐烦地打断他的话说，“您要好好明白我的意思：现在，我们的未来全要看这件事能不能尽快说开和解决而定。我要直截了当，干干脆脆地说：我不能用其他方式处置这件事情。要是您多少看重我，那么不管多么困难，这件事也得今天就了结。我再对您说一遍，如果我哥哥有错处，他会向您道歉的。”

“我觉得奇怪，您竟然这样提出问题，阿芙朵嘉·罗曼诺芙娜，”卢仁说着，越来越激动，“我固然器重您，也可以说崇拜您，可是同时我也非常可能不喜欢您的任何一个家庭成员。我固然向您求婚，希望获得幸福，可是同时我却不能承担不相称的责任……”

“唉，您丢开这种受委屈的样子吧！彼得·彼得罗维奇，”杜尼雅带着感情插嘴说，“请您做个聪明而又高尚的人，我素来把您看成这样的人，至今还愿意这样看。我已经庄严地应许您的求婚，我是您的未婚妻。这件事上您要信任我，相信我有能力公道地评断是非。我让自己承担批评人的角色，这对您也罢，对我哥哥也罢，都是意外的事。今天我看过您的信后，约他务必来参加我们的会晤，可是我心里的打算却一句也没有向他提。您要明白，如果你们不和解，我就不得不在你们之间选择一个，或者是您，或者是他。在他那边，在您这边，问题都是这么摆着。我不愿意，也不应当选错。我选上您，就只得跟我哥哥决裂；我选上我哥哥，就只得跟您决裂。现在我想弄清楚，也能够弄清楚：他配不配做我的哥哥？关于您，我想弄清楚：我在您心目中是不是宝贵的，您是不是看重我？您配不配做我的丈夫？”

“阿芙朵嘉·罗曼诺芙娜，”卢仁说，一肚子不痛快，“您的话在我是意义十分重大的，而且我还要说这，这是令人难堪的，因为我有幸跟您有那样的关系，所处的地位就不同于一般了。姑且不谈您那种令人难堪而且奇怪的对比，竟然把我和……一个傲慢的青年等量齐观，反正您的话表示您承认有一种可能：您可以打破您许下的诺言。您说‘或者是您，或者是他’，由此可见我在您心目中多么微不足道……既然我们有那样的关系，而且我们之间存在着……种种责任……我就不能容许这种事。”

“怎么！”杜尼雅说，脸红了，“我把您的利益和我在生活中至今认为珍贵的一切，至今构成我全部生活的一切放在同等地位，没想到您倒怄气，认为我小看您了！”

拉斯柯尔尼科夫沉默而讥讽地一笑。拉祖米欣周身一震。然而彼得·彼得罗维奇却没有接受这种反驳，正好相反，他越说越执拗，越激动，仿佛这倒合了他的口味似的。

“对未来生活伴侣的爱，对丈夫的爱，应当超过对哥哥的爱，”他说，俨然带着教训人的口气，“不管怎样，我不能跟他处在同等的地位上……虽然我刚才坚持说，有您哥哥在场，我就不愿意，也不能够按我来此地的本意阐明种种事情，可是现在我仍然打算要求您十分可敬的妈妈，在一个至关重要而且令我难堪的问题上，做出必不可少的解释。您的儿子，”他转过脸对普尔赫莉雅·亚历山大罗芙娜说，“昨天，有拉苏德金先生在场（或者……我想，是这个姓吧？对不起，您的姓我记不大清楚了），”他说着，向拉祖米欣彬彬有礼地点头，“您的儿子歪曲我的思想，藉以侮辱我。那种思想是以前我和您一边喝咖啡，一边进行私人谈话的时候对您讲起的，也就是娶一个饱尝过生活辛酸的穷姑娘比娶一个平素养尊处优的姑娘，依我看来，在夫妻关系上，要有利得多，因为这对道德来说比较有利。您的儿子却故意把我那句话的含义夸大到荒谬的地步，指责我不怀好意，而且，照我的看法，他根据的就是您自己写的信。如果您，普尔赫莉雅·亚历山大罗芙娜，能说服我，使我得出相反的结论，因而使我大大地感到宽慰，我就会认为不胜荣幸了。那么，请您告诉我：您在写给罗季昂·罗曼内奇的信上，究竟是用什么词句来转告我的话的？”

“我不记得了，”普尔赫莉雅·亚历山大罗芙娜惶惑地说，“我是按我的理解转告他的。我不知道罗佳怎么对您说的……或许，他有所夸大也未可知。”

“没有您的暗示，他不可能夸大。”

“彼得·彼得罗维奇，”普尔赫莉雅·亚历山大罗芙娜有尊严地说，“我和杜尼雅都没有把您的话往很坏的方面想，证据就是我们现在到这儿来了。”

“说得好，妈妈！”杜尼雅称赞说。

“那么，这就要怪我不对啰？！”卢仁怄气地说。

“喏，彼得·彼得罗维奇，您处处都怪罗季昂不对，可是您自己最近在信上说到他时就写得不真实。”普尔赫莉雅·亚历山大罗芙娜受到鼓舞，补充说。

“我不记得我写了什么不真实的话。”

“您写道，”拉斯柯尔尼科夫尖刻地说，没有把脸转到卢仁那边，“您写道，我昨天不是像实际情形那样把钱交在被轧死者的寡妇手里，而是交在他女儿手里，其实在昨天以前我压根儿没见过她的面。您这样写，就是要挑拨我的亲人跟我吵架，为此您还补了一笔，用不堪入耳的言词讲到那个姑娘的品行，其实您并不认得她。这都是毁谤和卑鄙。”

“对不起，先生，”卢仁气得发抖，回答说，“我在信上把您的品质和行为写了很多，这纯粹是为了履行您妹妹和妈妈的请托，她们要我写一写我怎样遇见您的，您给我留下什么印象。讲到我信上的那些话，那么请您找出哪怕一行不正确的话来，也就是说，您并没有乱花钱，在那个家庭里，虽然充满不幸，却没有一个不体面的人。”

“您诽谤那个不幸的姑娘，可是依我看来，您，加上您那种种美德，连她的一个小手指头也抵不上。”

“由此可见，您莫非已经下定决心给她引见一下，让她跟您母亲和妹妹交往？”

“不瞒您说，这我已经做过了。今天，我已经请她在妈妈和杜尼雅身旁坐下了。”

“罗佳！”普尔赫莉雅·亚历山大罗芙娜叫道。

杜涅奇卡脸红了。拉祖米欣皱起眉头。卢仁恶毒而高傲地微微一笑。

“这可是您亲眼得见，阿芙朵嘉·罗曼诺芙娜，”卢仁说，“这还谈得上什么言归于好呢？现在我希望这件事就此结束，谈完，永远不要再提了。我呢，要走了，免得妨碍你们继续愉快地合家团聚，交流秘密。”说完，他就离开椅子站起来，拿起帽子。“不过，我临走前要斗胆说一句：我希望此后能摆脱这类会晤，以及所谓的调停。而且我特别要求您，十分可敬的普尔赫莉雅·亚历山大罗芙娜，以后在这类问题上多加小心，尤其是因为我的信是写给您，而不是让另外什么人看的。”

普尔赫莉雅·亚历山大罗芙娜有点生气了。

“您大概认为您已经把我们完全放在您的支配之下了，彼得·彼得罗维奇。杜尼雅对您讲过为什么没有照着您的愿望办的缘故，她是出于一番好意。再者，您给我写信就像是下命令。难道我们应该把您的每个愿望都看成命令吗？不过，我想对您说的正好相反，您现在应当对我们特别体贴和宽厚才对，因为我们已经抛弃一切，因信任您而到这儿来了，所以，我们本来就已经差不多处在您的支配之下了。”

“这话不完全正确，普尔赫莉雅·亚历山大罗芙娜，特别是在当前这个时候，你们已经得到通知，就要收到玛尔法·彼得罗芙娜在遗嘱里送给你们的三千卢布了。从你们跟我谈话的这种新的口气来判断，这个消息倒似乎来得很及时呢！”他恶毒地补充道。

“从您这些话来判断，可以确切地断定，您一直指望我们孤立无援。”杜尼雅愤愤地说。

“可是至少现在我不能这样指望了，而且我特别不愿意妨碍你们商量阿尔卡吉·伊凡诺维奇·斯维德利盖洛夫委托您哥哥转达的秘密建议。我看得出来，对您来说，这个建议非同小可，也许还具有异常愉快的意义呢。”

“哎呀，我的上帝！”普尔赫莉雅·亚历山大罗芙娜叫道。

拉祖米欣在椅子上坐不住了。

“你现在就不觉得可耻，妹妹？”拉斯柯尔尼科夫问。

“我觉得可耻，罗佳。”杜尼雅说。“彼得·彼得罗维奇，请出去!”她对他说，气得脸色煞白。

彼得·彼得罗维奇似乎断然没有料到这样的结局。他过于仗恃自己的地位，仗恃自己的权势，仗恃他那些牺牲品的孤立无援。就连现在他也不相信大势已去。他脸色发白，嘴唇颤抖起来。

“阿芙朵嘉·罗曼诺芙娜，如果我现在听从这样的逐客令，走出这个房门，那么……请您相信……我今后就再也不会回来。您要好好想一想！我说话是算数的。”

“多么放肆无礼!”杜尼雅霍地一下离开座位站起来，大叫一声，“我并不希望您再回来!”

“怎么？原来是这样啊!”卢仁叫道，直到最后一刻他也不相信会有这样的收场，因此，现在方寸大乱了，“原来是这样！可是您要知道，阿芙朵嘉·罗曼诺芙娜，我可以提出抗议。”

“您有什么权利这样跟她说话!”普尔赫莉雅·亚历山大罗芙娜激昂地给女儿撑腰说，“您有什么可抗议的？您有什么权利？喏，我能把我的杜尼雅嫁给您这样的人吗？您走吧，从此躲开我们好了！我们自己不好，办了这样一件错事。这尤其怪我不好……”

“可是，普尔赫莉雅·亚历山大罗芙娜，”卢仁怒火中烧，发脾气说，“您既然已经答应这门亲事，就已经把我捆住，动不得了，可是现在您又反悔……还有……还有，可以说，这门亲事已经害得我破费不少了……”

这最后的辩解倒极其合乎彼得·彼得罗维奇的性格，拉斯柯尔尼科夫听了，气得脸色苍白又想极力忍住，忽然忍不住，就扬声大笑起来。可是普尔赫莉雅·亚历山大罗芙娜气得发作道：

“破费？这算什么破费？莫非您说的是运我们那只箱子的事？可是，要知道，您是请列车员捎来的！没有花钱。主啊，我们倒把您捆住，动不得了！可是您该想想明白，彼得·彼得罗维奇，是您把我们的手脚捆住，不是我们把您捆住了！”

“够了，妈妈，请您别说了！”阿芙朵嘉·罗曼诺芙娜恳求道。“彼得·彼得罗维奇，劳驾，请您走吧！”

“我走就是，不过我最后还有一句话要说！”他说着，已经几乎全然不能控制自己，“您的妈妈似乎完全忘了，我决意娶您，可以说，是在城里人对您的名声议论纷纷，而且流言传遍附近各地区以后。我为了您，不顾社会舆论，恢复您的名誉，为此，当然，我非常非常有理由指望您有所报答，甚至要求您感恩戴德……直到现在我才算看清楚了！我这才看出，也许我做事非常非常草率，没有顾到社会的呼声……”

“难道他有两个脑袋不成！”[1]拉祖米欣嚷道，从椅子那儿跳起来，准备动手收拾他。

“您是个卑鄙而恶毒的人！”杜尼雅说。

“不用再说！也不用动手！”拉斯柯尔尼科夫嚷道。他把拉祖米欣拦住，然后几乎走到卢仁紧跟前说：

“请费心走出去！”他平静而清楚地说，“不用再说，要不然……”

彼得·彼得罗维奇看了他几秒钟，气得脸色发白，面容变了样，然后他扭转身，走出去。当然，这时候他心里对拉斯柯尔尼科夫怀着的愤恨是世上任何人对别人都少有的。他将所有的错处都推在拉斯柯尔尼科夫身上，推在他一个人身上。值得注意的是，他走下楼梯的时候，仍然认为这件事也许还没全然完蛋，而且单就那两个女人来说，甚至“非常非常”有挽回的可能呢。

1. 意思是：“我打烂他这个脑袋，难道他另外还有个脑袋能让他活下去！”

第三章

主要的是，他直到最后一刻也万万没有料到会有这样的结局。他摆足架子，无所顾忌，甚至没想到这两个孤苦伶仃的女人有可能从他的手心里跑出去。他本来就虚荣心重，再加上他的自信已经发展到妄自尊大的地步，这就越发助长了他这种信念。彼得·彼得罗维奇出身寒微，养成了欣赏自己的病态习惯，把自己的聪明才智看得很高，有的时候甚至独自照着镜子欣赏自己的脸。不过在这个世界上，他最喜爱，也最看重的，却莫过于他凭劳动和种种手段取得的金钱，因为金钱已经使得他跟那些本来比他高的人平起平坐了。

方才彼得·彼得罗维奇痛苦地提醒杜尼雅说，他是不顾人家说她的坏话而决意娶她的，这话他说得十分诚恳，甚至对她那种“忘恩负义”感到深深的不满。不过，那时候他向杜尼雅求婚，已经完全相信那些诽谤都是无稽之谈，早已由玛尔法·彼得罗芙娜本人在各处推翻，全城人也早已不再理会，反而热烈地为杜尼雅辩白了。再者，他自己现在也不否认当时他已经都知道了。话虽如此，他仍然觉得他下决心把杜尼雅抬举到他的地位上来很了不起，认为这是做了一件轰轰烈烈的大事。方才他对杜尼雅说出这一点，正是说出了他珍藏在心中的隐秘想法，他对这种想法已经欣赏过不止一次，没法理解别人怎么会不欣赏他这种颇有英雄气概的壮举。先前他去拜访拉斯柯尔尼科夫，原是带着恩人的感情走进屋去，准备收获果实，听一听甜言蜜语的恭维呢！现在，当然，他一面走下楼梯，一面认为自己没有得到承认，委屈得不得了。

而且，对他来说，杜尼雅已经成了一个简直不可缺少的人，跟她分手在他是不能想象的。很久以来，这已经有好几年了，他一直如醉如痴地渴望着结婚，可是一直在攒钱，等着。他不露声色，心醉神驰地巴望有一个规规矩矩的姑娘，家道贫寒（一定要贫穷才成），年纪很轻，长得很好看，出身于贵族，受过教育，很胆小怕事，有生以来历尽坎坷，在他面前低声下气，这样的姑娘会永生永世地把他看作她的救星，对他毕恭毕敬，百依百顺，认为他了不起，而且只有他一个人了不起。每逢他做完事，独自在安静的地方歇息，他一想到这个诱人的和快活的主题，头脑里就会涌出多少场面，多少甜美的插曲啊！喏，这个多年以来的梦想现在几乎已经要实现了：阿芙朵嘉·罗曼诺芙娜的美貌和教育程度打动了他的心，她那孤苦无依的地位使他兴奋极了。这儿甚至有超出他梦想的地方：她是个自尊心很强的姑娘，而且有个性，有美德，教育程度和文化修养都高过他（这他已经领会到了），而且这样的一个人会终生终世像奴隶般，感激他这种颇有英雄气概的壮举，在他面前诚惶诚恐，可以肝脑涂地；他呢？对她可以为所欲为，尽情摆布！……仿佛故意凑趣似的，不久以前，他经过长久的思考和期望以后，终于彻底改变事业的道路，跨进比较宽广的活动领域，紧跟着渐渐走进更加高等的社交场合，而这正是他很久以来如饥似渴地向往的……一句话，他决定要在彼得堡试一试身手了。他知道，有了女人，就可以沾“非常非常”大的光。一个美丽贤德而又受过教育的女人的魅力，很可能给他的前程锦上添花，把达官贵人吸引过来，在他头上创造一片灵光……不料现在，轰的一声全倒了！刚才那种突如其来的、不像样子的决裂，对他的影响不亚于晴天打了个霹雳。这成了一场不成体统的玩笑，荒唐极了！他不过是稍稍摆了摆架子罢了，他甚至还没来得及说出他的心思，他只是开了一点玩笑，讲得起了劲，可是结局竟然这么严重！还有，依他看来，他原本甚至已经爱上杜尼雅，他已经在梦里对她作威作福了，没想到一下子全吹了！……不行，明天，明天务必要恢复原来的局面，弥补裂痕，纠正过来。要紧的是得杀一杀那个傲慢自大、乳臭未干的小子的威风，他就是罪魁祸首。他还带着病态的感情，而且有点不由自主地想起了拉祖米欣……不过，他在这方面不久就放心了：这么一个人怎么能跟他相比！他怕得最厉害的是那个斯维德利盖洛夫……一句话，他遇上的麻烦多得很呢……

“是啊，错处最多的就数我，就数我！”杜涅奇卡拥抱母亲，吻她，说，“我让他的钱迷了心窍，不过，我敢发誓，哥哥，我万万没想到他是个这么卑鄙的人。要是我早点看透他，我说什么也不会迷了心窍！你别怪我，哥哥！”

“上帝救了我们！上帝救了我们！”普尔赫莉雅·亚历山大罗芙娜喃喃地说，可是有点神不守舍，好像还没完全领会刚才事情的含义似的。

大家都高高兴兴，不出五分钟简直笑起来了。只有杜涅奇卡偶尔想起刚才发生的事情，才脸色发白，皱起眉头。普尔赫莉雅·亚历山大罗芙娜绝想不到她自己也会高兴。跟卢仁决裂，今天上午在她心目中还是个可怕的灾难呢。不过拉祖米欣却欢天喜地。他还不敢完全表现出来，只是全身发抖，就跟发疟子似的，犹如有个五磅重的秤砣现在从他心上掉下地了。现在他才有权利把全部生命献给她们，为她们出力了……现在是什么事都可能发生了！不过，他还是战战兢兢地把进一步的想法赶走，他惧怕他的想象力。只有拉斯柯尔尼科夫一直坐在原地不动，几乎沉下了脸，甚至心神恍惚。他最主张把卢仁赶走，现在却好像对刚才发生的事情比谁都不关心。杜尼雅不由自主地暗想，他大概仍然很生她的气。普尔赫莉雅·亚历山大罗芙娜胆怯地瞧着他。

“斯维德利盖洛夫都对你说什么了？”杜尼雅走到他跟前说。

“哦，是啊，是啊！”普尔赫莉雅·亚历山大罗芙娜叫道。

拉斯柯尔尼科夫抬起头来。

“他一心要送给你一万卢布。同时他又说明他希望跟你见一次面，并且有我在场。”

“见面？任凭怎么说也不行！”普尔赫莉雅·亚历山大罗芙娜叫道，“而且他怎么敢送给她钱！”

随后拉斯柯尔尼科夫把他跟斯维德利盖洛夫谈的话重讲一遍（讲得相当枯燥无味），只是删掉了玛尔法·彼得罗芙娜鬼魂的那一段话，免得节外生枝。他除了讲非说不可的话以外，其他什么话都不愿意多谈。

“那么你是怎么回答他的呢？”杜尼雅问道。

“起初我说，我什么话也不会转告你。于是他申明说，那他就会千方百计设法跟你见面。他口口声声说他对你的迷恋原是一时着魔，他现在对你已经丝毫没有那种感情了……他不希望你嫁给卢仁……整体来说，他讲得不大连贯。”

“你自己对他有什么看法，罗佳？你觉得他是怎样一个人？”

“老实说，我一点也摸不着头脑。他要送给你一万卢布，可是他又说他并不富裕。他申明说他打算出外旅行，可是不出十分钟，又忘了说过这话。他还突然说，他有心结婚，人家已经在给他说媒了……当然，他心里自有目的，而且大半是不怀好意。不过，说来还是有点奇怪，既然他对你不怀好意，那他办事怎么这样愚蠢呢……不消说，他送钱的事，我已经替你一口回绝了。总之，我觉得他很怪……甚至有种种迹象说明他似乎得了疯病。然而，我也可能看错，说不定这只是一种装佯。玛尔法·彼得罗芙娜的死，似乎对他产生了很深的影响……”

“主啊，让她的灵魂安息吧！”普尔赫莉雅·亚历山大罗芙娜叫道，“我要永远为她祷告上帝，永远！是啊，杜尼雅！没有这三千卢布，我们现在可怎么办！主啊，这笔钱就像是从天上掉下来的！哎呀，罗佳，要知道，今天上午我们手里总共只剩下三个卢布了，我和杜涅奇卡只好盘算着赶快把怀表拿到什么地方去当掉，免得我们开口向那个人借钱，因为他自己是想不到要送点钱来的。”

杜尼雅听到斯维德利盖洛夫的建议，不知怎的，大吃一惊。她一直站在那儿沉思不语。

“他打定了一种什么可怕的主意！”她几乎小声地自言自语道，差点打了个冷战。

拉斯柯尔尼科夫留意到这种过分的惧怕了。

“以后，我似乎还会不止一次跟他见面呢。”他对杜尼雅说。

“我们要跟踪他！我会探明他住在哪儿！”拉祖米欣精力饱满地嚷道。“我的眼睛不会放过他去！罗佳应许过我了，方才他自己就对我说：‘要保护我的妹妹。’您许可我这样做吗，阿芙朵嘉·罗曼诺芙娜？”

杜尼雅微微一笑，向他伸出一只手，可是忧虑的神色没有在她脸上消散。普尔赫莉雅·亚历山大罗芙娜怯生生地瞧着她，不过那三千卢布分明已经使她心安了。

一刻钟后，他们谈得热闹极了。就连拉斯柯尔尼科夫，虽然没怎么讲话，也注意地听了一阵。拉祖米欣正大发议论。

“你们何必走，何必走呢！”他心情陶醉，热情的话语滔滔不绝，“你们在那个小城里有什么事可做呢？主要的是你们已经在这儿团聚，你们互相需要，彼此需要极了……你们要了解我的话才好！喏，至少可以在这儿住一个时期嘛……要是你们把我看作朋友，看作可以共事的人，那我要保证，我们就会筹办一桩很好的事业。你们听着，我要把这件事，这整个计划，详详细细给你们讲清楚！今天上午，那还是什么事情都没有发生的时候，就已经有一种想法在我脑子里闪过……事情是这样：我有个舅舅，我会给你们介绍他的，他是很和气而又很可敬的小老头！这个舅舅手头有一千卢布的存款，他自己靠养老金过活，用不着那笔钱，他已经纠缠我两年了，要我把他那一千卢布拿去，只要每年付给他六分的利息就成。我懂得这是什么意思，他不过是想帮我的忙罢了，可是去年我还不想要，今年却一心等着他来，决定要了。然后你们再从那三千当中拿出一千来。在事业的草创时期，有这点钱也就够了，喏，我们来合伙经营。我们该怎么做呢？”

这当儿拉祖米欣着手阐明他的方案，讲了很多话，说明我们的书商和出版商几乎都不大懂他们卖的货色，因而照例都是很差的出版者。不过，像样的出版物大体总可以收回成本，赚到利润，有时候数目还很可观呢。拉祖米欣一直巴望干出版工作，已经在别人手下干过两年，通晓三种欧洲语言，程度不错，虽然六天前对拉斯柯尔尼科夫说过他的德语程度“schwach[1]”，并且劝说拉斯柯尔尼科夫承担他的一半翻译任务，要他收下三卢布的定金，不过关于其德语程度他这是说假话，拉斯柯尔尼科夫也知道他在说谎。

“既然我们手头已经有了一个最主要的条件，也就是我们自己已经有钱了，那我们何必错过机会，何必呢？”拉祖米欣热烈地说。“当然，这得做很多的工作，不过我们，也就是您，阿芙朵嘉·罗曼诺芙娜、我和罗季昂，都会做这个工作……现在有些出版物赚大钱呢！这个事业的主要基础在于我们懂得哪些东西应该翻译。我们会一块儿翻

1. 德语：很糟。

译，一块儿出版，一块儿学习。现在我这个人可能有点用处，因为我有经验。我在各家出版机构进进出出已经将近两年，把它们的内情都摸熟了。并不是圣徒才能造瓦罐，请相信我的话！为什么把送到嘴上的面包让它跑了呢？为什么？再者，有那么两三本书，我自己心里有数，而且一直保守秘密，只要我提出这些书可以翻译和出版，人家就会每本书送给我一百卢布，其中有一本书哪怕送我五百卢布，我还不肯把我的想法告诉他呢。您猜怎么着？还有的出版商，我就是跟他讲了，或许他还会举棋不定，他们就是这样的笨蛋！讲到事务方面，什么奔走接洽啦，跑印刷厂啦，纸张啦，销售啦，你们尽管交给我办就是！大街小巷，我条条道路都熟悉！我们开头要小干，渐渐过渡到大干。我们至少总能靠它餬口，无论如何本钱总能拿回来。”

杜尼雅的眼睛发亮。

“您说的这些，我听了很高兴，德米特利·普罗科菲伊奇。”她说。

“这类事，当然，我一点也不懂，”普尔赫莉雅·亚历山大罗芙娜讲出她自己的看法，“也许这个办法挺好，不过也只有上帝才知道。这个办法倒有点新，吉凶未卜。当然，我们得在这儿住下，哪怕只住一个短时期……”

她瞧了瞧罗佳。

“你怎么想呢，哥哥？”杜尼雅说。

“我认为他的想法很好。”他回答说。“如果现在就想着创办出版社，不消说，未免太早，不过确实不妨出版五六本书，一定能取得成功。我自己也知道一个作品，印出来准能畅销。讲到拉祖米欣会办事情，这倒不必怀疑，他内行……不过，这件事你们以后有的是时间商量……”

“好极了！”拉祖米欣叫起来，“现在你们暂时住下。这儿有一套房间，就在这幢房子里，而且是同一个房东，这个住所单独分出来，跟别的寓所都不通连，房里带家具，租金不贵，一共是三小间。喏，你们开头先住在那儿。至于怀表，我明天拿去替你们当掉，把钱送回来，那就什么事都好解决了。主要的是你们三人，罗佳和你们，就可以住在一块儿了……可是你上哪儿去，罗佳?”

“怎么，罗佳，你要走?”普尔赫莉雅·亚历山大罗芙娜问道，甚至吓了一跳。

“偏偏这个时候走掉!”拉祖米欣嚷道。

杜尼雅瞧着她哥哥，露出怀疑的吃惊神情。他手里拿着帽子，正准备走出去。

“看样子，你们好像要埋葬我，或者是永别似的。”他有点古怪地说。

他似乎微微一笑，可又似乎不是微笑。

“是啊，谁知道呢，也许这是我们最后一次见面了。”他出乎意料地补充说。

他本来在暗自想心思，可是不知怎么，一下子说出口了。

“你这是怎么回事!”母亲叫道。

“你要上哪儿去，罗佳?”杜尼雅有点奇怪地问道。

“哦，我不得不走。”他含混地答道，仿佛有话想说，却又游移不定似的。不过他那苍白的脸上却露出一种毅然决然的果断神情。

“我到这儿来……原想对您说……妈妈，我原想对您说……我也想对你说，杜尼雅，我们最好还是分开一段时间。我觉得身体不好，我心里不踏实……我以后……只要可能，我就会来，我自己会来……我惦记你们，爱你们……离开我吧!让我一个人待着吧!我已经这样决定了，这以前就决定了……我已经下定了决心……不管我会怎么样，遭殃也罢，不遭殃也罢，我都想一个人待着。你们索性把我忘掉算了。那倒好些……你们不要打听我。必要的话，我自己会来，或者……我打发人找你们来。也许，一切都会恢复正常的！不过现在，要是你们爱我，就把我丢开吧……要不然我就会厌恨你们，这我已经感觉到了……再见！”

“主啊！”普尔赫莉雅·亚历山大罗芙娜叫道。

他母亲也罢，他妹妹也罢，都吓了一大跳。拉祖米欣也如此。

“罗佳，罗佳！你跟我们和好吧，我们仍旧照以前那样吧！”可怜的母亲叫道。

他慢吞吞地往房门那边转过身去，慢吞吞地走向房外。杜尼雅追上他。

“哥哥！你在怎样对待母亲！”她小声说着，出于气愤而眼睛冒火。

他沉痛地瞧着她。

“没什么，我会来的，我一定会来！”他小声嘟哝着，似乎没有充分感觉到他所谈的话的意义，然后他就走出房外去了。

“没有心肝的、凶狠的利己主义者！”杜尼雅嚷道。

“他是疯子，不是没有心肝！他得了疯病！难道您看不出来？既然这样，您说这话就太没有同情心了！……”拉祖米欣凑近她耳朵激昂地小声说着，捏紧她的手。

“我去一去就来！”他对面无人色的普尔赫莉雅·亚历山大罗芙娜大叫一声，就跑出房外去了。

拉斯柯尔尼科夫在走廊的尽头站着等他。

“我早就料到你会跑来。”他说。“你回到她们那儿去，陪着她们……明天你也要到她们这儿来……以后也经常来。我……或许会来……如果可能的话。再见！”

他没伸出手来跟他握手，就从他身边走开了。

“你上哪儿去？你干什么？你到底是怎么回事？怎么能这样！……”茫然失措的拉祖米欣喃喃地说。

拉斯柯尔尼科夫再一次停住脚。

“那就索性把话说开。从今以后你再也不要问我什么事。我没有什么话回答你……你不要再来找我。也许我自己会到这儿来……你把我丢开算了，可是她们……你可别丢开不管。你明白我的意思吗？”

走廊上很暗。他们站在一盏灯旁边。他们互相瞧了一会儿，默默不语。这个时刻使得拉祖米欣终生难忘。拉斯柯尔尼科夫的目光是那么专注，像在燃烧，每时每刻都在加强热度，它刺透了拉祖米欣的灵魂，钻进他的脑海。拉祖米欣突然打了个冷战。有一件奇怪的事似乎在他们之间发生了……某种想法在脑子里闪过，像是一种暗示。那是一件可怕的、丑恶的，而且双方忽然明白的事……拉祖米欣脸色惨白得跟死人一样了。

“现在你明白了吧？……”拉斯柯尔尼科夫蓦地说，面容痛苦地变了样。“你回去，到她们那儿去吧。”他突然补充一句，然后很快地扭转身，走出了这所房子……

现在我不想再描写普尔赫莉雅·亚历山大罗芙娜那儿发生的事了，也就是拉祖米欣怎样回到她们身边，怎样安慰她们，怎样发誓说应该让罗佳在病中休息一下，发誓说罗佳一定会来，天天都会来，他心绪不好，很不好，不应该再刺激他，至于他，拉祖米欣，自会照应他，给他请个好医师，最好的医师，或者索性安排一次会诊……一句话，从这天傍晚起，拉祖米欣就成了她们的儿子和哥哥。

第四章

这时候拉斯柯尔尼科夫照直往运河旁索尼雅住着的房子走去。那所房子一共有三层楼，很旧，刷成绿色。他找到扫院人，那人却含含糊糊地向他指点一下裁缝师傅卡彼尔纳乌莫夫住的地方。他在院子里角落上找到一个门口，里面有一道楼梯，又窄又暗。他举步登楼，终于爬到二楼，走过去，来到回廊上。那道回廊绕着整个二楼，下边是院子。他正在黑暗中徘徊，不知道该往哪儿走才能找到卡彼尔纳乌莫夫的门口，不料，离他三步开外，有扇房门忽然推开了，他就信手把房门抓住。

“是谁啊？”一个女人的声音惊慌不安地问道。

“是我……我来找您。”拉斯柯尔尼科夫回答说，走进一个窄小的前堂。那儿，在一把破椅子上，有支蜡烛插在歪歪扭扭的铜烛台上。

“原来是您！主啊！”索尼雅声音微弱地叫道，然后愣住，动不得了。

“您的房间在哪儿？顺这儿走吗？”

说完，拉斯柯尔尼科夫极力不看她，赶快走进房间去。

这一分钟，索尼雅也拿着蜡烛走进来。她放下蜡烛，在他面前站住，茫然失措，说不出的满腔激动，他的突然到访分明吓了她一跳。她苍白的脸上倏地泛起红晕，连眼睛里都有泪光了……她觉得又难受，又害臊，又舒畅……拉斯柯尔尼科夫很快地转过身去，在桌旁一把椅子上坐下。他匆匆向四周扫一眼，看看这个房间是什么样。

这个房间很大，然而非常矮，这是卡彼尔纳乌莫夫出租的唯一房间，左边墙上有一道锁着的门，从前是通到他房间里的。对面，右边墙上，也有一道门，永远锁着，因为它通到隔壁另一处寓所，另一个房号。索尼雅这个房间像是堆房，又是个极不规则的四边形，这就显得奇形怪状了。对着运河，是一道墙，有三扇窗子，而那道墙，不知怎么的，是斜着穿过房间的，因此有个墙角分外狭小，却又很深，在微弱的烛光下甚至看不清楚墙角里放着东西没有。可是另一个墙角却又宽得过分，不像样子。这整个大房间里，几乎可以说完全没有家具。右边墙角上放一张床。床旁边，靠近门，摆一把椅子。床后的那堵墙边，在通往外人住所的房门附近，放着一张普通的木板桌子，上面铺着蓝色桌布，桌旁有两把安着藤心的椅子。此外，在对面墙边，靠近窄小的墙角，放着一个不大的用普通木料做的五斗橱，像是丢失在荒漠里。房间里的陈设就只有这么一点。壁纸颜色发黄，肮里肮脏，破破烂烂，而且各个墙角都一片乌黑。大概此地潮湿，冬天有煤烟。主人的贫穷是一目了然的，甚至床前也没挂帷帐。

索尼雅沉默地瞧着她的客人，客人却那么不顾礼貌，专心考察她的房间。最后，她甚至开始害怕得发抖，仿佛她面前的这个人是法官，是决定她命运的人似的。

“我来迟了……有十一点钟了吧？”他问道，仍然没有抬起眼睛看她。

“有了，”索尼雅嘟哝着说，“哦，是的，有了！”她突然急忙说，好像她的出路全在这个问题上似的，“刚才房东家里敲过钟……我自己听见的……有了。”

“我是最后一次来看您，”拉斯柯尔尼科夫阴郁地接着说，其实现在他刚刚是头一次来，“也许，我再也见不到您了……”

“您要……到外地去？”

“我不知道……全看明天怎样……”

“那么明天您不到卡捷莉娜·伊凡诺芙娜家里去了？”索尼雅问道，嗓音发颤。

“我不知道。全看明天上午了……不过问题不在这儿，我来是有一句话想说……”

他抬起沉思的眼睛看着她，忽然发觉他坐着，她却一直站在他面前。

“您怎么站着？您坐呀。”他说，可是声调骤然改变，显得平静而亲切了。

她就坐下。他瞧了她一会儿，露出和善而且几乎是怜悯的神情。

“您多么瘦啊！看看您这只手！薄得简直透明了。手指像死人的一样。”

他拉住她的手。她淡淡一笑。

“我素来就是这样。”她说。

“当初您住在家里的时候也这样？”

“是的。”

“嗯，当然了！”他没头没尾地说了一句，他脸上的神情和说话的口气又忽然变了。

他再往四下里看一眼。

“这个房间是您从卡彼尔纳乌莫夫那儿租来的吗？”

“对……”

“他们住在房门的那一边吧？”

“是的……他们也有这样一个房间。”

“一家人合住一个房间？”

“一个房间。”

“换了是我，住您这个房间里，到了夜间会害怕。”他阴郁地说。

“房东家都是好人，待人很亲切，”索尼雅回答说，好像仍然没清醒过来，不能好好考虑事情似的，“所有的家具，所有的东西……都是房东的。他们很善良，他们的孩子也常到我这儿来……”

“他们说话口齿不清吗？”

“是的……房东说话结巴，而且瘸腿。他妻子也这样……她倒也不是结巴，而是好像说话不利落。她心好，很好。他以前是地主的家奴。他们有七个孩子，只有大孩子结巴，别的孩子虽然都有病……可是不结巴……不过您是怎么知道他们的情形的？”她补充一句，有点吃惊。

“您父亲当初给我讲过。您的事他全对我讲了……他讲到您六点钟出去，八点多钟回来，还讲到卡捷莉娜·伊凡诺芙娜怎样在您的床前跪下。”

索尼雅发窘了。

“我今天好像看见他了。”她迟疑地小声说。

“看见谁？”

“我父亲。我九点多钟在街上走着，就在附近拐角上，他呢，似乎就在前面走动。仿佛就是他。我原打算去看卡捷莉娜·伊凡诺芙娜的……”

“您在散步？”

“是的。”索尼雅简短地小声说，又发窘了，低下头去。

“您住在父亲家里的时候，卡捷莉娜·伊凡诺芙娜是不是常打您？”

“哎，不对，您，您说什么呀，不对！”索尼雅说，甚至有点惊骇地瞧着他。

“那么您爱她？”

“爱她？那还用说！”索尼雅凄凉地拖长声音说，忽然痛苦地双手交叉在胸前。“唉！您不了解……要是您能了解她就好了。要知道，她简直像个孩子……如今她伤心得完全像疯了似的……可是以前她多么聪明……多么慷慨，多么善良啊！您一点也不了解，一点也不了解……唉！”

索尼雅仿佛绝望地讲着，又激动又痛苦，绞着两只手。她苍白的面颊又红了，眼睛里流露出凄苦的神情。看得出来，她心潮起伏，一心想吐露出来，讲一讲，为别人抱不平。一种永无止境的同情，如果可以这样说的话，忽然在她整个面部表现出来。

“她打我！您说的是什么呀！主啊，她打我！可是就算她打过我，那又算得了什么！是啊，那又算得了什么？您什么也不了解，什么也不了解……她是那么不幸，唉，多么不幸哟！她又有病……她一直在寻求正义……她纯洁。她深深相信到处都应当有正义，她也要求这样……您就是强逼她，她也不肯做出不正当的事。她自己看不出这一切是不可能的，人世上不可能有正义，她光是生气……跟孩子一样，跟孩子一样！她是公正的公正！”

“可是您以后怎么办呢？”

索尼雅带着疑问的神情瞧着他。

“要知道，他们全要靠您了。不错，以前他们一直靠您，连去世的人也常来找您要钱买酒喝。好，那么现在该怎么办呢？”

“我不知道。”索尼雅忧郁地说。

“他们在那边住下去吗？”

“我不知道，他们住的那个寓所，欠下了房钱。听说，今天女房东发话了，说是不要他们再住下去。而卡捷莉娜·伊凡诺芙娜说，她自己也一分钟都不愿意再住下去了。”

“她怎么会这样胆壮呢？莫非她指望着您？”

“哎呀，不，您别这样说话……我和他们是一家人，我们一块儿过日子。”索尼雅说着，忽然又激动起来，甚至生气了，不过她那样子活像是一只金丝雀或者别的什么小鸟发了脾气。“再说，她有什么办法呢？是啊，该怎么办，怎么办呢？”她又激昂又冲动地问。“今天她哭了多少次，多少次啊！她脑子都乱了，您没看出来？她脑子乱了，一会儿像小孩似的担心明天的丧宴会不会办得不体面，菜备齐没有，等等……一会儿却绞着手，吐血，哭泣，忽然绝望得开始拿头撞墙。后来她又安慰自己，把全部希望寄托在您身上，说您现在会帮助她，说她好歹总会找个地方借到点钱，然后带着我，一块儿回到她家乡的城里，在那儿为贵族家的姑娘们开办一所寄宿中学，要我去担任管理员，那我们就会开始过一种全新的、美好的生活了。她一边说，一边吻我，拥抱我，安慰我。是啊，她那么相信自己的话！那么相信幻想！可是，谁又忍心去反驳她呢？再者，今天她忙了一整天，洗啊，涮啊，缝缝补补啊。她不顾自己力气小，硬是把洗衣盆拖进房间，呼呼地喘气，后来干脆倒在床上了。另外，今天下午，我们还到商场去，给波连卡和廖尼娅买鞋，因为她们的鞋全破了，可是算下来，我们的钱却不够，差得很多，而且她挑中了那么好看的两双小皮鞋，因为她有很高的眼光呢，您不知道……当时，在商店里，她看出钱不够，就当着伙计们的面放声大哭……唉，瞧着她多么可怜啊。”

“嗯，听了这些话，就能理解您……为什么这样生活了。”拉斯柯尔尼科夫苦笑着说。

“难道您就不可怜她？不觉得她可怜吗？”索尼雅又责问道。“是啊，您，我知道，您什么也没看见，就把身边剩下的一点点钱全拿出来送给人家了。可要是您样样都看见了呢，啊，主！而且，我有多少次害得她掉眼泪，多少次啊！上个星期还有过一次！唉，我这小人！那离我父亲去世，只差一个星期了。我做得好狠心！我好几次做过这种事，好几次哟。现在回想起来，我痛苦了一整天！”

她说到她一回想就痛苦，不由得绞着两只手。

“您狠心？”

“对，我就是狠心，我就是狠心！那一天我回去，”她哭着说下去，“去世的爸爸对我说：‘你给我念点什么，索尼雅，我的头有点痛，你给我念吧，’他说，‘……书就在这儿。’他手头有本小书，是从安德烈·谢敏内奇那儿借来的，那个人姓列别齐亚特尼科夫，也住在那所房子里，他总是弄到些挺有趣的书。可是我说：‘我马上就该走了。’我根本不想念。我到他们那儿去，主要是拿着几条衬衣的活领想让卡捷莉娜·伊凡诺芙娜看看。有个女商贩，叫丽扎维达，卖给我些活领和套袖，挺便宜，是新的，蛮好看，上面绣着花纹呢。卡捷莉娜·伊凡诺芙娜看了很喜欢。她就戴上一条，照镜子，喜欢极了，她说：‘送给我吧，索尼雅，劳驾。’她央告我，甚至道劳驾了，她一心想要它。其实，她没处去，何必戴它呢？无非是又想起过去那种幸福的岁月了！她不停地照镜子，左看右看。她连一件像样的连衣裙也没有，一件好衣服也没有，这已经好多年了！不过她从来也不跟别人要什么东西。她自尊心强，倒宁可把剩下的一点点什么东西送给人家。可是那会儿她张口央告了，她太喜欢它了！我呢，却舍不得给她，就说：‘卡捷莉娜·伊凡诺芙娜，您要它干什么用？’我就是这么说的：‘干什么用’。我万万不该对她说这句话！她用那么一种眼光瞧着我，她听到我拒绝她而难过得不得了，看上去真可怜……她不是因为得不到活领，而是因为我拒绝她才难过的，我看出来了。唉，我现在恨不得一下子把时间退回去，重新处置这件事，把原先说的话一股脑儿收回才好……哎呀，我这个人啊……可是，讲这些有什么用……不过，这反正跟您没有关系！”

“您认识那个女商贩丽扎维达？”

“是的……莫非您也认得她？”索尼雅有点吃惊地反问道。

“卡捷莉娜·伊凡诺芙娜有肺结核，病得很重。她不久就会死掉。”拉斯柯尔尼科夫沉默片刻后说，却没回答她问的话。

“啊，不，不，不！”

索尼雅说着，不自觉地抓住他两只手，仿佛要求他别让她死掉似的。

“可是她死了反而好些。”

“不，不是好些，不是好些，根本说不上好些！”她吓坏了，不由得连声说道。

“还有那些孩子呢？到那时候，您要是不把他们带到您这儿来，那又送到哪儿去呢？”

“唉，我也不知道！”索尼雅几乎绝望地喊道，抱住头。看得出来，这个想法在她的头脑里已经闪现过许多次，现在他只是又勾起了这种想法罢了。

“嗯，现在卡捷莉娜·伊凡诺芙娜还没死，不过要是您得了病，送进了医院，那可怎么办？”他无情地追问道。

“唉，您在说什么，您在说什么呀！这种事再也不可能发生！”索尼雅惊骇万分，脸容变了样。

“怎么会不可能？”拉斯柯尔尼科夫接着说，露出残忍的笑容，“您不是没保过险吗？那时候他们怎么办？他们只好一齐到街上去，她一边咳嗽一边讨饭，找个地方像今天这样拿头撞墙，孩子们哭哭啼啼……然后，她就倒在街上，由人送到警察局去，住进医院，死掉，那些孩子就……”

“啊，不！……上帝不容许这样！”索尼雅气闷的胸膛里终于冒出一句。她一直听着，带着祈求的神情瞧他，两只手交叉在一起做出无声的恳求样子，仿佛他能左右一切似的。

拉斯柯尔尼科夫站起来，开始在房间里走来走去。时间过去了一分钟光景。索尼雅站着，垂下胳膊，低下头，苦恼极了。

“您不能攒点钱吗？没有留下点钱供紧急的时候用？”他忽然在她面前站住，问道。

“不能。”索尼雅小声说。

“当然不能！可是您试过吗？”他几乎带着讥诮补充说。

“试过。”

“失败了！嗯，这是理所当然的！用不着多问！”

他又在房间里走来走去。又过去了一分钟光景。

“您每天都能挣到钱吗？”

索尼雅比刚才越发羞臊，脸上又现出了红晕。

“不。”她极其费力地说。

“将来，波连卡大概也会是这样。”他突然说。

“不！不！不可能，不可能！”索尼雅气急败坏，大声嚷道，仿佛忽然有人用刀子刺穿了她的心。

“上帝不容许这样的惨事发生，上帝不容许！……”

“可是上帝容许别人发生这种事了。”

“不，不！上帝会保护她，上帝！……”她连声说着，自己也不知道自己在说什么了。

“不过，也许根本就没有上帝。”拉斯柯尔尼科夫回答说，笑起来，瞧着她，甚至露出点幸灾乐祸的神情。

索尼雅忽然面容大变，她脸上掠过一阵痉挛。她带着没法形容的责备神情瞧着他，本想讲句什么话，可是没能说出口，忽然双手蒙住脸，伤心地放声痛哭。

“您说卡捷莉娜·伊凡诺芙娜的脑子乱了，您的脑子也乱了。”他沉默片刻，说。

大约五分钟过去了。他一直走来走去，没有说话，也不瞧着她，最后，他走到她跟前，两眼炯炯发光。他伸出两只手攀住她的肩膀，照直瞧着她泪痕斑斑的脸。他的目光生硬，狂热，锐利，他的嘴唇抖得厉害……突然间，他很快地弯下身子，扑在地板上，吻她的脚。索尼雅吓得从他面前后退，就跟躲开一个疯子似的，的确，看上去他完全像是疯子似的。

“您干什么，你这是干什么？跪在我面前！”她喃喃地说，脸色惨白，她的心忽然缩紧，痛极了。

他马上站起来。

“我不是对您下跪，我是对人类的全部苦难下跪。”他有点古怪地说着，往窗口走去。“您听着，”过了一分钟，他回到她跟前，接着说，“前不久，我对一个横行霸道的人说，他连您的一根小手指头也抵不上……又说，我今天让我妹妹在您身边坐下，我认为这给我妹妹添了光彩。”

“哎呀，您怎么对他们说这种话！而且是当着她的面吗？”索尼雅惊恐地叫道，“跟我坐在一起！居然光彩！可是，要知道，我是个……不名誉的女人，我是个罪孽深重的，罪孽深重的人！唉，您说的都是些什么呀！”

“我说这些不是因为您不名誉，有罪，而是因为您身受极大的苦难。至于您是罪孽深重的，这话倒也不假，”他几乎热烈地补充说，“不过，您之所以是罪人，最大的原因就在于您白白地毁了自己，出卖了自己。这岂不是惨事！您生活在您极痛恨的污泥里，同时自己也知道（只消睁开眼睛就能看清楚）您这样做并没有帮助任何人，谁也没有因此而得救，这岂不是惨事！还有，您对我说一下（他几乎像发狂般地说），在您的身上，这样的耻辱和这样的卑屈，怎么能跟那些相反的神圣感情同时并存？要知道，索性一头扎进水里，一下子了结残生，倒会公道得多，公道一千倍，而且也合理得多！”

“可是他们怎么办呢?”索尼雅声音微弱地问道，痛苦地瞧着他，可是话虽如此，她对他出的主意倒好像毫不惊讶，拉斯柯尔尼科夫奇怪地瞧着她。

他光看一下她的眼睛，就恍然大悟了。看来，的确，这个想法早已在她自己的头脑里盘旋过。也许它盘旋过许多次了，她在绝望中早已认真考虑过怎么才能一下子了结残生，考虑得认真极了，所以她现在听到他出的主意，几乎并不感到惊讶。就连他说这些话的残酷口气，她也没在意（他这种责备的含意以及他对她的耻辱的特殊见解，当然，她也没理会，这在他是一目了然的)。不过他充分明白，她一想到她那不光彩的耻辱地位就难过得不得了，很久以来一直这样。那么，他想，是什么东西阻挠她一下子了结残生，是什么东西呢?直到这时候，他才充分体会到她把那些可怜的小孤儿和那个凄凉的、半疯的、害痨病的、用脑袋撞墙的卡捷莉娜·伊凡诺芙娜看得多么重。

不过，另一方面，他也看得很清楚，凭索尼雅的性格，凭她毕竟受过的教育，她无论如何也不会就这样沉沦下去。可是他心中仍然有个疑问：既然她不能投河自尽，那她怎么能久久地处在这种地位而不发疯呢?当然，他明白，索尼雅的处境在社会上是一种偶然现象，虽然，不幸的是，这绝不是独一无二、完全例外的现象。不过，这种偶然性、她或多或少受过的教育、她以前经历过的全部生活，在她走上这条可憎的道路，迈出头一步的时候，倒似乎没有能够一下子把她置于死地。那么是什么东西一直在支持她呢?莫非是堕落?要知道，这种耻辱的生活分明只触动她的表面，堕落至今丝毫没有在她心里生根，这一点他是看得明白的。她站在他面前，什么也瞒不了他……

“她前面有三条路，”他暗想，“或者跳进那条运河，或者关进疯人院，或者……最后一条，就是自甘堕落，弄得头脑昏迷，心肠变硬。”最后这个想法，最惹得他憎恶。然而他是个怀疑论者，他年轻，喜好抽象的推理，因而不免残酷，所以他不能不相信，这最后一条出路，也就是堕落，十之八九会实现。

“然而，难道真会这样？”他暗自喊道，“难道这个仍然保留着纯洁精神的人终有一天会甘心沉进那个恶劣的臭泥坑？难道这种沉沦的过程已经开始？难道她所以能隐忍到现在，无非是因为她已经觉得这种坏事不那么讨厌了？不，不，不会是这样！”他暗自叫起来，跟刚才索尼雅一样，“不，直到现在，阻挠她投河自尽的是她关于罪恶的想法，而且她顾到他们，那些孩子……不过，如果她至今没有发疯……可是谁又能说她没有发疯呢？莫非她精神正常吗？莫非有谁会说出她这样的话？莫非精神正常的人能像她这样考虑问题？莫非谁能面对灭亡，面对已经在把他拉下去的臭泥坑，能够这么坐着不动，而且听到别人对他讲到危险，反而挥挥手，堵住耳朵？她怎么了，莫非在等待奇迹吗？一定是这样。这岂不就是疯狂的征象吗！”

他执拗地抓住这个想法不放。这个答案甚至比别的答案更加使他满意。他开始目不转睛地望着她。

“那么您常常很热心地祷告上帝，对吧，索尼雅？”他问她说。

索尼雅没有开口。他站在她身旁，等着她答话。

“没有上帝我可怎么过呢？”她喃喃地说，又快又有力，两只亮晶晶的眼睛忽然瞟他一眼，伸出手来把他的手捏得紧紧的。

“嗯，果然如此！”他暗想。

“那么上帝为此都对您做过些什么呢？”他问道，进一步追究下去。

索尼雅沉默了很久，仿佛答不上来似的。她那孱弱的胸脯由于激动而起伏不定。

“别说了！您别问！您不配问！……”她突然嚷起来，严厉而又愤怒地瞧着他。

“果然如此！果然如此！”他暗自坚持己见，连声说道。

“上帝什么都做了！”她很快地嘟哝一句，又垂下眼睛。

“这就是出路！这就是出路的解释！”他暗自断定说，带着热切的好奇心打量她。

他怀着一种新的、奇怪的、几乎病态的心情细看那张苍白、消瘦、不方正、有棱角的小脸，细看那对温和却又能够喷出火光，而且闪出那么严峻有力的感情的蓝眼睛，细看满腔激愤和恼怒的、仍然颤抖不已的小小身躯。在他眼里，这一切显得越来越奇怪，几乎可以说是不可想象的。“她是个宗教狂！宗教狂！”他暗自反复说道。

五斗橱上放着一本书。他走来走去，每次经过那儿，总会看到它。现在他拿过那本书来，看一下。那是俄语翻译的《新约》。那本书是皮封面的，很旧，有点破损了。

“这书是哪儿来的？”他在房间另一头对她嚷道。她一直站在原地不动[1]，离桌子有三步远。

“人家带给我的。”她回答说，似乎很勉强，而且眼睛没看他。

“谁带给您的？”

“丽扎维达带来的，是我要求她带来的。”

“丽扎维达！奇怪！”他暗想。

索尼雅的样样事情，在他心目中，越来越有点奇怪，不可思议。他把书凑到蜡烛跟前，开始翻看。

“关于拉撒路[2]的那一段在哪儿？”他忽然问。

索尼雅一味瞧着地下，没答话。她站在那儿，略微侧着身子对着桌子。

“关于拉撒路复活的那一段在哪儿？您给我找出来，索尼雅。”

她斜起眼睛瞧他一下。

1. 上文说索尼雅一直坐着，这里说她一直站着，作者对中间一些状况的变化未作交代。
2.《圣经》中的人物，详见《新约·约翰福音》。

“您翻到的地方不对……在《第四福音书》[1]里……”她严厉地小声说着，没走到他跟前去。

“您找出来，念给我听。”他说着，坐下来，把胳膊肘撑在桌子上，用手托住头，阴郁地瞧着一旁，准备听她念。

“再过上三个星期，恐怕人家就会把我欢迎到疯人院去了！我似乎自己就会到那儿去呢，如果那时候我还没落到更坏的下场的话。”他暗自嘟哝说。

索尼雅满腹狐疑地听从拉斯柯尔尼科夫的奇怪愿望，犹豫地往桌子跟前走去。不过，她终于拿起了那本书。

“莫非您没读过这本书？”她问道，皱起眉头，隔着桌子瞧他。她的声调变得越来越严峻了。

“那是老早以前的事了……我上学的时候读过。您念吧！”

“那么您在教堂里一直没听人念过？”

“我不上教堂。那么您常去？”

“不。”索尼雅小声说。

拉斯柯尔尼科夫笑一笑。

“我明白……那么明天您也不去参加您父亲的葬礼吧？”

“我要去。再者我上星期就去过教堂……做安魂弥撒。”

“给谁做？”

“给丽扎维达做。她让人用斧头砍死了。”

他的神经越来越受到刺激。他开始头晕目眩。

“您跟丽扎维达很要好吗？”

“是的……她为人公道……她以前上我这儿来过……次数不多……她不能常来。我跟她一块儿读经书……谈话。她会见到上帝的。”

1. 即《约翰福音》。

她这些好像书本上的话，在他听来，显得奇怪。再者，这又是个新闻：索尼雅和丽扎维达鬼鬼祟祟地会面，两个人都是宗教狂。

“瞧着吧，你自己也会成为宗教狂呢！这是会传染的！”他暗想。

“您念啊！”他忽然用坚持的口气，愤愤地嚷道。

索尼雅仍然迟疑不定。她的心怦怦地跳。她有点不敢对他念经书。她几乎痛苦地瞧着这个“不幸的疯子”。

“您为什么要我念？您不是不信教吗？……”她轻声嘟哝说，呼吸有点急促。

“您念啊，我要您念！”他坚持说。“您以前就给丽扎维达念过！”

索尼雅翻开书，找那个段落。她的手发抖，嗓子憋得发不出声来。她两次开口念，可是两次都没把头一个字念出口。

“‘有一个患病的人，名叫拉撒路，住在伯大尼……’”[1]她最后总算费力地念出声了，可是念到第三句，她的嗓音忽然发尖，随后就断了，就跟绷得太紧的弦一样。她的呼吸停住，胸口闷得很。

拉斯柯尔尼科夫多少有点明白为什么索尼雅硬不下心来给他念经书，可是他越明白这一点，反而好像越粗暴和气愤地非要她念不可。他了解得十分清楚，要她现在揭穿和暴露自己，在她是难堪的。他明白，这种感情确实似乎就是她现在的秘密，而且也许多年来就是这样，远在她年纪很小，还在家里住着，跟不幸的父亲与伤心得发了疯的继母一起生活，守着挨饿的弟妹，听着刺耳的叫骂和责难的时候，从那时起，也许就一直如此。不过同时，他现在也知道，而且确切地知道，虽然她现在着手朗诵的时候心里不好受，担惊害怕，然而另一方面，她又难忍难熬，一心想不顾一切痛苦和一切顾忌，自己要给他朗诵一下，好让他听听，而且非现在就朗诵不可……“不管结果会怎么

1. 见《约翰福音》第十一章。

样!”……他是从她的眼睛里看出这种心思，从她跃跃欲试的兴奋中明白她的心情的……她极力按捺自己，压下喉头的痉挛，不让它像刚才开口朗诵的时候那样弄得她发不出声来，然后她把《约翰福音》第十一章继续念下去。她照这样一直念到第十一章的第十九节：

“‘有好些犹太人来看马尔法和马利亚，要为她们的兄弟安慰她们。马尔法听见耶稣来了，就出去迎接他，马利亚却仍然坐在家里，马尔法对耶稣说：主啊！你若早在这里，我兄弟必不死。就是现在，我也知道，你无论向神求什么，神也必赐给你。’”

这时候她又停住口，害羞地预感到她的嗓音又会颤抖，发不出声了……

“‘耶稣说：你兄弟必然复活。马尔法说：我知道在末日复活的时候，他必复活。耶稣对她说：复活在我，生命也在我。信我的人，虽然死了，也必复活。凡活着信我的人，必永远不死。你信这话吗？马尔法说……’”

索尼雅似乎痛苦地换了一口气，然后清楚有力地念下去，仿佛她在述说她自己的信仰，让大家都听见似的。

“‘主啊，是的！我信你是基督，是就要降临到世界上来的神的儿子。’”

她本想停住口，赶快抬起眼睛看他，可是她急忙克制自己，接着念下去。拉斯柯尔尼科夫坐在那儿听着，一动也不动，没有转过身来，胳膊肘仍然撑在桌子上，眼睛看着一旁。她读到第三十二节，念下去：

“‘马利亚到了耶稣那里，看见他，就俯伏在他脚前，说：主啊！你若早在这里，我兄弟必不死。耶稣看见她哭，并看见与她同来的犹太人也哭，就心里悲叹，又甚忧愁。便说：你们把他安放在哪里？他们回答说：请主来看。耶稣哭了。那些犹太人就说：你看，他爱这人是何等恳切。其中有些人说：他既然打开了瞎子的眼睛，岂不能叫这人不死吗？’”

拉斯柯尔尼科夫往她那边转过脸去，激动地瞧着她：对，就是这样！她确实得了真正的热病，全身发抖。他料到她会这样。她快要念到那最伟大的和闻所未闻的奇迹了，一种强大的胜利感抓紧了她。她的嗓音像金属那样清脆，声调里响着胜利和欢乐，这使她的嗓音变得沉稳有力了，一行行的字在她面前模糊不清了，因为她眼前发黑，然而她念的那些，她早已背熟了。她念到最后那节："'他既然打开了瞎子的眼睛，岂不能……'"就压低喉咙，激昂而且热烈地表达了那些盲目的和不信神的犹太人的怀疑、责难、中伤，可是她知道，再过一会儿，那些人立刻就会像遭到天雷轰击似的扑在耶稣脚下，放声痛哭，信神了……

"他呢，他也瞎了眼睛，也不信神……他也会马上听见的，他也会信神了，是啊，是啊，他马上就会这样，立刻就会这样。"她暗自幻想着，心里充满欢乐的期待，不由得全身发抖。

她就接着念道：

"'耶稣又心里悲叹，来到坟墓前。那坟墓是个洞穴，有一块石头堵着，耶稣说：你们把石头挪开。那死人的姐姐马尔法对他说：主啊！他现在必是臭了，因为他死了已经四天。'"

她有力地重读"四"这个字。然后她接着念道：

"'耶稣说：我不是对你说过，你若信，就必看见神的荣耀吗？于是他们就把石块挪开。耶稣举目望天说：父啊，我感谢你，因为你已经听我说。我也知道你常听我说，但我说这话，是为周围站着的众人，叫他们相信是你差了我来。说了这话，就大声呼叫说：拉撒路，出来！那死人就出来了。'"

她热烈地大声读着，身子颤抖，发冷，仿佛亲眼看见了当时的情景似的。她接着念道：

"'手脚裹着布，脸上包着手巾。耶稣对他们说：解开，叫他走。'

“‘那些来看马利亚的犹太人，见了耶稣所做的事，就多有信他的。’”

她没有再念下去，也没有气力再念下去，就合上书，很快地离开椅子站起来。

“拉撒路复活的事，都念完了。”她断断续续而严厉地嘟哝说，站在那儿不动，把脸转到一旁，不敢抬起眼睛看他，仿佛害臊似的。她那如寒热病一样的颤抖仍然没停下来。蜡烛头在扭曲的烛台上早就在渐渐烧完，烛光昏暗地照着简陋的房间里那杀人的凶手和那卖淫的女人，如今他俩古怪地凑在一起，读那本不朽的书。大约五分钟过去了，或者还不止五分钟。

“我来这儿是有事要谈的。”拉斯柯尔尼科夫皱起眉头，忽然大声说，站起来，走到索尼雅跟前。索尼雅没开口说话，光是抬起眼睛瞧着他。他的目光特别严峻，其中流露出一种横下一条心的神情。

“我今天抛弃了我的亲人，”他说，“抛弃了母亲和妹妹。我今后再也不到她们那儿去了。我跟她们一刀两断了。”

“这是为什么？”索尼雅愣住，问道。她不久以前跟他母亲和妹妹见过面，这给她留下了不同寻常的印象，然而究竟是什么印象，她自己也弄不清楚。她听到他们决裂的消息，几乎吓了一跳。

“现在我只有你一个人了，”他补充说，“我们就一块儿走吧……我是来找你的。我们同样遭到诅咒，那我们索性一块儿走！”

他的眼睛闪闪发光。

“多么疯疯癫癫！”这回轮到索尼雅暗自这样想了。

“上哪儿去？”她害怕地问道，不由自主地退后一步。

“我怎么知道呢？我只知道我们走的是一条路，我确切地知道这一点，如此而已。同一个目标！”

她看着他，什么也不明白。她只明白他非常不幸，无限地不幸而已。

“别人，即使你把心里话讲给他们听，也还是会毫不理解，”他继续说，“可是我理解。我需要你，所以我才来找你。”

“我不明白……”索尼雅嘟哝说。

“以后你会明白的。你干的事岂不是跟我一样？你也越过了界线……你也能越过界线。你活活把自己扼杀了，你断送了一条生命……你自己的生命（这也还是一样！）。你本可以过有理智、有精神的生活，而你却会在干草市场了结一生……可是你会受不了，如果你是孤身一人，就会像我这样神志失常。你现在就已经像个疯子了。那我们就一块儿走，走一条路！我们走吧！”

“为什么？您这是为什么？”索尼雅说。她听了他的话，奇怪而急躁地激动起来。

“为什么？因为你不能再这样过下去，这就是问题的关键！你现在总该认真而且直截了当地考虑问题，不应该像小孩那样哭哭啼啼，嚷着说上帝不容许这样，喏，要是你明天真给送进医院，那可怎么办？那个女人头脑坏了，又有肺痨病，不久就会死掉，那孩子们怎么办？波连卡岂不会遭殃？难道你没在这儿街头看见有些孩子由母亲打发出来讨饭？我知道他们的母亲住在哪儿，在什么样的环境下生活。在那种地方，孩子不能总是做孩子。在那种地方，七岁的孩子就变坏，做小偷。可是话说回来，孩子是基督的形象，‘天国是他们的’[1]，他吩咐我们尊敬和热爱他们，他们是未来的人类……”

“怎么办呢，怎么办呢？”索尼雅连声说着，歇斯底里地哭泣和绞手。

“怎么办？把应该破坏的统统破坏，让它消灭得一干二净，就是这么回事。有痛苦，自己一人担当！怎么，你不懂？以后你会懂的……要自由和权力，不过主要的是权力！凌驾在一切发抖的坏蛋之上，在

1. 见《新约・马太福音》第五章第十节。——俄文本编者注

芸芸众生之上！……这就是目标！要记住这一点！这就是我留给你的临别赠言！或许我这是最后一次跟你谈话。要是我明天不上这儿来，你自己会听到有关我的种种情形的话，那就请你记住我现在说的这些话。也许，以后，过上几年，有了生活经验，你总有一天会明白这些话是什么意思。如果我明天来，我就会告诉你丽扎维达是谁砍死的。再见！”

索尼雅吓得打了个冷战。

“莫非您知道是谁砍死的？”她问，吓呆了，惊恐地瞧着他。

“我知道，我会说出来……我会告诉你，而且只告诉你一个人！我选中你了。我不会来请求你宽恕，我只是讲给你听罢了。我早就选中你，远在你父亲讲起你，而且丽扎维达还活着的时候，我就已经打定这个主意了。再见！你不要跟我握手。明天！”

他走出去。索尼雅瞧着他就跟瞧着疯子一样，可是她自己也像疯子，她也感觉到了。她头晕目眩。

“主啊！他怎么知道是谁砍死了丽扎维达呢？这些话是什么意思？这真可怕！”

可是这当儿，那个想法并没来到她的脑子里。她根本没往那儿想！根本没想！……

“啊，他一定非常不幸！……他抛弃了母亲和妹妹。这是为什么？出了什么事？他心里打的什么主意啊？……他都对我说了些什么？他吻我的脚，说……说……是的，他说得很清楚……说他没有我就没法活下去……啊，主！”

索尼雅通宵发高烧，说胡话。她时而跳下床，哭泣，绞着手，时而神志昏迷，发着烧睡熟，梦见波连卡、卡捷莉娜·伊凡诺芙娜、丽扎维达，梦到朗诵《福音书》，还有他……他和他那苍白的脸、燃烧般的眼睛……他吻她的脚，哭泣……啊，主！

右边的房门把索尼雅的住所与盖尔特鲁达·卡尔洛芙娜·瑞丝里赫的住所隔开。那扇房门后面是一间穿堂的房间，属于瑞丝里赫太太的住所，已经空闲很久，她一直想租出去，在住所的房门上已经贴了一张纸条，而且在临运河的窗子玻璃上也贴了一小张纸，算是招租广告。索尼雅很久以来一直认为那是个没有人住的空房间。不料，刚才那段时间，斯维德利盖洛夫先生始终站在那个空房间的房门后，藏在那儿偷听。拉斯柯尔尼科夫走出去以后，他就在那边站了一会儿，想了想，然后踮起脚尖，走回空房间隔着的他自己的房间，搬来一把椅子，放在通到索尼雅住处的房门附近。他觉得他们的谈话又有趣意义又重大，他非常非常喜欢听，简直喜欢极了，所以才搬来椅子，免得以后，例如明天，又遭受呆站一小时的苦恼，现在这样就可以舒适一些，为的是在各方面都得到最大的快乐。

第五章

第二天上午十一点整，拉斯柯尔尼科夫走进某警察分局的房子，来到侦查科长室，要求通报波尔菲利·彼得罗维奇，说拉斯柯尔尼科夫求见，可是人家却很久都没接见他，至少过了十分钟才把他找去，这简直使他暗暗惊奇。按他的想法，人家似乎应当立刻向他扑过来才对。不料他在接待室里站着，眼见人们川流不息经过他的面前，看样子谁也不来管他的事。旁边有个房间，类似办公室，有几个文书坐在那儿抄写，他们分明谁也不知道拉斯柯尔尼科夫是什么人，是干什么的。他用不安和怀疑的目光往四下里瞧，仔细看一看身旁有没有看守人员，有没有人奉命来监视他，闪着鬼鬼祟祟的目光，怕他悄悄溜掉。可是这样的现象却一点也没有，他看见的只是一些处理琐事的办事员，另外还有些人，可是谁也没把他放在心上，哪怕他现在就走，随便到哪儿去都行。于是他头脑里有个想法越来越坚定：假如昨天那个神秘的人，那个从地底下钻出来的幽灵，确实什么都知道，什么都看见了，那么，难道人家会容许拉斯柯尔尼科夫现在站在这儿，平心静气地等着？难道他们会随他的高兴，愿意十一点钟来，就在这儿等到十一点钟？看起来，要么那个人还没来告密，要么……要么他干脆也是什么都不知道，根本没有亲眼看见（况且他怎么可能看见呢？），那么可见昨天拉斯柯尔尼科夫遇到的又是一个幻影，它被他那兴奋而病态的想象夸大了。这种猜测，甚至在昨天他极其忧虑而且绝望的时候，就已经在他心里滋生了。如今他反复思量这些，准备一场新的搏斗，可恨的是，他却忽然感到自己在发抖，但是一想到他居然在可恨的波尔菲利·彼得罗维奇面前会吓得发抖，简直就怒火中烧，对他来说，最可怕的是他又得跟这个人相见。他对这个人已经恨之入骨，不能自已，甚至担心他这种憎恨一不小心会使他露出马脚。他的愤恨十分强烈，倒一下子就把他的颤抖止住了。他准备带着不甘示弱的冷静神情走进屋去，暗自决定尽量少开口说话，一味冷眼旁观，听别人讲话，至少这一次无论如何也要克制他那动不动就病态地激怒起来的天性。正好这时候，有人来叫他去见波尔菲利·彼得罗维奇了。

原来这时候波尔菲利·彼得罗维奇独自一人待在他的办公室里。他这个房间不大也不小，其中的家具有一个大写字台，在一张蒙着漆布的长沙发前面，另外有张办公桌，墙角上放着一个立柜，还有几把椅子。这些都是公家的家具，用刨光的黄色木料做的。后墙的角落上，或者说得准确点，隔板的角落上，有一道关着的门，可见隔板的另一边必定还有些房间。拉斯柯尔尼科夫一走进屋来，波尔菲利·彼得罗维奇就立刻把进来的那扇门关上，屋里就只有他们两人。他迎接客人的样子看来极其欢畅而殷勤，直到过了好几分钟以后，拉斯柯尔尼科夫才从各种迹象看出他仿佛有点慌张，好像有谁忽然把他闹糊涂了，或者赶上他正在干一件很不愿为外人看见的机密事似的。

“啊，最可敬的朋友！您来了……到我们的领域里来了……”波尔菲利开口说，向他伸出两只手。“好，请坐，老兄！或许您不喜欢人家叫您最可敬的朋友和……老兄，嫌这太tout court[1]？请不要认为这是过于亲近，您坐这儿，坐在长沙发上吧。”

---

1. 法语：亲热。

拉斯柯尔尼科夫坐下，目不转睛地看着他。

“到我们的领域里来了”这话啦，为过于亲近道歉啦，法国话tout court啦，等等，等等，都是很有特色的迹象。“不过，他向我伸出两只手，却一只也没同我握，又及时缩回去了。”他怀疑地暗自想道。

他们两人互相瞧着，然而他们的目光刚刚相遇，两人又如同闪电那么快地移开了各自的目光。

“我把这份申请书给您带来了……关于怀表的……喏，就在这儿，不知写得对不对，或者要重抄一下？”

“什么？申请书？对，对……不用费心，这样就行了。”波尔菲利·彼得罗维奇似乎急于外出，说完这些话，就拿起那张纸，看了一下。“对，这就行了。另外不需要什么了。”他仍然很快地重复说道，把那张纸放在写字台上。

后来，过了一分钟，已经谈别的话了，他又从写字台上拿起那张纸，放到自己的办公桌上去。

“您昨天似乎说过，您打算……正式……问一下我跟那个……遇害的女人是怎样相识的。”拉斯柯尔尼科夫又打算开始往下讲。

“咦，我为什么插进‘似乎’两个字？”这个想法闪电般掠过他的脑子。“咦，我插进了‘似乎’两个字，我为什么这样不安呢？”另一个想法立刻又闪电般掠过他的脑子。

他忽然感到，他刚跟波尔菲利接触，刚说了两句话，刚看了两眼，他自己的猜疑心就已经一下子膨胀起来，大得出奇了……他还感到这危险极了：他的神经已经兴奋起来了，他的激动在逐步增长。“糟了！糟了！……我又要说漏嘴了！”

“是啊，是啊，是啊！您别着急！有的是工夫，有的是工夫。”波尔菲利·彼得罗维奇嘟哝着说，在写字台旁边走来走去，可是显得没有什么目的，似乎时而跑到窗口，时而扑到办公桌跟前，时而又往写字台跑去，时而想避开拉斯柯尔尼科夫怀疑的目光，时而又自己蓦地站住不动，直勾勾地瞧着他。

在这种时候，他那又胖又圆的矮小身材显得异常奇怪，活像一个皮球似的往四面八方滚过去，却立刻让所有的墙壁和角落弹回来了。

“我们有的是时间，有的是时间！……您吸烟吗？您有烟吗？喏，请吸这一支……”他递给客人一支烟，继续说，“您要知道，我在这儿接待您，因为我的宿舍也在这儿，就在隔板的那一边……那是公家宿舍。可是我目前暂时在私人寓所住着。这儿得略略修缮一下。现在差不多要完工了……公家宿舍，您要知道，可真是好东西，不是吗？您认为怎么样？”

“对，是好东西。”拉斯柯尔尼科夫回答说，几乎讥诮地瞧着他。

“好东西，好东西……”波尔菲利·彼得罗维奇连声说着，仿佛忽然想起另一种全然不同的东西似的，“对！是好东西！”他最后几乎嚷起来，忽然抬起眼睛望着拉斯柯尔尼科夫，在离他两步远的地方停住脚。

他这样愚蠢地多次反复说明公家宿舍是好东西，显得俗不可耐，这就跟他现在凝望着客人的严肃而沉思的神秘目光过于不相称了。

然而这越发激起拉斯柯尔尼科夫的愤恨，他再也按捺不住，决定进行讥诮的而且极不慎重的挑衅。

“您知道吗？”他忽然问道，几乎蛮横地瞧着波尔菲利，仿佛觉得越蛮横就越解恨似的，“真的，司法界似乎有这么一种规矩，有这么一套办法……各式各样的侦查人员都奉行不误……他们总是先从远处，从小事讲起，或者也讲严肃的事，只是跟正事全不相干，藉此，可以说，鼓励被讯问的人，或者不如说，岔开他的注意力，弄得他毫无戒备，随后，冷不防，用极其出人意料的方式，提出某个致命的、危险的问题！向他兜头打下去。不是这样吗？大概，在司法界的各种规章和指南当中，至今还神圣地提到这一点吧？”

“对，对……那么，您认为我对您谈起公家宿舍就是这个意思吧……啊？”

说完这话，波尔菲利·彼得罗维奇就眯细眼睛，瞧一瞧，脸上露出一种欢畅而狡猾的神情，于是他额上的皱纹展开，眼睛变小，脸庞拉长，他突然发出一连串神经质的笑声，全身发颤，前仰后合，眼睛直勾勾地瞧着拉斯柯尔尼科夫的脸。拉斯柯尔尼科夫就也稍稍强逼自己笑起来，可是波尔菲利看见他也发笑，自己不禁笑得更欢，脸色也几乎红得发紫。拉斯柯尔尼科夫忽然心生厌恶，顾不得谨慎小心了，他蓦地停住笑声，皱起眉头。波尔菲利笑得很长，而且似乎故意不肯止住，拉斯柯尔尼科夫怀着憎恨久久地盯着他，目不转睛地盯着。不过，双方都显出毫不在乎的神态，所以波尔菲利·彼得罗维奇似乎公然嘲笑他的客人，尽管客人对这种笑声怀恨在心，他却并不因此觉得很难为情。这一点使得拉斯柯尔尼科夫十分注意。他明白，大概波尔菲利·彼得罗维奇刚才就不觉得发窘，正好相反，他拉斯柯尔尼科夫本人倒也许已经上了圈套，这里头分明有文章，有某种目的，只是他还蒙在鼓里罢了，说不定现在一切都已经准备好，马上就要露出底牌，他可就要大祸临头了……

他立刻开口谈正事，而且从座位上站起来，拿起帽子。

“波尔菲利·彼得罗维奇，”他毅然决然地开口说，然而带着相当强烈的气愤口气，“您昨天表达了一种愿望，要我今天到此地来接受某种审问，”他特别着重说出“审问”两个字，“现在我已经来了，要是您有话要问，就请问吧，否则请允许我告退。我没有闲空，我有事要办……我要去参加那个被马车轧死的文官的葬礼，那个文官您……也知道的……”他补充了一句，可是立刻为这种补充生气了，随后又越发冒火，“您听我说，我对这件事早就厌烦了……我有病也多多少少是因为这个缘故……总之，”他差不多嚷起来，感到这句关于病的话讲得越发不恰当，“总之，拜托，您要么审问我，要么就马上放我走……如果您有话要问，那就一定要按程式办事！换别的花样可不成。那么眼下，再见，因为我俩现在没有什么事要做。”

“主啊！您说的这是什么话！我有什么话要问您呢？”波尔菲利·彼得罗维奇突然哇哇地叫道，不论是他的口气还是态度，倏地全变了，而且一下子止住了笑声，“您可别心烦，拜托，”他张罗道，时而又往各处跑，时而突然着手让拉斯柯尔尼科夫坐下，“有的是工夫，有的是工夫嘛。刚才那都是鬼扯淡！我呢，正好相反，看见您终于到我们这儿来了，高兴得很……我是把您当客人来接待的。至于我发出那种该死的笑声，那么您，老兄，罗季昂·罗曼内奇……要原谅我才好，是罗季昂·罗曼内奇吧？您的大名和父名好像就是这个吧？……我是个神经质的人，您的话说得很俏皮，把我逗乐了，有的时候我会笑得浑身乱颤，像个皮球似的，一连笑上半个钟头呢……我这个人就是爱笑。按我的体质来说，我简直担心我会中风。您倒是坐下呀，您怎么了？……请坐，老兄，要不然我就会认为您生气了……”

拉斯柯尔尼科夫没开口，听着，观察着，越发气愤地皱紧眉头。不过，他坐下了，只是手里仍然拿着帽子。

“关于我自己，老兄，罗季昂·罗曼内奇，我有一件事要跟您谈一谈，藉此，可以说，解释一下我的性格。”波尔菲利·彼得罗维奇接着说，满房间走来走去，不过仍然跟先前一样，似乎避免遇到客人的目光。“您要知道，我是单身汉，不常出入上流社会，默默无闻，而且我是个没有前途的人，停在这儿的人，没什么出息了，不过……不过……不过您发现没有，罗季昂·罗曼内奇，我们这儿，也就是在我们俄国，尤其是在我们彼得堡的圈子里，要是有两个聪明人，彼此还不太熟，然而可以说，互相很尊重，喏，就跟现在我和您一样，碰在一起了，那么往往一连半个钟头怎么也找不出谈话的题目来，就那么彼此僵住，坐在那儿，互相觉得别扭。大家都有谈话题目的情况，比方说，太太小姐们见面总有可谈的……比方说，上流社会风度翩翩的人，总可以找到谈话的题目，c'est de rigueur[1]，然而，像我们这种中层的人，也就是有思想的人，却总是不好意思，没有什么话可说……这是什么缘故呢，老兄？究竟是缺乏社会兴趣呢，还是我们太老实，不愿意互相欺骗，这我就不得而知了。啊？您认为怎样？不过您倒是把帽子放下啊，仿佛准备马上走掉似的，真的，这看着可真不舒服……我呢，正好相反，看见您来了，很高兴……”

拉斯柯尔尼科夫就放下帽子，仍然皱着眉头，继续沉默而严肃地听波尔菲利那些东拉西扯的空谈。“莫非他唠唠叨叨，胡扯一阵，真想岔开我的注意力不成？”他暗想。

“我不想请您喝咖啡，这不是地方。可是为什么不能跟一个朋友坐上五分钟，消遣一下呢，”波尔菲利没有住口，喋喋不休地说，“您要知道，所有这些公务……可是，老兄，我老这么走来走去，您可别生气，请您原谅才好，老兄，我生怕得罪您。对我来说，散步简直不可缺少。我总是坐着不动，很高兴能走上这么五分钟……我有痔疮……总打算靠体操来治一治。听说五品文官、四品文官，以至三品文官，都喜欢跳绳呢。事情就是这样，科学在我们这个时代有这种威力……是啊……讲到此地的种种职责，什么审问啦，各式各样的手续啦……喏，老兄，刚才您自己就提到过审问……其实，您要知道，罗季昂·罗曼内奇老兄，这类审问有的时候倒弄得审问者比被审人还要晕头转向……关于这一点，老兄，您刚才已经十分公正而精辟地说过了。（拉斯柯尔尼科夫根本没说过那种话。）自己把自己弄糊涂了！真

1. 法语：这已经成了常规。

的，自己把自己弄糊涂了！老是那么一套，老是那么一套，就跟打鼓声一样！喏，改革正在进行，我们至少也得改换一下名称了，嘿嘿嘿！至于我们司法界的那套办法，刚才您讲得可真俏皮，我完全同意您的看法。嗯，您说说看，对所有的被告，哪怕是穿粗麻布衣服的乡巴佬们，谁不知道，比方说，法官开头总是先提些毫不相干的问题，使他失去警惕性（就跟您那种精彩的说法一样），然后才冷不防，朝他头上打下去，就跟用斧背打一样，嘿嘿嘿！如同您那种精彩的比喻似的，一家伙打在他头顶上！嘿嘿！那么您真的认为我谈公家宿舍是别有用心……嘿嘿！您可真是个爱讥讽的人。喏，我不会那么干的！哦，对了，顺便说一下……一句话引出另一句话，一个思想勾起另一个思想……您刚才讲到审问，还提起程式……其实，按程式办事有什么用？程式，您要知道，在许多情况下都是废话。有的时候，只要像朋友那样随意谈谈，倒能收获不小呢。程式永远不会消失，这一点我请您放心好了。再者，我问您，程式实际上是什么东西呢？侦查官不能每一步都让程式限制住。要知道，侦查官的工作，可以说是一种别具一格的自由艺术，或者诸如此类的东西……嘿嘿嘿！……”

波尔菲利·彼得罗维奇歇一口气。他一直唠唠叨叨，口也不停，时而讲些无聊的空话，时而突然吐出几个像谜一般的字眼，紧跟着又废话连篇。如今他在房间里几乎是跑来跑去，两条肥腿越跑越快，眼睛始终瞧着地下，把右手放在背后，左手不停地挥舞，做出各种手势，每个手势都跟他讲的话非常不相称。拉斯柯尔尼科夫忽然发现，他满房间跑个不停，却有两次似乎在房间旁边停一小会儿，仿佛在谛听……

“莫非他在等一件什么事？”拉斯柯尔尼科夫暗想。

“您讲得的确完全对，”波尔菲利又接下去说，口气快活，异常朴实地瞧着拉斯柯尔尼科夫（因此弄得他不禁打了个冷战，一下子有了戒心），“您那么俏皮地嘲笑司法界那些程式，的确完全讲对了，嘿嘿！我们那些在心理方面用意深刻的办法（当然只指其中的某些办法），是极其可笑的，而且也许是没有用处的，这是说如果太拘泥于程式的话。是的……我又谈起程式来了。喏，如果我在奉命审讯的案子当中认定，或者说得正确点，怀疑某人，也就是这个人，那个人，或者另一个人，是所谓罪犯……您不是在读法律系吗，罗季昂·罗曼内奇？”

“对，读法律系……”

“好，那么可以说，这倒是您将来用得着的一个小小的例子呢，不过话说回来，您可不要以为我要斗胆教导您：要知道，您发表过专论犯罪的大文章呢！不，我是随便说说，把这看作事实，斗胆给您举个小小的例子罢了……喏，比方说，如果我认为这个人，那个人，或者另一个人是罪犯，好，那么请问，纵然我手里已经有他的罪证，我又何必提前惊扰他呢？比方说，有的案子，我得赶快拘捕罪犯，可是有的案子，说真的，却不是这种性质，那我何不让罪犯在城里随意闲遛呢！嘿嘿！哦，我看得出来，您没完全听明白，那我来给您讲得更清楚点。比方说，如果我过早地把罪犯下狱，那我这样做，也许反而给了他所谓的精神支柱，嘿嘿！您笑了吧？”

拉斯柯尔尼科夫根本没有笑的意思。他坐在那儿抿住嘴唇，炽热的目光紧盯着波尔菲利·彼得罗维奇的眼睛。

“不过，要知道，事情就是这样，特别对某些人来说是如此，因为人是各式各样的，而法院对所有的人却只用一种办法。喏，现在您也许要说到罪证。不错，就算有罪证吧！可是话说回来，老兄，罪证大多是正反两面全有理可说的。我呢，是侦查官，因此，我承认，我是个软弱的人，一心想把侦讯工作的结果弄得像所谓数学般的清楚，一心想弄到确凿的罪证，如同二加二等于四一样！一定要是无可争论的直接证据才成！那么，就算我相信罪犯便是他，要是我把他拘捕得不是时候，我也还是等于消灭了进一步揭露他的手段。为什么这样说呢？因为，这样一来，可以说，我就在心理方面给了他明确的地位，让他安下心来，他就此摆脱我，缩进他的壳里去了：他终于明白他已经是个囚徒了。据说，当初在塞瓦斯托波尔，在阿尔玛河战役[1]以后不久，一些聪明人吓得提心吊胆，生怕敌军公然率众进攻塞瓦斯托波尔，立刻把它占领。可是等到那些聪明人看出敌军情愿采取正规的包围方式，开始挖掘第一道战壕，据说，他们高兴得不得了，完全放心了。这就是说，眼前的局面至少还要拖两个月之久，因为要靠正规的包围方式占领城市总得费一段时间！……您又笑了，又不相信？当然，您也是对的，对，对！这都是个别的事例，我同意您的见解。刚才提到的事例确实只能算是个别的！不过，要知道，最善良的罗季昂·罗曼内奇，应当注意的是这一点：司法界一切程式和规章藉以建立和着重考虑的一般案例，虽然写在书里，其实却是根本不存在的，原因是任何案子，或者比方说任何罪行，一旦在现实生活中发生，就立刻变成全然个别的案例，而且有的时候变得跟以前的同类案例迥然不同。在这方面，有的时候也会发生这一类极其可笑的案例呢。喏，要是我把某位先生完全丢下不管，既不拘捕他，也不惊扰他，却叫他随时随地心里明白，或者至少猜疑我已经全都知道，把底细完全摸清，正日日夜夜跟踪他，一刻不停地监视他，要是他心里老是存着疑团和恐惧，那么他一定就会晕头转向，真的，他自己就会来自首，此外也许还会做出什么事来，弄得他的罪行像二二得四那么清楚，具有所谓数学般的精确，那可是令人愉快的，先生。这种情形连在愚昧的庄稼汉那里都会发生，对于我们这班人，知书达理的人，在某一方面很有修

1. 1854年9月8日至20日，在克里米亚战争中，俄国军队在阿尔玛河畔的决定性战役中败北，退守塞瓦斯托波尔。——俄文本编者注

养，那就更不在话下了！因为，好朋友，弄清楚一个人在哪方面有修养，那是件非常重要的事。还有人的神经，神经，您简直把这一点忘掉了！要知道，如今的人都病态，都脆弱，都容易激动!……而且易动肝火，所有这些人多么爱动肝火啊！要知道，我老实跟您说，这些东西，时机一到，在我们就成了取之不尽的矿藏呢！那么他在城里东逛西逛，我又何必担心呢！随他去，随他暂时去逛荡好了，别管他。反正我知道他已经在我的手心里，说什么也逃不脱了！况且他逃到哪儿去呢，嘿嘿！莫非逃到国外去不成？只有波兰人才会逃出国外，他却不会，尤其是因为我在监视他，会采取措施的。或者逃到我们国家的穷乡僻壤去？可是要知道那儿住着庄稼汉，俄国真正的大老粗。要知道，有现代文化修养的人宁可坐监牢，也不愿意跟我们庄稼汉那样的外路人一块儿生活，嘿嘿！不过这都是瞎扯，而且很肤浅。什么叫'逃跑'？这只是在形式上提问题罢了。主要点不在这儿。他之所以不会从我身边逃走，不仅是因为无处可逃，而且因为从心理上说，他逃不出我的手心，嘿嘿！这句话说得多精彩！他纵然有处可逃，可是按照自然规律，他也还是逃不出我的手心。您见过飞蛾扑火吗？喏，他就会像飞蛾似的在我四周飞来飞去，一直这样飞个不停，就跟绕着烛火飞来飞去一样。在他心目中，自由变得不再可爱，他渐渐沉思不语，晕头转向。他弄得自己团团转，就跟落在网里一样。他心惊胆战，吓得要死!……而且，只要我很长一段时间不去碰他，他自己就会给我准备下证据，像数学般精确，就跟二二得四一样。他老是在我四周兜圈子，老是兜来兜去，越飞越近，临了落了网！他照直飞进我的嘴里，我就一口把他吞下去，那可是很愉快的，嘿嘿嘿！您不相信吗？"

拉斯柯尔尼科夫没有答话，坐在那儿呆呆不动，脸色苍白，仍然像先前那样紧张地看着波尔菲利的脸。

"这堂课上得真不错!"他暗想，周身发凉。"这甚至已经不是猫儿耍弄老鼠，像昨天那样了。他不是平白无故向我炫耀力量……要我明白他办事干练得很。他另有目的，不过是什么目的呢？哼，你这是胡闹，老兄，你想吓唬我，你耍手段！你并没有证据，昨天那个人根本不存在！你无非是要弄昏我的头脑，要先把我的神经刺激得受不了，然后就猛一下抓住我的把柄。不过，你这是妄想，你会落空，会落空的！可是他为什么对我暗示到这种程度呢？……莫非他指望我这有病的神经会叫我露出马脚！……不行啊，老兄，你妄想；即使你有所准备，也会落空……好，我们等着瞧瞧你准备了什么花招。”

他就竭力沉住气，做好准备，以便应付未知的大灾难。有的时候，他不由得想扑过去，当场把波尔菲利掐死。刚才他走进屋来的时候，已经担心他这种愤恨会坏事。他感到他的嘴唇干裂，心怦怦地跳，唇边的唾沫干了。可是他仍然决定沉默，不到适当的时候不开口说话，他明白，这是处在他这种境地的上策，因为这样做，他不但不致说错话，而且相反地，这种沉默却会刺激敌人，弄得他也许倒会说错话。至少他希望这样。

“是啊，我看得出来，您不相信，您始终认为我在对您说些无伤大雅的笑话，”波尔菲利接着说，越来越快活，不断地高兴得嘿嘿笑，而且又开始在房间里兜圈子，“当然，您是对的，上帝赐给我这么一副相貌，只能惹得别人生出滑稽的想法，觉得我是个bouf-fon[1]。可是我要跟您说，而且要反复地说，您，罗季昂·罗曼内奇老兄，要原谅我这个老头子才好，您还是个年轻人，所谓风华正茂，因此按照一切年轻人的惯例，最看重人的智慧。活跃的聪明才智和理性的抽象推论总是把您迷住。打个比方，这活像从前的奥地利帝国的军事会议。当然，我只能凭我的军事知识来评断。当时，那些将军在纸面上把拿破仑打败，

1. 法语：丑角。

擒住了，他们在书房里用极其聪明的方式又是计算，又是筹划，可是结果呢，没想到玛克将军带着所有的部队投降了[1]，嘿嘿嘿！我看得出来，我看得出来，罗季昂·罗曼内奇老兄，您在笑我，怪我这个文职官员不该老是从军事史方面举出例子。可是有什么办法呢，这是我的弱点，我喜欢军事，非常爱读那些战争文献……我简直错过了我真正的事业。我原该到军队中去服役才对，真的。也许，我当不成拿破仑，不过做个少校总还办得到，嘿嘿嘿！好，我亲爱的，那么现在，关于那一方面，也就是个别的案例方面，我要把真话一股脑儿告诉您：我的先生，现实生活和人的本性才是最主要的东西，有的时候一下子就推倒了最精明的算计，是啊，您要听我这老头子的话，我是认真说的，罗季昂·罗曼内奇，”波尔菲利·彼得罗维奇几乎还没满三十五岁，可是他一边说着这话，一边倒好像的确显得苍老了，连他的嗓音都变了，身子也仿佛弯腰驼背了，“再者，我是个坦率的人……我是不是坦率的人？您怎么看呢？依我看来，我可是十分坦率的：我把这些话白白讲给您听了，连一点报酬也不要，嘿嘿！好，那么，我接着往下说：聪明才智我也认为是好东西，不妨说，它是大自然的光彩，是生活的安慰，而且，依我看来，它能玩出多么巧妙的花样啊！有的时候，我觉得，它简直能弄得一个可怜的侦查官糊里糊涂，摸不着头脑呢。况且，侦查官本人，像常有的情形那样，往往也让自己的空想弄得晕头转向，因为他到底也是个人嘛！然而，本性总会来解救可怜的侦查官，这也是嫌犯们活该倒霉！那些年轻人，像您极其精辟而且巧妙地形容过的那样，‘越过一切障碍’的时候，一味热衷于他们的聪明才智，根本不会考虑人的本性这一点。比方说，他一上来就撒谎……我指的是当

1. 1805年10月20日，统领奥地利军队的玛克将军率部投降，成为拿破仑的阶下囚，本来奥、英、俄三国同盟对玛克将军是寄予厚望的。——俄文本编者注

事人，个别的案例，incognito[1]……他很会撒谎，狡猾极了，而且一来二去，似乎得了手，尝到聪明才智的果实了，可是扑通一声，在最有趣、最不得当的关头却昏倒在地了。假定说，他本来就有病，有的时候房间里又不通气，可是仍然露了马脚！仍然叫人起疑！他把谎撒得很圆，可是他没有估计到人的本性。这就叫枉费心机！另外一次，他热衷于要弄他的聪明才智，就着手愚弄怀疑他的人，故意装得脸色苍白，仿佛演戏似的，可是又苍白得太逼真，太像真的，这可就又叫人起疑了！虽然他开头能瞒哄人，可是人家如果是个精明的小伙子，过上一夜也就想明白了。要知道，每一步都是这样！而且事情不止于此，他还会处处抢先，不用他管的事偏要管，应该保持沉默的时候反而讲得滔滔不绝，各种隐隐约约的暗示透露出来，嘿嘿！他自己会跑来问道：为什么这么久还不拘捕我？嘿嘿嘿！要知道，这样的事就连聪明绝顶的人都能干出来，什么心理学家啦，文学工作者啦，都不例外！人的本性好比镜子，对了，镜子，又明又亮！您自管瞧着它，欣赏吧！……可是为什么您的脸色这样苍白，罗季昂·罗曼内奇？您觉得屋里气闷吗？要不要把窗子打开？”

“啊，不用操心，劳驾，”拉斯柯尔尼科夫叫道，忽然放声大笑，“劳驾，您不用操心了！”

波尔菲利在他面前站住，等了一下，突然也跟着他放声大笑。

拉斯柯尔尼科夫离开长沙发站起来，猛地打住他那完全出于精神失常的笑声。

“波尔菲利·彼得罗维奇！”他大声说道，咬字清楚，然而两条腿抖得几乎站不住，“我到底总算看明白：您确实怀疑我杀害了那个老太婆和她妹妹丽扎维达。就我来说，我要声明一句，这一套早就惹得我

1. 拉丁语，在此指“姑隐其名”。

厌烦了。不过如果您认为您有权对我合法起诉，那就起诉好了。要拘捕我就拘捕我。可是当着我的面嘲笑我，折磨我，我却不答应。”

他的嘴唇蓦地颤抖起来，他的眼睛燃起怒火。他一直压抑的嗓音也放开来了。

“我不答应！”他忽然大叫一声，使出全身力气把拳头砸在桌子上，“您听见了吗？波尔菲利·彼得罗维奇？我不答应！”

“哎呀，主啊，又怎么了！”波尔菲利·彼得罗维奇叫道，看来十分受惊吓，“老兄！罗季昂·罗曼内奇！亲爱的！我的恩人！您这是怎么了？”

“我不答应！”拉斯柯尔尼科夫又一次嚷道。

“老兄，小点声！人家会听见，跑来的！到那时候，您想想看，我们对他们怎么说呢！”波尔菲利·彼得罗维奇把脸凑近拉斯柯尔尼科夫的脸，吓得低声说。

“我不答应！我不答应！”拉斯柯尔尼科夫信口反复嚷道，不过嗓音也一下子降得很低了。

波尔菲利赶快扭转身，跑去推开窗子。

“放点空气进来，新鲜空气！再者您也得喝点水，亲爱的，要知道这是神经出差错了！”说着，他就跑到门口去，本想叫人拿水来，可是那边墙角上正巧放着一瓶清水。

“老兄，喝点吧，”他拿着那瓶水跑到他跟前，低声说，“也许喝点水会有好处……”

波尔菲利·彼得罗维奇的受惊吓和同情表现得极其自然，以致拉斯柯尔尼科夫不再作声，光是带着强烈的好奇心瞧着他。不过，拉斯柯尔尼科夫没有接过水来。

“罗季昂·罗曼内奇！亲爱的！请您相信我的话，您这样会弄得自己神经错乱的，唉！唉！您喝一点吧！哪怕喝一两口也是好的！”

他到底还是把一杯水塞在他的手里。拉斯柯尔尼科夫本来顺手要把那杯水送到唇边去，可是紧跟着清醒过来，就厌恶地把它放在桌子上了。

“是啊，您在我们这儿已经发过一次病了！这样一来，好朋友！您原先的病可就又要发了。”波尔菲利·彼得罗维奇哇哇地嚷着，带着友好的同情口气，然而神态还是有点慌张。“主啊！您怎么这样不知道保重？喏，德米特利·普罗科菲伊奇昨天到我这儿来过……我同意，我同意，我确实有那么一种冷嘲热讽的坏脾气，可是他们由此得出什么结论来了呢！……主啊！昨天，他是在您走后来的。我们一块儿吃饭，他一个劲儿地讲话，我听得只好摊开手，败下阵来。喏，我想……唉，主啊！莫非他是从您家里来的？您倒是坐下啊，老兄！看在基督分上，您坐下！”

“不，他不是从我那儿来的！不过我知道他到您这儿来，也知道他是干什么来的。”拉斯柯尔尼科夫尖刻地说。

“您知道？”

“知道。咦，那又怎么样？”

“就是这样，罗季昂·罗曼内奇老兄，您干过的丰功伟绩，我知道的还不止于此呢。我全知道，先生！是啊，我知道您去租那个寓所的事，那是晚上，天都黑了。您老是拉门铃，后来问起那摊血，后来把工人和扫院人闹糊涂了。不过，我是了解您当时的心情的……是啊，照这样下去，您准定会把自己弄得发疯，真的！您会晕头转向！由于受的委屈，您心里已经满是高尚的愤慨，先是遭到命运的打击，后来又遭到警察分局副局长的凌辱，于是您东奔西跑，可以说，要逼着人们把话说出来，藉此一下子了结这件事，因为这些蠢事和这些怀疑已经惹得您厌烦了。不是这样吗？我猜中您的心情了吧？……不过这样一来，您不但弄得自己，而且也弄得我的朋友拉祖米欣晕头转向了。是啊，他心地过于善良，受不了这种折磨，这您自己知道。您有病，他呢，是个好心人。他很容易传染上您这种病呢……老兄，等您平静下来，我再给您讲……可是，看在基督分上，您倒是坐下呀，老兄！请您务必歇息一下，您的脸一点血色都没有了，您坐一会儿吧。”

拉斯柯尔尼科夫就坐下，他的颤抖已经过去，可是浑身发烧。他紧张地听波尔菲利·彼得罗维奇讲话，同时又瞧见他惊慌失措，好心地照料他，不由得深深感到诧异。他对波尔菲利·彼得罗维奇的话一句也不相信，可是他暗中又生出一种奇怪的心意，想相信那些话。波尔菲利出人意料地讲起寓所的事，这使他大为震惊。“那么，我去那个寓所的事，他是怎么知道的？”他突然暗想，“如今他自己倒对我讲出来了！”

“是啊，在我们的司法工作中，就有过这种属于心理学方面的现象，几乎跟这完全一样。那是个纯粹病态心理的案子，”波尔菲利接着很快地说，“也是有个人口口声声说他犯了杀人罪，而且说得很死！其实他讲的全是他的幻觉。他摆出事实，讲出作案的经过，弄得所有的人都迷迷糊糊，上了当。这是为什么？就因为他自己无意中多多少少牵连在一个杀人案中，然而也不过是多多少少罢了。当他听说他让杀人犯们钻了空子，就心里难过，迷迷瞪瞪，生出种种幻想，完全着了魔，于是暗自相信他就是杀人犯！后来，最高一级的枢密院总算查明案情，判这个不幸的人无罪释放，交人妥善照料。多亏最高一级的枢密院救了他！哎，哎！是啊，您照这样下去，怎么得了，老兄？照这样下去，既然您存心要刺激您的神经，深夜跑去拉人家的门铃，又问起那摊血，那您会患热病的！要知道，这种心理学我在工作中可是研究透了，先生。照这个样子，人有的时候会一心想从窗子里跳出去或者从钟楼上跳下去，那种心意可是难忍难熬呢。就连拉门铃也会惹出这类事的……这是病态，罗季昂·罗曼内奇，这是病态！您简直把您的病态不放在心上了，先生。您应该请个有经验的大夫看看病，您那个胖家伙有什么用？……您，神志昏迷！您干出这种种的事，无非是因为您神志昏迷罢了！……”

一时间，拉斯柯尔尼科夫四周的东西不断地旋转起来。

“难道，”他脑子里闪过一个想法，“难道现在他还在说假话？不可能，不可能！”他丢开了这个想法，因为他已经预先感到这种想法会惹得他心头火起，暴跳如雷，感到他在盛怒之下真会神经错乱。

“这不是神志昏迷，我是神志清醒的！”他嚷道，运用他理智的全部力量要看透波尔菲利在玩什么把戏。“我清醒得很，清醒得很！您听见了吗？”

“对，我明白，我听见了，先生！您昨天就说您没有神志昏迷，甚至一口咬定没有神志昏迷！凡是您能说出口的，我全懂，先生！唉！……您听我说，罗季昂·罗曼内奇，我的好人。喏，至少有这么一种情形您该听我讲一讲。要知道，如果您确实真正犯下了罪，或者跟这件该诅咒的案子多少有点关系，那么，上帝啊，您还会亲口咬定说，您不是因为神志昏迷才干出这些事，反而说自己神志十分清醒吗？而且还把话说得特别死，毫不改口，坚持到底，喏，上帝啊，能有这样的事，能有这样的事吗？依我看来，事情会截然相反。要知道，如果您心里有愧，您就应当坚持说您确实神志昏迷！不是吗？不是一定会这样吗？”

这句问话带点狡猾的味道。拉斯柯尔尼科夫看波尔菲利弯下腰来凑近他，就把身子退到长沙发的靠背上，一言不发，定睛看着波尔菲利，心里纳闷。

“或者，比方说，关于拉祖米欣先生的事，也就是说，他昨天到这儿来谈那些话，究竟是他自己来谈的，还是受您的指使？那您一定会说是他自己来的，隐瞒您的指使！不料您根本就不隐瞒！您偏偏强调说他是受您的指使！”

拉斯柯尔尼科夫从来没有强调过这一点。他背上掠过一股寒气。

“您一直说假话，”拉斯柯尔尼科夫慢吞吞地说，声音微弱，撇着嘴唇苦笑一下，“如今您又要指出，我玩的花招您全懂，我回答的话您事先全料到，”他说着，自己也几乎觉得不能再斟酌词句了，“您打算把我吓唬住……或者干脆就是嘲笑我……”

他一面讲，一面仍然定睛瞧着波尔菲利。忽然，他那对眼睛里又燃起无边的怒火。

“您老是说假话！”他叫道。“您自己就知道得很清楚：犯罪人认为最好的计策就是尽量不隐瞒事实，凡是可以不隐瞒的就不隐瞒。我不相信您！”

“您这个人心眼儿可真多！”波尔菲利说，嘻嘻地笑起来，“老兄，拿您可真没办法。您得了一种偏执狂。那么您不相信我？可是我要对您说，您已经相信我了，不过只相信一点点，我呢，却要叫您完全相信我，因为我真心喜欢您，真心巴望您好！”

拉斯柯尔尼科夫的嘴唇颤抖起来。

“是啊，我最后要对您说，我巴望您好，先生，”波尔菲利继续说，友好地、轻轻地拉住拉斯柯尔尼科夫的一条胳膊，抓住肘部上方，“我最后要对您说，先生：您得注意您的病。再者，现在您家里的人来找您了，您得顾到她们。您应该叫她们安心，舒舒服服地过日子，可是您光是吓唬她们……”

“这关您什么事？这些事您是怎么知道的？为什么您这么感兴趣？那么您一直在监视我，而且有意叫我领会这一点吧？”

“天哪！可是这些事我都是从您嘴里，从您自己嘴里听到的。您简直没注意，您一激动，就把种种事情当着我和别人的面全讲出来了。昨天拉祖米欣先生，就是德米特利·普罗科菲伊奇到我这儿来，我也听到很多有趣的详情。不行，刚才您把我的话打断了，我是想说：尽管您机智敏锐，可是因为您多疑，您对事物简直就失去了正确的判断力。喏，比方说，再拿拉门铃那件事来看，那可是条宝贵的线索，真正的事实（那可是个了不起的事实），我呢，却一五一十全给您讲了，而我可是个侦查官啊！您竟然没有从中看出点苗头？但凡是我对您存着一点怀疑，我会这么干吗！正好相反，那我就应当先解除您的疑虑，决不露出我已经知道这件事的实情，把您的注意力岔开，引到相反的方面去，然后，突然间，像用斧背砸在头顶上一样（这是学您的说法），冷不防质问您道：'先生，您晚上十点多钟，差不多快到十一点了，跑到遇害者的住所去有什么贵干？为什么拉门铃？为什么问起那摊血？为什么把那些扫院人闹糊涂，而且要叫他们跟您一块儿到警察分局去见中尉警官？'哪怕我对您还存着一丁点怀疑，我就应当这么干才是。我应当依法记下您的供词，搜查您的住处，另外也许还应该拘捕您才对……既然我没这么干，那就可见我没怀疑您！可是您已经丧失了正确的判断力，而且什么事情都看不明白了，我要再说一遍！"

拉斯柯尔尼科夫全身一震，波尔菲利·彼得罗维奇不仅瞧出来了，而且极其清楚地瞧出来了。

"您一直说假话！"拉斯柯尔尼科夫嚷道，"我不知道您抱着什么目的，反正您一直说假话……您刚才就不是这种意思，我不会听错……您在说假话！"

"我说假话？"波尔菲利跟着说，分明生气了，但还是保持着极其快活的讥笑样子，似乎拉斯柯尔尼科夫无论对他有什么看法，都不关他的痛痒。"我说假话？……好，那么刚才我是怎样对待您的？我可是侦查官啊，我亲自指点您，教给您种种辩护的办法，亲自供给您这种心理上的一切理由：什么有病啦，神志不清啦，受了委屈啦，心情郁闷啦，警察分局局长闹的啦，等等。不是吗？嘿嘿嘿！不过，我顺便说一句，这种种心理学方面的辩护办法、托词、诡辩，却也极不可靠，而且两面都说得通：什么有病啦，神志不清啦，幻觉啦，心神恍惚啦，记不得啦，话是不错的，可是，老兄，在病中，在神志不清的时候，为什么单单有这样的幻觉而不是另一样的呢？不是也可能有另一样的吗？对不对？嘿嘿嘿嘿！”

拉斯柯尔尼科夫高傲而轻蔑地瞧了他一眼。

“总之，”拉斯柯尔尼科夫坚决地大声说道，站起来，顺手把波尔菲利推开一点，“总之，我想知道您是不是认为我完全没有嫌疑了。您说吧，波尔菲利·彼得罗维奇。您干脆说一句，最后说一句，快点说，马上就说！”

“这可真是麻烦事！唉，跟您打交道可真是麻烦。”波尔菲利嚷道，表面上十分快活，狡猾，毫不慌张。“可是，既然谁也没有动您一根毫毛，您干吗要知道这些，干吗要知道这么多呢？您活像个小娃娃，一个劲儿央求！把火给我，让我拿在手里！为什么您这样不放心？为什么您死乞白赖地问我，这是什么缘故？啊？嘿嘿嘿！”

“我再对您说一句，”拉斯柯尔尼科夫怒气冲冲地嚷道，“我再也不能忍受……”

“不能忍受什么？您指的是不明不白的局面？”波尔菲利打断他的话说。

“用不着挖苦我！我不要听！……我对您说一句！我不要听！……我听不下去，也不要听！……您听明白！听明白！”他叫道，又举起拳头捶一下桌子。

“可是小声点，小声点！人家会听见的！我郑重地警告您一句：您得多多保重。我不是开玩笑，先生！”波尔菲利低声说着，可是这一回他脸上已经没有先前那种婆婆妈妈的心慈和惊慌的神情了。正好相反，他现在是干脆下命令，口气严厉，皱起眉尖，仿佛一下子驱散了原有的那种神秘莫测和暧昧不明的气氛似的。

不过这只是一瞬间的事。受窘的拉斯柯尔尼科夫突然大发脾气，可是说来奇怪，他又听从命令，把嗓音放低了，其实他心里正火冒三丈。

“我不许人折磨我，”他蓦地像先前那样低声说道，想到他不能不服从命令，心里又是难过又是恨，而且这样一想，他的火气就更大了，“您自管拘捕我，搜查我，可是请按法令办事，不要捉弄我，不准您这么干……”

“您别去管什么法令不法令，”波尔菲利打断他的话，露出原先那种狡猾的笑容，甚至似乎兴致勃勃地欣赏起拉斯柯尔尼科夫来，“我这次约您来，老兄，原是为了随便叙谈一下，完全是出于友情！”

“我不要您的友情，我要啐它一口吐沫！听见了吗？瞧，我要拿起帽子走了。哼，要是您打算逮捕我，现在还有什么好谈的呢？！”

他拿过帽子来，往门口走去。

“有个您会感到意外的人，您不想看一眼吗？”波尔菲利呵呵地笑着说，又抓住拉斯柯尔尼科夫的胳膊肘上方，在门口把他截住。

看上去，波尔菲利变得越来越快活，调皮，这就惹得拉斯柯尔尼科夫简直按捺不住心里的火气了。

“什么意外的人？究竟怎么回事？”他问道，忽然停住脚，惊恐地瞧着波尔菲利。

“那是个小小的意外的人，就在这儿，在我房门里边坐着呢，嘿嘿嘿！”他伸手指一下隔板上的房门，门里就是他的公家宿舍。“我已经把门锁上，免得他跑掉。”

“究竟怎么回事？在哪儿？什么人？……”拉斯柯尔尼科夫走到房门跟前，想打开门，可是门锁着。

“门锁着呢，钥匙在这儿！”

果然，波尔菲利从衣袋里取出钥匙，拿给他看。

“你一直在说假话！”拉斯柯尔尼科夫再也忍不住，嚷起来，“你说假话，该死的小丑！”他并且向波尔菲利扑过去，波尔菲利往门口退去，然而丝毫也没有胆怯的样子。

“我全明白，全明白！”拉斯柯尔尼科夫跑到他跟前说。“你说假话，要弄我，要我露出马脚来……”

“您已经用不着再露出什么马脚了，罗季昂·罗曼内奇老兄，您已经暴跳如雷了。别嚷了，要不然我就叫人来，先生！”

“你说假话，什么事也不会有！你叫人好了！你知道我有病，就存心刺激我，把我气得发昏，要我露出马脚，这就是你的目的！不行，你得拿出事实来！我全明白了！你没有事实，只有些浅薄无聊的揣测，像扎麦托夫一样！……你知道我的性情，有意把我气疯，随后就找来教士和代表，一下子把我制服……你就在等他们吧？啊？你在等什么？他们在哪儿？叫他们尽管来嘛！”

“哎，哪有什么代表，老兄！人可真能想入非非！照您说的按法令办事，可不能这么干呀。亲爱的，您不懂得事情该怎么办……至于法令，反正到该用的时候就会用，您自会看见的！……”波尔菲利唠叨道，同时听房门那边的响声。

果然，这时候，通到隔壁房间去的门口那边响起了嘈杂声。

“啊，他们来了！”拉斯柯尔尼科夫嚷道，“是你派人把他们叫来的！……你在等他们！你指望这样……好，那就把代表啦，证人啦，你要找的人啦……统统叫来吧！我准备好了！准备好了！……”

可是这时候发生了一件奇怪的事，简直出人意料，违背常情，当然，拉斯柯尔尼科夫也罢，波尔菲利·彼得罗维奇也罢，都不可能料到他们的会晤会这样结束。

第六章

事后，每逢拉斯柯尔尼科夫回忆这个时刻，他总想起事情是这样发生的：

当时，房门那边的嘈杂声很快地响起来，房门略为推开了一点。

“怎么回事?”波尔菲利·彼得罗维奇烦恼地喊道。“我事先不是交代过吗……”

一时间没有人回话。不过，显然，门旁有好几个人，仿佛在推开另外一个人似的。

“到底是怎么回事啊?”波尔菲利·彼得罗维奇不安地又叫一遍。

“拘留犯尼古拉押来了。”门旁响起一个人的说话声。

“不要他来！走开！叫他等着!……他跑到这儿来干什么？真是乱了套!”波尔菲利赶快往门口奔去，喊道。

“可是他……”那个说话声又讲起来，随后却忽然停住了。

接着发生了真正的搏斗，前后不过两秒钟光景。后来，好像忽然有人用力推开另一个人，紧跟着就有一个面色惨白的人直接走进波尔菲利·彼得罗维奇的办公室里来了。

乍看上去，这个人的样子很奇怪。他直着眼睛瞧着前面，可是仿佛一个人也没看见。他的目光里闪着果断的神情，然而同时又面如死灰，就跟正被押上刑场似的。他的嘴唇格外苍白，微微颤抖。

他年纪还很轻，装束像个老百姓，身材中等，生得精瘦，头发剪成一个圆圈，脸庞清秀而且似乎干瘪。那个被他突然推开的人先是追着他跑进房间里来，已经一把抓住他的肩膀和胳膊，那个人是个看押兵，然而尼古拉猛地抽回胳膊，又挣脱了他。

门口拥挤着几个好奇心重的人。其中有人想冲进来。上述种种，几乎可以说是在一瞬间发生的。

“出去，你来得还太早！等人叫你来，你再来！……为什么这样早就把他押来？”波尔菲利·彼得罗维奇极其烦恼地嘟哝着说，似乎给闹糊涂了。

可是尼古拉突然跪倒在地。

“你这是干什么？”波尔菲利惊讶地叫道。

“都是我的错！我有罪！我是杀人犯！”尼古拉忽然说，似乎有点喘不过气来，可是嗓音相当响。

大家沉默了十秒钟之久，似乎都愣住了。连看押兵也闪开，不再走到尼古拉跟前去，信步退到门口，站在那儿不动了。

“怎么回事？”波尔菲利·彼得罗维奇发了一阵呆，清醒过来，嚷道。

“我是……杀人犯……”尼古拉沉默片刻，又说一遍。

“怎么……你……怎么……你把谁杀了？”波尔菲利·彼得罗维奇分明茫然失措了。

尼古拉又沉默一会儿。

“我把阿辽娜·伊凡诺芙娜和她的妹妹丽扎维达·伊凡诺芙娜杀了。我……用斧头……砍死的。我一时糊涂……”他忽然补充一句，又沉默了。他一直跪在那儿。

波尔菲利·彼得罗维奇站了一会儿，仿佛在沉思，不过后来又蓦地打起精神，对那些不约而来的见证人频频挥手。那些人就一下子走掉，把房门关上了。随后他看了看站在墙角的拉斯柯尔尼科夫，拉斯柯尔尼科夫正纳闷地瞧着尼古拉。波尔菲利本想走到他跟前去，可是忽然停住脚，瞧他一眼，然后立刻把目光移到尼古拉身上，过后又移到拉斯柯尔尼科夫身上，后来又移到尼古拉身上，最后似乎按捺不住了，忽然又向尼古拉扑过去。

“你干吗这么急着要说什么你一时糊涂？”他几乎气愤地对他嚷道。“我还没问你是不是一时糊涂……你说吧：你杀了人？”

“我是杀人犯……我招供……”尼古拉说。

“嘿！你用什么东西杀人的？”

“用斧头。我预先准备的。”

“嘿！他可真着急啊！一个人干的？”

尼古拉没听懂这句问话。

“是你一个人杀的吗？”

“是我一个人。米季卡[1]没罪，这件事跟他全不相干。”

“你先别急着扯米季卡！唉！……”

随后波尔菲利问道：[2]

“那么你，是啊……当时你是怎么从楼梯上跑掉的？扫院人不是遇见过你们两个人吗？”

“当时……我要打马虎眼……就跟米季卡一块儿跑掉了。”尼古拉仿佛事先已经做好准备，急匆匆地说。

“嗯，一点也不错！”波尔菲利气愤地叫道。“他说的不是他心里的话！”他似乎自言自语地唠叨着，忽然又看见拉斯柯尔尼科夫。

他分明专心管尼古拉的事，一时间竟把拉斯柯尔尼科夫忘掉了。现在他才忽然清醒，甚至发窘了……

1. 他的伙伴德米特利的昵称。
2. 这句话是译者加的，否则似不易读懂。

“罗季昂·罗曼内奇老兄！对不起，”他跑到拉斯柯尔尼科夫跟前说，“这样可不行。请您回去吧……您不必再待在这儿了……连我自己也……您瞧，多么出人意料啊！……请回吧！”

他拉住拉斯柯尔尼科夫的胳膊，对他指指门口。

“您似乎没料到这样的事吧？”拉斯柯尔尼科夫说。他当然还没把这件事了解清楚，不过总算已经精神抖擞了。

“而且您，老兄，也没料到。看您的手都发抖了！嘿嘿！”

“您也发抖了，波尔菲利·彼得罗维奇。”

“我也发抖了。我没料到啊！……”

他们已经在门口站住。波尔菲利着急地等着拉斯柯尔尼科夫走掉。

“那么您不想让我看那个意外的人了？”拉斯柯尔尼科夫忽然说。

“他一边说话，一边嘴里的牙齿还在上下打架呢，嘿嘿！您可真是个好讽刺的人喔！好，再见。”

“依我看来，应当说别了。”

“随上帝的意思吧，随上帝的意思吧。”波尔菲利嘟哝着，脸上露出苦笑。

拉斯柯尔尼科夫穿过办公室，发现那儿有许多人定睛瞧着他。他走到前室，在那儿的人群当中认出那所房子的两个扫院人，也就是那天晚上他招呼过要一块儿到警察分局去的那两个人。他们站在那儿，不知在等什么事。可是拉斯柯尔尼科夫刚刚走到楼梯上，却忽然听见身后又传来波尔菲利·彼得罗维奇的说话声。他回转身来，看见后者向他跑过来，呼呼地喘气。

“还有一句话要跟您说，罗季昂·罗曼内奇。关于别的事，那都随上帝的意思吧，不过按法令办事，却还有几个问题要问一问……那么我们还要见面的，就这样。”

波尔菲利在他面前含笑站住。

“就这样。”他又补充一句。

看得出来，他另外还有话要说，可是不知怎么没说出口。

“那么您，波尔菲利·彼得罗维奇，要原谅我刚才的态度……我过于急躁了。”拉斯柯尔尼科夫开口说。他已经精神抖擞，一心想显一显身手。

“没关系，没关系……”波尔菲利几乎高兴地接过他的话说。“我自己也不行……我的脾气爱挖苦人，很抱歉，很抱歉！那么我们会再见面的。要是上帝有意的话，那我们还会见很多次面呢！……”

“为的是彼此彻底了解？”拉斯柯尔尼科夫跟着说了一句。

“为的是彼此彻底了解。”波尔菲利·彼得罗维奇应和道，眯细眼睛，格外严肃地瞧着他。“现在您是去参加命名日宴会吧？……”

“是去参加葬礼。”

“哦，我说错了，是去参加葬礼！您要保重身体，保重身体啊……”

“我呢，简直不知道该祝福您什么好了，”拉斯柯尔尼科夫接过他的话说，他本来已经举步下楼，可是忽然又朝波尔菲利那边回转身来，“我本该祝福您取得大的成功，可是话说回来，您要知道，您的职务多么滑稽可笑！”

“怎么见得滑稽可笑呢？”波尔菲利·彼得罗维奇说，他本来也已经要转身走了，这时候却立刻竖起耳朵听。

“喏，就拿那个可怜的尼古拉来说，您原来一定用您的方法，在心理方面逼他，折磨他，非要他招认不可。您一定黑夜白日地向他证明说：‘你就是杀人犯，你就是杀人犯……’好，现在他招认了，您却又着手折腾他，说：‘你胡说，杀人犯不是你！你不可能是杀人犯！你说的不是你心里的话！’好，既然这样，这种职务还怎么能不滑稽可笑呢？”

“嘿嘿嘿！那么您真听见我刚才对尼古拉讲，讲他‘说的不是心里话’了？”

“怎么能不注意呢？”

“嘿嘿！机智敏锐，机智敏锐啊。您样样都注意到了！您头脑真称得上活跃！您一下子就抓住了极可笑的一面……嘿嘿！据说，在作家当中，果戈理就有这么一种非常显著的特点？”

“对，果戈理是这样。”

“对，果戈理就是这样……那么希望以后会极其愉快地再见面。”

“希望极其愉快地再见面……”

拉斯柯尔尼科夫照直走回家去。他心里又糊涂又慌乱，一回到家就在长沙发上坐下，坐了一刻钟，光是休息，极力设法把思路理清。关于尼古拉，他不打算多想，他感到震惊，觉得尼古拉的招供有点惊人，无法解释，他无论如何也不能理解。然而尼古拉招供又是确凿的事实。这个事实的后果会怎样，他却一下子看清楚了：谎言不会不败露，到那时候他们就又要来找他。不过在那以前，他至少还是自由的，那他一定要马上料理好自己的事情，因为危险是在所难免的。

可是，究竟危险到什么程度呢？局势渐渐明朗了。他草草地、粗略地回想了一下他刚才跟波尔菲利相会的整个情景，不能不又一次吓得打个寒噤。当然，他还不知道波尔菲利的全部目的，还不了解他刚才的种种打算。不过这场赌博已经有一部分见了分晓，当然，谁也不可能比拉斯柯尔尼科夫更了解波尔菲利在这场赌博中“打的牌”对他来说是多么可怕。如果再拖长点时间，他就可能完全暴露自己，真正地暴露自己了。波尔菲利明白他有病态的性格，第一眼就看透他，抓住他的毛病，虽然干得太猛了一点，却几乎击中了要害。无可争论，拉斯柯尔尼科夫刚才已经破绽百出，然而毕竟还没泄露什么事实，那么一切都只是蛛丝马迹罢了。不过他对刚才的局面理解得正确吗？正确吗？他没弄错吗？今天波尔菲利究竟想要得到什么结果呢？今天他确实准备了一件什么事吗？而且到底是什么事呢？他真的等着什么事发生呢，还是并无此事？要不是出了尼古拉那个意外的乱子，今天他们究竟会怎样分手呢？

波尔菲利几乎把他所有的牌都摊出来了，当然，这是冒着风险的，可还是摊出来了，而且（拉斯柯尔尼科夫始终这样觉得）要是波尔菲利另外真还有什么牌，他也会摊出来的。那个“意外的人”到底是谁呢？莫非是开玩笑？这有什么意义没有呢？这当中是不是隐藏了一种类似事实的东西，一种可靠的罪证呢？是昨天那个人吗？那么他跑到哪儿去了？今天他在哪儿？是啊，如果波尔菲利手里有什么可靠的证据，当然，那也一定跟昨天那个人有关系……

他坐在长沙发上，垂下头，把胳膊肘撑在膝盖上，用手蒙上脸。他全身的神经性颤抖还没停。最后，他站起来，拿起帽子，想了想，往门口走去。

他隐约预感到，至少今天他几乎可以肯定地认为他没有什么危险。他心里忽然有了一种近乎欢乐的感觉！他想赶快到卡捷莉娜·伊凡诺芙娜家里去。不用说，葬礼的宗教仪式他来不及参加了，可是丧宴还赶得上，而且他马上就会在那儿见到索尼雅。

他停下来，沉吟一下，唇边露出了病态的笑容。

“今天！今天！”他暗自反复说着，“对，就在今天！就得这样……”

他刚要推开房门，不料房门忽然自己开了。他打了个冷战，往后倒退，房门慢慢地、轻轻地开了，倏地出现了一个人影，就是昨天那个从地底下钻出来的人。

那个人站在房门口，默默地瞧着拉斯柯尔尼科夫，往房间里跨了一步。他跟昨天一模一样，还是那样的身材，还是那样的装束，可是他的脸和目光却发生了很大的变化：看上去，他现在有点闷闷不乐。他站了一会儿，长叹一声。他只差用手托住腮帮子，把头歪向一边，就完全像个农村妇女了。

“您有什么事？”拉斯柯尔尼科夫吓得半死，问道。

那个人沉默片刻，忽然深深地一鞠躬，几乎碰到地。至少，他右手的手指已经碰到地面了。

“您怎么了？”拉斯柯尔尼科夫嚷道。

“我有错。”那个人轻声说。

“什么错？”

“起了坏心思。”

两个人四目相视。

“我一直不痛快。那天您到我们那儿去，也许喝醉了酒，一会儿问起那摊血，一会儿又叫扫院人到警察分局去，我心里就不痛快，因为他们把您当作醉汉，白白放您走了。我不痛快极了，晚上连觉也睡不着。不过您的地址我们倒记住了，昨天就到这儿来，问了问您的情形……”

“是谁来的？”拉斯柯尔尼科夫打断他的话说，立刻开始回忆。

“就是我。我错怪了您。”

“那么您就住在那幢房子里？”

“我就住在那儿，当时跟他们一块儿站在大门口，也许您记不清了。我在那儿住了多年，干我的手艺。我是毛皮匠，小市民，把活儿拿回家干……最惹我不痛快的是……”

拉斯柯尔尼科夫忽然清楚地想起前天在大门口的整个场面。他回想到当时除了扫院人以外，那儿还站着好几个人，甚至还有女人。他想起有个人说，要把他直接送到警察分局去。说这话的人的脸，他已经记不得，甚至现在也认不出来了，可是他还记得当时他对那个人扭过头去，回答了一句什么话……

原来，昨天那吓人的场面就这样得到了解答。最可怕的是，他想到为这么微不足道的一件小事，他真的几乎遭了殃，几乎断送了自己。那么，这个人除了说他要租寓所，说他问到那摊血以外，不可能讲出什么别的话来。因此，波尔菲利手里也是什么都没有，什么都没有，除了神志昏迷，除了正反两面都可以解释的心理状态以外，什么事实也没有，一点确切的证据也没有。可见，如果没有再多的事实揭出来（而且那些事实也断然不会再揭出来，断然不会，断然不会！），那么……那么他们拿他有什么办法？就算把他逮捕了，最后又能怎样定他的罪呢？再者，可见，波尔菲利直到现在，直到现在才知道寓所的事，这以前他根本不知道。

"那么您今天对波尔菲利讲过……说我到那儿去过？"他突然想到这一点，吃了一惊，叫起来。

"哪个波尔菲利？"

"就是侦查官。"

"我讲过。当时扫院人没到那儿去，我却去了。"

"是今天去的？"

"就在您去以前不一会儿。所以他怎么折腾您，我全听见，全听见了。"

"在哪儿？怎么回事？什么时候？"

"就在那儿，在他的隔板后边，我一直坐在那儿。"

"怎么着？原来您就是那个意外的人？不过怎么可能有这种事呢？哪能呢！"

"当时，我看出扫院人不肯照我的话办，"小市民开口说，"因为他们说，要办也已经太迟，也许警官还会生气，怪他们那天晚上没去报告。我呢，心里不痛快，睡不着觉，就着手打听。昨天我打听清楚，今天就去了。我头一次去，他不在。过了一个钟头我又去，他不见我。第三次去，他才放我进去。我就把事情一五一十报告一遍。他呀，满房间跑来跑去，不停地伸出拳头捶胸口，说：‘你们这些强盗，怎能这样办事！要是我早知道有这样的事，我就打发押解兵把他押来了！’后来他就跑出去，找来一个人，跟他一块儿在墙角上商量什么，后来又走到我跟前，再问我话，骂我。他数落我不少话。我干脆把样样事情都讲给他听，说我昨天跟您讲过什么话，您呢，一句话也没回答，您没认出我来。等我讲完，他又跑个不停，一个劲儿捶胸口。他又是生气又是跑，直到有人来通报说您来了，好，他才对我说：你到隔板后边去，暂时在那儿坐着，不管听见什么话都别动。他亲自端了把椅子给我送去，把我的门锁上。他说，也许我过一会儿再叫你出来。一直到尼古拉押来，您走了，他才放我出来。他说，以后我还要找你来，还有话要问你……”

“你在那儿的时候，他审问尼古拉了吗？”

“他刚把您放走，就马上也把我放了。这以后他才开始审问尼古拉。”

小市民停住口，忽然又鞠躬，手指碰到了地板。

“请您原谅我对您起了坏心思，说了您的坏话。”

“上帝会饶恕您的。”拉斯柯尔尼科夫回答说。他刚说完，小市民又对他鞠躬，不过这回不是一躬到地，只是伛一下腰了。他鞠完躬，就慢吞吞地转过身，走出房外去了。

“这些事都可以做正反两面的解释，现在是样样事情都可以做正反两面的解释了。”拉斯柯尔尼科夫反复说着，走出房外，觉得比以前任何时候都更加精神抖擞。

“现在我们还要较量一下呢。”他愤恨地笑着说，走下楼去。他是恨他自己，他想起他的“心虚”，不由得感到鄙视和可耻。

第五部

第一章

自从彼得·彼得罗维奇同杜尼雅和她母亲进行过那场对他来说极为不祥的会谈以后，第二天的早晨使得彼得·彼得罗维奇的头脑起了清醒的作用。那件事，他昨天还认为几乎可以说是荒唐得很，虽然确有其事，却总好像不大可能似的，可是现在，使他大为懊丧的是，他却不得不渐渐承认这是事实，已经发生过，无可挽回了。他那受了挫伤的自尊心，像一条毒蛇似的，通宵咬他的心。起床后，彼得·彼得罗维奇立刻照了照镜子。他担心夜里恐怕发了黄疸病。不过，眼前，这方面倒还平安无事。彼得·彼得罗维奇端详一下他那副尊贵的、白皙的、近来略为发胖的面貌，一时之间简直放了心，满心相信一定会在别的地方给自己找到个新娘，说不定比杜尼雅高明得多呢。不过，他又顿时醒悟过来，使劲对旁边吐口唾沫，这却在同住一个房间的那青年朋友安德烈·谢敏诺维奇·列别齐亚特尼科夫的脸上，引起默默无言的讥诮笑容。彼得·彼得罗维奇留意到他的笑容，立刻暗自给他那青年朋友记下一笔账。近来他已经有很多次给他的朋友记下这笔账了。直到他忽然想起他不应当把昨天会谈的结果告诉安德烈·谢敏诺维奇，他的怨恨就增加了一倍。这是他昨天的第二个错误，是他在气头上，一时冲动，愤愤不平而干出来的……再者，这天早晨，仿佛有意跟他为难似的，不愉快的事接踵而来。甚至他在枢密院承办的那件案子也遭到某种程度的挫折。特别惹他气愤的是，他原在一个房东手里租下一个寓所，供不久结婚后用，自己花钱雇人装修，不料房东，一个发了财的日耳曼籍手艺人，却无论如何也不同意毁弃刚刚定好的契约，尽管彼得·彼得罗维奇退还他的寓所差不多可以说是已经修缮一新，可是房东依然要求彼得·彼得罗维奇付清契约上载明的全部违约金。彼得·彼得罗维奇原在一家家具商店买下家具，付过订金，可是家具还没运到寓所去，现在呢，那家商店对收到的订金也同样连一个卢布都决计不肯退还。

“我总不能专为家具结婚啊！”彼得·彼得罗维奇暗自咬着牙说，同时在绝望中又有个希望在他头脑里闪过：“难道这件事真就这样无可挽回地完蛋了，定局了？难道不能再试一下吗？”有关杜尼雅的这种想法又一次带着诱惑刺痛他的心。这时候他心里痛苦极了。当然，现在真要是只凭愿望就可以杀死拉斯柯尔尼科夫，彼得·彼得罗维奇早就把这个愿望说出口了。

“除此以外，还有一个错误，那就是我根本没给过她们钱，”他想道，愁闷地　路走回列别齐亚特尼科大的小屋，“见鬼，为什么我这样吝啬，像个犹太人似的？这简直没有任何好处！我本想叫她们身上一文钱也没有，弄得她们把我看成上帝，可是现在，看看她们！……呸……是啊，要是这些日子，比方说，我给她们一千五百卢布办嫁妆，买礼物，在科诺普商店和英国商店买来各式各样的小盒子啦、梳妆盒啦、宝石啦、衣料啦，以及诸如此类的玩意儿，那么事情就会好得多，也……牢靠得多！她们现在就不会这么轻易地拒绝我！像她们这种人，如果要拒绝亲事，一定会认为自己有责任偿还礼品和钱财，可是要偿还却谈何容易，而且会舍不得！再者，她们的良心也会不安，暗自说：这个人一直那么大方，殷勤，怎么能一下子就把他赶走呢？……哼！我失算了！”彼得·彼得罗维奇想到这儿，又咯吱咯吱咬起牙来，骂自己是蠢货，当然，没有说出口，是暗地里骂的。

他一面得出这个结论，一面回到家里，心里比刚才出门的时候加倍怨恨和气愤。他开始准备去参加卡捷莉娜·伊凡诺芙娜家的丧宴，这倒多多少少引起了他的好奇心。他昨天就已经听人讲起丧宴，甚至记得好像他也在被邀请之列，可是他当时只顾忙自己的事，别的事一概没有放在心上。现在，卡捷莉娜·伊凡诺芙娜出外，到墓园去了，由里普威赫节尔太太忙着操办丧宴的事，彼得·彼得罗维奇匆匆向里普威赫节尔太太打听了一下，知道丧宴规模盛大，几乎邀请了所有的房客，甚至邀请了死者不认得的人。虽然安德烈·谢敏诺维奇·列别齐亚特尼科夫从前跟卡捷莉娜·伊凡诺芙娜吵过架，这次却连他也受到了邀请。还有彼得·彼得罗维奇，他自己不但受到邀请，甚至特别受到器重，巴不得他大驾光临，因为他在全体房客当中几乎可以说是最显要的客人。就连阿玛丽雅·伊凡诺芙娜，虽然以前跟女主人闹过纠纷，这次却也受到邀请，而且女主人极其尊重她，因此现在就由她来掌管和操办丧宴的事。她几乎干得兴致勃勃，而且尽管她穿的是参加丧宴的衣服，但它们却是簇新的绸料做的，十分华丽，她为此感到自豪。

这些事实和消息使彼得·彼得罗维奇生出某种想法。他走回自己的房间，也就是安德烈·谢敏诺维奇·列别齐亚特尼科夫的房间的时候，带点心事重重的样子。问题在于他还听说拉斯柯尔尼科夫也在被邀请之列。

安德烈·谢敏诺维奇这天上午，不知什么缘故，始终守在家里没有出门。彼得·彼得罗维奇和这位先生建立了一种有点奇怪的关系，不过这种关系多少也还算自然。彼得·彼得罗维奇几乎从搬到他这儿来住的那天起，就鄙视他，甚至过分憎恨他，然而同时却又好像有点怕他。彼得·彼得罗维奇到达彼得堡后就在他这儿住下来，不仅仅是为了节省开支，虽然这几乎是主要的原因，可是这儿也还有另外的原因。当初彼得·彼得罗维奇在外省的时候，就已经听说安德烈·谢敏诺维奇，这个以前由他培养出来的人，如今成了一个最先进的青年进步分子，甚至在某些有趣的和神话般的小组里起重要的作用。这使得彼得·彼得罗维奇暗暗震惊。是啊，这些有力量的、了解一切的、鄙视一切人的、揭露一切人的小组早就吓坏了彼得·彼得罗维奇，在他心中勾起一种特殊的恐惧感，不过他究竟怕什么，却又说不大清楚。当然，他以前在外省的时候，对这类事还不能形成准确的，或者哪怕是近似的概念。他跟别人一样，听说在大城市里，特别是在彼得堡，有某些进步分子、虚无主义者、揭露者等等，不过他也跟许多人一样，夸大了这些名称的含义和意义，将其歪曲得面目全非了。几年以来他最害怕的是揭露，特别是他渴望把他的事业转移到彼得堡来的时候，这就成了他经常十分担心的主要根据。在这方面，正如俗话说的，他担惊害怕，就跟小孩子有时担惊害怕一样。几年前，他在外省刚开创他的事业的时候，碰上过两件案子，都是省里颇为显要的人物被人狠狠地揭发了，彼得·彼得罗维奇却是一直巴结他们，而且受过他们栽培的。其中一件案子，最后弄得被揭发的人特别出丑，另一件案子简直十分棘手，几乎收不了场。这也就是彼得·彼得罗维奇何以决定，一到彼得堡就立刻探明真相的原因，而且，如果必要的话，那么为了稳妥起见，索性抢先一步，博得“我们青年一代”的好感。在这方面他指望安德烈·谢敏诺维奇帮忙，因此，比方说，他去拜访拉斯柯尔尼科夫的时候，已经学会讲几句别人说过而且在当时很流行的话了……

当然，他很快就识破安德烈·谢敏诺维奇是个极其庸俗而且傻头傻脑的人。不过这丝毫也没有使得彼得·彼得罗维奇失去信心，但也没使他振奋起来。即使他相信所有的进步分子都是这样的蠢货，他的不安也还是不会消散。其实，安德烈·谢敏诺维奇一直对他宣讲的种种学说、思想和体系，他根本就没放在心上。他有他自己的目的。他所需要的不过是立刻探问明白：这儿发生过什么事，怎样发生的？这些人有力量没有？他究竟有没有什么要害怕的？如果他着手干他的事业，会不会有人来揭露他？如果要揭露，究竟揭露什么，现在一般说来他们在揭露什么？再者，要是他们真有力量，他能设法向他们讨好，因而把他们蒙哄过去吗？要不要这样做？例如，他能借助他们的力量来推动他的事业吗？一句话，摆在他面前的问题多得很。

这个安德烈·谢敏诺维奇是个营养不良并且患瘰疬病的人，身材矮小，在某处当差，毛发淡黄得出奇，络腮胡子像羊肉排的形状，他很引以为荣。此外，他的眼睛经常有病。他的心肠是相当温和的，可是讲起话来分外自信，有的时候甚至过于傲慢，而他又生得矮小，这种傲慢就几乎总是显得可笑了。不过在女房东阿玛丽雅·伊凡诺芙娜的心目中，他却算是极其可敬的房客，也就是说，他从不灌酒，而且按时交房租。安德烈·谢敏诺维奇尽管有这些优良品质，然而确实傻里傻气。他满腔热忱，自认为从属于进步事业和“我们青年一代”。他就是那种为数众多而且各不相同的庸人、半死不活的低能儿、什么也没学会的刚愎自用的人当中的一员，总是一把抓住极其时髦和风靡一时的思想，结果立刻把这种思想弄得庸俗化，或者一下子把它漫画化，其实有的时候他们倒真心诚意地认为自己在为它工作呢。

不过列别齐亚特尼科夫尽管心地很和善，却也开始多多少少厌恶往日做过他的监护人而且如今跟他同住一个房间的彼得·彼得罗维奇了。这种情形是双方不知不觉间相互形成的。尽管安德烈·谢敏诺维奇傻头傻脑，却仍然开始有点识破彼得·彼得罗维奇在欺骗他，暗中看不起他，而且看出“这个人根本不是正派人”。安德烈·谢敏诺维奇本来想试着向他讲述傅立叶的体系和达尔文的学说，可是彼得·彼得罗维奇，特别是近来，却一边听一边露出颇讥诮的神色，最近甚至反唇相讥了。问题在于彼得·彼得罗维奇凭着直觉开始看透列别齐亚特尼科夫不但是个鄙俗而且有点蠢笨的人，也许还是个信口胡说的人，这个人在他的小组里根本不起什么重大的作用，只是照别人的说法讲讲而已。再者，他对自己的事业，宣传工作，或许也不大懂，因为他常常讲得杂乱无章，他哪里配做个揭露者！我们顺便还要提到，彼得·彼得罗维奇这一个半星期以来（特别是起初）很乐于接受安德烈·谢敏诺维奇对他的简直十分奇怪的赞美，也就是说，例如安德烈·谢敏诺维奇称道他准备出力协助将来在美尚斯卡亚街上很快开办一个新的"公社"，或者称赞他假如他们婚后才第一个月，杜涅奇卡就想找个情夫，他也不会干涉她，或者赞扬他不会给他未来的子女举办洗礼，等等，诸如此类不胜枚举，彼得·彼得罗维奇听了，并不反驳，却默默不语。对这类硬加在他头上的品质，他照例总是决不反驳，反而容许人家这样称赞他。他对任何称赞都是很喜欢听的。

这天上午，彼得·彼得罗维奇由于某种缘故兑换了几张五厘利的债券，这时候正坐在桌旁清点一沓沓钞票和许号的债券。安德烈·谢敏诺维奇几乎素来没有钱，这时候在房间里走来走去，装出一副样子，似乎对那一沓沓钞票无动于衷，甚至看不上眼。彼得·彼得罗维奇却无论如何也不会相信，比方说，安德烈·谢敏诺维奇真能对这些钱无动于衷，安德烈·谢敏诺维奇也沉痛地暗想：说不定彼得·彼得罗维奇对他会有他羡慕这些钱的想法，或许还心里高兴，趁摊开一沓沓钞票的机会搔得他年轻的朋友心里发痒，戏弄他一番，让他明白自己十分寒酸，他俩之间似乎有很大的差别。

这当儿，尽管他，安德烈·谢敏诺维奇，在彼得·彼得罗维奇面前洋洋洒洒地发挥他喜欢谈的题目——如何开办一个新的和独特的"公社"，可是他却发现，这一次彼得·彼得罗维奇是从来没有过的生闷气，而且听得不经心。彼得·彼得罗维奇趁算盘珠劈啪响的空隙，偶尔也吐露些简短的反驳和意见，那些话都带着极其明显和有意冲撞的讥诮意味。然而“慈悲为怀的”安德烈·谢敏诺维奇却把彼得·彼得罗维奇的心境不佳归咎于昨天他跟杜涅奇卡决裂的影响，热切地希望赶快谈一谈这个题目，在这方面他有些进步的和宣传的话要说，可以藉此安慰他那可敬的朋友，而且“无疑地”会给他进一步的发展带来益处。

“这个……寡妇家要办什么样的丧宴呀？”彼得·彼得罗维奇在安德烈·谢敏诺维奇正讲得津津有味的时候，忽然打断他的话，问道。

“倒好像您不知道似的。我昨天不是就跟您谈过这件事，而且把我对这种种仪式的想法发挥一通……再者她不是也邀请了您吗？我听说了。您自己昨天也跟她谈过话……”

“我再也没料到，这个穷酸的傻娘们儿要把另一个傻瓜……拉斯柯尔尼科夫送给她的钱全花在丧宴上。刚才我走过那儿，简直吃了一惊：那儿准备了那么多的吃食，还有酒呢！……她请了好几个人帮忙，鬼才知道是怎么回事！”彼得·彼得罗维奇继续说，他一直在探究这个问题，把话题引到这上面来，似乎抱着什么目的。“什么？您说她们也请了我？”他抬起头来，忽然补充了一句。“那是什么时候？我记不得了。不过我不会去的。我上那儿干什么去？昨天，我只是顺便跟她说过几句话，讲到她以文官的穷遗孀的身份，可以去领一年的薪金，算是一次的补助。莫非她就是因为这个缘故才请了我？嘿嘿！”

“我也不打算去。”列别齐亚特尼科夫说道。

“可不是！您亲手打过她嘛。当然，您不好意思去了，嘿嘿嘿！”

“谁打人？打过谁？”列别齐亚特尼科夫突然心慌意乱，甚至脸都红了。

“就是您。一个月前您不是打过卡捷莉娜·伊凡诺芙娜吗！我已经听说了，就在昨天……原来您的信念就是这么回事！……再者，妇女问题也没搞好嘛。嘿嘿嘿！”

彼得·彼得罗维奇仿佛得到了安慰似的，又劈劈啪啪地打起算盘来。

“这都是胡说，诽谤！”列别齐亚特尼科夫突然生气了，他素来怕人提这件事，“事情根本不是那样！实际的情形是另一个样子……您听到的那些话不对，那是诬陷！当时我不过是自卫罢了。是她自己先伸出爪子向我扑过来的……她把我的络腮胡子全揪掉了……我想，人人都有权利保护自己。再说，我可不容许人家对我使用暴力……这是原则问题。因为她这样几乎可以说是专制主义。当时我该怎么办呢：就那么呆站在她的面前不动？我只是推了她一下罢了。”

“嘿嘿嘿！”彼得·彼得罗维奇仍然在恶毒地嘲笑。

“您这么吹毛求疵，是因为您自己受了气，一肚子的火……这都是胡说，跟妇女问题全不相干，全不相干！您理解得不对。我甚至认为，既然大家公认女人和男人在各方面，甚至在力气方面都平等（这是大家肯定的），那么，由此可见，在这方面也应当平等。当然，后来我考虑过，这种问题实际上不应该有，因为人不应该打架，打架这种事在将来的社会里是不可思议的……那么，当然，在打架方面要求平等，就未免奇怪了。我并不那么愚蠢……不过，打架的事现在还有……也就是说，这种事以后不会再有，现在却还有……呸！见鬼，我简直让您闹糊涂了！我不去参加丧宴，并不是因为发生过那起纠纷。我纯粹是坚持原则才不去的，免得参加丧宴来迎合这种可憎的陋习，就是这么回事！不过呢，去一趟也未尝不可，无非是藉此机会讪笑一番罢了……然而可惜，没有教士在座。要不然我可就准定要去了。”

“那就是说，坐下来吃人家的饭菜，同时又朝饭菜吐唾沫，同样还要朝邀请您的那些人吐唾沫。是这样吗？”

“根本不是吐唾沫，而是抗议。我是抱着有益的目的去的。我能间接地促进发展和宣传工作。人人都该做发展和宣传工作，也许做得越尖锐越好。我能传播思想，撒下种子……这颗种子就会开花结果，成为某种事实。我怎么会侮辱他们呢？他们起初会不高兴，后来却会看明白我给他们带来了益处。比方说，捷烈比耶娃挨过骂（如今她参加了公社），因为她脱离家庭，而且……委身于别人，同时给她的父母写了一封信，说她不愿意按世俗的偏见生活，说她不按宗教仪式结婚，就跟别人自由同居了。据说这样写似乎对父母过于粗暴了，原可以体谅他们，写得温和点。依我看来，这都是胡说，根本不必写得温和点，正好相反，正好相反，这儿反倒需要抗议。例如瓦连茨，她跟丈夫共同生活了七年，突然丢下两个孩子，给丈夫留下一封信，干干脆脆地说：‘我认识到，我跟您在一起不可能幸福。我说什么也不会原谅您，因为您欺骗我，始终隐瞒我，不让我知道世界上另有一种以公社形式组成的社会制度。不久以前我从一个胸襟博大的人口中听到了这种社会制度，就委身于他，跟他一起办公社。我直率地说出这一点，因为我认为欺骗您是不正派的。您要怎么办就怎么办吧！您不要指望把我拉回去，您已经太迟了。我祝您幸福。’这类信就该这样写！”

“那个捷烈比耶娃，不就是以前您说跟人姘居过三次的那个女人吗？”

“如果认真判断的话，总共也就是两次！再者，就算有四次，就算有十五次吧，那又怎样呢，这都无所谓！假如说我也有惋惜父母双亡的时候，那当然就是现在了。我甚至有好几次幻想：要是父母都还活着，我会怎样向他们提出抗议，惹得他们坐卧不安，我会故意闹到这个地步的……我不过是个，‘离家过独立生活的人’，呸！我要给他们一点厉害瞧瞧！我会弄得他们大吃一惊的！真的，可惜他们都不在了！”

“要弄得他们大吃一惊！嘿嘿！好，您要怎么干就怎么干吧，”彼得·彼得罗维奇打断他的话说，“不过，有一件事您说说看：您不是认得死者的女儿，那个瘦弱的姑娘吗！那么，人家说她的那些话完全是实情啰，啊？”

“那又怎么样呢？依我看来，也就是按我个人的信念来说，这就是妇女的正常社会地位。怎么会不是呢？也就是说，distinguons[1]。在当前的社会，当然，这种情形不大正常，因为是被迫这样做的，可是在将来的社会里就是正常的了，因为那是自由的。再者，就是现在她也有这种权利！她在受苦，这就是她的本钱，可以说是她有充分权利自由支配的一笔资金。不用说，在将来的社会里，谁也用不着这种本钱，然而她的作用会以另一种意义表现出来，会和谐而合理地符合她那时的环境。讲到索菲雅·谢敏诺芙娜本人，那么目前我把她的行动看作是对社会制度活生生的有力抗议，而且为此深深地尊敬她，甚至看见她都觉得高兴！”

“不过，人家告诉我说，把她从这个寓所赶出去的，就是您！”

列别齐亚特尼科夫简直勃然大怒。

“这又是诽谤！”他嚷道。“事情根本不是这样，根本不是这样！这都是卡捷莉娜·伊凡诺芙娜当时胡说的，因为她什么也不明白！我压根儿就没有勾搭索菲雅·谢敏诺芙娜的意思！我不过是要开导她，完全不是出于私心，极力在她心里激起抗议罢了……我需要的纯粹是抗议。再者，索菲雅·谢敏诺芙娜自己本来就已经不能再在这个寓所里住下去了！”

“莫非您要叫她去参加公社？”

“您老是开玩笑，而且开得很不高明，请容许我向您指出这一点。

1. 法语：我们要区别一下。

您什么也不懂！公社里没有这样的人物。创办公社也就是为了消灭这样的人物。在公社里，这种人物跟现在完全不同，从根本上改变了。凡是在这儿显得愚蠢的事，在那儿就变得合情合理，凡是在这儿，在目前环境下被认为是反常的事，在那儿就变得完全正常了。一切都取决于处在什么环境下，处在什么样的人群当中。一切都取决于环境，人本身是无所谓的。就连现在，我跟索菲雅·谢敏诺芙娜也相处得很好，这就足以向您提供一个证据，说明她从没把我看作仇人，或者认为我欺负过她。是的！我现在正吸引她去参加公社，不过那纯粹是在截然不同的基础上进行的，截然不同！这在您有什么可笑的呢！我们打算自己创办一个特殊的公社，只是那基础要比以前的宽广得多。我们按照我们的信念走得更远了。我们否定的东西更多了！要是杜勃罗留波夫[1]从坟墓里站起来，我就会跟他辩论。就连别林斯基[2]也会让我驳得体无完肤！目前呢，我继续开导索菲雅·谢敏诺芙娜。她的性格真是优美，优美啊！”

“嗯，您见了这种优美的性格，就干脆拿来利用一下，对不对？嘿嘿！”

“不，不！噢，不对！正好相反！”

“哦，正好相反！嘿嘿嘿！看您说的！”

“您要相信我！是啊，我有什么理由要在您面前躲躲闪闪呢，您说说看！正好相反，有件事连我自己也觉得奇怪：她跟我在一起，总有点勉强，有点战战兢兢，守身如玉，怕羞得很！”

“不用说，您就开导她……嘿嘿！对她证明这种怕羞完全是胡闹？……”

“根本不对！根本不对！啊，您对‘开导’这个词理解得多么粗

1. 杜勃罗留波夫（1836—1861），俄国革命民主主义者，文学评论家。
2. 别林斯基（1811—1848），俄国革命民主主义者，文学评论家。

俗，甚至……请不要见怪……多么愚蠢！唉，上帝，您简直还……不够格！我们在寻求妇女的自由，您呢，脑子里却只有那一种想法……我完全不想讨论纯洁和女人怕羞的问题，因为这些本身毫无益处，甚至是偏见，不过她跟我在一起所表现的纯洁，我却充分认可，充分认可，因为她愿意那样做就可以那样做，那是她的权利。不用说，假如她自己对我说'我需要你'，我就会认为这是我很大的成功，因为我很喜欢那个姑娘。反正现在，至少是现在，当然，谁也比不上我对她那么谦恭、那么彬彬有礼，从来没有过，谁也比不上我那么敬重她的尊严……我不过是安心地等着，存着指望罢了！"

"您最好还是送她点什么东西。我敢打赌，您从没想到过这个办法。"

"您什么也不懂，这话我已经跟您说过了！当然，她的处境是那个样子，然而那是另一个问题！完全是另一个问题！您纯粹是藐视她。您看到一种您错误地认为应受藐视的事实，就不肯用人道的观点看待一个活生生的人了。您还不知道她有多么好的性格！只是我很惋惜，近来不知怎的，她完全停止读书，再也不到我这儿来取书了。以前她常来取书。我还觉得遗憾的是，虽然她在用全部力量和决心提出抗议……而且有一次她已经表现出来……可是她似乎仍然缺乏自主的精神，或者可以说，缺乏独立不羁的精神，因而缺乏否定的勇气，无法完全摆脱某些偏见和……愚蠢的想法。尽管这样，她对某些问题却理解得很透彻。比方说，她对吻手的问题就理解得很出色，也就是说，如果男人吻女人的手，就是用不平等的态度侮辱女人。这个问题我们辩论过，我立刻讲给她听了。关于法国工会的事，她也听得很仔细。现在我正对她说明在将来的社会，人们可以自由地走进别人房间的问题。"

"这究竟是什么问题呢？"

“最近大家在争论一个问题：公社社员有没有权利在任何时候走进其他社员的房间，不管是男人的还是女人的房间？……好，后来大家决定：有这种权利……”

“咦，万一那个男人或者女人当时正在应付必不可少的需要[1]，那可怎么办呀？嘿嘿！”

安德烈·谢敏诺维奇甚至发脾气了。

“您老是这一套，说这种该死的‘需要’！”他痛恨地嚷道，“呸，我真是又气恼又心烦，因为我对您讲制度的时候，总要预先给您提到这些该死的需要！见鬼！这是你们这种人的绊脚石，最糟的是你们还没弄清是怎么回事，先就把它闹成笑柄！倒好像你们是对的！居然还为此感到骄傲呢！呸！我已经反复说过好几次，这种问题，只有等到新手最后相信了这种制度，思路已经开阔，方向已经确定的时候，才可以对他说明。再者，您说说看，就拿污水坑来说，您认为有什么可耻和可鄙的呢？不管什么样的污水坑，我都会头一个去清除，我乐意干这种事！这甚至谈不到什么自我牺牲！这纯粹是工作，是有益于社会的高尚活动，跟任何别的活动不相上下，比方说，比起拉斐尔或者普希金之流的活动，甚至高明得多，因为这种工作更加有益！”

“对，高尚得多，高尚得多……嘿嘿嘿！”

“什么叫高尚得多？这类词在确定人类的活动方面究竟含有什么意义，我不懂。什么‘高尚得多’啦，‘心灵崇高得多’啦，都是无稽之谈，胡说八道，带着偏见的陈词滥调，我一概否定！凡是对人类有益的活动，都是高尚的！我只理解一个词：有益！您要怎么笑都随您，但事情就是这样！”

彼得·彼得罗维奇开怀大笑。他已经点完钱，把钱收起来了。可

1. 指大小便。

是不知什么缘故，有一部分钱还是留在桌面上。这个“污水坑问题”，尽管粗俗，却已经好几次在彼得·彼得罗维奇和他年轻的朋友之间成为反目和龃龉的缘由。这件事很荒唐，因为安德烈·谢敏诺维奇确实气愤得很。卢仁呢，却藉此发发牢骚，而且这一回他特别希望惹得列别齐亚特尼科夫发脾气。

“这都是因为您昨天受了挫折，才这么爱生气，纠缠不清。”列别齐亚特尼科夫终于冒火了，说。

一般说来，列别齐亚特尼科夫尽管具有“独立不羁”的性格，动不动就提“抗议”，可是不知怎么的，却不敢反驳彼得·彼得罗维奇的话，大体上仍然对他保持着一种多年以前就养成习惯的尊敬态度。

“不过您最好还是来谈谈另一件事，”彼得·彼得罗维奇傲慢而烦恼地打断他的话说，“您能不能……或者不如说：您跟刚才谈到的那个年轻女人是不是确实很熟，熟到了可以请她现在到这儿，到这个房间里来，略为待一会儿？好像他们都已经从墓园回来了……我听见刚才有脚步声……我得跟她，跟那个女人见一见面才成。”

“可是您为什么要见她？”列别齐亚特尼科夫诧异地问道。

“没什么，我就是要见见她。今天或者明天，我就要离开此地，走了，因此我希望通知她……不过，我们谈话的时候，您不妨留在这儿。那样甚至更好。要不然，您不知会怎么胡思乱想呢。”

“我什么也不会胡想……我只是这么问一句罢了。要是您有事，那么把她叫来是容易得很的。我马上就去一趟。您自管放心，我不会耽误您的事。”

果然，不出五分钟，列别齐亚特尼科夫就带着索尼雅一起回来了。她走进屋来，心里十分诧异，而且照例怯生生的。她遇到这类情形总是胆怯的。她很怕见到新人和新认识的人，她从小就这样，只是现在越发厉害了……彼得·彼得罗维奇迎接她，“亲切而客气”，然而略略带着快活的亲昵色彩，在彼得·彼得罗维奇的心目中，像他这样一个可敬而庄重的人对待这样一个年轻而且在某种意义上令人感兴趣的人，正应该采取这样的态度。他赶紧“鼓励”她，请她在自己对面的桌旁坐下。索尼雅就坐下，环顾四周，看一眼列别齐亚特尼科夫，看一眼桌上放着的钱，然后又忽然看着彼得·彼得罗维奇，她的目光就此再也没有离开过他，仿佛已钉在他身上了。列别齐亚特尼科夫举步往门口走去。彼得·彼得罗维奇，示意要索尼雅坐着，然后他去拦阻列别齐亚特尼科夫，不让他走出门去。

“那个拉斯柯尔尼科夫在那边吗？他来了吗？”他小声问列别齐亚特尼科夫说。

“拉斯柯尔尼科夫？在那边。怎么了？对，在那边……他刚来，我看见了……怎么了？”

“那么，我特别请求您留下来，跟我们一块儿待着，别让我单独跟这个……姑娘在一起。这是件小事，可是不知会惹得人家说些什么。我不希望拉斯柯尔尼科夫在那边讲这件事……您明白我的意思吗？”

“哦，我明白，我明白！”列别齐亚特尼科夫说，忽然猜出来了。“对，您有权这样做……不过，当然，照我的看法，您未免过于担心了，可是……您仍然有权这么做。遵命，我留下好了。我到窗口那边去站着，不会碍您的事……我认为，您有权这么做……”

彼得·彼得罗维奇就回到长沙发那边，在索尼雅对面坐下，注意地瞧着她，忽然做出极其庄重，甚至有点严厉的样子，好像在说：“您可别有什么错误的想法，小姐。”索尼雅心慌意乱了。

“索菲雅·谢敏诺芙娜，首先请您在您那十分可敬的妈妈面前代我道歉……好像是这样的吧：卡捷莉娜·伊凡诺芙娜可以算是您的母亲吧？”彼得·彼得罗维奇开口说道，非常庄严，可是又相当亲切。显然，他的用意是极其友好的。

“是，是这样，可以算是母亲。”索尼雅心惊胆战，匆匆回答说。

“那，那么请您代我向她道歉，就说我由于自己不能做主的情况，不得不缺席，不能去参加你们的宴会了……也就是说，虽然您妈妈盛意邀请，我却不能去参加丧宴了。”

“是，我会去告诉她，我马上就去，先生。”她说完，匆匆从桌旁站起来。

“我还没把话说完呢，”彼得·彼得罗维奇止住她说，看见她头脑简单，不懂礼节，不由得微微一笑，“亲爱的索菲雅·谢敏诺芙娜，如果您以为我会为这么一种仅仅涉及我个人而且无足轻重的理由惊动您这样一个人，而且把您约到我这儿来，那么，您对我可就理解得太差了。我另有目的。”

索尼雅又匆匆地坐下。放在桌上没有收走的钞票，有的是灰色的，有的是彩虹色的，又在她眼前闪过，可是她很快转过脸来，抬起眼睛看着彼得·彼得罗维奇。她突然觉得，眼睛瞧着别人的钱是十分不体面的，特别是她。她就掉转目光，凝神瞧着彼得·彼得罗维奇左手拿着的金边长柄眼镜，同时又看一下他左手中指上戴着的一枚很大很大的戒指，那戒指漂亮得很，镶着黄色宝石。然而，她又忽然把目光移开，这回却再也不知道该瞧什么才好了，最后就又直直地盯着彼得·彼得罗维奇的眼睛。

彼得·彼得罗维奇比刚才越发尊严地沉默了一会儿，然后继续说：

“昨天我无意中碰见不幸的卡捷莉娜·伊凡诺芙娜，顺便交谈了几句。从寥寥几句话中就足以弄明白她处在反常的状态下，如果可以这样说的话……”

“是的，先生……在反常的状态下。”索尼雅匆匆地附和道。

“或者说得简单点，明白点……她有病。”

“是的，说得简单点，明白点……是的，先生，她有病。”

“对。那么，我出于人道的感情，还有，还有，不妨说是出于恻隐之心，我这方面很想做点什么有益的事情，因为我已经预先看出她那不幸的命运已然确定。看来，极为贫穷的这一家人现在只能靠您一个人养活了。”

“请允许我问一句，”索尼雅说着，忽然站起来，“昨天您可曾对她说过，有可能领到一笔抚恤金？因为她昨天就对我说，您打算为她奔走，领一笔抚恤金呢。事情真是这样吗？”

“完全不是，在某种意义上说甚至是荒谬的。我只是暗示了一下，说只要有人说情的话，一个文官在任职期间去世后，他的遗孀就有可能得到临时的救济。不过，您已故的父亲似乎不但没有任职到一定的年限，甚至一段时期根本没有上班。一句话，虽说希望总是有的，可是很渺茫，因此，在这种情形下，实际上，请求救济的任何权利都不存在，甚至适得其反……不料她倒想领抚恤金了，嘿嘿嘿！这位太太可真能说善道！”

“是的，她想领抚恤金……这是因为她为人轻信，心地善良，善良得什么都相信，而且……而且……她的脑子有点那个……是的，先生……请原谅。”索尼雅说着，又站起来要走。

“对不起，您还没听完我的话。”

“哦，没听完。”索尼雅嘟哝着说。

“那么，请坐下。”

索尼雅非常窘，就又坐下，而这是第三回了。

“我看出她的景况这样，又带着些不幸的年幼的孩子，就有心像我说过的那样，尽我的力量为她做点有益的事情，也就是照俗常所说的，量力而行，多了就不行了。比方说，不妨为她发起一次募捐，或者，办一个摸彩会也行……或者诸如此类的办法……总之，就按在这类情形下，亲近的人，乃至愿意帮助人的局外人经常做的那样去做。喏，我想对您谈的也就是这一点。这是可以做到的。”

“是的，很好……求上帝为此保佑您，先生……”索尼雅嗫嚅道，定睛瞧着彼得·彼得罗维奇。

“这是可以做到的，不过……这一点我们以后再谈……也就是说不妨今天就着手。比方说，今天傍晚我们见见面，商量一下，可以说是定下基础。您七点钟光景到我这儿来一趟。我希望，安德烈·谢敏诺维奇也会参与我们的这种活动……然而……这儿却有一种情形应当预先仔细地提到。索菲雅·谢敏诺芙娜，我就是为这一点才惊动您，请您到这儿来的。确切地说，我的看法是，把钱交在卡捷莉娜·伊凡诺芙娜本人手里，那是不行的，而且也危险。今天举办的丧宴就是我这个论点的证据。不妨说，她连明天充饥的面包都没有……至于靴鞋之类就更甭提了，不料今天她却买了牙买加甜酒，甚至似乎还买了马德拉葡萄酒，还有，还有……咖啡。我是路过那儿看见的。明天呢，全部重担又都落在您头上，由您来买面包给他们餬口，这未免荒唐。所以，按我个人的看法，募捐的事要办得周密，可以说，不能让那位不幸的寡妇知道钱的事，例如，只有您才可以知道。我说的对吗？”

“我不知道，先生。她只有今天才这样……这是一辈子一回的事……她很想为他祈祷安息，办一下丧宴，悼念他……她是很明白事理的，先生。不过，您想怎么办都随您，我会非常非常……他们对您也都会……上帝会保佑您……还有那些孤儿，先生……”

索尼雅没有说完，哭起来。

“好，那么，您要注意到这一点。现在呢，我恳求您，为您亲属的利益，接受我个人力所能及的一小笔钱，算是第一步。我非常非常希望您讲到这笔钱的时候，不要提起我的名字。喏……可以说，我也有我自己要办的事，要我再出点钱，我也办不到了……”

随后彼得·彼得罗维奇就仔细打开一张十卢布钞票，递给索尼雅。

索尼雅接过来，涨红脸，站起来，含混地说了句话，赶紧就告辞了。彼得·彼得罗维奇郑重其事地把她送到门口。她终于跑出房外，十分激动和疲惫不堪，而且异常心慌地回到卡捷莉娜·伊凡诺芙娜那边去。

在这场会谈中，安德烈·谢敏诺维奇始终在场，时而在窗前站着，时而在房间里走来走去，不愿意打断他们的谈话。不过，等到索尼雅走后，他却忽然走到彼得·彼得罗维奇跟前，庄重地向他伸出手去，握了一下，说：

“我全听见，也全看见了。”他说，特别强调“看见”这两个字。“这是高尚的，也就是我想说，这是仁慈的！您有心避免别人道谢，我看见了！虽然，我要向您承认，我出于原则而无法同情个人的慈善行动，因为这不但不能彻底消除恶，反而更加促进恶，可是话虽如此，我仍然不得不承认，我瞧着您的行动感到愉快……对，对，我喜欢这样的行动。”

“唉，这都是不值一提的小事！”彼得·彼得罗维奇嘟哝道，有点激动，而且不知怎的，凝神望着列别齐亚特尼科夫。

“不，不是小事！像您这样一个人，昨天刚为那件事受过委屈，心里懊丧，不料同时又能顾到别人的不幸……这样一个人……虽然所做的事在社会意义上说是错误的，可是话说回来，这仍然……值得尊敬！我甚至没料到您会这样做，彼得·彼得罗维奇，特别是因为您的见解……啊，至今您的见解多么碍您的事呀！比方说，昨天那种挫折多么使您激动啊，”好心肠的安德烈·谢敏诺维奇嚷道，又对彼得·彼得罗维奇生出强烈的好感，“可是，最高尚、最亲爱的彼得·彼得罗维奇，您何必非要这个婚姻，这个**合法**的婚姻不可，何必呢？您何必非要婚姻**合法**不可呢？喏，要是您乐意，您自管打我一顿就是，反正我为那件婚事没办成而高兴，为您不受约束而高兴，我高兴的是对人类来说，您这个人还没完全毁掉……您瞧，我把心里话都说出来了！”

“关键在这儿：我不愿意在您那种自由婚姻当中戴上绿帽子，栽培别人的孩子，这也就是我何以需要合法婚姻的缘故。”卢仁为了答话而随口说道。他好像另外在想别的事，心事重重。

“孩子？您讲起孩子？”安德烈·谢敏诺维奇说着，全身一震，仿佛一匹战马听见了军号声，“孩子是社会问题，是头等重要的问题，这我同意，可是孩子问题要用另一种方式来解决。有些人甚至根本否定人该有孩子，就跟否定一切涉及家庭的东西一样。不过，关于孩子，我们以后再谈，目前先来探讨一下戴绿帽子的问题！我要向您承认，这是我没有说服力的论点。将来的词典里简直不能想象还会有这种下流的、骠骑兵式的、普希金的用语。再者，绿帽子究竟是什么？啊，多么错误的观念！什么绿帽子！为什么叫绿帽子？纯粹是胡说八道！正好相反，自由婚姻就不会有这种东西！绿帽子无非是一切合法婚姻的自然后果，可以说是对合法婚姻的矫正，是抗议，因此在这种意义上说，戴绿帽子这种事甚至毫不丢人现眼……假如有一天我自己也搞合法婚姻（就算有可能发生这种荒唐事吧），我甚至会因为戴上您那种该死的绿帽子而高兴呢。到那时候，我就会对我的妻子说：‘我的朋友，这以前我只是一直爱你罢了，可是从现在起，我要尊敬你，因为你能够提出抗议！’您笑了？这是因为您没有力量摆脱偏见！见鬼！其实我明白在合法婚姻中受到欺骗，那种不愉快是什么滋味，不过这本来就纯粹是一种卑鄙事实的卑鄙后果，夫妻两人本来就受了屈辱。当大家自由地结合，戴绿帽子成了公开的事，绿帽子就再也不会存在了，它会变得不可想象，连绿帽子这个名称也消失不见了。正好相反，您的妻子倒会向您证明，她多么尊敬您，因为她认为您不可能反对她的幸福，认为您思想开放，不会见到她有了新丈夫而向她报复。见鬼，有的时候我生出幻想：如果我嫁出去……呸！如果我结了婚（至于是自由婚姻还是合法婚姻，反正都是一样），那么，我的妻子要是很久都没有情夫，我自己似乎倒会给她找来一个情夫呢。我就会对她说：‘我的朋友，我爱你，可是除此以外，我还希望你尊敬我……就是这样！’我说的对吗？对吗？……”

彼得·彼得罗维奇听着，嘿嘿地笑，然而兴致并不特别高。他甚至听得不大在意。他确实在考虑别的事，连列别齐亚特尼科夫最后也发觉了。彼得·彼得罗维奇甚至心情激动，搓着手，沉思不语。这一切都是安德烈·谢敏诺维奇后来考虑到，回想起来的……

第二章

讲到卡捷莉娜·伊凡诺芙娜的乱哄哄的头脑里怎么会生出举办这种毫无意义的丧宴的想法，那是很难解释清楚的。不错，卡捷莉娜·伊凡诺芙娜收到拉斯柯尔尼科夫本人赠送以供安葬玛尔美拉朵夫用的二十多卢布后，从中差不多取出十个卢布办丧宴了。或许，卡捷莉娜·伊凡诺芙娜认为自己有责任“体面地”追悼亡者，好让全体房客，特别是女房东阿玛丽雅·伊凡诺芙娜，知道亡者“不但丝毫也不比他们差，也许还比他们高明得多”，他们任何人也没有权利“看不起”亡者。说不定，在这方面起最大作用的，是一种特殊的穷人的自尊心，正是因为这个缘故，许多穷人履行我们生活当中每个人都得遵守的某些社会习俗的时候，才竭尽全力，不惜花费平日积攒的一点点钱，无非是为了显得“不比别人差”，免得别人“挑他们礼节上的不是”。非常可能的是，卡捷莉娜·伊凡诺芙娜恰恰在这个当口，恰恰在她觉得遭到世上所有的人遗弃的时候，偏要叫那些“微不足道的和恶劣的房客们”看看：她不但知道“该怎样生活，该怎样款待宾客”，而且她原本就是在一个“贵族的，甚至可以说是门第显赫的上校家庭”里长大成人，她所受的教养根本就不是为了遭受这样的命运，更不是准备着叫她自己擦地板，每夜洗涤孩子的破衣服的。有时候，这样的自尊心和虚荣心会在最穷苦和受尽折磨的人们身上爆发，往往在他们心里化为一种冲动不已而且无法遏止的渴求。卡捷莉娜·伊凡诺芙娜无论如何也不能算是一个被打垮的人。她身体可能完全被环境打倒，然而要在精神上打倒她，也就是把她吓破胆，硬叫她俯首听命，那却办不到。此外，索涅奇卡讲起她，说她精神错乱了，那倒是很有根据的。固然，关于这一点，还不能说得太肯定，太彻底，可是最近一段时期，近一年来，她那可怜的头脑也确实受折磨到极点了，至少可以说是出了点毛病。据医生说，她的肺痨病发展得很严重，这也促成她在智力活动方面的失常。

说丧宴上已经准备下各式各样的酒，那是并无其事的，马德拉葡萄酒也没有。这是言过其实。不过酒是有的。有白酒，有罗姆酒，有里斯本葡萄酒，质量一概极差，然而这几种酒都很多，足够喝的。至于吃食，那么除了丧宴上必备的蜜粥以外，还有三四道菜（顺便说一下还有煎饼），都是在阿玛丽雅·伊凡诺芙娜的厨房里做出来的，另外还同时烧好两个茶炊，供客人们饭后喝茶和混合甜饮料用。

卡捷莉娜·伊凡诺芙娜有一个房客帮忙，但她亲自采购物品。那房客是个可怜的波兰人，上帝才知道他为什么寄居在里普威赫节尔太太的房子里，这时候立刻被派到卡捷莉娜·伊凡诺芙娜这儿来受她差遣，昨天一整天和今天整整一上午，他拼命地跑得筋疲力尽，而且似乎极力要大家看见他的奔忙。只要有一点点小事，他就随时跑到卡捷莉娜·伊凡诺芙娜跟前，甚至跑到商场去找她，不停地称呼她“军官太太”，虽然起初她说过，缺了这个“热心帮忙而且心肠厚道的人”，她简直会毫无办法了，可是最后，他到底还是把她闹得厌烦透了。卡捷莉娜·伊凡诺芙娜的性格有个特点：她不管碰见一个什么人，一开头总是给他涂上最为优美而鲜明的色彩，极口称赞，弄得那个人听了简直很难为情。她为了赞扬他，竟然编造出各种根本没发生的事，而且完全诚心实意地相信确有其事。后来，忽然间，她又一下子失望，不再称道，甚至唾弃他了，于是几个钟头以前她还佩服得五体投地的人，现在却给她推拉着赶出去了。论天性，她是个爱笑的、快活的、随和的人，然而她连连遭到不幸和挫折，结果她就极其强烈地希望而且要求人人都生活得和睦快乐，不许任何人不这样生活，因此她的生活里只要出一点小小的岔子，或者遭到一点小小的挫折，她就立刻气得发狂，或者，本来抱着极其光辉的希望和幻想，一转眼间却开始咒骂命运，随手碰到什么东西就马上撕碎，扔掉，而且用头去撞墙。

阿玛丽雅·伊凡诺芙娜，在卡捷莉娜·伊凡诺芙娜的心目中，忽然，也获得了不同寻常的意义和不同寻常的尊敬，这或许纯粹是因为目前正在举办丧宴，阿玛丽雅·伊凡诺芙娜决定全心全意参与这种工作。她着手摆桌准备开饭，供给桌布和餐具等等，而且在自己的厨房里烧菜。卡捷莉娜·伊凡诺芙娜委托她主持一切，随她要怎么办就怎么办，她自己就动身到墓地去了。果然，一切都准备得尽善尽美。饭桌上甚至铺着相当洁净的桌布，上面放着碗碟、刀叉、酒杯、玻璃杯、茶杯。当然，这些都是从各家房客那儿拼凑来的，形状不同，大小不一，可是那些东西总算都按时放在桌上，准备停当了。阿玛丽雅·伊凡诺芙娜觉得自己把事情办得很出色，甚至带点骄傲的神色迎接从墓地归来的人。她装束整齐，穿着黑色连衣裙，头上戴着包发帽，新加上两条表示哀悼的黑缘带。她那种骄傲虽然是理应如此的，可是不知什么缘故，卡捷莉娜·伊凡诺芙娜看了却不痛快，心里在想：“真的，倒好像缺了阿玛丽雅·伊凡诺芙娜，桌子就摆不成了似的！”她也不喜欢那顶包发帽和那两条新缘带。“她，这个愚蠢的日耳曼女人，这么得意洋洋，恐怕是因为自己是女房东，大发慈悲才同意帮穷房客的忙吧？大发慈悲！莫名其妙！”原先，卡捷莉娜·伊凡诺芙娜的爸爸做过上校，而且差点当了省长，有的时候要摆开饭桌给四十个人开饭，因此阿玛丽雅·伊凡诺芙娜之流，或者说得确切点，留德维果芙娜之流，那是连厨房也进不去的。

不过，卡捷莉娜·伊凡诺芙娜决定暂时不把心里的不快发泄出来，然而又暗自决定今天一定要煞一煞阿玛丽雅·伊凡诺芙娜的威风，叫她明白她究竟是个什么角色，要不然上帝才知道她会把自己看得多么了不起。卡捷莉娜·伊凡诺芙娜暂时只对她保持冷淡的态度。

另外还有一件不愉快的事，也多多少少惹得卡捷莉娜·伊凡诺芙娜心里冒火。她本来约请房客们去参加葬礼，结果差不多一个人也没去，只有那个波兰人是例外，他倒总算抽空到墓地跑了一趟。至于来参加丧宴的，也就是来吃饭的，却是房客当中那些最无足轻重的人和穷人，其中有许多人甚至已经醉得不成样子，总之都是些不三不四的人。至于房客当中那些年纪比较大，气度比较庄重的人，却仿佛商量好了似的，故意没来。例如彼得·彼得罗维奇·卢仁，可以说是全体房客当中气度最为庄重的一个，却也没来，可是昨天傍晚卡捷莉娜·伊凡诺芙娜已经向全世界的人宣扬过，也就是向阿玛丽雅·伊凡诺芙娜、波连卡、索尼雅和那个波兰人说过，说彼得·彼得罗维奇是个极高尚、极厚道的人，交游极广，家道殷实，原是她第一个丈夫的朋友，也受过她父亲的接待，这个人答应用种种办法让她领到一笔数目可观的抚恤金。我们要在这儿指出一点：假如卡捷莉娜·伊凡诺芙娜称道某人的交游和家产，那么这是不夹杂任何贪图，也没有什么个人打算，全然没有私心的，可以说是出于满腔热情赞美和抬高被赞美者的身价，纯粹是为乐趣。此外，“那个坏透的恶棍列别齐亚特尼科夫”也跟卢仁一样没来，多半是“学了他的榜样”。“这个家伙把自己看成什么人了？人家只是出于仁慈才请他来的，而且也因为他跟彼得·彼得罗维奇住同一个房间，跟他熟识，那么不请他来就未免不合适了。”

没来赴宴的还有一位上流社会风度翩翩的太太和她那“青春已过

的老处女”，也就是她的女儿。她们在阿玛丽雅·伊凡诺芙娜出租的寓所里虽然一共只住了两个星期光景，可是有好几次抱怨过玛尔美拉朵夫房间里传来吵闹声和叫喊声，特别是在亡者喝醉酒回到家里来的时候。关于这一点，当然，卡捷莉娜·伊凡诺芙娜早已从阿玛丽雅·伊凡诺芙娜口中听到了，因为有一次女房东跟卡捷莉娜·伊凡诺芙娜相骂，威胁说要赶走他们全家，扯开喉咙嚷道，他们一家惊扰了“高贵的房客”，而他们“甚至抵不上那些房客的脚”。卡捷莉娜·伊凡诺芙娜不顾人家说“她抵不上那些房客的脚”，现在故意决定请这位太太和她的女儿来赴宴，特别是因为以前她们偶尔相遇，那位太太总是傲慢地扭过脸去不理她，那么现在，就得叫她知道一下，卡捷莉娜·伊凡诺芙娜“思想和感情高尚得多，不念旧恶，仍然邀请她们光临”，而且叫她们明白，卡捷莉娜·伊凡诺芙娜并不是一向过这样的生活的。她本来已经下定决心，打算在宴席上对她们说清楚这一点，顺便讲一讲她已故的父亲几乎当了省长，同时委婉地指出她们在相遇的时候本不该扭转脸去，这样做未免太愚蠢。另外，有一个身材肥胖的中校也没来（其实是个退役的上尉），不过据说，他从昨天上午起就已经“体力不支”了。

一句话，来客只有这么几个：首先是那个波兰人，其次是一个寒酸的办事员，他沉默寡言，穿着污迹斑斑的燕尾服，满脸粉刺，身上冒出难闻的气味，再就是一个耳聋的老人，眼睛几乎完全瞎了，以前在某邮局任职，从不记得的时候起就在阿玛丽雅·伊凡诺芙娜出租的寓所里住下了，不知什么缘故一直由某人供养着。还有一个醉醺醺的退役中尉也来了，其实他是个管理军需的官员，常常放声大笑，声音响亮，很不像样。而且，“您再也想不到”，他衬衫外面居然没穿背心！还有个人甚至没跟卡捷莉娜·伊凡诺芙娜打招呼，就在桌旁一屁股坐下了。最后，有个人因为没有外衣穿，干脆穿着长睡衣就来了，这可实在太不像样，多亏阿玛丽雅·伊凡诺芙娜和那个波兰人出力，才算把他拉走。不过，那个波兰人另外带来两个波兰人，他们从来也没在阿玛丽雅·伊凡诺芙娜这儿住过，这以前谁也没在这儿的寓所里见过他们。这些事都惹得卡捷莉娜·伊凡诺芙娜格外不愉快而生气。“既然这样，这些饭菜到底是为谁准备的？”就连那些孩子，也为了省出座位而不能在饭桌旁边坐下。饭桌已经差不多占满整个房间，他们就只好在后边墙角一只箱子上用饭，这时候两个小一点的孩子坐在小板凳上，波连卡是大孩子，就得照应他们，喂他们吃，擦掉他们的鼻涕，叫他们“像上流人家的孩子一样”。

一句话，卡捷莉娜·伊凡诺芙娜不由自主，见着那些在座的人一概露出加倍尊严甚至傲慢的神色。她对其中几个人特别严峻，高傲地请他们在桌旁坐下。不知什么缘故，她认为阿玛丽雅·伊凡诺芙娜要为那些没来赴宴的人承担责任，忽然对她爱理不理，对方立刻发觉了，心里一肚子的气。这样的开端是不会有好结局的。最后，大家都坐下了。

拉斯柯尔尼科夫几乎正好是在他们从墓地回来的时候走进屋里的。卡捷莉娜·伊凡诺芙娜见到他，高兴极了，第一是因为他在所有来客当中是唯一“有学问的客人”，而且“大家都知道，两年以后，他就准备在此地大学里登上教授的讲台了”，第二是因为他马上对她恭敬地道歉，说他尽管很想参加葬礼，却没去成。她立刻跑到他跟前，让他在她左边坐下（她右边坐着阿玛丽雅·伊凡诺芙娜）。虽然她不断地忙忙碌碌，张罗着把各种吃食按规矩分送到各人面前，好让人人都吃到，虽然那使她痛苦的咳嗽，时时刻刻打断她的话，憋得她透不过气来，而且近两天来病势似乎特别加重了，可是她仍然不停地跟拉斯柯尔尼科夫讲话，急忙小声向他倾吐种种积压在她心头的感触，倾吐她对丧宴没有办好的义愤。同时，她的愤慨又常常换成极其欢畅的笑声，而这种抑制不住的笑声却是针对在座的客人，尤其是针对女房东本人而发的。

"样样事情都得怪这布谷鸟。您明白我指的是谁：就是她，就是她！"卡捷莉娜·伊凡诺芙娜说着，朝女房东那边点头示意。"您瞧她：瞪大了眼睛，觉得我们在讲她，可是又不明白在讲什么，就瞪着眼。呸！猫头鹰！哈哈哈！……咳咳咳！而且她戴着那么一顶包发帽，要表现什么？咳咳咳！您注意到没有，她一心希望大家都认为她对我有恩，她来赴宴是给我面子！我本来把她当成一个正经的女人，托她请一些比较体面的人来赴宴，而且一定要是亡人的朋友，可是您瞧瞧，她都弄来些什么人：简直是些小丑！邋里邋遢！您瞧瞧那张脏脸：那是个生着两条腿的饭桶！还有那些糟糕的波兰人……哈哈哈！咳咳咳！以前谁也没在这所房子里见过他们，谁也没见过。我也从来没见过他们。是啊，我倒要问您，他们来干什么？他们倒规规矩矩地并排坐着呢。先生，喂！"她忽然对其中的一个嚷道，"您拿着煎饼了吗？再拿点！喝啤酒吧，啤酒！要喝白酒吗？您瞧，他跳起来，鞠了个躬，您瞧，您瞧！多半饿坏了，这些穷人！算了，让他们吃吧。不过，至少，他们别吵闹才好……还有，说真的，我为女房东的银汤匙担心呢！……阿玛丽雅·伊凡诺芙娜！"她忽然转过脸去对她几乎大声说道，"万一您的汤匙给人偷走，我可不能负责赔偿啊，这话我要预先说下！哈哈哈！"她扬声大笑，又转过脸来跟拉斯柯尔尼科夫说话，又朝女房东那边点头示意，暗暗为自己的乖巧高兴。"她不明白这是怎么回事，她又不明白了！她坐在那儿张开嘴巴，活像猫头鹰，真是猫头鹰，戴着新缘带的猫头鹰，哈哈哈！"

后来，她的笑声却换成止不住的咳嗽，咳了足足有五分钟之久。她的手帕上留下少许血迹，她的额头上冒出汗珠来了。她默默地叫拉斯柯尔尼科夫看一下血迹。她刚刚缓过一口气来，立刻就脸上带着红晕，兴致勃勃地小声说：

“您瞧，我本来托她办一件可以说是极其细致的事，约请那位太太和她的女儿来赴宴。您明白我说的是谁吧？办这样的事，态度得特别客气，行动要特别高明，她呢，却办得一塌糊涂。那个从外地来的蠢娘们儿，那个高傲的畜生，那个不值一提的外省土佬儿，至多也不过是个少校的遗孀罢了，特意从外地赶来，张罗着领一笔抚恤金，跑遍了各处衙门，磨破了裙子边，她年纪都五十五了，还染头发，涂脂抹粉（这谁都知道）……没想到这么个畜生，非但不自己识趣来参加丧宴，甚至也没有因为不能来而派人过来赔个罪，居然不顾在这种情形下人人都应该有的普遍礼节！再者，我真不懂：为什么彼得·彼得罗维奇也不来呢？不过索尼雅在哪儿？她到哪儿去了？啊，她总算来了！怎么了，索尼雅，你上哪儿去了？说来奇怪，就连为你父亲举行的葬礼，你也没按时到场。罗季昂·罗曼内奇，就让她坐在您身旁吧。你的位子就在那儿，索涅奇卡……想吃什么就自己拿。你来一块肉冻吧，这个菜比较好吃。煎饼马上就要端上来了。给孩子们吃了吗？波连卡，你们那儿，样样菜都有了吗？咳咳咳！嗯，好。波连卡要乖乖的，还有你，柯里亚，不要把腿甩来甩去。坐好，像上流人家的孩子那样坐着。你说什么，索涅奇卡？”

索尼雅急忙立刻把彼得·彼得罗维奇道歉的事告诉她，极力说得响点，好让大家都能听见。她精选一些最恭敬的字眼，甚至故意添枝加叶，替彼得·彼得罗维奇粉饰一番。她补充说，彼得·彼得罗维奇特意嘱咐她转达，说他一有可能，就必定来，跟她把一些事情单独面谈一下，商量怎样进行，今后该怎样着手办理，等等，等等。

索尼雅知道，这样会让卡捷莉娜·伊凡诺芙娜心平气和，感到安慰，听得入耳，要紧的是她的自尊心就会得到满足。索尼雅在拉斯柯尔尼科夫身旁坐下，匆匆向他点一下头，好奇地瞟他一眼。可是这以后，不知怎么她一直避免看他，也不跟他说话。她虽然一直看着卡捷莉娜・伊凡诺芙娜的脸，好让她高兴，可是她又简直好像心神恍惚。

不论是她还是卡捷莉娜・伊凡诺芙娜，都没有穿丧服，因为她俩都没有多余的衣服。索尼雅穿一身棕黄的深色衣服。卡捷莉娜・伊凡诺芙娜穿着她仅有的一件连衣裙，是花布的，上面有深色的斜条花纹。

关于彼得・彼得罗维奇的消息，谈得非常顺。卡捷莉娜・伊凡诺芙娜庄严地听完索尼雅的话，同样庄严地问道：彼得・彼得罗维奇身体可好？随后，她马上几乎可以说是大声地对拉斯柯尔尼科夫"悄悄说"：像彼得・彼得罗维奇这样一个可敬而有声望的人要到这样"一班不伦不类的人"中间，那倒确实奇怪，尽管他对她一家人忠心耿耿，而且跟她父亲有过旧谊。

"我就是因为这个缘故才特别感激您的，罗季昂・罗曼内奇，您即使在我目前这种景况下也没有嫌弃我的邀请，"她几乎大声补充说，"不过，我相信，您完全是因为对我那可怜的亡人怀着特别的友情，才守信前来赴宴的。"

然后，她再一次骄傲而庄严地扫一眼在座的客人，忽然特别关心地大声问桌子对面那个耳聋的老人：您还要不要点煎肉了？给您斟里斯本葡萄酒了吗？老人没有回答，很久也没弄明白人家问他的是什么话，虽然邻座的人为了取乐，甚至不断地推他。他光是张着嘴巴往四下里看，这就越发招得大家哄笑了。

"瞧，活像个傻子！您瞧，您瞧！何必把他找来呢？讲到彼得・彼得罗维奇，那么我是永远相信他的，"卡捷莉娜・伊凡诺芙娜继续对拉斯柯尔尼科夫说，"当然，他可不像……"她转过脸去对阿玛丽雅・伊凡诺芙娜说，声音尖刻而响亮，神色分外严厉，吓得阿玛丽雅・伊凡诺芙娜简直心寒了，"他可不像您的那些花枝招展的骚娘们儿，我爸爸对那样的女人，就连做他厨房里的厨娘都不肯要，至于我已故的丈夫，当然，会给她们面子，招待她们的，那也只是因为他的心太善良了。”

“对，他喜欢喝酒，他挺喜欢的，常喝！”退休的军需官忽然嚷道，这时候他已经喝干第十二杯白酒了。

“我故去的丈夫确实有这种弱点，这大家都知道，”卡捷莉娜·伊凡诺芙娜忽然向他开火了，“不过他是个高尚的好人，喜爱和尊重他的家庭。糟糕的是他太善良，对什么下流人都相信，上帝才知道他跟什么样的人一起喝过酒，他竟跟那些连他的鞋底也比不上的人一起喝过酒！您想想看，罗季昂·罗曼内奇，他临死的时候，他们还发现他的衣袋里藏着一块公鸡形的蜜糖饼干呢：他已经醉得人事不知了，可是心里还记挂着孩子。”

“公鸡？您是说公鸡吗？”那个做过军官的先生嚷道。

卡捷莉娜·伊凡诺芙娜没再答理他。她心里想起一件什么事，叹了口气。

“喏，您大概也跟别人一样，认为我对丈夫太凶了，”她转过脸来对拉斯柯尔尼科夫继续说，“其实不是这样！他尊重我，非常非常尊重我！他是个心地善良的人！有的时候我真可怜他！他往往坐在角落里，瞧着我，我呢，心里十分可怜他，有心对他亲热点，可是后来我暗自想道：‘对他亲热不要紧，可他就又要去灌酒了！’我心想，只有对他凶一点，才能把他管住！”

“是啊，他常常让人揪住头发不放，不止一次咧！”军需官又叫起来，再一次喝干一杯白酒。

“对待这些蠢货，不要说揪头发，就是拿起布掸子来抽一顿，也有好处。我现在指的不是亡夫！”卡捷莉娜·伊凡诺芙娜对军需官顶撞说。

她脸颊上的红晕越来越重，她的胸脯起伏不停，再过一会儿，她就会索性大闹一场。有许多人咯咯地笑，显然，这种局面有很多人看了暗暗高兴。有些人就轻轻地摇军需官，凑在他的耳边小声说话。他们分明打算挑起一场风波。

“那么请容许我问一下，您指的是什么，”军需官开口说，“也就是您指哪位……您刚才说的是谁……不过，算了吧！这是小事！您是寡妇！穷寡妇！我原谅您了……这事过去就算了！”说完，他又喝下一杯白酒。

拉斯柯尔尼科夫坐在那儿，默默地听着，不由得感到厌恶。卡捷莉娜·伊凡诺芙娜随时往他的菜碟里拨菜，他也许只是出于礼貌才略微吃一点，而且这也只是怕得罪她罢了。他凝神瞧着索尼雅。可是索尼雅变得越来越不安，忧心忡忡。她也预感到这次丧宴可能不会太平无事地收场，正担惊害怕地注意着卡捷莉娜·伊凡诺芙娜的气愤在不断地增长。索尼雅已经无意中听说，那两个从外地来的女人之所以那么轻蔑地拒绝卡捷莉娜·伊凡诺芙娜的邀请，主要原因就在她索尼雅身上。她听到阿玛丽雅·伊凡诺芙娜亲口说过，那位母亲听到邀请，反而生气了，而且提出一个问题说：“我怎么能让我的女儿跟这个姑娘并排坐在一起？”索尼雅预感到这些话卡捷莉娜·伊凡诺芙娜已经略微知道一点，可是在卡捷莉娜·伊凡诺芙娜的心目中，这种对索尼雅的侮辱，比对她本人，对她的孩子，对她的父亲的侮辱还要让人难受得多，一句话，这种侮辱简直要她的命。而且索尼雅知道卡捷莉娜·伊凡诺芙娜再也不会安下心来，除非“叫那些骚娘们儿知道她俩都是……”

仿佛故意捣乱似的，有人从桌子的另一头递来一只菜碟，交在索尼雅手里，上面放着用黑面包捏成的两颗心，它们被一支箭刺穿着。卡捷莉娜·伊凡诺芙娜面红耳赤，立刻对桌子那一头大声说，把这只菜碟递来的人，当然，是一头“喝醉的蠢驴”。

阿玛丽雅·伊凡诺芙娜也预感到这个局面不妙，同时卡捷莉娜·伊凡诺芙娜的傲慢也使她心里深深感到委屈，这时候为了岔开大家不愉快的心绪，顺势抬高她在众人心目中的威信，就无缘无故，忽然开口讲起她的一个熟人，“在药房任职的卡尔”，有一天深夜乘一辆出租马车，“马车夫想扎（杀）害他，卡尔苦苦求告不要扎（杀）害他，哭了，合起双手央求，吓坏了，害怕得他的金（心）都刺穿了”。卡捷莉娜·伊凡诺芙娜听了，虽然也微微一笑，可是马上指出，阿玛丽雅·伊凡诺芙娜不该用俄国话讲故事。阿玛丽雅·伊凡诺芙娜更加气恼，“反驳”说，她那“住在柏林的父亲，是个很重要很重要的人，平时走路总是把手争（伸）进衣袋里”。爱笑的卡捷莉娜·伊凡诺芙娜听了，忍不住哈哈大笑，弄得阿玛丽雅·伊凡诺芙娜忍无可忍，几乎沉不住气了。

“您瞧这只猫头鹰！”卡捷莉娜·伊凡诺芙娜又对拉斯柯尔尼科夫小声说着，兴致几乎又来了，“她本来想说把手揣在衣袋里，结果却说成把手伸进别人衣袋里去了。咳咳咳！归根结底，您注意到没有，罗季昂·罗曼内奇，彼得堡的这许多外国人，也就是主要从不知什么地方到我们这儿来的这些日耳曼人，都比我们愚蠢！嗯，您会同意，怎么能说‘药房的卡尔吓得心都刺穿了’，而且他（这个乳臭小儿！）不是去把车夫捆起来，而是‘合起手，哭着，苦苦哀求’呢？啊，傻娘们儿！她还自以为这件事很动人呢，却没想到她多么愚蠢！依我看来，那个喝醉酒的军需官也远比她聪明。至少可以看出来，他，这个酒徒是喝多了酒才把脑子喝坏的。可是话说回来，那些外国人倒都本本分分，挺严肃的呢……您瞧瞧她，坐在那儿瞪起眼睛。生气了！生气了！哈哈哈！咳咳咳！”

卡捷莉娜·伊凡诺芙娜兴致高起来，立刻津津有味地讲起各种细节，忽然说到她一旦领来那笔张罗到手的抚恤金，就必定在她的故乡某城开办一所贵族女子寄宿学校。关于这件事，卡捷莉娜·伊凡诺芙娜还没有向拉斯柯尔尼科夫讲过，这时候就马上兴致勃勃地讲起那些极其诱人的细节。不知怎么一来，一张“奖状”在她手里出现了，当初在小酒馆里，已故的玛尔美拉朵夫已经向拉斯柯尔尼科夫讲起过这张奖状，解释说他妻子卡捷莉娜·伊凡诺芙娜在贵族女子中学毕业那天，“当着省长和其他大人物的面”，戴着披巾跳过舞。显然，这张奖状现在一定成了卡捷莉娜·伊凡诺芙娜有资格开办贵族女子寄宿学校的证据，不过，主要的是，她带着它的目的在于，万一“那两个花枝招展的骚娘们儿”真要来参加丧宴，她就可以用它来彻底堵住她们的嘴，清楚地向她们表明卡捷莉娜·伊凡诺芙娜出身贵族，“甚至可以说，门第显赫，原是上校的女儿，肯定比某些招摇撞骗的女人高明得多，而那样的人近来都是非常之多的”。那张奖状立刻在那些喝醉的客人手上传来传去，卡捷莉娜·伊凡诺芙娜也不加拦阻，因为那上面确实en toutes lettres[1]写明她是七品文官和勋章获得者的女儿，因而实际上几乎可以说是上校的女儿。

卡捷莉娜·伊凡诺芙娜心里发热，立刻详细地大谈将来在故乡过的生活会如何美妙和安宁，讲到她会聘请什么样的教员到她的贵族女子寄宿学校里来任职，还讲到一位可敬的老人，法国人曼果，当初在贵族女子中学就教过卡捷莉娜·伊凡诺芙娜法语，如今还在她的故乡度过晚年……他一定肯到卡捷莉娜·伊凡诺芙娜的学校里来教课，只索取很低的报酬。后来，她终于讲起索尼雅，说索尼雅会跟卡捷莉娜·伊凡诺芙娜一起回到故乡，在各方面帮助她。可是这当儿，在饭桌尽头，有个人忽然扑哧一笑。卡捷莉娜·伊凡诺芙娜虽然立刻极力装得并不介意，不屑于理会桌子尽头发出的笑声，却马上故意提高嗓音，开始热情地讲到索菲雅·谢敏诺芙娜毫无疑问，有能力做她的助

1. 法语：清楚地。

手，讲到“她的温柔、耐性、自我牺牲精神、高尚、学识”，同时轻轻拍一下索尼雅的面颊，欠起身子，热烈地吻了她两次。索尼雅脸红了，可是卡捷莉娜·伊凡诺芙娜忽然放声大哭，同时讲起自己，说自己“是个神经脆弱的傻娘们儿，现在心里乱糟糟的，丧宴该结束了，既然小菜已经吃完，现在该端茶上来了”。

这当儿阿玛丽雅·伊凡诺芙娜却已经积了一肚子闷气，因为她始终没有机会插进一句话，别人甚至根本不理她，于是她忽然不惜冒着风险做一次最后的尝试，虽然心里藏着苦恼，却大起胆子对卡捷莉娜·伊凡诺芙娜进一个含义深刻的正经忠告，说在将来的贵族女子中学里要特别注意女学生们内衣清洁，“一定得有个很好的女学干（监）、女校长，细心管理内衣的事”，其次，“不准年轻的姑娘们夜里偷偷看什么长篇小说”。卡捷莉娜·伊凡诺芙娜确实心里很乱，又很疲乏，对这场丧宴已经十分厌恶，这时候就立刻反驳阿玛丽雅·伊凡诺芙娜，说她“胡说八道”，什么也不懂，又说在贵族女子寄宿学校里，照料衣物的事，是女管理员掌管，而不是女校长掌管，至于说什么读长篇小说，这样的话简直不成体统，她劝阿玛丽雅·伊凡诺芙娜还是少说为妙。

阿玛丽雅·伊凡诺芙娜面红耳赤，生气了，说她不过是“巴望她好”，她“非常非常巴望她好”，说她很久“没要过她的房钱”了。卡捷莉娜·伊凡诺芙娜顿时“反唇相讥”，说她讲“巴望她好”是胡扯，因为昨天死者还躺在桌子上，阿玛丽雅·伊凡诺芙娜就催讨房租，折磨她。

听到这话，阿玛丽雅·伊凡诺芙娜就非常有条理地说，她“去请过那两位女士，可是那两位女士不来，因为那两位女士是贵族女士，不能到非贵族的女人家里来”。卡捷莉娜·伊凡诺芙娜立刻对她“强调”说，她自己就是个下等人，所以也就不可能判断真正的贵族门第是怎么回事。阿玛丽雅·伊凡诺芙娜听了受不住，立刻声明说，“我父亲在柏林是个很重要很重要的人物，走起路来总是把两只手伸进衣袋里，老是发出扑扑的声音”。为了逼真地表演父亲的样子，阿玛丽雅·伊凡诺芙娜猛然从椅子上跳起来，两只手揣在口袋里，鼓起腮帮子，嘴里发出一种含混的类似扑扑的声音，招得所有的房客放声大笑，他们就这样赞许阿玛丽雅·伊凡诺芙娜，有意鼓励她，巴不得她们打一架才好。

可是卡捷莉娜·伊凡诺芙娜已经忍不下去，立刻“咬清字音”，好让大家都能听见，说阿玛丽雅·伊凡诺芙娜也许根本就没有父亲，说阿玛丽雅·伊凡诺芙娜无非是个彼得堡的喝醉酒的芬兰娘们儿罢了，以前多半在什么地方当过厨娘，也许连厨娘都不如。

阿玛丽雅·伊凡诺芙娜脸红得像大虾一样，尖声叫道，也许卡捷莉娜·伊凡诺芙娜才根本没有父亲，至于她的父亲，却在柏林，穿着很长的礼服，总是发出这样的声音：扑，扑，扑！

卡捷莉娜·伊凡诺芙娜鄙夷地说，她的身世可是人人都知道的，就连奖状上都用铅字印着她父亲是上校，至于阿玛丽雅·伊凡诺芙娜的父亲（即使她真有个父亲的话），多半是个彼得堡的芬兰佬，卖牛奶的，不过说得稳妥点，她大概压根儿就没有父亲，因为直到现在谁也叫不准她的父名，不知究竟是伊凡诺芙娜，还是留德维果芙娜。

听到这儿，阿玛丽雅·伊凡诺芙娜暴跳如雷，一拳头擂在桌子上，开口尖声大叫，说她叫“阿玛丽·伊凡”，而不叫留德维果芙娜，说她父亲“名叫约翰，他是个市长”，说卡捷莉娜·伊凡诺芙娜的父亲“却根本没做过市长”。卡捷莉娜·伊凡诺芙娜从椅子上站起来，用表面冷静的声调（其实她脸色苍白，胸脯大起大落）严厉地对她说道：只要她再一次胆敢把她的坏蛋父亲同卡捷莉娜·伊凡诺芙娜的父亲相提并论，那么她，卡捷莉娜·伊凡诺芙娜，就要把她头上的包发帽扯下来，扔到脚底下踩烂。

听到这话，阿玛丽雅·伊凡诺芙娜就在房间里跑来跑去，扯开嗓门大嚷大叫，说她是女房东，要卡捷莉娜·伊凡诺芙娜“马上从这个寓所搬出去”，随后，不知什么缘故，跑过去把桌上的银汤匙都收走了。于是人声喧哗，大呼小喊，孩子们哭起来。索尼雅本想跑过去拦住卡捷莉娜·伊凡诺芙娜，可是阿玛丽雅·伊凡诺芙娜忽然喊出一句什么黄票[1]的话，卡捷莉娜·伊凡诺芙娜就把索尼雅推开，朝阿玛丽雅·伊凡诺芙娜跟前奔过去，打算立刻按自己的警告办事，把她的包发帽揪下来。

这当儿，房门开了。忽然，彼得·彼得罗维奇·卢仁在房间门口出现了。他站在那儿，用严峻而注意的目光扫一眼在场的人。卡捷莉娜·伊凡诺芙娜急忙往他跟前跑过去。

1. 帝俄官府批准妓女卖淫的黄色执照。

第三章

“彼得·彼得罗维奇！”她嚷道，“您无论如何要保护我！请您开导这个愚蠢的坏娘们儿，不准她这样对待一个惨遭不幸的贵族夫人，告诉她这么干是要吃官司的……我要去找总督大人……她得为这种事负责……请您念在我父亲盛情款待您的分上，保护我们这些孤苦无依的人吧。”

“对不起，太太……对不起，对不起，太太，”彼得·彼得罗维奇说着，挥手让她躲开，“讲到您的父亲，那么您很清楚，可惜我没有缘分，根本不认识他……对不起，太太！”

有人大声笑起来。他接着说：

“而且，您跟阿玛丽雅·伊凡诺芙娜总有吵不完的架，我也不打算参加……我有我的事要办……我想跟您的继女马上谈一件事，她叫索菲雅……伊凡诺芙娜[1]……好像是这个名字吧？请让我走过去，太太……”

说完，彼得·彼得罗维奇就侧着身子绕过卡捷莉娜·伊凡诺芙娜，朝对面墙角索尼雅站着的地方走去。

卡捷莉娜·伊凡诺芙娜站在原地，就此动不得了，就跟晴天打了

1. 这里卢仁搞错了：索菲雅的父称是谢敏诺芙娜，而不是伊凡诺芙娜。

个霹雳似的。她没法理解彼得·彼得罗维奇怎么会否认她父亲的盛情款待。她一旦编造出这种款待，就信以为真了。另外使她吃惊的，是彼得·彼得罗维奇那种一本正经的口吻，干巴巴，甚至充满轻蔑的威吓。再者，他一出现，不知怎的，别人也都渐渐鸦雀无声了。除了这个“一本正经而且神态严肃”的人跟在场的人们截然不同以外，谁都可以看出，他来到此地是要办一件重要的事，多半有一种非同寻常的理由才把他吸引到这群人当中来的，那么马上就会发生一件什么事，肯定要出事了。

拉斯柯尔尼科夫原站在索尼雅旁边，这时候就闪开，让他走过去。彼得·彼得罗维奇却仿佛根本没有瞧见他。

过了一会儿，列别齐亚特尼科夫也在门口出现了。然而他没走进房间里来，却站住不动，露出一种特别好奇的样子，几乎有点暗自惊讶。他留心听彼得·彼得罗维奇讲话，不过又好像很久都听不懂是怎么回事。

“很抱歉，我也许打扰了诸位，不过这件事相当重要，”彼得·彼得罗维奇说道，就像是对众人讲的，不像是单独对哪一个人讲的，“有大家在场，我甚至很高兴。阿玛丽雅·伊凡诺芙娜，我恳切地请求您，作为女房东，要注意地听下面我跟索菲雅·伊凡诺芙娜的谈话。索菲雅·伊凡诺芙娜，”他接着说，直截了当地转过身去对索尼雅讲话，这时候索尼雅非常纳闷，事先已经有点害怕了，“在我的朋友安德烈·谢敏诺维奇·列别齐亚特尼科夫的房间里，刚才您来访以后，桌子上立刻就有一张票面一百卢布的钞票不见了。如果您，不管用什么方式，知道而且告诉我们，这张钞票如今在哪儿，那么我凭人格向您保证，而且请大家做证：这件事到此就算结束。如果情形相反，那我就不得不采取极其严厉的措施，到那时候……您就只好怨您自己了！”

房间里一片沉默。就连啼哭的孩子们也安静下来了。索尼雅站在那儿，脸色像死人那么白，瞧着卢仁，一句话也答不出来。她似乎一直没听懂他的话。几秒钟过去了。

“那，那么，怎么样？”卢仁定睛瞧着她，问道。

“我不知道……我一点也不知道……”索尼雅终于说道，声音微弱。

“是吗？不知道？”卢仁反问道，随后又沉默了几秒钟。“要想一想，小姐，”他严峻地开口说道，可是仍然似乎在规劝，“您好好掂量一下，我同意再给您一点考虑的时间。请您注意，要不是我十分相信确有其事，那么，不用说，我这个有经验的人就不会冒着风险这样直截了当地揭发您，因为这类直接而公开的揭发如果是虚假的，或者甚至仅仅是错误的，我自己就多多少少得承担责任。这一点我是知道的，小姐。今天上午我出于需要而兑换了几张五厘息的债券，票面总额是三千卢布。这笔账我已经记在皮夹子里了。我回到家里，就坐下来数钱，这是安德烈·谢敏诺维奇可以做证的。我数完两千三百卢布，就放进皮夹子，而皮夹子放在我上衣的侧面口袋里。桌上还有五百卢布左右的钞票，其中有三张票面是一百卢布的。这当儿您来了（是我把您请来的）。您来到我屋里以后，始终分外慌张，甚至在谈话当中有三次站起来，不知什么缘故急着要走，其实我们的谈话还没有结束。关于这一点，安德烈·谢敏诺维奇完全可以做证。您自己，小姐，大概也不至于否认，我所以托安德烈·谢敏诺维奇请您到我那儿去，纯粹是为了跟您仔细谈一谈您的亲属卡捷莉娜·伊凡诺芙娜那种孤立无援的处境（我没能应约到她这儿来参加丧宴），谈一谈最好为她举办一次募捐、抽彩会或者诸如此类的活动。您就向我道谢，甚至流泪了（我对您讲当时的经过，第一是为了让您回忆一下，第二是为了向您表明我记性很好，一点细节也没忘）。随后，我在桌上拿起一张十卢布的钞票，交给您，用我的名义送给您的亲属，作为初步的接济。这些，安德烈·谢敏诺维奇都是看见的。随后，我把您送到房门口，您呢，还是那么慌张。这以后，屋里只剩下我和安德烈·谢敏诺维奇两人，交谈了十分钟光景。安德烈·谢敏诺维奇就走出去了。我就又走到放钱的桌子那边，目的是把钱再数一遍，收起来，照我原先打算的那样，另放个地方。可是我吃了一惊，不料有一张一百卢布的钞票，原在那堆钱里，这时候却不见了。请您想一想当时的情形：要我怀疑安德烈·谢敏诺维奇，我可是万万办不到的，甚至有这样的揣测都使我感到难为情。我也不可能数错了钱，因为您来以前，我刚把钱统统数完，发现总数是对的。您会同意，等到我想起您的慌张，想起您急于走掉，想起您的手在桌上放过一会儿，最后又考虑到您的社会地位，以及随之而养成的习惯，那么，可以说，我心惊胆战，简直违背我自己的意志，不得不心存怀疑了……当然，这种怀疑是残忍的，然而……却是公正的！我要补充一句，而且再说一遍，尽管我分明料定事情准是这样，不过我明白，我现在的这种揭发毕竟含有一点使我承担风险的因素。不过，您要知道，我不能把这件事轻易放过去。我就挺身而出，而且我要说明这是什么缘故：小姐，这纯粹是因为您忘恩负义，昧了良心，纯粹是因为这一点！怎么能这样呢！我请您去是为您那些极其穷苦的亲属的利益着想，我还送给你们十个卢布，算是我力所能及的周济，不料您当场马上用那样的举动回报我！是啊，这太不像话！这就非给您一点教训不可！您好好想一想！再者，我作为您真正的朋友请求您，清醒一下吧！因为这当儿，您再也不会有比我更好的朋友了！要不然，我可就要不顾情面了。嗯，您觉得怎么样？”

“您的钱我一个也没拿，”索尼雅因受惊吓而小声地说，“您给过我十个卢布。喏，您拿去吧。”

索尼雅从衣袋里取出手帕，找到打结的地方，解开，取出一张十卢布钞票，向卢仁伸出手去。

“那么，关于另外的一百卢布，您还是不招认?”他没有接过那张钞票，光是不以为然地追逼着问道。

索尼雅往四下里看一眼。大家正瞧着她，脸色有惊吓的，有严厉的，有讥笑的，有憎恨的。她瞪一下拉斯柯尔尼科夫……他靠墙站着，两条胳膊交叉着放在胸前，用炯炯的目光瞧着她。

“啊，主呀！”索尼雅不由自主地叫道。

“阿玛丽雅·伊凡诺芙娜，现在得通知警察局才成，所以我恳切地要求您，现在派人去把这所房子的扫院人找来。”卢仁说，声调平静，甚至有点亲切。

“Gott der barmherzige![1]我早就知道她偷东西。”阿玛丽雅·伊凡诺芙娜说着，扬起两只手，合起来拍了一下。

“您早就知道?”卢仁接过话来说，“那么可见，您早就有某些根据得出这个结论了。我请求您，最可敬的阿玛丽雅·伊凡诺芙娜，您当着许多见证人的面说过的这句话，要牢牢记住！”

四面八方忽然掀起一阵响亮的说话声。大家骚动起来。

“什……什么！”卡捷莉娜·伊凡诺芙娜明白过来，忽然叫道，然后仿佛挣脱了什么似的，往卢仁那边扑过去，“什么！您说她偷东西？索尼雅能干出这种事来？咳，你们这些卑鄙的家伙，卑鄙的家伙！”

说完，她跑到索尼雅跟前，伸出两条干瘦的胳膊，像铁钳似的，把她抱得紧紧的。

“索尼雅！你怎么敢收下他的十个卢布！啊，蠢姑娘！拿给我！马上把那十卢布拿给我，快！”

随后，卡捷莉娜·伊凡诺芙娜从索尼雅手里夺过那张钞票，用手揉成一团，然后一挥手，直接扔到卢仁的脸上去。那小纸团打中他的

---

1. 德语：慈悲的上帝啊！

眼睛，掉在地板上了。阿玛丽雅·伊凡诺芙娜急忙跑过去，把钱拾起来。彼得·彼得罗维奇勃然大怒。

“抓住这个疯女人！”他叫道。

这当儿，房门口，除列别齐亚特尼科夫以外，又出现了几个人，连那两个从外地来的女人也露面了。

“什么！疯女人？我成了疯女人？蠢货！”卡捷莉娜·伊凡诺芙娜尖声叫道。“你倒真是蠢货，你这恶棍，卑鄙的人！索尼雅，索尼雅会拿他的钱？！索尼雅会做贼？！相反，她倒会给你钱呢，蠢货！”说完，卡捷莉娜·伊凡诺芙娜歇斯底里地大笑。“你们看见过这种蠢货吗？”她从这边跑到那边，指着卢仁叫大家看。“怎么，你也趁势起哄？”她看见女房东，说道，“你这个日耳曼骚娘们儿，你也在这儿硬说她‘偷东西’，你这只穿裙子的普鲁士母鸡！哼，你们！哼，你们呀！再者，她从你这个混蛋的屋里一出来，就在这儿挨着罗季昂·罗曼诺维奇[1]坐下了！她压根儿没走出过这个房间……你们自管搜查她！既然她哪儿也没去过，可见钱一定就在她身上！你搜啊，搜啊，搜啊！不过，要是你搜不出来，那么，对不起，亲爱的，你可得负责！我就要跑去找国王，找国王，找仁慈的沙皇，对他跪下。我马上就去，今天就去！我是个孤苦伶仃的人！人家会让我进去的！你以为人家不会让我进去？胡说，我能进去！我能进去的！你这是料定她软弱可欺吧？你就是仗恃这一点吧？可是我，不瞒你说，可不是好惹的！我要叫你吃不了兜着走！搜她！搜啊，搜啊，喂，你倒是搜啊！！”

卡捷莉娜·伊凡诺芙娜怒气冲冲，一把揪住卢仁，把他拉到索尼雅跟前。

“我遵命，我负责……不过，您消一消气，太太，消一消气！我看

1. 罗曼诺维奇的简称是罗曼内奇。

得很清楚，您不是好惹的！……不过，这……这……该怎么办呢？”卢仁嘟哝说，“这得有警察在场才成……不过，眼下，证人倒已经够多的了……我遵命……可是，不管怎样，男人总不便动手搜啊……因为性别不同……要是有阿玛丽雅·伊凡诺芙娜帮忙的话……不过呢，这不是个办法……那么该怎么办呢？”

“随你找谁都行！谁愿意搜就来搜！”卡捷莉娜·伊凡诺芙娜叫道。“索尼雅，把口袋翻出来叫他们看！喏，喏！你瞧，混蛋，口袋是空的，这里边有块手帕，口袋里没有钱，瞧！另外还有一个口袋，喏，喏！瞧见了吧！瞧见了吧！”

卡捷莉娜·伊凡诺芙娜并不是好好地把那两个口袋翻转过来，她简直是硬拉死拽，把一个个口袋的布衬里扯出来。可是，突然间，从第二个口袋，也就是右边的口袋里，跳出一小块纸，在空中画了一道抛物线，落在卢仁脚旁。这是大家都看见的，许多人惊叫起来。彼得·彼得罗维奇弯下腰，伸出两根手指从地板上拾起那小块纸，举到高处让大家看一看，再把它拆开。原来那是一张一百卢布的钞票，叠成八折。彼得·彼得罗维奇向四周扬起来，让大家都看见那张钞票。

“她是贼！把她从屋里赶出去！警察快来，警察快来！”阿玛丽雅·伊凡诺芙娜哇哇地嚷起来，“应该把她们发配到西伯利亚去！滚出去！”

惊叫声从四面八方纷纷飞来。拉斯柯尔尼科夫一直沉默不语，眼睛盯住索尼雅，只是偶尔很快地瞟一眼卢仁。索尼雅站在原地不动，仿佛失去了知觉。她甚至几乎没有现出惊愕的神色。忽然，她整张脸涨得通红。她大叫起来，双手蒙住了脸。

“不，不是我！我没拿！我不知道！”她发出撕裂人心的喊叫声，跑到卡捷莉娜·伊凡诺芙娜跟前。卡捷莉娜·伊凡诺芙娜就抱住她，把她紧紧地搂在怀里，仿佛要藉自己的胸脯保护她，挡住众人的进攻似的。

“索尼雅！索尼雅！我不相信！你知道，我不相信！”尽管表面看来事情已经十分清楚，卡捷莉娜·伊凡诺芙娜仍然喊道，而且把怀里的索尼雅摇来摇去，像摇小娃娃似的，然后不停地吻她的脸，再抓住她的手，吻个不停。“你怎么会拿钱！这些人多么愚蠢！啊，上帝呀！你们可真蠢，真蠢啊，”她转过脸去对大家嚷道，“你们不知道，简直不知道，她有一颗什么样的心，她是个什么样的姑娘！她拿人家的钱？她？恰恰相反，要是你们要用钱的话，她倒会脱下最后一件衣服，卖掉，光着脚走路，把钱送给你们用呢，她就是这样的姑娘！她领黄执照，是因为我的孩子饿得要死，她要成全我们才去卖笑的！……唉，死去的人，死去的人啊！你看见了吗？看见了吗？这是为你办的丧宴啊！主啊！务必要保护她，你们为什么都站着不动呢？罗季昂·罗曼内奇！您怎么不给她撑腰呢？莫非您也相信了？你们这些人统统，统统，统统加在一起，也抵不上她的一根小拇指哟！主啊！总该保护她呀！”

这个可怜的、害着痨病的、孤苦伶仃的卡捷莉娜·伊凡诺芙娜哭了，这给旁观的人们造成了强烈的印象。她那张伤心得变了样子的、因害着痨病而憔悴的脸，她那干裂得凝着血迹的嘴唇，她那声嘶力竭的喊叫，她那像小孩般哽咽的哭声，她恳请人们保护而发出的那种像小孩般带着信任，同时却又充满绝望的祈求声，都是那么可怜，那么痛苦，弄得在场的人似乎都开始怜悯这个不幸的女人了。至少彼得·彼得罗维奇立刻怜悯她了。

“太太！太太！”他用动听的声调叫道，“这件事没有牵涉到您！谁也不敢责难您有唆使或者串通的意图，尤其是您亲手翻她的口袋，才把事情弄得水落石出，可见您事先一点也不知道。至于索菲雅·伊凡诺芙娜，如果是所谓的贫穷促使她干这种事，我倒十分愿意怜惜她，十分愿意，不过，小姐，为什么您不肯承认呢？怕丢脸？初次作案？或许头脑乱了？这件事是可以理解的，很可以理解的……不过，您怎么会甘心做这种事呢！诸位先生！”他对一切在场的人说，“诸位先生！我怜悯她，可以说是起了恻隐之心，因此哪怕现在我遭到了个人的侮辱，我也还是准备原谅她。小姐，但愿您这次出丑会成为一个教训，使您日后有所警惕，”他对索尼雅说，“反正我不想再深究下去，这件事就到此为止。够了！”

彼得·彼得罗维奇斜起眼睛瞥一下拉斯柯尔尼科夫。他们的目光相遇了。拉斯柯尔尼科夫炽热的目光几乎要把他烧成灰。这当儿，卡捷莉娜·伊凡诺芙娜却似乎什么也没听见，只顾抱住索尼雅，吻她，像个疯子似的。那些孩子也纷纷伸出小手，把索尼雅团团抱住，波列琪卡[1]虽然不大明白出了什么事，却一直眼泪汪汪，哭得伤心极了，把她那哭肿的俏脸搁在索尼雅的肩膀上。

“这真卑鄙！”门口忽然有个响亮的说话声响起来。

彼得·彼得罗维奇很快地回头张望。

“卑鄙极了！”列别齐亚特尼科夫定睛瞧着他的眼睛，又说一遍。

彼得·彼得罗维奇甚至仿佛打了个冷战。大家都注意到了。（事后大家都想起这一点。）列别齐亚特尼科夫跨步走进房间来。

“你居然敢叫我做证？”他走到彼得·彼得罗维奇跟前说。

“这话是什么意思，安德烈·谢敏诺维奇？您说的是什么呀？”卢仁嘟哝说。

“这话的意思是，您……血口喷人，我的话就是这样的意思！”列别齐亚特尼科夫激动地说，他那非常近视的眼睛严厉地瞪着卢仁。他气愤得很。拉斯柯尔尼科夫一直盯住他不放松，倒好像抓住他讲的每

1. 波丽娜的昵称。

个字，掂一掂分量似的。四周又是一片寂静。彼得·彼得罗维奇，特别是一开头，几乎甚至也张皇失措了。

“如果您这话是指我说的……”他开口说，结结巴巴，“而您是怎么回事？您头脑清醒吗？”

“我头脑清醒得很，先生，可是您呢……是个坏蛋！啊，这真卑鄙！我一直在听您说话，一直故意等着，想弄明白这是怎么回事，因为，老实说，我至今也没理清这件事的头绪……您干这种事究竟是要达到什么目的，我还不明白。”

“我到底干了什么事！您别再胡言乱语，叫人摸不着头脑了！或者，您也许喝醉了酒吧？”

“你这个卑鄙的人也许才喝醉了酒，我却没有！我根本不喝酒，因为灌酒不合乎我的信念！你们猜怎么着，这张一百卢布的钞票就是他，他本人，亲手送给索菲雅·谢敏诺芙娜的。这我亲眼看见，敢于做证，我能起誓！就是他，他！”列别齐亚特尼科夫转过脸去对所有的人又说一遍。

“您是不是发疯了，您这个吃奶的娃娃？”卢仁尖叫道。“她明明站在您的面前，她本人就在这儿。刚才，她自己在这儿当着大家的面说得很清楚：除了十卢布以外，她另外没收过我的钱。既然这样，那我怎么能又给她这样一笔钱呢？”

“我看见了，我看见了！”列别齐亚特尼科夫叫道，一口咬定，“虽然起誓跟我的信念不合，可是眼下我还是愿意在法庭上为我的话起誓，而且起什么誓都行，因为我看见您悄悄把那张钞票塞给她！只是我这个傻瓜还以为您是发善心才塞给她钱呢！刚才您在门口跟她告别，她回转身，您伸出一只手跟她握手，另一只手，也就是左手，就悄悄把钞票放进她口袋里了。我看见的！看见的！”

卢仁脸色发白了。

“您胡说些什么！”他不客气地嚷道，“再说，您站在窗前，怎么看得清钞票！您眼睛近视……这是看花了眼。您胡扯！”

“不，我不是看花了眼！我固然站得远，可是我都看见，都看见了。从窗子那儿很难看清钞票，这话您说得对，不过，说来也真巧，我的确知道那就是一张一百卢布的钞票，因为我看见您一面送给索菲雅·谢敏诺芙娜一张十卢布的钞票（是我亲眼看见），一面又从桌子上拿走一张一百卢布的钞票（我所以会看见，是因为当时我站在桌子近处：当时我脑子里立刻动了一动，所以我没忘记您手里有一张钞票）。您把钞票叠几下，然后一直捏在手里。后来我就不再想这件事，可是等到您站起来，您却把钞票从右手换到左手，而且几乎掉在地上。我这才想起来，因为这时候我的脑子又动一下，想到您是打算对她行善又想瞒过我的耳目。您想象得出来，我就此盯紧您，后来就看见您顺利地把那张钞票塞进她口袋里了。我看见了，我看见了，我敢发誓！”

列别齐亚特尼科夫讲得上气不接下气。四面八方传来各式各样的喊叫声，大都表示惊奇，不过有的喊叫声却带着威严的口吻。大家纷纷拥到彼得·彼得罗维奇跟前。卡捷莉娜·伊凡诺芙娜跑到列别齐亚特尼科夫面前去。

“安德烈·谢敏诺维奇！我一直错怪您了！请您保护她吧！只有您一个人给她撑腰。她是孤儿，是上帝打发您来保护她的！安德烈·谢敏诺维奇，亲爱的，我的爷！”

说完，卡捷莉娜·伊凡诺芙娜几乎自己也不知道自己在干什么，竟然在他面前跪下了。

“荒唐！”卢仁气得发疯，喊道。“您全是胡扯，先生。什么‘我不再想’啦，‘我想起来’啦，‘我不再想’啦……这都是什么意思！这样说来，我是故意偷偷把钱给她放上的？那是为了什么？要达到什么目的？我跟这么一个……有什么共同之处？”

“为了什么？这也正是我自己想不明白的地方。不过我讲的都是真正的事实，这是真实的！我决不会弄错，您这个犯了罪的坏人，我清楚地记得，当时我向您道谢，就因为这个缘故，握您的手的时候，我头脑里立刻生出一个问题。为什么您一定要偷偷把钱放在她口袋里呢？也就是说，何必这么偷偷摸摸呢？难道仅仅是因为您知道我抱着相反的信念，否定私人的慈善行为，认为这根本于事无补，所以要瞒住我？反正，我断定您确实不好意思当着我的面给她这么一大笔钱。此外，我认为，也许您打算对她做一件意想不到的事，等她在自己口袋里找到那一百卢布，就会不由得大吃一惊。（因为，我知道，有些行善的人很喜欢照这样给自己的善行添点花样。）其次，我还想到，您是有心考验她，也就是说，看她找到钱后，会不会来道谢！再其次，我又想到，您是想避免她道谢，或者，喏，像俗语所说的，不让助手知道……总之，有好些诸如此类的想法……嗯，当时我头脑里的想法多极了，我就决定索性以后再去考虑，不过我仍然认为不便于对您说穿我已经知道您的秘密。然而，当时，我头脑里又生出另一个问题：万一索菲雅·谢敏诺芙娜还没来得及发现这笔钱，就把它弄丢了，那可怎么办？喏，这就是我为什么决定到此地来的缘故，我想把她叫出去，告诉她说她口袋里让人放了一百卢布。不过，我先顺便到那高贵太太和小姐房间去了一趟，给她们送去一本书《有效方法总论》[1]，特别推荐了庇德里特的文章（不过另外还有瓦格纳的文章），随后才到这儿来，不料这儿出了这样的事！是啊，要是我没有亲眼看见您把一百卢布放进她的口袋，那我能有这些想法和考虑吗，能有吗？”

1. 1866年在彼得堡出版的自然科学论文的译文集，编者是涅克留多夫。这本文集收入许多作者的文章，其中有德国作家和医师庇德里特的论文《脑和精神（为一切有思想的读者所写的生理心理学论文）》，还有德国经济学家瓦格纳的论文《从统计学观点谈人类近乎任意的行动是符合规律的》。——俄文本编者注临到安德烈·谢敏诺维奇结束他的长篇大论，在结尾提出合理的推断，他已经讲得十分累了，脸上甚至淌下了汗水。唉，他就连用俄国话也不会把问题解释清楚（此外他又不懂别国的语言），因此他发表过律师般的宏论后，好像一下子筋疲力尽，简直似乎瘦了几分。然而他这番话却产生了异乎寻常的影响。他讲得那么热烈，那么振振有词，大家显然都相信他的话。彼得·彼得罗维奇觉得局势不好了。

“您头脑里有那些愚蠢的问题，这关我什么事！”他嚷道，“这可不能算是证据，先生！这些很可能是您做梦梦见的，就是这么回事！我要对您说：这是胡扯，先生！您是因为忌恨我，因为我不同意您那些自由思想和那些反对宗教的社会改革方案，心里有气，才这样胡扯，才这样诽谤我，就是这么回事，先生！”

可是这种金蝉脱壳计并没有给彼得·彼得罗维奇带来好处。四下里反而响起了一片不满的嘘声。

“哼，你扯到哪儿去了！”列别齐亚特尼科夫叫道，“你胡说八道！你去把警察叫来，我为我的话发誓！只是有一点我还不懂：你究竟抱着什么目的才冒险干出这种卑鄙的事！啊，可怜的下流人！”

“我能够解释他抱着什么目的冒险干出这种事来的，如果必要的话，我也敢发誓！”拉斯柯尔尼科夫终于用坚定的声调开口说话了，他挺身站起来。

他分明坚定而沉着。不知怎么，大家只要看他一眼，就会明白他真正知道事情的底细，马上就要真相大白了。

“现在我完全可以把问题解释清楚了，”拉斯柯尔尼科夫转过脸来直接对着列别齐亚特尼科夫，继续说，“今天这件事，一开头我就疑心这里头有什么卑鄙的诡计。我是根据只有我一个人知道的某些特殊情况而起了疑心的，现在我就来把那些情况告诉大家，问题就在这儿！安德烈·谢敏诺维奇，您刚才那番宝贵的证词使得我心里彻底明白了。我请所有的人都听一听，听一听。这位先生，”他指着卢仁说，“不久以前跟一个姑娘，也就是跟我妹妹阿芙朵嘉·罗曼诺芙娜·拉斯柯尔尼科娃定了亲。不过，他来到彼得堡后，前天我们第一次见面，他就跟我吵起架来，我把他从我房间里赶出去了，当时有两个人在场可以做证。这个人很恶毒……前天我还不知道他就住在此地您的房间里，安德烈·谢敏诺维奇，因此，我们吵架的那天，也就是前天，他亲眼看见我以亡人玛尔美拉朵夫先生的朋友的身份，把一点点钱送给亡人的妻子卡捷莉娜·伊凡诺芙娜作丧葬费。他呢，立刻给我母亲写了一封短信，告诉她说，我不是把那点钱送给卡捷莉娜·伊凡诺芙娜，而是送给索菲雅·谢敏诺芙娜的，同时用极下流的说法提到……索菲雅·谢敏诺芙娜的品格，也就是暗示我跟索菲雅·谢敏诺芙娜的关系的性质。他这样做，你们明白，是有意挑拨我母亲和妹妹跟我争吵，要她们明白：她们把仅有的一点点钱接济我，我却滥用在不正当的目的上了。昨天傍晚，我当着母亲和妹妹的面，而且也有他在场，恢复这件事的真面目，说明我是把钱送给卡捷莉娜·伊凡诺芙娜供殡葬用，而不是送给索菲雅·谢敏诺芙娜的，又说明前天我跟索菲雅·谢敏诺芙娜还不相识，甚至还没见过她的面。此外，我还补充了一点，我说彼得·彼得罗维奇·卢仁尽管道貌岸然，尽管把索菲雅·谢敏诺芙娜说得很坏，他却抵不上她的一根小手指头。他就问我，那我会让索菲雅·谢敏诺芙娜跟我妹妹坐在一起吗？我回答说，那天我已经照这样做过了。他看出我的母亲和妹妹不愿意听信他的诬蔑而跟我争吵，就生气了，一句连一句地顶撞她们，说出不可原谅的粗鲁无礼的话。于是发生了最后的决裂，她们把他赶走了。这都发生在昨天傍晚。现在我要请诸位特别注意，你们想想看，要是他现在得了手，证明索菲雅·谢敏诺芙娜确实是个贼，那么，他就向我的妹妹和母亲证明他的怀疑几乎可以说是对的，证明他因为我把妹妹和索菲雅·谢敏诺芙娜看成一样的人而生气，就也是对的，还证明他攻击我，因此就保护了我妹妹，而且预先维护了我妹妹，也就是他未婚妻的荣誉。一句话，他藉这件事甚至可以再一次挑拨我的亲人跟我争吵，而且，当然，还希望藉此重新博得她们的好感。更不用说，他还对我个人报复了一下，因为他有理由认为索菲雅·谢敏诺芙娜的荣誉和幸福在我心目中是很宝贵的。这就是他的整个打算，这就是我对这件事的理解！原因全在于此，另外不可能有别的原因！”

照这样，或者几乎照这样，拉斯柯尔尼科夫结束了他的话，四周的人虽然听得很注意，却常常发出惊叫声打断他的陈述。然而，尽管别人打岔，他却讲得尖刻，沉着，准确，清楚，坚定。他那朗朗的声调、有说服力的口吻和严峻的脸色对所有的人都产生了异乎寻常的影响。

“对，对，就是这么回事！”列别齐亚特尼科夫非常高兴地肯定道。“事情一定是这样，因为索菲雅·谢敏诺芙娜刚刚走进我们的房间，他就问我：‘拉斯柯尔尼科夫来了吗？你在卡捷莉娜·伊凡诺芙娜的客人当中见到他了吗？’他为此把我叫到窗前，在那儿悄悄问的。可见他非常需要您在这儿！这是对的，完全是这么回事！”

卢仁一句话也没说，光是鄙夷地冷笑。不过，他脸色惨白了。他似乎在考虑该怎样才能脱身。也许他恨不得丢开一切，一走了事，然而，在当前这个时刻，这个办法却几乎可以说是行不通的，那就等于干脆承认人家加给他的罪名是对的：他确实诬陷了索菲雅·谢敏诺芙娜。再者，在场的人们本来就已经喝得醉醺醺的，眼下又十分激动，不会轻易放走他。那个军需官虽然确实没大听懂，却喊得比谁都响，而且提议采取某些对卢仁来说非常不愉快的措施。不过也有没喝醉的人，他们从各房间里走到这儿来，聚在一起。那三个波兰人心情非常激动，不停嘴地对他嚷道：“Пане лайдак![1]” 同时用波兰话嘟哝了几句威胁的话。索尼雅紧张地听着，可是好像也没完全听懂，倒仿佛刚从昏厥中清醒过来似的。她只是目不转睛地看着拉斯柯尔尼科夫，觉得她全靠他来保护了。卡捷莉娜·伊凡诺芙娜呼吸困难，唏里呼噜地喘着气，似乎疲乏得很。最显出傻样的是阿玛丽雅·伊凡诺芙娜，她张开嘴站着，根本什么也不明白。她只看出彼得·彼得罗维奇，不知怎么，给人抓住把柄了。拉斯柯尔尼科夫本来想要求大家准许他再讲下去，可是谁也不容许他把话讲完，因为人们大呼小喊，把卢仁团团围住，又是辱骂又是恐吓。然而彼得·彼得罗维奇并不胆怯。他看出加罪于索尼雅的事已经完全失败，就索性硬起头皮来了。

“对不起，诸位先生，对不起，别挤过来，让我走出去!”他说着，要穿过人群走出去，“劳驾，别吓唬人。我向你们保证：这不会有什么结果，你们得不着什么好处，我可不是胆小怕事的人。正好相反，你们得负责任：你们硬把一个刑事案件遮盖过去了。这个贼已经给揭露得再清楚不过，我要起诉。法庭上的人可不这么盲目，也……不这么醉醺醺的，他们不会相信这两个坏透了的无神论者、捣乱分子和自由主义者。这两个人是出于私仇才跟我为难的，这一点，他们愚蠢之至，居然承认了……好，让我走过去！”

“从今以后，再也不准你跨进我屋门口。请你搬走，我们之间一刀两断！想想看，足有两个星期……我费尽心血，给他讲那些道理！……”

“要知道，刚才，安德烈·谢敏诺维奇，您还留我住下，我本来就已经对您说过，我要搬走了。现在我只想补充一句：您是个蠢货。希望您治一治您的头脑和您近视的眼睛。请让一让路，诸位先生！”

---

1. 波兰话：这老爷是个坏蛋！

他往外挤。可是军需官却不肯轻易把他放过去，认为光是骂他一顿还不够。他就从桌子上拿起一只玻璃杯，抡起胳膊，朝彼得·彼得罗维奇打过去，不料那只玻璃杯直对着阿玛丽雅·伊凡诺芙娜飞过去了。她尖叫一声。军需官呢？一抡胳膊，身子没站稳，沉甸甸地倒在桌子底下了。彼得·彼得罗维奇趁机走回自己的屋里，不出半小时就离开这所房子了。索尼雅本性胆怯，早就已经知道她比世上任何人都容易遭殃，不管什么人欺侮她，几乎都可以不受惩罚。不过，话虽如此，她直到这时候还觉得也许好歹能躲过这些灾难，只要谨慎点，温和点，对所有的人一概百依百顺就行。她的失望心情极其沉重。当然，她对什么事都经受得住，就连眼前这件事也一样，她可以忍气吞声，几乎毫无怨言。可是，一开头，她却非常不好受。尽管她胜利了，事实证明她没犯罪，她最初的惊惧已经过去了，她可以清楚地考虑和了解种种事情了，可是她仍然感到孤立无援，处处受气，这种情绪揪痛了她的心。她发疯了。最后，她受不住，就猛地跑出房外，奔回家去。这几乎发生在卢仁刚刚离开以后。阿玛丽雅·伊凡诺芙娜呢，那只玻璃杯正好落在她身上，引得在场的人大声哄笑，她觉得代人受过，也忍受不住了。她尖声叫着，像发了疯似的，往卡捷莉娜·伊凡诺芙娜那边扑过去，认为这一切全是她的过错。

“从这个寓所滚出去！马上！走！”

她一面说这些话，一面随手抓起卡捷莉娜·伊凡诺芙娜的东西，统统扔到地板上。卡捷莉娜·伊凡诺芙娜本来差不多已经半死不活，差点昏过去，脸色苍白，呼呼地喘息，这时候却从床上跳起来（她原已经困乏得倒在床上了），往阿玛丽雅·伊凡诺芙娜身上扑过去。可是这场争斗力量太悬殊，阿玛丽雅·伊凡诺芙娜一下子就推开她，就像推开一根羽毛似的。

“怎么！别人伤天害理地诬蔑我们还嫌不够，现在这头畜生也来欺负我！怎么！在我丈夫下葬的日子，她吃了我的宴席，却把我和这些孤儿赶出寓所，撵到街上去！叫我到哪儿去呀？”可怜的女人又哭又喊，喘个不停。“主啊！”她忽然闪着亮晶晶的眼睛说，“难道就没有公道吗！你不保护我们这些孤儿寡母还保护谁呢！等着瞧吧！世上是有法律和真理的，有的，我会找到的！我马上就会找到，你等着就是，你这不信上帝的畜生！波列琪卡，你带着孩子留在这儿，我会回来的。等着我，哪怕到街上去等也成！我们会看见世上到底有没有真理！”

卡捷莉娜·伊凡诺芙娜往头上披一块绿色细呢头巾，也就是亡人玛尔美拉朵夫在讲话中提到过的那条，不顾杂乱和喝醉的那群房客仍然聚集在房间里，挤出一条路来，哭着叫着跑到街上去了，至于现在要到哪儿去，却还无法确定，反正无论如何一定得找到公道才成。波列琪卡吓得带着孩子们躲到墙角一只箱子上，在那儿搂住两个小孩，周身发抖，等着母亲回来。阿玛丽雅·伊凡诺芙娜在房间里跑来跑去，大声叫着，数落着，把不管是她随手抓到的，还是地板上的一切东西都扔出去，闹得不可开交。房客们大声喊叫，你讲你的，他讲他的。有些人极力评论刚发生过的事，有些人争吵和相骂，也有人唱起歌来……

“现在我也该走了！”拉斯柯尔尼科夫暗想。“嗯，索菲雅·谢敏诺芙娜，现在倒要看看您会怎么说！”

他就动身到索尼雅的寓所去了。

第四章

拉斯柯尔尼科夫尽管自己已经有那么多提心吊胆和痛苦不堪的心事，可是临到替索尼雅对抗卢仁的时候，却成了一个虎虎有生气的辩护人。不过，这天上午他已经受了那么多的痛苦，这时候倒庆幸有个机会改换一下他那越来越不能忍受的心境，更不要说他本来就极其热烈恳切地一心想为索尼雅打抱不平了。此外，他心里一直惦记着他不久就要跟索尼雅会晤，特别是有的时候这还使他非常不安，因为他必须对她说明是谁把丽扎维达害死的。他预先感到那会使他万分痛苦，就挥一下手，好像要摆脱这种想法似的。所以，他从卡捷莉娜·伊凡诺芙娜家里出来，喊一声："嗯，您现在会怎么说呢，索菲雅·谢敏诺芙娜？"那也显然是因为当时他的精神状态表面看来还很兴奋，他刚战胜卢仁而精神焕发，斗志昂扬，很是得意。然而随后他却起了奇怪的变化。等他走到卡彼尔纳乌莫夫家，他却忽然感到软弱无力，心惊胆战了。他在门口站住，举棋不定，心里提出一个奇怪的问题："必须说出是谁把丽扎维达害死的吗？"这个问题之所以奇怪，是因为他当时忽然感到，那件事他非但不能不说，就连暂时推迟这个时间也不行。至于为什么不行，他也不知道，只是有这种感觉罢了。然而他要干这件非干不可的事却又觉得力不从心，这种痛苦的感觉几乎使他难受得透不过气来。为了避免思考，避免痛苦，他就赶紧推开房门，在门口瞧着索尼雅。她坐在那儿，胳膊肘撑在小桌的桌面上，两只手蒙住脸。可是她一看见拉斯柯尔尼科夫，就赶快站起来，迎着他走过去，仿佛在等他似的。

“刚才要是没有您，不知我会弄到什么下场哟！”她在房间中央跟他站在一起，很快地说道。显然，这句话正是她急于对他说出口的。她也正是因为这个缘故才在等他。

拉斯柯尔尼科夫走到桌子跟前，在她刚才坐过的椅子上坐下。她站在他面前，离他两步远，完全跟昨天一样。

“怎么样，索尼雅？”他说，忽然觉得他的声音发抖了，“一切事情本来就是由‘社会地位和与之有关的习惯’而定的。您刚才明白这句话了吗？”

她脸上出现了痛苦的神情。

“可是您不要像昨天那样跟我说话了！”她打断他的话。“劳驾了，再也别谈那些。就是不谈那些也已经够痛苦的了……”

她赶紧微笑一下，生怕他听到责备也许会不高兴。

“我一时糊涂，离开那儿走了。现在那儿怎么样？刚才我本来想回去，可是心里一直想，喏……您会来的。”

他告诉她说，阿玛丽雅·伊凡诺芙娜要把他们赶出寓所，卡捷莉娜·伊凡诺芙娜不知跑到哪儿去“寻找真理”了。

“哎呀，我的上帝！”索尼雅叫道，“我们快点去吧……”

她拿起她的短斗篷。

“您老是这样！”拉斯柯尔尼科夫气愤地叫道，“您满脑子想的都是他们！您陪我坐一会儿吧。”

“可是……卡捷莉娜·伊凡诺芙娜呢？”

“卡捷莉娜·伊凡诺芙娜既然已经从家里跑出来，那么，当然，就不会绕过您这儿，她自己一定会来的，”他用抱怨的口气补充说，“要是她来这儿找不到您，那倒是您的不是了……”

索尼雅带着痛苦的迟疑心情在椅子上坐下。拉斯柯尔尼科夫沉默下来，眼看着地下，想心思。

“姑且这么说吧，这一次卢仁没打算陷害您，”他开口说，眼睛没看着索尼雅，“可是如果他有意陷害您，或者他正好有这种打算，那么，只要我和列别齐亚特尼科夫不在，他可就把您送进监狱去了啊。”

“是的，”她用微弱的声音说，“是的！”她再说一遍，心神恍惚，惶惶不安。

“真的，我也确实可能没去！列别齐亚特尼科夫呢，他完全是偶然跑到那儿去的。”

索尼雅没说话。

“喏，要是您真关进了监狱，那可怎么办？您还记得我昨天说的话吗？”

索尼雅又没答话。拉斯柯尔尼科夫等了一阵。

“我以为您又会嚷道：‘哎呀，您别说了，住嘴吧！’”拉斯柯尔尼科夫笑道，不过笑得有点勉强。“怎么，又不开口了？”他过一会儿问道。“总得说点什么吧？我想知道，像列别齐亚特尼科夫说过的那样，现在您会怎样解决一个‘问题’。”他的思路好像渐渐乱了。“不，其实我是认真说的。您想一想看，索尼雅，万一您事先就已经知道卢仁的种种意图，知道（也就是确切地知道）他的意图一实现，卡捷莉娜·伊凡诺芙娜和她的孩子就全完了，外搭上您也一样（因为您素来认为自己无关紧要，我才说外搭上），波莉卡也是如此……因为她也会走同样的道路，好，那么注意，假如现在，突然间，这件事要完全由您做出决定：究竟该让那个人还是该让这些人在世界上生活下去？也就是该让卢仁活下去，干坏事呢，还是该让卡捷莉娜·伊凡诺芙娜死掉？那您会怎样决定：该让他们之中谁死？我问您。”

索尼雅心慌意乱地瞧了他一阵，因为她从他迟疑不定而且转弯抹角的那番话里听出一种特别的味道。

“我早就料着您会问这类话。”她说着，用探索的眼光瞧着他。

“好，就算是这样吧。不过，您会怎样决定呢？”

“您何必问这种根本不可能发生的事呢？”索尼雅厌烦地说。

“那么，还是让卢仁活下去，干坏事的好！您连这也不敢决定？”

“可是，我根本没法知道天意怎样……再者，这种不该问的事，您何必问呢？何必问这种空洞无聊的事呢？这种事怎么可能由我来决定呢？是谁派我来做法官，判决某人该活，某人不该活？”

“既然这种事涉及天意，那倒也真的无计可施了。”拉斯柯尔尼科夫阴沉地埋怨道。

“您最好还是干脆说出来：您需要什么！”索尼雅痛苦地叫道，“您又要把话引到什么事上去了……莫非您到这儿来，纯粹是为了折磨我？”

她忍不住，忽然伤心地哭了。他带着暗淡的愁苦心情瞧着她。大约五分钟过去了。

“是啊，你说的对，索尼雅。”他终于轻声说道。

他忽然变了。他原来那种装得涎着脸而且无力地逞强的口气消失了。就连他的声音也忽然低下来。“昨天我亲口对你说过，我不是来请求你宽恕的，可是今天几乎一开口就请求你宽恕……我讲卢仁，讲天意，那些话都是为我自己说的……这是我请求你宽恕，索尼雅……”

他本想微微一笑，可是他那苍白的笑容里表现出一种无可奈何和话没说完的神情。他低下头，两只手蒙住脸。

突然，一种奇怪而意外的情绪来到他的心头：他有点痛恨索尼雅。他仿佛为这种情绪吃一惊，害怕了，蓦地抬起头，定睛瞧着她。可是他发现她也在瞧他，目光那么不安，对他关切到了痛苦的地步。那是热爱，于是他的恨像幻影一样消失了。那本来就不是恨，他错把一种情绪当作另一种情绪了。这只是说，那个时刻到来了。

他又伸出两只手蒙上脸，垂下头。忽然，他脸色煞白，离开椅子站起来，瞧着索尼雅，什么话也没说，信步走到她的床跟前，在床上坐下。

这个时刻使他感到很像当初他站在老太婆身后，从绳套里取出斧头，觉得“一分钟也不能再耽搁了”。

“您怎么了？”索尼雅问道，不免战战兢兢。

他一句话也说不出来。他根本没打算照这样向她说出那件事，根本没有，而且他自己也不明白自己现在怎么了。她悄悄走到他跟前，在床上挨着他坐下，等他开口，眼睛一直盯紧他。她的心怦怦地跳，又好像要停止跳动了。这个局面叫人没法忍受，他就把他那死灰的脸往她那边转过去，他的嘴无力地撇着，极力要说出话来。恐惧来到她的心头。

“您怎么了？”她又问一遍，微微躲开他一点。

“没什么，索尼雅。别害怕……胡扯！真的，要是仔细想一想，这全是胡扯。”他嘟嘟哝哝，像是一个神志不清的人在胡说。“为什么我到这儿来光是折磨你？”他瞧着她，忽然添上这么一句。“真的，为什么？我一直在问我自己，索尼雅……”

也许一刻钟以前，他就已经对自己提出这个问题了，可是现在才十分无力地说出口，自己也不知道自己说了些什么，只觉得全身上下不停地发抖。

“哎呀，您多么痛苦！”她看着他，难过地说。

“这全是胡扯！听我说，索尼雅，”不知什么缘故他忽然微微一笑，有点苍白无力，无可奈何，前后有两秒钟光景，“你记得我昨天想跟你说什么吗？”

索尼雅不安地等着。

“昨天我临走时说过，也许我从此跟你永别了，可是如果我今天来，我就会告诉你……是谁杀害了丽扎维达。”

她忽然全身发抖。

“喏，这就是我到这儿来要说的话。”

“那么您昨天的这句话是认真说的……”她费力地低声说，“不过，您怎么会知道的？”她赶紧问道，好像猛然醒悟过来。

索尼雅开始呼吸困难了。她的脸色越来越苍白。

“我知道。”

她沉默了一会儿。

“莫非他们找到他了？”她胆怯地问。

“不，没找到。”

“那您怎么会知道这件事的？”她又问道，声音低得几乎听不见，而且几乎又沉默了一分钟。

他转过脸去对着她，定睛瞧着她，久久不动。

“你猜吧。”他说着，露出原先那种不自然而又无可奈何的笑容。

她全身痉挛了一下。

“您……干吗这么……吓唬我？”她又说道，像小孩似的微笑一下。

“既然我知道，可见他就是……我的知心朋友。”拉斯柯尔尼科夫继续讲他原来的话，仍然不停地瞧着她的脸，好像已经没有力量把他的目光移开了。“他原来并没有打算……杀害这个丽扎维达……他是无意中把她……杀死的……他原打算趁老太婆一个人在家时把她干掉……就去了……可是那时丽扎维达走进来……于是他把她……也杀害了。”

又过了可怕的一分钟。两个人一直互相瞧着。

“那你还猜不到吗？”他忽然问道，觉得好像正从钟楼上跳下去。

“猜不到。”索尼雅低语道，声音小得几乎听不见。

“你好好看着我。”

他刚一说完这句话，先前那种熟悉的感觉一下子就又使他的心停止跳动了：他瞧着她，忽然觉得她的脸仿佛就是丽扎维达的脸。他清楚地记得当初他举起斧头往丽扎维达跟前走近的时候，她脸上是什么样子，那时候她从他面前往后退到墙边去，向前伸出一只手，脸上显出十分孩子气的惊惧神情，犹如小孩子忽然开始惧怕什么东西，就不安地、呆呆地望着那吓人的东西，一面往后退去，一面向前伸出一只小手，随时准备哭出来。现在索尼雅的情形也差不多，她也那么无可奈何，也那么惊恐，瞧了他一阵，然后，蓦地向前伸出左手，手指轻轻地碰着他的胸脯，身子缓慢地从床上起来，要躲开他，越远越好，目光却一直停在他的身上不动。她的恐怖忽然也感染了他。他脸上也露出同样胆战心惊的样子，他也开始那样看她，甚至几乎也现出那种孩子气的微笑。

“你猜出来了？”最后他小声说。

“主啊！”她胸膛里迸发出一声可怕的哀叫。她没了力气，向床上倒下去，脸埋在枕头里。

可是过了一会儿，她却很快地爬起来，很快地凑到他跟前，抓住他的两只手，她那细长的手指像钳子似的捏紧他的手，她又定睛瞧着他的脸，仿佛她的目光粘在他身上了。她是想用这最后的而且绝望的目光看出，并且抓住哪怕是最后的一线希望。可是希望已经没有了，怀疑的余地已经没有了，事情真的就是这样！甚至事后她回想这个时刻，也还会觉得奇怪，诧异，当时她怎么会一下子就看出事情已经毫无怀疑的余地了呢？是啊，例如，总不能说她事先已经预料到会发生这样的事吧？可是现在他刚对她说完那些话，她却突然觉得她好像早已料到这种事了。

“得了，索尼雅，够了！不要折磨我了！”他痛苦地要求说。

他根本没打算照这样对她透露实情，根本没打算这样，然而事情偏偏就这样发生了。

她似乎难以控制自己，猛地跳起来，绞着自己两只手，走到房间中央，可是很快地走回来，又在他身旁坐下，她的肩膀几乎碰着他的肩膀。突然，她仿佛挨了一刀似的，打了个哆嗦，大叫一声，扑过去，自己也不知道自己在干什么，在他面前跪下了。

“您都干了些什么呀，您都干了些什么坑害自己的事呀！”她绝望地说道，然后跳起来，扑过去搂住他的脖子，拥抱他，她的两条胳膊把他抱得紧紧的。

拉斯柯尔尼科夫急忙一闪，露出忧郁的笑容并瞧着她，说：

“你可真是个奇怪的姑娘，索尼雅。我告诉你那件事后，你倒拥抱我，吻我。你简直昏了头。”

“如今，全世界再也没有一个人比你更不幸了，再也没有一个人了！”她没听他讲话，发疯般地叫道，然后蓦地哽哽咽咽，哭起来，就跟发了疯似的。

一种他已经很久没有领略过的感情像波涛般涌进他的心，一下子弄得他的心软了下来。他没有抑制它，于是两颗泪珠滚出他的眼眶，挂在睫毛上。

“那么你不会丢下我走开吧，索尼雅？”他说，几乎抱着希望瞧着她。

“不会，不会，永远也不会，无论到哪儿也不会！”索尼雅叫道，“我跟着你去，跟着你走遍天涯海角！啊，主！……哎呀，我真是不幸！……为什么我没早点认识你，为什么呢！为什么你没早点来呢？啊，主！”

“我这不是来了吗？”

“现在才来！啊，现在怎么办呀！……我们要守在一起，守在一起！”她又说一遍，仿佛忘记了身外的一切，又拥抱他，“我跟你一起去服苦役刑！”

他仿佛忽然打了个冷战。原先那种痛恨而且几乎可以说是傲慢的笑容又在他唇边出现了。

“索尼雅，也许我还不想去服苦役刑呢。”他说。

索尼雅很快地瞧他一眼。

最初她热烈而痛苦地同情这个不幸的人，过后又想起凶杀案，这个可怕的念头使她震惊。她听到他讲话的口气变了，忽然从中领会到他就是凶手。她惊愕地看着他。她至今还完全蒙在鼓里，既不知道他因为什么干这种事，也不知道他是怎么干的，更不知道他要达到什么目的。现在这些问题一下子突然来到她头脑里。她又不相信地暗想：“他居然是凶手，他！这怎么可能呢？”

“这到底是怎么回事！我这是在什么地方！”她大惑不解地说道，仿佛还没清醒过来似的。“您，像您这样的人……怎么能下决心干这种事呢？……这到底是怎么回事啊！”

“嗯，是的，无非是要抢劫财物。别再谈这些了，索尼雅！”他有点疲倦，甚至好像烦恼地回答说。

索尼雅站在那儿，仿佛被人打昏了，可是忽然开口叫道：

“你当时在挨饿！你是要帮助……你母亲吧？对吗？”

“不，索尼雅，不对，”他嘟哝说，扭回脸去，低下头，“我当时还不算太挨饿……我确实想帮助我母亲，不过……这也不完全对……别折磨我了，索尼雅！”

索尼雅把两只手举起轻轻一拍。

“难道说，难道说这一切真是这样的吗！主啊，这算是什么真相呀！谁能相信？……您把您自己最后的一点点钱都给了人家，却去图钱害命，这怎么可能，怎么可能呢！哎呀！……”她突然叫起来，“您给过卡捷莉娜·伊凡诺芙娜一笔钱……那笔钱……主啊，莫非那笔钱也是……”

“不，索尼雅，”他赶紧打断她的话说，“这笔钱不是那种钱，你放心！这笔钱是我母亲托一个商人寄给我的。我收到钱的时候，正在生病，而且当天我就把钱送给她了……拉祖米欣看见的……就是他替我收下钱的……这是我的钱，我自己的钱，真正是我的钱。”

索尼雅听着他讲话，迷惑不解，就极力想弄清是怎么回事。

“那种钱……可是我甚至不知道那里头有没有钱。”他轻声补充说，似乎在沉思。“那时候我从她脖子上取下个麂皮的钱包……装得很满，圆滚滚的……可是我没细看里面装着什么，一定是没来得及看……哪，还有那些东西，都是袖扣和表链什么的，第二天上午我就把所有这些东西和钱包都埋在某街一个院子里的一块石头底下了……那些东西现在也还在那儿放着……”

索尼雅竭尽全力听着。

“哦，那么为什么……既然您什么东西也没留，怎么能说是要抢劫财物呢？”她很快地问道，就跟抓住一根救命的稻草似的。

“我不知道……当时我还没决定要不要拿钱，”他嘟哝说，似乎又沉思了，随后，骤然清醒过来，赶紧短促地笑一笑，“唉，我刚才胡说了些多么傻的话呀，啊？”

索尼雅脑子里闪过一个想法：“莫非他疯了？”不过，她立刻把这个想法丢开了：不对，这是另一回事。反正她一点也不明白，一点也不明白！

“你要知道，索尼雅，”他忽然说，精神有点振作起来，“你要知道，我要跟你说：如果我杀人完全是因为肚子饿，”他继续说，咬清每个字的字音，神秘而又诚恳地瞧着她，“那我现在倒会……感到幸福了！你要知道这一点才是！”

“再者，这种事跟你有什么相干呢？”他过了一会儿嚷道，甚至带点绝望的口气。“喏，即使现在我承认我干了坏事，这又跟你有什么相干？是啊，若你占了我的上风而愚蠢地扬扬得意，这对你有什么好处呢？唉，索尼雅，我现在到你这儿来难道就图这个！”

索尼雅本来又想说点什么，可是终于没有开口。

“昨天我叫你跟我一块儿走，是因为我只有你这么一个知心的人了。”

“你叫我跟你到哪儿去？”索尼雅胆怯地问道。

“不是去偷偷摸摸，也不是去杀人，你别担心，不是为了干这些。”他讥讽地冷笑了一下说，“我们是大不相同的人……你知道吗，索尼雅？真的，我直到现在才明白我昨天要叫你到哪儿去的，我直到现在才明白！昨天我叫你的时候，我自己也不知道要到哪儿去。其实，我叫你也罢，我到这儿来也罢，目的只有一个，就是请你别丢开我。你不会丢下我不管吧，索尼雅？”

她紧紧握住他的手。

“我为什么要把事情告诉她，为什么要对她说穿，为什么呢？”他过了一会儿，绝望地叫道，无限痛苦地看着她，“喏，你等着我来说明问题。索尼雅，你一直坐在那儿等着，这我看出来了。可是我能对你说什么呢？要知道，这种事你一点也不懂，反而会为我……伤心得要命！瞧，你现在哭了，又拥抱我。可是，你为什么拥抱我呢？就因为我自己挑不起这副担子，所以到这儿来把它卸到别人的肩膀上，说一声：‘你也痛苦一下吧，我就会轻松一点。’那你还能爱这样的坏蛋吗？”

“咦，你不是也在痛苦吗？”索尼雅叫起来。

他原先那种情绪，就又像波涛似的涌进他的心里，一刹那间又使他的心软了下来。

“索尼雅，我心眼坏，你要注意。这可以说明很多问题。我之所以到这儿来，就因为我心眼坏。换了另外一种人，就不会来。我呢，是懦夫，是……坏蛋！不过……算了吧！这些话都不切题……现在我应当说一说，可是我又不知道从哪儿说起……”

他停住嘴，沉思不语。

“哎，我们是大不相同的人啊！”他又嚷起来，“不是同路人。我何必到这儿来，何必哟！为这件事我永远也不会原谅我自己！”

“不，不，你来了才好！”索尼雅叫道，“让我知道真情才好！好处多着呢！”

他痛苦地瞧着她。

“说了真情又怎么样！”他说道，仿佛打定了主意，“事情本来就是这样嘛！你听我说，我想当拿破仑，所以才杀人……喏，现在你懂了吧？”

“不懂，”索尼雅天真而胆怯地小声说，“不过……你说吧，说吧！我会懂的，我会自己琢磨着弄懂的。”她恳求他道。

“你会懂？嗯，好，我们等着看吧！”

他停住口，考虑了很久。

“事情是这样的，有一次我对自己提出这样一个问题：打个比方，假定拿破仑正好处在我的位置上，他要开创事业却又没有土伦，没有埃及，没有越过勃朗峰，总之，这些美丽而宏伟的东西一概没有，单单只有这么一个可笑的老太婆，一个小文官留下的寡妇，而且必须把她杀掉，才能从她箱子里取到钱（这是为了开创事业，你明白吗？）。好，既然没有别的路可走，那么他会下决心这么干吗？他会因为这种事太不伟大，而且……而且是犯罪，于是感到厌恶吗？嗯，我对你直说了吧，这个‘问题’把我折磨了很久，因此后来我感到十分惭愧，因为我终于明白过来（不知怎么忽然明白过来），他非但不会厌恶，甚至脑子里也根本不会想到这不伟大……而且甚至会茫然不解：这有什么可厌恶的呢？他既然已经没有别的路可走，就会把她活活掐死，连喊也不让她喊一声，什么顾虑也没有！……于是我就……学权威者的榜样……不再左思右想……把她干掉了……事情确确实实就是这样！你觉得好笑吧？是啊，索尼雅，这当中最可笑的，就是这件事也许恰恰就是这样……”

索尼雅根本没觉得可笑。

“您最好还是直截了当地对我说话……不要打比方。”她越发胆怯地要求说，声音低得几乎听不见。

他转过脸来对着她，忧郁地瞧着她，拉住她的两只手。

“你又说对了，索尼雅。是啊，这全是胡扯，几乎都是废话！瞧，你本来知道我母亲几乎一无所有，我妹妹碰上了个机会，受过一点教育，于是注定了到处去做女家庭教师。她们的希望全寄托在我一个人身上。我在大学读书，可是养活不了自己，只好有时候辍学。即使照这样拖下去，不出十年或者十二年（假如情况好转的话），我也还是有希望当个教员或者文官，一年挣一千卢布薪金……”他说话像背书一样。“不过，到那时候，我母亲因连年操劳和忧伤，已经憔悴，我仍然无法给她带来什么安慰，我妹妹呢……喏，我妹妹的情形可能更糟！……再者，一个人何苦虚度一生，碰见什么东西都一概避开，把母亲也忘掉，而且，比方说，看见妹妹受欺侮，也恭恭敬敬地忍气吞声？这都是为了什么？莫非是为了把她们埋葬后，再招来新的累赘，例如娶妻生子，然后再弄得他们没有一个小钱花，没有一块面包吃吗？于是……于是，我就下定决心，把老太婆的钱拿过来，在最初几年，就用这笔钱，不再连累母亲，保证我读完大学和毕业后最初一段时间的花销。这就得彻底大干一场，为的是办出一种全新的事业，走到一条独立的新路上去。喏……喏，这就是事情的来龙去脉……嗯，当然，我杀害老太婆是干了件不对的事……哦，我也说得够了！”

他衰弱无力地把这段话好歹讲完，低下头去。

“唉，这讲得不对头，不对头！”索尼雅痛苦地叫道，“哪能是这样呢……不对，不是这样，不是这样！”

“你偏偏看出不是这样！……不过要知道，我是真心诚意讲这些话的，我讲的是实情！”

“这怎么能算是实情！啊，主！”

“要知道，索尼雅，我杀害的不过是一只没用的、讨厌的、有害的虱子罢了。”

“这只虱子可是个人啊！”

“当然，我也知道人不是虱子，”他回答道，奇怪地瞧着她，“不过，我在瞎扯了，索尼雅，”他补充说，“我已经瞎扯很久了……事情不是这样，你说得对。那完全是另一种原因，完全，完全是另一种原因！……我已经有很久没跟外人谈过话了，索尼雅……我的头现在很痛。”

他眼睛里燃着发高烧的光芒。他几乎开始说昏话了，唇边荡漾着心神不宁的笑容。他那兴奋的精神状态透露出他非常衰弱无力。索尼雅明白他心里难过。她也开始头晕了。他讲话很怪，然而有些地方仿佛也可以听懂，可是……“可是，怎么会呢！怎么会呢！啊！主！”她绝望地绞着两只手。

“是啊，索尼雅，我的话不对头！”他又开口说，忽然抬起头，好像他思想上这种突然的转变，使得他吃一惊，又惹得他激动起来，“我讲得不对头！最好是……你把我看成……对，这样确实好得多！……把我看成爱面子，心眼坏，嫉妒心重，卑鄙，好记仇的人，嗯……说不定还有点疯癫的趋向。(索性一下子把话都讲了吧！人家早已在讲我有疯病，我注意到了！）喏，刚才我对你说过，我上大学，却没法养活自己。可是，或许我也能混过去，你知道吗？我母亲会寄给我钱缴学费。至于买皮靴和衣服，买面包，我自己也挣得来，真的！家教馆就成，一小时能挣半卢布。拉祖米欣就在干这种工作！可是我心里有气，不想干。的确是心里有气。（这个词真妙！）于是我像只蜘蛛似的，躲到墙角里去了。是啊，你去过我的小屋，看见过……你知道吗，索尼雅，低矮的天花板，窄小的房间，把人的脑子和心灵束缚住了！啊，我多么痛恨那间小屋！可是我仍然不打算离开它。我偏不愿意走出去！我成天不出门，也不想工作，甚至也不想吃东西，老是躺在那儿不动。娜斯达霞送吃的来，我就吃，她不送来，我就挨一天饿。我赌气偏不向她要！夜里没有烛火，我就在黑暗中躺着，不愿意干活儿挣点钱买根蜡烛。我原应当好好念书，却把书卖掉了。如今，我的桌子上也罢，笔记本上也罢，练习本上也罢，尘土都有一指厚了。我最喜欢躺着想心思。我老在思索……我有许多梦想，古里古怪，各式各样，也不必细说了！不过，直到那时候我才开始觉得……不，不是这样！我又没有说对！你知道，那时候我老是问自己：为什么我那么愚蠢？要是别人都愚蠢，要是我确切地知道他们愚蠢，那我自己怎么不想变得聪明些呢！后来，索尼雅，我想通了：要是等着大家都聪明起来，时间可就太长了……后来我只想通一点：这种情形永远也不会发生，人是不会变的，谁也不能改变他们，犯不着为这种事费力气！对，就是这样！这就是他们的规律……规律，索尼雅！就是这样！……现在我才知道，索尼雅，谁的头脑和精神坚强有力，谁就是他们的主宰者！谁胆量大，在他们心目中，谁就对。谁唾弃大多数东西，谁就是他们的立法人。谁胆量最大，谁也就最正确！事情至今都是这样，将来也会永远如此！只有瞎子才看不清！”

拉斯柯尔尼科夫讲这些话的时候，虽然也瞧着索尼雅，可是他再也不为她是否听懂而操心了。他的热病已经完全发作。他显得阴沉而痴迷。(的确，他已经很久很久没跟别人谈过心了！）索尼雅明白，这种阴沉的道理已经成为他的信仰和法则了。

“索尼雅，”他继续热烈地说，“我这才领悟：权力，只有那种敢于弯下腰，拾起它的人，才能得到。这只要有胆量就成，只要求这一点！于是，当时就有一种想法生平第一次在我头脑里生出来，这种想法在我以前任何时候都没有人想到过！没有人！我忽然像看到阳光似的，明白地感到：怎么会至今没有一个人放大胆子，敢于走到那些荒唐的东西面前，一把揪住它们的尾巴，把它们扔到魔鬼那儿去!……我……我打算放大胆子，于是把她杀了……我不过是要放大胆子罢了，索尼雅。原因全在这儿!”

“哎呀，别说了，别说了!”索尼雅把两只手举起来轻轻一拍，叫道。“您背离了上帝，上帝就惩罚您，把您交给魔鬼了!……”

“顺便说一句，索尼雅，当初我在黑暗里躺着，老是想这想那，这不就是魔鬼在挑唆我吗，啊?”

“闭嘴！别笑了，渎神者。您什么也不懂，什么也不懂！啊，主！他什么也不懂，什么也不懂呀!”

“别说了，索尼雅。我根本就没笑。我自己也知道魔鬼在牵着我的鼻子走。别说了，索尼雅!”他阴沉地执意述说着，“我全知道。当初我在黑暗里躺着，这种事我已经一再想过，一再对自己小声说过……我为这种事跟自己反复争论过，连其中最小的细节都没漏掉，我全知道，全知道！当时，那许许多多的空谈闹得我心里腻烦极了，腻烦极了！索尼雅，我一心想忘掉那些，从头做起，不再空谈！难道你以为我像个傻瓜那样冒冒失失地蛮干吗？我是照聪明人那么干的，这才把我断送了！难道你以为我不知道，比方说，如果我一再追问自己有没有权利执掌生杀大权——那么这就是说，我就没有权利执掌生杀大权！或者，如果我对自己提出问题：人是不是虱子——那么这就是说，对我来说，人绝不是虱子，而对那种脑子里根本没产生过这种想法，勇往直前，不理会任何问题的人来说，人才是虱子……既然我有那么多天痛苦得很，不知道拿破仑会不会那么干，可见我清楚地感到我不是拿破仑……这一切空谈给我带来许许多多痛苦，索尼雅，我一直隐忍着，而且一心想把它们从肩膀上卸下来。索尼雅，我想丢开这些诡辩去杀人，为自己去杀人，只为我自己一个人！在这方面我甚至不想对自己说假话！我不是要帮助母亲才去杀人的，这是胡扯！我杀人不是要得到财物和权力，好做人类的恩人。胡扯！我就是要杀人，为了我自己而杀人，只为我自己一个人，至于我会不会从此变成别人的恩人，或者一辈子像蜘蛛那样把所有的人捕捉到蛛网上，从他们身上吸取活的脂膏，当时在我心目中，这反正是无所谓的！……主要的是，索尼雅，我杀人并不是因为需要钱。我需要的与其说是钱，不如说是另外的东西……这些我现在都清楚了……你要了解我才好：要是我现在再走那条路，也许我就再也不会去杀人了。我要弄清楚那另外的东西，正是那另外的东西，才推动我去杀人的。那时候我得弄清楚，而且得赶快弄清楚：我究竟跟大家一样是虱子呢，还是人？我能不能越过界线？我敢不敢弯下腰去拾起权力来？我是个发抖的畜生呢，还是有权利……”

“有权利杀人？您有权利杀人？”索尼雅把两只手举起轻轻一拍说。

“唉，索尼雅！”他气愤地嚷道，原想说几句话反驳她，可是鄙夷地沉默了。“不要打断我的话，索尼雅！我只是想对你说明，那时候是魔鬼支使我干的，直到事后魔鬼才对我解释说，我没有权利到那儿去，因为我也是只虱子，完全跟大家一样！他把我嘲笑了一番，喏，所以我现在就到你这儿来了！你接待这个客人吧！如果我不是虱子，那我会到你这儿来吗？你听我说：先前我到老太婆那儿去，只是去试一下罢了……你要明白才好！”

“于是你就把她杀了！杀了！”

“但究竟是怎么杀的呢？难道会是这样的杀法？难道人家去杀人都像我这样的杀法？将来我会跟你讲，我是怎样去杀害她的……难道是我把老太婆杀害的？我杀害的是我自己而不是老太婆！我就那么一下子把自己断送了，永远无法挽回了！……杀害老太婆的是魔鬼，不是我……我也说得够了，够了，索尼雅，够了！你别管我了，”他忽然痛苦得痉挛起来，叫道，“你别管我吧！”

他把胳膊肘撑在膝上，一双手像钳子似的抱紧头。

“多么痛苦啊！”苦恼的哀叫声从索尼雅胸中迸发出来。

“嗯，现在该怎么办，你说吧！”他问道，忽然抬起头来瞧着她，他的面容已经绝望得变了样。

“怎么办！”她叫道，猛地从坐着的地方跳起来，她的眼睛本来一直噙满泪水，这时候忽然闪闪发光。“你站起来！”她说着，抓住他的肩膀。他站起来，几乎可以说是惊愕地瞧着她。“你现在就走，马上就走，在十字路口站住，跪下去，先吻你玷污过的土地，然后再向四面八方，向全世界的人叩头，对大家高声说道：‘我杀人啦！’到那时候，上帝就会又赐给你生命。你去吗？你去吗？”她问他说，仿佛发了病似的全身发抖，拉住他的两只手，紧紧地捏在她手心里，用炯炯的目光瞧着他。

他吃了一惊，她这种突如其来的痴迷状态简直使他震动了。

“莫非你说的是去服苦役刑，索尼雅？我得去自首，是吗？”他阴沉地问道。

“甘愿受苦，藉此赎罪，这就是你应该做的。”

“不！我不到他们那儿去，索尼雅。”

“可是你怎么生活下去，怎么生活下去呢？你靠什么生活下去呢？”索尼雅叫道，“难道能照现在这样拖下去？是啊，你跟你母亲怎么说呢？（啊，她们，她们现在会怎么样呢！）可是我何必说这些呢！其实你早已把你母亲和妹妹抛弃了。是啊，你已经抛弃了，抛弃了。主啊！”她叫道，“其实他自己心里全知道！不过，没有别人做伴，人怎么活得下去呢！现在你可怎么好！”

“你别小孩子气，索尼雅，”他轻声说，“在他们面前我有什么罪？我为什么要去？我对他们说什么？这都是胡想……他们消灭了千百万的人，反而认为这是他们的美德。索尼雅，他们是骗子，坏蛋！……我可不去。要我对他们说什么呢？说我杀了人，却不敢把钱放在身上，而藏在石头底下？”他带着讥刺的冷笑补充说。“那他们就会讥笑我，说我是傻瓜，钱也不敢拿。懦夫，傻瓜！索尼雅，他们一点也不会明白，况且也不配明白。我为什么要去？我才不去呢。你别小孩子气，索尼雅……”

“你会痛苦万分，痛苦万分的。”她反复说着，向他伸出双手，绝望地哀求着。

“也许我说这些话不过是糟蹋自己罢了，”他闷闷不乐地说，似乎在沉思，“也许我毕竟是个人而不是虱子。我太急于骂自己了……我还要较量一下呢。”

他唇边露出傲慢的笑容。

“忍着这么大的痛苦活下去！这可是一辈子的事，一辈子的事啊！……”

“我会习惯的……”他阴沉地深思着说。“你听我说，”他过了一会儿开口说，“别哭了，现在该谈正事了。我到这儿来是要告诉你，现在他们在找我，要抓我……”

“哎呀！”索尼雅惊恐地叫道。

“咦，你嚷什么？你自己就巴望我去服苦役刑，现在倒害怕了？不过，我要告诉你，我可不会向他们示弱。我还要跟他们较量一下，他们什么也干不成。他们并没有真正的罪证。昨天我的处境危险得很，我心想这回要完蛋了，可是今天，局面好转了。他们手里的罪证都是既可以这么解释，又可以那么解释的，也就是说，我能把他们的指控掉过头来，反而变得对我有利，你明白吗？我会把它掉过头来的，因为现在我已经学精了……然而，他们还是肯定会把我关进监狱。要不是出了一件事，也许他们今天就已经把我关起来了，甚至这是一定的，也许今天，再过一会儿，他们还是会把我关起来……不过，这也没关系，索尼雅。我坐一阵监牢，随后他们就会把我放出来……因为他们手上，真正的证据一点也没有，而且我敢担保，将来也不会有。光靠他们现有的那点点东西，是不能把人关起来的。好，不多说了……我说这些，也只是让你知道一下罢了……至于我妹妹和我母亲，我已经设法不惊动她们，免得她们害怕……不过现在，我妹妹的生活倒似乎有了保障……因此我母亲也就有了保障……好，我的话全说完了。不过，你要小心些。将来我坐了监牢，你会到监狱去看我吗？”

“啊，我会去的！我会去的！”

他们俩并排坐着，忧郁而沮丧，就跟一场暴风雨过后，他们被抛到空旷的海岸上，孤零零的。他望着索尼雅，感到她对他的爱是多么深厚，可是说来奇怪，他承受着这样的爱，却忽然觉得沉重难受。是的，这是一种奇怪而又可怕的情绪！他到索尼雅这儿来的时候，觉得他把他的希望和出路都寄托在她身上了，他打算至少解脱自己的一部分苦难，不料现在，当她真的把心都交给了他，他却突然感到而且领会到，他倒比以前更加无限地不幸了。

“索尼雅，”他说，“等我关进监牢，你还是不要来看我的好。”

索尼雅没答话，她哭了。随后过去了几分钟。

“你身上有十字架吗?”她忽然出人意料地问道，仿佛蓦地想起了什么。

他起初没听懂她问的话。

“没有，一定没有吧? 喏，把这个拿去，是柏木的。我另外还有一个铜的，是丽扎维达的。我跟丽扎维达交换了十字架，她把她的十字架拿给我，我把我的小圣像拿给她了。我现在戴丽扎维达的十字架了。这个给你，拿去吧……这原是我的！这原是我的！”她要求说。“是啊，我们一块儿去受苦，我们一块儿戴着十字架! ……”

“给我吧!”拉斯柯尔尼科夫说。他不愿意伤她的心，可是他刚伸出手去接十字架，却马上把手缩回来了。

“不要现在给我，索尼雅，还是以后给我的好。”他想安慰她，就补充说。

“对，对，那也好，那也好,”她热心地接过话来说，“等你走上受苦的路，再戴也不迟。那时候你走到我跟前来，我就给你戴上，我们一块儿祈祷，一块儿上路。”

这当儿，有人敲了三下门。

“索菲雅·谢敏诺芙娜，可以到您屋里来吗?”一个很熟的说话声，用的是有礼貌的口气。

索尼雅惊慌地跑到门口去。门开处，是列别齐亚特尼科夫先生的身姿，他长着一头金发，正立在门外，向屋里张望。

第五章

列别齐亚特尼科夫露出忧虑不安的样子。

“我来找您，索菲雅·谢敏诺芙娜。对不起……我早就想到会在这儿碰见您，”他忽然转过脸对拉斯柯尔尼科夫说，“那就是说，我一点也不是……按那种意思想的……我只是想到……卡捷莉娜·伊凡诺芙娜在我们那边发疯了。”他突然丢下拉斯柯尔尼科夫，对索尼雅冒冒失失说了一句。

索尼雅惊叫一声。

“那就是说，至少看起来像是那样。不过……我们在那边都不知道该怎么办好，问题就在这儿了！她回来了……她好像从什么地方让人赶出来，也许还挨过打……至少看起来像是那样……她跑去找谢敏·扎哈洛维奇的上司，他不在，到另一位将军家里赴宴去了……您猜怎么着，她就直奔宴会的地点……到那另一位将军那儿去。后来，您猜怎么着，她一个劲儿要见将军，到底把谢敏·扎哈洛维奇的上司叫出来了，而且好像是从饭桌旁叫出来的。您可以想象那结果会是怎样。不用说，人家把她轰出来了，不过据她说，她骂了他，还捞起一个什么东西往他身上扔去。这种事倒是可以想象的……可是她怎么会没给抓起来，我真不明白！现在她正在对大家，也对阿玛丽雅·伊凡诺芙娜讲个不停，只是很难听懂她在说什么。她哇哇地嚷，捶胸顿脚……哦，对了，她嚷着说，既然现在大家都丢开她不管，那她就领着孩子到街头去，带上手摇风琴，叫孩子们唱歌跳舞，她也这样做，为的是收几个钱，而且天天都到将军的窗子底下去唱……她说，‘叫他们看一看，堂堂贵族和文官的儿女怎么沿街乞讨！’……她打那些孩子，孩子们就哭。她教廖尼娅唱《小田庄》，教男孩跳舞，还教波连卡唱歌跳舞。她把衣服统统扯碎，给孩子每人做一顶小帽子，打扮成演员似的。她自己打算拿个铜盆，敲敲打打，算是音乐。她什么话也不听……您想想看，这可怎么好？这简直不得了！”

列别齐亚特尼科夫本想接着讲下去，可是索尼雅几乎屏住呼吸听他讲到这儿，忽然拿起她的短斗篷和帽子，奔出房外，一面跑一面穿戴。拉斯柯尔尼科夫尾随着她走出去，列别齐亚特尼科夫跟在他的后面。

“她一定是疯了！”他跟着拉斯柯尔尼科夫走到街上，对他说，“我只因为不愿意吓坏索菲雅·谢敏诺芙娜，才说了句‘看起来像是那样’，其实这是毫无疑义的。据说，这是痨病患者的结核菌上了脑子，可惜我不懂医学。不过，我原打算劝她来着，她呢，一句也听不进去。”

“您跟她讲过结核菌？”

“结核菌倒没大谈过。再者她什么话也听不进去。不过，我倒听说过这样的话：要是从道理上讲得叫一个人信服，说实际上他没有什么可哭的，那他也就不会再哭。这是明明白白的。那么您相信这人会停止哭泣吗？”

“要能那样，生活可就太容易了。”拉斯柯尔尼科夫回答说。

“对不起，我不同意。当然，卡捷莉娜·伊凡诺芙娜很难理解这些。不过，您知道吗？在巴黎，已经有人在进行严肃的试验，认为只凭道理方面的说服工作就可能医好疯病。那儿有位教授，不久以前去世了，原是个严肃的学者，他就认为这样可以医好疯病。他的基本思想是，疯人的肌体并没有发生什么特殊的失调，疯病不妨说是逻辑上的失误，判断上的失误，对事物不正确的见解。他逐步向疯人指出他的种种错误，结果，您猜怎么着，据说他达到目的了！不过，他同时还给病人进行淋浴疗法，因此他那种治疗的效果，当然，也就使人生疑了……至少看来像是这样……”

拉斯柯尔尼科夫早就不听他说话了。他走到自己那幢房子跟前，就向列别齐亚特尼科夫点一下头，扭转身走进门道去了。列别齐亚特尼科夫定了定神，往四下里看一眼，又往前匆匆走去。

拉斯柯尔尼科夫走进他的小屋，在房间中央站住。“我回到这儿来干什么？”他望一下四周那些破旧而且发黄的壁纸、那些灰尘，他那睡榻……院子里传来一种不断敲打的刺耳声，似乎有人在那儿钉钉子……他走到窗前，踮起脚尖，久久地看着院子里，露出非常注意的神情。可是院子里空荡荡的，看不见敲钉子的人在哪儿。左边厢房里，可以看见有几扇窗子开着，窗台上放着几只小瓦盆，里面栽着细弱的天竺葵。窗外晾着内衣……这些他看得都记熟了。他就回转身，在长沙发上坐下。

他从没感到过孤独这么可怕，从没感到过！

是的，他又一次感到他也许真的会恨索尼雅，而且恰恰是现在，当他弄得她更加不幸的时候。“我为什么到她那儿去逼她落泪呢？我何必那么死皮赖脸地去搅得她不能安生呢？啊，真是卑鄙！”

“我会孤零零一个人的！”他忽然暗自果断地说，“她也不会到监狱里来！”

过了五分钟光景，他抬起头来，奇怪地微微一笑。他有了个奇怪的想法：“也许，去服苦役刑确实好些。”他忽然暗想。

他不记得他在屋里坐了多久，听任那些模糊不清的思想聚集到他头脑里来。突然间，房门开了，阿芙朵嘉·罗曼诺芙娜走进来。她先是停住脚，在门口瞧着他，就跟先前索尼雅瞧着他一样。然后她走进房来，在他对面的椅子上坐下，那正是昨天她坐过的老地方。他没开口，脑子里似乎也什么都没想，光是呆望着她。

“别生气，哥哥。我只待一会儿就走。”杜尼雅说。她脸上带着沉思的神情，可是并不严峻。她的目光明朗而平静。他看出她也是带着爱心到他这儿来的。

“哥哥，现在我全知道，全知道了。德米特利·普罗科菲伊奇全对我讲穿，全告诉我了。人家对你起了愚蠢的而且可恶的疑心，就迫害你，折磨你……德米特利·普罗科菲伊奇告诉我说，这并没有什么危险，你不该那么害怕地看待这件事。我却不这么想，我充分理解你心里多么愤慨，这种愤怒可能会永远留下痕迹。我担心的也就是这一点。至于你把我们丢在一边，我不责备你，也不敢责备你，而且希望你原谅我先前指责你的那些话。我设身处地地体会到，要是我有那么大的痛苦，我也会躲开大家远远的。关于这件事，我一点也没告诉母亲，不过我会不断谈起你，用你的名义告诉她说，你很快就会来。你不要为她难过，我会安慰她的。可是你也别折磨她，哪怕你只来一次也是好的，要记住，她是你的母亲！我现在到你这儿来，”杜尼雅说着，离开椅子站起来，“是为了告诉你，如果哪一天你需要……我的整个生命或者别的什么……那你就喊我一声，我就会来的。再见！”

她猛地转过身，往门口走去。

“杜尼雅！”拉斯柯尔尼科夫要挽留她，站起来，走到她跟前说，“这个拉祖米欣·德米特利·普罗科菲伊奇，是个很好的人。”

杜尼雅微微脸红了。

“是吗？”她等了一会儿，问道。

“他这个人有办事的才干，勤奋，正直，能强烈地爱……再见，杜尼雅。”

杜尼雅面红耳赤，后来，忽然惶惶不安地说：

“这是怎么回事，哥哥？难道我们真要永远分手，所以你才给我留下了……这样的告别词？”

“反正一样……别了……”

他扭转身，躲开她，往窗口走去。她站了一会儿，心神不安地瞧着他，然后就忧心忡忡地走了。

不，他不是对她冷淡。本来，临别最后一分钟，他十分想紧紧地拥抱她，跟她告别，甚至把事情讲出来，可是他连跟她握一下手也下不了决心。他暗想：

“以后，等她回想我现在拥抱过她，就会打个冷战，说我骗她，她吻我是上了我的当！”

“这件事她受得了呢，还是受不了？”他过了几分钟暗自补充道。“不，她受不了。这样的姑娘是受不了的。这样的姑娘说什么也受不了……”

然后他想到索尼雅。

窗外吹来清凉的微风。外面的阳光已经照得不那么亮了。他忽然拿起他的帽子，走了出去。

当然，他不可能，也不愿意为他的病体操心。然而这些不断的担忧和这些内心的恐惧，不可能白白过去而不产生任何影响。如果他发着高烧却还没有躺下，那也许只是因为他心中在不断产生担忧，刚才，是这些担忧支撑着他还能两脚站稳，并使他头脑保持清楚，不过这种情形是硬挺起来的，不能持久。

他四处溜达，没有目标。太阳快落下去了。近来有一种特别的苦恼开始在他心里滋长。这种心情倒也不那么特别厉害，不特别煎熬人，可是总带点绵绵不断、永远存在的味道，他预感到前面那些岁月毫无希望，将充满这种冷冰冰的和死气沉沉的苦恼，预感到前面会有一种“在一俄尺见方的空间里”过着的永无止境的生活。每到傍晚，这种情绪照例更加强烈地折磨他。

“是啊，既然有这么一种极其愚蠢而且纯粹是生理方面的孱弱，连太阳落山这种区区小事都能对它起作用，那就请你管住自己，看你能不能不干蠢事吧！哼，你不但会到索尼雅那儿去，甚至还会到杜尼雅那儿去呢！”他带着憎恨的心情嘟哝说。

有人叫他一声。他回头一看，原来列别齐亚特尼科夫往他这边跑来了。

“您猜怎么着，我上您家里去过，我去找您来着。您想一想吧，她真按她的心意行事，把孩子们也带出去了！我和索菲雅·谢敏诺芙娜好不容易才找着他们。她自己敲着煎锅，逼孩子们跳舞。孩子们都哭了。他们常在十字路口和小铺门前停住。有一帮蠢人跟着他们跑来跑去。我们去吧。”

“那么索尼雅呢？……”拉斯柯尔尼科夫一面赶紧跟着列别齐亚特尼科夫走去，一面惊慌不安地问道。

“简直疯了。也就是说，不是索菲雅·谢敏诺芙娜发疯，而是卡捷莉娜·伊凡诺芙娜发疯了。不过，就连索菲雅·谢敏诺芙娜也急疯了。至于卡捷莉娜·伊凡诺芙娜，那她是完全疯了。我跟您说吧，她彻底癫狂了。人家会把他们送到警察局去。您想得出来，这会闹出什么结局……他们目前正在X桥的桥头，运河的岸边，离索菲雅·谢敏诺芙娜的住处不太远。就在附近。”

在运河的岸边，离桥头不太远，跟索尼雅的住处只隔着两幢房子的地方，围着一小伙人。其中特别多的是小男孩和小女孩。远远的，在桥上就可以听见卡捷莉娜·伊凡诺芙娜声嘶力竭的嗓音。确实，那儿的景象真是很怪，足以引起街头行人的兴趣。卡捷莉娜·伊凡诺芙娜穿着她原来那件旧连衣裙，披着细呢的披巾，头上戴一顶破草帽，往一边歪着，样子很难看。她也确实疯了。她很疲乏，气喘吁吁。她那张很痛苦的害痨病的人的脸，看上去比平时还要让人难过（再者，在街上、在阳光下，痨病患者总显得比在家里更加病样儿，更加难看）。不过，她的兴奋状态却没有中止，她脾气越来越大。她向孩子们扑过去，对他们大嚷大叫，又劝他们，当场，在人群面前，教他们该怎样跳舞，怎样唱歌，着手向他们解释为什么要这样做，由于他们听不懂，她就气得要命，打他们……然后，这件事还没办完，她却又向观众扑过去。如果她发现那些停下来观看的人群当中有个装束得略微讲究的人，她就立刻跑过去对他说，瞧瞧吧，这些“出身于高贵的，甚至可以说是贵族家庭”的孩子，如今落到了什么地步！如果她听见人群中发出笑声，或者有人说出一个刺耳的字眼，她就马上向那些失礼的人扑过去，开口跟他们相骂。有些人真的笑了，有些人不停摇头。一般说来，大家看着这个疯女人带着那些惊魂不定的孩子，都感到好奇。刚才列别齐亚特尼科夫讲起的那口煎锅，这儿却没有，至少拉斯柯尔尼科夫没有看见。不过，卡捷莉娜·伊凡诺芙娜逼着波连卡唱歌，逼着廖尼娅和柯里亚跳舞的时候，果然没敲煎锅，却拍着两个干瘪的手巴掌打拍子。同时，她自己甚至也跟着他们唱，然而每次，只唱到第二个音符就咳得要命，只好停住，因此又气得不得了，咒骂她的咳嗽，甚至哭了。最惹她冒火的是柯里亚和廖尼娅的哭泣和畏缩。

确实，她试着给几个孩子化了装，就跟在街上卖唱的男女通常的化装一样。她给小男孩子头上缠了一块红白两色的绸巾，好让他扮演土耳其人。廖尼娅没有衣服可换，只是头上戴一顶红色的粗毛线织的小帽子（或者不如说，是压发帽），原是已故的谢敏·扎哈洛维奇的。这顶帽子上插的一小截白色的鸵鸟毛，那却是卡捷莉娜·伊凡诺芙娜的祖母的东西，以前一直保存在箱子里，算是传家宝。波连卡还是穿着平日那身旧衣服。她怯生生地瞧着母亲，不明白是怎么回事，一步也不肯离开她，也不让别人看见自己流泪。她猜出母亲精神失常，就放心不下，往四下里看。街道和人群使她非常害怕。索尼雅紧跟着卡捷莉娜·伊凡诺芙娜，一步也不放松，淌着眼泪，不停地要求她回家去。可是卡捷莉娜·伊凡诺芙娜无动于衷。

“别说了，索尼雅，别说了！”她很快地嚷着，急急忙忙，气喘不停，接连咳嗽。“你自己也不知道你在要求什么，跟小孩似的！我已经跟你说过，我再也不回到那个醉醺醺的日耳曼女人那儿去了。让大家都看见，让彼得堡全城的人都看见，一个高尚的父亲一辈子为信仰和真理工作，而且可以说，最后就死在工作上，”卡捷莉娜·伊凡诺芙娜说，她已经暗自创造出这个幻想，盲目地相信这个幻想了，“不料如今他的孩子们却在讨饭。让那个可恶的将军看看，让他看看吧。再者，你也真傻，索尼雅：现在我们吃什么？你说说看！我们已经叫你受够了苦，我不愿再这样下去了！哎呀，罗季昂·罗曼内奇，您来了！”她看见拉斯柯尔尼科夫就叫道，往他那边跑去，“拜托一下，您对这个傻丫头解释一下：除此以外再也不可能有什么高明的办法了！就连背着手摇风琴的人也能谋生，至于我们，大家一眼就看得出来跟那些人不一样，我们是一个落魄的上流家庭里的孤儿寡母，穷得讨饭了。那个将军早晚会丢了官，您瞧着吧！我们要天天到他窗户跟前去表演。万一沙皇路过这儿，我就会朝他跪下，叫这些孩子跪在我前面，让他看一看他们，我就会说：‘保护我们吧，父亲。’他是孤儿们的父亲，他心地仁慈，会保护我们的，您瞧着吧，可是那个可恶的将军……廖尼娅！ tenez-vous droite![1]你，柯里亚，马上就又要跳舞了。你哭什么？又哭哭啼啼！咦，你怕什么，怕什么，小傻瓜！主啊！叫我拿他们怎

1. 法语：把身体站直！

么办呀，罗季昂·罗曼内奇！要是您知道他们多么糊涂就好了！唉，拿这种孩子有什么办法哟!……”

她指着那些啼哭的孩子叫他看，她自己也差点哭出来（这却没有妨碍她快嘴快舌地说个没完）。拉斯柯尔尼科夫试着劝她回去，而且，为了激起她好面子的心理，甚至说，她像流浪艺人那样沿街卖唱是不体面的，因为她准备将来要做贵族女子寄宿学校的校长呢……

“贵族女子寄宿学校，哈哈哈！空中楼阁！”卡捷莉娜·伊凡诺芙娜嚷道，可是她刚笑完，就立刻连连咳嗽，“不，罗季昂·罗曼内奇，那种梦想算是完了！大家已经抛弃了我们!……那个可恶的将军……您要知道，我捞起一只墨水瓶朝他扔过去……喏，听差的房间里有一张桌子，桌子上有一张纸，供来人签名用的，那张纸旁边正好放着一只墨水瓶，我呢，签完名，就把它扔过去，跑掉了。啊，那些下流的东西，下流的东西。不过，别再提这些人了。现在我要亲自养活这些孩子，我可不会低三下四地求谁！我们已经叫她吃够了苦！”她指着索尼雅说。“波连卡，你收了几个钱？拿给我看！怎么，一共才两个戈比？啊，这些可恶的东西！他们光是飞快地跟着我们跑，却一个钱也不给！咦，那个蠢货笑什么？”她指着观众当中一个人说。“这都是因为这个柯里亚不懂事，净给人添麻烦！你要干什么，波连卡？你对我讲法国话，parlez-moi français[1]。我不是教过你吗？你不是会说几句法语吗!……要不然，人家怎么看得出你们出身于上流人家，都是些受过教育的孩子，根本就不是那种沿街卖艺的。我们可不是在街上演什么《彼得鲁希卡[2]》，我们要唱优美的抒情歌曲……哦，对了，我们来唱点什么呢？你们老是打岔，我们……您要知道，罗季昂·罗曼内奇，我们在这儿停住，是要选个歌来唱，选个柯里亚能跟着跳舞的歌……因

1. 法语：你用法国话对我说。
2. 俄罗斯民间木偶戏中主要丑角的名字。

为我们的演唱，您可以想象，都没经过准备。我们应该先商量好，再完全排演成熟，然后我们就动身到涅瓦大街去，那儿上流社会的人要多得多，他们马上就会注意我们。廖尼娅会唱《小田庄》……她只会唱《小田庄》，唱个没完，这首歌人人都会唱！我们得唱点比这高雅得多的歌……嗯，波连卡，你想出点什么没有？只求你能帮帮你母亲的忙才好！我的记忆差了，记性差了，要不然我会想起来的！真的，《骠骑兵挂着军刀》[1]却唱不得！啊，我们来用法国话唱*Cinq sous*[2]吧！是啊，我教过你们，教过的。主要的是如果这首歌用法国话唱，那么人家马上就会看出，原来你们是贵族人家的孩子，那就会动人得多……甚至也可以唱一下*Malborough s'en va-t-en guerre*[3]，因为这完全是一首儿童歌曲，凡是贵族家庭，哄孩子睡觉的时候都要唱的：

"Malborough s'en va-t-en guerre,
Ne sait quand reviendra..."[4]

她本来已经开始唱了……"可是不行，还是唱*Cinq sous*的好！好，柯里亚，双手叉腰，快点，你呢，廖尼娅，也转到对面去，我和波连卡合唱，打拍子！

"Cinq sous，cinq sous，
Pour monter notre ménage..."[5]

1. 这首歌的歌词取自俄国作家巴秋希科夫的诗《离别》，并由维列果尔斯基谱曲。——俄文本编者注
2. 法语：《五个小钱》。
3. 法语：《玛尔勃鲁格准备出征》（法国流行的滑稽歌曲）。——俄文本编者注
4. 法语："玛尔勃鲁格准备出征，不知何时才能回程……"
5. 法语："五个小钱，五个小钱，用来安排家里的日常开支……"

“咳咳咳！”她连声咳嗽。“把衣服拉好，波连卡，背带从肩膀上滑下来了。”她边咳边说，上气不接下气。“现在我们得特别像个样子，温文儒雅，好让大家都看出你们是贵族人家的孩子。当初我就说过，胸衣应当裁得长一点，同时要用两幅布。都是你，索尼雅，当时乱出主意，说什么‘短点，短点’，结果成了这个样儿，把孩子弄成丑八怪了……咦，你们又都哭了！你们是怎么搞的，你们这些不懂事的孩子！好，柯里亚，快点开始，快点，快点。呀呀，这个孩子真叫人受不了！……

“Cinq sous，cinq sous

“又来了一个兵！喂，你要干什么？”

的确，有个警察从人群中挤过来。可是这时候，另有一个上流人走过来，身穿文官制服和长大衣，气度庄重，是个五十岁上下的文官，脖子上挂着一枚勋章（这使卡捷莉娜·伊凡诺芙娜感到很愉快，对那个警察也不无影响）。他走过来，一句话也没说，递给卡捷莉娜·伊凡诺芙娜一张绿色的三卢布钞票。他脸上流露出真挚的怜悯神情。卡捷莉娜·伊凡诺芙娜收下钱，彬彬有礼，甚至规规矩矩地向他行了个礼。

“谢谢您，先生，”她矜持地开口说，“那些使我们落到这个地步的原因……波连卡，你把钱收下。你看，有些高尚而慷慨的人，一见到穷苦的贵族女人遭到不幸就立刻准备帮助。您知道，先生，他们是上流人家的孤儿，甚至可以说有极其显赫的贵族亲友……可是那个可恶的将军却坐在那儿，吃他的松鸡……跺着脚，怪我打搅他了……我就说：‘大人，请您保护我们孤儿寡母，’我说，‘因为您很熟悉死去的谢敏·扎哈洛维奇，可是在他去世那天，竟然有个最坏的坏蛋诬蔑他亲生的女儿……’那个兵又来了！请您保护我们！”她对文官嚷道，“那个兵干吗总是跟我作对？刚才在小市民街上，我们就躲开了一个这样的兵，跑到这儿来了……你到底有什么事，蠢货！”

“不许沿街卖唱。请你们不要胡闹。”

“你自己才胡闹！我不过是像背着手摇风琴的人一样，这关你什么事？”

“关于背手摇风琴，要有许可证，你们却自己跑到这儿来，于是招来了一群人。请问，您住在哪儿？”

“什么，许可证？”卡捷莉娜·伊凡诺芙娜喊叫起来，“我今天刚把丈夫下葬，哪儿谈得上什么许可证！”

“太太，太太，您平一平火气，”文官开口说，“我们走吧，我来送您回去……这儿，夹杂在人群里不大像样……您身子又不舒服……”

“先生，先生，您什么也不知道！”卡捷莉娜·伊凡诺芙娜嚷道，“我们正要到涅瓦大街去……索尼雅，索尼雅！她上哪儿去了？她也哭了！你们这都是怎么了？……柯里亚，廖尼娅，你们在哪儿啊？”她忽然惊恐地叫道，“哎呀，这些傻孩子！柯里亚，廖尼娅，他们究竟到哪儿去了？……”

事情是这样的：柯里亚和廖尼娅本来就已经给街上那群人和发疯的母亲那些反常的举动吓得魂飞魄散，后来又看见一个兵来了，想捉住他们，不知押到什么地方去，于是，忽然间，仿佛商量好了似的，他们抓住各自的手，拔腿就跑。可怜的卡捷莉娜·伊凡诺芙娜哭啊叫的，追他们去了。她又跑又哭，喘不上气，那样子看上去实在叫人难过，而且很不像样。索尼雅和波连卡也跟着她跑去。

“把他们叫回来，叫回来，索尼雅！唉，这些无情无义的傻孩子！……波连卡！抓住他们……我就是为了你们才这样……”

她在奔跑中被绊了一下，跌倒了。

“她摔伤了，出血了！啊，主呀！”索尼雅叫着，弯下腰去凑近她。

大家围拢来，挤得水泄不通。拉斯柯尔尼科夫和列别齐亚特尼科夫夹在头一批人当中跑到那儿，文官也匆匆赶来，警察随着他们跑到，嘴里嘟哝说：“哎呀！”他挥一下手，已经预感到事情变得麻烦了。

“走开！走开！”他赶散闲人说，那些人已经从四下里挤过来。

“她要死了！”有人叫道。

“她发疯了！”另一个人说。

“主啊，可别这样！”一个女人说着，在胸前画十字。“他们把那小丫头和小小子抓住了没有？瞧，他们给带回来了，那个大女儿把他们截住了……唉，这些淘气的娃娃！”

可是，临到大家仔细察看卡捷莉娜·伊凡诺芙娜，这才瞧出她根本没有像索尼雅所想的那样在石头上碰破皮肉，鲜血是从她胸中，经过喉头喷出来，染红路面的。

“这我知道，我见过，”文官对拉斯柯尔尼科夫和列别齐亚特尼科夫说，“她害痨病，血就涌上来，把嗓子堵死了。不久以前我亲眼见过我的一个亲戚发病，照这样吐出来一杯半的血……也是突然之间吐的……不过，该怎么办呢？现在她要死了。”

“把她抬到我那儿去，我那儿去！”索尼雅央求道，“我就住在这儿！……喏，就是那幢房子，从这儿数起第二幢房子……抬到我那儿去，快点，快点！……”她说着，从这个人跟前跑到那个人跟前。“派人去请大夫吧……啊，主呀！”

经文官出力，这件事算是办妥了，就连警察也帮着把卡捷莉娜·伊凡诺芙娜抬走。人们把她抬到索尼雅家里，她几乎不省人事了，人们就把她放在床上。咯血还在继续，不过她似乎渐渐清醒过来了。除了索尼雅以外，拉斯柯尔尼科夫和列别齐亚特尼科夫、文官和警察，一齐走进房间里来，不过警察先把人群赶走，因为其中有几个人一直送到房门口。波连卡拉住柯里亚和廖尼娅的手，走进来，两个小孩身子发抖，不停地啼哭。卡彼尔纳乌莫夫家的人也来了。房东相貌奇特，瘸着腿，瞎一只眼，硬得像鬃毛似的头发和络腮胡子一齐竖起来。他妻子总是带着一种战战兢兢的神情。他们的孩子老是惊愕得眼神麻木，咧开嘴巴。在这一大群人当中，斯维德利盖洛夫突然出现了。拉斯柯尔尼科夫吃了一惊，瞧着他，不明白他是从哪儿来的，也不记得人群当中有他。

他们谈起医师，谈起神父。文官虽然低声对拉斯柯尔尼科夫说，现在去请医师，似乎已经是多此一举，但还是派人去请了。卡彼尔纳乌莫夫亲自去跑一趟。

这当儿卡捷莉娜·伊凡诺芙娜缓过气来，咯血也暂时停了。她那病态的，可是敏锐而专注的目光却一直望着面色苍白和浑身战栗的索尼雅，索尼雅正在用手绢给她擦掉额头上的汗珠，最后，她要求人们把她扶起来。大家就让她在床上坐定，两边都有人扶着她。

“孩子们在哪儿？”她用衰弱的声音问道，“你把他们领来了，波连卡？唉，这些傻孩子！……是啊，你们干吗跑掉？……唉！”

她那干裂的嘴唇还沾满了血。她转动眼珠往四下里扫 眼，仔细打量一下。

“原来你就是这样生活的，索尼雅！我一次也没到你这儿来过……总也没有机会……”

她痛苦地瞧着索尼雅，说：

“我们把你坑苦了，索尼雅。波连卡、廖尼娅、柯里亚，你们走过来……好，索尼雅，他们都来了，全在这儿，你收留他们吧……我亲手交给你了……我也熬得够了！……一切都完了！咳，咳！……扶我躺下吧，至少也让我安安静静地死掉吧……”

大家扶她再在枕头上睡下。

“什么？请神父？……不必了……你们哪儿有多余的一个卢布

呀! ……我没有什么罪孽! ……上帝本来就该宽恕我……他知道我受了多少苦! ……要是上帝不肯宽恕我，我也随他的便……”

不安宁的昏迷把她抓得越来越紧。有时候她打个寒战，眼睛往四下里转一遍，一时间认出了所有的人，然而清醒立刻又换成昏迷了。她呼吸费力，嘶嘶地响，喉咙里仿佛有个东西在翻腾。

“我对他说：‘大人! ……’”她叫道，每说一个字都要喘气，“‘那个阿玛丽雅·留德维果芙娜……’唉! ……廖尼娅，柯里亚! 把手叉在腰上，快点，快点，Glissez，glissez! Pas de basque![1] 顿脚呀……要像个举止优雅的孩子。

“Du hast Diamanten und Perlen...[2]

“下面的歌词是什么？哦，该这么唱……

“Du hast die schönsten Augen，
Mädchen，was willst du mehr?[3]

“哼，是啊，哪有这种事! was willst du mehr... 他怎么想出来的，蠢货! ……哦，对了，另外还有首歌：

“在中午的炎热下，在达盖斯坦山谷中……[4]

---

1. 法语：“滑步，滑步！巴斯克人的舞步！”
2. 德语：“你有钻石和珍珠……”又，此句出自一首根据德国作家歌德的诗句写成的流行抒情歌曲。那首诗的译者之一是俄国革命民主主义者杜勃罗留波夫。——俄文本编者注
3. 德语：“你有一双最美的眼睛，姑娘，那你还需要什么呢？”
4. 出自俄国著名的抒情歌曲，该歌曲用俄国诗人莱蒙托夫的诗《睡乡》作为歌词。——俄文本编者注

“啊，我多么喜欢这首歌……这首抒情歌我喜欢得不得了。波连卡!……你知道，你父亲……当初做未婚夫的时候就唱过……啊，那些岁月!……喏，我们就该唱这首歌，唱这首歌！咦，接下去该怎么唱，该怎么唱？……偏偏我忘了……你们提醒我呀：该怎么唱来着？”

她非常激动，极力想坐起来。最后，她用可怕的、嘶哑的、声嘶力竭的声音喊叫起来，每唱一个字就喘一口气，脸上露出一种不断增长的恐惧神情：

“在中午的炎热下！……
在达盖斯坦！……山谷中！……
胸膛里像压着铅那样沉重……

“大人!”她发出一声撕裂人心的尖叫，哭起来，眼泪汪汪，“您保护这些孤儿吧！您享受过死去的谢敏·扎哈洛维奇的款待!……甚至可以说是贵族气派的款待!……咳咳!”她打个寒噤，忽然清醒过来，带点惊恐的神情瞧着大家，可是立刻认出了索尼雅。

“索尼雅！索尼雅!”她温柔又亲切地说着，看见索尼雅站在面前，似乎觉得诧异似的，“索尼雅，亲爱的，是你在这儿吗？”

她又让人扶了起来。

“够了!……时候到了!……别了，不幸的人!……这匹劣马跑累了!……筋疲力尽了!”她用绝望和憎恨的口气嚷道，她的头一下子倒在枕头上。

她又失去了知觉，不过最后这次昏迷没有持续很久。她那白里透黄的瘦脸往后一仰，嘴巴张开，两条腿痉挛地挺直。她深长地叹息一声，死了。

索尼雅扑在她的尸体上，伸出两条胳膊抱住她，把头贴在死人的干瘪胸脯上，就此一动也不动了。波连卡伏在她母亲的脚上，吻那双脚，号啕大哭。柯里亚和廖尼娅还没明白出了什么事，然而隐隐感到发生了一种很可怕的情形，就伸出各自的双手，抓住彼此的肩头，四目相视，忽然间，一齐张开嘴，放声大哭。他俩还是化装的样子：一个扎着绸头巾，另一个戴着小圆帽，上面插着鸵鸟毛。

不知怎么的，那张“奖状”忽然在床上，在卡捷莉娜·伊凡诺芙娜身旁出现了！它就放在那儿，放在枕头旁边。拉斯柯尔尼科夫看见了。

他往窗前走去。列别齐亚特尼科夫跑到他身边来了。

“她死了。”列别齐亚特尼科夫说。

“罗季昂·罗曼内奇，我有两句要紧的话想跟您说。”斯维德利盖洛夫走过来说。

列别齐亚特尼科夫立刻让出地方，客气地走开了。斯维德利盖洛夫就把拉斯柯尔尼科夫拉到一个更远的角落里去。

“所有这些麻烦事，例如下葬等等，都由我来承担。您知道，这是要用钱的，不过我本来就对您说过我的钱很富裕。我会把那两个娃娃和那个波连卡安置在一个比较好的孤儿院里，而且给他们每人存下一千五百卢布现金，供他们成年前使用，所以索菲雅·谢敏诺芙娜可以完全放心了。再者，就连她，我也要把她从泥坑里拉出来，因为她是个好姑娘，不是吗？好，那么请转告阿芙朵嘉·罗曼诺芙娜，就说我正在这样花她那一万卢布。”

“您这样大行善事究竟抱着什么目的？”拉斯柯尔尼科夫问。

“嘿！您这个人可真是多心眼儿！”斯维德利盖洛夫笑着说，“我本来已经对您说过，我这些钱是多余的。喏，我无非是出于仁爱的心罢了，莫非您不承认？要知道，她总不像一个放高利贷的老太婆似的，是个‘虱子’嘛。”他伸手指一下死人躺着的地方说。“是啊，您会同意，喏，‘是要让卢仁活下去，干坏事呢，还是让她死？’要是我不帮忙，那么，要知道，‘比方说，波连卡也会那样，走上那条路的……’”

他说着这话，脸上露出一种挤眉弄眼、颇为快活的狡诈神情，眼睛一直没离开拉斯柯尔尼科夫。拉斯柯尔尼科夫听到这个人转述自己对索尼雅说过的话，不由得脸色煞白，浑身发凉。他很快地退后一步，瞪大眼睛盯住斯维德利盖洛夫。

“您……您怎么知道的？”他低声说，气都透不过来了。

“可是，要知道，我就住在此地，隔着一堵薄墙，住在瑞丝里赫太太家里。这边是卡彼尔纳乌莫夫家，那边就是瑞丝里赫太太家。她是我的老朋友，为人极其忠诚。我是邻居嘛。”

“您？”

“是啊，”斯维德利盖洛夫接着说，笑得全身摇晃，“我可以凭人格向您担保，最亲爱的罗季昂·罗曼内奇，您引起我很大的兴趣。我本来就对您说过，我们会合得来的，我对您作过这样的预言。好，现在果然谈得投机了。您会看出我是个多么随和的人。您会看出，跟我是可以相处的……”

第六部

第一章

对拉斯柯尔尼科夫来说，一个奇异的时期来临了：仿佛突然间，有一团迷雾在他面前降下，把他包围在与世隔绝的状态里，使他无法冲出重围，弄得他很不好受。后来，那已经是很久以后了，每逢他回忆这段时期，他总是体会到有的时候他的神志似乎不清，而且照这样一直持续到大难当头，只是中间有些间隔而已。他断然相信：当时许多事他都弄错了，例如某些事情发生在什么时候，前后一共有多久。至少，他事后回忆这些，极力要弄明白他回忆事情的时候，他是根据外人告诉他的种种情形才对自己有了很多的了解。比方说，他往往把这件事混淆成那件事，或者他认为这件事起因于那件事，其实那件事仅仅在他的想象里存在。有的时候他心里充满病态而且痛苦的忧虑，它一步步增长，甚至变成“失魂落魄的恐慌”了。然而他又记得有些时候，有几个钟头，甚至也许有几天，他变得满腔是冷漠的心情，仿佛跟原有的恐惧心情作对似的。这种冷漠倒像是某些垂危者的精神状态：反常地把一切事情都置之度外了。大体说来，他在最后那几天，自己也似乎极力避免充分而又清楚地了解自己的处境了。有些重大的事情要求他马上弄个水落石出，却反而惹得他特别厌烦。论他的处境，有些该操心的事，一旦忘在脑后，他就会立刻有身败名裂的危险，可是他真巴不得丢开不管，逃得远远的才好。

特别惹得他心神不安的，是斯维德利盖洛夫。甚至不妨说，他的心思似乎全放在斯维德利盖洛夫身上了。自从斯维德利盖洛夫在索尼雅的寓所，当卡捷莉娜·伊凡诺芙娜死后，对他说出极富于威胁性而且极清楚的话以来，他平日的思路就似乎一下子被打乱了。不过，虽然这个新的事实搅得他非常担心，不知怎的，他却又并不急于考虑这件事该怎么办。有的时候，他忽然发觉自己来到本城一个边远荒僻的地区，坐在一家肮脏破烂的饭铺里，孤身一人挨着一张桌子沉思，而且几乎记不得他是怎样跑到这儿来的，这当儿他蓦地想起斯维德利盖洛夫。他忽然十分清楚而且担忧地领会到，他得尽快跟这个人洽谈一下，尽可能彻底解决这个问题。有一次他走出城外，竟然想入非非，认为自己在那儿等斯维德利盖洛夫来，认为他们已经约定在那儿相会。另一次，他黎明前醒过来，却发现自己身处一个地方的灌木丛中，睡在地上，而且几乎想不起他是怎么跑到这儿来的。

不过，卡捷莉娜·伊凡诺芙娜死后，那两三天里，他已经遇见过斯维德利盖洛夫两次，几乎都是在索尼雅的寓所。他是顺便到那儿去的，似乎没有什么目的，随便走进去，几乎总是只待一会儿就走了。他俩总是短短地交谈几句，一点也没谈到那个重要的问题，倒仿佛他们已经心照不宣地约定，暂时不提这件事似的。卡捷莉娜·伊凡诺芙娜的遗体还躺在棺材里。斯维德利盖洛夫在操办丧事，忙这忙那。索尼雅也很忙碌。在最近一次相遇的时候，斯维德利盖洛夫对拉斯柯尔尼科夫解释说，他总算把卡捷莉娜·伊凡诺芙娜的孩子的事办妥了，而且办得很顺利。他说，他托了一些熟人，这才找到几个人帮着把那三个孤儿安置在对他们来说极其体面的孤儿院里，而且可以立即送去，又说给他们存下一笔钱倒也大有帮助，因为安插有钱的孤儿比安插贫苦的孤儿容易得多。他还谈起索尼雅，又应许过一两天亲自到拉斯柯尔尼科夫家里去一趟，并且提到“打算跟您商量一下，有那么一些事情很有必要谈一谈……”这次谈话发生在楼梯上边的过道里。斯维德利盖洛夫凝神瞧着拉斯柯尔尼科夫的眼睛，沉默片刻，忽然压低嗓音，问道：

“您是怎么了，罗季昂·罗曼内奇？这么神不守舍！您听着，看着，可又似乎什么也没弄懂。您得振作起来才行。好，过两天我们来谈一谈。可惜我有很多事要办，有自己的，也有旁人的……哎，罗季昂·罗曼内奇，”他忽然补充说，“人人都需要新鲜的空气，空气，空气……这比什么都重要！”

他突然闪到一旁，好让登上楼来的司祭和诵经士走过去。他们是来做安灵祭的。按照斯维德利盖洛夫的安排，安灵祭一天做两次，有一定的时间。斯维德利盖洛夫径自走了。拉斯柯尔尼科夫却站住，沉思了一会儿，就尾随司祭走进索尼雅的寓所。

他在门口停住。祈祷式开始了，进行得平静、庄重、忧郁。他从小时候起，一想到死亡，一感到死亡就在身旁，心里总是充满一种沉重和胆寒的恐惧。而且他已经很久没有听到安灵祭的祈祷了。再者，这儿另外还有一种可怕的、令人不安的味道。他看着孩子们：他们都跪在棺材旁边，波连卡在哭泣。索尼雅站在他们身后，一面祈祷，一面似乎胆怯地小声哭泣。

“是啊，这几天，她一眼也没看过我，一句话也没跟我说过。”拉斯柯尔尼科夫忽然暗想。

太阳明亮地照进房间来。手提香炉的烟袅袅上升。司祭念道：“让她安息吧，主。”拉斯柯尔尼科夫一直站到整个安灵祭做完。司祭对他们祝福，然后告辞的时候，有点奇怪地环顾四周。祈祷做完后，拉斯柯尔尼科夫走到索尼雅跟前。索尼雅忽然拉住他的两只手，把头靠在他的肩膀上。这种亲密的姿态甚至惹得拉斯柯尔尼科夫纳闷。这简直奇怪了：怎么会这样呢？对他丝毫也不憎恶，丝毫也不嫌弃，而且她的手丝毫也不颤抖！她这真有点像是无限贬低自己。至少他是这样理解的。

索尼雅什么话也没说。拉斯柯尔尼科夫握了握她的手，就走出去了。他心头十分沉重。如果他这当儿走到一个什么地方去，就此孤身一人过下去，索性过上一辈子，他就会认为自己有福气了。然而问题在于他最近虽然几乎总是独来独往，却怎么也没法感到他是孤身一个人。有的时候，他走出城外，来到大道上，有一回甚至钻进某处丛林，可是地点越荒僻，他倒越强烈地感到近处有个什么人使他心神不安。这倒不是说可怕，而是不知怎的，惹得他很烦恼，他就赶快回到城里，夹在人群当中，走进饭铺酒店，走到旧货市场或者干草市场去。在这些地方倒好像轻松些，甚至能叫人觉得孤独些。傍晚前，一家小酒店里有人在唱歌，他就在那儿足足坐了一个钟头，听着，他记得那时候他甚至很愉快。可是，到后来，他忽然又觉得心神不宁，仿佛蓦地觉得于心有愧，这害得他很难过。

“瞧，我坐在这儿听唱歌，莫非我该干这种事！”他仿佛暗想道。

不过，他立刻领悟到，惹得他不安的不只是这一件事。另外还有一件事要求他立刻解决，然而那究竟是什么事，他却没法弄明白，也不能用话语表达出来。那像是一团乱麻。

“不，最好还是来一场争斗！最好还是让波尔菲利再来较量……或者让斯维德利盖洛夫来也行……但愿再有人来找麻烦，再有人扑上来才好……对啊！对啊！”他想。

他走出小酒店，几乎拔腿就跑。他忽然想起杜尼雅和母亲，不知什么缘故，他似乎惊吓得心胆俱裂。正是在这天夜里，黎明前，他在克烈斯托夫斯基岛上一个灌木丛中醒过来，全身颤抖，发着高烧。他走回家去，清晨才到家。他睡了几小时，高烧就过去了，不过临到他醒来，时候已经很迟，那已经是下午两点钟了。

他想起这天正是卡捷莉娜·伊凡诺芙娜下葬的日子。他想到他没去送葬，不由得暗自高兴。娜斯达霞给他送食物来了。他又吃又喝，胃口大开，几乎是狼吞虎咽。比起前三天来，他的头脑清楚多了，心里也安定得多。他偶尔想起原来那种战战兢兢的心情，甚至暗暗惊奇。这时候房门开了，拉祖米欣走进来。

"啊！你在吃饭，可见你没生病！"拉祖米欣说道，拿过一把椅子来，挨着桌子在拉斯柯尔尼科夫对面坐下。

拉祖米欣心里焦急不安，而且也没打算掩饰。他说话带着明显的烦恼口气，然而不慌不忙，没有特别提高嗓音。那么谁都可以认为，他心里存着一种独特而且甚至是非办不可的打算。

"你听我说，"他果断地开口了，"你们统统见鬼去好了，我才不管呢！然而我根据现在瞧见的各种事情，却清清楚楚地觉得：我什么也弄不懂了。兄弟啊！你可别以为我是来质问你的。去他的！我才不想干这种事呢！现在你即使愿意把你心里的秘密统统抖搂出来，说不定我都懒得听，啐口吐沫，一走了事呢。我上这儿来，只是我个人要把事情彻底弄清楚：首先，你真的是疯了吗？关于你，要知道，素来就有一种类似信念的想法（喏，反正有人有这种信念就是了），认为你也许疯了，或者大有发疯的趋势。我老实跟你说吧，我自己就有心支持这种见解，第一，我是根据你那些愚蠢而且多少有点可恶的行动下判断的（那些行动简直没法解释），第二，是根据你最近对母亲和妹妹的态度。像你这样对待母亲和妹妹的，如果不是疯子，那就只有恶棍和坏人了。因此，你是疯子……"

"你最近见过她们吗？"

"刚才就见过。可是你从那天起就没见过她们吧？劳驾，告诉我，你上哪儿去逛荡来着？我已经到你这儿来过三次了。你母亲从昨天起就病得很厉害。先是她打算到你这儿来，阿芙朵嘉·罗曼诺芙娜就开口劝她，她却一句也听不进去。她说：‘既然他有病，既然他神志失常，那么母亲不去帮助他，还有谁去呢？’我们就都到这儿来了，因为我们总不能让她一个人来啊。我们一路上劝她不要担心，照这样一直走到你的家门口。我们走进屋来，你却不在。喏，她就在这儿坐下了。她一连坐了十分钟，我们在她旁边站着，一句话也没说。随后她站起来，说：‘既然他出门去了，那么可见他身体挺好，把他母亲忘掉了。那么做母亲的站在门口，讨他的好，像讨施舍似的，就不成体统，也太丢脸了。’她回到家里，就在床上躺下了。现在她正在发烧，嘴里说着：‘我看，他上他那个心上人家里去倒有的是工夫。’她推测这个心上人就是索菲雅·谢敏诺芙娜，她是你的未婚妻或者情妇，这我就不得而知了。我立刻到索菲雅·谢敏诺芙娜家里去了一趟，因为，老兄，我想把事情全弄清楚。我走到那儿，一看，不料那儿放着一口棺材，孩子们哭哭啼啼。索菲雅·谢敏诺芙娜正给孩子们试穿孝衣。你不在。我瞧了瞧，就告了辞，走出来，把这些都告诉阿芙朵嘉·罗曼诺芙娜了。那么，那些推测全是无稽之谈，你压根儿就没有什么心上人，最可靠的解释就是你疯了。可是你偏偏坐在这儿，吃炖牛肉，仿佛三天没吃过东西了。话说回来，当然疯子也吃东西。虽然你一句话也没跟我说，你却……并不疯！这我敢发誓。最要紧的是你不疯。那么，叫你们统统见鬼去吧！因为这里头必是另有文章，必是有什么秘密。不过我可不愿意费脑筋去琢磨你们那些秘密。我上这儿来无非是要骂你一顿，出出气罢了。”他站起来，结束他的话。“我知道现在我该干什么了！”

“那么你现在打算干什么呢？”

“我现在打算干什么，关你什么事？”

“小心，你会灌酒的！”

“你……你怎么知道？”

“哼，那还用说！”

拉祖米欣沉默片刻。

“你素来是个头脑很清楚的人，压根儿就不是疯子，压根儿就不是。”他忽然热烈地说，“果然不差：我就是要去喝一通酒！再见吧！”

说完，他就动身往外走。

“拉祖米欣，大概是前天吧，我跟我妹妹谈起过你。”

“谈起过我！可是……前天你在哪儿瞧见你妹妹的？”拉祖米欣蓦地停住脚，甚至脸都有点发白了。谁都可以猜到，他胸膛里那颗心慢慢地、紧张地跳动起来。

“她是一个人到这儿来的，坐在这儿，跟我谈了一阵。”

“她？”

“对，是她。”

“那你和她都谈了些什么……我的意思是说，关于我都谈了些什么？”

“我对她说，你是个很好的人，诚实而勤恳。至于你爱她，我却没有对她说，因为她自己心里明白。”

“她心里明白？”

“咦，那还用说！……将来不管我动身到哪儿去，也不管我出了什么事，你都得留在她们身边，照顾她们才行。我可以说是把她们交给你了，拉祖米欣。我之所以这样说，是因为我完全知道你多么爱她，而且我相信你那颗纯洁的心。我还知道她可能也爱你，甚至也许已经爱你了。那么现在你决定好了，你要灌酒也罢，不要灌酒也罢，都随你。”

“罗季昂……你知道……哎呀，见鬼！你要动身到哪儿去呢？你知道，如果这都是秘密，那就不提也罢！不过我……我……会打听出这种秘密的……而且我相信，这一定是出了些莫名其妙的事，瞎胡闹的小事，而且都是你一个人捣鼓出来的。不过，话说回来，你可是个极其出色的人！极其出色的人！……”

“我本来正想补充几句，可是让你打断了，我是想说：你刚才的想法很好，目前不去打听这些秘密和机密。你暂时丢开这些，不要操心了。反正到时候，到了该知道的时候，你自会明白。昨天有个人对我说，人需要空气，空气，空气！我现在想到他那儿去一趟，问明白他这话是什么意思。”

拉祖米欣沉思而激动地站在那儿，在考虑什么事情。他忽然暗想：

“他是个政治阴谋家！没错儿！他正处在采取决定性步骤的前夕，这是一定的！事情不可能不是这样，而且……而且杜尼雅也知道……”

“那么阿芙朵嘉·罗曼诺芙娜常来看你，”拉祖米欣说，把一个个字咬得很清楚，“你呢，又打算跟那个说需要更多空气的人见面……那么可见，这封信……也跟那件事有关。”他结束道，仿佛自言自语似的。

“什么信？”

“她，今天，收到一封信，那封信把她搅得心烦意乱。她心里乱得很，简直乱极了。我对她谈起你，她要求我别再谈了。后来……后来她说也许我们很快就会分手，后来不知为了什么事向我热烈地道谢，之后回到自己的房间里，关上门不出来了。”

“她接到一封信？”拉斯柯尔尼科夫沉思地反问道。

“对，一封信。你不知道？哦。”

他们俩都沉默了。

“再见，罗季昂。我，老兄，有一段时间我……不过，再见，你要知道，有一段时间我……好了，再见！我也该走了。我不会灌酒。现在用不着了……你尽是胡扯！”

他急忙走了，可是他走出门外，几乎刚刚带上身后的门，却忽然又把它推开，眼睛看着旁边，说：

“顺便说一句！你记得那件人命案吗？喏，也就是波尔菲利经手的，老太婆的案子！好，该叫你知道一下，那个杀人犯已经找到，他认罪了，把证据都交出来了。你猜怎么着，他就是那两个工人当中的一个，油漆工人。你记得吗？我还在这儿替他辩护过呢！信不信由你，原来在楼梯上他跟他的伙伴又打又笑的场面，是他故意干出来骗骗人的，因为当时有些人，那个扫院人和两个见证人正好登上楼来。这么一条小狗，却是多么狡猾，多么沉得住气啊！这很难叫人相信，可是他自己全讲出来，自己全招供了！我真是上了当！是啊，依我看来，他简直是个装佯和随机应变的天才，回避法律制裁的天才，那么这也就没有什么特别值得惊讶的了！难道不可能有这样的人吗？至于他性格不够坚强，终于招认了，我倒为此越发相信他了。这才更合情合理……可是当初我上了大当！一个劲儿替他开脱！”

“兄弟，告诉我，你是从哪儿知道的，为什么你对这件事这么有兴趣？”拉斯柯尔尼科夫问道，显然很激动。

“当然了！我怎么会有兴趣，这还用问！我是从波尔菲利口中听说的，另外还有别人。不过，我几乎都是从他那儿知道的。”

“从波尔菲利那儿？”

“从波尔菲利那儿。”

“那么他都……他都说了些什么？”拉斯柯尔尼科夫惊恐地问道。

“他把这些给我讲得很清楚，他按他的意见，从心理方面阐明的。”

“是他阐明的？他自己给你阐明的？”

“是他，是他！再见。以后我再跟你谈，现在我有事要去办。是啊……有一段时期我以为……唉，干吗说这些，以后再谈吧！……现在我何必去灌酒呢。你没给我酒喝就已经把我灌醉了。真的，我醉了，罗佳！现在是没喝酒就醉了。好，再见。我会来的，很快就会再来。”

他走出去了。

“他是个政治阴谋家，他就是这样，这是一定的，一定的！”拉祖米欣一面缓缓走下楼梯，一面断然下了结论。“他把他妹妹也拉进去了。按阿芙朵嘉·罗曼诺芙娜的性格来说，事情很可能是这样，很可能。他们一直在相会……要知道，她也向我暗示过。根据她的许多话……种种字眼……种种暗示，事情恰恰就是这样！再者，这个疑问不这么解释又怎么解释呢？嗯！我却一直以为……啊，主，我这是瞎想些什么呀。是的，这也是我一时糊涂，我对不起他！那一次在走廊上，灯光下，他把我闹糊涂了。呸！我那种想法多么恶劣，粗暴，卑鄙啊！尼古拉真是好样的，他都招认了……而且先前那些事，现在也统统水落石出了！先前他那种病，他那些古怪的举动，都清楚了，其实早先，早先他在大学念书的时候，素来就拉长了脸，闷闷不乐……不过，现在这封信又是什么意思呢？其中恐怕也有文章。这封信是谁写来的呢？我怀疑……嗯。是啊，这些我都会弄清楚。”

他回想往事，考虑到杜尼雅，他的心脏好像停止了跳动。他离开原地，撒腿就跑。

拉斯柯尔尼科夫等拉祖米欣一走出去，就站起来，往窗边走去，后来又走到一个墙角，再走到另一个墙角，好像忘记他的斗室很窄小似的，随后……又在长沙发上坐下。他就像获得了新生似的。较量又来了，由此可见，出路也就有了。

“是啊，可见有出路了！要不然，这局面也未免太叫人气闷，弄得人走投无路，压得人透不过气来，成天脑子里昏昏沉沉的。自从我在波尔菲利那儿见到有尼古拉在场以来，一直觉得没有出路，透不过气，憋闷得很。在尼古拉那件事发生以后，当天还发生了索尼雅家里的场面！可是我在那次会晤中的言行和那次会晤的结局却完全不像原先想象的那样，完全不像……那么可见我急剧而彻底地软弱了！一下子就软弱下来了！要知道，当时我同意索尼雅的话，而且是心甘情愿，用我的心去同意的，认为我一个人，心头压着那么一件事，是没法活下去的！

“还有斯维德利盖洛夫呢？斯维德利盖洛夫是个谜……斯维德利盖洛夫搅得我心神不宁，这话不错，然而似乎并不是那方面使我不安宁，说不定跟斯维德利盖洛夫也要有一番较量，说不定那也是一条真正的出路，不过波尔菲利却是另一回事。

“这样说来，波尔菲利自己向拉祖米欣解释了一番，而且从心理学方面向他作了解释！他又把他那套该死的心理学搬出来了！是波尔菲利吗？既然在尼古拉出场以前，波尔菲利和我之间已经面对面地发生了那么一个场面，而那个场面除了一种解释以外不可能有别的正确解释，那就休想让波尔菲利相信尼古拉有罪，哪怕相信一分钟也办不到！”这些天拉斯柯尔尼科夫脑中有好几次闪现出他跟波尔菲利那次会晤的场面，他回忆过其中的片段，至于从头到尾回想一遍，他却受不了。“当时我们双方交谈过那么一些话，表现出那样的举动和姿态，用那样的目光互相瞧着，用那样的声调讲过话，事情已经闹到那么一种地步，而且尼古拉一出场，波尔菲利从他的头一句话和头一个姿态就看透了他，因此尼古拉断断不能动摇波尔菲利的基本信念。

“啊，你看看！就连拉祖米欣也起了疑心！那时候，走廊上，灯光下的那个场面并没有白白过去。于是他跑去找波尔菲利了……然而波尔菲利何必骗他？他究竟抱着什么目的故意引开拉祖米欣的目光，要他去注意什么尼古拉呢？要知道这家伙一定有他的想法，其中总有他的意图，然而是什么样的意图呢？不错，从那天早晨起，已经过去许多时间，甚至太多，太多了，关于波尔菲利，却一无消息。嗯，当然，这就更糟……”

拉斯柯尔尼科夫拿起帽子，沉思着，往房外走去。这些日子，这还是他头一天觉得他的神志至少是健全的。

“应当把斯维德利盖洛夫的事了结一下才成，”他暗想，“不管怎样，这得办得尽量快点。他似乎也在等我自己去找他。”

这当儿他那颗疲劳的心里忽然生出痛恨的情绪，也许他会在斯维德利盖洛夫和波尔菲利这两个人当中杀掉一人。至少他觉得这样的事，如果不是现在，那么以后，他一定能够做到。

“我们等着瞧吧，我们等着瞧吧。”他暗自反复说道。

可是他一推开门道里的房门，忽然撞见了波尔菲利本人。那个人正要走进房来看他。拉斯柯尔尼科夫愣了一会儿。奇怪的是，他看到波尔菲利来了并不觉得惊讶，而且几乎可以说是并不怕他。拉斯柯尔尼科夫光是打了个寒噤，可是一刹那间很快做好了准备。“说不定结局来了！可是他怎么悄悄地，像猫似的走来了？我一点也没听见！莫非他一直站在外头偷听来着？”

“您没料着有客人来，罗季昂·罗曼内奇，”波尔菲利·彼得罗维奇笑着高声说道，“我早就打算来了，我每次路过这儿，心里总想，何不走进去，待个五分钟，回拜一下呢。您这是打算到哪儿去？我不会耽搁您。要是您允许的话，我只吸一根纸烟就走。”

“那么请坐，波尔菲利·彼得罗维奇，请坐。”拉斯柯尔尼科夫给客人让座说，露出那么一种表面上满意和友好的神态，真的，要是他能看见自己的话，准定会为自己吃惊。

残局就要收场了！有的时候，一个人面对强盗，会一连半个钟头心惊肉跳，可是当刀子最后搁在他的脖子上，他倒一点也不害怕了。拉斯柯尔尼科夫干脆在波尔菲利面前坐下，眼也不眨地瞧着他。波尔菲利眯细眼睛，开始点烟。

“喂，说呀，说呀，”这话好像一个劲儿要从拉斯柯尔尼科夫的心里跳出来，“喂，怎么了，怎么了，怎么你不说话呀？”

第二章

“是啊，这纸烟，”波尔菲利·彼得罗维奇点完烟，吐出一口烟雾，终于开口了，“它有害，简直有害，可是我又戒不掉！我常咳嗽，嗓子开始发痒，喘息。您知道，我懦弱。前几天我去找过布大夫，他给每个病人看病minimum[1]要用半个钟头。他瞧着我，简直笑起来了。他敲着我的胸脯听诊，顺便对我说：‘吸烟对您没有好处，您的肺受感染了。’可是我怎么戒得掉呢？拿什么来代替它呢？我不喝酒，这可就麻烦了，嘿嘿嘿，我不喝酒，真麻烦！要知道，一切都是相对的，罗季昂·罗曼内奇，一切都是相对的！”

“他这是干什么，莫非是玩原先那老一套花样？”拉斯柯尔尼科夫憎恶地暗想。他忽然想起不久以前他们最后一次会晤的前后经过，于是那时候的情绪又波涛般地涌上他的心头。

“我前天傍晚就已经到您这儿来过，您恐怕不知道吧？”波尔菲利·彼得罗维奇环顾一下房间，继续说，“我照直走进了这个房间。我原也是路过此地，像今天一样，而且心想，我就到他家里去回拜一下吧。我就走进来，房间的门敞开着。我看了一下，等了一会儿就走了，也没通知您的用人。您不锁门吧？”

---

1. 拉丁文：至少。

拉斯柯尔尼科夫沉下脸，面色越来越难看。波尔菲利似乎猜出了他的心思。

“我是来把事情解释一下，亲爱的罗季昂·罗曼内奇，解释一下！我应当向您解释一下，我有这个义务。”他含笑继续说道，甚至伸手轻轻拍一下拉斯柯尔尼科夫的膝头，可是几乎同时，他脸上忽然现出严肃而忧虑的神色，甚至好像有点悲伤的样子，这就使得拉斯柯尔尼科夫暗暗吃惊了。他会有这样的脸色，这可是拉斯柯尔尼科夫从来也没见过，也意想不到的。“上一回我们之间发生了一种奇怪的场面，罗季昂·罗曼内奇。恐怕我们头一次见面，我们之间就有过奇怪的场面，不过那时候……喏，现在事情接二连三地来了！问题就在这儿：也许我有些地方很对不起您，这我感觉到了。是啊，上回我们是怎样分手的，您记得吗？您的神经乱了方寸，膝盖瑟瑟发抖，我呢，也是神经乱了方寸，膝盖瑟瑟发抖。您知道，那时候我们之间的情形甚至有点不像样子，不大文雅。话说回来，我们毕竟是上流人，也就是说，不管怎样，首先我们得像上流人，这一点应当明白才是。您一定记得我们闹到了什么地步……简直已经闹得完全不成体统了。”

“他这是干什么，他把我看成一个什么人了？”拉斯柯尔尼科夫暗暗惊讶地问自己，抬起头来，睁大眼睛瞧着波尔菲利。

“我考虑过，认为现在我们还是坦诚相见的好，”波尔菲利·彼得罗维奇继续说着，略微仰起头，低下眼睛，仿佛不愿意再用他的目光惊扰以前受过他坑害的人，而且好像鄙弃他以前那种态度和诡计似的，“是啊，这种怀疑和这种场面不能老是持续下去。多亏尼古拉解决了我们的问题，要不然连我也不知道我们之间究竟会闹到什么地步为止。那时候，还有那个该死的小市民一直在我屋里隔板的另一边坐着，您想象得到吗？当然，这件事您已经知道了，而且我还听说，后来他去找过您。不过您当时的揣测，却并无其事：我没有派遣公差去找什么人来，我当时也没做过什么布置。您会问：什么我没做什么布置？那我该怎么跟您说好呢：连我自己当时也觉得这件事来得奇突。就连那两个扫院人，我也好容易才派人去找来。（您走出去的时候，大概看到那两个看门人了。）那时候我的头脑里闪过一种想法，像闪电那么快。您要知道，当时我甚至已经坚定地相信了，罗季昂·罗曼内奇。我心想，就这么办吧，虽然我会暂时放过这一件事，可是我会抓住另一件事不放，反正我要的东西总归跑不了。您天生脾气很暴躁，罗季昂·罗曼内奇，简直太暴躁了，跟您性格和心灵的其他种种基本特点不相称，我呢，不揣冒昧，自认为对您的性格和心灵是有几分了解的。喏，当然，即使在那时候，我也考虑到，事情不见得永远会那么顺利：一个人站起来，不管三七二十一，把事情的底细统统抖搂出来。这种事固然也发生过，特别是如果一个人终于给弄得失去耐性的话。不过，无论如何，这种情形总是少见的。这层道理，我也能想通。是啊，我心想，我只求弄到一点线索！哪怕很小很小，只有一样也好，只要能伸手抓住，只要是实实在在的东西，不光是什么心理分析就成了。因为我想，只要一个人犯了罪，那么，当然，无论如何总可以从他那儿弄出一点货真价实的东西。你甚至可以指望得到极其出人意料的结果。我呢，罗季昂·罗曼内奇，把希望寄托在您的性格上，完全寄托在您的性格上了！那时候我对您是抱着很大指望的。”

“可是您……可是您现在干吗对我讲这些了？”拉斯柯尔尼科夫终于嘟哝说，甚至没把要问的话考虑周全。

“他讲这些干什么？”他暗自茫然地想道，“难道他真的把我看成没罪的人了？”

“我干吗讲这些？我是来把事情解释清楚的。不妨说，我把这看作我的神圣的责任。我打算对您把事情交代清楚，也就是当时那种所谓的误会是怎么造成的，前前后后是怎么回事。我害得您吃了不少苦，罗季昂·罗曼内奇。我不是恶棍。确实，我心里明白，一个人本来就闷闷不乐，然而高傲，威严，没有耐性，特别要紧的是没有耐性，不料却要经历那么一种局面，那会是什么滋味！不管怎么说，我把您看成极其高尚的人，甚至有点慷慨大度的素质，可是我不同意您的各种信念，关于这一点，我认为我有责任直言不讳，十分诚恳地预先向您声明，因为要紧的是我不愿意欺骗您。我一认识您，就对您产生好感了。说不定您会嘲笑我这些话吧？您有这种权利。我知道，您从一开头就不喜欢我，因为，实际上，我也真没有什么讨人喜欢的地方。不过，您要怎么想都随您，反正我现在很想从我这方面用尽方法冲淡原来给您留下的印象，证明我也是个有心肝和有良知的人。我是诚恳地说这些话的。”

波尔菲利·彼得罗维奇带着尊严的神情停住嘴。拉斯柯尔尼科夫感到有一种新的惊吓情绪涌上他的心头。他一想到波尔菲利把他看成没罪的人，忽然不由得吓了一跳。

“至于把事情原原本本讲一遍，说一说当初那是怎么突然开始的，恐怕已经不必要了，”波尔菲利·彼得罗维奇继续说，“我认为那甚至是多余的。再者，我也未必做得到。因为这怎么能说得齐全呢？首先，当时有些流言蜚语。至于那都是些什么流言，由谁传出来的，什么时候散布的……究竟怎样编排您，我认为也无需多讲了。就我个人来说，却是从一件偶然的事开头的，那件偶然的事也真是偶然得很，简直是既可能发生，又可能不发生的。那么是什么样的事呢？嗯，我想也不必再说了。总之，这些事，流言也好，偶然的事也好，当时在我的脑子里凑成了一种想法。我要老实地承认，因为既然要说实话，那就样样事情都说实话吧：那时候，我第一个就想到您。讲到老太婆在典当物品上留下的字迹，以及其他种种东西，等等，其实都没用处。那样的东西我们可以弄到百件。另外，我还有机会详细了解到在警察局办公室里出的事。我也是偶然听来的，这倒不是马马虎虎一听，因为讲这件事的是个既特别又主要的人，他自己并没有当场看见，却把那个场面描摹得有声有色。是啊，事情一件接着一件来了，一件接着一件来了，亲爱的罗季昂·罗曼内奇！那么，我的思路怎么能不顺着一定的方向发展呢？一百只兔子永远合不成一匹马，一百种怀疑永远凑不成一种证据，有一条英国谚语倒是这么说的，不过要知道，这无非是头脑在冷静地思考罢了，而心里的热情，心里的热情，那却是谁都休想压下去的，因为警局的侦查官毕竟也是个人嘛！那时候，我又想起您发表在杂志上的论文。您该记得，那天您初次来访，我们就详细谈过它。我那时候采取嘲笑的态度，不过是为了激发您谈得深一点。我要再说一遍，您很缺乏耐性，又病得厉害，罗季昂·罗曼内奇。讲到您这个人敢作敢当，自视很高，严肃认真，而且……善于感受，已经有过很多的感受，这我都早已知道。所有那些感触，我都熟悉，我读您的论文就跟读一篇熟悉的文章似的。这样的论文是在不眠的夜晚，疯魔般的精神状态下，带着起伏跳动的心灵，勉强压下热情，才构思而成的。年轻人这种高傲而又受到压制的热情是危险的！我那时候不断地嘲笑它，可是现在我要对您说，作为一个爱好读书的人，我总是非常喜欢这种充满青春朝气的和激昂慷慨的初次习作。烟啦，雾啦，而且雾里响着琴弦的颤音。[1]您的论文荒唐而不切实际，可是其中透露那么多的诚恳，显出青年人那种决不被收买的骄傲，表现了不顾一切的勇猛。那是一篇阴沉的论文，可是这样倒好。那篇论文我读完，然后又收起来……那时候我一面把它收起来，一面暗想：‘嗯，这个人可不会平平淡淡过一辈子的！’好，您现在说说看，既然有了这样的开头，我怎么能对后来的事不入迷呢！啊，主，难道现在我说了什么

1. 此句不确切地引自果戈理的《狂人日记》，原文为：“灰蓝色的雾在脚下弥漫，琴弦在雾中震颤。”

吗？难道我现在肯定了什么吗？那时候我不过是开始注意罢了。我当时想：这里头有什么实实在在的东西吗？这里头没有什么东西，丝毫也没有，也许连影子也没有。再者，我是个侦查官，却这么入迷，简直完全不得体。喏，我手里有尼古拉，他可是有犯罪事实的，反正不管您怎么说，那到底是事实嘛！而且他也带来了他那些心理活动，我得研究一下，因为这是个生死的问题啊。

“那么，现在我为什么要对您解释这些呢？我是要您知道这些，然后用您的头脑和心灵掂量一下，不要怪罪我那次恶毒的态度。我要诚恳地说，那不算恶毒，嘿嘿！您现在怎么想，以为我那时候没搜查过您的房间？搜查过，搜查过，嘿嘿，搜查过，那时候您正在这屋里生病，躺在床上。搜查不是正式的，也不是以侦查官的身份，然而我搜查过。在您这寓所里，趁罪迹还没来得及消灭，样样东西，就连小小的一根头发，也都检查过，可是，umsonst[1]！我暗想：这个人现在会来的，他会来的，而且很快就会来，只要有罪，就一定会来。别人不会来，可是他会来。您记得吗，拉祖米欣先生对您泄露过机密？这是我们安排好的，目的就在于惹得您激动，因此我们故意散布流言，好让他给您泄露机密，而拉祖米欣先生正是那种一气愤就闹得不可开交的人。

“首先，您的怒火和您直率而大胆的气概引起了扎麦托夫先生的注意：是啊，怎么能在小饭馆里猛一下说出‘我杀了人！’呢？太胆大了，太张狂了！我心想：如果他犯了罪，那他就一定是个可怕的好斗的人！当时我就是这么想的。我等着！我按捺住性子等您来。那时候扎麦托夫已经简直让您吓破了胆，而且……要知道，问题在于这些该死的心理分析是正反两面都讲得通的！喏，我就那么等着您，眼巴巴

1. 德语：白费劲。

地望着，于是，上帝保佑，您果然来了！我的心简直猛地一震。嘿！是啊，那时候您何必来呢？您该记得，那时候您是笑呵呵地走进屋来的，笑呵呵的，其实我那时候像隔着玻璃看您似的，一眼就全看透了。不过，要不是我按照那么一种特别的方式等着，我在您的笑声中本来也不会听出什么来。喏，这也就是有什么心境便有什么结果。那时候还有拉祖米欣先生……哎呀！还有石头，那块石头，您还记得那块石头吧？石头底下还埋藏着东西呢！嗯，我就跟亲眼瞧见了似的，在那边，在一个菜园子里……您不是对扎麦托夫说过在菜园子里，后来又在我那儿说过一次吗？还有，那一次我们着手讨论您的论文，您就开始陈述您的观点，可是依我听来，您的话句句都有双重意义，仿佛话里有话似的！

"好，罗季昂·罗曼内奇，我照这样一直走到最后一根柱子，一头撞在那上面，这才清醒过来。我心里说，哎呀，我这是在干什么呀！我心里说，真的，只要您乐意，那么这些话，从头到尾，就都可以解释成另一种意思，结果反而会更自然些。我心里真苦！我暗想：'算了，我还是抓住一点真凭实据的好！……'于是，临到我听见门铃的事，我简直惊呆了，甚至浑身瑟瑟地抖。我暗想，得，这正好就是真凭实据！就是它！此外，我那时候什么也没考虑，简直不愿意多想。那当儿，我情愿从我自己的私蓄里拿出一千卢布去，只求让我用自己的眼睛看一看您那时候怎样跟一个小市民并排走了一百步，在他当面说您是'杀人犯'以后，足足走了一百步，您也没敢问他一句什么话！……喏，还有您脊背上冒凉气呢？还有您在病中，处在半昏迷的状态中，您去拉门铃的事呢？

"这样，罗季昂·罗曼内奇，既然已经发生过这种种事情，您想到那时候我跟您开那样的玩笑，还会觉得有什么奇怪的吗？而且为什么那当儿您自己到我这儿来呢？真的，倒好像有个人把您推来似的。要不是尼古拉把我们拆开，那么……您记得那时候尼古拉的样子吗？记得很清楚吗？那简直是打了个雷！乌云中间来了霹雳，电闪雷鸣啊！不过我是怎样对待他的？什么霹雳不霹雳，我可丝毫也不相信，您是亲眼看见的！怎么能相信呢！就是后来，也就是您走以后，我问他话，他在某些方面回答得蛮有条理，蛮有条理的，弄得我暗暗吃惊……可是，就是那时候，我也还是压根儿不信！瞧，这就叫坚定，跟钻石一样。我暗想：不，morgen früh[1]！尼古拉跟这件事有什么相干！”

“拉祖米欣刚才对我说，您现在也认为尼古拉有罪。您再三要拉祖米欣相信这一点……”

拉斯柯尔尼科夫透不过气来了，他没把话讲完。他一直在一种无法形容的激动中听着，听着那个已经把他看透的人是如何放弃自己的看法的。他不敢相信，而且也不相信这一点。他在那些说得还很含蓄的话里贪婪地寻找和抓住比较准确和切中要害的句子。

“拉祖米欣！”波尔菲利·彼得罗维奇叫道，看见一直沉默的拉斯柯尔尼科夫提出问题来，仿佛暗暗高兴似的，“嘿嘿嘿！不过，应当把拉祖米欣先生干脆搁在一旁：两个人正合适，别让第三个插手。拉祖米欣先生是个不宜于插手的人，再者他又是个局外人。他总是脸色惨白地跑到我这儿来……喏，去他的吧，不要把他牵连进来！

“讲到尼古拉，您可愿意知道，他是个什么样的人？也就是说，我把他理解成什么样的人？首先，他还是个未成年的孩子，这倒不是说他胆小，而是说他有点像艺术家。真的，您别笑我这样说他。他性情纯朴，很容易接受外界影响。他感情丰富，喜好幻想。他又能唱歌，又能跳舞，据说还善于讲故事，往往引得别的地方的人也赶来听。他上过学。只要人家用手指头指指他，他就会笑得要命，他往往醉得人

1. 德语：明天早晨。这里的意思是“去他的”。

事不知，倒不是因为已经养成嗜酒的恶习，而是因为有的时候人家拿他当小孩子把他灌醉。另外，他还偷东西，自己却不知道这是偷，因为，要是从地上捡的，这怎么算是偷？还有，您要知道，他是分裂派教徒，其实也不算是分裂派教徒，干脆就是教派信徒。他家里有漂泊派教徒，他自己以前足足有两年之久，在村子里一个长老那儿，听他宣讲宗教的道理。这都是我从尼古拉口中，从他那些同乡口中听来的。可不是！他简直想跑到荒凉地方的小修道院去呢！他有一股热衷的劲头，每天夜里总要祷告上帝，常读古书，‘真正的’书，一读就放不下。彼得堡对他影响很大，特别是在女性方面，喏，还有酒。他容易接受影响嘛，于是就把长老和别的一切全都忘了。我知道此地有个画家挺喜欢他，常去看他，可是正巧发生了这件事！喏，他害怕了，想上吊！想逃跑！老百姓对我们的司法工作有那么一种奇怪的概念，这有什么办法！要知道，有的人一听见‘受审’这个词，就吓坏了。这能怪谁呢！只有看新的法官怎么干了。啊，上帝保佑他们能改变这种局面！喏，尼古拉一关进监狱，看来，现在想起了那位可敬的长老，《圣经》也就又出现了。

“罗季昂·罗曼内奇，您知道他们有些人怎么看待‘受苦’吗？这并不是为某个人受苦的问题，而干脆就是‘应当受苦’，这就是说，人得受苦，如果是当官的弄得你受苦，那就更好。从前我那儿有个性情极其温顺的囚徒在监狱里整整关了一年，每天夜里总是坐在火炕上读《圣经》，读得入了迷，您知道，简直走火入魔了，结果呢，却无缘无故捞起一块砖头朝长官扔过去，而长官并没有叫他受过气。再者，那是怎样的一种扔法：他故意往斜下里，离着一俄尺远扔过去，免得砸中那个长官！一个犯人手持凶器袭击长官，会落到什么下场，那是不言而喻的，于是‘他就开始受苦’了。因此，我现在怀疑，尼古拉也是打算‘受苦’，或者诸如此类的事。这一点我是有把握的，甚至有事实作根据。只是他自己并不知道我知道罢了。怎么，莫非您不承认这种老百姓当中有爱好幻想的人？其实多的是。那个长老现在又开始起作用了，尤其是在他想要悬梁自尽以后。不过，他自己会讲出来，会来找我的。您以为他会硬挺下去？等一下吧，他会收回原话的！我随时都在等他跑到我这儿来，推翻以前的供词。我喜欢这个尼古拉，对他仔细研究了一番。那么您会怎么想呢？嘿嘿！他回答某些方面的问题倒是非常有条理的，显然已经得到必要的消息，巧妙地做了准备，可是他遇上另外一些方面的问题，简直像掉到水塘里一样，什么也不知道，自己不懂而又没有觉得自己不懂！

“是啊，罗季昂·罗曼内奇老兄，尼古拉跟这件事毫不相干！这是一件荒诞而阴森的案子，是一件现代的案子，是一件我们这个时代才会有的事，而在我们这个时代，人心已经乱了，有人引经据典地说什么流血能‘使人精神振奋’，还有人宣传说人生的全部意义就在于追求舒适的享受。这件案子涉及书本上的那些幻想，涉及受到理论刺激的心灵。我们从中可以看出一种决定迈出第一步的果断，然而这种果断却很特别，他一旦下了决心，就好像从山顶上跳下去，或者从钟楼上栽下去，而且他仿佛不是用自己的脚走到犯罪的道路上去。他连房门也忘了关就杀人，而且为了某种理论一口气杀了两个人。杀完了人却又不会拿钱，至于总算弄到手的那一点点，又埋在一块石头底下了。他躲在门背后，听着人家敲门，拉铃，硬要闯进来，他受的苦还嫌不够，后来偏又在半昏迷的状态中闯进那空荡荡的寓所，拉一下门铃，要重温一下脊背上冒凉气的感觉……好，这些姑且都归因于生病吧，可是请注意另一方面：他杀了人却还自以为是正直的人，蔑视别人，像个面色苍白的天使似的走来走去……是啊，尼古拉跟这件事毫不相干，亲爱的罗季昂·罗曼内奇，尼古拉跟这件事毫不相干！”

既然他前面说过的话都很像是否定他原先的看法，那么最后这几句话就未免太出人意料了。拉斯柯尔尼科夫全身发抖，就跟挨了一刀似的。

“那么……杀人的……究竟是谁？……”他忍不住问道，声音里带着喘息。

波尔菲利·彼得罗维奇简直是往后一仰，把身子靠在椅背上，仿佛这句问话太出人意料，把他惊住了。

“什么叫杀人的是谁？……”他说着，似乎不相信自己的耳朵了。“杀人的就是您，罗季昂·罗曼内奇！就是您杀的……”他几乎用耳语补充道，口气十分有把握。

拉斯柯尔尼科夫离开长沙发跳起来，呆站了几秒钟，一句话也没说，又坐下了。忽然，他整张脸微微痉挛了一下。

“您的嘴唇又跟那一次似的发抖了。”波尔菲利·彼得罗维奇喃喃地说着，声调里似乎带点关切。“您好像不大了解我的意思，罗季昂·罗曼内奇，”他沉默片刻，接着说，“所以您才这么吃惊。我上这儿来就是要把话都说出来，把事情摊开。”

“不是我杀的。”拉斯柯尔尼科夫小声说，就跟一个小小孩做错事，当场给人抓住，吓坏了似的。

“不，就是您，罗季昂·罗曼内奇，就是您，不是别人。”波尔菲利说，语气严峻而有把握。

他们俩都沉默下来。这次沉默简直长得出奇，有十分钟左右。拉斯柯尔尼科夫把胳膊肘撑在桌子上，默默地用手指挠乱他的头发。波尔菲利·彼得罗维奇安静地坐在那儿等着。忽然，拉斯柯尔尼科夫鄙夷地看着波尔菲利。

“您那老一套又来了，波尔菲利·彼得罗维奇！无非是您用惯了的那些伎俩罢了。说真的，您怎么不腻烦呢？”

“哎，算了吧，现在我何尝用了什么伎俩！如果现在有证人在场，那倒是另一回事了，可是眼下只有我们两个人在私下里谈话嘛。您看得明白，我到您这儿来并不是像追兔子似的，要追捕您。目前，您认罪也罢，不认罪也罢，在我都一样。反正关于您的事，您就是不说，我也已经深信不疑了。”

“既然这样，您何必到这儿来？”拉斯柯尔尼科夫气愤地问。“我要向您重提先前那个问题：您要是认为我有罪，那为什么不把我逮进监狱呢？”

“嗯，这些倒真是问题！我来逐一回答您。第一，就这样把您抓起来，送去关押，这对我是不利的。”

“怎么会不利呢？既然您深信不疑，那您就应当……”

“哎，我深信不疑又怎么样？要知道，这一切都只是我眼前的遐想罢了。再者，我何必把您关到监狱里去休息呢？既然您自己要求关起来，那么您是知道这一点的。比方说，我把那个小市民叫来揭发您，那您就会对他说：‘你是不是喝醉了？谁瞧见我跟你在一起？我简直把你的话当成醉话，而且你当时也确实喝醉了。’好，到那时候我还有什么话可以跟您说呢？特别是因为您的话反而比他有理，因为他的供词全是心理分析罢了……而且他那副嘴脸跟这种心理分析也不相称……您的话倒正好击中要害，因为这个坏蛋嗜酒如命，名声很臭。而且我已经有好几次老老实实向您承认过，这种心理分析是正反两面都讲得通的，从反面讲倒更服人，而且合理得多。除此以外，目前我还没有什么不利于您的证据。虽然我仍然会把您关起来，甚至亲自到这儿来预先对您说明原委（这是完全不合一般章法的），可是我仍然要直爽地对您说，这样做对我不利（这也不合一般章法）。好，第二，我到这儿来是为了……”

“嗯，是啊，第二呢？”拉斯柯尔尼科夫说，仍旧喘不过气来。

“因为，就跟我刚才说过的那样，我认为我有责任对您作出解释。

我不愿意您把我看成恶棍，特别是因为，我真心对您有好感，信不信由您。因此，第三，我到您这儿来是想提出一个明白而直率的建议：您该去自首认罪。这对您会无限有利，而且对我也有利，因为我肩膀上的重负就此卸掉了。嗯，怎么样，就我这方面来说，算不算坦率？”

拉斯柯尔尼科夫沉思了一分钟。

“请听我说，波尔菲利·彼得罗维奇，您本来自己就说过，这纯粹是心理分析罢了，可是现在却变成凿凿有据了。嗯，怎么样，万一现在您自己弄错了呢？”

“不，罗季昂·罗曼内奇，我不会出错。我有一点点线索。这一点点线索，我那时候就已经有了。真是上帝给我送来的！”

“什么线索？”

“究竟是什么线索，我不能说，罗季昂·罗曼内奇。再者，不管怎样，现在我已经没有权利再拖下去，我会把您送进监狱的。那么您想一想吧，我现在已经无所谓了，因此我说这些全是为您着想。真的，这样做会好一些，罗季昂·罗曼内奇！”

拉斯柯尔尼科夫狞笑了一下。

“要知道，这不但可笑，甚至可耻。好，就算我有罪（我自己根本没说过这话），可是您刚才说过，我到您那儿去坐牢就是去休息，那又何苦要我到您那儿去自首呢？”

“唉，罗季昂·罗曼内奇，不要太相信别人的话。说不定那不完全是休息！这本来也只是一种理论罢了，况且又是我发明的，可是我在您心目中算得上什么权威呢？或许，就连现在，我也还有些事瞒住您没说呢。我不会在您面前把样样事情都摊出来，嘿嘿！其次，您怎么会问，这对您有什么好处呢？莫非您不知道，这样一来，对您就会减刑？要知道，您是在什么时候自首的，您赶上个什么当口！这一层您务必要考虑一下！正好是别人把罪名揽在自己身上，把整个案子搅混的时候！而且我要当着上帝的面对您起誓，我会在‘那边’出点力布置一下，弄得您的自首仿佛完全出人意料。我们会把那种种心理分析一笔勾销，会把那种种对您的怀疑一概不提，因此，您的罪行就显得像是神志失常，然而，凭良心说，那也确实是神志失常。我是老实人，罗季昂·罗曼内奇，我说了话算数。”

拉斯柯尔尼科夫忧郁地沉默了，低下头。他思索很久，终于又笑一下，不过他的笑容已经是温和而哀伤的了。

“唉，不必了！”他说，似乎不想再一次在波尔菲利面前掩饰自己了。“犯不上！我根本不需要您的减刑！”

“啊，我担心的正是这个！”波尔菲利似乎不由自主，激昂地叫道，“我担心的正是您不需要我们的减刑。”

拉斯柯尔尼科夫神色忧郁而庄重地瞧了他一阵。

“嗯，您可不能厌恶生活啊！”波尔菲利接着说，“前头还长着呢。怎么不要减刑，怎么不要！您可真是个沉不住气的人！”

“前头还长着是指什么说的？”

“生活啊！您算是什么先知？您有多大的见识？经书上说得好：你要去寻找，那就会找到。也许上帝就等着您去这样做。再者那东西，也就是镣铐，不会永远戴着的……”

“会减刑呢……”拉斯柯尔尼科夫笑着说。

“怎么，莫非您怕丢资产阶级的面子？也许您怕的正是这个，只是您自己不知道罢了，因为您年轻！反正，您不该害怕自首，或者羞于到那儿去投案自首。”

“唉，去他的！”拉斯柯尔尼科夫鄙夷而又憎恶地小声说，仿佛不想再讲下去了。他已经又站起身来，似乎打算出去，到什么地方去，可是后来又带着明显的绝望神情坐下来。

“是啊，去他的！您已经失去信心，而且认为我在厚着脸皮讨您的好。其实您一共活了多久？您有多少阅历呢？您想出了一套理论，可是现在羞愧了，因为那种理论已经失败，而且一点也没有什么新奇之处！后果很坏，这是实在的，不过您倒并不是一个毫无希望的坏人。根本不是那样的坏人！至少您没有蒙哄自己太久，而是一下子就走到绝境了。知道我把您看成一个什么人吗？我把您看成即使让人挖出了肚肠，也还会站住不动，含笑瞧着折磨您的人的那种人……只要您有信仰，或者找到了上帝，您就做得到。嗯，您会找到，会生活下去的。首先，您早就该换换空气了。喏，受苦也未尝不是好事。您就受受苦吧。也许倒是尼古拉说的对：人希望受苦。我知道，这话是不容易叫人相信的，然而您不要调皮地自作聪明吧。您什么都不要想，干脆把自己交给生活。不用担心，生活自会把您冲到彼岸，让您立定脚跟的。彼岸是什么地方？可是我怎么知道呢？我只是相信，您还有很多年要活。我知道，您现在会把我的话当作一篇预先背熟的训话。不过，以后您也许会想起来，有的时候它也许不无用处。我就是为此才说这些话的。讲到您杀了老太婆，这还算好的呢。假如您想出来的是另一套理论，说不定您做出来的事还要糟糕一亿倍！这或许还得感谢上帝才对。您怎么可能知道呢？或许上帝为了某种目的要保护您也未可知。您应该心胸广阔，少害怕点才是。您是害怕就要到来的重大判决吗？不，这样的害怕是可耻的。既然您已经采取这种步骤，那就得沉住气。这才合乎正义。您要按正义的要求去办。我知道您不相信这话，可是，说真的，生活会推您走上这一步。日后您自己会喜欢的。您现在所需要的无非是空气，空气，空气！”

拉斯柯尔尼科夫甚至打了个冷战。

“可是您到底是什么人？”他叫道，“您算是什么先知？您凭什么这样道貌岸然，对我宣讲这种冠冕堂皇的大道理？”

“我是什么人？我是个已经活到尽头的人，如此而已。我这个人或许有感情，能同情，或许还有点知识，可是已经完全活到尽头了。您呢，却是另一回事，上帝给您准备下生活了。（可是，谁知道呢，或许您临了也会就这样像一缕烟似的消失，一事无成。）讲到您今后要换环境，跟另一种人生活在一起，那又有何妨？像您这样的人，有您这样的心灵，总不会舍不得丢开舒适的享受吧？也许今后会有很长很长的时间谁也见不到您，不过这有什么关系？问题不在时间，而在您自己。您变成太阳，大家就都看见您了。对太阳来说，首先，必须是太阳。您为什么又微笑？笑我变成了席勒[1]之流？而且我敢打赌，您在揣测我现在要用谄媚的方法博得您的欢心吧！是啊，也许我真是在博得您的欢心，嘿嘿嘿！看来，罗季昂·罗曼内奇，您对我的话还是不要相信，甚至也许任何时候都不要全信。我已经养成了这种习气，我同意。只是我还要补充一点：究竟我是个卑鄙的人还是个正直的人，您自己似乎可以判断！”

“您打算什么时候逮捕我？”

“我还能容您逛荡那么一两天。您仔细想一想，朋友，向上帝祷告吧。再者，这对您有利些，真的，有利些。”

“可是万一我逃跑呢？”拉斯柯尔尼科夫不知怎么奇怪地笑着问道。

“不，您不会逃跑。庄稼人才会逃跑，时髦的宗派主义者，依附别人思想的奴仆，才会逃跑，因为你只要对他伸出一个小指尖，就跟对付海军准尉德尔卡那样[2]，那你要他相信什么，他就会一辈子都相信。您呢，却已经不再相信您的理论，那么您凭着什么逃跑呢？再者，您

1. 约翰·弗里德里希·席勒（1759—1805），德国伟大的诗人和剧作家。席勒对落后的德国资产阶级所抱的批评态度，促使他从古代寻找关于个人与社会协调统一的思想。
2. 俄国作家果戈理的剧作《婚事》中一个不出场的人物。这里是作者的笔误，他实际上指的是该剧第二幕中可笑的海军上尉彼土霍夫。——俄文本编者注

逃跑有什么好处呢？隐姓埋名是不好受的，而且是困难的，您首先需要的却是生活和明确的地位，以及那种与之相应的空气，可是您在那边哪会有这种空气？您逃跑了，又会自己回来的。您非跟我们打交道不可。一旦我把您关进监狱，关上一个月，关上两个月，或者关上三个月，那么您在那里会忽然想起我的话，自己来认罪，而且大概连自己也感到出乎意料。您自己就连在一个钟头以前也不知道您会来认罪呢。我甚至相信，您会'下定决心去受苦'。我的话现在您不相信，不过以后您自己会拿定主意的。因为，罗季昂·罗曼内奇，受苦是一件大事。您不必瞧着我身体已经发胖，不必管这些，这我自己也知道。您不要嘲笑这种话，受苦是含有思想的。尼古拉说的对。是啊，您不会逃跑，罗季昂·罗曼内奇。"

拉斯柯尔尼科夫从座位上站起来，拿起帽子。波尔菲利·彼得罗维奇也站起来。

"您打算出去散步吗？这个傍晚挺不错，只求没有雷雨就好。不过，来了雷雨也蛮好，因为那会使人神清气爽……"

他也拿起制帽。

"波尔菲利·彼得罗维奇，兄弟啊！"拉斯柯尔尼科夫说，口气严峻而执拗，"请您脑子里不要装着这样一种想法，认为我今天已经向您招认了什么。您是个古怪的人，我纯粹是出于好奇心才一直听您讲话的。我对您什么也没招认……请您记住这一点。"

"哦，我当然知道，我会记住的……瞧瞧，他甚至发抖了。您别担心，亲爱的，事情就按您的意思办。您略为散一散步吧，只是闲散太久也不行。为了稳妥起见，我要对您提出一个小小的请求，"他放低嗓音补充说，"这个请求有点不便说出口，然而很重要。如果……也就是说，万一……（其实我并不相信这一点，我认为您根本不会那样做）……如果万一……喏，其实是姑且这么说罢了……万一在这段时期，在五十小时当中，您有心换个办法，用一种荒唐的方式了结这件事，也就是说（这个推测是荒谬的，您务必原谅我才好），那么……请您留下一个短而翔实可靠的字条。喏，写那么两行就行，只要有两行就足够了，请您提到那块石头。这样做会光明正大些。好，再见……祝您有好的思想和好的开端！”

波尔菲利走出去了。他有点弓着背，似乎不肯瞧着拉斯柯尔尼科夫似的。拉斯柯尔尼科夫走到窗前，又气愤又急躁地等着。他估计波尔菲利已经走到街上，而且走出去相当远了，于是他自己也匆匆地走出房外去了。

第三章

他急匆匆地去找斯维德利盖洛夫。讲到他从这个人身上能指望得到些什么，他自己也不知道。然而，这个人身上却暗含着一种能左右他的威力。他一旦体会到这一点，就再也放不下心来，此外，现在时机已经来了。

一路上，有一个问题特别弄得他心里七上八下：斯维德利盖洛夫到波尔菲利那儿去过吗？

按他的判断，他简直能发誓：不，没有去过！他想了又想，回忆波尔菲利来访的经过，得出结论：不，没有去过，当然没有去过！

可是，假如他还没到波尔菲利那儿去过，那么以后会不会去呢？

就当前来说，他觉得他现在不会去。为什么呢？这他却说不清，不过即使他能把这解释清楚，那现在他也不想在这方面特别花费脑力了。这件事弄得他很痛苦，同时他又有点不大放在心上。说来奇怪，而且也许谁也不会相信，总之，他对眼前这种向他逼近过来的命运反而有点不大关切，心不在焉。使他揪心的是另一件事情，重要得多而且非同小可的事情。那件事只涉及他自己，不牵连别人，然而是另一种事情，一件重大的事情。此外，他却感到精神上无限疲劳，其实这天早晨他的思路比最近这些日子敏捷得多。

再者，既然已经发生过那种种事情，现在还犯得上出力去克服那些新的和细小的困难吗？比方说，犯得上费尽心机，使出手段，好让斯维德利盖洛夫不到波尔菲利那儿去吗？犯得上为区区一个斯维德利盖洛夫下功夫研究，弄清楚，因而浪费光阴吗？

啊，他多么厌恶这件事！

话虽如此，他仍然急忙赶到斯维德利盖洛夫的住处去。莫非他料着这个人会说出什么新的见解、指示、出路？要知道，人淹在水里是见着一根稻草也要抓住的啊！莫非是命运，是本能，把他们拉到一块儿来了？也许这只是因为他疲乏和绝望罢了。也许他要找的不是斯维德利盖洛夫，而是别人，斯维德利盖洛夫不过是凑巧冒出来罢了。去找索尼雅吗？可是现在到索尼雅那儿去干什么呢？还要去逼她流泪？再者他也怕索尼雅。索尼雅成了铁面无情的判决，不可更改的决心。在这件事上，要么就走她的路，要么就走他的路。特别是在当前这个时刻，他不能下决心去见她。是啊，还是去摸一摸斯维德利盖洛夫的底，看看他究竟是个什么样的人。他内心不能不体会到，他也确实早就似乎为了某种缘故需要见一见他了。

不过，他们之间有什么共同的东西呢？就连他们干的坏事，也不可能一样。此外，这个人不讨人喜欢，分明非常不道德，一定很狡猾，爱骗人，也许很恶毒。关于他，这类说法是很多的。不错，他为卡捷莉娜·伊凡诺芙娜的孩子们热心奔忙过，可是谁知道他图的是什么，这究竟是什么意思。这个人心里总有些什么盘算和计划！

这些天来，还有一个想法经常在拉斯柯尔尼科夫头脑里闪过，搅得他忐忑不安。他甚至极力要把它赶走，觉得它那么沉重！他偶尔暗想：斯维德利盖洛夫一直跟踪他，至今不放。斯维德利盖洛夫已经知道他的秘密。斯维德利盖洛夫对杜尼雅有过歹心。如果他现在也还有呢？几乎可以肯定地说：一定是这样。现在，他既然知道他的秘密，因而有了左右他的威力，想用来作为武器对付杜尼雅，那么他该怎么办呢？

这个想法有的时候，甚至在梦中也来折磨他，然而直到现在，在他去找斯维德利盖洛夫的路上，这个想法才头一次清楚生动地出现。单是这个想法就害得他生出一肚子闷气。首先，这会改变一切，甚至也会改变他个人的处境：他得立刻把他的秘密告诉杜尼雅才成。也许，他还得去自首，免得杜尼雅走上岔路，采取什么轻率的步骤。还有那封信呢？今天上午杜尼雅收到一封信的！在彼得堡，谁会给她写信呢？（莫非是卢仁写来的？）不错，那儿有拉祖米欣保护她，可是拉祖米欣什么也不知道。或许，对拉祖米欣也应当说穿？拉斯柯尔尼科夫想到这儿，觉得很厌烦。

不管怎样，必须赶快见到斯维德利盖洛夫才成，他暗自断然做出决定。谢天谢地，这件事详情不必多问，只要把事情的实质弄清楚就行。不过，只要斯维德利盖洛夫能干出这种事，只要他对杜尼雅起了歹心，使手段，那么……

这段时期，足足一个月以来，拉斯柯尔尼科夫已经筋疲力尽，因此这个问题，他现在要解决，就只剩下一个办法："那我就把他杀死。"他带着冰冷的绝望心情暗想。

一种沉重的情绪压在他的心上。他在街中央站住，举目四望：他在走哪条路，往哪儿去？他正来到某大街，离干草市场有三四十步远，刚才他就是从干草市场走来的。左边有一幢房子，二楼完全由一家小饭铺占据了。所有的窗子都敞开，由窗子里那些活动的人影来判断，小饭铺里已经满座了。大厅里回荡着婉转的歌声，黑管和小提琴发出清脆的声音，土耳其鼓敲得很响。那儿传来女人的尖叫声。他自己也不明白自己怎么会走到这条街上来的，正想往回走的时候，不料，忽然看见饭铺最边上一个开着的窗口里，斯维德利盖洛夫坐在窗旁一张茶桌旁边，嘴里叼着烟斗。这真可怕，拉斯柯尔尼科夫吓了一跳。这时候斯维德利盖洛夫正观察他，默默地瞧着他，而且，使拉斯柯尔尼科夫又吃一惊的是，他似乎打算站起来，趁拉斯柯尔尼科夫没发现他，悄悄溜掉。拉斯柯尔尼科夫立刻装出也没有瞧见他的样子，只顾往旁边看，沉思不语，同时眼角却在继续观察他。他的心不安地跳动。果然不差：斯维德利盖洛夫分明不愿意让拉斯柯尔尼科夫看见。他取掉嘴上的烟斗，原想躲起来，可是临到他站起身，挪开椅子，大概突然发现拉斯柯尔尼科夫已经看见他在观察他，才没走掉。他们之间的这种情形倒近似他们在拉斯柯尔尼科夫家里初次相见的情形，那时候拉斯柯尔尼科夫正在睡觉。现在斯维德利盖洛夫的脸上露出狡狯的笑容，而且那笑容越来越开了。两个人都知道对方瞧着自己，仔细观察。最后，斯维德利盖洛夫扬声大笑。

“喂，喂！如果您愿意的话，那就请进来吧，我在这儿！”他对窗外喊道。

拉斯柯尔尼科夫登上楼梯，走进小饭铺。

他发现斯维德利盖洛夫待在饭铺后面一间很小的屋里，只有一个窗户。隔壁是一间大厅，放着二十张小桌，有些商人、文官和许多杂色人等，在歌咏队扯大嗓门使劲嚷叫的嘈杂声中，坐在那儿喝茶。不知从什么地方飘来台球房里打台球的声音。斯维德利盖洛夫面前的小桌上，摆着一瓶香槟酒，已经打开了，另外还有一只玻璃杯，盛着半杯白酒。这间小屋里还有一个卖艺的男孩，拿着一部小小的手摇风琴，另外还有个十八岁左右的女歌手，面色红润，身体健康，头戴蒂罗尔[1]式的帽子，缀着飘带，穿一件花条裙子，裙裾掖在腰里。尽管隔壁房间里有歌咏队唱歌，她却仍然由手摇风琴伴奏，用相当嘶哑的女低音唱着一支仆人房间里常唱的歌……

1. 奥地利一州名。

“喂，别唱了！”斯维德利盖洛夫看见拉斯柯尔尼科夫走进来，就打断她的歌声说。

那个姑娘立刻中止歌唱，站在那儿，恭敬地等着吩咐。她唱那支押韵的仆人歌曲的时候，脸上也带着一种严肃而恭敬的神情。

“喂，菲利浦！拿玻璃杯来！”斯维德利盖洛夫叫道。

“我不喝酒。”拉斯柯尔尼科夫说。

“随您的便。我不是为您叫的。喝吧，卡嘉！今天不必再唱了，走吧！”说完，他给她斟满一杯酒，而且拿出一张一卢布的钞票放在桌上。

卡嘉把杯中的酒一口气喝干，也就是像女人喝酒那样，接连不断，不喘气喝了二十口。她收下那张钞票，吻一吻斯维德利盖洛夫的手，斯维德利盖洛夫也非常严肃地让她吻一下。然后她就走出房外去了，那个拿着手摇风琴的男孩也尾随她慢慢走去。他们俩是从街上叫来的。斯维德利盖洛夫在彼得堡还没住满一个星期，他就已经把周围的生活安排得有点老派地主的味道了。饭铺里的茶房菲利浦也已经成了“熟人”，低声下气地伺候他。通到大厅的门是关紧的。斯维德利盖洛夫在这间屋里就跟在家里一样，或许他成天待在这儿消磨光阴也未可知。这家小饭铺肮脏，杂乱，甚至赶不上中等水平。

“我原是要到您那儿去，找您的，”拉斯柯尔尼科夫开口说，“可是不知什么缘故，刚才我从干草市场转弯到这条街上来了。我从没转弯到这儿来过，我在干草市场总是往右转弯。再者，到您家去的路也不经过这儿。我刚一转弯，果然您就在这儿！这真奇怪！”

“您何不干脆说，这真是奇迹！”

“因为这也许只是一时碰巧罢了。”

“是啊，你们这班人呀，都是这个脾气！”斯维德利盖洛夫大笑说。“明明心里也相信这是奇迹，可就是嘴上不承认！瞧您，自己也在说，这‘也许’只是一时碰巧。这儿的人都是多么害怕有自己的见解呀，您再也想不到，罗季昂·罗曼内奇！我指的不是您。您是有自己的见解的，而且有了也不怕。也正因为这一点，您才引起了我的好奇心。”

“另外就没有别的了？”

“单是这一点也就够了。”

看来斯维德利盖洛夫心情兴奋，不过，只是稍稍有点兴奋。他仅仅喝了半杯酒罢了。

“我觉得，当初您来找我的时候，还不知道我居然有您所谓的个人见解吧。”拉斯柯尔尼科夫说。

“哦，那是另一回事。各人有各人的路要走。不过，讲到奇迹，那我倒要跟您说一点，您最近这两三天似乎在昏睡，所以您忘了这家饭铺是我给您指定的地点，您一直走到这儿来算不上什么奇迹。我给您解释过，路该怎么走，饭铺在什么地方，几点钟可以在这儿找到我。您忘了吗？”

“我忘了。”拉斯柯尔尼科夫回答说，暗暗吃惊。

“我相信您的话。我对您说过两次。您不由自主地把这个地址印在您的记忆里了。您也是不由自主地拐弯往这边走，而且是严格按照指定的地点走来的，然而您自己并不知道。我呢，当初跟您说的时候，也并没指望您听进去。您未免太露马脚了，罗季昂·罗曼内奇。还有，我相信，彼得堡有很多人一边走路，一边自言自语。这要算是个半疯狂的城市。如果我们真有科学，那么医生啦，法律学家啦，哲学家啦，就能够各按各的专业对彼得堡进行一番极其宝贵的研究。像彼得堡这样对人们的心灵产生那么阴沉、剧烈、奇怪的影响的地方，是少见的。单是气候的影响就非同小可！不过，这座城是全俄国的行政中心，它的特性就一定会影响全国。然而，现在问题不在这儿，而在于我已经有好几次从旁观察过您。您刚一走出房子，还能昂起头来走路。走了二十步，您可就低下头，两只手抄在背后了。您睁大眼睛瞧着，可是前边的东西也好，两旁的东西也好，却一概没看见。最后，您的嘴唇动起来，自己跟自己说话，而且有的时候您挥动一只手，嘴里念念有词，终于在街中央站住，站上很久。这很不好。说不定除了我以外，还有别人注意您，那对您就不利了。实际上，这跟我不相干，我也治不好您的病，不过，当然，您是明白我的意思的。”

“您知道有人跟踪我？”拉斯柯尔尼科夫问，追根究底地瞪着他。

“不，我根本不知道。”斯维德利盖洛夫回答说，似乎暗暗吃惊。

“好，那就不要管我的事。”拉斯柯尔尼科夫皱起眉头，嘟哝说。

“好，那就不管您的事。”

“您最好说一说，既然您到这儿来喝酒，又跟我约定两次，要我到这儿来找您，那么，刚才我在街上正往窗子里瞧，您为什么躲起来，打算走掉？这一点，我是看得清清楚楚的。”

“嘿嘿！那么，那一次我在您的寓所门口站着，为什么您躺在您的长沙发上，闭着眼睛，假装睡熟了？其实您压根儿没睡着。这一点，我也是看得清清楚楚的。”

“我可能有……我的理由……这您自己知道。”

“我也可能有我的理由，只是您不知道罢了。”

拉斯柯尔尼科夫把右胳膊肘撑在桌子上，用右手的手指托住下巴，目不转睛地看着斯维德利盖洛夫。他足足用了一分钟仔细打量斯维德利盖洛夫的脸，那张脸以前就引他注目。那是一张有点奇怪的脸，仿佛是个假面具：又白又红，嘴唇红艳艳的，胡子是淡淡的黄色，头发还相当浓密，也是淡黄色。他的眼睛有点太蓝，目光似乎过于沉重，呆呆地不动。他那张脸虽然好看，而且按年龄来看显得非常少俊，可是极不招人喜欢。斯维德利盖洛夫装束考究，穿着薄薄的夏装，他的衬衫特别漂亮。他手指上戴一枚镶着珍贵宝石的大戒指。

“莫非我还得费心思跟您周旋?”拉斯柯尔尼科夫忽然说，不耐烦得浑身痉挛，索性把事情摊开来讲了，“如果您有意加害于我，那么或许您要算是极其危险的人，不过话虽如此，我却不愿意多费精神了。您大概认为我很看重我自己，那么我马上就会向您表明，我并不那么看重。您要知道，我到您这儿来就是要直率地告诉您，如果您对我妹妹仍然保持着您以前的那种意图，如果您打算利用您最近发现的事实从中获利，那么在您把我送进监狱以前，我先就干掉您。我说话算数，您知道我会按我的话行事。其次，如果您打算跟我谈一些什么事……因为我一直觉得您似乎有话要跟我说……那就请快点讲，因为光阴是宝贵的，也许不久就要嫌迟了。”

“可是您这么着急，要到哪儿去呢?”斯维德利盖洛夫问道，好奇地瞧着他。

“各人有各人的路要走。”拉斯柯尔尼科夫阴沉而不耐烦地说。

“刚才您自己要求开诚布公，可是对我的第一个问题，您就拒绝回答。”斯维德利盖洛夫说，微微一笑。“您老是觉得我抱着什么目的，因此才用怀疑的目光看我。是啊，处在您的地位，这是完全可以理解的。不过，尽管我有心跟您交朋友，我也还是不愿意多费唇舌打消您这种想法。真的，犯不上白费工夫。再者，我也没有什么特别的话打算跟您谈。”

“那您先前为什么急着要见我?您不是一直在我身旁打转吗?”

“那也不过是把您当作一个有趣的观察对象罢了。我喜欢您这种离奇的处境……原因就在这儿!除此以外，我对一个女人很感兴趣，而您就是她的哥哥，而且以前她常常跟我谈起您，讲过很多话，我从那些话里推断出来，您对她是有很大影响的。难道这还不够吗?嘿嘿嘿!不过，我要承认，您提的问题我觉得是非常复杂的，我很难答复您。喏，比方说，您现在到我这儿来，一定不光是为谈正事，还想听点新鲜的事儿吧？不是这样吗？不是这样吗？”斯维德利盖洛夫带着狡狯的笑容追问说，“既是这样，那您不妨想象一下，当初我到此地来的时候，坐在火车上，本来对您存着指望，巴不得您也对我说出点新鲜的事儿，让我也好在您这儿沾一点光呢！瞧瞧，我们多么阔气啊！”

“沾什么光？”

“我该怎么对您说好呢？我怎么知道沾什么光呢？您瞧瞧，我成天价待在一个多么不像样的小饭铺里，过得挺自在，那就是说，并不是觉得挺自在，而是只好待在这儿，我总得有个地方坐坐嘛。好，比方再拿那个可怜的卡嘉来说……您看见她了吧？……嗯，如果我是个贪吃的人，是个俱乐部的美食家，倒也好了，可是您瞧瞧，我居然吃这种东西！”他说着，伸手指一指墙角上一张小桌子，那上面有只白铁的菜碟，盛着煎得很差的牛排，另外有些土豆，都是吃剩的。“顺便提一句，您吃过饭了吗？我略略吃过一点，不想再吃了。比方说，酒我是完全不喝的。除了香槟，我什么酒也不喝，就连香槟，我整整一个傍晚也只喝上一杯，可是喝这么一点点也会头痛呢。我刚才叫茶房拿香槟来，是想提一提神，因为我正打算到一个地方去。您看出我的心境和平常不一样。刚才我像小学生似的躲起来，那是因为我想，您会耽误我的事。不过，”他说着，取出怀表来，“我似乎还可以跟您再坐一个钟头；现在是四点半。您相信不？人总得有事可干才成，喏，做地主啦，做神父啦，做枪骑兵啦，做摄影师啦，做新闻记者啦，都成……我却什么专长也没有，什么也没有！有的时候我简直闷得慌。真的，我本来以为您会跟我讲点什么新鲜的事儿呢。”

“您到底是个什么人？您到此地来干什么？”

“我是个什么人？您知道，我是贵族，在骑兵团服役过两年，后来我到此地，在彼得堡厮混，后来就跟玛尔法·彼得罗芙娜结婚，住到乡下去了。这就是我的小传！”

“您似乎做过赌徒吧？”

“不，我哪能算是赌徒呢？我是个靠赌博骗钱的人，不能算是平常的赌徒。”

“那么您做过赌场的混混？”

“对，我做过赌场的混混。”

“那么，您挨过打？”

“有时候也难免。怎么？”

“哦，那您可以叫他们跟您决斗……一般说来，决斗倒能叫人精神振作起来呢。”

“我不想反驳您的话，同时我也不善于空讲道理。我向您承认，我这次来此地，主要是为了女人的事。”

“您不是刚刚安葬了玛尔法·彼得罗芙娜吗？”

“嗯，是啊，”斯维德利盖洛夫说道，微微一笑，露出十分坦率的神情，“那又怎么样呢？我这样讲到女人，您好像认为有什么不好？”

“您的意思是说，我是不是认为淫荡生活是坏事？”

“淫荡生活！原来您说到这上头来了！不过，关于女人的问题，我先来泛泛地跟您逐一谈谈，您知道，我是喜欢聊天的。您说说看，为什么我该管住自己？既然我是爱好女人的人，那为什么要丢开她们？至少这也算是一种要下功夫的工作嘛。”

“原来您在这儿一心一意巴不得自己过淫荡生活才好！”

“咦，那又怎么样呢？就算这是淫荡生活好了！我简直满脑子的淫荡生活。不过您这样直截了当地提出问题，我倒还是喜欢的。讲到这种淫荡生活，它至少总还含有一种经久不变的性质，甚至是建立在天性上的，并不是一时突发奇想。它就像是血液里原有的一小块永远燃烧着的煤炭，老是烧不完，很久很久，或许多年之后也不能轻易扑灭它。您会同意，这好歹也算是一种乐趣吧？”

“这又有什么可乐的呢？这是病，而且危险得很。”

“哦，您这是想到哪儿去了！我同意，这是病，凡是超过限度的事，都要算是病，而这种事又一定会超过限度。不过要知道，第一，有的人是这样，有的人却不这样；第二，处处都要讲分寸，留个心眼儿，虽然这样做是卑鄙的，可又有什么法子呢？要是不干这种事，真的，人恐怕就会横下一条心，开枪打死自己了。我同意，正派人应当过寂寞无聊的日子，可是话说回来……”

“那么您可能开枪自杀？”

“瞧您说的！”斯维德利盖洛夫厌恶地反驳说，“劳驾，不谈这些吧。”他匆匆补充道。他原先那些话是带着吹牛的口气讲的，现在那种口气却一扫而空。就连他的脸色也好像变了。“我承认我有不可原谅的弱点，可是有什么办法呢：我怕死，不喜欢听人谈这个问题。您知道吗？我多少要算是个神秘主义者！”

“啊！玛尔法·彼得罗芙娜的鬼魂！怎么，它至今不断来看您？”

“去他的。您别提这些了。在彼得堡，它还没来过。叫它滚开！”他叫道，露出点气愤的样子。“不，我们最好来谈一下……不过……嗯！……哎呀，时间不够了，我不能再跟您久坐，可惜！我本来有话要跟您说。”

“您有什么话？是关于女人吗？”

“对，是关于女人，无非是一件意外的事……不，我不是要谈这个。”

“哎，这整个肮里肮脏的环境莫非对您已经不起作用了？您已经失去讲有关女人话题的力量了吗？”

“您自己认为有力量吗？嘿嘿嘿！您这句话使我暗暗吃惊，罗季昂·罗曼内奇，其实我早就知道您会这么说。您跟我又讲淫荡生活，又讲美学！您是席勒，您是理想主义者！当然，事情也不能不是这样，如果不是这样，反倒会叫人奇怪呢，不过，话说回来，实际上，这也还是有点奇怪……唉，可惜时间不够，因为您是个极有趣的人！顺便说一句，您喜欢席勒吗？我倒是非常喜欢席勒的。”

“可是您真爱吹牛！”拉斯柯尔尼科夫有点厌恶地说。

“哎，说真的，不是这样！”斯维德利盖洛夫回答说，大笑起来，“不过我也不想争论，就算是吹牛吧。可是为什么不能吹牛呢，反正它也不伤人心。我在乡下，在玛尔法·彼得罗芙娜的庄园里住了七年，因此，现在碰上您这样的聪明人，碰上非常有趣的聪明人，简直巴不得谈谈天才好，况且我已经喝过半杯酒，头有点晕了。主要的是有一件事使得我很不安，可是我不想谈那件事。咦，您要上哪儿去？”斯维德利盖洛夫忽然惊骇地问道。

拉斯柯尔尼科夫已经站起来。他心里难受，气闷，觉得到此地来有点不合适了。他相信斯维德利盖洛夫是世界上最无聊、最卑微的恶棍。

“哎呀！您坐下，别走，”斯维德利盖洛夫央求道，“您至少总该叫茶房给您送杯茶来喝嘛。好，您坐一会儿。喏，我不会再说废话，也就是不会再谈自己了。我给您谈点别的。喏，要是您愿意听的话，我就给您讲一讲，有个女人，按您的话来说，怎么‘救’了我。这甚至可以算是回答您的第一个问题，因为那个女人就是您的妹妹。我可以讲吗？再者藉此也可以消磨时间。”

“您讲吧，不过我希望您……”

“哦，不用担心！况且阿芙朵嘉·罗曼诺芙娜，在我这样一个低贱空虚的人的心里，也只能引起极其深刻的敬意。”

第四章

“您也许知道（其实我自己跟您讲过了），”斯维德利盖洛夫讲起来，“先前我在此地的债务拘留所被关过，因为我欠下一大笔款子，以后也丝毫没有办法如数偿还。我不必详细说明当时玛尔法·彼得罗芙娜怎样花钱把我赎出来了。您知道吗？一个女人爱上一个男人，有的时候会爱到如醉如痴的地步！她是个正直的女人，虽然完全没有上过学，却毫不愚蠢。您再也想象不到，这个嫉妒心极重而且秉性正直的女人，在许多次对我大发脾气而且责难不已后，竟然下定决心，不惜跟我达成一种类似契约的东西，而且在我们婚后，她始终照着这个契约办事。问题在于她的年纪比我大得多，此外，她嘴里经常含着块丁香。我的灵魂卑鄙龌龊，不过也未尝没有几分诚实，因此我索性对她申明说，我不能够完全忠实于她。这种实话气得她大发雷霆。不过，她似乎倒也有点喜欢我这种粗鲁的坦率。‘这样看来，’她想，“既然他有言在先，那他就是不打算欺骗我。’这对嫉妒心重的女人可是最重要的。她流了很多泪，后来我们之间就达成一种口头契约：第一条，我决不可以丢开玛尔法·彼得罗芙娜，要永远做她的丈夫；第二条，未经她许可，我绝不可以动身外出；第三条，我绝不可以安置一个长期的情妇；第四条，为此，玛尔法·彼得罗芙娜允许我偶尔勾搭侍女，可是一定要私下里让她知道；第五条，求上帝保佑，跟我们社会地位相同的女人，我可万万爱不得；第六条，万一……这可是上帝不允许的……万一我的心里生出一种强大而严肃的恋情，我就得告诉玛尔法·彼得罗芙娜。不过关于最后这一条，玛尔法·彼得罗芙娜倒始终相当放心。她是个聪明的女人，因此不可能不把我看成浪子和色鬼，而这种人是不会严肃地爱上女人的。然而聪明的女人和嫉妒心重的女人却是两种不同的人，麻烦就出在这儿了。可是，为了公平地评判某些人，我们先得抛弃某些先入之见，抛弃我们对四周那些普通的人和事所采取的习惯态度。我有权利指望您的评判比别人高明。说不定，关于玛尔法·彼得罗芙娜，您已经听到许多可笑而荒谬的传说了。的确，她有些非常可笑的习惯，可是我要直率地告诉您，我至今真心感到歉意，因为我不知有多少次惹得她伤心烦恼。好，就算是一个极其温柔的丈夫要对他那极其温柔的妻子发表一篇非常体面的oraison funèbre[1]，这些话似乎也已经够了。遇上我们发生争吵，我大都沉默下来，不发脾气。这种君子风度几乎总是达到目的，对她产生作用，甚至博得她心里高兴。有的时候她简直为有这样的丈夫而自豪呢。可是话说回来，她对您的妹妹却受不了。先是，不知怎么的，她竟然不顾风险把这样一个出众的美人请到家里来做家庭教师了！我只能这样来解释：玛尔法·彼得罗芙娜是个热烈而又容易动情的女人，她自己简直爱上您的妹妹，的的确确爱上她了。是啊，何况阿芙朵嘉·罗曼诺芙娜是那么一位姑娘！我第一眼就看得很清楚，这件事可办得不妙，于是……您猜怎么着？……我就下定决心，绝不看她，连眼睛也不抬起来。可是，阿芙朵嘉·罗曼诺芙娜自己反倒走了第一步，您能相信吗？另外，恐怕您也不会相信，玛尔法·彼得罗芙娜居然会把事情做到这么一种地步：起初，她看见我绝口不提您的妹妹，每逢她充满

1. 法语：墓前悼词。

热爱地不断称道阿芙朵嘉·罗曼诺芙娜，我总是那么冷冷淡淡，她简直生我的气了！我也不明白她要怎么样！嗯，当然，我的底细，玛尔法·彼得罗芙娜全讲给阿芙朵嘉·罗曼诺芙娜听了。她有个不幸的特点，简直逢人就讲我们的家庭秘密，不断地向每个人抱怨我。如今有了这么一个新的、美丽的朋友，她怎能轻易放过？我揣测她们除了谈我就不谈别的，而且毫无疑问，人家硬栽在我头上的那种种阴暗而神秘的传说，阿芙朵嘉·罗曼诺芙娜或者知道了……我敢打赌，这类说法，您一定也听到过一点吧？"

"听到过。卢仁揭发您说，您甚至是造成一个孩子死亡的原因。这是真的吗？"

"兄弟，丢开这些庸俗的说法吧，"斯维德利盖洛夫厌恶地劝阻道，很不痛快，"要是您这么热心地想知道那种种无稽之谈，那么我找个时间专给您讲一讲就是，不过，现在……"

"我还听说过您在乡下用过的那个听差，似乎您也是造成他不幸的原因。"

"拜托，够了！"斯维德利盖洛夫又打断他的话，分明很不耐烦。

"他不就是那个死后到您这儿来，给您装烟斗的听差吗？……这原是您自己给我讲的。"拉斯柯尔尼科夫说，越来越生气了。

斯维德利盖洛夫注意地瞧着拉斯柯尔尼科夫。拉斯柯尔尼科夫觉得在这种目光里，一时间，像闪电似的，有一种恶毒的讥诮亮了一下。可是斯维德利盖洛夫按捺住性子没有发作，非常客气地回答说：

"他就是那个听差。我看，您对那些事也非常感兴趣。我认为我有责任一遇到适当的机会，立刻就逐项满足您的好奇心。见鬼！我看，人家倒真可能认为我是个传奇式的人物呢。不过，您想得出来，自从玛尔法·彼得罗芙娜对您的妹妹讲起我，说了许多隐秘而有趣的话以后，我多么感激我那故去的妻子。她那些话对您妹妹起了什么作用，我无从判断，可是，无论如何对我是有利的。尽管阿芙朵嘉·罗曼诺芙娜理所当然地对我十分厌恶，尽管我老是摆出一副闷闷不乐而且讨厌的样子，可是她终于怜惜我，怜惜这个堕落的人了。一旦姑娘家的心生出了怜惜，那么，不用说，这在她可是最危险不过了。由此，她就一定会起意'拯救'他啦，开导他啦，让他脱胎换骨啦，号召他去追求较为高尚的目标啦，叫他革面洗心去过新的生活、进行新的活动啦，总之，喏，谁都知道这种姑娘会有些什么样的幻想。我立刻明白过来：这只小鸟来自投罗网了，于是我也做好准备。您好像皱眉头了，罗季昂·罗曼内奇？用不着。像您知道的那样，事情并没闹大就过去了。见鬼，我喝了多少酒啊！

"您知道，从一开头起，我就老是觉得惋惜，命运没有让您的妹妹生在公元2世纪或者3世纪，在某地做有世袭统治权的公爵的女儿，或者一位摄政王的，或者小亚细亚总督的女儿。毫无疑问，她会成为一个经得起磨难的人，即使人家拿一把烧红的钳子烫她的胸脯，当然，她也还是会不停地微笑。她会自己甘愿去蒙受苦难。如果是在4世纪或者5世纪，她就会踏入埃及沙漠地带，在那儿一连住三十年，靠吃树根为生，如醉如痴，看着种种幻象。她自己一心渴望和要求为帮助别人而接受某种苦难。倘使不让她吃这种苦，也许她就会从窗口跳出去呢。

"我听人讲起过一个姓拉祖米欣的先生的事情。据说，他是个有头脑的人（他的姓就可以证明这一点，[1]他大概是个宗教学校的学生吧）。好，那就让他好好照应您的妹妹吧！一句话，我认为我是了解她的，而且以此为荣。不过那时候，也就是刚刚认识的时候，您知道，人都是难免轻率些、愚蠢些，把事情看错，眼光不准。见鬼，为什么她这

1. 在俄语里"拉祖米欣"可意译为"理解"。

么漂亮呢？这可不能怪我啊！总之，我这心里生出一种淫欲的冲动，管也管不住了。阿芙朵嘉·罗曼诺芙娜却守身如玉，她贞洁到谁也没见过和谁也没听说过的那种程度。（请您注意，我跟您讲关于您妹妹的这些话都是事实。尽管她聪颖过人，可是，也许，她的贞洁已经发展到病态的地步了，这对她却是有害的。）那当儿，我们家里正巧有个姑娘，叫巴拉霞，黑眼睛的巴拉霞，是刚从另一个村子里来，到这儿当使女的。我以前从没见过她。她很有几分姿色，但就是愚蠢得叫人没法相信：她眼泪汪汪，大哭大嚷，吵得满院子的人都听见，结果大闹一场。有一回，那是吃过午饭以后，阿芙朵嘉·罗曼诺芙娜特意来找我，终于在花园林荫道上找到我，就睐着亮晶晶的眼睛要求我今后不要再去惊扰可怜的巴拉霞。这几乎要算是我们两个人头一次谈话。不用说，我非常乐意满足她的愿望，极力装出受到震动，很难为情的样子，喏，一句话，我把角色演得不错。从此我们之间就开始了交往和秘密的谈话，什么劝诫啦，开导啦，恳求啦，央告啦，甚至流下了眼泪。您相信吗？甚至流下了眼泪！有些姑娘热衷于传播真理，竟然能入迷到这种地步！我呢，当然，把错处全推到命运的身上，装出一副如饥似渴追求光明的样子，最后就拿出一种征服女人心灵最强大和最牢靠的办法来，这种办法无论谁用，从来也没有失败过，而且对所有的女人，毫无例外，一概大有成效。这个办法人人知道，就是奉承。世界上再也没有比说真话更难，而且再也没有比说奉承话更容易的了。只要真话的调子有百分之一虚假，那就立刻发生不谐调，紧跟着就惹出一场麻烦来。奉承话即使从头至尾全是假的，却仍然悦耳，听着不免感到愉快。就算那是一种粗俗的愉快，然而总不失为愉快嘛。不管奉承话多么粗俗，其中至少总有一半显得真实可信。这对社会上各种文化程度和各阶层的人无不如此。就连对严守贞节的烈女也可以利用奉承话来勾引上手。至于对付普通人，就更不在话下了。我回想起来就不能不发笑：有一回我勾引过一个太太，她可是忠实于她的丈夫和孩子，以及她的美德的。这件事多么快活，费的力气多么少！那位太太确实是有美德的，至少有她自己认为的那种美德。我的策略无非是在她的贞洁面前随时装得战战兢兢，佩服得五体投地。我一个劲儿吹捧她。当时我设法弄得她握一下我的手，甚至只是看了我一眼，我就立刻对她责备我自己说，这是我硬逼她做出来的，她抵制过，而且抵制得很厉害，要不是我自己心术坏，那我一定什么也不会得到。她为人老实，没有看透我的狡诈，就糊里糊涂上了当，自己也不知道，等等，等等。一句话，我完全达到目的了，那位太太却始终深深相信她是清白和贞洁的，履行了一切责任和义务，她失足完全是出于偶然。到后来，我索性对她讲穿，说我真心相信，她跟我一样在追求享乐，不料她很生我的气呢。可怜的玛尔法·彼得罗芙娜也非常爱听奉承话。只要我有意，那么当然，她生前就会立下遗嘱，把她的田产统统赠给我。（不过我喝得太多，唠叨起来了。）我希望您别生气，因为现在我要提到，这种影响在阿芙朵嘉·罗曼诺芙娜身上也同样开始发生了。只是我太笨，又缺乏耐性，就把事情全弄糟了。阿芙朵嘉·罗曼诺芙娜在这以前已经有好几次（特别是有一次）表示非常不喜欢我的眼神，您相信吗？一句话，我的眼睛里喷出那么一种火光，越来越强烈放肆，把她吓坏了，最后惹得她憎恨了。我无需细讲，总之我们分手了。这时候我又干出了傻事。我极其粗暴地嘲笑她那套宣传和呼吁。巴拉霞又上场了，而且不止是她一个，总之，结果闹得乌烟瘴气。啊，罗季昂·罗曼内奇，您妹妹的那对眼睛有的时候会怎样闪闪发光啊，但愿您能看见，哪怕一辈子只看见一回也好！您别以为我现在醉了，我已经喝下满满的一杯酒，其实我说的都是真话。我对您担保，她那种目光，我做梦都见到过。最后，我一听见她衣衫的窸窣声，心里就七上八下。真的，我觉得我变成疯子了，我再也想不到我能着魔到这种地步。一句话，我得跟她和解，重归于好才成，可是这已经不可能了。您想想看，我当时居然干出了什么事！疯魔能把人弄得多么昏头昏脑啊！您可千万别在疯魔中决定干什么，罗季昂·罗曼内奇。当时我盘算着，实际上阿芙朵嘉·罗曼诺芙娜简直是个叫花子（哎呀，请原谅，这并不是我想要说的话……不过，既然意思就是如此，那岂不是一样的吗？），一句话，她是靠自己的劳动生活的，另外她还要养活她母亲，养活您（哎呀，糟糕，您又皱眉头了……），我就决定把我的钱统统送给她……当时我拿得出三万卢布……要她跟我私奔到彼得堡来。不用说，我会海誓山盟，说永远爱她，一定会使她幸福，等等，等等。信不信由您，那时候我已经完全入迷了，要是她对我说，你去把玛尔法·彼得罗芙娜杀掉或者毒死，再来跟我结婚，我也会立刻照办！可是，结果，您已经知道，却闹出了大乱子。您不妨想一想，后来我简直气成了什么样子，因为我听说玛尔法·彼得罗芙娜当时找来那个极其卑鄙的小讼棍卢仁，差点促成了这门婚事……实际上我自己也打算跟她成婚呢。不是吗？不是吗？不是这样吗？我发现您倒听得很入神呢……有趣的年轻人……”

斯维德利盖洛夫心浮气躁，一拳头捶在桌子上。他满脸通红。拉斯柯尔尼科夫看得很清楚，斯维德利盖洛夫已经不知不觉，一小口连着一小口，喝下一大杯或者一杯半香槟酒了，如今那点酒对他产生了病态的影响。他就决定利用这个机会。他觉得斯维德利盖洛夫很可疑。

“哦，事情既然是这样，那我就充分相信，您是为了找我的妹妹才到此地来的。”他对斯维德利盖洛夫直截了当地说，而且并不掩饰他打算惹得斯维德利盖洛夫更加生气。

“哎，算了吧，”斯维德利盖洛夫说，仿佛忽然醒悟过来了，“我不是跟您讲过了……再者，您妹妹非常不喜欢我。”

“这一点我是深信不疑的，我妹妹不喜欢您。可是现在问题不在这儿。”

“那么，您相信她不喜欢我?”斯维德利盖洛夫眯细眼睛说，讥诮地微微一笑。“您说的对，她不爱我。不过，关于夫妻间或者情夫和情妇之间发生的事，您可千万不要把话说死。这种事总有一个小小的角落是始终瞒过外界，只有当事的双方才知道的。您能担保阿芙朵嘉·罗曼诺芙娜——准是带着嫌恶的心看待我的吗?”

“刚才您讲您的身世，我根据您的片言只语可以听出，您对杜尼雅至今仍然有您的打算和意图，而且这种意图是急等着落实，一刻也拖延不得的……当然，我指的是歹意。”

“怎么！我一不小心，漏出了这样的片言只语?”斯维德利盖洛夫说，忽然极其天真地吓坏了，对于他的意图被说成“歹意”，他却毫不在意。

“就连您现在的话也还是漏出这样的口风呢。喏，比方说，您为什么这样恐慌？现在您为什么忽然害怕了?”

“我恐慌，害怕？我怕您？倒不如说是您怕我的好，cher ami[1]。然而，这话是多么荒唐呀……不过，我毕竟有点醉意了，这我是明白的。我几乎又要说出什么不该说的话来了。该死的酒！喂，送水来！”

他拿起酒瓶，不顾礼貌地把它扔出窗外去了。菲利浦把水送来。

“这都是胡扯，”斯维德利盖洛夫说着，把一块毛巾浸透了水，然后放在头上，“我只要说一句话就能驳倒您，把您的怀疑消灭得干干净净。比方说，您可知道我就要结婚了?”

“这话您以前已经对我说过了。”

“说过了？我却记不得了。不过以前我不可能说得肯定，因为我甚至还没见到我的未婚妻。我不过是有那个打算罢了。好，现在我已

1. 法语：亲爱的朋友。

经有未婚妻，事情已成定局了。要不是现在有事，急等着我去办，那我就一定会带上您，马上到她家里去了，因为我有心请您出一出主意。哎呀，见鬼！一共只剩十分钟了。您看，您瞧瞧这怀表。不过我会给您讲的，因为这是件有趣的事，我说的是我的婚姻，真的，倒也别致呢……您上哪儿去？又要走了？”

“不，现在我再也不走了。”

“索性不走了？那就等着瞧吧！我会把您带到那儿去，看一看我的未婚妻，不过现在不行。您过一会儿就该走了。您跟我各走各的路。您认识瑞丝里赫太太吗？喏，就是现在留我寄宿的那个瑞丝里赫太太，啊？您听见了吗？是啊，您在想什么心事？我讲的那个女人，据说，她那儿有个小妞儿冬天投河自尽了……嗯，您听见了吗？您听见了吗？嗯，我的事就都是她张罗的。她说您闷得慌，该消遣一下才对。我呢，本来就是个闷闷不乐的人，无精打采的。您认为我是个快活人？不对，常常闷闷不乐。我倒也并不惹是生非，而是坐在角落里不动，有的时候一连三天不开口。我跟您说吧，这个瑞丝里赫可是个坏蛋。她心里自有她的算计，她以为我迟早会厌倦，于是丢开妻子，一走了事。然后我妻子就落在她的手里，她正好拿她去赚钱，也就是让她在我们这种人的圈子里，或者比我们地位更高的人的圈子里鬼混。她告诉我说，有个做父亲的，是退休的文官，病得身心两亏，一直坐在轮椅上，他的腿已经有三年不能走动了。她说，那母亲是个明白事理的妈妈。他们的儿子在外省的什么地方任职，并不帮助他们。他们的大女儿已经出嫁，不常来看他们。他们身边还有两个小侄子（倒好像嫌自己的儿女还不够多似的）。他们的小女儿原在中学读书，现在没让这个姑娘毕业，他们就叫她停学了。她再过一个月才满十六岁，也就是说再过一个月她就可以嫁人了。他们就是要把这个姑娘嫁给我。我们坐车去了。在他们那儿真可笑。我通报姓名，说我是地主，出身于名门望族，交游广阔，家财万贯，目前丧了偶。至于我已经五十岁，她才十六岁，那又有什么关系！谁来管这些！喏，这不是挺吸引人的吗，啊？是啊，这真吸引人，哈哈！您该瞧瞧我怎样跟她的父亲谈话！只要能够看见我当时的情形，就是出一笔钱也值得。后来她从屋里出来了，行个屈膝礼。喏，您能想象得出，她还穿着一件短短的连衣裙，是朵含苞未放的花蕾呢。她脸红了，而且红得跟朝霞一样（当然，他们已经把这门亲事告诉她了）。我不知道您关于女人的脸有什么看法，不过，依我看来，十六岁的年纪，仍然带着孩子气的眼睛，怯生生的神态，娇羞的目光……依我看来，这都比美貌强，何况她的相貌也如花似玉。她生着浅色的头发，又带着拳曲的小波纹，像羊毛似的，她那小嘴唇丰满而鲜红，她还生着那么一双小脚，总之，可爱极了！……好，我们就这样相识了。我声明说，我急着要回家乡去办家里的事，于是第二天，也就是前天，我们就订婚了。从那时候起，我一到她家里，就立刻把她放在我的膝头上，再也不让她走开……好，她脸红得跟朝霞一样，我不住地吻她。她妈妈呢，当然，开导她说，他是你的丈夫，事情本来就应当这样。总之，太好了！真的，我现在这种未婚夫的地位也许比丈夫的地位还要好呢。这就是所谓的La nature et la vérité[1]!哈哈！我跟她谈过两次话，这个小妞儿可绝不愚蠢。有的时候她偷偷瞧我一眼，那目光简直火热得烫人。您要知道，她那小脸像是拉斐尔笔下的圣母像[2]。是啊，西斯廷圣母的脸有点奇特，带着哀伤的虔诚神情，您没注意到这点吗？嗯，这个姑娘的脸就是这样的。

“我们刚刚订完婚，第二天我就送去一千五百卢布的礼物：一个钻石首饰、一串珍珠首饰，还有一只银质的妇女梳妆匣，喏，有这么大，里面装着各色用具，因此就连她那张小小的圣母脸也红起来了。昨天

1. 法语：自然和真诚。
2. 指意大利文艺复兴时期画家拉斐尔的作品《西斯廷圣母》。

我让她坐在我的膝头上，我的举动一定很不顾礼貌，因为她面红耳赤，眼泪都掉下来了，可是她不愿意让人看见。她自己也像起火似的燃烧起来。大家暂时都退下，只剩下我和她留在原地。她忽然搂住我的脖子（她第一次主动这样做），她的两条小胳膊抱住我。她吻我，起誓说她会做我的温顺、忠实、贤惠的妻子，她会使我生活得幸福，她会献出她的一生，她一生中的每一分钟，她不惜牺牲一切，一切，至于她为此希望于我的，仅仅是我对她的尊敬。她说：'别的，我一概用不着，连礼物也不要！'您会同意，面对面，听着这样的请求出自一个十六岁的小天使之口，而且这个姑娘的脸上露出处女的羞红，眼睛里噙着热诚的泪花……您会同意，这可是相当迷人的。难道这不很迷人吗？这不是很值得破费几个钱吗，啊？是啊，不是很值得吗？好……好，您听着……喏，我会跟您一起去看我的未婚妻……只是现在却不行！"

"一句话，双方在年龄上和智力发育上有这么大的差别，这在您的心里反而激起了淫欲！难道您真就会这么结婚？"

"怎么不会？一定会的。人人都只顾自己。凡是最善于欺骗自己的人，总是生活得最快活。哈哈！可是，您对美德为什么老是念念不忘？您高抬贵手吧，老兄，我可是个有罪的人呢。嘿嘿嘿！"

"不过，您给卡捷莉娜·伊凡诺芙娜的孩子安顿好地方了。只是……只是在这方面您有您的动机……现在我全明白了。"

"一般说来，我是喜欢孩子的，我很喜欢孩子，"斯维德利盖洛夫大笑说，"关于这一点，我甚至可以给您讲个非常有趣的插曲，这个故事直到现在也还没有结束呢。我到达此地的头一天，就到各处黑窝里去走一走，我在乡下住了七年，这时候急急忙忙要去走走了。您大概看得出来，我跟以前那些朋友和熟人倒并不急于欢聚一堂。是啊，我甚至避开他们，拖得越久越好。您知道吗？我在乡下住在玛尔法·彼得罗芙娜的庄园里，每逢回忆那些大大小小的神秘去处，总是难熬得要命。在那种地方，凡是内行的人，总能找到许多有趣的东西。真见鬼！这儿的平民一个劲儿灌酒，念过书的青年人闲得没事干而醉心于无法实现的梦想和幻想，让种种学说带上了邪道。同时，不知从哪儿来了那些犹太人，专门攒钱，余下的人一概花天酒地。这座城一开头就对我吹来这么一股我熟悉的气味。我去参加一个所谓的舞蹈晚会，其实那里是个可怕的黑窝（我就喜欢这种不干不净的黑地方）。嗯，不用说，那儿大跳康康舞[1]，这东西却是别处没有，当初我也没有见识过的。是啊，这就叫进步。忽然，我一瞧，那儿有个姑娘，年纪也就十三岁，打扮得挺可爱，正跟一个精通此道的行家跳舞，另外还有一个行家站在她对面。她母亲坐在墙角一把椅子上。好，您不妨想一想，康康舞是个什么样儿！姑娘怕难为情，脸红了，最后认为自己受了委屈，哭起来。行家抓住她，弄得她团团转，然后他在她面前表演。四周的人哈哈大笑……我就喜欢这种时候的观众，哪怕是康康舞的观众……他们笑着嚷道：'好哇，她活该！本来就不该带孩子到这儿来！'他们照这样自得其乐合不合理，这根本不在我心上，也不关我的事！我呢，立刻打定主意，挨着她母亲坐下，开口讲话，说我也是从外地来的人，说这儿的人都粗野，分不出谁是真正的体面人，对体面人应当尊敬才对。我让她知道我有很多的钱。我要她们允许我用马车送她们回家。我把她们送到家，跟她们熟识了。她们刚到此地，住在一间由房客转租出来的斗室里。她们对我申明说，她和她的女儿都只能认为跟我相识是她们的荣幸，她们穷得一文不名，她们是到这儿某个衙门里办一件什么事的。我就要求给她们帮忙，送给她们钱。我听说，她们是一时弄错走进那个晚会的，以为那儿确实教舞蹈课。我就提议由我亲自来教授年轻的姑娘法语课和舞蹈课。她们欣喜若狂，接受了，

1. 法国舞厅里的通俗舞蹈，即俗称的大腿舞。

认为是一种荣幸。我们直到现在还来往……要是您乐意的话，我们就去一趟……只是现在不行。”

“丢开您这些卑鄙龌龊的插曲，丢开吧，您这个淫荡下流的好色之徒！”

“不愧是席勒，我们的席勒，真正的席勒！ Où va-t-elle la vertu se nicher?[1]您知道，我是故意给您讲这类故事，专为听一听您大嚷大叫的。真痛快！”

“可不是，在这样的时候，我怎能不觉得自己可笑？”拉斯柯尔尼科夫愤愤地嘟哝说。

斯维德利盖洛夫放开喉咙扬声大笑。最后，他把菲利浦叫来，算清账，站起来。

“唉，我可真是喝醉了，assez causé[2]！”他说，“痛快！”

“您还有什么不痛快的！”拉斯柯尔尼科夫叫道，也站起来，“这么一个不堪救药的浪子，口里讲着这类奇遇，心里装着骇人听闻的那类打算，那怎能不觉得痛快！况且又是在这样的环境下，还有像我这样的一个人听着……这简直是火上浇油呢。”

“哦，既是这样，”斯维德利盖洛夫定睛瞧着拉斯柯尔尼科夫，甚至有点吃惊地回答说，“既是这样，那么您自己也是十足的无耻之徒。至少，您那儿有大量的材料足以使您成为那样的人。您能理解很多东西，很多东西……而且您也能干很多事。哦，不过，到此为止吧。我真心地惋惜我跟您谈得太少，不过我不会找不着您……您等一阵子就是了……”

斯维德利盖洛夫走出饭铺去了。拉斯柯尔尼科夫跟在他身后。其实，斯维德利盖洛夫不算醉得很厉害。那点酒只是一时害得他头晕罢

1. 法语：美德去哪里栖身？
2. 法语：闲聊得也够了。

了，然而那点醉意却随即可以消退。他在为一件事，一件非常要紧的事操心，皱紧眉头。他在期待一件什么事，这分明惹得他激动不安。刚才他跟拉斯柯尔尼科夫在一起，临到最后几分钟，忽然有点变样，他的态度越来越粗鲁，也越来越冷嘲热讽。拉斯柯尔尼科夫把这些都看在眼里，心里也不踏实。他觉得斯维德利盖洛夫很可疑，就决定跟着他走。

他们在人行道上走。

"您往右走，我往左走，或者，要是您乐意的话，就您左我右。总之，adieu，mon plaisir.[1]下次再欢乐地相见！"

他就往右边干草市场走去。

---

1. 法语：再见，亲爱的。

第五章

拉斯柯尔尼科夫尾随他走去。

“这是什么意思？”斯维德利盖洛夫回转身叫道，“我觉得，我不是已经说过……”

“这意思是说，我现在不会落在您后面。”

“什——么？”

两个人停住脚，一时之间四目相视，仿佛在较量似的。

“根据您酒后说的那些话，”拉斯柯尔尼科夫尖刻地回嘴说，“我断然得出结论，您不但没有丢开您对我妹妹的那种极卑鄙的意图，反而比以前抓得更紧了。我知道我妹妹今天早上收到一封信。刚才您又一直坐不住……就算您在旅途中弄到一个妻子，可是这也不能说明什么。我想亲自验证一下……”

拉斯柯尔尼科夫连自己也未必能说清楚，他现在需要的究竟是什么，他想亲自验证的究竟是什么。

“原来是这样！不怕您见怪，我现在就要叫警察了！”

“叫吧！”

他们又面对面地站了一分钟。最后，斯维德利盖洛夫的脸色改变了。他在证实拉斯柯尔尼科夫不惧怕威胁后，就忽然开始露出极其快活而友好的样子。

“真有这样的人！我是故意没跟您谈您的事，其实，不用说，我很想谈一谈，心痒难熬呢。那件事也实在离奇。我本想拖到下次再谈，可是说真的，您这种做法真能惹得死人也发脾气……那么，我们一块儿走吧，只是我要预先告诉您：我现在回家一趟，为了取钱，取完就走，然后我锁上寓所的门，雇一辆马车，整个傍晚到岛上去度过。那么，您何苦跟着我走呢？”

“我目前跟着您到寓所去，然而不是去您那儿，而是去找索菲雅·谢敏诺芙娜，向她道歉，因为我没去参加葬礼。”

“这随您的便，可是索菲雅·谢敏诺芙娜不在家。她带着那些孩子找一位太太，一位有声望的老夫人去了，那位老夫人是我旧日的老相识，掌管着几家孤儿院。老太太对我简直着迷了，因为我为卡捷莉娜·伊凡诺芙娜的三个孩子交给她一笔钱，此外还给孤儿院捐了一笔钱，最后我还把索菲雅·谢敏诺芙娜的遭际原原本本、毫不隐瞒地对她讲了。这产生了没法形容的影响。这也就是她约索菲雅·谢敏诺芙娜今天直接到某某旅馆去见面的缘故了。我说的那位夫人刚从乡下别墅来到此地，暂时在那家旅馆下榻。”

“没关系，我反正要去。”

“随您的便，我才不在乎呢！只是我不能老陪着您！瞧，我们现在到家了。您来说说看，我相信，您之所以把我看得可疑，就是因为我自己一直客客气气，没有问这问那，搅得您心神不宁……您明白吗？您觉得这是出乎常理的事，我敢打赌，您就是这样想的！好，既是这样，往后您也会客气的。”

“您在门后偷听也算客气！”

“啊，您讲到点子上来了！”斯维德利盖洛夫笑着说。“是啊，如果已经出了问题而您却轻易放过去，不置可否，我倒会觉得惊讶了。哈哈！虽然我好歹了解一点，知道您那时候……在那儿……胡闹过，而且您自己对索菲雅·谢敏诺芙娜都讲了，不过，话说回来，究竟是怎么回事呢？也许，我是个十足落后的人，简直一点也不懂。看在上帝面上，讲一讲吧，亲爱的！您解释一下最新的原理是怎么回事。”

“您根本不可能听见，您这全是说假话！”

“可是我讲的不是这件事，不是这件事（不过我还是多少听到了一点）。不是的，我讲的是现在您老是长吁短叹！您身上的席勒无时无刻不在骚动。现在呢，您却说什么不要在门外偷听。既是这样，您就该去向长官报告，说如此这般，您出了一件意外的事，您的理论出了一点小毛病。如果您相信在门外偷听是不行的，可是随便遇上一个老太婆，倒可以一时高兴而把她干掉，那您还是赶快逃到美洲一个什么地方去的好！逃走吧，年轻人！时机也许还不算迟。这话我可是真心诚意说的。莫非没有钱吗？我来给您路费就是。”

“我根本没往那儿想。”拉斯柯尔尼科夫厌恶地打断他的话。

“我明白（可是您也不必为难：要是您不乐意的话，那就不必多谈），我明白您面前碰上了什么问题，大概就是道德问题吧？公民责任的问题和做人的问题吧？那您就把它们丢开好了。现在它们对您还有什么关系？嘿嘿！就因为您仍然是公民，仍然是人吗？要是这样的话，您本来就不该多事。自己管不着的事，用不着去管。好，如今您就剩下开枪自杀一条路了。怎么，也许您不愿意？”

“您似乎故意惹我冒火，好让我马上离开您……”

“您可真是个怪人！不过我们已经走到了。请上楼。您瞧，这条道通到索菲雅·谢敏诺芙娜的寓所。看，一个人也没有！您不信？那您问一问卡彼尔纳乌莫夫吧，她临走把钥匙交给他了。好，她，卡彼尔纳乌莫夫太太，倒来了。啊？什么？（她耳朵有点背。）出去了？到哪儿去了？喏，现在您总听见了吧？她不在家，而且，也许不到深夜不会回来。好，现在我们到我的寓所去。您不是也打算到我那儿去吗？

好，现在到我屋里了。瑞丝里赫太太不在家。这个女人老是忙着，然而我敢对您担保，她是个好女人……要是您头脑稍稍开通些，说不定您也会用得着她呢。好，那么请看，我从写字台抽屉里取出这张五厘利的债券。（瞧，我这儿还有这么多！）不过，这一张今天就可以去换成现钱了。喏，您都瞧见了吧？我不能再耽搁了。我现在锁上写字台的抽屉，锁上房门，我们又到楼梯上了。喏，要是您乐意的话，我们雇一辆马车！是啊，我要到岛上去。您愿意坐车去兜风吗？喏，我就坐这辆马车到叶拉京岛去。怎么样？您不肯坐车？您受不了？坐车去兜兜风吧，没什么的。好像天要下雨了。不要紧，我们撑起车篷就是了……”

斯维德利盖洛夫已经坐在马车上了。拉斯柯尔尼科夫暗自思忖：他对斯维德利盖洛夫的怀疑，至少在当前这个时刻，是不正确的。他就一句话也没回答，扭转身往回走，到干草市场那边去了。要是他在路上回头看看，哪怕只看一眼，他就会瞧见斯维德利盖洛夫坐着马车只走出一百步远就停下，付了车钱，自己在人行道上走了。可是他什么也没能看见，而且已经在街角拐弯了。深深的憎恶使他离开了斯维德利盖洛夫。

“这个粗俗的坏蛋、好色之徒和卑鄙小人能做什么呢？至少目前，我料想他也做不出什么来！”他不禁叫道。

确实，拉斯柯尔尼科夫作出这样的判断未免过于匆忙，过于轻率了。斯维德利盖洛夫的种种情形却含有另外一种东西，那种东西即使没给他添上神秘的色彩，至少也使他变得有点稀奇古怪。拉斯柯尔尼科夫想到他的妹妹，他至今仍然相信斯维德利盖洛夫不会放过她。可是思考这种事，反复想个不停，却太沉重，叫人没法忍受！

他一个人走着，刚走出二十步远，就按照他的习惯，陷入沉思了。他走上桥头，扶着栏杆站住，开始观看河水。可是这当儿，他妹妹阿芙朵嘉·罗曼诺芙娜却正好在他身旁站着。

他一走上桥就遇到她了，可是他径自走过去，没有看见她。杜尼雅从来也没有像这样在街上遇见过他，这时候不由得暗暗吃惊，甚至吓坏了。她停住脚，不知道该不该招呼他。忽然，她发现斯维德利盖洛夫从干草市场那边匆匆赶来了。

可是斯维德利盖洛夫似乎小心翼翼地走过来，行踪诡秘。他没有走上桥头，却在一旁的人行道上站住，处处提防，唯恐拉斯柯尔尼科夫看见他。他早已注意到杜尼雅，开始对她做手势。她觉得他那些手势的意思是要求她不要招呼她哥哥，别打搅他，而且招呼她到自己跟前去。

杜尼雅照这样做了。她悄悄从她哥哥身边走过，往斯维德利盖洛夫那边走去。

"我们快点走开，"斯维德利盖洛夫对她小声说，"我不愿意让罗季昂·罗曼内奇知道我们相会。我先得告诉您，我跟他原在离这儿不远的一家小饭馆里坐了一阵，那是他自己找到我的，后来我好不容易才脱开身。不知什么缘故，他知道我给您写了信，就有点疑心。当然，总不是您向他透露的吧？然而，要不是您又会是谁呢？"

"瞧，现在我们拐了个弯，"杜尼雅打断他的话说，"眼前，我哥哥看不见我们了。我要向您声明，我不再跟您一起往前走了。您有话就都在这儿跟我说好了。那些话在街上也可以说的。"

"第一，这件事绝不能在街上说；第二，您还得听一听索菲雅·谢敏诺芙娜怎么说；第三，我要给您看一些证据……嗯，是啊，最后还有一点：如果您不同意到我的寓所去，我就拒绝解释任何事情，立刻一走了之。同时，我请您不要忘记，您那亲爱的哥哥有一件十分有趣的秘密，正好完全落在我的手里了。"

杜尼雅停住脚，踌躇不决，用犀利的目光瞧着斯维德利盖洛夫。

“您怕什么！”斯维德利盖洛夫从容地说，“城里又不是乡下。况且在乡下，也是您伤害我的比我伤害您的多，那么在这儿……”

“您预先通知索菲雅·谢敏诺芙娜了？”

“不，我什么话也没对她说过。我甚至不能完全肯定她目前在不在家。不过呢，大概在家。她今天刚安葬她的继母，在这样的日子不便于出门拜客。眼前，我不愿意对任何人谈到这件事，甚至有点后悔告诉您了。在这方面，稍稍大意就等于告密。喏，我就住在这儿，住在这所房子里，现在我们走到了。瞧，他是我们这所房子的扫院人。这个扫院人跟我很熟，喏，他在鞠躬。他看见我跟一位女士一块儿走来，而且，当然，已经把您的脸看清楚了。这对您倒很有好处，因为您很害怕，而且怀疑我。对不起，我说话这么粗野。我自己住的房间是从二房东手里转租来的。索尼雅住的房间正好跟我的房间隔着一堵墙，也是从二房东手里转租来的。这一层楼全是二房东租下的。不过，您为什么害怕得跟小娃娃似的？莫非我有这么可怕？”

斯维德利盖洛夫的脸变了样儿，却做出大方的笑容；他实在没有心思微笑。他的心怦怦地跳，胸口憋得慌。他故意大声说话，好掩盖他那不断增长的激动，可是杜尼雅没有注意到这种特别的激动。她听他讲到她像小娃娃似的怕他，说她觉得他非常可怕，不由得很生气。

“虽然我知道您是个……没有人格的人，可是我一点也不怕您。请您在前边带路。”她说，表面上很镇静，然而脸色却很苍白。

斯维德利盖洛夫在索尼雅的寓所门前站住。

“请容许我问一下她在不在家。她不在。真不走运！可是我知道，她也许很快就回来。如果她出去了，那她就一定是为那些孤儿去找一位太太。那些孤儿的母亲死了。这件事我也插手张罗过。如果十分钟后索菲雅·谢敏诺芙娜还不回来，那之后我就请她亲自到您那儿去，要是您乐意的话，今天就去，喏，我的住处就在这儿。这就是我的两个房间。房门的另一边住着我的女房东瑞丝里赫太太。现在您瞧这边。我要给您看到我的重要证据。那扇房门从我的卧室通到另外两个房间，现在那儿完全空着，等人来租。喏，这就是那两个房间……这地方您务必看得稍稍仔细些……”

斯维德利盖洛夫占着两个带家具的和相当宽绰的房间。杜尼雅用怀疑的目光往四周扫一眼，可是这屋里的陈设也罢，布置也罢，都没有什么特别引人注目的地方。不过，引人注目的地方也未尝没有，例如斯维德利盖洛夫的寓所正好夹在两个几乎没有人住的寓所中间。他的寓所并不直接通到走廊上。从走廊上推门进来，先得穿过女房东的两个几乎空着的房间，才能走进他的寓所。斯维德利盖洛夫的卧室房门本来锁着，这时候他用钥匙开了门，并且指给杜尼雅看也是空着、等人来租的那套房子。杜尼雅在门口站住，不明白他为什么请她看那两个房间，这时斯维德利盖洛夫赶紧解释道：

“喏，请您看这儿，瞧瞧这第二个大房间。请注意这扇房门，它是锁着的。门旁放着一把椅子，这两个房间总共只有这一把椅子。这是我从我的寓所里搬来，以便坐着听得舒服些。现在，房门的那一边放着索菲雅·谢敏诺芙娜的桌子。她就是坐在那儿跟罗季昂·罗曼内奇谈话的。我呢，在这边坐在椅子上偷听。我一连听了两个傍晚，每次都听了两小时左右。那么，当然，我多少听明白一些事。您认为怎样？”

“您偷听来着？”

“对，我偷听来着。现在，回到我的住处去吧。这儿没处可坐。”

他带着阿芙朵嘉·罗曼诺芙娜回到他自己的头一个房间。那儿是他作客厅用的。他请她在椅子上坐下。他自己在桌子的另一头坐下，跟她至少相隔一俄丈[1]远，可是这时候，他眼睛里多半又闪出火一般的

1. 一俄丈约合两米多。

光芒，以前那种光芒使得杜尼雅十分惊慌过。她打了个冷战，又怀疑地往四下里看一眼。她这种神态是不由自主做出来的。她分明不愿意流露怀疑的情绪。可是她终于看出斯维德利盖洛夫的寓所与世隔绝，不由得暗暗吃惊。她想问一声，他的女房东至少总该在家吧，可是她……性情高傲，没问出口。再者，她心里另有一种痛苦，它比为自己的担惊害怕大得没法说。她心里正痛苦得难忍难熬。

“这是您的信，”她把信放在桌子上，开口说，“您信上写的事，真有可能吗？您暗示我的哥哥似乎犯下了罪。您暗示得太露骨了，这是您现在不可否认的。不过您要知道，早在您来信以前，我就已经听到这种愚蠢的谎话，我连一个字也不相信。这是恶劣而又可笑的猜疑。我知道这件事，也知道它是怎样而且为什么被编造出来的。您不可能有什么真凭实据。您答应说，您会证明确有其事。那就请讲吧！然而，您要预先放明白点：我不相信您的话！不相信！……”

这些话杜尼雅讲得很快，很急，她脸上一刹那间布满了红晕。

“要是您不相信，那您怎么可能担着风险，孤身一人到我这儿来呢？您来干什么？纯粹出于好奇心？”

“您不要折磨我。请讲，讲吧！”

“不用说，您是个有胆量的姑娘。真的，我本来以为您会请拉祖米欣先生陪您到这儿来的。可是他既没跟您一块儿来，也没在您的周围，这我都看在眼里了。这显出您胆子大，说明您有意保全罗季昂·罗曼内奇。不过，您是处处都像神那样英明的……讲到您的哥哥，我该怎么跟您说呢？刚才您亲眼看见他了。如何？”

“莫非您就是根据这一点下结论的？”

“不，不是根据这一点，而是根据他亲口说的话。喏，他一连两个傍晚到索菲雅·谢敏诺芙娜这儿来过。我已经向您指出他们坐在哪儿。他把心里的话对她全盘托出了。他是凶手。他杀害了放高利贷的老太婆，一个文官的妻子，他自己就在她那儿典当过物品。他还杀害了她的妹妹，一个小商贩，名叫丽扎维达，她是在他杀害她姐姐的时候无意中闯进屋去的。他随身带着一把斧头，用它杀害了她们俩。他杀害她们是为了抢劫，而且也确实抢劫了。他拿走了钱，拿走了一些物品……他把这件事一五一十都对索菲雅·谢敏诺芙娜讲了。只有她一个人知道这个秘密。可是她无论在言语还是行动上都没参与过这起谋杀案，正好相反，她听了以后，也跟您现在一样，吓坏了。请您放心，她不会出卖他的。”

“这种事不可能！”杜尼雅嘟哝说，嘴唇像死人那么白。她透不过气来了。“这不可能，连一丁点原因也没有，什么理由也没有……这是胡说！胡说！”

“他抢劫钱财，这就是原因所在。他拿走了钱财和物品。不错，据他自己承认，他既没有动用那些钱，也没有动用那些物品，却把它们送到某个地方，压在一块石头底下了，至今还埋藏在那儿。不过，这是因为他不敢使用那些财物。”

“可是，说他盗窃抢劫，这话能叫人相信吗？他怎么可能想到这种事呢？”杜尼雅叫道，从椅子上跳起来。“您不是认识他，见过他吗？难道他能做贼？”

她似乎在央求斯维德利盖洛夫。她把自己的恐惧丢在脑后了。

“这种事，阿芙朵嘉·罗曼诺芙娜，是千变万化、错综复杂的。贼偷东西，同时他心里明白他是下流人。可是，喏，我听说有个高尚的人，他抢劫了一辆邮车。谁知道呢，也许他真的以为他做了一件体面事呢！不用说，如果我跟您一样，这件事是从旁人的口中听来的，那我也不会相信。然而对我自己的耳朵我总是相信的。他向索菲雅·谢敏诺芙娜解释过这件事的原因，可是她起初也不相信自己的耳朵，不过她最后，还是相信了眼睛，她自己的两只眼睛——要知道，那是他亲口对她讲的。”

“到底是什么……原因！”

“那就说来话长了，阿芙朵嘉·罗曼诺芙娜。这牵涉到……我该怎么跟您说好呢？……这也要算是一种理论，根据这样的理论，比方说，我就可以认为，只要主要的目标是好的，那么采取一次暴力行动就是可以允许的。坏事只做一次，由此却得出一百件好事嘛！况且，当然，一个具有种种长处而且自命不凡的青年人一旦知道，比方说，他手里只要有三千卢布，那么就他的生活目标来说，他的整个事业和整个前途就会截然不同，然而他没有这三千卢布，那么他就会愤愤不平。再加上他原就有一肚子的闷气，因为他吃不饱饭，住所窄小，破衣烂衫，痛切感到他社会地位的‘美妙’，另外还考虑到他妹妹和母亲的处境。最重要的是好胜心，骄傲和好胜心，不过，上帝才知道，此外他或许还有不少好品质……反正我不是在责难他，请别这样想。再者，这也不关我的事。这儿还牵涉到他自己想出来的一种理论。这种理论蛮不错，您猜怎么着，根据这种理论把人分成芸芸众生和特殊的人，也就是后一种人由于地位极高，什么法律也不能约束他们，正好相反，法律是由他们自己制定出来约束别人，约束那些芸芸众生，那些垃圾的。这个理论挺好，蛮不错，une théorie comme une autre[1]。拿破仑使他十分佩服，其所以特别使他佩服，就因为许多这样有天才的人做个别的坏事总是毫不在乎，想都不想就跨过去了。他似乎认为他自己也是有天才的人，那就是说，有一个时期他是这样相信的。他一直很痛苦，现在也痛苦，因为他想到，他固然会建立理论，可是讲到毫不犹豫就跨过去，他却办不到，可见他不是一个有天才的人。嗯，这对一个好胜心强的年轻人来说，特别是在我们这个时代，就未免有损

1. 法语：这个理论跟别的理论一样好。

自尊心了……”

“那么，他就感觉不到良心的谴责？这样说来，您否认他有什么道德感？难道他是那样的人？”

“唉，阿芙朵嘉·罗曼诺芙娜，现在什么都乱糟糟的，或者不如说，从来就没有过什么特别稳定的秩序。大体说来，俄国人都是天性开阔的人，阿芙朵嘉·罗曼诺芙娜，像他们的土地那么开阔，特别喜欢空想的东西，喜欢混乱的东西。然而糟糕的是他们徒然有开阔的天性，却没有特别的天才。您该记得，从前我们吃过晚饭后，每到傍晚，有许多次，两个人在花园里露台上坐着，照这样长谈这类问题、这种话题。您当时还责备我这种开阔的天性呢。谁知道呢，也许我们促膝长谈的时候，他正在这儿躺在床上，左思右想打主意。在我们这班受过教育的人当中，本来就没有特别神圣的传统，阿芙朵嘉·罗曼诺芙娜，至多有人根据书本编出来……或者从史书中引出什么来。不过要知道，这种人大概都是学者，您明白，就某一点来说，他们都是笨蛋，因此对上流社会的人来说甚至是不成体统的。不过，我的意见，总的说来，您全知道。我根本不想责怪什么人。我自己一直是个不爱干活的闲人，现在也仍然如此。不过，这个问题我们以前已经谈过不止一次了。那时候我甚至有幸用我的那些见解使您颇感兴趣……您的脸色苍白得很，阿芙朵嘉·罗曼诺芙娜！”

“我知道他这种理论。我在杂志上读到过他的论文，那里面写到有的人可以要做什么就做什么……那篇论文是拉祖米欣拿给我看的……”

“拉祖米欣先生？您哥哥的论文？发表在杂志上？有这样的论文？我不知道。嗯，一定很有趣呢！可是您要到哪儿去，阿芙朵嘉·罗曼诺芙娜？”

“我打算见一见索菲雅·谢敏诺芙娜。”杜尼雅用微弱的声音说。“到她那儿去该怎么走？说不定她已经回来了。我一定要现在就见到她。让她……"

阿芙朵嘉·罗曼诺芙娜没能说完，她的呼吸简直停住了。

"索菲雅·谢敏诺芙娜要到深夜才会回来。我这样认为。她应当很快就回来，如果不然，那她回来就会很晚了……"

"啊，原来你在说谎！我看得明白……你一直说谎……你素来说谎！……我不相信你的话！我不相信！不相信！"杜尼雅喊道，真正气得发疯，完全昏了头。

斯维德利盖洛夫赶紧给她端来一把椅子，她倒在椅子上，几乎昏厥过去。

"阿芙朵嘉·罗曼诺芙娜，您怎么了？清醒一下！这是水。您喝一小口……"

他往她脸上洒了点水。杜尼雅打个冷战，清醒过来。

"这事给她的影响可不轻啊！"斯维德利盖洛夫自言自语地嘟哝说，皱起眉头。"阿芙朵嘉·罗曼诺芙娜，安静一下！您要知道，他也是有朋友的。我们会搭救他，会把他救出来。要是您愿意，那我就把他送到国外去！我有钱，我不出三天就能弄到票。讲到他杀过人，那么另外他还可以做许多好事，足以弥补一切。您放心就是。他还能成为大人物的。哦，您怎么样？您觉得身体怎样？"

"恶毒的人！他居然讥诮起来了。放我走……"

"您上哪儿去？您到底上哪儿去啊？"

"去找他。他现在在哪儿？您可知道？为什么这房门锁上了？我们就是从这扇门走进来的，可是现在房门锁上了。您是什么时候悄悄把门锁上的？"

"我们在这儿谈的事，总不能嚷得各处房间里全听见啊。我根本没有讥诮。只是我不愿意再那样谈话了。咦，您这样子，要到哪儿去？莫非您要出卖他？您会弄得他发疯，到时候他自己会把自己出卖的。

您要知道，已经有人在监视他，跟踪他了。您反而会弄得他露出马脚来。您要耐心等一下。刚才我见过他，跟他谈过话。他还有救。您等一下，您坐下，我们一块儿来想主意。我请您来就是为了跟您单独谈谈这件事，好好考虑一下。您倒是坐下呀！”

“您怎么能够搭救他？莫非真能把他救出来？”

杜尼雅坐下。斯维德利盖洛夫靠近她坐下来。

“这全要靠您来决定了，靠您，靠您一个人。”他两只眼睛发亮，小声开口说，几乎像是耳语，结结巴巴，甚至激动得另外一些话都说不出来了。

杜尼雅惊讶得抽身躲开他。他也浑身发抖。

“您……只要有您一句话，他就得救了！我……我会搭救他。我有钱，有朋友。我立刻就把他送走。我自己弄得到护照，两份护照。一份给他用，另一份我自己用。我有朋友。我认识一些办事干练的人……您也愿意我帮忙吗？我还可以给您……给您的母亲……办护照……拉祖米欣对您有什么好？我也爱您……我满心爱您。让我吻一吻您的连衣裙的底襟，让我吻！让我吻吧！它窸窸窣窣地响，我听着就受不了。您只要对我说一声‘干那件事’，我马上就干！我什么都肯干。就连做不到的事我也干。您信仰什么，我也会信仰什么。我样样都肯干，样样！您别瞧着我，别这样瞧着我！您知道吗？您这是要把我活活杀死呀……”

他甚至胡言乱语起来。他突然出了什么问题，仿佛他的头脑忽然乱了。杜尼雅跳起来，往房门那边扑过去。

“开门呀！开门呀！”她对门外喊道，想叫人来帮忙，同时伸出两只手去摇撼门。“开门呀！难道一个人也没有吗？”

斯维德利盖洛夫站起来，头脑清醒了。他那还在颤抖的嘴唇上，慢慢挤出凶恶而讥讽的微笑。

“那边没有人在家，”他平静而从容不迫地说，“女房东出去了。这样大嚷大叫是白费劲，只是白白地惹得自己激动罢了。”

“钥匙在哪儿？马上把房门打开，马上，下流东西！”

“我把钥匙弄丢了，现在找不到了。”

“啊？原来这是要强逼我服从呀！”杜尼雅道，脸色变得像死人一样白。

她往一个墙角跑去，随手把旁边一张小桌拉过来，赶紧挡在身子前面。她不再嚷叫，可是她的目光盯住那个折磨她的人，警觉地监视他的一举一动。斯维德利盖洛夫也在原地没动，跟她面对面，站在房间的另一头。他甚至方寸不乱，至少表面看来是如此。可是他的脸色跟先前一样苍白。他脸上仍旧带着讥讽的微笑。

“您刚才说这是要‘强逼’您，阿芙朵嘉·罗曼诺芙娜。如果是强逼，那么您想得出来，我已经采取过各种步骤了。索菲雅·谢敏诺芙娜不在家。卡彼尔纳乌莫夫一家住得很远，中间隔着五个上了锁的房间。还有，我的力气至少比您大一倍。此外，我没有什么可害怕的，因为事后您不可能对外人抱怨：你总不愿意真的出卖您的哥哥吧？况且也不会有人相信您的话。是啊，一个姑娘怎么会孤身一人跑到单身汉的住所去呢？所以，就算您要牺牲您的哥哥，那也还是什么都不能证明。强逼是很难证明的，阿芙朵嘉·罗曼诺芙娜。”

“下流东西！”杜尼雅愤慨地低声说。

“随您去骂好了。不过，请您注意，我说那些话只能算是一种揣测罢了。按我个人的看法，您说的完全对：强逼是卑鄙的事。我说那些话，无非是要向您表明，即使……即使您自己愿意搭救您的哥哥，就像我出的主意那样，您的良心也还是会清清白白，不会愧疚的。这也就是说，您无非是为环境所迫，喏，为暴力所迫，如果非用这个词不可的话。您好好想一想吧。您哥哥和您母亲的命运都在您的手心里。

我会做您的奴隶……做一辈子……好，我就在这儿等您回答……”

斯维德利盖洛夫在长沙发上坐下，离杜尼雅大约八步远。这时候她对他那决不动摇的决心已经丝毫不存怀疑了。再者，她了解他的为人……

突然，她从衣袋里取出一把手枪，扳起枪机，然后把拿着枪的手放在小桌上。斯维德利盖洛夫从长沙发那儿跳起来。

“啊！原来是这样！”他吃惊地叫道，可是恶毒地笑笑，“好，这可就完全改变了事情的进程！您倒把事情弄得非常好办了，阿芙朵嘉·罗曼诺芙娜！然而，这把手枪您是从哪儿拿来的？莫非是拉祖米欣先生给的？哦！敢情就是我那把手枪呀！老相识了！先前害得我找好久啊！……我有幸在乡下给您上的射击课，总算没有白费。”

“这不是你的手枪，而是被你杀害的玛尔法·彼得罗芙娜的手枪，坏蛋！她家里的东西没有一件是你的。我留下它，是在我开始怀疑你会干出什么事来的时候。现在，我发誓：你哪怕敢往前跨出一步，我就打死你！”

杜尼雅气愤得要发疯。她举起手枪，准备好。

“哦，那么您的哥哥呢？我出于好奇心倒要问一声。”斯维德利盖洛夫问道，仍然站在原地没动。

“要是你打算告密，自管去告！不准动！你别往前走！我要开枪了！你把妻子毒死，这我知道，你才是凶手！……”

“那么您坚定地相信，玛尔法·彼得罗芙娜是我毒死的？”

“就是你！你自己向我暗示过，你对我讲起过毒药……我知道你坐车出去买过毒药……你做好了准备……一定就是你干的……下流东西！”

“即使这是实话，那也还是为了你……你毕竟是起因。”

“你胡说！我素来恨你，素来恨你……”

“哎呀，阿芙朵嘉·罗曼诺芙娜！看来您忘了当初您讲大道理的时候，怎样动情，如醉如痴了……我是凭您的眼睛看出来的。傍晚时分，在月光下，夜莺还在啼鸣，您记得不?”

“你胡说!”杜尼雅说着，眼睛里闪出狂怒的光芒。“你胡说，造谣诬蔑的家伙!”

“我胡说？好，也许，就算我胡说。我同意。这样的事对女人是提不得的。”他说着，笑一笑。“我知道你会开枪，漂亮的小野兽。好，那就开枪吧!”

杜尼雅举起手枪，脸色像死人般惨白，下嘴唇也变白了，不住颤抖，又大又黑的眼睛闪着火花一样的亮光，瞧着他。她已经下定决心，量好远近，等着看他有什么举动。他从来也没看见过她有这么美丽。这当儿她举起手枪，眼睛里闪着的火花，似乎在燃烧他，他的心就疼痛地缩紧了。他往前跨出一步，于是枪声响了。子弹滑过他的头发，打在他身后的墙上。

他停住脚，轻声笑道：

“黄蜂螫了我一口！她照直瞄准了我的头呢……这是什么？血!”

他取出手绢来擦血，血已经形成一道细流，从右鬓角淌了下来。大概，子弹略微擦破了他的头皮。杜尼雅放下手枪，瞧着斯维德利盖洛夫，与其说是感到恐惧，不如说是有点茫然不解。她仿佛自己也不明白自己干了什么事，更不明白到底出了什么事!

“没打中！您再开一枪吧，我等着就是。”斯维德利盖洛夫轻声说着，仍然在笑，不过笑得有点阴郁。“要是照这样，您还来不及扳起枪机，我就已经把您抓住了!”

杜尼雅打了个冷战，很快地扳起枪机，又举起手枪。

“躲开我!”她绝望地说道，“我发誓，我要再开枪的……我……要打死你!……”

“好吧……相隔三步远就不可能不打死我……不过，如果您打不死我……那就……”说到这儿，斯维德利盖洛夫的眼睛炯炯放光，他又往前跑出两步。

杜尼雅放一枪，不料枪没打响！

“您没把子弹装好。没关系！您枪里还有火帽。您装装好，我等着就是。”

他站在她面前，相隔两步远，等着。他以阴沉的眼瞧着她，露出狂妄的决心，炽热的迷恋。杜尼雅明白，他宁可死也不会放过她。她暗想："不过……不过，当然，现在相隔只有两步远，我一定会打死他！……”

突然，她把手枪丢开了。

“她把枪扔了！”斯维德利盖洛夫心里说，暗暗吃惊，深深地喘了一口气。仿佛有个什么东西一下子从他心头卸下似的，也许那不只是怕死的沉重心情，而且这当儿他也未必有这种怕死的心情。这是他摆脱了另外一种更为凄凉和阴暗的心情，至于那种心情是什么，他却无论如何也说不清楚。

他走到杜尼雅跟前，伸出胳膊轻轻搂住她的腰。她没抗拒，可是浑身抖得跟一片树叶似的，她抬起恳求的眼睛瞧着他。他本想说一句什么话，却光是撇了撇嘴唇，没能说出口。

“你放开我！”杜尼雅央求道。

斯维德利盖洛夫全身一震：她这次说“你”字，已经有点不像原先的那种口气了。

“那么你不爱我？”他平静地问道。

杜尼雅摇摇头表示不爱。

“那么……你真办不到？……永远办不到？”他绝望地低声说。

“永远办不到！”杜尼雅低声说。

斯维德利盖洛夫的心里，一时间发生了一场可怕的，然而无声的斗争，他用难以形容的目光看着她。突然，他放下胳膊，回转身，很快走到窗前，站在那儿不动。

又过了一阵。

“钥匙在这儿！”他说着，从他大衣的左边衣袋里取出钥匙，放在身后的桌子上，没回转身来看杜尼雅。“您拿去。赶快走吧！……”

他始终眼望着窗外。

杜尼雅走到桌子跟前拿钥匙。

“赶快！赶快！”斯维德利盖洛夫反复说着，仍然没动，也没回转身来。不过，听得出来，他说“赶快”这两个字，用的是一种有点吓人的口气。

杜尼雅明白这种口气，就抓起钥匙，直奔房门口，很快地开了锁，夺门而出。不出一分钟，她像个疯子似的，昏昏沉沉，一直跑到运河边上，然后往某桥那边奔去。

斯维德利盖洛夫在窗前又站了三分钟光景，终于慢腾腾地回转身，往四下里扫一眼，举起手掌轻轻地擦一下额头。一种奇怪的笑容使他的脸变了样儿，那是一种可怜相的、凄苦的、软弱的笑容，绝望的笑容。血已经快干了，这时候染污了他的掌心。他愤恨地瞧着血，然后把手巾浸在水里，洗净他的鬓角。杜尼雅扔掉的那把手枪，已经飞到房门那边去了，如今忽然扑进他的眼帘。他拾起来，仔细看一下。那是一把老式的三发手枪，小得很，可以放在衣袋里。枪膛里还剩下两发弹药和一只火帽。还可以用来再放一枪。他沉吟一下，把手枪塞进衣袋里，拿起帽子，走出去了。

第六章

这天整个傍晚，到十点钟为止，斯维德利盖洛夫一直在各处小饭馆和黑窝里转悠，从这一家走到那一家。就连卡嘉也出场了，她又唱另一支俚俗的歌，歌词唱的是某某人，“一个坏蛋和蛮子”怎样——

“开始吻卡嘉。”

斯维德利盖洛夫请卡嘉喝酒，又请拿着手摇风琴的乐师，请几个歌手、茶房和两个文书喝酒。他跟那两个文书鬼混，仅仅因为他们俩的鼻子都是歪的，这个往右边歪，那个往左边歪。这使得斯维德利盖洛夫暗暗称奇。最后，他们把他拉到一个游乐园去。在那儿，他替他们付钱，买门票。园子里有一棵栽了三年却很细小的云杉和三丛稀疏的灌木。此外，那儿造了一个“车站”，其实是一家小酒馆，不过那儿倒也有茶卖，除此以外就只有几张绿色小桌和几把椅子了。由几个糟糕的男歌手组成的歌咏队和一个生在慕尼黑、类似小丑的德国人，正在给观众表演节目。那个德国人喝醉了酒，鼻子发红，可是不知什么缘故怏怏不快。那两个文书跟另外几个文书争吵起来，打算动手打架了。他们就推举斯维德利盖洛夫充当法官，给他们评理。他审问他们有一刻钟之久，可是他们高声嚷叫，他一点也听不清他们在说些什么。

事情大概是这样：他们之中有一个人偷了什么东西，甚至设法就在现场卖给一个偶然遇到的犹太人，可是他卖掉东西以后却不肯跟同伙平分赃款。最后弄清，卖掉的东西就是“车站”上的一个茶匙。“车站”上发现茶匙不见而寻找起来，局面变得越来越麻烦。斯维德利盖洛夫就出钱赔偿那个茶匙，然后站起来，走出园外去了。

那是十点钟光景。整个这段时间，他自己一滴酒也没喝，只在“车站”上要了杯茶，然而那也多半是为了装装样子罢了。这当儿，天气闷热，天色晦暗。将近十点钟，从四面八方，可怕的雨云推上来了。雷声隆隆，接着下起了倾盆大雨。那雨不是一颗颗水珠落下，而像一道道急流般倾泻到地面上来。每分钟都有闪电，每次闪电时间都很长，可以叫人从一数到五。他浑身淋湿，回到家里，锁上门，拉开写字台的抽屉，取出他所有的钱，撕碎两三张证明文件。然后他把钱塞在衣袋里，本来打算换一身衣服，可是看了看窗外，听了听雷声和雨声，就挥一下手，拿起帽子，走出去，连房门也没上锁。他照直往索尼雅的住处走去。她正好在家。

她家里不止她一个人，卡彼尔纳乌莫夫家的四个小孩子都在她周围。索菲雅·谢敏诺芙娜在给他们喝茶。她沉默而恭敬地迎接斯维德利盖洛夫，吃惊地打量着他被淋湿的衣服，可是一句话也没说。那些孩子说不出地害怕，马上都跑掉了。

斯维德利盖洛夫挨近桌子坐下，请索尼雅坐在他旁边。她就胆怯地准备听他讲话。

“也许，索菲雅·谢敏诺芙娜，我要动身到美洲去，”斯维德利盖洛夫说，“我和您多半是最后一次见面了，因此我是来安排一些事的。哦，今天您见到那位太太了吗？我知道她对您说了些什么，您不必转告我了。”

索尼雅动弹一下，脸红了。他接着说：

“这种人就是有那么一种脾气。至于您的两个妹妹和您的弟弟，那他们确实安置好了，我送给他们每人的钱，已经交给可靠的人，他们已经认真地签了字。不过，这些签了字的收据不妨由您保管，以防万一。喏，您拿去！好，这件事现在就算了结了。这是三张五厘利的债券，总共三千卢布。这些由您拿去，由您一个人支配。要让这件事只有我们两人知道，不论您听见什么闲话，也别告诉外人。您需要这笔钱，因为，索菲雅·谢敏诺芙娜，再照原先那样生活下去，就太糟了，再者，也丝毫没有这种必要了。”

“不光是我，就连这些孤儿，以及我去世的继母，都受了您很大的恩惠，”索尼雅赶紧说，“如果到现在为止我一直没有好好地向您道谢，那么……请您不要以为……”

“哎，别提了，别提了。”

“我很感激您送给我钱，阿尔卡吉·伊凡诺维奇，不过，要知道，我现在并不需要。我养活我自己一个人，总是能做到的。请您不要认为我这是不识好歹。既然您这样行善，那么这笔钱……”

“这是给您的，给您的，索菲雅·谢敏诺芙娜。朋友，别再多费唇舌了，因为我简直没有时间，而且您也需要。罗季昂·罗曼内奇只有两条出路：要么就朝自己的额头开一枪，要么就流放到西伯利亚去。”

索尼雅惊恐地瞧着他，全身发抖。他接着说：

“您不用担心，我全知道，而且是听他自己说的。我不是个多嘴的人，我不会告诉外人。那回您开导他，要他去自首，这话说得好。这对他会有利得多。嗯，假定结果是到西伯利亚去，他流放了，那么您一定也会跟着他去吧？不是这样吗？不是这样吗？喏，如果是这样，那就需要钱。为了他，就需要钱，明白吗？我给您钱就跟给他钱一样。此外，您还答应阿玛丽雅·伊凡诺芙娜说您会还清欠她的债，我都听见了。您，索菲雅·谢敏诺芙娜，怎么会这样不加考虑地承担这种义务，订下这种合同呢？要知道，这是卡捷莉娜·伊凡诺芙娜欠下那个德国女人的债，又不是您欠的，因此您应该不理那个德国女人才是。照这样干，在这个世界上可没法活下去啊……哦，要是日后有人向您问起我或者我的情形……明天也罢，后天也罢，反正总会有人问您的……那您别提我今天来找过您，千万别把钱拿给他们看，也别说是我送给您的，对谁也别说，好，现在再见。”他说着，离开椅子站起来。“替我问候罗季昂·罗曼内奇。顺便提一句，您不妨把钱暂时托拉祖米欣先生保管。您认识拉祖米欣先生吗？当然认识。这个小伙子还不坏。您明天把钱带到他那儿去，或者……等到有了机会再办。不过在那以前您可要把钱收藏好。”

索尼雅也离开椅子很快站起来，惊恐地瞧着他。她很想说点什么话，问一句什么话，可是一时间她不敢开口，而且也不知道该从哪儿说起。

“您怎么……您怎么能现在走呢？外边正下着大雨！”

“去美洲尚且不怕，这点雨算得了什么！嘿嘿！别了，好姑娘，索菲雅·谢敏诺芙娜！您得活下去，得长寿，您会对别人有益的。顺便说一句……请您对拉祖米欣先生说，我托您向他致意。您就这么转达说：阿尔卡吉·伊凡诺维奇·斯维德利盖洛夫问他好。千万要说到。”

他走了，留下索尼雅一人，她又惊讶又害怕，心里存着模糊而浓重的疑团。

后来，有人发现，当天晚上十一点多钟，他还到过另一户人家，进行了一次非常离奇和出人意料的访问。雨一直没停，十一点二十分，他浑身湿透，来到瓦西里岛第三干线马雷路上他未婚妻的父母所住的狭小寓所。他不断地敲门，好容易才把门叫开，起初惹得全家人心慌意乱。可是阿尔卡吉·伊凡诺维奇只要有心，总能表现得文质彬彬，风度可爱，因此，未婚妻头脑清醒的父母虽然起初非常精明地揣测阿尔卡吉·伊凡诺维奇多半已经在别处喝得大醉，神志不清了，然而这种想法立刻就站不住脚，烟消云散了。未婚妻那心肠慈悲和处事慎重的母亲把身体衰弱而坐着轮椅的父亲推到阿尔卡吉·伊凡诺维奇跟前，照例立刻绕着弯子问一些问题。(这个女人从不直截了当地提出问题，开头总是先微笑，搓手，然后，如果一定要打听清楚一件事，例如阿尔卡吉·伊凡诺维奇打算什么时候举行婚礼，就先露出极其好奇和几乎可以说是专注的神情，问起巴黎，问起那边的宫廷生活，然后才逐渐引到瓦西里岛的第三干线上来。）换了在别的时候，这种情形当然会引起很大的敬意，可是这一回阿尔卡吉·伊凡诺维奇却显得有点特别急躁，尽管人家一开头就通知他说，他的未婚妻已经上床安睡，他却坚决要跟她见面。不用说，未婚妻就出来了。阿尔卡吉·伊凡诺维奇直接告诉她说，他为一件格外重要的事要离开彼得堡一个时期，因此他送给她各种债券，合一万五千银卢布，算是他的赠礼，要求她收下，因为他早就准备在婚礼前送给她这笔小小的款子了。至于这笔赠礼为什么一定要在突然离去的时候送来，而且非冒着大雨半夜送来不可，这中间特别的逻辑关系，当然，是他那些话所无法解释的。不过，事情总算办得异常圆满。就连这件事必然引起的惊叫声和赞叹声，他们所问的话和表现出来的惊讶神情，不知怎的，也忽然变得格外有节制，适可而止。另一方面，他们的感激心情却表达得极其火热和强烈，处事极其慎重的母亲不禁流泪了。阿尔卡吉·伊凡诺维奇站起来，笑了，吻了吻未婚妻，拍拍她的脸蛋，口口声声说他不久就会回来。他发现她眼睛里虽然露出稚气的好奇神情，同时却又含有一种很严肃的、无言的询问意味，就沉吟片刻，再吻她一下，不过心里却真诚地恼恨这笔赠金马上会由处事极其慎重的母亲锁在箱子里，保管起来。他走了，丢下心情异常激动的一家人。不过心胸慈悲的母亲立刻压低喉咙，急忙讲起来，解决了好几个极其重大的疑团，她断定阿尔卡吉·伊凡诺维奇是个大人物，办着不少事业，交游广阔，家财丰厚，上帝才知道他头脑里都想些什么，他灵机一动，就动身外出了，又灵机一动，就把钱送来了，可见这没有什么值得惊讶的。当然，他被淋得全身湿透，这是奇怪的，可是，比方说，英国人比他还要怪呢，再者，这班上流人从不理会人家说他们什么闲话，也从不拘泥俗礼。也许，他简直是故意这样，表示他谁也不怕。要紧的是，这件事对外人说不得，因为上帝才知道这会闹出什么事来，至于钱，那得赶快锁进箱子里才成，当然，幸好他们的厨娘菲朵霞一直待在厨房里没出来，不过要紧的是，这件事千万千万不能告诉那个老奸巨猾的瑞丝里赫，等等。他们一直坐在那儿，谈到深夜两点钟光景。然而，未婚妻老早就走回屋去睡觉了，心里充满惊讶和淡淡的悲伤。

同时，午夜十二点整，斯维德利盖洛夫穿过一道桥，往彼得堡郊区走去。雨停了，可是风在怒号。他开始发抖，停住脚，朝着小涅瓦河的黑水瞧了一分钟，露出一种特别的好奇心，甚至带点疑问的神情。然而他站在河边，不久就觉得身上很冷。他回转身，往大街走去。他顺着那条无穷无尽的长街步行了很久，几乎有半个小时。黑暗中，他在铺着木板的道路上不止一次绊倒，然而仍旧不断兴致勃勃地注意大街右边，在那儿寻找什么东西。刚才他乘车路过此地，就在这一带，在大街尽头，见到过一家客栈，是木房，不过倒还宽绰，至于它的名字，他记得像是“阿德里阿诺波尔”之类。他果然没有料错：那家客栈在这样一个偏僻地点显眼得很，就连在黑暗中也不可能看不到。那是一长排乌黑的木房，尽管时间已经很晚，却还亮着灯，可见还有人在活动。他走进客栈，走廊上有个衣衫褴褛的人迎上前来，他就要了个房间。衣衫褴褛的人瞧一眼斯维德利盖洛夫，就打起精神马上把他领到远远的一个房间去，那是在走廊尽头的一个角落里，正好在楼梯底下。房间又小又闷。不过另外再也没有房间，都住满了。衣衫褴褛的人瞧着他，露出疑问的神情。

“有茶吗？”斯维德利盖洛夫问。

“有，老爷。”

“还有什么吃的吗？”

“有小牛肉、白酒、凉菜，老爷。”

“送点小牛肉和茶来。”

“另外不再要什么了？”衣衫褴褛的人问道，甚至有点纳闷。

“不要什么，不要什么了！”

衣衫褴褛的人十分失望地走了。

“这个地方大概不错，”斯维德利盖洛夫暗想，“以前我怎么不知道呢？我这副样子多半像是从一家夜酒店里出来，路上出了点事。不过我倒想知道：在这儿住下来过夜的，都是些什么样的人呢。”

他点上蜡烛，仔细瞧了瞧这个房间。这间斗室矮小极了，斯维德利盖洛夫站在那儿简直几乎直不起腰来。它只有一扇窗户。这里有一张床，很脏，还有一张普普通通的桌子和一把椅子，它们是上过油漆的，这些家具几乎占据了整个空间。墙壁看样子像是木板拼成的，糊着壁纸，已经破旧。它布满灰尘，破破烂烂，原来的黄颜色还可以分辨，上面的图案却怎么也认不出来了。如同阁楼常有的情形一样，天花板是斜的，有一面墙矮一截，因为这间斗室是在楼梯底下。

斯维德利盖洛夫放下蜡烛，在床上坐下，沉思起来。可是隔壁的斗室里有一种奇怪的低语声连续不断，偶尔提高了，几乎成为嚷叫，这终于引起他的注意。从他走进屋那时起，那低语声一直没停过。他就仔细倾听！原来是有人在责备另一个人，骂得声泪俱下，然而说话的始终只有一个声音。斯维德利盖洛夫站起来，用一只手遮住烛光，墙上立刻有一条小缝把那边的亮光透过来。他走过去，看一看。那边的房间比他自己这间大一点，那儿有两个顾客。其中一个，没穿常礼服，头发异常拳曲，脸色红得像是发烧，站在那儿做出演讲的架势，叉开两条腿好把身子稳住，伸手拍着胸脯，慷慨激昂地责备另一个人，说他是叫花子，连官品也没有，说是他把他从泥潭里拉出来，说只要他愿意，就能再把他赶走，说这一切只有至高无上的主才看得见。另一个，即挨骂的那人坐在椅子上，那副样子像是非常想打喷嚏，却又打不出来。他偶尔抬起羔羊似的、混浊的目光瞧着演讲人，分明一点也没听懂他说了些什么，甚至恐怕也没听到什么。桌上有支快要烧完的蜡烛，另外还有只盛白酒的瓶子，几乎已经空了，还有酒杯、面包、玻璃杯、黄瓜、茶壶，不过壶里的茶早已喝干了。斯维德利盖洛夫仔细地看清这个画面后，冷漠地离开那条小缝，又在床上坐下。

衣衫褴褛的茶房端着茶和小牛肉来了，忍不住又问了一声："另外不要点什么？"结果却又听到否定的回答，只好走了，没有再来，斯维德利盖洛夫赶紧喝茶，想暖暖身子，就喝下一大杯，可是小牛肉他却一块也没吃，胃口完全倒了。看来，他开始发烧了。他脱掉身上的大衣和外衣，裹上被子，在床上躺下。他暗自懊恼！"在这样的时候，应该身体健康才好。"他想着，笑一笑。房间里很闷，烛光暗淡，外边风声呼啸，墙角上有只老鼠在搔爬，而整个房间都有老鼠和一种皮革的气味。他躺在那儿，似乎在冥想，一个个思想接连来了。他似乎很想把注意力停在一件什么事上。"窗外大概是个花园吧，"他暗想，"树木飒飒地响。夜里，树木在风暴中，在黑暗中发出的响声，我多么不喜欢呀！这引起一种不舒服的感觉！"他就回想刚才路过彼得罗夫斯基公园的时候，他一想到公园就厌恶。他连带想到那座桥和小涅瓦河，他又觉得身上似乎很冷，就跟刚才站在水边一样。"我生平从来就不喜欢河水，就连风景画里的也一样不喜欢。"他又暗想，忽然又笑了，因为这当儿来了个奇怪的想法："什么美学啦，舒适啦，现在本来似乎应该无所谓了，偏偏我却挑剔起来，就跟野兽……在这样的时刻总要给自己挑个好地方似的。刚才原该拐进彼得罗夫斯基公园才对！恐怕我觉得太黑太冷吧。嘿嘿！倒好像我需要舒服的感觉似的……况且，我何不把蜡烛吹灭呢？”他吹熄蜡烛。“隔壁房间的人已经上床睡了。”他暗想，在刚才的小板缝里看不见亮光了。“得，玛尔法·彼得罗芙娜，现在该您光临了，这儿很黑，地点也合宜，时间更是再好也没有了。可是现在您偏偏不来……”

不知什么缘故，他猛地记起，刚才，在他引杜尼雅上钩的前一个小时，他给拉斯柯尔尼科夫出过主意说，该把她交托拉祖米欣照料。“实际上，恐怕，那当儿我说这话是要跟自己赌气，就跟拉斯柯尔尼科夫猜到的一样。不过，这个拉斯柯尔尼科夫真是坏蛋！他经历了不少事。将来，等到他按那些胡思乱想干出事来，他会成为大坏蛋的。可是现在他十分想活下去！在这方面，这帮人都是卑鄙的家伙。算了，管他呢，他爱怎么样就怎么样，跟我有什么相干！”

他一直睡不着。渐渐地，刚才杜尼雅的模样在他眼前浮现。忽然，一阵颤抖传遍他的全身。“不行，现在这都得丢开，”他清醒过来，想道，“应当想点别的。说来又奇怪又可笑，我从没对谁有过很大的仇恨，甚至也从没特别想报复谁，这可是不好的征象，不好的征象！争吵我也不喜欢，我不会发脾气，这也是不好的征象！还有，刚才我对她允许得太多了，见鬼！不过，说不定，她倒好歹能叫我变成另一种人呢……”

他又沉默下来，咬紧牙齿：杜尼雅的形象又在他面前浮起来，正好是她放完头一枪的样子，那时候她吓坏了，把枪放下，面如死灰，呆望着他，他呢，简直可以两次抓住她，要不是他提醒她，她甚至不会举起手来自卫。他记得，那时候他心里怜惜她，仿佛心都痛了……

“唉！见鬼！这些思想又来了，应该统统丢开，丢开！……”

这当儿他昏昏睡去，高烧的颤抖已经平息。突然，被子里似乎有个东西跑来跑去，爬过他的胳膊和腿。他打了个哆嗦，暗想："呸，鬼东西，这多半是老鼠！"他又暗想，"这要怪我不该把小牛肉留在桌子上……"他非常不愿意揭开被子，下床，挨冻，可是蓦地又有个讨厌的东西窸窸窣窣爬过他的腿。他掀开身上的被子，点上蜡烛。他压不住由发烧引起的寒冷，浑身发抖，弯下腰去查看他的床，不料什么东西也没有。他抖一抖被子，忽然一只老鼠跳到床单上。他连忙伸手去捉，可是老鼠并没跑下床去，却东蹿西跳，四下里躲闪，从他手指下面滑过去，又爬过他的手背，倏地钻到他枕头底下去了。他把枕头扔掉，然而立刻觉得有个东西跳到他怀里，钻进衬衫，爬遍全身，溜到他的背脊上。他神经紧张得发抖，于是从梦中醒过来了。

房间里乌黑。他躺在床上，裹着被子，跟先前一样。窗外，风在哀号。

"真可恶！"他懊恼地暗想。他起来，在床边上坐着，背对着窗子。

"还是索性不睡觉的好。"他暗自决定。

不过，窗缝里漏进潮湿的凉气。他没站起身，只把被子拉过来，裹住身子。他没有点蜡烛。他脑子里什么也没想，而且也不愿意想。可是种种幻想却接连冒出来，一些零碎的思想时隐时现，无头无尾，相互之间也没有联系。他仿佛陷入半睡半醒的状态。不知是寒冷在作怪，还是别的东西，例如黑暗、潮湿，或者在窗外哀号和摇撼树木的大风在作怪，总之，这引得他心里生出一种执拗的愿望，很想沉湎在幻想里。可是他脑子里总是出现鲜花。他情不自禁地想象优美的景色，想象明亮而温暖，几乎可以说是炎热的节日——圣神降临节[1]。那儿有一座英国式的乡间住房，富丽堂皇，周围满是芬芳的花坛。花畦纵横，环绕着整幢房子。门廊上爬满藤蔓植物，还摆着一排玫瑰花。屋里有

1. 基督教节日，在夏季，复活节后第五十天。

一道明亮而凉爽的楼梯，房间的地上铺着华贵的地毯，两旁有些中国式瓷瓶，插着罕见的鲜花。他特别注意到窗台上的水瓶里有些娇嫩的白色水仙花，它们弯下又粗又长的碧绿色茎秆，发散着浓香。他简直不愿意离开那些花，然而他还是举步上楼，走进一间高大的正厅。这个地方，不论是窗旁，还是敞开的阳台门边，乃至阳台上，仍然到处都是花。地板上撒着新割来的香草，窗子开着，新鲜、清澈、凉爽的空气涌进房来，窗外的鸟雀不停地啼鸣。大厅正中有些桌子拼在一起，铺着白缎子桌布。上面停着一口棺材，这口棺材蒙着名贵的白色锦缎，缎子四周镶着浓密的白色褶边。棺材四周全绕着花带。棺材里躺着一个少女，穿着白纱连衣裙，周身都撒满了花，她的两只手像是用大理石雕成的，交叉着按在胸口上。可是她那淡黄色头发松散着，湿漉漉的。她头上戴一顶玫瑰花冠。她那严峻而且已经僵硬的面庞也像是用大理石雕成的，然而她苍白的唇边的笑容，却已失去稚气，充满无限悲痛和巨大的哀怨。斯维德利盖洛夫认识这个少女。这口棺材旁边既没有圣像，也没有点燃的蜡烛，而且也听不到祈祷声。这个姑娘是投河自尽的。她只有十四岁，不过她的心已经破碎。她毁灭自己是因为她受了侮辱，那种侮辱震动了这个幼小的孩子的意识，使她又惊又怕；不应得到的羞耻玷污了她那天使般纯洁的灵魂，逼得她发出最后一声绝望的惨叫，但是在长夜里，在黑暗中，在寒冷中，在潮湿的解冻天气，当风声呼啸的时候，这惨叫声是没人听到的……

斯维德利盖洛夫醒过来，下了床，迈步走到窗子跟前。他摸到窗上的插销，打开了窗子。风猛然刮进他的斗室，像寒霜那样落在他的脸和只穿着衬衫的胸脯上。窗外，大概确实是个园子之类的地方，而且似乎也是个游乐园，白天那儿多半也有歌手唱歌，也有人把茶送到那些小桌子上去。可是现在，只有水珠从大树和灌木上飞进窗子里来，天色黑得跟在地窖里一样，人只能隐约看见些由物件形成的黑色斑点。

斯维德利盖洛夫弯下腰，把胳膊肘撑在窗台上，目不转睛地瞧着乌黑的夜色，有五分钟之久。在黑暗的夜色中，响了一声炮，紧跟着又响了一声。

“啊，这是警报！河水上涨了，”他暗想，“到早晨，水就会漫到街上，流进比较低的地方，灌满地下室和地窖，地下的老鼠就会漂上来，于是人们就会冒着雨，顶着风，动手把他们那些破烂东西搬到高的楼层上去，浑身淋湿，嘴里骂声不绝……不过，现在几点钟了？”

他刚想到这儿，近处一个滴答滴答响的挂钟就像要极力快一点似的，一连敲了三下。

“嘿，再过一个钟头天就要亮了！还等什么呢？我现在就走，直接到彼得罗夫斯基公园去，在那儿挑一株大灌木，上面淋满雨水，我只要用肩头稍稍碰它一下，就会有千百万颗水珠洒到我头上来……”

他离开窗子前把它关紧，点上蜡烛，穿上外衣和大衣，戴上帽子，手拿蜡烛，走到走廊上，想在别的斗室里找到睡在各种废物和一些烛头当中的那个衣衫褴褛的茶房，把房钱付给他，然后走出客栈。

“这是最合适的时候，再也挑不出更好的时候了！”

他顺着狭长的走廊走了很久，却一个人也没找到，本想大声喊叫，却忽然在一个黑暗的角落里，在一个旧立柜和一扇房门之间看见一个奇怪的东西，像是活物。他举起蜡烛弯下腰去，瞧见那是个小孩，而且是小妞儿，至多也就是五岁光景，身上的小衣服湿得跟擦地板的破布一样，她瑟瑟地发抖，正在哭泣。她见到斯维德利盖洛夫似乎并不害怕，却瞧着他，她那双又大又黑的眼睛露出呆呆的惊讶神情。她偶尔抽搭几声，就跟哭了很久的小孩已经止住哭，甚至不再悲伤，只是不时忽然又抽搭一下似的。女孩的小脸苍白而疲乏，她冻僵了，可是他想：“她怎么跑到这儿来的？看来，她一直躲在这儿，通宵没睡觉。”

他开始询问她。女孩忽然活跃起来，急急忙忙用孩子的语言咿咿呀呀地讲给他听。原来这牵涉到她的“妈妈”，她说“妈妈要揍我”，因为她“拽（摔）碎了”一只碗。女孩讲下去，一刻也不停。从她的陈述当中，多少可以猜出，她是个没人疼爱的小孩，她母亲大概是个厨娘，多半就在这家客栈干活，老是灌酒，常常毒打和吓唬女孩，今天女孩打碎了妈妈的一只碗，害怕极了，黄昏时分就逃出去了。她大概在外边雨地里藏了很久，终于勉强走到这儿来，躲在立柜后面，通宵坐在这个角落里，由于潮湿，由于黑暗，还由于害怕母亲一旦知道这件事，就会把她痛打一顿，不由得哭哭啼啼，浑身发抖。他就把她抱起来，回到他的房间，让她站在床上，动手给她脱衣服。她光着脚穿了一双破鞋，如今那双鞋已经湿透了，像是通宵泡在水洼里一样。他给她脱完衣服，就让她在床上躺下，盖好被子，连头一齐蒙在被子里。她立刻睡着了。他做完这些，又郁闷地沉思起来。

“我这是还想跟人联系！”他忽然暗自断定，心情又沉重又气愤。“真是胡来！”

他懊恼地拿起蜡烛，想走出去，无论如何要找到衣衫褴褛的茶房，好赶快离开此地。

“唉，这个小妞儿！”他想道，心里骂了一句，正要推开房门，却又折回来，想瞧瞧女孩睡着没有，睡得怎么样。他小心地拉起被子。女孩正睡得安稳而酣畅。她已经在被子里暖和过来，苍白的面颊上泛起了红晕。然而奇怪，这种红晕却比一般孩子的红晕鲜艳浓重些。

“这是发高烧的红晕。”斯维德利盖洛夫暗想。这就像喝了酒而脸红一样，仿佛谁给她喝下一大杯酒似的。她那鲜红的嘴唇简直在燃烧，发热，然而这是怎么了？他忽然觉得她那又长又黑的睫毛似乎在颤抖，她在眨眼，眼皮在睁开，一双调皮而敏锐的、不像孩子那么眨巴的眼睛仿佛隔着睫毛向外张望，好像女孩并没睡熟，只是装作睡熟罢了。是的，果然不差！她的嘴唇渐渐抿成笑容，嘴角颤动，仿佛要忍住笑意。可是，紧跟着，她完全不再隐忍，她索性笑了，明显地笑了，她那根本不像孩子的脸上露出一种无耻的挑逗神情。这是放荡，这是妓女的脸，这是卖笑的法国妓女那种恬不知耻的面容。这当儿，那双眼睛不再遮掩，干脆睁开，向他投来火一般的无耻目光，她还笑吟吟地召唤他……这种笑容、这双眼睛，一个小孩的脸上出现的这种淫秽神态，都含有一种无限丑恶和侮辱性的意味。

“怎么会这样！才五岁嘛！”斯维德利盖洛夫喃喃地说，不由得战战兢兢。“这……这到底是怎么回事？”

可是，紧跟着，她把红扑扑的小脸完全朝他扭过来，对他伸出两只手……

“哼，该死的！”斯维德利盖洛夫惊恐地叫道，扬起手要打她……可是这当儿，他从梦中醒过来了。

他仍然睡在那张床上，身上仍然裹着被子，蜡烛并没点上，窗户上都已经发白，完全是白天了。

“做了一夜的噩梦！”他气愤地抬起身子，觉得周身疲软，骨头酸痛。外边是一片迷雾，十分浓重，什么东西也看不清。快到六点钟了，他睡过头了！他穿上外衣和大衣，这些衣服都还湿着。他在口袋里摸到手枪，取出来，放好底火。然后他坐下，从口袋里取出小笔记本，在极显眼的首页上用很大的字体写下几行字。他读了一遍，把胳膊肘撑在桌子上，沉思起来。手枪和笔记本都放在他的胳膊肘旁边。有些醒来的苍蝇飞到小牛肉上面停住，那碟菜没有吃过，一直放在桌子上。他久久地瞧着苍蝇，终于伸出空着的右手，开始捉一只苍蝇。他费了很大的劲，弄得筋疲力尽，却怎么也捉不住。最后，他发现自己在干这一有趣的工作，才惊醒过来，打个哆嗦，站起身，果断地走出房外。不出一分钟，他就来到街上了。

乳白色的浓雾笼罩着全城。斯维德利盖洛夫顺着溜滑而泥泞的木板路往小涅瓦河那边走去。他仿佛看见小涅瓦河一夜之间涨了大水，还仿佛看见了彼得罗夫斯基岛、潮湿的小路、潮湿的青草、潮湿的树木和灌木丛，最后仿佛看见了那株灌木……他懊丧地看着那些房屋，有心想点别的事。他在街上既没碰见行人，也没遇上出租马车。那些黄灿灿的小木屋的百叶窗都关着，“神态”沮丧，粘了污泥。寒冷和潮湿穿透他的全身，他冷得不停战栗。他偶尔碰见小铺或者菜店的招牌，每见到一块都要仔细地看一遍。后来，木板路到头了。他走近一幢大砖房。有一条泥污的而且冷得发抖的小狗夹着尾巴，在他前面的路上蹿过去。有个烂醉如泥的人，穿着军大衣，横躺在人行道上，脸朝下。他瞧瞧他，往前走去。他左面闪现出一座高大的消防队的瞭望台。

“啊！”他暗想，“这个地点倒正好，何必到彼得罗夫斯基岛去呢？这儿至少有个官方见证人呢……”

他生出这样一种新想法，几乎笑起来，就转弯走上另一条街，带瞭望台的大房子就在那儿。房子的大门紧闭着，门前站着一个身量不高的人，肩膀靠在大门上，身穿士兵的灰色军大衣，头戴阿喀琉斯[1]式铜盔。他斜起眼睛瞧着斯维德利盖洛夫走过来，目光冷冰冰的，带着睡意。他脸上露出一种经常不变的哀怨神情，大凡犹太人，无一例外，脸上总有这样一种灰溜溜的神情。他们俩，斯维德利盖洛夫和“阿喀琉斯”，默默地互相打量了一会儿。最后，“阿喀琉斯”见到这个人并没喝醉，却站在离他三步远的地方，盯住他，一句话也不说，觉得有点不对头。

“哎，您站在这儿要干什么？”他用犹太口音吐字不清地说，仍然没动弹，也没改变原来的姿势。

“没什么事，老兄，您好！”斯维德利盖洛夫回答说。

1. 古希腊神话中的英雄。

“这儿不是您该待的地方。”

“我要到外国去，老兄。”

“到外国去？”

“到美洲去。”

“到美洲去？”

斯维德利盖洛夫取出手枪，扳起枪机。“阿喀琉斯”的眉毛微微抬起。

“哎，怎么了？这儿可不是开这种玩笑的地方！”

“为什么不是地方？”

“就因为这儿不是地方嘛。”

“哦，老兄，这无所谓。这地方挺好。要是有人问你，你就回答：这个人说他要到美洲去。”

他把手枪抵住自己右边的太阳穴。

“这儿可不行，这儿不是地方！”“阿喀琉斯”全身一震，眼睛越瞪越大。

斯维德利盖洛夫扣动了扳机。

第七章

这天傍晚，六点多钟，拉斯柯尔尼科夫来到他母亲和妹妹的寓所，那是拉祖米欣给她们租下的，在巴卡列耶夫的房子里。从街上走进门，就是一道楼梯。拉斯柯尔尼科夫走到这儿，放慢了脚步，仿佛举棋不定：要不要上去呢？可是他怎么也不肯扭转身往回走，他已经下定决心了。

"再者，这也没关系，反正她们什么也不知道，"他暗想，"她们已经习惯于把我看成怪人……"

他的衣服简直很糟：淋了一夜雨而满身是泥，破破烂烂。他的脸几乎变丑了，这是因为他很疲倦，又遭到风吹雨淋，本来就体力透支，再加上内心不断的斗争持续了有一昼夜之久。过去的一夜，他一个人度过，上帝才知道他是在哪儿挨过去的。不过，至少，他已经做出决定了。

他敲了敲房门。给他开门的是他母亲。杜尼雅不在家。就连女仆这时候也恰巧不在。普尔赫莉雅·亚历山大罗芙娜先是又惊又喜，话都讲不出来了，后来抓住他的手，把他拉进屋里去了。

"好，你来了！"她开口说，高兴得有点结巴。"罗佳，我这么眼泪汪汪、傻里傻气地迎接你，你别生我的气。我这是在笑，不是哭。你当是我哭了？不对，我这是高兴，我已经养成这么一种愚蠢的习惯，爱流眼泪。这是从你父亲去世后养成的，我动不动就掉泪。坐下来，亲爱的，你一定很累，我看得出来。哎呀，你的衣服可真脏。”

“昨天我淋了雨，妈妈……”拉斯柯尔尼科夫开口说。

“哦，不，不！”普尔赫莉雅·亚历山大罗芙娜打断他的话叫道，“你以为我马上就要按我往日那种娘们儿习气亲自盘问你了。你别担心。其实我明白，全明白，我现在已经学会用此地人的眼光看事情了，说真的，我自己也看出来此地人聪明些。我干脆想：我哪能理解你的想法，哪能要求你解释呢？也许只有上帝才知道你的头脑里，有些什么事情和计划，或者生出些什么样的思想。我不能老是打扰你，问你在想什么。我……哎呀，主啊！我干吗像发疯似的跑来跑去？……喏，罗佳，你在杂志上发表的那篇文章我已经读第三遍了，杂志是德米特利·普罗科菲伊奇给我带来的。我一瞧见那篇文章，就吃惊地叫起来。我心想：我也真是糊涂人，原来他在忙这些事，这就是事情的谜底！这些日子他头脑里也许有些新的思想，他正在反复思考，我却折磨他，闹得他不得安宁。我的孩子，我读那篇文章，当然，有许多地方看不懂。不过，这也是理所当然！我怎么能看懂呢？”

“您把文章拿给我看一下，妈妈。”

拉斯柯尔尼科夫拿起妈妈递来的杂志，匆匆浏览一下。尽管这跟他当时的处境和心绪相抵触，可是他还是不禁生出一种奇怪的、甜得带点苦味的心情，这是一个年纪只有二十三岁的作者初次看到自己发表出来的著作，难免会体验到的。不过这种心情顷刻之间就过去了。他读了几行，皱紧眉头，一种可怕的苦恼，把他的心都拴紧了，最近几个月来他内心的斗争，他一下子都想了起来。他又厌恶又烦恼地把文章放在桌上。

“不过，罗佳，不管我多么愚蠢，我毕竟能够断定，你很快就会在我们学术界成名，纵然不是名列第一，至少也是个第一流的人物。

他们居然敢于认为你疯了。哈哈哈！你自己不知道，他们的确这么想呢！哼，那些低贱的虫子，他们哪会懂得什么叫智慧！就连杜尼雅也差点相信你疯了，你瞧瞧！你去世的父亲有两次给杂志投过稿，头一回是诗（他的稿本我至今还保存着，迟早我会拿给你看），第二回是一篇道道地地的中篇小说（我主动请求他让我誊抄一遍）。当时我们两人苦苦祷告想让他们采用，结果却没采用！罗佳，六七天以前，我瞧着你的衣服、你过的日子、你吃的东西、你的一身打扮，我伤心透了。现在我才明白我又犯傻了，因为现在只要你有意，那么凭你的聪明才智，样样东西你都能一下子弄到手。看来，目前你只是不愿意这样做罢了，你有重大得多的工作要干……”

“杜尼雅不在家吗，妈妈？”

“不在家，罗佳。在家里我常常见不到她，她撇下我一个人，独自出去。多亏德米特利·普罗科菲伊奇常来陪着我坐一坐，一个劲儿谈你。他热爱你，敬重你，我的孩子，我可不是说你妹妹对我很不孝顺。我并不是发牢骚。她有她的性格，我有我的性格。她心里装着些秘密不说，我呢，却没有什么秘密要瞒住你们。当然，我坚定地相信杜尼雅十分聪明，再者，她既爱我，也爱你……可是，我简直不知道这会闹出什么结果来。喏，罗佳，你现在来了，真叫我高兴，她却在外边玩，错过了。等她回来，我就要跟她说：你不在，你哥哥来过了，你到底上哪儿去消磨时光了？不过，罗佳，你也别太顺着我：你能来就来，不能来也没办法。我能等。反正我心里明白，你是爱我的，这样一想，我心里也就踏实了。喏，我会读你写的著作，会听大家谈论你，你自己也间或来看望我。还有什么比这更好的呢？喏，你现在来，就是要让你母亲得点安慰，这我看得出来……”

讲到这儿，普尔赫莉雅·亚历山大罗芙娜忽然哽咽了。

“我又哭了！你别管我这个蠢娘们儿！哎呀，主，我怎么一直坐在这儿呢，”她叫道，从座位上跳起来，“要知道，家里有咖啡，我却没请你喝！瞧，这就是老太婆的自私。我去去就来，去去就来！”

“亲爱的妈妈，别忙了，我马上就要走了。我不是为这个来的。您听我说几句话。”

普尔赫莉雅·亚历山大罗芙娜胆怯地走到他跟前。

“亲爱的妈妈，不论以后会出什么事，不论您听到我的什么消息，也不论人家怎样说起我，您还会像现在这样爱我吗？”他突然问道，心里洋溢着热情，仿佛他没考虑他的话，也没掂一掂这些话的分量似的。

“罗佳，罗佳，你怎么了？你怎么能问这种话！是啊，谁会到我这儿来说你的闲话呢？再者，不管谁到我这儿来，我也不会相信他的话，我会干脆把他赶出去。”

“我是来郑重告诉您：我素来爱您。现在只有我们两人在这儿，我真高兴，就连杜尼雅不在，我也反而高兴。”他仍然感情冲动地说。“我来是为直截了当地对您说：虽然以后您会变得不幸，您还是要明白您的儿子现在爱您胜过爱他自己，至于您将来对我的种种想法，认为我残酷无情，认为我不爱您等等，那都不对。我一直爱您，一刻也没间断过……好，就讲到这儿。我觉得应该这样做，就讲起来了……”

普尔赫莉雅·亚历山大罗芙娜默默地拥抱他，把他搂在怀里，轻声地哭泣着。

“罗佳，我不知道你是怎么回事，”她终于说，“这一阵子我一直以为我们简直惹得你厌烦了，现在我才从种种迹象看出，你正大难临头，所以你心里难过。我早就料到这一点了，罗佳。原谅我说起这件事。我一直在想这件事，夜里总也睡不着。唔，昨天夜里，连你妹妹躺下后，也说了一夜的梦话，老是讲起你。我听清了几句，可是我一点也没听懂。今天整个上午，我走来走去，就像马上要上法场似的。我等着出什么事，预感到要出事，现在果然等着了！罗佳，罗佳，你到底要去哪儿？你是要到外地去吗？”

“是要到外地去。”

“我想的果然不差！不过，要知道，如果需要的话，我也可以跟你一块儿去。杜尼雅也行，她爱你，她十分爱你。索菲雅·谢敏诺芙娜呢？如果必要的话，不妨让她也跟我们一块儿去。你知道，我甚至情愿把她当女儿看待呢。德米特利·普罗科菲伊奇会帮助我们一块儿动身的……不过……你要到……哪儿去呢？”

“再见，亲爱的妈妈。”

“怎么！今天就走！”她大叫一声，仿佛就要永远失去他了。

“我不能再耽搁，是时候了，我得走了……”

“我不能跟你一块儿去吗？”

“不行。往后，您跪下为我祷告上帝吧。您的祷告也许会传到上帝耳朵里去的。”

“让我在你身上画个十字，祝福你吧！这就对了，这就对了。啊，上帝，我们这是在干什么呀！”

是的，他想到这儿没有外人，只有他和母亲在一起，就暗自高兴，十分高兴。在这段可怕的时期，他的心这才好像一下子软了下来。他在她面前跪下，吻她的脚，然后两人互相拥抱着哭了。这一回，她既不吃惊，也没问他什么话。她早就明白她儿子出了一件非常可怕的事，而且现在，那种对他来说很可怕的时刻已经来临了。

“罗佳，我亲爱的，我的独生子，”她边痛哭边说，“现在你就跟小时候一样。那时候你也这样走到我跟前来，也这样拥抱我，吻我。当初你父亲在世，虽然我们生活得穷苦，但你总是跟我们在一起，使我们得到了安慰，后来我埋葬了你父亲，我们好多次像现在这样拥抱，在他的坟上哭。至于我早就在流泪，那是因为母亲的心已经预感到大祸临头了。我头一次见到你，也就是，你记得吗，我们刚刚来到这儿的那天晚上，我单凭你的目光就全猜出来了，当时我的心就一颤。今天我给你开门，一瞧，心里就想：唉，大概那不祥的时刻来到了。罗佳，罗佳，你该不会马上动身吧？”

“不是。”

“你还会来这儿吗？”

“会……我会来的。”

“罗佳，别生气，我不敢盘问你。我知道我不可以这样。不过你不妨简单告诉我：你是要出远门吗？”

“很远。”

“你到那儿去干什么？是什么工作，要干什么职业？”

“随上帝的意……不过，求您为我祷告吧……”

拉斯柯尔尼科夫往门口走去，可是她拉住他，用绝望的目光瞧着他的眼睛。她的脸吓得变样了。

“够了，亲爱的妈妈。”拉斯柯尔尼科夫说，深深懊悔不该冒失地到这儿来。

“不会就此见不到了吧？远不至于永远见不到了吧？你总还会来的，明天会来吧？”

“我会来的，我会来的，再见。”

他终于抽身走掉了。

傍晚温暖，空气清新。从今天上午起，天就已经放晴了。拉斯柯尔尼科夫走回他的寓所，他走得很急。他一心想在日落以前把事情全办完。这以前他不愿意遇见任何人。他正举步上楼走回寓所，却发现娜斯达霞丢下手里的茶炊，注意地看着他，目送他走去。“莫非有人在我屋里？”他想。他以为波尔菲利来了，心里暗暗厌烦。可是，等他走到寓所，却看见来人是杜尼雅。她独自坐在屋里，深深地沉思着，似乎已经等他很久了。他在门口站住。她惊慌地离开长沙发站起来，挺直身体站在他面前。她的目光停在他身上不动，露出恐惧和无限哀伤的神情。他单凭她的目光就一下子明白：她已经全知道了。

“怎么样，我该进屋去见你呢，还是走掉?”他没有把握，问道。

“我在索菲雅·谢敏诺芙娜家里坐了一整天，我们俩一直在等你。我们以为你一定会到她那儿去。”

拉斯柯尔尼科夫就走进房间，筋疲力尽地在椅子上坐下。

“我有点衰弱，杜尼雅。我太累了。眼下我真想完全控制住自己，方寸不乱才好。”

他多疑地瞥了她一眼。

“你整夜到哪儿去了?”

“我记不清了。你知道，妹妹，我一心想做出最后的决定，有许多次走近涅瓦河边，这我倒记得。我打算在那儿把事情做个了结，可是……我下不了决心……”他喃喃地说着，又多疑地看了杜尼雅一眼。

“谢天谢地！我们，我和索菲雅·谢敏诺芙娜，担心的也正是这个！可见你对生活还有信心，谢天谢地，谢天谢地！”

拉斯柯尔尼科夫苦笑了一下。

“我并没有信心，刚才我跟母亲在一起，我们就互相拥抱，哭泣来着。我不信教，却请求她为我祷告。上帝才知道这是怎么回事，杜尼雅，我一点也不明白。”

“你到母亲那儿去过了？那你告诉她了?”杜尼雅惊恐地叫道。“难道你已经下决心讲出来了?”

“没有，我没讲……没说穿，不过她心里已经很明白。她夜里听到你说梦话。我相信她已经明白一半了。我上她那儿去，也许是我做得不对。我自己也不知道我究竟为什么要到她那儿去。我是个下贱人，杜尼雅。”

“你已经准备动身去受苦，居然还说自己是下贱人！你不是要去吗?”

“我是要去。马上就去。是的，为了逃避这种耻辱，我原打算投河自尽，杜尼雅。可是，我已经站在河水边的时候，心想：如果我至今还认为自己是个强者，那我现在就不该怕耻辱。”他说，急于把话都讲出来。“这是自尊心在起作用吗，杜尼雅？”

“是自尊心，罗佳。”

他那失神的眼睛里仿佛闪出了亮光。他想到他还有自尊心，似乎感到愉快。

“妹妹，你不认为我无非是怕河水吗？”他瞧着她的脸问道，露出一种难看的笑容。

“啊，罗佳，别说了！”杜尼雅沉痛地叫道。

沉默持续了两分钟光景。他坐在那儿低下头，眼睛看着她。杜尼雅站在桌子的另一头，难过地瞧着他。

他忽然站起来，说：

“时候已经很晚，我该走了。我现在就去自首。可是我不知道为什么要去自首。”

她脸上淌下大颗的泪珠。

“你哭了，妹妹，不过，你能把手伸给我，跟我握一下手吗？”

“你连这也怀疑？”

她就紧紧地拥抱他。

“你去受苦，难道不就是把你的罪行抵消了一半吗？”她紧紧抱住他，吻他，大声叫道。

“罪行？什么罪行？”他猛然怒火中烧，一下子叫起来，“我杀了一个可恶的和有害的虱子，一个放高利贷的老太婆，谁也不需要她，她专吸穷人的血汗，一个人哪怕犯过四十桩大罪，只要杀了她就统统可以得到宽恕，这也能算是罪行？我可不这么想，也不想洗刷它。大家干吗从四面八方对我指指点点说：‘罪行，罪行！’直到现在，直到我已经决定去接受那种不必要的耻辱，我才清楚地看出我的怯懦是何等荒谬！我做出这样的决定纯粹是出于卑鄙和平庸，也许还像那个……波尔菲利建议的那样，是为我的私利打算呢！”

“哥哥，哥哥，你在说什么呀！要知道，你杀了人，流了血！”杜尼雅绝望地嚷道。

“杀人流血的事人人都在干，”他接过来说，几乎气得发疯，“世界上，血总在流，而且向来在流，流得跟瀑布一样，像香槟酒那样倒出来，干这种事的人都在卡皮托利丘[1]给戴上了桂冠，后来又被说成人类的恩人。你只要仔细地看一看，就看清楚了！我也想为人们造福，我愿意做千百件好事来弥补这一件蠢事，其实这也算不得蠢事，无非做得不那么利落罢了，因为其中所包含的思想，并不像现在事情失败了才显得那么愚蠢……（任什么事，只要失败了，总显得愚蠢！）我干这件蠢事原是想让自己处在一种可以独立行动的地位，跨出第一步，取得必要的资财，于是这件事带来的相形之下可以说是无可估量的益处就足以补偿一切……可是我……我连第一步也没走好，因为我……我没出息！问题全在这儿！不过我还是不会用你那种眼光来看事情。如果我成功了，人家就会给我戴上桂冠，可是现在我让夹子夹住了！”

“不过事情并不是这样，根本不是这样！哥哥，你都说了些什么呀！”

“啊，这是说我的做法不对头，从美学上看我的做法不那么好！哼，我简直不懂！用炸弹炸死人，用正规的围攻消灭人，为什么倒成了体面得多的做法呢？顾虑美学，就是软弱无能的头一个征象！……这一点我从来也没有像现在体会得那么清楚，从来也没有过，而且我比任何时候都无法理解为什么我干的事就是罪行！我从没像现在这样坚

1. 在罗马，丘上建有宫殿、博物馆等，此丘在古罗马时期起过堡垒作用。这里实际暗指恺撒（公元前102或前100—前44）在卡皮托利丘上加冕一事。

强而自信过，从来没有过！……”

他那苍白的、疲惫不堪的脸上甚至泛出了红晕。然而他讲出最后那句话的时候，却无意中遇见杜尼雅的目光。他从那种目光里看出她那么为他难过，那么凄楚，他不由得清醒过来了。他体会到他毕竟害得这两个可怜的女人悲悲惨惨。他毕竟成了她们不幸的祸首……

“杜尼雅，亲爱的！如果我真有罪，就请你原谅我（不过我真要是有罪，却是不能原谅的）。再见！我们别再争吵了！我该走了，非走不可了。你别跟着我，我求求你，我还要到别处去一趟……现在你快回去，立刻守在母亲身旁。我恳求你这样做！这是我最后一次向你提出的最大要求。你一刻也不要离开她。我刚才从她那儿出来，她心里正七上八下，恐怕会受不了，要就死掉，要就发疯。你务必守着她！拉祖米欣会来陪你们，我跟他说过……你别为我哭泣。我虽是杀人犯，可是我一辈子都会极力过得正直而勇敢。也许日后你会听见我的名字。我不会叫你们丢脸，你瞧着吧，我还要叫大家看明白我是个什么样的人……现在，暂且再见吧。”他匆匆结束他的话，又发觉杜尼雅听到他最后的几句话和诺言，眼睛里有一种奇怪的神情。“你干吗这么哭？别哭了，别哭了。我们并不是就此永别了！……哦，是啊！等一等，我差点忘了！……”

他走到桌子跟前，拿起一本落满灰尘的厚书，把它打开，从书页中间取出一幅小小的肖像画，那是在象牙小片上勾勒的水彩画。这幅肖像就是女房东的女儿，他过去的未婚妻，后来得热病死了，那个打算进修道院的奇特少女就是她。他朝那张眉目传情和带着病容的小脸瞧了一分钟之久，吻了吻肖像，然后把它交给杜尼雅。

“喏，关于这件事，我也同她商量过许多次，而且只跟她一个人商量过，”他深思地说，“这件后来发生得那么丑恶的事，我事先向她吐露过许多。你不用担心，”他对杜尼雅说，“她不赞成我的想法，跟你一样。我想到她如今已经不在人世就暗自高兴。最主要的是，现在一切都要按新章法办事，一切都要断成两截了，”他突然叫道，又回到原来的愁闷心情，“一切都要变了，一切，可是我为此做好准备了吗？我自己也愿意这样吗？据说，这是必要的，为了考验我！为什么要有这些毫无意义的考验，为什么呢？这有什么用呢？莫非等到我服过二十年苦役，受尽折磨，变得痴呆，衰老无力，我就能比现在理解得更多些？到那时候我何必再活下去呢？为什么我现在就同意像那样活下去呢？啊，直到今天黎明时分我站在涅瓦河边，我才知道我这个人是多么下流！”

他们两人终于走出那幢房子。杜尼雅心头沉重，可是她爱他！她向前走了，然而走出五十步光景，又回过身来瞧他。她还能看见他。他走到街角，也回过头来。他们的目光最后一次相遇。可是他发觉她在瞧他，就急忙，甚至有点厌烦地挥一下手，要她快走。他自己也猛地转过墙角走去。

“我心眼坏，这我看得出来。”他过了一会儿想起他对杜尼雅做了个厌烦的手势，不禁感到羞愧，暗自想道。“可是，既然我不配让人爱，为什么她们又这么爱我！啊，但愿我是孤身一人，谁也没爱过我，我也从没爱过谁！如此，这类事就全不会有了！不过，我倒很想知道，难道在未来的十五年到二十年中间，我的灵魂会变得温顺，在别人面前总是诚惶诚恐地唯唯诺诺，每说一句话都要自称为暴徒？是的，正是这样，正是这样！他们现在把我流放出去就是为了这一点，他们需要的也就是这一点……瞧，他们如今在街上跑来跑去，其实按本性来说，他们个个都是下流人和暴徒，或者比这更糟，是白痴。要是有人想叫我不去流放，他们这班人就会义愤填膺，气得发疯！啊，我多么痛恨他们这班人！”

他深深地思索起来：

“究竟会循着一种什么过程弄成这样一种局面：我终于在他们这班人面前不假思索地死心塌地、俯首听命呢？不过，怎么会不这样呢？当然，这是势所必然的。难道二十年的不断压迫还不能把人彻底打垮？水能滴穿石头嘛。那么既然这样，我何必再活下去，何必呢！我明知道在劫难逃，将来的局面准定会这样，而不会是别样，那我现在又何必去自首呢！”

从昨天傍晚起，这也许是他第一百次对自己提出这个问题了，不过他仍然往前走去。

第八章

他走到索尼雅的寓所，天已经开始黑下来。索尼雅等了他整整一天，心情极其激动。她是跟杜尼雅一块儿等他的。杜尼雅一清早就到她这儿来了，因为杜尼雅记得斯维德利盖洛夫昨天说过，索尼雅“知道这件事”。我们不想描写这次会晤的详情了：两个女人都谈了些什么，怎样流泪，相处得如何融洽。至少，杜尼雅在这次会晤中得到一种安慰！她哥哥并不是孤身一人。他首先就是到索尼雅这儿来，向她倾吐衷曲的。在他需要人的时候，他所找的也正是她。她呢，不管命运把他打发到哪儿去，总会跟着他去的。杜尼雅并没有问起，不过她知道事情会这样。她甚至带着佩服的心情看待索尼雅，这种对索尼雅很佩服的心情起初却几乎使索尼雅发窘。索尼雅简直差点要哭出来，因为正好相反，她认为自己甚至不配看杜尼雅一眼。当初她们在拉斯柯尔尼科夫寓所里初次相见，杜尼雅就是带着关切和敬重的神情跟她行礼告别的，从那以后，杜尼雅的美好形象就永远印在她的心里，成了她生活中一种最美好和最崇高的幻象了。

最后，杜尼雅忍耐不住，就辞别索尼雅，到她哥哥的寓所去等他。她老是觉得他会先回到那儿去。剩下索尼雅一个人，她想到说不定拉斯柯尔尼科夫真的已经自杀，就立刻心惊胆战，难过极了。杜尼雅本来也担心这一点。不过，她们一整天争着举出种种理由说服对方，认为不可能发生这种事。幸好她俩在一起，心里总算踏实点。现在，她们刚一分手，两人的头脑里又专想这个问题了。索尼雅记起昨天斯维德利盖洛夫对她讲过，拉斯柯尔尼科夫面前只有两条路可走：要么去西伯利亚，要么……此外她还知道他的虚荣心、傲慢、自尊心和不信神。

“难道只有懦弱和怕死才能促使他活下去吗？”她终于绝望地暗想。

这当儿太阳正在落下去。她愁闷地站在窗前，凝神望着窗外。可是，隔着窗子只看得见邻近那幢房子的一堵没刷灰浆的大墙。最后，临到她完全相信那个不幸的人一定已经死掉，不料他却走进她房间里来了。

她胸膛里不禁发出一声欢呼。可是在仔细看了看他的脸后，她自己的脸却一下子变得煞白了。

“嗯，是啊！”拉斯柯尔尼科夫微笑着说，“我是来拿你的十字架的，索尼雅。先前，你自己叫我到十字路口去；现在我真要照这么做了，你怎么倒怕了？”

索尼雅吃惊地瞧着他。她觉得他的口气奇怪。她全身打了个冷战，可是过了一会儿，她猜出他的口气也罢，他讲的话也罢，都是装出来的。他固然在跟她说话，眼睛却有点往墙角看，好像要避免直接瞧她的脸似的。

“你知道，索尼雅，我想来想去，认为这样做也许有利些。这有个缘故……不过，说来话长，而且也用不着说了。只是，你知道，是什么惹我生气吗？我烦恼的是，那些愚蠢的和狰狞的嘴脸马上就会把我团团围住，朝我直瞪眼珠，对我提出种种愚蠢的问题，我非回答不可，他们还会伸出手指对我指指点点……呸！你知道，我不想到波尔菲利那儿去，我讨厌他。我最好还是到我的朋友‘大炮’中尉那儿去，索性叫他吃一惊，索性闹得轰动一时。不过，我得冷静点，最近一个时期我太爱动肝火了。信不信由你，刚才我差点对我妹妹晃拳头，原因不过是她回过头来最后看我一眼罢了。这种情形糟透了！唉，我落到了什么地步！哦，怎么样，十字架在哪儿？”

他似乎神不守舍了。他甚至不能在一个地方站定一会儿，也不能把注意力集中在一件事情上，他的思想一个个互相追赶，他说话颠三倒四，他的手在微微发抖。

索尼雅什么话也没说，从抽屉里取出两个十字架，一个是柏木的，一个是铜的。她在自己胸前画个十字，又在他胸前画个十字，然后把柏木的小十字架佩戴在他的胸脯上。

“那么，这成了一个象征，说明我要背上十字架了。嘿嘿！倒好像这以前我受的苦还嫌少似的！这个柏木的，是老百姓戴的，这个铜的，是丽扎维达的，你要留给自己戴。能拿给我看看吗？那么她……那个时候……戴着它？我记得也有这样两个十字架，一个是银的，一个是有小圣像的。当时我把它们丢在老太婆的胸口上了。喏，那两个十字架，说真的，现在倒正用得着，我倒正好可以戴上……不过，我老是说废话，正事却忘了。我有点神思恍惚！……你知道，索尼雅，我到这儿来纯粹是为了预先通知你，让你知道一下……喏，就是这些……我本来就是为了这一点才来的。（嗯，不过，我认为我还有话要说。）可是，要知道，你自己就希望我去自首。瞧，现在我就要去坐牢了，你的愿望要实现了。咦，你哭什么？你也不好受？别哭，算了。唉，这真弄得我心里难过！”

不过，他动了感情，他瞧着她，他的心收紧了。

“这个姑娘怎么会这样？这个姑娘！”他暗自想道，“我在她心目中是个什么人呢？为什么她哭？为什么她像我母亲或者杜尼雅那样为我操心？她会成为我的保姆！”

“您在胸前画个十字吧，至少祷告一次。”索尼雅用颤抖的胆怯声音说。

“哦，遵命，你要我祷告多少次，我就祷告多少次！而且我会真心诚意，索尼雅，真心诚意……”

不过，他心里想说的却是另一番话。

他在胸前画了好几次十字，索尼雅拿起自己的头巾，戴在头上。这是一块绿色的细呢头巾，多半就是以前玛尔美拉朵夫提到过的“全家合用的”那块。拉斯柯尔尼科夫头脑里关于那块头巾闪过了这么一个想法，可是他没问一声。的确，他也觉得自己神色十分恍惚，心乱得不得了。他为此害怕。忽然，他想到索尼雅打算跟他一块儿走，不由得吃了一惊。

“你要干什么！你上哪儿去？你留下，留下！我一个人去。”他带着怯懦的烦恼心情嚷道，几乎生气了，往门口走去。“干这种事何必带上一帮随从呢！”他嘟哝着，走出去。

索尼雅就在房中央站住。他甚至没跟她告别，他已经把她忘掉了。只有一个痛心的和不服输的疑团在他心里沸腾。

“这样做对吗？好吗？”他走下楼梯，又暗想道，“难道不能就此打住，改弦更张……不去行吗？”

可是他仍然走出去了。他蓦地终于领会到，他已经不必再向自己提什么问题了。他走到街上，才记起没有跟索尼雅告别，她还站在屋子当中，戴着那块绿色头巾，听了他的呵斥，动也不敢动。他一时间停住了脚。不过这当儿，有个想法突然使他心里豁然亮起来，这个想法仿佛一直在等待时机，要叫他大吃一惊似的。

“咦，我刚才干吗到她这儿来？图的是什么？我对她说，我是有事才来的。可是有什么事呢？根本什么事也没有！我是要告诉她我就要去吗？可是干什么？哪有这种必要呀！莫非我爱她？这总不至于吧？不至于吧？是啊，刚才我叫她躲开，就跟赶走一条狗似的。莫非我真的需要她的十字架？啊，我堕落得多么深！是啊，其实我是要看见她流泪，我要看见她担惊害怕，看见她的心怎样绞痛，她怎样肝肠寸断！我好歹总得抓住一个什么东西，拖延时间，我得看到人！可是我居然对自己抱着那么大的指望，存着那么多的幻想，我这个叫花子，我这个没出息的下流人，下流人！”

他沿运河的堤岸街走着，前面的路已经不多了。可是他走到桥边，却停住脚，忽然转过身，往桥旁的干草市场走去。

他贪婪地往左边和右边张望，紧张地观看每样东西，却怎么也没法集中他的注意力，一切东西都从他眼前滑过去了。

“过一个星期，或者过一个月，我就会坐着囚车，路过这道桥，由人押解到别处去，到那时候我会怎样瞧这条运河呢？……我会记起现在这个时刻吗？”这些想法在他头脑里闪过。“瞧这块招牌，到那时候我会怎样读招牌上的这几个字母呢？喏，那上面写有‘工司’两个字，嗯，‘公’写成‘工’了，这‘工’字我得记住。过上一个月，我再瞧见这个字，这个‘工’字，我会怎样看呢？到那时候我会有什么感觉，什么想法呢？……上帝啊，这些事，我现在……关心的这些事，一定多么无聊啊！当然，这些事大概多多少少……也算得上有趣……（哈哈哈！我都在想些什么呀！）我变成了孩子，自己在自己面前充好汉。可是我何必羞辱自己呢？……呸，这儿真挤？瞧这个胖子……大概是德国人……他推了我一下。哼，他知道他推的是谁吗？那个抱着娃娃的村妇正在乞讨，可笑的是她认为我比她幸福。行，为了好玩，姑且给她一点钱吧。嘿，我衣袋里正巧有枚五戈比硬币，不知是从哪儿来的。喏，喏……你拿去吧，大娘！”

“上帝保佑你！”那个女乞丐带着哭腔说道。

他走进干草市场。在人群的拥挤中他觉得不愉快，很不愉快，可是他偏偏往人多的地方走去。本来他恨不得牺牲世上的一切，只求能让他一个人待着才好，而且他又领会到，今后他连一分钟独自过活的时间都不会有了。人群中有个醉汉在胡闹：他老想跳跳舞，却总是向一边倒下去。人们把他团团围住。拉斯柯尔尼科夫挤进人群，朝那个醉汉瞧了好几分钟，忽然发出短促而断断续续的大笑声。过了一会儿，他就把他忘掉了，虽然一直瞧着醉汉，可是简直没看见他。最后他走开，而且记不得这会儿他在哪儿了。然而等他走到广场中央，他的心猛地一动，立刻有一种情绪涌上他的心头，抓住他整个人，抓住他的全身心。

他骤然记起索尼雅的话："你要走到十字路口，向人们膜拜，亲吻土地，因为你对土地也有罪。你要对全世界大声说道：'我是杀人犯！'"他回想到这些，不禁全身发抖。最近这段时期，特别是最近几个小时，那种毫无出路的苦恼和不安把他折磨得好苦，现在有可能换上一种完整而充实的新情绪，他正求之不得。这种新情绪突然向他袭来，就跟他发了病一样！先是他的灵魂里点燃一颗火星，随后火势猛地铺开，席卷了一切。他的心顿时软下来，泪水一下子涌出来了。他本来站在那儿，这时候却一下子跪在地上了

他跪在广场中央，头碰到地，带着快乐和幸福吻那肮脏的地面。他站起来，然后又跪下去膜拜了一次。

"瞧他喝醉了！"他身旁有个小伙子说了这么一句。

接着传来了笑声。

"哥儿们，他这是要动身到耶路撒冷去，正在跟儿女，跟故土告别，向全世界的人叩头，吻京城圣彼得堡和它的土地。"有个带点醉意的小市民补充道。

"他还是个年轻小伙子呢！"另一个人插嘴说。

"他是贵族！"有人用庄重的声调说。

"如今，谁是贵族，谁不是，那可不是一眼就认得出来的。"

这些嚷叫和议论弄得拉斯柯尔尼科夫有点发慌。他本来也许准备好说出“我杀人了”这句话，不料话到嘴边却没说出口。不过，他听了那些嚷叫，倒也心平气和了，并没还嘴，也没往四下里看，却起步直接穿过一条巷子往警察局那边走去。在路上，有一个幻影在他面前闪过，然而并没使他吃惊，他已经预料到事情一定会这样。刚才他在干草市场上，第二次伏在地上膜拜的时候，他往左边扭过脸去，却看见索尼雅站在那儿，大约离他五十步远。她躲在广场上一个木棚后边不让他瞧见。这样看来，在他这段凄凉的行程当中，她一直在跟踪他！这当儿拉斯柯尔尼科夫才彻底感觉到而且理解到：从今以后索尼雅会永远跟他在一起，不管命运把他打发到什么地方去，哪怕是天涯海角，她也会跟着他去。他的整个心翻腾起来……不过这当儿，他已经走到那个生死攸关的地点了……

他相当精神地走进院子。他得登上三楼。“眼下我还得爬一阵楼呢。”他暗想。总之他总觉得离那个不祥的时候还很远，他还有许多空闲的时间，还可以考虑很多事情。

那螺旋形楼梯上，仍然布满垃圾，丢着蛋壳，那些寓所的房门仍然敞开着，那些厨房仍然冒出油烟和臭气。拉斯柯尔尼科夫自从那天来过以后，再也没有来过这儿。他的腿发麻，发软，可是仍然往前走。他停了一会儿，歇口气，稳住情绪，为的是走进去的时候像个人样。

“不过这是为什么？这又何必呢？”他领会他的动作的含义后，忽然想道。“既然这杯酒非喝不可，那又何必在乎这些呢？越不像样才越好。”这当儿他的头脑里闪过伊里亚·彼得罗维奇，也就是“大炮”的模样。“难道真要去找他？不能去找别人吗？不能去找尼科丁·佛米奇吗？要不要现在回转身，索性到这个警官的家里去？至少这事能办得私密点……不，不！还是去找‘大炮’，去找‘大炮’！既然非喝不可，那就干脆喝他个痛快……”

他觉得浑身发凉，几乎昏头昏脑，他推开了办公室的门。这一回，办公室里，人很少：那儿站着一个扫院人，另外还有一个老百姓。就连隔板里边的警卫也没看他一眼。拉斯柯尔尼科夫照直走进第二个房间。

"也许，我还可以不讲。"他头脑里闪过这个想法。这屋里有个文书之类的人，穿着便服，伏在办公桌上写东西。另外还有一个文书坐在墙角上。扎麦托夫不在。尼科丁·佛米奇当然也不在。

"谁都不在吗？"拉斯柯尔尼科夫转过身对办公桌旁边的那个人问道。

"您要找谁？"

"啊，啊，啊！虽然我没听到过，也没见到过，可是那俄国的味道，我却一下闻出来了……这句话在童话里是怎么说的？……我记不得了！……您好！"一个熟悉的声音忽然嚷道。

拉斯柯尔尼科夫开始发抖。"大炮"正好站在他的面前。原来他突然从第三个房间里走出来了。

"这真是命中注定，"拉斯柯尔尼科夫暗想，"他怎么偏偏就在这儿？"

"是找我们吗？有什么事？"伊里亚·彼得罗维奇嚷道（看来，他心绪极佳，甚至有点激动）。"假如是来办正事，那您来得早了一点。我正巧也来早了[1]……不过，您有什么事，我一定尽力办。我老实跟您说……不过，您姓什么来着？姓什么来着？对不起……"

"我姓拉斯柯尔尼科夫。"

"可不是：拉斯柯尔尼科夫！难道您认为我会忘了！您可别把我看成这样的人……您叫罗季昂·罗……罗……罗季昂内奇，好像是这

1. 作者似乎忘记这当儿已经是黄昏时分，再者拉斯柯尔尼科夫那次来警察局是下午两点钟，却遭到责难，说是来得太迟了。

样吧？”

“我叫罗季昂·罗曼内奇。”

“对，对，对！罗季昂·罗曼内奇，罗季昂·罗曼内奇！我也一直想记住。我甚至打听过好几次。老实跟您说，从那天起，我一直从心底里难过，觉得当时我不该那么对待您……后来人家告诉我，我才知道，原来您是个年轻的文人墨客，甚至是个学者……所谓的初露头角……啊，主！哪个文人和学者一开头没有点古怪的行动！我和我妻子，我们俩都看重文墨，我妻子简直着了迷！……迷上了文学和艺术！做这种工作，必得人品高尚才成，至于其余的，都可以靠才能、知识、智慧、天才得到！比方拿帽子来说。喏，帽子算得了什么？帽子好比煎饼，我总可以在齐美尔曼商店买到，可是帽子底下遮盖着和保护着的那个东西，我却休想买到！……老实说，我本来甚至打算到您那儿去解释一下，可是心想，您也许会……不过，我忘了问您一句：您真的要办什么事吗？听说，您的亲属到您这儿来了？”

“是的，我母亲和我妹妹来了。”

“我甚至还荣幸而又愉快地见过您的妹妹，她是个又有教养又美丽迷人的女性。老实说，我后悔了，当初我不该对您大发脾气。真是意外的事！至于那一回您昏厥了，于是我用那种眼光瞧您，那么后来这件事也得到了极其彻底的澄清。无非是偏执和狂热在作怪！我明白您的愤慨。也许，您现在过来是因为家里人来了而要搬迁寓所吧？”

“不，不，我是随便来走走……我是来问……我原以为我会在这儿找到扎麦托夫的。”

“哦，是啊！你们交成了朋友，这我已经听说了。唉，扎麦托夫不在我们这儿，已经有人找他却找不到。是啊，我们这儿已经失去亚历山大·格利果利耶维奇了！从昨天起他就根本不来了，他调走了……而且调走以前简直跟大家都吵过架……也未免太没礼貌了……他是个轻浮的小子，就是这样的。他本来甚至叫人觉得很有希望，可是，瞧，我们这班前程远大的青年啊，您拿他们有什么办法！他打算去参加一种什么考试，不过恐怕也只是在我们这儿空说一阵，夸几句海口，那场考试就此完事了，是啊，举个例子说吧，他可比不上您或者您的朋友拉祖米欣先生！您的事业是研究学问，挫折是吓不倒您的！至于生活当中的种种美妙事情，可以说，您觉得nihil est[1]，您是苦行僧，修道士，隐士！……您关心的是书本、别在耳朵上的钢笔、学术研究，那才是您的精神翱翔的所在！我自己也多多少少……请问，您读过李文斯顿的札记[2]吗？"

"没读过。"

"我读过。不过，如今各处有很多的虚无主义者。嗯，是啊，这也是可以理解的。让我问您一句，这是什么时代？不过，我要跟您……您总不是虚无主义者吧？请您直率地回答我，直率地回答我！"

"不，不是的……"

"是啊，您知道，您尽管对我开诚布公，您不用拘束，就跟独自对自己说话一样！您也许以为我是想说：办公是一回事，而友情却是另一回事？不，您没猜对！不是友情，而是公民和人的感情，是人道主义感情，是对上帝的爱。我可以做个官方的人物，担任公职，可是我不能不始终感到我是个公民，是个人，我是负着责任的……喏，刚才您谈起扎麦托夫。像扎麦托夫这种人，到了那种不体面的所在，只要喝上一杯香槟酒或者顿河酒，就会照法国人的派头闹出点乱子来……您的扎麦托夫就是这号人！我呢，也许可以这么说，全身都浸透了忠诚的感情和其他种种崇高的感情，再者，我有地位，有官品，担任公

1. 拉丁语，在此可译作"无所谓"。
2. 大卫·李文斯顿（1813—1873），英国著名的旅行家和非洲考察家。此处大约指他的著作《南非洲赞比西河游记》，该书1865年出版于伦敦，俄文译本于1867年出版。——俄文本编者注

职！我成了家，有儿有女。我在履行公民和人的职责，可是，容我问一句，他算是个什么人呢？我跟您相处，是把您看作一个受过教育而品格高尚的人。哦，我倒顺便想起那些接生婆来了，这种人如今多得不得了！[1]”

拉斯柯尔尼科夫心里起疑，不由得扬起眉毛。伊里亚·彼得罗维奇看来刚刚吃过饭，他那些滔滔不绝的话，依拉斯柯尔尼科夫听来，大部分像是夸大之谈。不过，他好歹总算也听懂了一部分。他露出疑问的神情看着他，不知道这个局面会怎样结束。

“我说的是那些剪短头发的姑娘，”健谈的伊里亚·彼得罗维奇继续说，“我自己给她们起了个绰号叫接生婆，而且我认为这个绰号十分合适。嘿嘿！她们一心想进专科大学，学习解剖学。好，您来说说看，一旦我得病，莫非就得找个姑娘来给我治病吗？嘿嘿！”

伊里亚·彼得罗维奇觉得话说得很俏皮，十分得意，就扬声大笑。

“她们，姑且这么说吧，对上学受教育这种事，抱着过分的奢望。不过，真要是受了教育，就该心满意足才是，何必滥用呢？何必像那个无赖扎麦托夫似的，侮辱那些高尚的人呢？我来问您一句：他干吗要侮辱我？还有，自杀的事如今也到处都有，多得您没法想象。这些人把钱全花光，然后把自己干掉。其中有女孩子，有男孩子，也有老头子……喏，今天早晨就报上来一个案子，说是一个刚来此地不久的绅士，尼尔·巴甫雷奇，尼尔·巴甫雷奇！……那位绅士姓什么来着？就是刚才报上来说，在彼得堡郊区，开枪自杀的那位。”

“他姓斯维德利盖洛夫。”隔壁房间里有人用沙哑而冷漠的声音回答说。

拉斯柯尔尼科夫浑身颤了一下。

1. 这句话表明该警官对当时俄国的妇女解放运动抱着轻蔑的态度。19世纪60年代，俄国妇女所能接受的教育极为有限，结果只能担任两种职务：助产士和教员。——俄文本编者注

“斯维德利盖洛夫！斯维德利盖洛夫开枪自杀了！”他叫道。

“怎么，您认识斯维德利盖洛夫？”

“对……我认识……他是不久以前才来到此地的……”

“嗯，是啊，他来这儿不久，他的老婆已经死了。他是个行为放荡的人，不料忽然开枪自杀了，而且那么丢脸，您都没法想象……他在他的笔记本上留下几句话，说是他死的时候神志清醒，他要求不要把他的死亡归罪于别人。听说，这个人有钱。请问，您是怎么认识他的？”

“我……认识他……我的妹妹在他们家里做过家庭教师……”

“哦，哦，哦……既然是这样，您倒可以告诉我们一些他的事了……那么您事先就没看出一点苗头来？”

“我昨天见过他……他……在喝酒……我什么也不知道。”

拉斯柯尔尼科夫觉得好像有个什么东西落在他身上，压得他透不过气来。

“您的脸色好像又苍白了。我们这儿的空气太混浊了……”

“是啊，我该走了，”拉斯柯尔尼科夫喃喃地说，“对不起，打搅您了……”

“哦，别这么说，您尽管来就是！您到这儿来总是叫人高兴的，我愿意这样申明一下……”

伊里亚·彼得罗维奇甚至伸出一只手来要跟他握手。

“我本来只是打算……我来找扎麦托夫……”

“我明白，我明白，您来了总是叫人高兴的……”

“我……很愉快……再见……”拉斯柯尔尼科夫带着笑脸说。

他走出去，身子摇摇晃晃。他头晕。他感觉不到两条腿在走路了。他举步下楼，右手扶着墙。他觉得有个扫院人迎面走来，手里拿着身份证，推了他一下，到楼上办公室去了，他又觉得楼下有条小狗一个劲儿地汪汪叫，于是有个女人拿起一根擀面杖扔过去，又哇哇地嚷起来。他来到楼下，走进院子。那儿，院子里，离大门口不远，站着索尼雅，她面色苍白，全身僵硬，古里古怪地瞧着他。他在她面前站住。她脸上露出一种病样的痛苦神情，一种绝望的神情。她把两只手举起轻轻一拍。他的唇边抿出一种难看的苦笑。他站了一会儿，笑一笑，就回身上楼，又到办公室去了。

伊里亚·彼得罗维奇已经坐下，正在翻一堆公文。他面前站着一个汉子，也就是刚才推了一下拉斯柯尔尼科夫，走上楼来的那个人。

“啊啊！您又来了！您有什么东西忘在这儿了吗？……不过，您怎么了？”

拉斯柯尔尼科夫嘴唇发白，目光定住不动，慢慢往警官那边走去，一直走到桌子跟前，用手扶住桌子。他有话要说，却说不出来，只发出些不连贯的声音。

“您头晕了，这儿有椅子！喏，在椅子上坐下，请坐！拿水来！”

拉斯柯尔尼科夫颓然在椅子上坐下，然而眼睛没离开伊里亚·彼得罗维奇的脸，那张脸现出非常不愉快的惊愕神情。两个人互相瞧了一阵，等着。水拿来了。

“就是我……”拉斯柯尔尼科夫开口了。

“您喝点水。”

拉斯柯尔尼科夫举手推开水，然后一字一字、十分清楚地慢慢说道：

“那天用斧头砍死文官遗孀——那个老太婆，和她妹妹丽扎维达，而且打劫财物的，就是我。”

伊里亚·彼得罗维奇张开了嘴。人们从四面八方纷纷跑来……

拉斯柯尔尼科夫把他的口供又说了一遍。

尾　声

第一章

西伯利亚。在一条荒凉的大河的岸边，有一座城，是俄国的行政中心之一。城里有一座大堡垒，堡垒里是监狱。二等流放苦役犯罗季昂·拉斯柯尔尼科夫已经在这所监狱里囚禁了九个月。从他犯罪那天算起，差不多已经过去一年半了。

他的案子没有遇到很大的困难就审完了。犯罪人一旦招供就决不更改，总是讲得坚定，确切，明白。他不混淆实情，不为自己的利益轻描淡写，不歪曲真相，没遗漏极小的细节。他把杀人的整个过程全盘托出，例如，他讲清楚了在遇害的老太婆手里发现的那个**抵押品**（一块绑着金属片的小木片）的秘密。他详细地叙述了怎样在遇害人那儿取到钥匙，说明了钥匙的形状，说明了那只小箱子是什么样子，里面装着什么东西，甚至列举了那里面放着的某些个别的财物。他解开了丽扎维达遇害之谜。他讲到了柯赫怎样走来敲门，随后又来了个大学生，他把他们彼此之间所谈的话转述了一遍，还讲到后来他，怎样跑下楼去，听见尼古拉和德米特利大声吵嚷，他怎么走进一个没有人住的寓所里躲着，后来就回家去了。他最后供出沃兹涅先斯基大街一个院子里靠近大门的那块石头，结果在那下面找到了财物和钱包。一句话，案情很清楚。然而，使得预审官和审判官吃惊的是，他把钱包和财物都藏在石头底下而没有动用，尤其是，他不但记不清楚他本人抢来的财物都是些什么东西，甚至数字也说错了。他一次也没打开过钱包，甚至不知道那里共放着多少钱，这钱的事，认真说来，是没法叫人相信的。后来查明钱包里有三百一十七银卢布和三枚二十戈比的硬币，而且上边几张金额最大的钞票因为在石头下面埋藏过久，受了潮气而损坏不少。法庭花了很多的时间想弄明白，被告既然在其他一切事情上一概甘愿供认不讳，为什么单单在这件事上说谎呢？最后，有几个法院人员（特别是善于分析别人心理的）甚至承认他很可能确实没看过钱包里边，因而不知道那里面装着什么东西，就这么糊里糊涂地将其埋在石头底下了。不过他们由这一点却立刻得出结论说，这个罪行只可能是在某种暂时的精神病发作时发生的，也就是说，只有热衷于凶杀和抢劫的病态心理，却没有更进一步的谋取私利的打算。这倒恰好跟最新流行的“暂时疯狂”理论合拍，这种理论在我们这个时代常常被人极力应用在某些罪犯身上。再者，拉斯柯尔尼科夫心境忧郁是由来已久的，这已经由许多见证人、他以前的同学、左西莫夫医师、他的女房东和女仆确凿地申明过了。这些都有力地促成一种结论，认为拉斯柯尔尼科夫不大像普通的杀人犯、强盗或抢劫犯，这是另一种情形。

使得保持这种见解的人大为烦恼的是，犯罪人本身几乎无意保护自己。当别人提出关键的问题，促使他杀人，推动他从事抢劫的究竟是什么原因，他却带着极其粗鲁的确切口气，非常清楚地回答说，主要原因就是他处境恶劣，贫困无助，而且他很想弄到至少三千卢布来为他终生事业的最初阶段奠定基础，他原指望在受害人那里可以找到这笔钱。他决定杀人是因为他性格轻浮而怯懦，再加上受到穷困和挫折的刺激。庭上问他，促使他自首的原因究竟是什么，他直截了当地回答说，他真心地懊悔了。他讲这些话的口气几乎可以说是粗鲁的……

不过，这件案子的判决，从所犯的罪行来看，却比人们意料中的宽大，这也许是因为犯罪人不但无意为自己辩护，甚至表现出一种要加重自己罪名的愿望。这件案子的种种奇怪和特殊的情形都得到了考虑。犯罪人在犯罪以前身体有病，生活困苦，这是丝毫不容怀疑的。讲到他没有使用他抢到的钱财，那么人们认为这一部分是因为他心中生出的懊悔的影响，一部分是因为他在犯罪期间神志不大正常。他无意中杀害丽扎维达，倒成了一个例子，足以说明他神志不正常：一个人犯两次杀人罪，同时却又忘了把房门扣上！此外，他自首恰好是在狂热的教徒尼古拉灰心丧气，提出虚假的供词，把罪名揽到自己身上，因而闹得这件案子异常混乱的时候，而且是在对真正的罪犯不但没有明显的证据，就连嫌疑也不存在（波尔菲利·彼得罗维奇充分信守他的诺言）的时候。所有这些都十分有利于减轻被告的厄运。

再者，另外还发生了一些完全出人意料的事，使得被告大大地得益。往日的大学生拉祖米欣不知从哪儿得到情况，而且提出证据，说是犯罪人拉斯柯尔尼科夫当初读大学的时候，用他仅有的一点点钱接济过他在大学里的一个害痨病的穷同学，养活他几乎有半年之久。等到那个同学去世，拉斯柯尔尼科夫又照料死去的同学留在人世的又老又弱的父亲（那个同学差不多从十三岁起就凭自己的劳动收入接济和供养他的父亲）。后来拉斯柯尔尼科夫把这个老人送进医院，等老人去世后，又为他下葬。这些情况在决定拉斯柯尔尼科夫的命运方面都起了良好的作用。就连拉斯柯尔尼科夫以前的女房东，也就是他那去世的未婚妻的母亲，文官的遗孀扎尔尼齐娜，也出庭做证说，当初他们住在五角巷另一所房子里的时候，有一天夜里发生火灾，拉斯柯尔尼科夫从一个已经起火的寓所里救出两个小小孩，他自己却被烧伤了。这件事经过仔细调查，很多见证人提出了相当好的证词。一句话，最后，庭上考虑到他的自首和几种足以减轻罪名的情况，犯罪人就被判决服二等苦役劳动，为时只有八年。

案子刚一开审，拉斯柯尔尼科夫的母亲就生病了。杜尼雅和拉祖米欣认为在案子审理的整个期间可以让她离开彼得堡。拉祖米欣选定一个在铁路线上的城镇，而且离彼得堡很近，为的是可以经常知道诉讼的进展情况，同时又可以经常跟阿芙朵嘉·罗曼诺芙娜见面。普尔赫莉雅·亚历山大罗芙娜得的是一种奇怪的、神经方面的疾病，伴随着类似精神错乱的症状，即使不能算是完全如此，至少也有点这样。先前，杜尼雅最后一次跟她哥哥相会后，回到家来，却发现她母亲已经完全病倒，发高烧，胡言乱语了。当天傍晚，她跟拉祖米欣商量，万一母亲问起她的哥哥，究竟该怎样回答才好。她和他甚至为回答母亲而编了一整套故事，说拉斯柯尔尼科夫动身到远方，到俄国的边陲去了，说他去完成一项私人委托的任务，这个任务最后会给他带来金钱和名望。可是使他们吃惊的是，当时也罢，后来也罢，普尔赫莉雅·亚历山大罗芙娜从没问起过这件事。正好相反，她自己对儿子的突然离去也有她自己的一整套说法。她含泪讲起她儿子怎样来向她告别，同时她又漏出口风，叫人明白有许多非常重大和神秘的事只有她一个人知道，说罗佳有很多极有势力的仇人，弄得他甚至只能躲起来。讲到他将来的事业，她也认为，只要某些敌对的情况消除，那他的前途，毫无疑问，是光辉灿烂的。她对拉祖米欣口口声声说，她的儿子终有一天甚至会成为国家的栋梁，他的论文和他辉煌的写作才能就是明证。她不断地翻看他的论文，有的时候简直朗诵起来，睡觉的时候也几乎带着它上床。至于现在罗佳究竟在哪儿，虽然大家分明避开不谈，单是这一点就足以使她起疑，可是她倒几乎一声不问。最后，大家渐渐担忧普尔赫莉雅·亚历山大罗芙娜在某些问题上那种奇怪的沉默态度了。比方说，她收不到他的信甚至也不抱怨，可是以前她住在那个小城里，生活里没有别的，只是心心念念，巴望着快点收到她疼爱的罗佳的来信。这种情形太不好解释了，使得杜尼雅十分不安。她转念想到，也许母亲已经预感到儿子的命运起了可怕的变化，不敢多问，免得打听出更可怕的情形来。不管怎样，杜尼雅看得很清楚，普尔赫莉雅·亚历山大罗芙娜的神志不怎么正常。

不过，大约有两次，她自己却把谈话引到一条路子上，弄得人在回答的时候不能不提到如今罗佳究竟在哪儿。别人答话势必不能令她满意，反而使她起疑，于是她突然变得分外悲伤，郁闷，沉默，这种状态持续了很长的时间。最后，杜尼雅看出撒谎和胡编都成了困难的事，就得出最后的结论，觉得某些问题还是索性不提为妙，不过，事情越来越清楚，显而易见她可怜的母亲正在怀疑出了什么可怕的事。杜尼雅顺带想起她哥哥说过，她母亲听见她说梦话来着，那是在最后他去自首的那不幸的一天的前夜，在她跟斯维德利盖洛夫大闹一场以后；莫非当时她母亲听到了什么话？有的时候，这个女病人一连好几天，甚至好几个星期闷闷不乐，阴沉着脸不说话，默默地流泪；然后，不知怎的，往往现出病态的活泼，忽然开口讲话，几乎讲个不停，述说她的儿子，述说她的希望，述说未来……她的幻想有的时候很离奇，别人听了都凑她的趣，附和她的话（或许，她自己也看得清楚，别人附和她的话只是凑她的趣罢了），可是她仍然讲个不停……

犯罪人自首后，过了五个月，法庭就判决了。拉祖米欣，只要能去，总是赶到监狱去探望他。索尼雅也这样。最后，分别的时刻到了。杜尼雅对她哥哥发誓说，这不会是永别。拉祖米欣也这样说。在拉祖米欣年轻而有热情的头脑里坚定地订出计划，在今后三四年当中尽量为将来的生活打下基础，至少积攒一笔钱，到西伯利亚去居住，反正那边各方面资源都很丰富，只缺劳工、人手和资金。他们一定迁到罗佳所在的那座城市去，然后……同心协力开始过新的生活。他们告别的时候，都哭了。

在最后那几天，拉斯柯尔尼科夫常呆呆地出神，问了许多他母亲的情形，老是为她担心。他也简直太为她痛苦了，这使得杜尼雅很不安。他听到母亲的详细病情后，变得很忧郁。他跟索尼雅相会，不知什么缘故，老是特别不爱讲话。索尼雅藉助于斯维德利盖洛夫留给她的钱，早已打点行装，准备随着有拉斯柯尔尼科夫在内的那批囚犯出发。在这个问题上，她和拉斯柯尔尼科夫之间从来一个字也没提起过，然而两人都暗自明白，事情一定会是这样。直到最后分手，他听着妹妹和拉祖米欣热情地保证说等到他服刑期满，他们在一起会过得多么美满，他就不由得怪模怪样地笑笑。他还担心地预言说，母亲的病情不久就会发展到灾难的结局。最后，他和索尼雅就动身了。

两个月后，杜尼雅就跟拉祖米欣成亲了。婚礼凄凉而冷清。不过，受到邀请的客人当中，有波尔菲利·彼得罗维奇和左西莫夫。最近这段时期，拉祖米欣一直显出坚定的果断神情。杜尼雅盲目地相信他的一切打算都会实现，而且也不能不信。这个人显出了钢铁般的意志。顺便说一句，他又到大学去听课，以便读完大学的课程。他俩不断拟订未来的计划，两人都坚定地打算五年后一起迁到西伯利亚去。在那以前，他们就指望索尼雅先去一步了……

普尔赫莉雅·亚历山大罗芙娜高兴地祝福她女儿和拉祖米欣的婚事。可是，婚礼结束以后，她变得好像越发愁闷，越发心事重重了。拉祖米欣为了给她解闷，就给她讲了讲拉斯柯尔尼科夫怎样帮助一个穷大学生和他的老父亲，还讲了讲去年罗佳怎样从大火中救出两个娃娃而自己却被烧伤，甚至病倒了。普尔赫莉雅·亚历山大罗芙娜本来就已经头脑不清楚，听了这两件事，兴奋得几乎如醉如痴。她不断地讲这些事，到了街上也找外人谈（其实杜尼雅经常守在她身边）。在公共马车上，在商店里，她一旦找到愿意听她讲话的人，就讲个不停，说起她的儿子，说起儿子的论文，还说到他怎样帮助一个大学生，怎样在火灾中被烧伤，等等。杜尼雅简直不知道该怎样制止她才好。姑且不谈这种病态的兴奋心理有多么危险，万一有人由于原先审判的案子想起拉斯柯尔尼科夫的名字，而且说起这件事，那可就糟透了。普尔赫莉雅·亚历山大罗芙娜甚至打听到那两个在火灾中得救的娃娃的母亲住在哪儿，一心要去看她。最后，她的不安达到顶峰了。有的时候她忽然哭起来。她常常生病，发高烧，胡言乱语。有一天上午，她直截了当地声明，依她算来，罗佳不久就应该回来了，她记得跟他分手的时候，他说过，等九个月后他一定回来。她就开始收拾寓所，准备迎接他。她把自己的房间装饰一新以让给他住，擦干净家具，洗刷地板，给窗子换上新帘子，等等。杜尼雅心里着急，可是没有开口，甚至帮她布置房间，好接待她哥哥。这一天在不断的幻想中，在快活的梦境和泪水中不安地度过了，到夜里她就生病了，第二天早晨发高烧，呓语不断。热病开始了。两个星期后，她就去世了。她在昏迷中说出许多的话，从中可以断定，她对她儿子的可怕命运的疑虑，甚至比大家推测的要多得多。

拉斯柯尔尼科夫在西伯利亚定居后，虽然一开头就跟彼得堡的人书信往来，可是他母亲的死亡，他却很久都不知道。通信的事，他交托索尼雅去办，她每月准时写一封信给彼得堡的拉祖米欣，每月准时收到彼得堡的一封回信。起初，杜尼雅和拉祖米欣觉得索尼雅写来的信有点干巴巴，不能令人满意，不过最后他们俩才发现，那些信写得再好不过了，因为从那些信里毕竟对她那不幸的哥哥的命运，可以得到最充分、最确切的概述。索尼雅的信上满是极其平淡的当前的生活情形，她极其简单明了地描述拉斯柯尔尼科夫的苦役生活的种种详情。信上丝毫也没写到她本人抱着什么希望，也没推测未来会是什么样子，她也没描写她个人心情怎样。索尼雅无意说明他的心绪和他平素的内心生活，信上只有事实，也就是只有他本人所说的话，关于他身体的详细报告，或者讲一讲在她探视的时候他表达过什么愿望，他要求她办什么事，委托她办什么事，等等。所有这些消息都写得分外细致。最后，她那不幸的哥哥的形象就自然而然地显出来了，刻画得准确而清晰。这方面是不会造成错误的，因为她所写的全是确凿的事实。

不过，杜尼雅和她的丈夫读了那些消息，却得不到什么乐趣，特别是在开头那段时期。索尼雅不断地告诉他们说，他经常阴沉着脸，不爱讲话。她对他叙述她每次从收到的信中得来的各种消息，他听了甚至几乎丝毫不感兴趣。她写道，有的时候他问起他的母亲，后来她看出他已经隐隐猜出真相，就把他母亲死亡的消息终于告诉了他，可是，使她惊讶的是，就连他母亲的死亡对他也似乎没起十分强烈的作用，至少从他的外表来看，她觉得是这样。她还顺便告诉他们说，虽然看来他深思得出神，把其他的人似乎一概不放在心上，不过他对他自己的新生活的态度却很直率，也很简单。他对他的处境了解得很清楚，并不期望最近会有什么转机，也不抱任何轻率的希望（处在他那种地位的人往往会这样）。虽然他周围的新环境跟以前大不相同，他却几乎毫不惊讶。她告诉他们说，他的健康情形倒还令人满意。他经常去做工，既不规避，也不自告奋勇要求多做。他对吃食几乎漠不关心，然而犯人的吃食，除了星期天和节日外，实在太糟，因此他终于愿意接受索尼雅给他的一点钱，以便每天给自己买点茶喝。至于别的方面，他却要求她不要操心，口口声声说，这样为他张罗反而惹得他烦恼。索尼雅还告诉他们说，他在监狱里是跟大家住在一起的。她没见过他们的大牢房内都是什么样子，不过她能断定那儿一定很挤，不像样，对健康有害。她说他睡在板床上，身子底下铺一块毯子，另外他就不再要什么东西了。然而，她说他生活得这么马虎和寒酸，完全不是因为他事先有过什么规划和意图，而纯粹是他随随便便，外表上对他的命运显得全不在意罢了。

索尼雅直截了当地写道，拉斯柯尔尼科夫，特别是在开头那段时期，见她来探监，非但不感兴趣，甚至几乎嫌她讨厌，不爱答理她，对她简直不客气，不过后来，这类探监，在他总算成了习惯，甚至几乎成了必要，因此，有一次她生了几天病，没能去看望他，他竟然很难过了。她同他总是在节日见面会谈，或者在狱门附近，或者在卫兵室里，他常给叫到那儿去跟她见面，谈上几分钟。不过，遇上工作日，她就到他做工的地方去看他，或是在作坊里，或是在砖厂，或是在额尔齐斯河岸旁的那些棚子里。

关于自己，索尼雅报告说，她在城里总算已经有了几个熟人和愿意照应她的人。她说她在做女红，恰巧这个城里几乎没有女时装师，所以她在许多人家简直成了不可缺少的人。只是她没有讲到，多亏她疏通，连拉斯柯尔尼科夫也受到长官的优待，他的活儿减轻了，等等。

最后，又有消息来了（杜尼雅甚至发觉最近写来的那些信有点特别激动而且不安），索尼雅说他跟大家合不来，说苦役犯监狱里的人都不喜欢他，说他往往一连几天不开口讲话，说他近来脸色变得很苍白。突然，索尼雅在最近一封信上写道，他病得很重，住进医院的犯人病房了。

第二章

他早就得病了。不过，把他摧毁的，并不是苦役生活的可怕，不是做苦工，也不是伙食坏，也不是头发剃掉一半，更不是衣服破烂。唉，所有那些折磨和苦难，他何尝放在心上！正好相反，他做工的时候，甚至暗暗高兴：他一做工，就会劳累得筋疲力尽，那他至少总算可以得到几个小时的安眠。讲到伙食，那些白菜汤像是白开水，上面漂着些蟑螂，不过这在他又算得了什么呢！当初他做大学生的时候，往往连这种汤也喝不着呢。他的衣服倒还暖和，也适合他的生活方式。他简直没觉得他戴着脚镣。他剃掉了半边头发，穿着两色的衣服，觉得难为情吗？可是在谁的面前觉得难为情呢？在索尼雅面前吗？索尼雅怕他，那么他在她面前会觉得难为情？

可不是！他甚至在索尼雅面前也觉得难为情，因此才摆出轻蔑而粗鲁的架势来折磨她。然而，使他难为情的，并不是他的头发给剃掉了一半，也不是他被戴上了脚镣，而是他的自尊心受到了很重的创伤。就连他生病，也是因为他的自尊心受了创伤。啊，要是他能认为自己有罪，他会多么快乐呀！那他就什么都经得住，连羞愧和耻辱也忍得下了。可是他严格地审判自己，他那倔强的良心却没发现他的过去有什么特别重大的罪过，也许只有普通的失误罢了，而失误是人人都在所难免的。使他难为情的，其实是他，拉斯柯尔尼科夫，由于盲目的命运的某种判决，竟然那么盲目地、毫无希望地、彻底地、愚蠢地毁灭了，而且，如果他想让自己略略心平气和些的话，那就只有对那种“荒谬”的判决忍气吞声，俯首听命。

当前，他只能抱着一种既没有内容又没有目标的不安心情活下去，将来呢，必须不断地作出牺牲，而什么报偿也得不到……这就是这个世界为他准备下的一切。至于，过了八年他只有三十二岁，尽管可以重新开始生活，可这种生活又有什么意义呢！他何必再活下去？他有什么可巴望的？有什么干劲？莫非为了活着而活着吗？可是，这以前他已经有一千次准备为思想，为希望，乃至为幻想献出自己的生命了。他素来认为，光是活着，那可不够，他所要求的素来不止于此。或许当初，正是由于他那些愿望的力量，他才认为他这种人比旁人有资格享受较多的权利吧。

如果命运给他送来悔恨，那种火热的悔恨，那种撕碎人心而且害得人睡不着觉的悔恨，那种把人煎熬得万分痛苦、恨不能上吊或者投河的悔恨，那倒也好了！啊，他真巴不得这样！痛苦地流泪，毕竟也是生活嘛。然而他想到他的罪行，并没感到悔恨。

如果他感到悔恨，那他至少还能为自己的愚蠢而生气，就像以前他为他那种后来害得自己终于被关进监狱的行动太不成话，太愚蠢而生气一样。可是如今真进了监狱，有空的时候，他再把他过去的种种行动仔细推敲和考虑一遍，却认为那种行动根本不像以前在那不祥的时刻在他心目中显出的那样愚蠢而荒谬。

“我的思想，”他暗想，“怎么见得比其他那些从开天辟地以来就在世界上不断产生而且相互之间不断冲撞的思想愚蠢？怎么见得呢？只要用完全独立的、广阔的、摆脱世俗影响的目光来看问题，那么，当然，我的思想就显得根本谈不上那么……奇怪了。啊，你们这些喜欢否定一切的人，你们这些半吊子的圣人，为什么你们总是走到半路上就停下来了?

“是啊，为什么他们觉得我的行动那么荒谬?”他对自己说。“就因为它是暴行?不过，暴行这个词是什么意思?我问心无愧。当然，我犯了刑事罪，当然我违背了法律条文杀了人。好，为了法律条文，就把我的脑袋砍掉……那总成了吧!不过，既是这样，有许多人类的恩人都不是从别人手里继承权力，而是自己夺得权力的，那就应该在他们刚开始迈步的时候就把他们处以极刑才对。然而，那些人偏偏把步子迈出去了，因此，他们就是对的，我呢，没有迈好，于是我就没有权利容许自己迈这种步子了。”

他仅仅在这方面承认他有罪：他没有把步子迈好，后来又投案自首了。

使他感到痛苦的还有另一个想法：他那时候为什么没自杀呢?为什么那时候他站在河边没跳下去，后来却甘愿跑去自首呢?难道这种要活下去的愿望有那么大的力量，那么难以克服?可是斯维德利盖洛夫是怕死的，他不就克服了吗?

他常痛苦地对自己提出这个问题，却不能理解，当初他站在河边的时候，或许已经隐隐体会到他自己和他的信念都包藏着深刻的虚伪。他不明白，这种体会可能是一种预兆，说明将来他的生活会有转折，他会复活，他对人生会有新的见解。

他宁可认为这无非是人的本能造成了一种无比沉重的压力，而他，由于软弱和渺小却摆脱不了，他无力跨过去。他看了看同在一起的苦役犯们，暗暗吃惊：他们都那么热爱生活，珍视生活!他觉得，人们正是在监狱里才反而比在自由的时候更加热爱和看重生活，更加珍视生活。他们之中，有些人，例如流浪汉，经历过多么惨痛的折磨和苦难啊!区区一道阳光，一片茂密的树林，难道在他们心目中有这么重要吗?或者是在人迹罕至的密林深处有那么一股清凉的泉水，他们只是前年见过一次罢了，不料念念不忘，总想再见到它，就跟想见到情人一样，甚至做梦也想见着它，还连带见着它周围的青草地以及在灌木丛中歌唱的鸟雀！后来他冷眼旁观，还见到些更加难以解释的事例。

在监狱里，在他四周的环境当中，当然，有许多事他没看见，而且也根本不想看见。他仿佛低下眼睛过日子，很厌恶那些事情，看不下去。可是到后来，有许多事使他暗暗吃惊，他似乎身不由己地发现了一些以前万万没有料到的事情。总而言之，最使他吃惊的却是他和那些人中间横亘着一道可怕的、难以越过的深渊。仿佛他和那些人来自两个不同的民族似的。他看那些人，那些人看他，目光里都露出不信任和敌意。这种隔阂的一般原因，他是知道而且理解的，然而他以前从来也不承认那些原因实际上极其深刻有力。监狱里还有些流放的政治犯，是波兰人。他们简直把所有这些犯人看作粗人和奴仆，非常瞧不起他们。然而拉斯柯尔尼科夫却不能这样对待他们。他看得很清楚，这些粗人在很多方面都比那些波兰人远为聪明。政治犯当中还有俄罗斯人，一个做过军官，两个是教会中学的学生，他们也过于看不起这些犯人。拉斯柯尔尼科夫也很清楚地看出他们的错误。

可是，大家都不喜欢他，躲开他。到后来，他们甚至憎恨他了。这是什么缘故？他却不知道，就连那些比他罪行重大的人也藐视他，嘲笑他，嘲笑他的罪行。

“你是老爷！”他们对他说，“你怎么能拿斧头砍人呢？这可不是老爷们干的事。”

大斋的第二个星期，轮到他跟同一个牢房里的人去做斋戒祈祷。他跟他们一同到教堂去祷告。有一回，他自己也不知道什么缘故，忽然跟人吵起架来。大家愤愤不平地一齐向他扑过来。

“你是个不信神的家伙！你并不相信上帝！”他们对他嚷道，“应当把你打死。”

他从没对他们谈起过上帝和信仰，可是他们却想把他当作不信神的人而打死他。他一言不发，没有反驳。有个苦役犯怒气冲冲，要动手打他，他呢，心平气和地等着他，一句话也没说。他的眉毛没有动一动，他脸上的肌肉也没颤动一下。多亏押解兵来得是时候，把他和要打死他的人拉开了，要不然可就要流血了。

他还有一个问题无法解决！为什么他们那些人偏偏都那么喜爱索尼雅呢？她并没有向他们巴结讨好。他们很少见到她。她偶尔到干活的地点来一会儿，看一看他，他们才有机会跟她见面。可是话虽如此，他们却都认识她，知道她是跟着他来的，知道她在怎样生活，她住在哪儿。她没给过他们钱，也没帮过他们什么大忙。只有一次，那是在圣诞节，她带来馅饼和白面包，分送给全监狱的犯人。然而他们和索尼雅之间却渐渐产生了一种比较亲密的关系。她常替他们给他们的亲人写信，而且把写好的信送到邮局去。他们的男女亲戚来到这座城市，总要受到他们的嘱咐，把留给他们的东西以至钱财交托索尼雅保管。他们的妻子和情人都认识她，总去看望她。每逢她来到干活的地点探望拉斯柯尔尼科夫，或者正要到干活的地点，路上遇见一批犯人，他们就都向她脱帽鞠躬。

“小母亲，索菲雅·谢敏诺芙娜，你是我们温柔体贴、招人心疼的母亲！”那些粗鲁的和打过烙印的苦役犯对这个娇小而瘦弱的女人说。

她听了不停地微笑，点头还礼。每逢她对他们微笑，大家都很高兴。他们甚至喜欢她的步态，每逢她举步走去，大家总是回过头来看她的背影，称赞她。就连她长得那么瘦小，他们也称赞不已，总之，他们简直不知道该称赞她什么好了。他们有了病，甚至也要找她帮着医治。

大斋的最后几天和复活节期间，拉斯柯尔尼科夫一直躺在医院里。临到他病好了一点，他记起他先前发高烧，昏迷不醒的时候做过的梦。

他在病中梦见全世界在劫难逃，遭到一场人们从没听说过、也没见到过的可怕瘟疫，那是从亚洲的腹地传到欧洲来的。人人都要遭殃，只有寥寥可数的几个幸运儿除外。有一种新的旋毛虫、微生物出现了，而且侵入人的身体了。然而这些微生物却是有智慧和意志的精灵。人们一旦受了感染，就立刻像是鬼魂附体，变得疯疯癫癫了。可是人们从来也没有像这些患者那样认为自己是极其聪明，在真理方面是坚定不移的。而患者们以前从来也没有像现在患病时这样认为他们的决定、他们的学术结论、他们的道德信念和信仰是不可动摇的。一个个村子、一座座城市，所有民族都受了感染，变得疯狂了。大家都惊恐不定，互不了解，人人认为真理就在自己一个人手里，见到别人心里总不好受，捶自己的胸脯，哭泣，搓手。他们不知道该审判谁，该怎样审判。至于哪些东西应该认为是坏的，哪些应该认为是好的，他们的看法却不一致。他们不知道该控告什么人，该替什么人辩护。人们在某种毫无意义的恶感中互相杀害。他们彼此作对，纷纷组合成各自的大军，可是这些军队刚刚开拔，忽然就开始自相残杀，于是队伍溃散，互相打起仗来，举刀就砍，拿枪就刺，甚至张口咬人，互相吞食。那些城市里，成天地敲警钟，把大家召集起来。然而，这是谁在召集，召集起来干什么，却没有一个人知道。人心惶惶。就连最普通的行业也没有人干了，因为人人忙于提出各自的想法、各自的整顿措施，却又意见不一致。耕作停下了。有的地方，人们合成一伙，一起干某件事，发誓决不分手，然而他们马上又着手干别的事，跟他们原打算做的截然不同。他们开始互相责难，打杀。火灾出现了，饥饿开始了。所有的人和所有的东西都在毁灭。瘟疫蔓延开来，越传越远。全世界只有少数人得救。他们是些纯真的优秀人物，他们注定要在人类当中开始繁殖新的种族，开辟新的生活，使得大地焕然一新，洁白无瑕。可是，谁也没在任何地方见过这些人，谁也没听见过他们的话语和声音。

使得拉斯柯尔尼科夫难过的是，这种毫无意义的梦景却那么忧郁，那么痛苦地印在他的记忆里，这种高烧期间胡思乱想的印象竟然久久没有消散。

复活节已经过去一个多星期了，春季的白昼温暖而晴朗。囚犯的病房打开了窗子（那是铁格子窗，窗下有哨兵走来走去）。

索尼雅在他生病的那段时期，只有两次能够走进病房探望他。她每次都得申请，而批准是很难得到的。不过她常常到医院的院子里去，站在窗子底下，特别是将近傍晚的时候。可是有的时候她只在院子里伫立片刻，只远远地瞧着病房的窗子就够了。有一天将近傍晚，拉斯柯尔尼科夫睡熟了，那时候他几乎已经痊愈；然后，他睡醒了，无意中走到窗跟前，忽然远远地看见索尼雅就在医院的大门旁边。她站在那儿，似乎在等什么似的，这当儿，仿佛有个什么东西刺透了他的心，他打了个冷战，赶快从窗子跟前走开了。第二天索尼雅没有来，第三天也还是没来。他发觉自己心神不定地等她来。最后，他出院了。他回到监狱里，听犯人们说，索菲雅·谢敏诺芙娜得了病，在家里躺着，哪儿也不能去了。

他很不放心，就打发人去探问她。不久，他打听出来，她病得不算重。索尼雅呢，也顺带听说他很惦记她，关心她，就用铅笔写了封短信，托人给他捎去，告诉他说，她已经大大地见好了，说她得的是普通的感冒，很轻，说她不久就会到工地上去，很快就要跟他见面了。他读着这封短信，他的心就痛苦地怦怦跳起来。

这一天晴朗而又温暖。凌晨六点钟光景，拉斯柯尔尼科夫动身到河岸旁的工地上去，那儿有个棚子，里面砌着一个焙烧石膏的炉子，而且石膏就在那儿捣碎。派到那儿去的，总共只有三名工人。一个犯人由押解兵带着，到堡垒去取某种工具了。另一个犯人动手准备木柴，并且放进炉子里。拉斯柯尔尼科夫走出棚子，来到岸边，在棚子附近放着的一堆原木上坐下，开始观看辽阔而荒凉的大河。从高陡的岸上望过去，眼前还展现出一片辽阔的郊野。从遥远的对岸隐约传来歌唱声。那边，草原一望无际，洒满阳光，上面有些看不大清的黑色斑点，那是些游牧者的帐篷。那边是自由的，在那边生活着的是另一种人，跟这边的犯人全然不同。在那边，时间似乎停住了，仿佛亚伯拉罕[1]和他的羊群的时代还没过去。拉斯柯尔尼科夫坐在那儿，凝神瞧着，目光一刻也不移开。他的思绪化为幻想，化为观赏。他什么也没思考，可是有一种苦恼使他激动，煎熬着他。

忽然，索尼雅在他身旁出现了。她几乎没出声地走过来，挨着他坐下。时间还很早，清晨的寒意还没消散。她身上披着寒酸的旧斗篷，头上戴着绿色的头巾。她的脸还带着病容，消瘦，苍白，憔悴。她亲切而快乐地对他笑了笑，可是，临到要握手，她照例怯生生地向他伸出一只手。

她素来怯生生地向他伸出手去，有的时候甚至干脆不伸手，仿佛生怕他会推开她的手似的。他虽然握住她伸过来的手，却总好像有点厌恶，而且每次见到她也总好像有点心烦，有的时候，在她探望期间，他始终不开口。往往，她很怕跟他在一起，就非常伤心地走开了。可是这一次他俩的手却没分开。他匆匆忙忙，很快地瞧她一眼，什么话也没说，随后就低下眼睛看着地下了。这儿只有他们两个人，并没有外人看见他们。押解兵这时候已经转过身去了。

事情是怎么发生的，他自己也不知道，总之，仿佛有个什么东西突然抓住他，把他扔在她的脚跟前了。他哭着搂住她的膝头。一开头，她吓得不得了，整张脸变灰白了。她从坐的地方跳起来，浑身发抖，瞧着他的脸。可是，就在这当儿，她立刻全明白了。她的眼睛里流露

1. 基督教经书中的传说人物，在此借喻“太古时代的人”。

出无限幸福的神情。她明白，她毫无疑义地知道：他爱她，无限地爱她，这个时刻终于来临了……

他们原想开口说话，却没有说成。眼泪涌上了他们的眼睛。他们俩都苍白而消瘦，可是这两张带着病容的苍白的脸却容光焕发，因为他们感到了全新的前途，感到他们会在新的生活当中彻底得到新生。爱情使他们俩复活了，这一颗心对另一颗心来说，成了无穷的生命源泉。

他们决定等着，耐着性子等下去。他们还要熬过七年，在刑满以前他们还要经历多少难忍难熬的苦难，享受多少无穷无尽的幸福啊！然而他得到新生了，他已经知道这一点，他凭他那焕然一新的身心已经体会到这一点。她呢，是啊，她纯粹是因为有他活着，她才活下去的！

那天傍晚大牢房的门上锁以后，拉斯柯尔尼科夫躺在板床上，想着她。那一天，他甚至觉得，那些本来把他当成冤家对头的苦役犯，对他的看法似乎不一样了。他甚至主动跟他们攀谈，他们也亲切地回答他的话。如今他想起这些，却觉得本来就应当这样，难道现在一切不应当统统改变吗？

他想到她。他记起他经常折磨她，伤她的心。他回忆她那苍白消瘦的小脸，不过现在，这种回忆并不使他难过了，他知道今后他会用无穷的热爱来补偿她的种种痛苦。

再者，过去的那一切，那种种的苦难，算得了什么！那一切，乃至他的罪行，乃至法庭的判决和流放，如今他乍看之下，就像是一些身外的、奇怪的，甚至好像跟他毫不相干的事情。不过，那天傍晚他不能长久地老是想一件事，不能把心思集中在一件事情上，而且他现在也没法动脑筋，解决什么问题。只有他的感情还在发挥作用。生活取代了论证，他的头脑里理当产生一种迥然不同的思想了。

他枕头底下放着一本《福音书》。他随手把它拿出来。这本书原是她的，当初她就是拿着这本书对他朗诵拉撒路的复活。在苦役刚开始的那段时期，他以为她会对他宣扬宗教而弄得他心烦意乱，以为她会常常讲到《福音书》，硬把书塞给他。可是，使他大吃一惊的是，她一次也没谈起过这种话，甚至一次也没打算把《福音书》送给他。倒是他自己在生病前不久向她要过那本书，她就给他送来了，一句话也没说。那本书，到现在为止，他一直没翻开过。

现在他也没翻开那本书，只是有个想法在他头脑里闪过："难道她的信念现在就不能成为我的信念？至少，她的感情，她的志向……"

她那一天，也心情激动，到夜里甚至又生病了。可是她满心幸福，甚至几乎给自己的幸福吓坏了。七年，只不过七年罢了！在他们开始感到幸福的那段时期，有些时候，他们俩都有心把这七年看成七天。他甚至不知道，新生活是不会白白到手的，他要为它付出高昂的代价才成，在未来的岁月他必须为它出很大的力呢……

不过，那会是一个新的故事，一个人怎样逐渐面目一新的故事，一个人怎样逐渐获得新生的故事，一个人怎样从一个世界逐渐转到另一个世界，接触以前从没见识过的新现实的故事。这可能成为一篇新小说的题材，不过我们现在的这篇小说却要结束了。

经典译林

Yilin Classics

书名	单价	书名	单价
癌症楼	78.00 元	艾青诗集	35.00 元
爱的教育	39.00 元	爱丽丝漫游奇境	29.00 元
安娜·卡列尼娜	65.00 元	安徒生童话选集	42.00 元
傲慢与偏见	36.00 元	奥德赛	92.00 元
八十天环游地球	32.00 元	巴黎圣母院	42.00 元
白洋淀纪事	39.00 元	百万英镑	35.00 元
包法利夫人	38.00 元	悲惨世界（上、下）	98.00 元
背影	28.00 元	被侮辱与被损害的人	39.00 元
边城	36.00 元	变色龙：契诃夫中短篇小说集	39.00 元
变形记 城堡	38.00 元	草叶集：惠特曼诗选	39.00 元
茶馆	32.00 元	茶花女	35.00 元
查拉图斯特拉如是说	38.00 元	沉思录	29.00 元
城南旧事	29.00 元	大卫·科波菲尔（上、下）	79.00 元
当代英雄	45.00 元	稻草人	29.00 元
地心游记	32.00 元	飞鸟集·新月集：泰戈尔诗选	39.00 元
飞向太空港	39.00 元	福尔摩斯探案集	58.00 元
复活	42.00 元	傅雷家书	49.00 元
富兰克林自传	36.00 元	钢铁是怎样炼成的	39.00 元
高老头	39.00 元	格列佛游记	35.00 元
格林童话全集	49.00 元	给青年的十二封信	38.00 元

书名	单价	书名	单价
古希腊悲剧喜剧集（上、下）	118.00 元	海底两万里	38.00 元
红楼梦	69.00 元	红与黑	49.00 元
呼兰河传	35.00 元	呼啸山庄	39.00 元
基督山伯爵（上、下）	108.00 元	纪伯伦散文诗经典	42.00 元
寂静的春天	35.00 元	假如给我三天光明	32.00 元
简·爱	39.00 元	金银岛	35.00 元
经典常谈	29.00 元	荆棘鸟	45.00 元
静静的顿河	128.00 元	镜花缘	49.00 元
局外人·鼠疫	38.00 元	菊与刀	35.00 元
克雷洛夫寓言	32.00 元	宽容	32.00 元
昆虫记	39.00 元	老人与海	32.00 元
理想国	45.00 元	聊斋志异	55.00 元
列那狐的故事	39.00 元	猎人笔记	38.00 元
林肯传	39.00 元	鲁滨逊漂流记	39.00 元
鲁迅杂文选集	36.00 元	绿山墙的安妮	36.00 元
罗马神话	16.80 元	罗生门	39.00 元
骆驼祥子	32.00 元	美丽新世界	35.00 元
名人传	39.00 元	拿破仑传	49.00 元
呐喊	29.00 元	牛虻	38.00 元
欧·亨利短篇小说选	36.00 元	欧也妮·葛朗台	32.00 元
彷徨	32.00 元	培根随笔全集	38.00 元
飘（上、下）	88.00 元	普希金诗选	42.00 元
骑鹅旅行记	36.00 元	乞力马扎罗的雪	39.80 元
热爱生命·海狼	38.00 元	人间草木：汪曾祺散文精选	49.00 元

书名	单价	书名	单价
人类群星闪耀时	36.00 元	人性的弱点	39.00 元
日瓦戈医生	68.00 元	儒林外史	42.00 元
三个火枪手	59.00 元	三国演义	59.00 元
沙乡年鉴	42.00 元	莎士比亚喜剧悲剧集	49.00 元
少年维特的烦恼	28.00 元	神秘岛	48.00 元
神曲（共三册）	128.00 元	十日谈	68.00 元
世说新语（上、下）	89.00 元	双城记	45.00 元
水浒传	69.00 元	四世同堂（上、下）	78.00 元
苔丝	39.00 元	谈美	35.00 元
谈美书简	36.00 元	汤姆·索亚历险记	32.00 元
汤姆叔叔的小屋	45.00 元	唐诗三百首	39.00 元
堂吉诃德	78.00 元	天方夜谭	42.00 元
童年	38.00 元	童年·在人间·我的大学	49.00 元
瓦尔登湖	36.00 元	我是猫	39.00 元
乌合之众	35.00 元	物种起源	42.00 元
雾都孤儿	44.00 元	西顿野生动物故事集	38.00 元
西游记	62.00 元	希腊古典神话	49.00 元
乡土中国	36.00 元	小妇人	45.00 元
小王子	29.00 元	星星离我们有多远	35.00 元
喧哗与骚动	58.00 元	羊脂球	38.00 元
一九八四	36.00 元	一间自己的房间	36.00 元
伊利亚特	82.00 元	伊索寓言：555 则	36.00 元
尤利西斯	58.00 元	约翰·克利斯朵夫（上、下）	98.00 元
月亮和六便士	45.00 元	战争与和平（上、下）	108.00 元

书名	单价	书名	单价
朝花夕拾	22.00 元	中国民间故事	39.00 元
子夜	49.00 元	最后一课	36.00 元
罪与罚	66.00 元